DUNGEONS & DRAGONS®

Outros títulos de literatura da Jambô

Dungeons & Dragons

A Lenda de Drizzt, Vol. 1 — Pátria
A Lenda de Drizzt, Vol. 2 — Exílio
A Lenda de Drizzt, Vol. 3 — Refúgio
A Lenda de Drizzt, Vol. 4 — O Fragmento de Cristal
A Lenda de Drizzt, Vol. 5 — Rios de Prata
A Lenda de Drizzt, Vol. 6 — A Joia do Halfling
A Lenda de Drizzt, Vol. 7 — Legado
A Lenda de Drizzt, Vol. 8 — Noite sem Estrelas
A Lenda de Drizzt, Vol. 9 — Cerco das Trevas
A Lenda de Drizzt, Vol. 10 — Passagem para o Alvorecer
Crônicas de Dragonlance, Vol. 1 — Dragões do Crepúsculo do Outono
Crônicas de Dragonlance, Vol. 2 — Dragões da Noite do Inverno
Crônicas de Dragonlance, Vol. 3 — Dragões do Alvorecer da Primavera
Lendas de Dragonlance, Vol. 1 — Tempo dos Gêmeos
Lendas de Dragonlance, Vol. 2 — Guerra dos Gêmeos
Lendas de Dragonlance, Vol. 3 — Teste dos Gêmeos
Heranças de Dragonlance, Vol. 1 — A Segunda Geração

Tormenta

Trilogia da Tormenta, Vol. 1 — O Inimigo do Mundo
Trilogia da Tormenta, Vol. 2 — O Crânio e o Corvo
Trilogia da Tormenta, Vol. 3 — O Terceiro Deus
A Joia da Alma
A Deusa no Labirinto
A Flecha de Fogo
A Cidade da Raposa
Crônicas da Tormenta, Vol. 1
Crônicas da Tormenta, Vol. 2
Crônicas da Tormenta, Vol. 3

Outras séries

Dragon Age, Vol. 1 — O Trono Usurpado
Dragon Age, Vol. 2 — O Chamado
Dragon Age, Vol. 3 — Despedaçado

HERANÇAS DE DRAGONLANCE
VOLUME DOIS

DRAGÕES DA CHAMA DO VERÃO

MARGARET WEIS & TRACY HICKMAN

Poesia original por MICHAEL WILLIAMS
Arte por LARRY ELMORE
Tradução por ANA CRISTINA RODRIGUES

JAMBÔ

DUNGEONS & DRAGONS®

HERANÇAS DE DRAGONLANCE VOL. 2 — DRAGÕES DA CHAMA DO VERÃO

TÍTULO ORIGINAL: Dragons of Summer Flame
TRADUÇÃO: Ana Cristina Rodrigues
EDIÇÃO: Victória Cernicchiaro
REVISÃO: Vitória Vozniak
ILUSTRAÇÕES: Larry Elmore
DIAGRAMAÇÃO: Victória Cernicchiaro
EDITORA-CHEFE: Karen Soarele
Diretor-Geral: Guilherme Dei Svaldi

EQUIPE DA JAMBÔ: Guilherme Dei Svaldi, Rafael Dei Svaldi, Leonel Caldela, Ana Carolina Gonçalves, Ana Júlia Gamla, André Schwertz, Andrew Frank, Dan Ramos, Daniel Boff, Davide Di Benedetto, Elisa Guimarães, Gislaine Alves, Glauco Lessa, J. M. Trevisan, Julia Rosiello, Karen Soarele, Laura Reginin, Leonardo Azevedo, Marcel Reis, Marcelo Cassaro, Marlon Vernes, Matheus Tietbohl, Maurício Feijó, Priscilla Souza, Tatiana Gomes, Thiago Rosa, Tiago Guimarães e Victória Cernicchiaro.

Rua Coronel Genuíno, 209 • Porto Alegre, RS • CEP 90010-350
contato@jamboeditora.com.br • www.jamboeditora.com.br

1ª edição: maio de 2024 | ISBN: 978658863487-5

Dados Internacionais de Catalogação na Publicação

W426d Weis, Margaret
Dragões da chama do verão / Margaret Weis e Tracy Hickman; tradução de Ana Cristina Rodrigues. — Porto Alegre: Jambô, 2024.
656 p. il.

1. Literatura norte-americana. I. Tracy, Hickman. II. Rodrigues, Ana Cristina. III. Título.

CDU 82-312.9

Para viajantes em Krynn

Que sua espada não quebre.
Que sua armadura não enferruje.
Que as três luas guiem a sua magia.
Que suas orações sejam ouvidas.
Que sua barba fique longa.
Que a missão de sua vida não se vire contra você.
Que seu hoopak cante.
Que a sua terra natal prospere.
Que dragões voem sempre em seus sonhos.

— Margaret Weis e Tracy Hickman

O Mundo de Krynn

O Continente de Ansalon

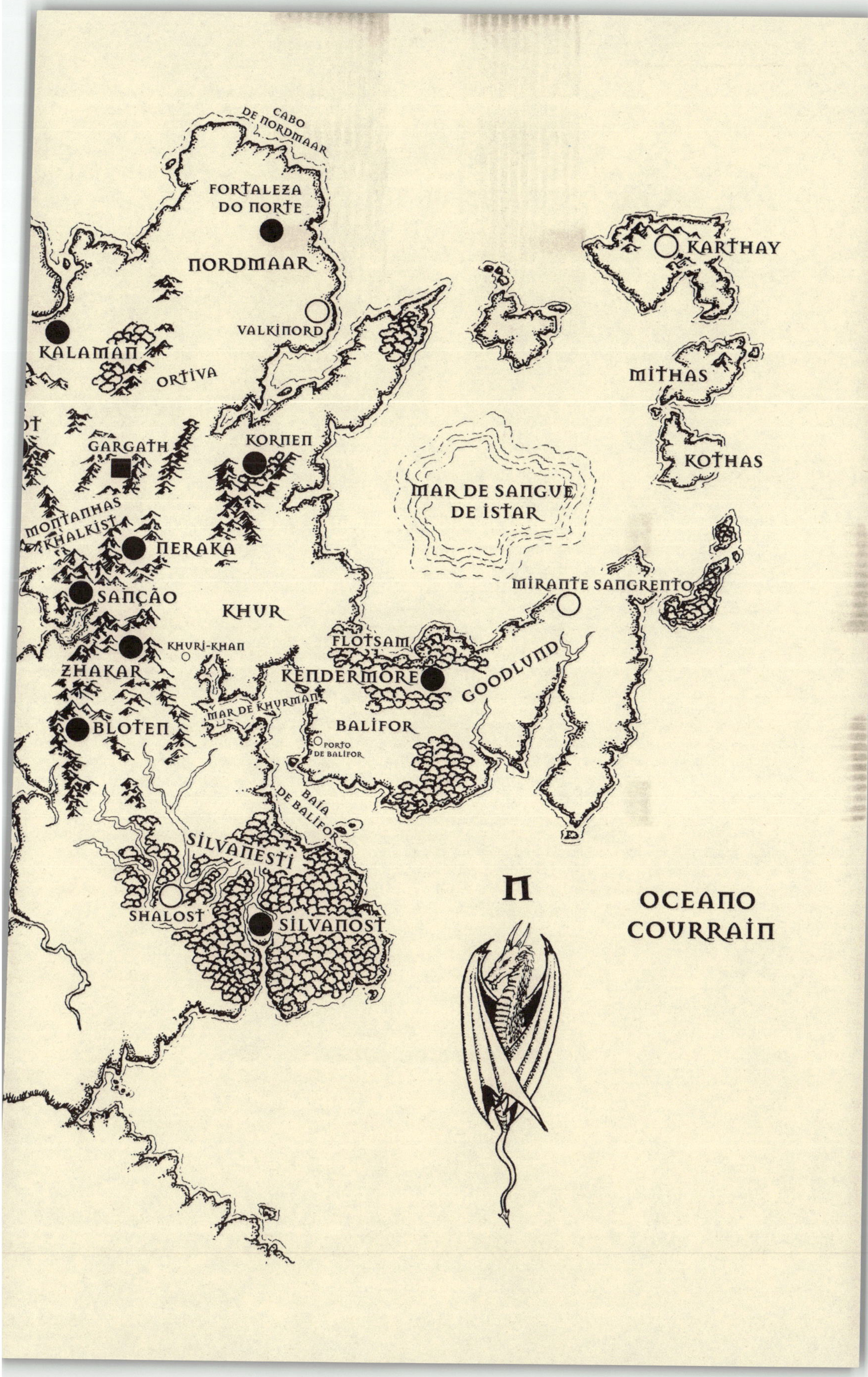

CABO DE NORDMAAR
FORTALEZA DO NORTE
NORDMAAR
VALKINORD
KALAMAN
ORTIVA
KARTHAY
MITHAS
KOTHAS
GARGATH
KORNEN
MAR DE SANGUE DE ISTAR
MONTANHAS KHALKIST
NERAKA
SANÇÃO
KHUR
MIRANTE SANGRENTO
FLOTSAM
KHURI-KHAN
ZHAKAR
KENDERMORE
GOODLUND
MAR DE KHURMAN
BALIFOR
BLOTEN
PORTO DE BALIFOR
BAÍA DE BALIFOR
SILVANESTI
SHALOST
SILVANOST
N
OCEANO COURRAIN

Na terra mais ao sul
onde a Muralha de Gelo se ergue
ao sol fraco e intermitente,

onde as lendas congelam
na lembrança do orvalho
e no mercúrio engolido,

preparam os longos tonéis
no costume relembrado
derramando ouro, derramando âmbar,

as velhas destilações
de grão, de sangue bárdico
e gelo e lembranças.

E para as águas o bardo desce
para o ouro, para o âmbar
sempre ouvindo

a amniose escura
de corrente e memória
fluindo ao seu redor,
até que o pulmão, o coração dilatado
cedam nas águas,
até estar cheio do ouvir
e o mundo entra nele

mais fundo que os pensamentos, e ele afunda
ou nada, ou emerge um bardo.
No norte, se faz de outra forma:
sabiamente sobre a lua
onde as fases mudam

da escuridão para a luz
de moedas e espelhos
em abundantes liberdades de ar.

Soube que vocês são estranhos
ao mundo injustiçado
onde os bardos descem,
para as águas onde a fé
se transforma em visão,
para o elixir noturno,
para o último fôlego do afogado,
entregue a memória
aonde a poesia vem, solitária.

Soube que vocês são estranhos
no norte misericordioso,
que Hylo, Solamnia

e uma dúzia de províncias inomináveis
os limparam além da inveja,
além da solidão.
E as águas me contaram então a verdade:

o quanto vocês lembram suas mortes
onde as metades de um reino
se uniram numa terra perdida,
como vocês passam como luas, vermelha e prata
seu destino é o oeste celestial,
uma aliança de piedade e luz.
Desde o começo, os céus
tinham isso em mente: uma passagem
através de escuridão e terras suspeitas

seu ponto final na luz do sol
no ar e no horizonte da terra -
sem afogar, nem encher a harpa.
Ah, você jamais esqueceu
a imersão do bardo, a terra do sono,
o tempo antes do nascimento dos mundos

onde todos nós esperamos
na escuridão maternal
na morte que as cartas previram,

mas sozinhos e juntos vocês seguem
para os que morrem e morrem
a história que diz que estamos começando de novo…

Livro um

1

O grupo de descida. A profecia. Um encontro inesperado.

Estava calor naquela manhã, um calor maldito.

Quente demais para o final de agosto em Ansalon. Quase tão quente quanto no meio do verão. Os dois cavaleiros, sentados na popa do barco, estavam suados e infelizes na pesada armadura de aço; olhavam com inveja para os homens seminus que usavam os remos.

As armaduras pretas dos cavaleiros, decoradas com caveiras e lírios da morte, tinham sido abençoadas pelo alto clérigo e deviam suportar as intempéries de chuva e vento, frio e calor. Mas a benção da Rainha da Escuridão aparentemente não atendia àquela onda de calor fora de época. Quando o barco se aproximou da costa, os cavaleiros foram os primeiros a sair, pulando na água rasa, jogando-a nos rostos avermelhados e nos pescoços queimados de sol. Mas a água não estava muito refrescante.

— Como nadar em sopa quente — resmungou um dos cavaleiros, jogando água para os lados na direção da costa. Mesmo enquanto falava, observava os arredores, encarando cada arbusto, árvore e duna em busca de sinais de vida.

— Parece mais sangue — disse seu companheiro. — Pense que é como andar no sangue de nossos inimigos, dos inimigos de nossa rainha. Está vendo alguma coisa?

— Não — o outro respondeu. Acenou com a mão, sem olhar para trás, ouvindo o som dos homens pulando na água, as gargalhadas roucas e a conversa na língua gutural e rústica.

Um dos cavaleiros se virou.

— Tragam o barco até a costa — disse, desnecessariamente, pois os demais já haviam pegado o barco pesado e corriam com ele na água rasa. Sorrindo, largaram o barco na areia da praia e olharam para o cavaleiro, esperando ordens.

Enxugou a testa, impressionado com a força deles e — não pela primeira vez — agradeceu à Rainha Takhisis por aqueles bárbaros estarem do seu lado. Os brutos, como eram conhecidos. Não pelo verdadeiro nome da raça. Esse nome — o nome que eles mesmos usavam para si — era impronunciável, e por isso os cavaleiros que lideram os bárbaros tinham passado a chamá-los pela versão mais curta: brutos.

O nome combinava bem com os bárbaros. Vinham do leste, de um continente que poucas pessoas em Ansalon sabiam que existiam. Cada um deles tinha mais de seis pés, alguns chegavam a sete. Os corpos eram sólidos e musculosos como de humanos, mas seus movimentos eram ligeiros e graciosos como os dos elfos, e tinham orelhas pontudas como estes. Porém, os rostos tinham barba fechada como os dos anões e dos humanos. Eram fortes e amavam as batalhas como anões. Lutavam com ferocidade, eram leais aos seus comandantes e — exceto por alguns costumes grotescos, como os de cortar vários pedaços dos corpos de um inimigo morto para manter como troféus — os brutos eram excelentes para a infantaria.

— Diga ao capitão que chegamos a salvo e que não encontramos resistência — disse o cavaleiro ao seu companheiro. — Vamos deixar alguns homens aqui com o barco e entrar.

O outro cavaleiro assentiu. Pegando uma flâmula de seda vermelha do cinto, desenrolou-a, colocou-a acima da cabeça e a sacudiu lentamente por três vezes. Um farfalhar de vermelho foi visto em resposta no navio de proa de dragão negro ancorado a alguma distância. Era uma missão de reconhecimento, não uma invasão. As ordens tinham sido bem claras nesse sentido.

Os cavaleiros enviaram suas patrulhas, despachando alguns para vasculhar a praia, outros mais para dentro em terra, onde colinas de pedra branca como giz — sem vegetação — erguiam-se do meio das árvores como garras de gato tentando arranhar o céu. Rachaduras na rocha levavam ao interior da ilha.

O navio tinha rodeado a ilha e sabia que não era grande. As patrulhas logo estariam de volta.

Com isso feito, os dois cavaleiros foram, gratos, para a sombra magra lançada por uma árvore fina e retorcida. Dois dos brutos estavam de guarda. Os cavaleiros permaneceram cautelosos, vigilantes, mesmo ao descansar. Sentados, bebiam com parcimônia da água que tinham trazido. Um fez careta.

— Esse troço tá quente.

— Você deixou o odre no sol por horas. Claro que tá quente.

— E onde diabos eu deveria deixar? Não tinha sombra no maldito barco. Acho que não sobrou sombra nesse mundo desgraçado. Não gosto nem um pouco desse lugar. Tô com sensação estranha sobre essa ilha, como se estivesse enfeitiçada ou coisa assim.

— Sei do que você tá falando — concordou seu companheiro, sério. Ficava olhando ao redor, para as árvores, para a praia toda. Tudo o que podia ver eram os brutos e eles não estavam sendo tomados por sentimentos ruins. Mas eram bárbaros. — Fomos avisados para não vir.

— O quê? — O outro cavaleiro ficou espantado. — Não sabia disso. Quem te falou?

— Brightblade. Ele soube do próprio Lorde Ariakan.

— E Brightblade saberia. Ele está na equipe de Ariakan, mas eu fiquei sabendo que ele pediu para ser transferido para um esquadrão de combate. Além disso, Ariakan é seu patrocinador. — O cavaleiro parecia nervoso, e perguntou baixinho. — Essa informação é secreta?

O outro cavaleiro pareceu achar graça.

— Você não conhece bem o Aço Brightblade se acha que ele quebraria um juramento ou repassaria informações que deveria manter para si mesmo. Ia preferir que arrancassem a sua língua com alicates em brasa. Não, Lorde Ariakan discutiu as coisas abertamente com todos os comandantes de regimento antes de decidir.

O cavaleiro deu de ombros. Pegando um punhado de pedrinhas, começou a jogá-las na água.

— Os Cavaleiros Cinzas começaram isso tudo. Um tipo de augúrio aí revelou a localização dessa ilha, e que era habitada por um grande número de pessoas.

— Então quem falou para não virmos?

— Os Cavaleiros Cinzas. O mesmo augúrio que falou sobre esta ilha os avisou para não chegar perto dela. Tentaram persuadir Ariakan a deixá-la em paz. Disseram que esse lugar pode ser um desastre.

O outro cavaleiro franziu a testa, olhando ao redor com um desconforto crescente.

— Então, por que nos mandaram?

— Por causa da invasão de Ansalon que está por vir. Lorde Ariakan achou que esse movimento era necessário para proteger os flancos. Os Cavaleiros Cinzentos não podiam dizer exatamente que tipo de ameaça viria desta ilha. Nem podiam dizer que desastre seria causado por chegarmos na ilha. Como Lorde Ariakan indicou, o desastre poderia vir mesmo se não fizéssemos nada. E então ele resolveu seguir aquele velho ditado anão: "é melhor sair procurando o dragão do que o dragão sair procurando por você".

— Boa ideia — seu companheiro concordou. — Se existir um exército de Cavaleiros Solâmnicos nesta ilha, é melhor lidarmos com eles agora. Não que pareça provável.

Ele gesticulou para a vasta extensão de areia da praia, para as dunas cobertas com uma grama de um verde acinzentado e, mais para o interior, uma floresta de árvores feias e distorcidas erguendo-se contra os morros em forma de garra.

— Não consigo imaginar por que os Solâmnicos viriam aqui. Não consigo imaginar por que alguém viria aqui. Elfos não moram em um lugar tão feio.

— Sem cavernas, então anões não gostariam daqui. Minotauros já teriam nos atacado. Kender teriam ido embora com o barco e nossas armaduras. Gnomos teriam vindo nos encontrar com um tipo de máquina para pegar peixes movida por demônios. Humanos como nós são a única raça tola o bastante para viver em uma ilha tão desolada — o cavaleiro concluiu, satisfeito. Pegou outro punhado de pedras.

— Talvez um bando desgarrado de draconianos ou hobgoblins. Ogros, talvez. Escaparam uns vinte e poucos anos atrás, depois da Guerra da Lança. Fugiram para o norte, atravessando o mar, para evitar serem presos pelos Cavaleiros Solâmnicos.

— Sim, mas eles estariam do nosso lado — seu companheiro respondeu. — E nossos magos cavaleiros não teriam problemas com isso. Ah, lá vem nossos patrulheiros de volta para se reportar. Agora vamos saber.

Os cavaleiros se levantaram. Os brutos que foram enviados para o interior da ilha corriam para encontrar os seus líderes. Os bárbaros tinham sorrisos imensos. Seus corpos quase nus brilhavam com suor. A tinta azul, com a qual se cobriam e que supostamente teria algumas propriedades mágicas como fazer flechas ricochetear, corria pelos corpos musculosos. Longos cachos grossos, decorados com penas coloridas, batiam em suas costas enquanto pulavam com facilidade sobre as dunas de areia.

Os dois cavaleiros trocaram olhares, relaxados.

— O que vocês descobriram? — o cavaleiro perguntou ao líder, um ruivo gigantesco, muito mais alto que os dois cavaleiros, e que podia facilmente pegar cada um deles e suspendê-los acima da sua cabeça, e que os olhava com uma reverência e respeito irrestritos.

— Homens — respondeu o bruto. Aprendiam rápido, e tinham se adaptado com facilidade à língua Comum falada pela maioria das raças de Krynn. Infelizmente, para esses brutos, todas as pessoas sem ser de sua raça eram "homens".

O bruto abaixou a cabeça até perto do chão para indicar homens pequenos, o que podia dizer anões, mas com mais probabilidade de ser crianças. Moveu até a altura da cintura, que provavelmente indicaria mulheres. O bruto confirmava isso colocando as duas mãos no peito e sacudindo os quadris. Seus camaradas riram e se cutucaram.

— Homens, mulheres e crianças — disse o cavaleiro. — Muitos homens? Vários homens? Grandes casas? Muralhas? Cidades?

Os brutos pareciam achar aquilo hilário, pois caíram em ruidosas gargalhadas.

— O que vocês encontraram? — repetiu o cavaleiro rispidamente, de cara fechada. — Pare de bobagem.

Os brutos logo ficaram sérios.

— Muitos homens — disse o líder —, mas sem muros. Casas. — Ele fez uma careta, deu de ombros, sacudiu a cabeça e acrescentou algo em sua língua.

— O que isso significa? — o cavaleiro perguntou ao seu companheiro.

— Algo sobre cachorros — disse o outro, que havia liderado brutos antes e já sabia um pouco da língua deles. — Acho que quis dizer que esses homens vivem em casas que só cachorros aceitariam.

Vários dos brutos começaram a andar com os ombros encolhidos, sacudindo os braços na altura dos joelhos e grunhindo. Depois, se endireitaram e se entreolharam, voltando a rir.

— Nossa Majestade Sombria, o que estão fazendo agora? — o cavaleiro questionou.

— Não faço ideia — disse seu companheiro. — Acho que nós mesmos deveríamos ir olhar. — Desembainhou a espada da bainha de couro preto. — Perigo? — ele perguntou ao bruto. — Precisamos de aço?

O bruto riu de novo. Pegando a sua própria espada curta (os brutos lutavam com duas, uma longa e uma curta, além de arco e flecha), arremessou-a na árvore, virando de costas.

O cavaleiro, reconfortado, colocou a espada de volta na bainha. Os dois seguiram os seus guias. Deixaram a praia, aprofundando-se pela floresta de árvores distorcidas. Caminharam por quase 800 metros pelo que parecia ser uma trilha de animais até alcançarem a aldeia.

Apesar das mímicas dos brutos, os cavaleiros estavam completamente despreparados para o que encontraram. Parecia que tinham encontrado um povo atolado nas margens enquanto o grande rio Tempo fluía por eles, deixando-os intocados.

— Por Hiddukel — um disse em voz baixa para o outro. — "Homens" seria um termo muito forte. Eles são homens? Ou são bestas?

— São homens — disse o outro, olhando ao redor, espantado. — Mas são como os homens que dizem ter caminhado por Krynn na Era do Crepúsculo. Olha! As ferramentas são de madeira. Usam lanças de madeira. E bem rústicas.

— Pontas de madeira, sem pedras — disse o outro. — Cabanas de lama como casas. Panelas de argila. Sem um pedaço de ferro ou aço a vista. Que povo lamentável! Não sei como podem representar perigo, além da sujeira! Pelo cheiro, acho que não tomam banho desde a Era do Crepúsculo.

— Bando de feiosos. Parecem mais com macacos. Não ria. Pareça ser bravo e ameaçador.

Vários dos machos humanos — se eram mesmo humanos, pois era difícil dizer por baixo das peles de animais que usavam — aproximaram-se devagar dos cavaleiros. Os "homens-fera" andavam curvados, os braços balançando, os punhos quase se arrastando no chão. As cabeças estavam cobertas de cabelos longos e sujos, barbas maltratadas quase escondiam os rostos. Balançavam-se e se arrastavam, encarando espantados e boquiabertos os cavaleiros. Um dos homens-fera chegou perto o bastante para estender uma mão suja até a armadura preta e brilhante.

Um bruto se moveu para colocar seu próprio corpo na frente do cavaleiro.

O cavaleiro afastou o bruto e desembainhou a espada. O aço brilhou à luz do sol. Virou-se para uma das árvores mirradas. Com seus galhos torcidos e troncos disformes, as árvores pareciam em muito com o povo que vivia abaixo delas. O cavaleiro ergueu a sua espada e cortou o galho de uma árvore com um golpe ágil.

O homem-fera caiu de joelhos, arrastando-se no chão, e fazendo sons engasgados de devoção.

— Acho que vou vomitar — disse o cavaleiro ao seu colega. — Nem anões tolos gostariam de conhecer esse pessoal.

— Você tem razão — o cavaleiro continuou a observar. — Você e eu poderíamos acabar com toda a tribo.

— Poderíamos, mas nunca mais íamos conseguir tirar o fedor das nossas espadas — disse o outro.

— O que fazemos? Matá-los?

— Seria pouco honrado. Esses coitados obviamente não são uma ameaça para nós. Nossas ordens são encontrar quem ou o que estava habitando a ilha, depois retornar e fazer nosso relato. Até onde sabemos, essas pessoas podem ser favorecidas por algum deus, que pode se enraivecer se os ferirmos. Talvez seja isso que os Cavaleiros Cinzas quiseram dizer com desastre.

— Duvido que seja isso — disse o outro cavaleiro. — Não consigo imaginar um deus tratando seus favoritos desse jeito.

— Morgion, talvez — disse o outro, com uma careta.

O cavaleiro grunhiu.

— Bem, com certeza não fizemos mal só de olhar para eles. Os Cavaleiros Cinzas não podem nos culpar por isso. Mande os brutos investigarem o resto da ilha. Vamos voltar para a praia, preciso de ar puro.

Os dois cavaleiros voltaram para a praia. Sentados na sombra da árvore, esperando o retorno das outras patrulhas, passaram o tempo falando sobre a iminente invasão de Ansalon, debatendo sobre a vasta armada de navios movidos a dragão negro, comandados por minotauros, e que avançava pelo Oceano Courrain, levando milhares e milhares de guerreiros bárbaros. Estava quase tudo pronto para a invasão em duas frentes do continente, que aconteceria na Noite do Verão.

Os Cavaleiros de Takhisis não sabiam precisamente onde estariam atacando; essa informação era secreta. Mas não tinham dúvidas da vitória. Dessa vez, a Rainha da Escuridão teria sucesso. Dessa vez, seus exércitos seriam vitoriosos. Dessa vez, ela sabia o segredo da vitória.

Os brutos voltaram em algumas horas e fizeram seus relatórios. A ilha não era grande, com talvez uns oito quilômetros de largura e o mesmo no outro sentido. Os brutos não encontraram mais ninguém. A tribo de homens-fera tinha sumido completamente, talvez escondidos em suas cabanas de lama até os estrangeiros saírem.

Os cavaleiros voltaram ao bote. Os brutos o empurraram do raso, pularam e agarraram os remos. O bote deslizava pela superfície da água, indo na direção do navio negro que usava a bandeira dos Cavaleiros de Takhisis: o lírio da morte, a caveira e o espinho.

Os cavaleiros deixaram para trás uma praia vazia, abandonada.

Mas sua partida foi notada, assim como sua chegada.

2

A ilha mágica. Um encontro mágico. O decisor.

O navio movido por dragão negro sumiu no horizonte. Quando nenhum traço dele podia ser visto, as sentinelas desceram das árvores.

— Eles vão voltar? Estamos seguros? — perguntou um dos homens-fera ao outro, uma fêmea.

— Você os escutou. Vão contar que nós somos "inofensivos", que não representamos uma ameaça. E isso significa — a fêmea acrescentou, depois de pensar por um momento — que eles vão voltar. Não por agora. Nem tão cedo. Mas vão voltar.

— O que podemos fazer?

— Não sei. Viemos morar juntos nessa ilha para manter nosso segredo a salvo. Talvez tenha sido um erro. Talvez tivesse sido melhor se ficássemos espalhados pelo mundo. Aqui, corremos o risco de sermos descobertos e atacados. Lá, poderíamos ao menos nos esconder entre as outras raças. Não sei — ela repetiu, indefesa. — Não posso dizer. Fica nas mãos do Decisor.

— Sim — o macho parecia aliviado. — É verdade. E ele vai estar impaciente esperando nosso retorno. Devemos ir logo.

— Não assim — avisou sua companheira.

— Claro que não — Olhou triste para o mar, vendo através do cabelo maltratado. — Tudo tão terrível, tão assustador. Mesmo agora, não me sinto a salvo. Fico vendo aquele navio no horizonte. Vejo os cavaleiros. Escuto suas vozes, o que dizem e o que não fazem. Falam sobre conquistas, batalhas, mortes. Com certeza... — ele hesitou. — Com certeza podemos avisar alguém em Ansalon. Os Cavaleiros Solâmnicos, talvez.

— Não é nossa responsabilidade — a mulher retrucou, direta. — Precisamos cuidar de nós mesmos como sempre fizemos. Pode ter certeza — acrescentou, e seu tom era amargo. — Que em circunstâncias similares, não iriam se preocupar conosco. Vamos, retomemos nossas formas verdadeiras e partamos.

Os dois murmuraram palavras de magia, palavras que nenhum mago no continente de Ansalon entenderia, muito menos falaria: palavras que todo o mago em Ansalon daria sua alma para possuir. Nenhum podia ou poderia. Uma magia tão poderosa assim é inata, não adquirida.

A casca imunda e trêmula do homem-fera caiu, como a casca feiosa da crisálida cai para revelar a bela fada-do-anoitecer que estava aprisionada ali. Dois seres extraordinariamente belos emergiram dos disfarces.

É difícil descrever tanta beleza. Eram altos, esguios, de ossos delicados e olhos largos e luminosos. Mas existem muitos neste mundo que podem ser descritos assim, muitos que podem ser considerados belos. E o que pode ser belo para um não tem nada de bonito para outro. Um anão macho considera as suíças da anã muito encantadoras, e acha os rostos lisos das mulheres humanas simples e desinteressantes. Porém, mesmo um anão consideraria que aquelas pessoas eram bonitas, mesmo que não se conformassem ao seu ideal de beleza. Eram belas como o pôr do sol nas montanhas, como o luar no oceano, como a névoa matinal erguendo-se dos vales.

Uma palavra transformou as rústicas peles que usavam em seda fina e brilhante. Outra alterou a própria árvore onde os dois tinham se escondido, revelando os galhos contorcidos, alisando os troncos cheios de nós. A árvore estava alta e ereta, com folhas verdes farfalhando na brisa do mar. As flores soltavam um perfume adocicado. E com outra palavra, todas as árvores passaram pela mesma transformação.

Os dois deixaram a praia, indo para o interior, seguindo na direção que os cavaleiros tomaram para alcançar a aldeia de cabanas de lama. Os dois não falaram, estavam confortáveis em seu silêncio. As palavras que tinham acabado de trocar eram provavelmente mais do que tinham falado a outro de sua raça em anos. Os Irda gostam de isolamento e solidão. Não gostam nem de ficar próximos um do outro por muito tempo. Precisou de uma crise para começar uma conversa entre os dois vigias.

Portanto, a cena que os dois encontraram ao retornar foi quase tão chocante quanto a visão das cabanas de lama e das panelas de barro foi para os cavaleiros. Os dois viram todo seu povo — várias centenas — reunidos debaixo de um grande salgueiro, uma circunstância quase sem paralelo na história dos Irda.

As árvores feias e retorcidas sumiram, substituídas por uma densa e exuberante floresta de carvalhos e pinheiros. Entre as árvores, foram construídas residências pequenas e cuidadosamente planejadas. Cada casa era diferente, em aspecto e aparência, mas poucas tinham mais do que quatro aposentos: área para cozinhar, para meditar, para trabalhar e para dormir. As habitações construídas com cinco aposentos também abrigavam os jovens da espécie. Uma criança vivia com um dos pais (em geral a mãe, a não ser que as circunstâncias obrigassem a ser de outra forma) até alcançar o Ano da Completude. Nesse momento, a criança saía e se estabelecia numa habitação própria.

Cada habitação Irda era autossuficiente. Cada Irda cultivava sua própria comida, obtinha a sua própria água, estudava seus próprios assuntos. A troca social não era proibida ou malvista. Simplesmente não existia. Essa ideia não ocorreria a um Irda, ou, se ocorresse, seria considerada como algo peculiar a outras raças menores, como humanos, elfos, anões, kender e gnomos, ou as raças sombrias, como minotauros, goblins e draconianos; ou a única raça que nunca era mencionada pelos Irda: os ogros.

Irda só se une a outro Irda uma única vez na vida, com o propósito de se reproduzir. É uma experiência traumática para o macho e para a fêmea, pois não se uniam por amor. Eram obrigados a se unir pela prática mágica conhecida como *Valin*. Criada pelos anciões da raça para perpetuá-la, o *Valin* fazia a alma de um Irda possuir a de outro. Não havia escapatória, defesa, escolha ou seleção. Quando o *Valin* acontece entre dois Irda, precisam copular ou o *Valin* iria torturá-los e atormentá-los de forma a levá-los até a morte. Assim que a mulher concebe, o *Valin* é erguido, os dois seguem seus caminhos separados, depois de decidir entre eles quem seria o responsável por cuidar do bem-estar da cria. Tão devastadora essa experiência na vida dos dois Irda que isso raramente acontecia mais de uma vez. Assim, poucas crianças nascem, mantendo os números dos Irda baixos.

Os Irda viviam no continente de Ansalon por séculos, desde que foram criados. Porém, poucos membros das outras raças mais prolíficas sabem da sua existência. Essas criaturas espantosas são material para lendas e contos populares. Toda criança aprende, no colo da mãe, a história dos ogros, que um dia foram as criaturas mais belas jamais criadas, mas que — por causa do pecado do orgulho — foram amaldiçoados pelos deuses, transformados em monstros horrorosos e terríveis. Essas histórias pretendem ser lições de moral.

"Roland, se você puxar o cabelo da sua irmã mais uma vez, você vai virar um ogro."

"Marigold, se você continuar admirando o seu rosto, um dia vai olhar no espelho e ver que está feia como um ogro."

Os Irda, pelo que diz a lenda, eram ogros que conseguiram escapar da ira dos deuses, e assim permaneceram belos, com suas bênçãos e poderes mágicos intactos. Por serem tão poderosos, tão belos e tão abençoados, os Irda não se misturam com o resto do mundo. E assim desapareceram. Crianças, entrando em florestas sombrias, sempre irão procurar um Irda, pois — segundo a lenda — se você pegar um Irda, pode forçá-lo, ou forçá-la, a lhe conceder um desejo.

Isso tem tanta verdade quanto a maioria das lendas, mas engloba o maior medo dos Irda: se alguma das outras raças descobrir um Irda, irá tentar usar a sua magia poderosa para alcançar seus próprios objetivos. O medo disso, de serem usados, levou os Irda a viverem sozinhos, escondidos, disfarçados, evitando qualquer contato.

Passou-se muitos anos desde que um Irda caminhara por Ansalon — em florestas sombrias ou em qualquer outro lugar. Depois da Guerra da Lança, os Irda tiveram a esperança de um longo reino de paz. Ficaram desapontados. As várias facções e raças em Ansalon não conseguiram chegar a um acordo para um tratado de paz. Pior ainda, as raças agora brigavam entre si. E ainda havia os rumores de uma grande escuridão se formando no norte.

Temendo que seu povo fosse envolvido em outra guerra devastadora, o Decisor tomou um veredito. Mandou avisar a todos os Irda, dizendo que deixassem o continente de Ansalon e viajassem para aquela ilha remota, muito além do conhecimento alheio. E assim vieram. Tinham vivido em paz e isolamento por muitos anos. Paz e isolamento que tinham sido estilhaçados.

Os Irda tinham se reunido ali, debaixo do salgueiro, para tentar dar um fim a essa ameaça. Tinham se reunido para debater sobre os cavaleiros e os bárbaros, porém ficavam afastados, cada um separado de seus companheiros, olhando para a árvore e depois de relance para os outros, inquietos, desconfortáveis e infelizes. O galho da árvore, cortado pelo aço frio da lâmina do cavaleiro, estava caído no chão. A seiva pingava do corte na árvore. O espírito dela gritava de angústia e os Irda não conseguiam consolá-la. Uma existência pacífica, levada à perfeição durante aqueles anos, tinha chegado ao fim.

— Nosso escudo mágico foi penetrado — O Decisor dirigia-se ao grupo como um todo. — Os cavaleiros sombrios sabem onde estamos. Irão voltar.

— Discordo, Decisor — outro Irda argumentou respeitosamente. — Os cavaleiros não *vão* voltar. Nossos disfarces os enganaram. Acham que somos selvagens, no nível de animais. Por que iriam voltar? O que poderiam querer conosco?

— Você sabe como são as ações da raça humana — O Decisor retrucou, seu tom pesado com a tristeza de séculos. — Os cavaleiros podem não querer nada conosco agora. Mas chegará o tempo quando seus líderes irão precisar de homens para encher seus exércitos, ou irão decidir que essa ilha seria um bom lugar para construir navios, ou irão sentir a necessidade de colocar uma guarnição aqui. Um humano não aguenta deixar algo em paz. Ele precisa fazer algo com cada objeto que encontra, colocá-lo em uso, desmontá-lo para ver como funciona, dar-lhe algum tipo de significado ou importância. Assim será conosco. Eles irão voltar.

Os Irda, sempre vivendo sozinhos, em isolamento, não precisavam de nenhum tipo de governo. Porém, perceberam que precisavam ter um entre eles capaz de tomar decisões como um coletivo. Assim, desde tempos remotos, sempre escolheram um dentre eles que era conhecido como Decisor. Às vezes macho, às vezes fêmea, o escolhido não era o mais velho nem o mais novo, nem o mais sábio nem o mais inteligente, nem o mais poderoso nem o mais fraco dentre os magos. O Decisor estava na média, e assim, sendo mediano, não tomaria decisões drásticas, escolhendo um caminho mediano.

O atual Decisor tinha se mostrado mais forte e muito mais agressivo do que qualquer um dos decisores antes dele. Dizia que era por causa dos tempos difíceis. Suas decisões sempre foram sábias, ou assim acreditavam a maioria dos Irda. Aqueles que discordavam, relutavam em perturbar a placidez da vida de todos e assim não diziam nada.

— De qualquer forma, eles não irão voltar em um futuro próximo, Decisor — disse a fêmea que fora uma das vigias na costa. — Vimos o navio desaparecer no horizonte. E notamos que usava a bandeira de Ariakan, filho do falecido Ariakus, Senhor dos Dragões. Ariakan, como seu pai antes dele, é um seguidor da deusa sombria, a Rainha Takhisis.

— Se não fosse seguidor de Takhisis, seria um seguidor de Paladine. Se não de Paladine, de um dos outros deuses ou deusas. Não muda nada. — O Decisor cruzou os braços no peito e sacudiu a cabeça. — Repito, eles voltarão. Pela glória de sua rainha, ao menos.

— Falaram sobre guerra, Decisor, sobre invadir Ansalon — isso veio do vigia macho. — Com certeza isso irá ocupá-los por muitos anos.

— Aí está, vê? — O Decisor lançou um olhar triunfante para a assembleia. — Guerra. De novo a guerra. Sempre a guerra. A razão para deixarmos Ansalon. Eu esperava que ao menos aqui estaríamos a salvo, imunes — suspirou. — Aparentemente não.

— O que devemos fazer?

Os Irda, separados, afastados uns dos outros, se entreolharam questionadores.

— Podemos deixar esta ilha, viajar para outra, onde estaremos a salvo — sugeriu um.

— Deixamos Ansalon, viajamos para esta ilha — disse o Decisor. — Não estamos a salvo aqui. Não estaremos a salvo em lugar nenhum.

— Se eles voltarem, iremos lutar e fazê-los ir embora — disse uma Irda, muito jovem, recém-chegada ao Ano da Completude. — Sei que nós nunca, em toda nossa história, derramamos o sangue de outra raça. Que nos escondemos para evitar matar. Mas temos o direito de nos defender. Todas as pessoas do mundo têm esse direito.

Os outros Irda, mais maduros, olharam para a jovem com o olhar de paciência calculada que adultos de todas as espécies adotam quando os jovens fazem declarações embaraçosas.

E por isso ficaram muito surpresos quando o Decisor disse:

— Sim, Avril, você está certa. Temos o direito de nos defender. Temos o direito de viver a vida que escolhemos viver em paz. E eu digo que devemos defender esse direito.

Em choque, vários Irda falaram ao mesmo tempo.

— Você não está sugerindo que lutemos contra os humanos, está, Decisor?

— Não, não estou. Claro que não. Mas também não estou sugerindo que recolhamos nossas posses e deixemos nossas casas. É o que vocês querem?

Alguém falou, um homem conhecido como Protetor, que por vezes discordava do Decisor, e que por vezes tornava sua discordância pública. Por causa disso, não era um dos favoritos do Decisor, que franziu a testa quando ele começou a falar.

— De todos os lugares em que já vivemos, este é o mais agradável, o mais adorável e o mais adequado para nós. Aqui estamos juntos, embora distantes. Aqui podemos ajudar uns aos outros quando é preciso, mas permanecemos na solidão. Será difícil deixar esta ilha. Porém... ela não parece mais a mesma. Digo que devemos mudar.

O Protetor gesticulou para as casas confortáveis e arrumadas, cercadas por sebes e jardins floridos, cuidados com amor. Os outros Irda sabiam do que ele estava falando. As casas eram as mesmas, intocadas pela magia que lhes dera a aparência de cabanas de lama. A diferença não podia ser vista, mas podia ser sentida, ouvida, saboreada e farejada. Os pássaros, normalmente barulhentos e cheios de música, estavam em silêncio, temerosos. Os animais selvagens que vagavam livres entre os Irda tinham desaparecido em suas tocas ou nas árvores. O cheiro de aço e sangue era forte no ar.

A paz e a inocência tinham sido devastadas. As feridas iriam se curar, as cicatrizes sumiriam, mas a memória ficaria. E o Decisor estava sugerindo que defendesse aquela terra! Só o pensamento era assustador. A ideia de se mudar estava se enraizando e ganhando apoiadores.

O Decisor, vendo que precisaria se esforçar, tentou mais uma vez.

— Não estou sugerindo entrarmos em guerra — ele disse, seu tom agora gentil e conciliador. — A violência não é o nosso modo. Estudei por muito tempo o problema. Prevejo o desastre vindo. Acabei de retornar de uma viagem para o continente de Ansalon. Deixem-me contar o que eu descobri.

Os outros Irda encararam o seu Decisor com espanto. Estavam tão isolados — um do outro — que ninguém percebeu que seu líder havia partido, muito menos que ele se arriscara ao caminhar entre os forasteiros.

O rosto do Decisor ficou sério e triste.

— Nossa embarcação magicamente abençoada levou-me até a cidade humana de Palanthas. Caminhei por suas ruas, ouvi seu povo falar. Depois, viajei até a fortaleza dos Cavaleiros Solâmnicos, e dali para as nações marítimas de Ergoth. Entrei em Qualinesti, a terra dos elfos. Passei pelos portões de Thorbardin, o reino dos anões. Invisível como o vento, deslizei pelas fronteiras da amaldiçoada terra élfica de Silvanesti, caminhei pelas Planícies da Poeira, passei um tempo em Consolação, Kendermore e Flotsam. Por fim, olhei para o Mar de Sangue de Istar, e dali passei perto do Forte da Tempestade, de onde vieram esses mesmos cavaleiros.

— Mais de vinte e cinco anos, no tempo humano, se passaram desde a Guerra da Lança. O povo de Ansalon esperava pela paz, uma esperança que era vã, como nós poderíamos ter dito. Enquanto os deuses guerrearem entre si, suas batalhas irão se derramar no plano mortal. Com esses cavaleiros sombrios a lutar por ela, a rainha Takhisis é mais poderosa do que nunca.

"O senhor deles, Ariakan, filho do Senhor Supremo Ariakus, teve a audácia e a temeridade de apontar à Rainha da Escuridão onde estão suas fraquezas. 'O mal se vira contra si mesmo'. A Guerra da Lança foi perdida por causa da ganância e do egoísmo dos comandantes da Rainha. Ariakan, prisioneiro dos Cavaleiros de Solamnia durante e depois da Guerra, percebeu que os Cavaleiros Solâmnicos tinham alcançado a vitória através de sua disposição a se sacrificar pela causa, sacrifícios que tem seu ápice na morte do cavaleiro Sturm Brightblade.

Ariakan colocou suas ideias em prática e agora criou um exército de homens e mulheres comprometidos, de corpo e alma, à Rainha da Escuridão. E, mais importante: conquistar o mundo em nome dela. Irão deixar tudo — riqueza, poder, suas próprias vidas — para conseguir a vitória. Estão ligados por honra e por sangue uns aos outros. São inimigos formidáveis, principalmente porque Ansalon está, de novo, dividido.

"Os elfos estão em guerra entre si. Qualinesti tem um novo governante, um rapaz, filho de Tanis Meio-Elfo e da filha do falecido Orador dos Sóis, Laurana. O garoto foi enganado e depois constrangido a aceitar o papel de rei. É na verdade pouco mais do que uma marionete, com as cordas sendo manipuladas por alguns da velha ordem dos elfos, isolacionistas que odeiam qualquer um que seja diferente deles mesmos. Isso inclui seus primos Silvanesti.

"E como os elfos ganharam poder, os anões de Thorbardin tem medo de serem atacados e estão pensando em fechar suas montanhas de novo. Os Cavaleiros de Solamnia estão reforçando suas defesas, não por medo dos cavaleiros sombrios, mas com medo dos elfos. Os Cavaleiros de Paladine foram advertidos sobre os paladinos do mal, mas se recusaram a acreditar que o tigre tenha mudado suas listras, como se diz. Os Solâmnicos ainda acham que o mal irá se virar contra si mesmo, como fez na Guerra da Lança, quando a Senhora dos Dragões, Kitiara, acabou batalhando contra seu próprio comandante, o Senhor dos Dragões, Ariakus, enquanto o mago das Vestes Pretas Raistlin Majere traía os dois. Isso não vai acontecer desta vez."

— O equilíbrio está de novo alterando-se a favor da Rainha da Escuridão. Mas desta vez, meus amigos — o Decisor olhou ao redor para seu povo, os olhos indo de um em um, prendendo a atenção de todos. — Desta vez, eu acredito que a Rainha Takhisis irá vencer.

— Mas e Paladine? E Mishakal? Rezamos para eles agora como rezamos no passado. Eles nos protegem — O Protetor falou, mas muitos outros estavam concordando com a cabeça.

— Paladine nos protegeu dos cavaleiros malignos? — perguntou o Decisor em tons severos. — Não. Ele permitiu que desembarcassem em nossa costa.

— Eles não nos fizeram mal — o Protetor ressaltou.

— Ainda — o Decisor disse, agourento. — Os deuses do bem, em cuja proteção temos confiado por tanto tempo, pouco podem fazer por nós. Esse incidente terrível provou isso. Nossa mágica, a mágica deles, falhou. É hora de nos apoiarmos em algo mais poderoso.

— Obviamente, você pensou em algo. Diga — o Protetor disse, a voz séria.

— A minha ideia é: Vamos usar um dos artefatos mais poderosos do mundo para nos blindar, de uma vez por todas, de forasteiros. Vocês sabem o nome desse artefato, a Gemagriz de Gargath.

— A Gemagriz não é nossa — o Protetor disse com severidade. — Não pertence a nós. Pertence aos povos do mundo.

— Não mais — declarou o Decisor. — Fomos nós que procuramos o artefato. Nós o encontramos. Nós o adquirimos e o trouxemos para cá, para mantê-lo a salvo.

— Nós o roubamos — o Protetor disse. — De um pescador ingênuo que o encontrou na praia, e o levou para sua casa, ficando com ele por causa de suas facetas cintilantes e no deleite que ele tinha de mostrá-lo para seus vizinhos. Ele não usou, não sabia nada sobre sua magia, não se importava com isso. E assim a Gemagriz não pode usá-lo. Talvez ele fosse destinado a ser seu guardião. Talvez ao tirá-la dele tenhamos, sem querer, atrapalhado os planos dos deuses. Talvez tenha sido por isso que pararam de nos proteger.

— *Alguns* podem chamar o que fizemos de roubo — o Decisor olhou com dureza para o Protetor. — Mas eu digo que, ao recuperar a Gemagriz, fizemos um favor ao mundo. Esse artefato tem sido um problema há muito tempo, causando destruição por onde vai. Teria simplesmente fugido daquele tolo como fugiu de muitos outros antes. Mas agora está preso pela nossa magia. Deixando-o aqui, sob nosso controle, estamos beneficiando toda a humanidade.

— Pelo que me lembro, Decisor, você nos disse que a magia da Gemagriz nos protegeria de invasões do mundo exterior. Aparentemente não é este o caso — o Protetor disse. — Como você pode dizer agora que sua magia irá nos proteger?

— Passei longos anos estudando a joia e recentemente fiz uma importante descoberta — o Decisor respondeu. — Acredito que a força que impulsiona a Gemagriz, que a faz vagar pelo mundo, não é inerente a pedra, mas está escondida *dentro* da pedra. A pedra é apenas um recipiente, um receptáculo, que mantém e limita o poder lá dentro. Essa força mágica, uma vez libertada, sem dúvida irá se provar imensamente poderosa. Proponho abrirmos a Gemagriz, liberando o poder dentro dela, e usá-lo para proteger nossa terra.

Os Irda ficaram insatisfeitos. Não gostavam de agir de maneira alguma, preferindo passar a vida em meditação e estudos. Tomar uma ação tão drástica era quase impensável! Porém, só precisavam olhar ao redor para ver o dano causado a sua amada terra, seu último refúgio do mundo.

O Protetor arriscou um protesto final.

— Se tem uma força presa dentro da Gemagriz, deve ser, como você mesmo diz, muito poderosa. Tem certeza de que podemos controlá-la?

— Fomos capazes de controlar a própria joia com facilidade até agora. Não vejo dificuldade em controlarmos o seu poder e usá-lo para nos proteger.

— Mas como você tem certeza de que está controlando a Gemagriz? Talvez a ela esteja controlando você, Decisor!

A voz, mais áspera que os tons musicais dos Irda, veio de algum lugar atrás do Protetor. Todos os Irda viraram a cabeça na direção da voz, e se afastaram para que o orador pudesse ser visto. Eram uma jovem, uma humana de idade indeterminada, entre os dezoito e os vinte e cinco anos humanos. A jovem era, aos olhos dos Irda, uma criatura de feiura extraordinária. Apesar de sua aparência desagradável, ou talvez por causa dela, os Irda gostavam dela, cuidando e mimando-a. Tinham feito isso por anos, desde que ela chegara, como uma criança órfã, para viver entre eles.

Poucos Irda teriam ousado fazer uma declaração tão impertinente ao Decisor. A jovem humana devia saber disso. Todos os olhos se voltaram, com reprovação, para o Irda que fora encarregado de cuidar da humana, o homem que se tornou conhecido, por isso, como o Protetor.

Ele parecia bem envergonhado enquanto conversava com a jovem, aparentemente tentando convencê-la a voltar para casa.

O Decisor assumiu uma expressão de paciência extrema.

— Não acho que entendi o que você quis dizer, Usha. Talvez você pudesse se explicar melhor, minha criança.

A jovem parecia contente de estar no centro de tanta atenção. Ela sacudiu os ombros para se libertar da mão gentil, mas restritiva, avançando até ficar no centro do círculo de Irda.

— Como você sabe que a Gemagriz não está controlando você? Se estivesse, provavelmente ela não contaria a você, não é? — Usha olhou ao redor, orgulhosa do seu argumento.

O Decisor aceitou seu argumento, elogiando a inteligência da humana, e cuidadosamente se impediu de sorrir. A ideia era, afinal, ridícula, mas a garota era apenas humana.

— A Gemagriz tem sido muito submissa desde que veio até nós — ele disse. — Está no altar que construímos para ela, e quase não cintila. Duvido que esteja nos controlando, criança. Você não precisa se preocupar com algo do tipo.

Nenhuma outra raça em Krynn era tão poderosa na magia quanto os Irda. Mesmo os deuses — alguns dos Irda, o Decisor entre eles, costumavam dizer — não eram tão poderosos. O deus Reorx tinha perdido a joia. Foram os Irda que a descobriram, pegando-a e agora mantendo-a. Os Irda conhecem as histórias do passado da Gemagriz, como havia espalhado caos e destruição por onde passasse pelo mundo. A Gemagriz era, segundo a lenda, responsável pela criação das raças dos kender, gnomos e anões. Mas isso fora antes dos Irda estarem no controle da joia. Aquilo tinha sido sob o cuidado dos humanos. O que se esperar disso?

O encontro continuou, os Irda tentando de todos os jeitos sair daquela situação sem ter que agir de forma drástica.

Usha logo ficou entediada, como os humanos logo ficam, e disse ao seu Protetor que estava indo para casa, fazer o jantar. Ele ficou aliviado.

Afastando-se do encontro, Usha inicialmente ficou inclinada a se zangar. A sua ideia era boa e tinha sido descartada rápido demais. Mas ficar zangada demandava muita energia e concentração. Tinha outros assuntos em mente. Ela caminhou para fora da aldeia, mas não ia recolher ervas para a refeição da noite.

Em vez disso, caminhou até a praia. Quando alcançou a costa, ficou encarando, fascinada, as pegadas deixadas na areia pelos dois jovens cavaleiros. Ajoelhando-se, apoiou a mão em uma das pegadas. Era muito maior do que a sua mão pequena. Os cavaleiros eram maiores, muito mais altos que ela. Imaginando-os em sua mente, um formigamento confuso, mas agradável, passou pelo seu corpo. Era a primeira vez que ela via outro humano, um macho.

Eram feios, claro, comparados aos Irda, mas não tão feios assim…

Usha ficou na praia, sonhando, por muito, muito tempo.

Os Irda chegaram a uma decisão: deixar o assunto da Gemagriz nas mãos do Decisor. Ele saberia como lidar melhor com essa situação. O que ele determinasse, seria feito. Com essa conclusão, voltaram para suas residências, ansiosos para ficar sozinhos e deixar toda aquela coisa desagradável para trás.

O Decisor não voltou para casa imediatamente. Ele convocou três dos mais velhos dos Irda, colocando-os à parte para um debate privativo.

— Não quis levantar o assunto em público — o Decisor disse, falando baixinho — porque sei a dor que irá causar ao nosso povo. Mas tem mais uma ação a ser tomada para garantir nossa segurança. *Nós* somos imunes às tentações geradas pela Gemagriz, mas tem alguém vivendo entre nós que não é. Vocês sabem de quem estou falando.

Pelas expressões tristes e desoladas dos demais, eles sabiam. O Decisor continuou.

— Fico entristecido por ter que tomar essa decisão, mas precisamos expulsar essa pessoa. Vocês viram e ouviram Usha hoje. Por causa de seu sangue humano, ela está ameaçada pela Gemagriz.

— Não temos certeza — um deles arriscou um protesto fraco.

— Conhecemos as histórias — o Decisor disse com aspereza. — Investiguei e descobri que são verdadeiras. A Gemagriz corrompe todos os humanos que se aproximam, enchendo-os de desejos e anseios que eles não podem controlar. Os filhos do herói da guerra, Caramon Majere, quase se tornaram vítimas dela, de acordo com um relato. O deus Reorx teve que intervir para salvá-los. A Gemagriz pode já ter se apoderado de Usha e está usando-a para causar discórdia entre nós. Portanto, para garantir a segurança dela, assim como a nossa, Usha deve ser mandada embora.

— Mas nós a criamos desde que ela era um bebê — outro ancião protestou. — É o único lar que ela conhece!

— Usha já é velha o bastante para cuidar de si mesma, entre os seus — O Decisor suavizou seu tom severo. — Já comentamos antes sobre como ela está ficando agitada e entediada entre nós. Nossa vida de estudos e contemplação não é para ela. Como todos os humanos, ela precisa de mudanças para crescer. Estamos atrapalhando. A separação vai ser tão vantajosa para ela quanto para nós.

— Vai ser difícil desistir dela. — Um dos anciões limpou uma lágrima, e Irda não costumam chorar. — Especialmente para o Protetor. Ele gosta da criança.

— Eu sei — disse o Decisor, gentilmente. — Parece cruel, mas quanto mais rápido agirmos, melhor será para todos nós, incluindo o Protetor. Estamos de acordo?

A sabedoria do Decisor foi honrada. Ele foi avisar ao Protetor. Os outros Irda correram para suas casas.

3

O adeus. O presente de despedida do Protetor.

— Partir? — Usha encarava sem ver o homem que ela sempre conhecera como o Protetor. — Deixar a ilha? Quando?

— Amanhã, criança — disse o Protetor. Ele já estava andando pela pequena casa que dividiam, recolhendo as coisas de Usha e colocando-as na cama, preparando-se para empacotá-las. — Estão arrumando um barco. Você é boa marinheira. O barco foi aprimorado magicamente. Não vai virar, não importa o quão ruim esteja o mar. Se o vento parar, o barco não vai ficar à deriva, irá continuar navegando, sendo levado pela corrente de nossos pensamentos. Irá levar você em segurança através do oceano até a cidade humana de Palanthas, que está quase em linha reta ao sul. Uma jornada de doze horas, não mais.

— Palanthas... — Usha repetiu, sem compreender por completo, sequer sabendo o que estava falando.

O Protetor assentiu.

— De todas as cidades em Ansalon, penso que você irá achar Palanthas a mais adequada. A população é grande e variada. Os palantinos têm uma grande tolerância a outras culturas. Por estranho que pareça, isso provavelmente é por causa da presença da Torre da Alta Magia e seu mestre, Lorde Dalamar. Apesar de ser da Ordem das Vestes Pretas, ele respeita as...

Usha não ouviu mais nada. Ela conhecia o Prote, sabia que falava por desespero. Como era um homem silencioso e recluso, apesar de gentil, estava falando mais do que falara com ela nos últimos meses, e provavelmente falava apenas para confortar os dois. Ela sabia disso porque, quando ele pegou uma boneca das suas brincadeiras de infância, ele parou de falar de repente, apertando-a contra o peito, segurando-a como antes segurara Usha.

Os olhos dela se encheram de lágrimas. Virou-se rapidamente para que ele não a visse chorar.

— Então, estou sendo mandada para Palanthas? Ótimo. Você sabe que estou querendo ir embora faz um bom tempo. Já planejei toda minha jornada. Estava pensando em ir para Kalaman, mas — ela deu de ombros — Palanthas vai servir. Qualquer lugar seria bom.

Ela não tinha pensado em ir para Kalaman. O nome daquela cidade foi apenas o primeiro a surgir em sua mente. Mas fez parecer que estava planejando aquela viagem há anos. A verdade era que estava apavorada. Terrível e horrivelmente apavorada.

Os Irda sabem onde eu estive na noite passada!, ela pensou, sentindo-se culpada. *Sabem que estive na praia. Sabem o que eu estava pensando e sonhando!*

Seus sonhos haviam invocado as imagens dos cavaleiros: os rostos jovens, o cabelo molhado de suor, as mãos grandes e fortes. Em seus sonhos, eles a encontravam, falavam com ela e a levavam embora em seu navio de cabeça de dragão. Juravam que a amavam, abandonando a luta e a espada por ela. Tolice e ela sabia. Como um homem poderia amar alguém tão feia? Mas ela podia sonhar que era bonita, não podia? Usha corou com força ao lembrar de seus sonhos. Estava com vergonha deles, com vergonha dos sentimentos que acordavam dentro dela.

— Sim, nós dois sabemos que é hora de você partir — o Protetor disse, um pouco sem jeito. — Já falamos sobre isso.

Era verdade que Usha *tinha* falado sobre isso nos últimos três anos. Ela planejava sua viagem, decidia o que ia levar, chegava ao ponto de marcar uma data. Uma data vaga, nebulosa: a noite do Equinócio de Verão ou o Tempo das Três Luas. Os dias iam e vinham. Usha sempre ficava. O mar estava revolto demais, o tempo frio demais, o barco era inadequado ou os presságios, desfavoráveis. Seu Protetor sempre concordava com ela, como concordava com tudo que ela fazia e dizia, e nada mais era dito. Até a próxima vez em que Usha planejasse a viagem.

— Você tem razão. Eu queria ir mesmo — ela disse, torcendo para que o tremor na sua voz parecesse ser de empolgação. — Eu já tenho quase tudo pronto.

Ela passou a mão nos olhos e se virou para encarar o homem que a criara desde a infância.

— E o que você está fazendo, Prote? — Era o apelido que dera a ele quando criança. — Você não está achando que eu vou até Palanthas levando minha boneca, não é? Deixa isso aí. Vai fazer companhia a você enquanto eu estiver fora. Vocês podem ficar conversando até eu voltar.

— Você não vai voltar, criança — disse Prote, baixinho.

Ele não olhou para ela, mas acariciou a boneca gasta. Então, em silêncio, entregou-lhe a boneca.

Usha o encarou. O tremor virou um nó e o nó trouxe mais lágrimas aos seus olhos. Pegou a boneca e a arremessou pela pequena sala.

— Estou sendo punida! Punida por falar o que penso! Punida por não ter medo daquele homem! O Decisor me odeia! Vocês todos me odeiam! Porque eu sou feia e estúpida e… e humana! Bom! — Usha limpou suas lágrimas com as costas das mãos, ajeitou o cabelo e respirou fundo, trêmula. — Eu não estava planejando voltar mesmo. Quem iria querer voltar? Quem se importa com esse lugar chato onde ninguém fala com ninguém por meses a fio? Não eu! Vou embora hoje à noite! Agora! Pro inferno com essa arrumação! Não quero nada de você nunca! Nunca! Nunca mais!

Ela estava chorando — chorando e ao mesmo tempo observando para ver o efeito das suas lágrimas. O Protetor a encarava, indefeso, como sempre fazia quando ela chorava. Ele iria ceder. Ele sempre cedia. Faria qualquer coisa para aplacá-la, acalmá-la, daria o que ela quisesse. Sempre fazia.

Os Irda não estavam acostumados a demonstrar suas próprias emoções, a não ser que fossem muito fortes. Consequentemente, os Irda ficavam confusos com as ondas tempestuosas do temperamento humano. Não aguentavam ver alguém em uma situação de emoções extremas. Era constrangedor, indigno, impróprio. Usha tinha aprendido cedo que lágrimas e birras faziam com que conseguisse tudo o que queria. Seus soluços ficaram mais altos, ela se engasgou e engoliu, comemorando em segredo. Ela não iria ser mandada embora. Não agora.

Eu irei, pensou ressentida. *Mas só quando eu estiver pronta!*

Alcançou o estágio dos soluços dolorosos e pensou que estava na hora de parar e dar ao Prote a chance de se desculpar humildemente por tê-la chateado quando ouviu algo surpreendente.

A porta fechando.

Usha engoliu em seco e procurou um lenço para limpar os olhos. Quando voltou a enxergar, olhou ao redor, espantada.

O Protetor se fora. Ele a deixara.

Usha estava sentada sozinha na pequena casa silenciosa que fora sua por todos aqueles anos que se passaram desde que a trouxeram até ali como um bebezinho. Ela tentou manter um registro, marcando os anos desde o dia em que Prote disse que ela nascera. Mas parou de contar por volta dos treze anos. Até então tinha sido uma brincadeira, mas naquela idade, por algum motivo, a brincadeira tinha se tornado dolorosa. Ninguém falava muito sobre seus pais ou porque não estavam mais ali. Não gostavam de falar sobre isso. Ficavam tristes sempre que ela tocava no assunto.

Ninguém dizia quem ela era… só dizia quem ela não era. Ela não era Irda. E então, em um acesso de tristeza, ela parou de marcar os anos, e quando passaram a ser importantes de novo, tinha perdido a conta. Quantos anos se passaram? Quatro ou cinco? Seis? Dez?

Não que importasse. Nada importava.

Usha sabia que daquela vez lágrimas não iriam ajudar.

No dia seguinte, perto do zênite solar, os Irda se reuniram de novo — duas vezes em dois dias, algo praticamente sem precedentes na história deles — para dar adeus à "criança" humana.

Usha estava escudada pela raiva e pelo ressentimento. Suas despedidas foram formais, distantes, como se estivesse se despedindo de um primo distante que passou para uma visita.

— Não me importo.

Foram as palavras que o Protetor a ouviu dizer — nada baixo — para si mesma.

— Estou feliz de estar indo embora! Vocês não me querem. Ninguém nunca me quis. Não me importo com nenhum de vocês. Vocês também não se importam comigo.

Mas os Irda se importavam. O Protetor queria poder dizer isso a ela, mas essas palavras sairiam com dificuldade, se é que sairiam. Os Irda aprenderam a gostar da criança sorridente, despreocupada, que os sacudira em suas contemplações estudiosas, forçando-os a abrirem seus corações trancados. Se a tinham mimado — e tinham feito isso, o Protetor sabia — não tinha sido intencional. Ficavam felizes ao deixá-la feliz, e, portanto, faziam tudo o que podiam para mantê-la assim.

Estava começando a achar, vagamente, que talvez tivesse sido um erro. O mundo para o qual a empurravam com tanta rudeza não se importava com Usha. Se ela estava feliz ou triste, morta ou viva, não era um problema para o mundo. Naquele momento lhe ocorreu, um pouco tarde, que talvez Usha precisasse de disciplina, de aprender a lidar com essa indiferença.

Mas eles nunca pensaram que teriam que libertar aquele selvagem pássaro canoro. A hora chegara e, apesar de não haver grandes demonstrações de afeto, os Irda mostravam seus sentimentos da única forma que sabiam: eles lhe deram presentes.

Usha aceitou os presentes com agradecimentos pouco graciosos, pegando-os e os enfiando numa bolsa de couro, mal dando um breve olhar. Quando tentavam explicar o que o presente fazia, Usha ignorava a explicação. Ela estava ferida, profundamente, e queria ferir cada um deles também. O Protetor não conseguia culpá-la por isso.

O Decisor fez um discurso tocante, ao qual Usha ouviu em silêncio gélido, e então chegou a hora. A maré estava certa, o vento estava certo. Os Irda murmuravam suas preces e seus bons votos. Usha virou de costas para eles e foi para a floresta, indo na direção da praia, apertando com força os presentes contra o peito.

— Não me importo! Não me importo! — ela repetiu várias e várias vezes, no que o Protetor esperava que fosse um mantra de fortalecimento.

Ele foi o único a acompanhá-la até o barco. Ela se recusava a falar com ele e ele começou a imaginar que estivera errado sobre ela. Talvez ela fosse um daqueles humanos sem sentimentos. Na metade do caminho até a praia, quando os dois estavam sozinhos na floresta, Usha parou de repente.

— Prote! Por favor! — Ela jogou os braços ao redor dele e o abraçou com força, uma demonstração de afeto que ela não fazia desde que deixara a infância. — Não me mande embora! Não me faça partir! Vou ser boa! Não vou causar mais problemas! Eu amo você! Amo vocês todos!

— Eu sei, criança, eu sei. — O Protetor, seus olhos também lacrimejantes, batia sem jeito nas costas dela. Tinha fortes lembranças de quando fizera isso quando ela era um bebê, embalando-a em seus braços, tentando ao máximo dar o amor que a mãe não seria capaz de dar.

Quando os soluços de Usha pararam, ele a segurou com os braços esticados e olhou em seus olhos.

— Criança, eu não deveria contar isso. Mas não posso deixá-la partir pensando que não a amamos mais, que você nos desapontou de algum jeito. Você jamais poderia, Usha. Amamos muito você. Quero que acredite nisso. A verdade é... vamos trabalhar com magia, uma magia muito poderosa, um esforço para impedir que os cavaleiros malignos retornem. Não posso explicar, mas essa magia pode ser perigosa para você, Usha, porque você não é Irda. Pode machucar você. Estamos mandando-a embora porque estamos preocupados com sua segurança.

Uma mentira, talvez, mas inofensiva. Na verdade, Usha estava sendo mandada embora porque ela poderia ser perigosa para a magia. A humana era a única falha na estrutura perfeita e cristalina do encantamento que os Irda planejavam fazer para conter o poder da Gemagriz. O Protetor sabia que esta era a verdadeira razão para o Decisor ter decretado a partida de Usha.

Usha fungou. O Protetor limpou o nariz e o rosto dela, como fazia quando era uma menininha.

— Essa... essa mágica — Usha engoliu em seco. — Vai manter vocês a salvo? A salvo do mal?

— Sim, criança. Foi o que o Decisor disse, e não temos motivo para duvidar da sua sabedoria.

Outra mentira. O Protetor tinha contado mais mentiras naquele único dia do que fizeram em uma vida medida em séculos. Ficou tremendamente espantado ao descobrir que era bom nisso.

Usha tentou, sem sucesso, sorrir.

— Obrigada por ser honesto comigo, Prote. Eu... eu lamento ter sido tão rude com os demais. Diga isso a eles por mim. Diga o quanto vou sentir a falta deles e como vou pensar em vocês, em todos vocês, todos os dias... — As lágrimas ameaçaram surgir de novo. Ela engoliu e sacudiu a cabeça para tirá-las dos olhos.

— Vou dizer a eles, Usha. Agora, venha. O sol e a maré não esperam ninguém, ou assim os minotauros dizem.

Caminharam até a praia. Usha estava muito quieta. Parecia estarrecida, incrédula, entorpecida.

Chegaram no barco — um barco a vela grande, com dois mastros, com desenho e confecção dos minotauros. O barco tinha sido adquirido pelos Irda muitos anos antes, para ser usado na busca pela Gemagriz. Com a tarefa cumprida, os Irda não tinham mais uso para o barco e deram permissão ao Protetor para ensinar Usha a navegá-lo. Apesar de não gostar disso, ele sempre temera que esse dia iria chegar.

Usha e o Protetor guardaram os dois pacotes com cuidado — um pequeno, contendo itens pessoais que podiam ser pendurados nas suas costas, e uma bolsa maior, que guardava os presentes dos Irda. Usha usava o que os Irda acharam ser vestimentas adequadas para viajar no calor: calças feitas de seda verde clara, soltas e fluídas, presas nos tornozelos, ajustada por uma faixa bordada, uma túnica de seda combinando, aberta no pescoço, amarrada na cintura com um cinto dourada; e um colete de veludo negro, bordado a mão com cores vibrantes. Um lenço de seda verde cobria a sua cabeça.

— Todos esses pacotes… você parece um kender. — O Protetor tentou fazer uma piadinha.

— Um kender! — Usha se forçou a rir. — Você me contou tantas histórias sobre eles, Prote. Você acha que vou conseguir encontrar um?

— É mais fácil encontrá-los do que se livrar deles. Ah, sim, criança — o Protetor sorriu de suas memórias antigas. — Você irá encontrar os kender de dedos leves e corações abertos. E os anões sérios e azedos, os espertos e habilidosos gnomos, cavaleiros bonitos e corajosos, os elfos e suas vozes de prata. Você vai encontrar todos.

Enquanto falava, o Protetor observava o olhar de Usha se afastar dele. Ela observava o mar. A expressão no seu rosto tinha mudado, não parecia mais espantada, entorpecida. Podia ver a fome, a ânsia para ver, ouvir, provar e tocar a vida. No horizonte, nuvens brancas se acumulavam, ficando mais e mais altas. Usha não via as nuvens, mas cidades, brancas e iluminadas ao sol. Ele tinha a sensação de que se o oceano fosse um piso, ela correria por ele naquele momento.

O Protetor suspirou. O lado humano finalmente tomara o controle da criança órfã. A empolgação brilhava em seus olhos, os lábios afastados. Ela se inclinava para frente, em uma ânsia inconsciente, pronta — como são todos os humanos — para correr na direção do futuro.

Ele sabia, muito melhor do que ela — pois fora um dos poucos Irda a ter andado pelo mundo — quais os perigos que Usha iria encarar em sua inocência. Ele quase a avisou, as palavras estavam na sua língua. Tinha falado a ela sobre kender e cavaleiros. Agora precisava falar dos cruéis draconianos, os clérigos sombrios que cometiam atos impensáveis em nome de Morgion ou de Chemosh, magos de Vestes Negras com anéis que roubavam vida, ladrões, ladinos, mentirosos e sedutores.

Mas não contou. Os avisos não foram dados. Ele não teve a coragem de diminuir aquele brilho, de manchar aquele esplendor radiante. Logo ela saberia. Esperava que os deuses cuidassem dela, como diziam que faziam com as crianças adormecidas, animais perdidos e kender.

O Protetor ajudou Usha a entrar no barco.

— A magia irá guiar a embarcação até Palanthas. Tudo o que você precisa fazer, criança, é manter o sol poente na sua bochecha esquerda. Não tema a tempestade. O barco não pode ser adernado. Se o vento morrer, nossa magia será a sua brisa marítima, ajudando a acelerar o barco. Deixe as ondas embalarem você em seu sono. Quando você acordar de manhã, irá ver as torres de Palanthas brilhando do sol.

Juntos, ergueram as velas. Durante esse processo, o Protetor estava distraído, discutindo consigo mesmo, tentando chegar a uma decisão. Por fim, conseguiu.

Quando a embarcação estava pronta, o Protetor ajeitou Usha na popa, arrumando suas posses com cuidado ao redor dela. Com isso feito, ele pegou um rolo de pergaminho amarrado com um laço preto. O Protetor o entregou para Usha.

— O que é isso? — ela perguntou, olhando-o com curiosidade. — Um mapa?

— Não, criança. Não é um mapa. É uma carta.

— É para mim? — Seu rosto se iluminou com esperança. — Aqui fala sobre meu pai? Sobre por que ele me deixou? Você prometeu que um dia ia me explicar, Prote.

O Protetor corou violentamente, pego de surpresa.

— Hum... não, criança. Você já conhece a história, o que mais eu poderia acrescentar?

— Você disse que ele me deixou depois da morte da minha mãe, mas nunca disse o porquê. Era porque ele não me amava? Porque eu fui a causa da morte da minha mãe. Ele me odiava...

— De onde você tirou essa ideia, criança? — O Protetor ficou chocado. — Seu pai a amava profundamente. Você sabe o que aconteceu, eu te contei.

Usha suspirou.

— Sim, Prote — ela disse. Todas as conversas sobre seus pais terminaram assim. Ele se recusava a contar a verdade. Muito bem, não tinha importância. Ela encontraria sua própria verdade.

O Protetor bateu na carta, ansioso por mudar de assunto.

— A missiva não é para você, mas quando a ilha não estiver mais a vista, você pode abri-la e lê-la. Aquele a quem você irá entregá-la pode ter perguntas que só você pode responder.

Usha olhou para a carta com uma expressão intrigada.

— Então, para quem é, Prote?

O Protetor ficou em silêncio por um momento, lutando consigo mesmo. Sacudindo a cabeça para se livrar da dúvida, respondeu:

— Tem um mago poderoso que reside em Palanthas. Seu nome é Dalamar. Depois de ler a carta, leve-a para ele. O correto é ele saber o que estamos planejando. No caso… — Ele se interrompeu, mas Usha percebeu logo.

— No caso de algo dar errado! Oh, Prote! — Ela se agarrou a ele, com o momento de partir chegando. — Estou assustada!

Você estará, criança, por toda sua vida. É a maldição do ser humano. Ele se inclinou, beijando-a na testa.

— A benção da sua mãe e do seu pai vão acompanhar você.

Ele saiu do barco. Empurrando-o para fora da costa, fez com que passasse por cima das ondas.

— Protetor! — Usha gritou, estendeu a mão como se fosse segurá-lo.

Mas a água, ou a magia, ou ambos, levou o barco embora rapidamente. O bater das ondas na praia afogaram suas palavras.

O Protetor ficou na areia da praia enquanto o barco estava à vista. Mesmo depois que o pequeno ponto branco desapareceu no horizonte, permaneceu ali.

Apenas quando a maré subiu, apagando todos os traços das pegadas de Usha na areia, o Protetor se virou e partiu.

4

Uma carta para Dalamar.

Usha, sozinha no barco, observou a forma esguia do Protetor ficar cada vez menor, observou a costa da sua terra diminuir até ser nada além de uma linha preta no horizonte. Quando o Protetor e a linha da costa estavam fora da vista, Usha deu um empurrão no leme para virar o barco, levá-lo de volta.

O barco não respondeu. O vento soprava forte e firme. A magia Irda manteve o barco velejando na direção de Palanthas.

Usha se jogou no fundo do barco e se afundou na sua tristeza, chorando até quase vomitar.

As lágrimas não aliviaram em nada a dor em seu coração. Ao contrário, só lhe deram soluços, fazendo seus olhos coçarem e seu nariz escorrer. Procurando um lenço, encontrou a carta que o Protetor lhe dera. Abriu-a sem entusiasmo, esperando que fosse apenas mais uma justificativa para se livrarem dela, e começou a ler:

> Minha Usha.
>
> Você está dormindo enquanto escrevo isto. Olho para você — descansando em paz, o braço sobre a cabeça, o cabelo amassado, o rosto manchado de lágrimas — e lembro da criança que trouxe calor e alegria para a minha vida. Já sinto a sua falta e você ainda nem partiu!

Sei que está magoada e zangada por estar sendo mandada embora sozinha desse jeito. Por favor, acredite em mim, minha querida, que eu jamais faria isso se estivesse convencido que esta partida é o melhor que poderíamos fazer por você.

A questão que você levantou no encontro, sobre a Gemagriz e seu controle sobre nós, é uma que muitos de nós têm feito. Não estamos certos de que quebrar a Gemagriz seja o melhor caminho. Aquiescemos à sabedoria do Decisor porque, sinceramente, sentimos que não havia escolha.

O Decisor decretou que nenhuma indicação do que está sendo planejado seja dada ao mundo exterior. Eu acho que ele está errado. Por tempo demais, temos nos mantido apartados do mundo. Isso resultou — mais de uma vez — em tragédia. Minha própria irmã...

Naquele ponto, o que foi escrito tinha sido rasurado. O Protetor nunca mencionou uma irmã. O que teria acontecido com ela? Usha tentou decifrar o que estava abaixo da rasura, mas não conseguiu. Suspirando, prosseguiu. A próxima parte era endereçada a Lorde Dalamar, na Torre da Alta Magia, em Palanthas.

Usha passou rápido pelas apresentações educadas e pela descrição de como os Irda tinham conseguido roubar a Gemagriz, uma história que ela ouvira inúmeras vezes e agora achava tediosa. Pulou para a parte interessante:

A Gemagriz repousa no altar que construímos especialmente para guardá-la. Em um primeiro olhar, a pedra é despretensiosa em sua aparência. Um exame mais atento torna a Gemagriz mais interessante. Seu tamanho parece variar de acordo com o observador. O Decisor insiste em dizer que é do tamanho de um gato adulto, enquanto eu a vejo do tamanho de um ovo de galinha.

É impossível determinar o número de faces. Todos nós contamos e nenhum de nós chegou à mesma conclusão que outro. E o número não difere por um ou dois, mas são radicalmente diferentes, como se cada um de nós estivesse analisando uma pedra diferente.

Sabemos que a pedra é de natureza caótica. Também sabemos que o deus Reorx fez muitas tentativas para recuperar a joia, mas sempre falhou. A Gemagriz está além de seu poder. Por que, então, nos foi permitido mantê-la?

A resposta do Decisor a essa pergunta é que o deus Reorx é um deus fraco, facilmente distraído e indisciplinado. Isso pode ser verdade, mas me pergunto por que os outros deuses nunca fizeram uma tentativa para controlar a joia. Pode ser por eles também seres fracos demais contra ela? Porém, se os deuses são onipotentes, como isso é possível? A não ser que a própria Gemagriz contenha um poder mágico muito mais forte do que o dos deuses.

Se for assim, a Gemagriz é infinitamente mais poderosa do que nós. Isso significa que a Gemagriz não está sob nosso controle. Ela está nos enganando, nos usando — com que propósito ou objetivo, eu não sei. Mas tenho medo.

É por isso que incluí uma cópia da história da criação do mundo e da Gemagriz conforme nós, Irda, a conhecemos. Você irá descobrir, Lorde Dalamar, que é bem diferente das outras histórias registradas, e esse é um dos motivos do porquê considero essencial que esta informação chegue ao Conclave dos Magos. Talvez algumas pistas sobre Gemagriz possam ser retiradas desse relato.

— História dos Irda! — Usha suspirou e quase enrolou a carta de novo. — Já ouvi isso milhares de vezes! Já sei de cor!

Tinha aprendido a ler e escrever na língua dos Irda e também na língua conhecida como Comum, que os Irda nunca usavam entre si, mas que julgaram ser necessário que ela soubesse. Apesar de ter ido bem em suas lições, Usha não tinha gostado tanto assim de aprender. Ao contrário dos estudiosos Irda, ela preferia fazer coisas a ler sobre fazer coisas.

Mas ela não tinha mais nada a fazer além de gemer, chorar e sentir pena de si mesma. Curvando-se na borda, mergulhou o lenço na água salgada e molhou seu rosto e sua testa quentes, sentindo-se melhor. E assim, para livrar sua mente da tristeza, continuou a ler, entediada no começo, mas aos poucos foi ficando interessada. Podia ouvir a voz de Prote nas palavras e estava de novo sentada na pequena mesa, ouvindo a sua versão da criação do mundo:

De acordo com nossos ancestrais[1], os três deuses que conhecemos agora, Paladine, Takhisis e Gilean, moravam juntos no plano imortal. Eram irmãos, nascidos do Caos, o Pai de Tudo e de Nada. Paladine era o filho mais velho, consciente e responsável. Gilean era o filho do meio, estudioso e contemplativo. Takhisis era a única filha, a mais nova, e, de certa forma, a favorita. Ela era inquieta, ambiciosa e estava entediada.

Takhisis queria poder, queria dominar os outros. Ela tentou, mas não conseguiu ter poder sobre seus irmãos. Paladine era obstinado demais, Gilean não se importava. E assim, nós, Irda, acreditamos que foi por instigação de Takhisis que o mundo de Krynn e toda a vida neste plano surgiu.

Takhisis pode ser muito charmosa e sagaz quando quer. Ela foi até os dois irmãos mais velhos com a ideia de criar um mundo e os espíritos para habitá-lo. Para Paladine, ela ressaltou como esses espíritos trariam ordem a um universo então caótico. Paladine há muito se preocupava pelo fato de suas vidas não terem propósito nem sentido. Ele e sua consorte, Mishakal, ficaram satisfeitos pela ideia de mudança e deram seu consentimento.

— Claro que você falou com o Pai sobre isso — Paladine disse. — Você obteve a permissão dele.

— Ah, claro, meu querido irmão — Takhisis respondeu.

Paladine devia saber que sua irmã estava mentindo, mas estava tão ansioso para ordenar o universo que fechou seus olhos para a verdade.

Takhisis foi então até Gilean. Ela falou sobre as oportunidades para estudar, uma chance de ver como seres, além deles mesmos, iriam reagir em situações diversas.

Gilean achou uma ideia intrigante. Não tendo consorte (não há registros sobre o que aconteceu com ela), Gilean se

[1]Estudiosos de Krynn vão perceber que a lenda da criação relatada pelo Protetor difere em alguns aspectos das lendas da criação segundo outras raças. Natural, levando em consideração que cada raça vai se considerar central para o universo. Os anões, por exemplo, se recusam a admitir que foram criados pela confusão causada pela Gemagriz. Insistem que são uma criação de Reorx. Muitos elfos acreditam que são a única raça verdadeira e que outras raças são apenas manchas de tinta no Grande Livro de Gilean. Porém, os Irda são a raça que possui a maior história ininterrupta de Krynn, portanto consideramos que seu relato provavelmente é o mais próximo dos eventos reais.

consultou com Zivilyn, um deus que veio de outro dos planos imortais simplesmente conhecido como o Além. Dizem que Zivilyn existe em todos os planos em todos os tempos.

Zivilyn olhou para frente e olhou para trás. Ele olhou para a sua esquerda e para a sua direita. Olhou para cima e olhou para baixo, e finalmente declarou que a ideia era boa.

Gilean, portanto, concordou.

— Você, claro, mencionou isso para o Pai — Gilean perguntou, como um pensamento tardio, sem sequer se preocupar em levantar os olhos do livro.

— Certamente, meu irmão querido — Takhisis devolveu.

Gilean sabia que Takhisis mentia — Zivilyn o tinha avisado que ela iria. Mas a oportunidade de conhecimento era uma tentação grande demais e ele fechou seus olhos para a verdade.

Tendo conseguido a concordância de seus irmãos, Takhisis colocou seu plano em ação.

No Além, vivia um deus conhecido como Reorx. Não se conhece muito sobre seu passado, embora haja rumores que ocorreu uma tragédia terrível que o levou a recusar a companhia de outros imortais. Ele morava sozinho em seu plano, em sua forja, passando tempo criando coisas belas e horríveis, maravilhosas e terríveis. Deliciava-se na criação. Ele não tinha uso para nenhum dos objetos que criava e, assim que os finalizava, simplesmente os jogava fora. Nós ainda os vemos. Por vezes, um cai no chão. São conhecidos como estrelas cadentes.

Takhisis foi até Reorx e elogiou suas criações.

— Mas que pena — ela disse — que você as jogue fora! Tenho um plano. Você irá criar algo que não irá entediá-lo, mas irá oferecer novos desafios todos os dias de sua vida imortal. Você irá criar um mundo e populá-lo com espíritos e irá ensinar esses espíritos todas as habilidades que você tem.

Reorx ficou encantado com a ideia. Enfim, seu processo infinito de criação teria algum uso, algum benefício. Concordou de pronto.

— Você já esclareceu com o Pai? — ele perguntou à Takhisis.

— Jamais teria vindo falar com você se não tivesse — ela respondeu.

Reorx, simples e honesto, não fazia ideia que Takhisis estava mentindo.

Os deuses se reuniram: Paladine, Mishakal e seus filhos; Gilean e sua única filha natural, junto com seus filhos adotados; e Takhisis, seu consorte Sargonnas e seus filhos; Reorx surgiu, arrumou sua forja e, no meio noite escura e infinita do Caos, colocou um pedaço de metal derretido e incandescente e deu o primeiro golpe com seu martelo.

Naquele momento, os dois irmãos foram obrigados a abrir os olhos.

Takhisis não tinha consultado Caos, Pai de Tudo e de Nada. Tendo consciência de que ele iria se opor ao seu plano de trazer ordem ao universo, ela manteve sua trama deliberadamente escondida dele. E não há dúvidas que seus irmãos sabiam disso.

Caos poderia ter destruído seus filhos e seu brinquedo naquele ponto, mas, como um pai faz, decidiu que seria melhor ensiná-los uma lição.

— Vocês vão mesmo criar ordem — ele ribombou —, mas irei me certificar que essa ordem irá criar discórdia, tanto entre vocês quanto entre aqueles que irão habitar em seu mundo.

Nada podia ser feito para alterar o que tinha acontecido. As queimas do martelo de Reorx já tinham virado as estrelas. A luz das estrelas tinha dado origem aos espíritos vivos. O próprio Reorx forjou um mundo em que esses espíritos poderiam habitar.

E foi então que a maldição do Caos se manifestou.

Takhisis queria os espíritos recém-criados sob seu controle, tencionando a dar-lhes ordens e forçando-os a fazer suas vontades. Paladine os queria sob seu controle, tencionando a nutri-los e guiá-los no caminho da retidão. Gilean não conseguia ver de forma acadêmica vantagem em nenhum dos dois caminhos. Ele queria que os espíritos permanecessem livres, escolhendo o caminho pelo qual queriam viver. Assim, o mundo seria muito mais interessante.

Os irmãos discutiram. Seus filhos e os deuses de outros planos foram atraídos para a batalha. A Guerra de Todos os Santos começou.

O Pai de Tudo e de Nada gargalhou, e sua risada foi algo horrível de se escutar.

Por fim, Paladine e Gilean perceberam que a batalha poderia destruir toda a criação. Aliaram suas forças contra a irmã e, apesar de não terem conseguido uma vitória completa, pelo menos a forçaram a chegar a um acordo. Relutante, concordou que todos os três deveriam governar o novo mundo juntos, mantendo um equilíbrio entre eles. Assim, esperavam acabar com a maldição colocada neles pelo seu Pai, Caos.

Os três deuses decidirem que cada um deles iria dar dons aos espíritos que possibilita que vivessem e prosperassem no mundo recém-formado.

Takhisis deu aos espíritos ambição e desejo. Os espíritos não apenas iriam controlar o mundo, mas iriam procurar constantemente torná-lo melhor — e a eles também.

Gilean deu aos espíritos o dom da escolha. Cada um teria a liberdade de tomar suas próprias decisões. Nenhum deus possuiria poder absoluto.

Todos os dons eram bons, nenhum deles mau — a não ser que fossem levados a extremos. A necessidade de controlar, levada a extremos, leva ao medo da mudança, a supressão de novas ideias, a intolerância de algo diferente.

Ambição, levada a extremos, leva a uma determinação de obter poder a qualquer custo. Desejos podem se tornar obsessões, levando à ganância, avidez, luxúria e ciúme.

Liberdade, levada a extremos, é anarquia.

Os espíritos conseguiram a forma física, surgindo da imaginação dos deuses. Da mente de Paladine, vieram os elfos — sua raça ideal. Eles se encantam em controlar o mundo físico, moldando-o à sua vontade. Vivem muito, mudam pouco.

Takhisis imaginou uma raça de criaturas de beleza suprema, todos ambiciosos e egoístas como ela mesma. Esses eram os ogros e conforme sua ânsia aumenta, sua beleza é consumida. Mas eram imensamente fortes e muito poderosos.

Nós, os Irda, podemos ser chamados de criações de Takhisis, pois somos os ogros originais. Vimos o que estava acontecendo com nosso povo e alguns de nós se voltaram para Paladine, implorando ajuda, e ele permitiu que nos libertássemos da Rainha da Escuridão. Mas o custo foi alto. Não podemos viver perto de outras raças, ou iremos sucumbir à tentação e cairemos de novo. Devemos ser um povo isolado e solitário, apreciando o isolamento, perpetuando nossa própria solidão. Mesmo a união para gerarmos uma progênie é difícil para nós, e assim nosso povo jamais será numeroso. Aceitamos todas essas condições para escapar do destino de nossos irmãos. E assim, o mundo não sabe nada sobre nós — ou o que sabem é falso.

Gilean imaginou para criar a raça dos humanos. Eles têm a vida mais curta, são os mais rápidos para mudar, e mudam facilmente de um lado para o outro.

O Pai, para sua própria diversão e para aumentar a probabilidade de confusão, criou os animais. Irritou muito seus filhos ao dar vantagens a muitos dos animais, principalmente aos dragões, que possuem sabedoria, inteligência, vida longa, magia, força e armas formidáveis.

Desde a chegada dos dragões em Krynn, as outras espécies mortais ou lutaram com os dragões ou conseguiram se aliar com eles.

Assim, veio a criação do equilíbrio no mundo. Os elfos pensam em si mesmos como a personificação do "bem", enquanto os ogros seriam o epítome do "mal". (Interessante notar que, na visão dos ogros sobre o mundo, é o completo oposto. São os ogros que se veem como o "bem", os elfos e os outros como eles, que defendem o extermínio da raça ogra, são o "mal".) Humanos, estando no meio, podem ser levados a se juntar a qualquer lado e assim o fazem constantemente.

Assim, são os humanos, em cujo sangue se misturam todos os dons dos deuses — a necessidade de controlar, a ambição, os desejos, e a liberdade de escolher usá-los de forma benéfica ou não, que correm através do tempo, criando, mudando, alterando, destruindo. Isso é chamado de progresso.

Foi também nessa época que a magia chegou ao mundo. Três dos filhos dos deuses cresceram juntos e se tornaram incomumente próximos: Solinari, filho de Paladine e Mishakal; Nuitari, filho de Takhisis e Sargonnas, e Lunitari, filha de Gilean. Todos os deuses possuem o poder da magia, mas nesses três esse poder foi amplificado pelo amor, pela magia e pela dedicação a sua arte. Isso formou um laço entre eles, tão diferentes em todos os outros aspectos.

Quando a Guerra de Todos os Santos aconteceu, esses três foram pressionados por seus pais a se juntar a um dos lados. Os três primos temiam que a guerra destruísse o que eles mais amavam: a magia. Prometeram ser fiéis à magia, leais uns aos outros e deixaram o panteão dos deuses. Assumindo uma forma mortal, caminharam pela face de Krynn.

Cada primo encontrou um seguidor entre os mortais, e a este seguidor deu o dom da magia. Esse dom podia ser passado a outros mortais, e esses mortais poderiam, quando precisassem, chamar os três deuses para ajudá-los. Os três primos deixaram Krynn, mas ficaram por perto, circulando nos céus, observando com olhos que não piscam os mortais que usam seus dons. Os mortais conhecem esses "olhos" como as três luas de Krynn: a prateada Solinari, a vermelha Lunitari, e a invisível (exceto por seus seguidores) Nuitari.

Nós, Irda, possuímos poderes mágicos muito fortes, mas não temos certeza de onde esse poder emana. Não estamos alinhados com os magos de Krynn e somos, na verdade, considerados "renegados." Vocês nos veem como uma ameaça, um perigo para as suas ordens. Nossa magia é uma das principais razões para evitarmos contato com outras espécies. A magia é crucial para nossa sobrevivência. Todo Irda nasce com ela. A magia está, podemos dizer, em nosso sangue e vem para nós tão natural como os outros sentidos: visão, olfato, audição, toque, paladar. Precisamos explicar como vemos? Não vejo motivos para o mundo exigir que expliquemos como conseguimos fazer o que eles consideram, aos seus olhos, como milagre.

Continuando a história da criação:

O novo mundo era jovem e selvagem, como eram os espíritos dos mortais que ali habitavam. Os elfos trabalhavam duro e dominavam a sua parte do mundo. Os ogros aprenderam a se adaptar à sua. Humanos buscavam moldar a sua parte e a melhorar. Reorx, um deus solitário, se ofereceu para ajudá-los. Dizem que o único momento em que Reorx estava feliz de verdade é quando estava mexendo e interferindo na vida dos mortais.

Reorx ensinou várias habilidades a um grupo de humanos, incluindo a técnica de forjar aço. Os elfos e os ogros desejavam o metal, que não sabem produzir. Foram até os humanos para comprar espadas, facas e ferramentas de aço. Os humanos ficaram muito orgulhosos de suas habilidades e começaram a debochar deles. Esqueceram, em seu orgulho, de honrar Reorx, seu professor. Até evitaram o deus quando este ficou em seu meio, rindo dele por ser mais baixo, ridicularizando seu interesse pela arte com a qual ganhavam tanto dinheiro.

Enfurecido, Reorx amaldiçoou esses humanos. Tirou deles as habilidades que ensinou, deixando-os apenas com o desejo de inventar, construir. Decretou que esses humanos seriam baixos, envelhecidos e ridicularizados por outras raças. Ele os transformou em gnomos.

Durante essa época, conhecida como Era do Crepúsculo, o equilíbrio do mundo, que tinha se mantido relativamente estável, começou a mudar. Já não mais contentes com o que tinham, os humanos começaram a desejar o que seus vizinhos tinham. Os ogros, incitados por Takhisis, queriam poder. Os elfos queriam ser deixados em paz e estavam prontos a lutar para preservar seu isolamento.

Hiddukel foi um dos deuses do Além trazido a este plano por Takhisis para aumentar seu domínio sobre os humanos. Hiddukel é um fazedor de acordos. Ele ama negociar e barganhar, e é muito bom nisso. Ele viu no mover das escalas da balança uma forma de aumentar o seu poder. A guerra seria boa para os negócios, trazendo um aumento na produção de armas, armaduras, comida para alimentar os animais e assim por diante. Como também era um negociante das almas dos mortos, Hiddukel conseguiu vislumbrar um bom lucro a ser feito nessa área também.

Querendo aumentar a confusão, Hiddukel foi até a Chislev, a deusa dos bosques e da natureza, e, com o máximo do seu jeito persuasivo, convenceu-a que o fim estava próximo.

— É apenas uma questão de tempo antes que a guerra comece — ele disse, manso. — E o que isso irá fazer com o ambiente? Florestas derrubadas para construir torres de cerco, brotos transformados em arcos e flechas, campos arrasados ou queimados. Precisamos colocar um fim nessa briga entre as raças de uma vez por todas. Pelo bem da natureza, claro.

— E qual seu interesse nisso? — Chislev questionou. — Não consigo acreditar que você esteja interessado no bem-estar dos coelhinhos.

— Ninguém acredita que eu tenha coração — Hiddukel reclamou.

— Porque é difícil ver por trás das suas palavras melosas — Chislev retrucou.

— Se quer saber, a guerra iria atrapalhar muito os mercados financeiros. O valor do ouro despencaria, tornar-se-ia praticamente sem valor. Fazendeiros não podem levar seus produtos ao mercado se os mercados estiverem sendo invadidos. E eu gosto muito de coelhos.

— Guisados, talvez — Chislev suspirou. — Porém, você tem razão em um ponto. Estou vendo a inquietação crescente entre as raças e estou preocupada com isso. Falei com Gilean, mas você sabe como é! Ele nunca ergue os olhos daquele livro. Sempre escrevendo, escrevendo, escrevendo.

— Tentei falar com Takhisis — Hiddukel fungou. — Ou ela está com Sargonnas assistindo minotauros esmagando a cabeça um do outro, ou criando pestes, fomes, inundações... Ela não tem mais tempo para seres como nós.

— O que você sugere? Presumo que você tenha um plano.

— Não tenho sempre, minha amiga abraçadora de árvores? Se a neutralidade fosse a força dominante no mundo, então o equilíbrio seria constante, sem mudar. Concorda?

— Acho que sim — Chislev disse, cautelosa, sem acreditar em Hiddukel, mas incapaz de argumentar. — Mas não vejo como...

— Ah, vá até Reorx. Peça a ele uma joia que tenha dentro de si a essência da neutralidade. Essa joia irá servir como âncora para a posição neutra. A neutralidade irá se tornar a força mais poderosa em Krynn, ultrapassando os dois extremos opostos. Estão presos ao centro, incapazes de ir muito longe.

— E o que iremos fazer com essa joia quando esta for criada. Dá-la a você para guardar? — Chislev era uma deusa gentil, mas tinha a tendência de ser sarcástica, especialmente com Hiddukel.

— Pelos céus, não! — Hiddukel ficou chocado. — Não iria querer tanta responsabilidade! Dê a um dos seus para guardar. Seria mais sensato, não?

Chislev observou Hiddukel com atenção, mas ele sustentou esse exame com a maior inocência, exibindo uma angústia sincera com o destino do mundo. Dizem que a Rainha Takhisis perdeu em muitos dos acordos com Hiddukel.

O resultado dessa conversa foi que Chislev deixou a sua floresta e caminhou pela terra em sua forma mortal. O que ela viu a perturbou muito. As forjas do aço queimaram zangadas e vermelhas de noite; os elfos poliam as espadas recém-adquiridas; humanos contavam seu dinheiro, ogros praticavam para cortar cabeças. Entristecida, Chislev decidiu que algo deveria ser feito.

Chislev pensou em discutir o assunto com seu consorte, Zivilyn, o deus que pode ver todos os planos, todos os tempos, futuro e passado. Mas Chislev, por experiência, sabia que era difícil conseguir um "sim" ou "não" direto de Zivilyn, que estava sempre decidindo fazer uma coisa, para então, vendo por outro ângulo, mudar de ideia para fazer outra coisa, que vê por outro ângulo, mudando de ideia de novo até acabar não fazendo nada.

Aquele assunto precisava de ação e Chislev decidiu que agiria. Ela mesma foi até Reorx.

Nenhum dos deuses jamais visitava Reorx, o que era um dos motivos para passar tanto tempo envolvido com os humanos. Ficou encantado e satisfeito por ter visitas, principalmente uma visita de uma beleza tão delicada e temperamento tão doce quanto Chislev.

Ela, por sua vez, ficou sufocada com a atenção que o Reorx lhe dava, enquanto se espalhava por sua residência bagunçada, preparando bolos, tropeçando na mobília, perdendo a chaleira, oferecendo-a qualquer coisa para comer que ela quisesse.

Chislev sentiu uma pontada de culpa ao ver a solidão do deus, e se repreendeu por tê-lo negligenciado. Prometendo ir visitar mais vezes no futuro, Chislev bebeu seu chá e apresentou seu pedido.

Reorx ficou muito feliz em lhe atender. Ela queria uma joia? Teria uma. Uma centena delas! As melhores do universo.

Chislev, corando, respondeu que ela só queria uma joia, uma simples, uma joia para conter em si a essência da neutralidade.

Reorx acariciou a barba, franzindo a testa, pensativo.

— E o que seria isso exatamente?

Chislev ficou perplexa.

— Ora, a essência da neutralidade seria... bem...

— Caos? — Reorx sugeriu.

Chislev pensou no assunto, olhando ao redor com certo medo do Pai de Tudo e de Nada, a personificação do Caos, poder ouvir.

— Podemos conseguir uma pequena parte? Não muito, apenas o bastante para ancorar a neutralidade neste mundo.

— Considere feito, madame — Reorx disse com grande autoconfiança. — Onde irei entregar a joia?

Chislev tinha pensado muito nesse assunto.

— Dê-a para Lunitari. É a mais próxima do mundo. Está sempre envolvida com os mortais e seus feitos. Ela é a melhor para mantê-la.

Reorx concordou. Beijo a mão dela, caiu sobre uma poltrona, derrubou uma xícara e, com rosto vermelho, indo imediatamente para sua forja.

Chislev, aliviada de suas preocupações, voltou agradecida para sua floresta.

Como Reorx conseguiu capturar e encapsular um pouco do Caos na joia, não se sabe. Mas de acordo com o que aconteceu depois, obviamente conseguiu. Produziu o que chamou de Gemagriz e quando a terminou, levou-a para Lunitari guardar. Ela se sentiu atraída de imediato pela joia, e colocou-a no centro da lua vermelha. Raramente a deixava fora de sua vista, pois a pedra tinha o estranho efeito de fazer com que todos que a vissem passassem a desejá-la.

Isso incluía, infelizmente, o criador da joia, Reorx. Assim que deu a pedra para Lunitari, Reorx ficou desconcertado ao perceber que sonhava todas as noites com ela. Lamentou ter se separado dela. Voltou até Lunitari e humildemente pediu que a devolvesse.

Lunitari recusou. Ela também sonhava com ela todas as noites e gostava de acordar para vê-la brilhando na lua vermelha.

Reorx bufou e reclamou, e por fim chegou a uma forma de conseguir a Gemagriz para si. Assumindo a forma mortal, Reorx surgiu entre a raça que criara, os gnomos. Ele escolheu um, cujas invenções tinham sido as menos destrutivas à vidas, membros e posses, e mostrou a esse gnomo, em sonhos, a Gemagriz.

Claro que o gnomo passou a desejar a joia mais que qualquer coisa em Krynn, exceto, talvez, por uma chave sônica movida a vapor de muitas cabeças. Como esta era inalcançável (presa no comitê), ele decidiu pegar a Gemagriz. Como foi atrás dela é contado em outras histórias, mas o esforço envolveu uma escada mágica, várias roldanas e polias, uma rede mágica, e um empurrão de Reorx.

Basta dizer que o gnomo capturou a Gemagriz, removendo-a da rede mágica enquanto Lunitari estava do outro lado do mundo.

— Bem o que preciso — o gnomo dizia, admirando a pedra — para energizar as lâminas rotativas do meu barbeador-fatiador de picles. — O gnomo estava prestes a colocar a pedra na invenção quando Reorx apareceu, disfarçado como outro gnomo, e a pediu para si mesmo.

Os dois discutiram e, durante a discussão, a joia deslizou para fora da rede e escapou.

Essa foi a primeira indicação de que havia mais na Gemagriz do que Reorx, Lunitari, o gnomo ou qualquer um imaginara.

Reorx olhou admirado a gema escapar pelo ar. Ele correu atrás dela (assim como um gnomo e um grupo de seus conhecidos), mas ninguém conseguiu pegá-la. A Gemagriz circulou por Krynn, deixando rastros de destruição. Alterava animais e plantas, afetou as conjurações dos magos, e se tornou uma perturbação considerável.

Agora todos os deuses sabiam sobre Gemagriz. Paladine e Takhisis estavam furiosos com Reorx por tê-la forjado sem os consultar primeiro. Chislev, envergonhada, admitiu sua participação no esquema, implicando Hiddukel, que deu de ombros e riu alto.

Seu plano funcionara. Em vez de garantir o equilíbrio, a Gemagriz tinha o perturbado ainda mais. Os elfos planejavam entrar em guerra com os humanos, os humanos se preparavam para guerrear com os elfos, e os ogros ansiavam em lutar com quem viesse.

Para dar um fim rápido a nossa história, um humano chamado Gargath conseguiu capturar a Gemagriz. Ele a aprisionou em seu castelo com vários dispositivos mágicos. (Ou assim achou, a minha opinião é que a Gemagriz permitiu a sua captura, pois nunca encontrei magia humana que a pudesse segurar muito tempo.)

Os gnomos que tinham perseguido a joia por séculos, sitiaram o castelo de Gargath. Por acidente, tiveram sucesso em atravessar a muralha. Os gnomos avançaram pelo pátio e colocaram as mãos ansiosas na Gemagriz. Um grupo de gnomos queria que abrissem a gema ali, pois estavam muito curiosos para saber o que estava dentro. O outro queria levar a joia para sua residência, guardando-a por seu valor.

Uma luz cinza e brilhante iluminou o pátio, cegando a todos. Quando foi possível voltar a enxergar, viu-se os dois grupos de gnomos lutando um com o outro. Mas o surpreendente era que os gnomos não eram mais gnomos. O poder da Gemagriz tinha os mudado, transformando aqueles que desejam a joia pela sua riqueza em anões, e aqueles que a queriam por curiosidade em kender.

Os gnomos que tinham ficado fora dos muros do castelo, trabalhando em sua última invenção: a besta de múltiplos disparos chamada de Besta Gatling, por causa de seu inventor Nozolta Gatling, provou ser imune aos efeitos da luz mágica da Gemagriz. Presumir que veio dos candelabros de óleo que tinham o propósito de iluminar o campo de batalha a noite e erguidos em um balão de gás para isso — o gás era produzido por uma nova técnica complexa demais para ser descrita aqui, que usava suco de limão, hastes de metal e água. Aqueles que sobreviveram à explosão subsequente permaneceram como gnomos.

A joia sumiu no horizonte. Reorx e outros fizeram várias tentativas de recuperá-la. A Gemagriz permitiu que a pegassem. A joia os usa para seus objetivos — ou talvez pela diversão — e quando se cansa deles, os liberta. É quando a joia "escapa".

Mas agora nós, os Irda, temos a Gemagriz. Somos os primeiros a domá-la pela nossa vontade — ou assim clama o Decisor. Esta noite, ele vai quebrar a joia e comandar a magia dela para proteger a nós e ao nosso lar das incursões humanas para sempre.

Isso encerrava a carta para Dalamar, escrita na letra firme e precisa do Prote. Uma nota no fundo, escrita pela mesma mão, mas menos firme, como se tremesse, era para Usha.

Meu amor e minhas orações te acompanham, filha do meu coração, mesmo que não do corpo.

Reze por nós.

Usha pensou por muito tempo no post scriptum. Ela tinha rido em várias partes da história. O Protetor por várias vezes a divertira com o que chamava de "histórias de gnomos." Algumas das poucas vezes em que o vira sorrir foi quando ele descrevia o fantástico maquinário dos gnomos. Ela sorria, lembrando disso, mas lentamente o sorriso foi sumindo.

Será que só a sua mente humana via o perigo?

Não, percebeu. Prote viu e sabia disso. Por isso lhe dera o pergaminho. Os Irda estavam desesperados. A intrusão daqueles estranhos — bárbaros, desarrumados, cheirando a sangue e aço — os assustaram muito. Estavam agindo em defesa de um modo de vida que conheciam a incontáveis gerações.

Usha deixou a carta cair em seu colo. Seus olhos se encheram de lágrimas, mas não mais de autopiedade. Eram lágrimas de saudades e de amor pelo homem que a criara. Essas lágrimas vinham de outra fonte, pelo menos assim dizem os elfos. Essas lágrimas vêm do coração e, apesar de criadas pela dor, tem o estranho efeito de acalmá-las.

Exausta, embalada pelo movimento do barco e pelo zumbido do vento entre as cordas, Usha chorou até dormir.

5

O altar e a Gemagriz. O anão chega tarde. Abrindo a pedra.

Os Irda não voltaram a se reunir. Quando chegou a hora de quebrar a Gemagriz — uma hora em que nenhuma das luas estava visível no céu, principalmente Lunitari, que segundo a lenda ainda desejava a joia — o Decisor caminhou sozinho até o altar onde a joia repousava.

Os outros Irda permaneceram em suas casas, cada um fazendo a sua própria magia, cada um ajudando o Decisor. Havia força na solidão, pelo menos era no que os Irda acreditavam. A concentração fica prejudicada, as energias fragmentadas, quando um vira muitos.

O altar onde os Irda colocaram a pedra estava localizado no centro geográfico da ilha. Ficava a uma certa distância daquilo que os Irda chamavam de aldeia, embora para outras raças seria apenas um grupo de várias residências espalhadas. Os Irda não pavimentaram estradas, não faziam mercados, não frequentavam reuniões de guilda. Não construíam templos nem palácios, hospedarias ou tavernas, nada além de casas, colocadas de forma aleatória pela ilha, cada uma construída onde agradasse mais o seu dono.

O altar era feito de madeira polida entalhada com símbolos arcanos intrincados. Ficava em uma clareira cercada por sete pinheiros gigantes, que tinham sido transportados magicamente de um local secreto em Ansalon.

Tão antigas eram essas árvores que provavelmente tinham visto a Gemagriz passar quando escapou do controle de Reorx pela primeira vez. Os pinheiros pareciam interligados, unidos, apresentando uma frente sólida de casca, agulhas, galhos e troncos através da qual mesmo um deus teria dificuldade de ultrapassar.

O Decisor parou na frente do bosque de sete pinheiros, pedindo a benção dos sete espíritos que moravam nas árvores.

Os pinheiros permitiram que o Decisor entrasse na clareira, fechando-se assim que ele passou. Seus troncos imensos estendiam-se acima da sua cabeça. Olhando para cima, não conseguia ver uma única estrela, muito menos uma constelação. Não conseguia ver Takhisis nem Paladine. E se ele não conseguia vê-los, tinha a esperança de que eles não o vissem também. A canópia de agulhas dos pinheiros iria esconder o Decisor e a Gemagriz de qualquer um que tentasse interferir.

O bosque seria de uma escuridão impenetrável, não fosse a luz irradiada pela própria Gemagriz, mas era uma luz fraca, abafada, apenas algo bruxuleante.

Quase como se estivesse aborrecida, pensou o Decisor.

Mas a pedra lançava luz o bastante para enxergar. O Decisor não precisava de muita luz. Ele poderia ter invocado a sua magia para iluminar o bosque como se fosse dia, mas preferiu não chamar atenção para o que estava fazendo. Algum olhar imortal poderia ver o brilho mágico e se perguntar o que estaria acontecendo. Portanto era grato pela ajuda da Gemagriz.

Centrado, calmo, o Decisor se moveu até ficar na frente do altar. Apreciava o fato de estar sozinho, na solidão que os Irdas valorizavam tanto. Porém, ele sentia dentro de si as mentes e os espíritos do seu povo. Inclinou a cabeça e puxou aquela energia. Então, esticando o braço, pegou a Gemagriz com as duas mãos e a estudou com atenção.

Não era agradável pegar a pedra. Era afiada e suave, quente e fria, e parecia se contorcer no seu aperto. Ao segurá-la, a luz cinza começou a pulsar mais e mais forte, até começar a incomodar os seus olhos. Aumentou o controle mental sobre a Gemagriz, e a luz diminuiu, subjugada. O Decisor passou os dedos pela joia, deslizando pelas facetas suaves, traçando cada canto afiado, procurando, testando. Por fim, encontrou o que procurava, o que tinha descoberto na primeira vez em que manipulara a pedra, o que havia lhe dado aquela ideia.

Uma falha. Mais precisamente, uma oclusão. Ele o sentiu primeiro, antes de o ver. Assim como os insetos podem ser encontrados no âmbar, algum material estranho tinha aparentemente ficado preso na Gemagriz durante a sua formação. O mais provável era que tivesse acontecido quando a gema esfriava, minerais precipitados foram pegos na cristalização complexa. Pelo menos, foi a teoria do Decisor. A substância estranha em si não era importante. O importante era que ali era uma área de fraqueza. Ali, naquele ponto, rachaduras poderiam se formar.

O Decisor recolocou a gema sobre o altar. Os símbolos arcanos que haviam sido entalhados na madeira teciam um feitiço, mantendo a Gemagriz presa.

O Decisor, auxiliando o feitiço, teve a estranha impressão de que a magia não era necessária, que a Gemagriz estava no altar porque queria estar ali, não por estar presa.

Essa impressão não era muito confortante. O Decisor precisava controlar a joia, não o contrário. Ele fortaleceu a magia.

A joia ficou cercada por uma rede cintilante de sinergia Irda. O Decisor pegou duas ferramentas, um martelo e um cinzel. Os dois eram feitos de prata, forjados na luz da lua prateada, Solinari. Encantamentos mágicos tinham sido colocados nas ferramentas e sobre elas. O Decisor, colocou a ponta do cinzel no ponto da falha da joia. Posicionou-o com cuidado, segurando-o com firmeza e levantou o pequeno martelo sobre este.

Os pensamentos de todos os Irda se uniram, fluindo até o Decisor, dando-lhe força e poder.

Ele deu um golpe seco com o martelo.

Na praia, a vários quilômetros de distância da aldeia Irda e do altar, um barco chegava. Este barco não tinha navegado pelos mares da maneira habitual dos barcos. Tinha navegado do céu, seu ponto de origem fora uma estrela vermelha — a única estrela vermelha no céu. Um anão, com cabelo e barba pretos, cheios e encaracolados, estava sentado no barco — uma visão surpreendente, se alguém estivesse observando, pois nenhum anão vivo em Ansalon ou em qualquer lugar de Krynn jamais navegou um barco saído das estrelas. Os Irda não estavam observando, porém; seus olhos estavam fechados, os pensamentos focados na Gemagriz.

O anão, resmungando e falando consigo mesmo, desceu do barco e na mesma hora afundou até a canela nas areias. Xingando, o anão se arrastou em frente, na direção das árvores.

— Então, eles são os ladrões — resmungou na sua barba. — Eu deveria saber. Ninguém mais conseguiria manter meu tesouro escondido de mim por tanto tempo. Mas eu o terei de volta. Com Paladine ou sem Paladine, vão me devolver ou, pela minha barba, meu nome não é Reorx!

Um som tilintante, como de metal batendo em metal, ressoou pela noite. Reorx parou e inclinou a cabeça.

— Estranho, não sabia que os Irda praticavam a fina arte da forja de metal — ele acariciou a barba. — Talvez eu os tenha subestimado.

Outro som tilintante. Sim, quase certo ser o som feito pelo bater de um martelo. Mas não tinha a ressonância mais grave de um martelo de ferro e nem o anão conseguia se convencer que os Irda de repente tinham se interessado em fazer pregos e ferraduras. Forja de prata, talvez. Sim, era o som feito pela prata.

Chaleiras, então, ou taças finas. Talvez joias. Os olhos do anão brilharam. Trabalhar com pedras brilhantes, colocando-as no metal...

Pedras.

Uma joia. Um golpe de martelo.

O medo fez Reorx estremecer, um medo que ele não tinha conhecido naquele plano de existência. Tentou penetrar as sombras. A visão do deus era aguçada. Ele podia ver, em uma noite boa, uma moeda de aço deixada por descuido nas ruas de uma cidade em um país de um continente em uma estrela distante. Mas não conseguia penetrar a escuridão do bosque de pinheiros. Algo bloqueava a sua visão.

Tremendo, o anão avançou aos tropeços, o terror agarrando-o com mãos frias e suadas. Ele tinha apenas uma vaga ideia do que ele temia, um medo aumentado por uma suspeita que ficara incomodando na sua mente por séculos. Ele nunca a admitiu, nunca a explorou abertamente, pois a possibilidade era terrível demais para ser contemplada. E certamente jamais a contou para nenhum dos seus companheiros imortais.

Reorx pensou em chamar Paladine, Takhisis e Gilean para ajudá-lo, mas isso significaria explicar a eles o que ele temia ter feito, e sempre havia a chance de que ele pudesse parar aquela loucura dos Irda. Ninguém iria saber.

E havia a possibilidade de estar errado, de estar se preocupando por nada.

O anão aumentou a sua velocidade. Podia ver um brilho de luz cinzenta.

— Você não pode se esconder de mim — gritou e avançou.

Mantendo o olhar fixo na luz, Reorx não deu muita atenção aos seus arredores. Atravessou arbustos com a cabeça, tropeçou nas raízes expostas das árvores, escorregou na grama molhada. O barulho perturbou a concentração dos Irda. Acharam que era um exército, o retorno dos cavaleiros em armaduras pretas, e isso aumentou o medo e o desespero deles. Incentivaram o Decisor a se apressar.

O anão chegou no bosque de pinheiros. A luz cinzenta fluía do centro, podia vê-la brilhando abafada através dos galhos entrelaçados. Reorx buscou um lugar para entrar, mas os pinheiros estavam pertos uns dos outros como soldados em formação de batalha, os escudos levantados para apresentar uma muralha sólida contra o inimigo. Não iriam permitir a entrada nem do deus. Bufando e xingando de frustração, Reorx correu ao redor do bosque, procurando um jeito de entrar.

O ressoar prateado aumentou de intensidade. A luz cinza diminuía a cada golpe, e depois brilhava com mais força.

Reorx tinha certeza de que sabia do que estava acontecendo e seu terror aumentava com sua certeza. Tentou gritar para que os Irda parassem, mas os golpes tilintantes do martelo afogavam seus gritos. Por fim, ele desistiu de gritar e parou de correr.

Ofegante, com o suor pingando de seu cabelo e sua barba, ele apontou para duas das árvores maiores e gritou, em uma voz que parecia uma ventania.

— Juro, pela luz vermelha de minha forja, que irei secar suas raízes e encolher seus galhos e mandar vermes comerem suas nozes se não me deixarem passar!

Os pinheiros tremeram. Seus galhos estalaram. As agulhas choveram ao redor do anão furiosos. Uma abertura surgiu, mal dando espaço para ele passar apertado.

O deus rotundo encolheu a barriga, acomodou o corpo entre os troncos e lutou e se esforçou e por fim, com um suspirou, irrompeu do outro lado. E bem naquele momento, enquanto ele entrava tropeçando na clareira, piscando na luz crescente, o Decisor atingiu o cinzel com um sétimo golpe.

Um estalo como o mundo se partindo cortou a noite. A luz cinza da joia brilho com força. Reorx, acostumado a encarar o fogo de sua forja, cuja luz brilhava nos céus como uma estrela vermelha, não aguentou e foi forçado a fechar os olhos. O Decisor gritou e apertou sua cabeça. Gemendo de agonia, caiu ao chão. O altar, onde a joia repousara, estava partido.

E então, a luz se apagou.

O anão se arriscou a abrir os olhos.

O altar onde a Gemagriz ficava estava escuro. Não era uma escuridão natural, normal, mas uma escuridão terrível e cheia de presságios.

Reorx reconheceu aquela escuridão, pois nascera dela.

Tentou avançar, em um pânico selvagem para reparar o dano, mas suas botas pesavam mais do que o mundo que ele forjara. Tentou gritar um aviso para os outros deuses, mas sua língua era feita de ferro e não se movia em sua boca. Não havia nada que ele pudesse fazer, nada além de arrancar sua barba, frustrado, e esperar o que estava por vir.

A escuridão começou a se unir, ganhando forma. Tomou a forma de um mortal, não em homenagem como os deuses fazem, mas em um deboche selvagem. Era um homem alargado, inchado. Um gigante emergiu da escuridão, crescendo e crescendo até estar mais alto que os pinheiros.

Usava uma armadura feita de metal derretido. Seu cabelo e sua barba eram chamas flamejantes. Seus olhos, poços de escuridão. E em suas profundezas ardia a raiva.

Reorx, tremendo, caiu de joelhos.

— Ele! — o anão sussurrou, admirado.

O gigante rugiu em triunfo. Esticou seus braços, quebrando os troncos dos pinheiros como se fossem feitos de palha. As pontas de seus dedos tocaram nas nuvens, retalhando-as. As estrelas, as constelações, piscaram de terror.

— Livre! Finalmente livre daquela maldita prisão! Ah, minhas adoradas crianças! — O gigante abriu seus braços, olhando para as estrelas que tremiam diante dele. — Eu vim visitar vocês. Onde estão as boas-vindas para o pai de vocês? — Ele riu alto.

Reorx sentia um terror que ele nunca conhecera antes, mas não tinha perdido o bom senso. Com grande audácia, enquanto a atenção do gigante se fixava em cima, o anão engatinhou até o altar partido.

Nos destroços, estava a Gemagriz quebrada, partida em dois. Perto, estava o Irda que a tinha aberto. Reorx colocou a mão no Irda e encontrou seu pulso. O mortal ainda vivia, mas estava inconsciente.

Reorx não podia fazer nada para salvá-lo, o anão teria sorte se conseguisse salvar a si mesmo. Algo precisava ser feito para impedir aquela calamidade, embora o que e como, Reorx não soubesse. Apressadamente, ele pegou as duas metades da Gemagriz, jogando os fragmentos debaixo dos destroços do altar, cobrindo-os com pedaços de madeira. Depois recuou, arrastando para o mais longe do altar que conseguiu.

O gigante, sentindo o movimento, olhou para baixo e viu o anão tentando se enfiar entre as raízes dos pinheiros.

— Tentando escapar de mim, Reorx? Seu resquício minúsculo e mesquinho de um deus ingrato!

O gigante se inclinou perto do anão encolhido. Cinzas da barba do gigante espalhavam-se entre os pinheiros. Nuvens de fumaça começavam a se erguer das agulhas secas de pinheiro no chão.

— Achou que era muito esperto me aprisionando, não foi, verme?

Reorx olhou nervoso para cima.

— Então, como aconteceu, Pai de Tudo...

— Pai de Tudo e de Nada — o gigante o corrigiu, com uma ênfase agourenta no último.

Reorx ficou abalado, mas gaguejou.

— Foi... foi um acidente. Eu estava forjando a pedra, querendo capturar apenas uma minúscula e pequena porção do caos quando, e eu não sei bem como aconteceu, mas parece que acabei capturando Você.

— E por que você não me libertou então?

O calor da raiva do Pai atingia o anão. Ele tossiu por causa da fumaça que se adensava.

— Eu teria! — Reorx arquejou em sua sinceridade desesperada. — Acredite, Pai de Tudo. Eu o teria libertado ali mesmo, se eu soubesse o que tinha feito. Mas não sabia. Juro! Eu...

— Tolo! — A ira do Pai incendiou toda a grama ao redor do anão. — Você e meus filhos ingratos conspiraram para me aprisionar. Eu seria capturado por um mísero deus? Precisou dos poderes de todos vocês combinados para me manter cativo. Mas apesar de terem me capturado, vocês não me controlam. Eu danifiquei seus brinquedos queridos o bastante. E todo esse tempo eu procurei um dos seus bonecos que pudesse ser enganado para me libertar. E finalmente eu o encontrei.

O gigante olhou de relance para o Decisor. De forma casual, colocou seu pé imenso na bota gigantesca em cima do corpo e pisou, amassando-o, enfiando-o no chão. Ossos se partiram. O sangue escorria por baixo da bota do gigante.

Reorx, enjoado, virou o rosto. Tinha a nítida e infeliz impressão de que seria o próximo.

O gigante sabia o que o anão estava pensando. O Pai olhou para Reorx, sério, por muito tempo, gostando de ver o deus inquieto.

— Sim, eu poderia esmagar você também. Mas não agora. Ainda não. — O Pai olhou de novo para o céu e sacudiu seu punho para as estrelas. — Vocês se recusaram a me render homenagens. Vocês se recusaram a ser guiados por mim. Resolveram "criar" um mundo do seu jeito, e encher esse mundo de bonecos. Bem, meus filhos, assim como eu lhes dei a vida, eu posso tirá-la. Estou fraco, porque fui forçado a assumir uma forma mortal, mas meu poder cresce a cada segundo. Quando eu estiver pronto, irei destruir seu brinquedo e depois jogar vocês e a sua criação no esquecimento do qual foram feitos. Cuidado, Crianças. O Pai de Tudo e de Nada retornou.

O Pai voltou sua atenção para o anão.

— Você será meu mensageiro. Para o caso deles não terem me ouvido, vá até eles e avise meus filhos da desgraça que os espera. Irei gostar de vê-los tentando escapar de mim para variar! E mostre isso a eles!

O Pai arrancou uma mecha de chama de sua barba e a lançou entre os pinheiros. Primeiro um, depois outro, pegaram fogo, explodindo em chamas. As árvores vivas contorceram-se de agonia enquanto seus galhos eram consumidos pelo inferno trovejante.

Reorx ajoelhou-se entre a fumaça e as cinzas, incapaz de parar as chamas que se espalhavam rapidamente dos pinheiros para as outras árvores, na floresta de lenha seca. As chamas pulavam de árvore em árvore. Chamas sibilavam no chão. As chamas queimaram até o ar, deixando carbonizado e vazio. As chamas criaram seu próprio vento, que rugia e impulsionava o fogo em frente.

Em segundos, a tempestade de fogo atingiu a aldeia Irda.

Sobre o barulho do vento, do rugir das chamas, Reorx ouviu o grito dos moribundos. Cobrindo o rosto com as mãos, o deus chorou... pelos Irda, pelo mundo.

O Protetor estava sentado, espantado e imóvel, em sua casa. Ele sabia, todos os Irda sabiam, que o Decisor estava morto. Ouviram um trovão estrondoso que parecia ser formado de palavras, mas palavras enormes e monstruosas demais para serem entendidas. E então, o Protetor, olhando por sua janela, viu o brilho vermelho das chamas. Ouviu os gritos de morte dos pinheiros.

O brilho ficou mais forte. Ele podia sentir o calor. As cinzas começaram a chover sobre sua casa, e logo seu teto estava queimando. Olhou pela janela, incerto do que fazer, se é que conseguiria fazer algo.

Vários anciões Irda surgiram, tentando parar o fogo com sua magia. Invocaram a chuva. Esta evaporou no calor. Invocaram gelo. Este derreteu, virou água e evaporou. Invocaram o vento. Este soprou na direção errada e só alimentou as chamas. O Protetor assistiu enquanto um por um os Irda foram consumidos.

Uma vizinha saiu gritando da casa em chamas. Estava gritando algo sobre o oceano. Se conseguissem alcançar o mar, estariam salvos.

Chamas, correndo pela grama, pegaram a bainha da saia daquela mulher como se fosse uma criança mortal e brincalhona.

A roupa da mulher explodiu em chamas. Ela se tornou uma tocha viva.

O teto da casa do Protetor estava tomado. De algum lugar, veio um estrondo, uma viga caindo. O Protetor tossiu, sufocado. Enquanto ainda conseguia ver na fumaça, procurou pela casa até achar o precioso objeto. Segurou a boneca, apertando-a contra o peito, e esperou — não muito — pelo fim.

Longe, no oceano, o barco a vela começou a balançar e tremer em um vento quente que vinha do norte. O movimento errático, uma mudança no ritmo gentil que a embalara até dormir, acordou Usha de um sono profundo. No começo, ficou desorientada, sem lembrar de onde estava. Ver as velas e os mastros, apontando na direção do céu e das estrelas aglomeradas, acalmou-a.

Ouvindo um trovão, ela se sentou, analisando o céu escuro e procurando a tempestade. Ela não tinha medo de que o barco virasse; a magia dos Irda o manteria navegando nas ondas mais fortes.

Um raio tremeluziu ao norte, na direção de sua terra. Observou e viu um lúrido brilho vermelho acender o céu. O Decisor devia estar fazendo sua magia.

Usha não conseguiu voltar a dormir. Sentou-se encolhida na popa, vendo o brilho vermelho aumentar e aumentar. Depois, viu-o começar a se encolher e sumir.

Usha sorriu. Devia ter sido uma magia muito poderosa. E devia ter funcionado.

— Agora, você estará a salvo, Protetor — ela disse baixinho.

Ao falar isso, o ressoar límpido e doce de trompetes deslizou sobre a água. Usha se virou.

O sol estava se erguendo das águas, parecendo um olho vermelhinho e furioso encarando o mundo com ódio. Banhadas naquela estranha luz, as torres da cidade de Palanthas brilhavam em vermelho sangue.

Livro dois

1

A honra dos mortos. Um único prisioneiro. Um encontro marcado.

Os corpos dos Cavaleiros de Solamnia tinham sido colocados em uma longa fila sobre as areias da costa da Baía de Thoradin. Não eram muitos, apenas dezoito. Tinham sido todos aniquilados. Seus escudeiros estavam deitados em uma fila atrás deles. Também tinham morrido todos. Não sobrara ninguém para cuidar dos mortos além dos seus inimigos.

Um vento quente rodopiou entre a areia e a grama alta, erguendo e puxando as capas rasgadas e manchadas de sangue que tinham sido enroladas nas formas sem vida dos homens.

Um oficial cavaleiro supervisionava a equipe de enterro.

— Lutaram bravamente — ele pronunciou o elogio aos cavaleiros mortos. — Em menor número, pegos de surpresa, podiam ter virado e fugido, e ninguém iria saber. Porém, mantiveram a posição, mesmo quando sabiam que seriam derrotados. Lorde Ariakan ordenou que os enterrássemos com todas as honras. Coloquem cada um deitado da forma adequada, com as suas armas ao lado. O chão é lamacento demais para enterrarmos os corpos. Me disseram que encontraram uma caverna não muito longe daqui. Iremos colocar os corpos lá, para depois a selar e a marcar como o lugar de descanso de homens corajosos. Vocês já examinaram os corpos? Tem algum jeito de descobrirmos os seus nomes, Cavaleiro Guerreiro Brightblade?

— Teve um sobrevivente, senhor — o cavaleiro relatou, saudando seu superior.

— Mesmo? Não fiquei sabendo.

— Um mago de vestes brancas, senhor. Foi finalmente capturado.

— Ah, claro. — O subcomandante não ficou surpreso. Magos lutavam na retaguarda dos exércitos, lançando seus feitiços de lugares seguros, pois estavam proibidos de usar armadura ou portar armas mais convencionais por causa das restrições de sua arte. — Estranho os Cavaleiros de Solamnia estarem usando um mago. Isso jamais teria acontecido nos velhos tempos. Porém, as coisas mudam. Esse mago deve saber o nome dos mortos. Faça com que o tragam aqui para identificá-los, para podermos honrá-los no último descanso. Onde ele está agora?

— Está sob os cuidados dos Cavaleiros Cinzentos, senhor.

— Vá buscá-lo, Brightblade.

— Sim, senhor. Ao seu comando, senhor.

O cavaleiro foi cumprir a ordem. Sua tarefa não seria fácil. O campo de batalha acima da muralha marinha era o único lugar tranquilo na costa sul da Baía de Thoradin. A vasta extensão de areia preta estava coberta de homens e equipamentos. Barcos costeiros se alinhavam nas praias, as laterais encostadas uma na outra, e mais barcos chegavam a cada momento. Os brutos, sob o comando dos cavaleiros sombrios, estavam descarregando montes de equipamentos e suprimentos, com tudo, de imensos rolos de corda à barris com água, de aljavas de flechas a escudos imensos, marcados com o lírio da morte, a insígnia dos Cavaleiros de Takhisis.

Cavalos estavam recebendo ferraduras na costa; seus cuidadores se mantinham perto das bestas, aplacando seu terror e prometendo que a longa viagem logo terminaria. Dragões azuis, guiados por cavaleiros, patrulhavam os céus, apesar de Lorde Ariakan não temer muito que seu desembarque sofresse outra interrupção. Batedores relataram que as poucas pessoas na aldeia pesqueira mais próxima, a leste de Kalaman, tinham todas fugido.

Com certeza, iriam contar sobre sua chegada, mas até uma força substancial poder ser reunida e enviada contra ele, já não estaria mais ali. Tendo estabelecido a base na praia, planejavam marchar rapidamente para oeste, para capturar a cidade portuária de Kalaman. Assim que Kalaman caísse, ele iria invocar o resto de suas tropas no Forte da Tempestade, o forte impugnável dos cavaleiros ao norte, no Oceano Turbidus. Com um porto de águas profundas para seus navios, com suas forças reunidas, iria lançar o ataque principal rio Vingaard acima até o coração das Planícies Solâmnicas.

Seu objetivo: tomar o único lugar em Krynn que nunca caíra perante um ataque inimigo, o lugar em que passara longos anos como prisioneiro. Um prisioneiro de honra, claro, mas mesmo assim um cativo. Tomar o lugar que ele via todas as noites em seus sonhos. E ele iria tomá-lo, não tinha dúvidas. Naquele lugar, haviam lhe ensinado o segredo das forças deles. Ele já conhecia o segredo de sua fraqueza. O objetivo de Lorde Ariakan — a Torre do Alto Clerista. E dali o mundo.

Brightblade abriu seu caminho através da confusão, quase surdo com os gritos dos oficiais, com os xingamentos e urros dos brutos debaixo de suas cargas pesadas, o relincho assustado dos cavalos e, às vezes, vindo de cima, o chamado agudo de um dragão azul para seu comandante.

O sol do começo da manhã ardia; o calor já era intenso e era apenas o começo do verão. O cavaleiro tinha removido a maior parte de sua armadura assim que a batalha terminou, mas ainda usava a placa no peito e as abraçadeiras, o lírio da morte marcando-o como um Cavaleiro do Lírio. Sendo um condutor de dragão, não tomara parte na batalha, que tinha sido disputada no chão. Depois da batalha, seu esquadrão tinha sido escolhido para ser responsável pelos mortos nos dois lados, e assim, apesar de ser o segundo em comando, foi colocado nessa posição de mensageiro.

Brightblade não se ressentiu, porém, assim como seu comandante não se ressentiu de ter sido encarregado dos funerais. Era parte da disciplina que os Cavaleiros de Takhisis servissem sua Rainha da Escuridão em todas as possibilidades, dando-lhe glória nisso.

Na metade do caminho pela praia, Brightblade foi forçado a parar e perguntar onde os Cavaleiros Cinzentos, os Cavaleiros do Espinho, tinham levantado seu acampamento. Ficou grato ao descobrir que tinham procurado abrigo em um bosque de árvores.

— Eu deveria saber — disse para si mesmo, com um leve sorriso. — Ainda não conheci um mago que não procurasse o mínimo de conforto possível.

Brightblade deixou a praia barulhenta, quente e cheia para entrar na sombra relativamente fresca das árvores. O barulho diminuiu, assim como o calor. Ele parou um momento para se deliciar tanto com o frescor quanto com o silêncio, e depois continuou o seu caminho, ansioso para cumprir seu dever e deixar aquele lugar, mesmo sendo tão fresco e convidativo. Ele estava começando a experimentar aquela sensação habitual de desconforto e inquietação que aqueles que não receberam o dom da magia sentiam ao redor daqueles que receberam.

Encontrou os Cavaleiros do Espinho a certa distância da praia, em um bosque de pinheiros altos. Vários baús grandes de madeira, entalhados com símbolos arcanos intrincados, estavam pousados no chão. Aprendizes vasculharam os baús, marcando itens em listas nas folhas de pergaminho. O cavaleiro passou bem longe desses baús. Os cheiros que saíam deles eram enjoativos e ele se perguntava como os aprendizes aguentavam, mas supôs que se acostumaram com o tempo. Os Cavaleiros do Espinho sempre carregavam seu próprio equipamento.

Ele fez uma careta com um cheiro particularmente ruim emanando de um dos baús. Um vislumbre revelou objetos putrefatos e desagradáveis, que era melhor não tentar definir. Através das sombras das árvores, viu uma mancha branca, brilhando em uma faixa de luz do sol, mas parcialmente obscurecida por algo cinza. Brightblade não era imaginativo, no entanto, lembrou-se de nuvens alvas sendo tomadas pelo cinza da tempestade. Marcou isso como um bom presságio. Com cuidado, aproximou-se da cabeça da ordem — uma maga poderosa e de posto elevado conhecida como Senhora da Noite.

— Madame, Cavaleiro Guerreiro Aço Brightblade — ele saudou. — Fui enviado pelo Subcomandante Cavaleiro Trevalin com o pedido de que seu prisioneiro, o mago de vestes brancas, seja levado até ele. Lorde Trevalin precisa do prisioneiro para identificar os corpos dos mortos para que possam ser sepultados com honra. E, também — acrescentou em voz baixa —, para verificar a contagem.

Trevalin ficaria satisfeito de saber se algum Cavaleiro Solâmnico tinha escapado, um que pudesse estar armando uma emboscada, torcendo para pegar um dos líderes.

A Senhora da Noite assim que requisitada não devolveu a saudação do cavaleiro, e não achou nada agradável aquele pedido. Uma mulher mais velha, talvez no fim dos quarenta, Lillith tinha sido uma Veste Negra, mas trocara sua aliança quando a oportunidade surgira. Como Cavaleiro do Espinho, era considerada uma renegada pelos outros magos de Ansalon, incluindo os que usavam as vestes negras. Isso pode parecer confuso, pois todos os feiticeiros servem a mesma Rainha da Escuridão. Mas os Vestes Pretas servem Nuitari, deus da magia sombria, primeiro, e a sua mãe, Rainha Takhisis, em segundo lugar. Os Cavaleiros do Espinho servem a Rainha da Escuridão em primeiro, em último e apenas.

A Senhora da Noite encarou Aço Brightblade com atenção.

— Por que Trevalin mandou *você*?

— Madame — Brightblade retrucou, tomando cuidado para não transparecer sua irritação com aquele interrogatório. — Eu era o único disponível.

A Senhora da Noite franziu a testa, aprofundando uma linha já escura entre suas sobrancelhas.

— Retorne ao Subcomandante Trevalin. Diga a ele para mandar outra pessoa.

Brightblade deu de ombros.

— Peço perdão, madame, mas minhas ordens vêm do Subcomandante Trevalin. Se você deseja que ele as altere, então deve se dirigir diretamente a ele. Ficarei aqui até você ter conversado com meu oficial superior.

A carranca da Senhora da Noite se aprofundou, mas foi pega nas garras do protocolo. Para mudar as ordens de Aço, seria forçada a enviar um de seus próprios aprendizes de volta pela praia para falar com Trevalin. A jornada não daria em nada, pois Trevalin estava com pouca gente e não mandaria outro cavaleiro para resolver o que aquele faria com facilidade.

— Deve ser a vontade de Sua Majestade Sombria — a Senhora da Noite murmurou, observando Aço com olhos verdes e penetrantes. — Então, que seja. Me curvo perante isso. O mago que você procura está ali.

Aço não tinha ideia sobre o que era aquela estranha conversa, e não queria perguntar.

— Para que Trevalin quer o mago? — a Senhora da Noite inquiriu.

Reforçando a paciência, Aço se repetiu.

— Precisa dele para identificar os corpos. O Veste Branca é o único sobrevivente.

Ao ouvir isso, o prisioneiro levantou a cabeça. O rosto empalideceu e ele ficou quase da mesma cor que os cadáveres deitados na areia. O Veste Branca ficou de pé em um pulo, para o espanto daqueles designados para vigiá-lo.

— Não todos! — gritou em uma voz arrasada. — Tenho certeza que não todos!

Aço Brightblade respondeu com uma saudação respeitosa e digna, como fora ensinado. *Trate todas as pessoas de nível, título e educação com respeito, mesmo se forem inimigas. Especialmente se forem inimigas. Sempre respeite seu inimigo; assim você jamais o subestimará.*

— É o que achamos, Senhor Mago, apesar de não termos como saber ao certo. Planejamos enterrar os mortos com honra, registrando seus nomes na tumba. Você é o único que pode identificá-los.

— Leve-me até eles — o jovem mago pediu.

Seu rosto tinha o rubor da febre. Manchas de sangue marcaram suas vestes, e algumas provavelmente eram do seu sangue. Um lado da sua cabeça estava muito machucado e cortado. Suas bolsas e sacolas tinham sido pegas e colocadas no chão. Algum aprendiz sem sorte teria que vasculhar aquilo, correndo o risco de se queimar — ou pior — pelos objetos arcanos que, devido a sua propensão para o bem, só poderiam ser usados por um Veste Branca.

Esses objetos não teriam uso imediato para um Cavaleiro Cinzento, pois, apesar da habilidade dos Cavaleiros do Espinho de tirar poder das três luas — branca, preta e vermelha —, cada magia conhece o que é seu e muitas vezes reage com violência à presença do seu oposto. Um Cavaleiro do Espinho poderia ser capaz de usar um artefato dedicado à Solinari, mas apenas após longas horas de um estudo muito intenso e disciplinado. Os componentes de feitiço e outros objetos mágicos capturados do Veste Branca seriam mantidos em segurança para serem estudados, e depois aqueles que não poderiam ser manuseados com segurança seriam trocados por artefatos arcanos de maior valor e menos perigo para os Cavaleiros do Espinho.

Brightblade percebeu, porém, que o Veste Branca mantinha um cajado. Feito de madeira, o cajado tinha no topo uma garra de dragão feita de prata, segurando um cristal multifacetado. O cavaleiro sabia o bastante sobre o arcano para perceber que o cajado sem dúvida era mágico e provavelmente de grande valor. Questionou por que deixaram o Veste Branca ficar com ele.

— Suponho que o mago precise ir — disse a Senhora da Noite, relutante e com desagrado. — Mas apenas se eu o acompanhar.

— Certamente, madame.

Brightblade fez o melhor que pôde para esconder seu choque. Aquele Veste Branca não podia ser de nível alto. Era jovem demais. Acrescentava a isso o fato de que nenhum Veste Branca de nível alto se permitiria ser capturado. Porém, Lillith, líder da ordem dos Cavaleiros do Espinho, estava tratando aquele jovem com a cautela cuidadosa que ela teria tratado, digamos, Lorde Dalamar, o renomado Mestre da Torre da Alta Magia em Palanthas.

O Veste Branca se movia sem forças, apoiando-se muito no cajado. Seu rosto estava retorcido de dor e angústia. Avançava no passo de um anão tolo. Naquele ritmo, iriam levar o resto do dia e atravessariam a noite até alcançarem os corpos. O Subcomandante Trevalin não iria gostar daquele atraso.

Aço olhou de relance para a Senhora da Noite. O mago era prisioneiro dela. Era ela que deveria oferecer ajuda. Lillith observava os dois com uma expressão de desagrado misturada estranhamente com curiosidade, como se estivesse esperando para ver o que Aço faria naquela situação. Ele iria agir como lhe ensinaram a agir — com honra. Se a Senhora da Noite não gostasse...

— Apoia-se no meu braço, Senhor Mago — Aço Brightblade ofereceu. Ele falou de forma fria e sem emoção, mas com respeito. — Vai achar mais fácil prosseguir.

O Veste Branca levantou a cabeça e o encarou com um espanto que logo se transformou em uma suspeita cautelosa.

— Que truque é esse?

— Sem truques, senhor. Você está com dor e é óbvio que andar é difícil. Estou oferecendo ajuda, senhor.

O rosto do Veste Branca se contorceu, confuso.

— Mas... você é... dela.

— Se quer dizer que sou um servo da Rainha da Escuridão Takhisis, então você está certo — Aço Brightblade respondeu, sério. — Sou dela, de corpo e alma. Porém, isso não quer dizer que eu não seja um homem honrado que gosta de saudar bravura e coragem quando a vê. Imploro, senhor, que aceite o meu braço. O caminho é longo e percebi que você está ferido.

O jovem mago olhou de lado para a Senhora da Noite, como se achasse que ela iria reprovar. Se reprovava, não disse nada. Seu rosto estava sem expressão.

Hesitante, obviamente ainda tramando algum tipo de plano maligno por parte do seu inimigo, o Veste Branca aceitou a ajuda do cavaleiro sombrio. Ele parecia até surpreso (e talvez desapontado) ao descobrir que não seria.

O jovem mago caminhava com mais facilidade e mais rápido com a ajuda de Aço. Os dois logo saíram das sombras frias das árvores e passaram para o sol quente. Ao ver o grupo de desembarque, o rosto do Veste Branca foi marcado por surpresa e desamparo.

— Tantas tropas... — disse baixinho para si mesmo.

— Seu pequeno grupo não se desgraçou na derrota — observou Aço Brightblade. — Vocês estavam em menor número.

— Ainda assim... — o Veste Branca falou entre dentes cerrados por causa da dor. — Se eu tivesse sido mais forte... — Ele fechou os olhos, e balançou, parecendo estar prestes a desmaiar.

O cavaleiro apoiou o mago que desfalecia. Olhando por cima do seu ombro, Brightblade perguntou.

— Por que os curandeiros, os Cavaleiros da Caveira, não cuidaram dele, Senhor da Noite?

— Ele se recusou — a Senhora da Noite respondeu de forma casual. Deu de ombros. — Sendo servos da Sua Majestade Sombria, não teria nada que nossos curandeiros pudessem fazer por ele de qualquer jeito.

Brightblade não tinha resposta para isso. Sabia muito pouco sobre os clérigos sombrios. Mas ele sabia como cuidar de ferramentas de batalha, tendo passado por algumas também.

— Tenho a receita de um bálsamo que irei passar para você — ele prometeu, ajudando mais uma vez o mago a caminhar. — Minha mãe... — ele parou e se corrigiu. — A mulher que me criou me ensinou como fazer. As ervas são fáceis de achar. A sua ferida é na lateral?

O jovem mago assentiu, apertando a mão contra as costelas. O tecido branco das vestes do mago estava encharcadas de sangue e grudavam na ferida. Provavelmente era melhor deixar o tecido onde estava. Manteria o ferimento fechado.

— Uma lança — o jovem mago respondeu. — Um golpe de raspão. Meu irmão...

Ele interrompeu o que fosse que iria dizer, ficando em silêncio.

Ah, então é isso, Aço raciocinou. *É por isso que os Cavaleiros Solâmnicos têm um usuário de magia com eles. Um irmão luta com espadas, o outro com o cajado. E por isso que está tão ansioso para ver os mortos. Tem esperança, mas no fundo ele sabe o que irá encontrar. Devo dizer alguma coisa para avisá-lo? Não, ele pode sem querer revelar informações que nos ajudem.*

Aço não estava sendo insensível. Ele simplesmente não podia entender a ansiedade do mago com o destino de seu irmão. Com certeza um Cavaleiro de Solamnia esperava morrer em batalha, até gostaria! Um parente de alguém que morre com honra deveria se sentir orgulhoso, não enlutado.

Mas esse mago é jovem, Brightblade refletiu. *Talvez tenha sido sua primeira batalha. Isso explicaria muita coisa.*

Continuaram atravessando a praia cheia, o cavaleiro e seu prisioneiro recebendo alguns olhares curiosos. Porém, ninguém falou com eles. A Senhora da Noite os seguia, seu olhar verde jamais os deixava. Aço podia jurar que sentia a intensidade feroz queimar através da sua placa peitoral pesada.

O sol, pingando vermelho, tinha surgido por completo quando chegaram no lugar da batalha, onde estavam os corpos dos mortos. O nascer do sol tinha sido espetacular, um espetáculo bravio de vermelhos zangados e púrpuras triunfantes, como se o sol estivesse exibindo seu poder sobre um mundo seco e encarquilhado. Esse dia seria escaldante. Nem mesmo a noite traria alívio. O calor iria se irradiar da areia, cobrindo quem tentasse dormir ali como se fosse um cobertor sufocante. O descanso, naquela noite, só viria a quem estivesse exausto demais para reparar.

Aço acompanhou o Veste Branca até o seu superior, o Subcomandante Sequor Trevalin.

— Senhor, aqui está o prisioneiro como ordenou.

O Subcomandante olhou de relance para o prisioneiro e fixou o olhar para a Senhora da Noite que os acompanhava. Trevalin também ficou surpreso ao perceber a companhia elevada com a qual viajavam. Saudou a Senhora da Noite, que era sua superior.

— Agradeço sua assistência neste assunto, madame.

— Não me pareceu ter muita escolha — ela respondeu com amargura. — É a vontade de Sua Majestade.

O comentário aparentemente deixou Trevalin muito confuso. A Rainha Takhisis supervisionava tudo o que faziam — ou era o que os cavaleiros acreditavam —, mas com certeza Sua Majestade Sombria tinha assuntos mais importantes para ocupar sua mente imortal do que a simples identificação de prisioneiros. Porém, magos são pessoas estranhas, e a Senhora da Noite era mais estranha que a maioria. Quem poderia saber o que ela queria? Trevalin com certeza não iria perguntar. Rapidamente, prosseguiu com a tarefa à sua frente.

— Senhor Mago, se puder nos dar os nomes e os títulos desses cavaleiros, iremos fazer com que sejam gravados para que a posteridade possa honrar a bravura deles como merecem.

O jovem mago estava exaurido pela caminhada, pelo calor e pela dor que sofria. Parecia atordoado, parado olhando para os corpos sem os reconhecer, como teria olhado para corpos de estranhos. Seu braço, apoiado no de Aço, tremeu.

— Talvez, senhor — Aço sugeriu — se o mago bebesse um pouco de água. Ou uma taça de vinho.

— Certamente — Trevalin não deu vinho, mas uma taça de conhaque forte que ele mantinha em um frasco no cinto.

O jovem mago bebeu sem pensar, provavelmente sem saber o que passava por seus lábios. Mas o primeiro gole trouxe alguma cor de volta para as bochechas pálidas. Isso e o breve descanso pareceram ajudar. Chegou até a dispensar o braço de Aço e ficou em pé sozinho.

O Veste Branca fechou os olhos. Seus lábios se moveram. Parecia estar oferecendo uma oração, pois Aço achou ter ouvido a palavra "Paladine" sendo sussurrada.

Com a força restaurada, provavelmente mais pela oração do que pelo conhaque, o jovem mago mancou até o primeiro morto. O Veste Branca se inclinou e retirou a capa que havia sido colocada sobre o rosto. Um tremor de alívio, assim como de tristeza, tomou sua voz a o pronunciar o nome e o título, acrescentando o lugar de onde viera o cavaleiro.

— Sir Llewelyn ap Ellsar, Cavaleiro da Rosa de Gunthar de Sancrist.

Ele passou pela fileira de mortos com mais força e postura que o jovem cavaleiro acreditara que fosse capaz.

— Sir Horan Devishtor, Cavaleiro da Coroa da cidade de Palanthas; Sir Yori Beck, Cavaleiro da Coroa de Caergoth; Sir Percival Nelish... — prosseguiu.

Um escriba, convocado pelo Subcomandante Trevalin, o seguiu, registrando os detalhes em uma placa de chifre.

E o jovem mago chegou aos dois últimos corpos. Ele parou e olhou de volta para a fila de mortos. Todos ali podiam ver que fazia contas. Abaixou a cabeça, apertou os olhos com as mãos e não se moveu.

Aço foi até o lado de Trevalin.

— Ele mencionou algo sobre um irmão, senhor.

Trevalin assentiu, entendendo, sem dizer nada. O Veste Branca tinha revelado tudo o que o oficial precisava saber. Não havia mais cavaleiros, nenhum escapara.

O Veste Branca se ajoelhou. Com uma mão trêmula, ele jogou de lado a capa que cobria a face fria e imóvel. Engasgado de tristeza, sentou-se encolhido perto do corpo.

— Peço perdão, senhor — disse o escriba. — Não entendi o que disse. O nome desse homem?

— Majere — sussurrou o Veste Branca em voz quebrada. — Sturm Majere. E aquele — moveu-se para erguer a capa que cobria o rosto do outro cavaleiro. — É Tanin Majere.

Inclinando-se sobre eles, limpou o sangue dos rostos machucados, beijando cada um na testa fria.

— Meus irmãos.

2

Primos. Um débito de honra. Uma sentença de morte. A condição.

— Majere — Aço virou-se para encarar o jovem mago. — Majere. Conheço esse nome.

Avassalado pelo luto, o Veste Branca não respondeu. Provavelmente, sequer o ouviu. Porém, a Senhora da Noite ouviu. Ela faz um som sibilante baixo, puxando a respiração. Os olhos verdes se fecharam um pouco. Observou Aço por baixo das pálpebras abaixadas.

Ele não deu atenção à Senhora da Noite. Aço avançou, indo ficar ao lado do mago. O jovem era alto, bem constituído, apesar de não ter a musculatura forte de seus irmãos soldados. Seu cabelo era de um castanho forte e o usava comprido até os ombros. Suas mãos eram mãos de mago: finas, flexíveis, com dedos marcados. Agora que Aço estudava o jovem, podia ver a semelhança, não só com os corpos deitados na areia, mas com o homem que um dia salvara a vida de Aço Brightblade.

— Majere. Caramon Majere. Estes — Aço apontou para os cavaleiros mortos — devem ser seus filhos mais velhos. E você é o mais novo. Vocês são os filhos de Caramon Majere?

— Eu sou Palin — o jovem mago respondeu com a voz trêmula. Com uma mão, tirou os cachos ruivos molhados da testa fria do irmão. A outra mão apertava o cajado com força, como tirasse dali a força para se manter vivo. — Palin Majere.

— Filho de Caramon Majere, sobrinho de Raistlin Majere! — a Senhora da Noite sussurrou com ênfase sibilante.

Com isso, o Subcomandante Trevalin — que não estivera dando muita atenção, refletindo sobre a logística de mover os corpos e designar os homens para essa tarefa — ergueu a cabeça, olhando com um interesse maior para o jovem Veste Branca.

— O sobrinho de Raistlin Majere? — ele repetiu.

— Um grande prêmio — disse a Senhora da Noite. — Um prêmio valioso. Seu tio foi o mago mais poderoso a caminhar por Ansalon. — Porém, mesmo enquanto falava sobre Palin, a Senhora da Noite mantinha os olhos em Aço.

O cavaleiro não percebeu. Encarando os corpos, porém sem os ver, estava resolvendo algo em sua mente, tomando alguma decisão difícil, a julgar por sua expressão sombria.

Palin se moveu, erguendo os olhos avermelhados pelas lágrimas.

— Você é Aço. Aço Brightblade. Filho de Sturm... — a sua voz quebrou de novo ao falar o nome que era o mesmo que o do seu irmão.

Aço disse, quase para si mesmo.

— Uma estranha coincidência nos encontrarmos assim...

— Coincidência nenhuma — declarou a Senhora da Noite em voz alta. Seus olhos verdes eram fendas brilhantes. — Tentei impedir isso, mas Sua Majestade Sombria prevaleceu. E o que isso quer dizer? Quais são os portentos disso?

Aço lançou um olhar exasperado para a mulher. O cavaleiro tinha muito respeito pelos Senhores da Noite e seu trabalho. Ao contrário dos Cavaleiros de Solamnia, que desdenharam a junção da lâmina com a magia, os Cavaleiros de Takhisis usavam a arte mágica em suas batalhas. Magos ganhavam postos e status iguais aos dos cavaleiros guerreiros; magos tinham postos honrados e eram respeitados em todos os níveis de comando. Mas ainda havia atritos ocasionais entre os dois grupos, apesar de Lorde Ariakan fazer o possível para eliminá-los. O soldado pragmático, que via direto do ponto A ao ponto B e mais nada, não esperava entender o mago, que via não apenas A e B, mas todos os planos mutantes de existência entre eles.

E dentre todos os Cavaleiros do Espinho, essa mulher era a menos prática — vendo seis lados em cada objeto de seis faces, como falava o ditado, sempre procurando significados no menor incidente, jogando suas pedras três vezes ao dia, olhando as entranhas de galos. O Subcomandante

Trevalin e seus subordinados tinham discutido, mais de uma vez, sobre as dificuldades encontradas ao trabalhar com ela.

Uma coincidência. Nada mais. E não era nem tão estranha assim. Cavaleiros de Solamnia com um irmão mago encontrando seu primo, um Cavaleiro de Takhisis. O mundo estava em guerra, embora nem todo mundo soubesse disso. Aqueles três certamente teriam se encontrado em algum momento. Aço era grato por uma coisa: por não ser o responsável pelas mortes dos dois rapazes Majere. Estaria só cumprindo seu dever, mas assim ficaria mais fácil. Ele se virou para seu oficial comandante.

— Subcomandante Trevalin. Eu lhe peço um favor, que me dê permissão para levar os corpos desses dois cavaleiros de volta à sua terra para serem enterrados. Irei, ao mesmo tempo, entregar o Veste Branca aos seus e recolher o resgate.

Trevalin encarou Aço espantado, Palin o olhou estupefato. A Senhora da Noite resmungou, fungou e balançou a cabeça.

— De onde eles são? — Trevalin perguntou.

— Consolação, na Abanassínia Central, ao norte de Qualinost. O pai deles é dono de uma hospedaria ali.

— Mas isso é bem dentro do território inimigo. Você irá correr um grande perigo. Se você tiver uma missão especial ligada à Visão, então eu aprovaria. Mas isso... — Trevalin sacudiu a mão. — Para entregar corpos... Não, você é um soldado bom demais para correr esse risco, Brightblade. Não posso atender seu pedido. — O cavaleiro mais velho olhou com curiosidade para o mais novo. — Você não age por impulso, Brightblade. Qual o motivo para fazer esse estranho pedido?

— O pai, Caramon Majere, é meu tio, meio-irmão da minha mãe, Kitiara Uth Matar. Os cavaleiros mortos e o irmão são meus primos. Além disso... — o rosto de Aço permaneceu impassível e sem expressão, seu tom casual. — Caramon Majere lutou ao meu lado durante a batalha em que eu quase fui capturado na Torre do Alto Clerista. É uma dívida de honra. De acordo com Lorde Ariakan, uma dívida de honra deve ser paga na primeira oportunidade. Eu aproveitaria essa para pagar a minha.

O Subcomandante Trevalin não hesitou.

— Caramon Majere salvou sua vida? Sim, eu lembro de ter ouvido essa história. E esses são os filhos dele? — O cavaleiro pensou seriamente no assunto, comparando-o na sua mente à Visão, o Grande Plano da Rainha da Escuridão. Cada cavaleiro, na sua investidura, recebe a Visão, que mostra como seu fio solitário é tecido na imensa tapeçaria. Nada tem permissão de interferir com a Visão, nem mesmo uma dívida de honra.

Porém, a batalha terminara. O objetivo, alcançado. Os cavaleiros iriam passar um tempo estabelecendo a base na praia antes de ir para oeste. Trevalin não podia ver como um único cavaleiro faria falta, pelo menos em um futuro próximo. E era sempre interessante para os cavaleiros conseguirem o máximo de informação sobre o inimigo. Aço conseguiria, sem dúvida, ouvir e ver muito em sua jornada em território inimigo que seria útil depois.

— Eu lhe dou permissão para partir, Brightblade. A viagem será perigosa, mas quanto maior for o perigo, maior será a glória. Você irá levar os corpos desses cavaleiros de volta para serem enterrados em sua terra. Sobre o resgate do Veste Branca, a decisão do que fazer com ele está com nossa valiosa camarada.

Trevalin olhou para a Senhora da Noite, que tinha ficado indignada por ter sido deixada de fora do processo de tomada de decisão. Ela não era a comandante de Aço, porém, e não podia opinar no assunto de ele ir ou voltar. Mas o Veste Branca era seu prisioneiro, e ela tinha o direito de decidir o que fazer com ele.

Ela refletiu sobre o assunto, aparentemente dividida entre o desejo de manter o mago preso e o desejo de qualquer que fosse o resgate que sua devolução pudesse trazer. Ou talvez outra coisa a perturbasse. Seu olhar ia de Aço para Palin e seus olhos queimavam.

— O Veste Branca foi sentenciado para morrer — disse, abruptamente.

— O quê? Por quê? Qual motivo? — Trevalin ficou espantado e, pelo que parecia, impaciente. — Ele se rendeu. É um prisioneiro de guerra. Tem o direito de ser resgatado.

— O pedido de resgate já foi feito — a Senhora da Noite retrucou. — Ele recusou. Portanto, sua vida foi condenada.

— É verdade, jovem? — Trevalin encarou Palin com seriedade. — Você recusou o resgate?

— Eles pediram algo que não posso dar — Palin disse. Sua mão se apertou ao redor do cajado e todos ali presentes souberam de imediato o que fora pedido como resgate. — O cajado não é meu. Só foi emprestado a mim, só isso.

— O cajado? — Trevalin virou para a Senhora da Noite. — Tudo o que você queria era o cajado? Se ele se recusar, só tire essa coisa dele!

— Eu tentei — Lillith exibiu a mão direita. A palma estava queimada e com bolhas.

— Você fez isso, Veste Branca? — Trevalin perguntou.

Palin encarou seu olhar, os olhos límpidos, apesar de avermelhados por causa das lágrimas reprimidas.

— Isso importa, senhor? O Cajado de Magius me foi dado em confiança consagrada. Eu não sou o "dono". Tenho apenas um controle limitado. O cajado não pertence a ninguém, só a si mesmo. Porém, não irei me separar dele, nem para salvar a minha vida.

Os dois paladinos sombrios ficaram impressionados com a resposta do jovem. A Senhora da Noite não. Ela olhou feio para todos eles, esfregando a mão ferida.

— Um problema interessante — Trevalin apontou. — Um homem não pode ser obrigado a pagar por sua vida com algo que não lhe pertence. Ele pode procurar seus amigos e sua família e pedir que consigam levantar o dinheiro do resgate, mas ele não pode roubar deles. O jovem está obrigado pela honra a se recusar a entregar o cajado. Você, madame, pode, portanto, pedir por sua vida. Mas, para mim, parece que isso não está de acordo com a Visão.

A Senhora da Noite lançou um olhar penetrante para Trevalin, abrindo a boca para protestar. Porém, a invocação da Visão tomava precedência sobre tudo. Precisava ficar em silêncio até ele terminar.

— A Visão exige que levemos a frente a causa de Sua Majestade Sombria em tudo e de todas as formas. Tomar a vida desse jovem não faz nada para avançar a causa. Sua alma iria voar para Paladine, que iria ganhar, não nós. Porém, se barganharmos a vida desse jovem por algo, algum objeto mágico poderoso que os magos de Wayreth possuam…

A expressão da Senhora da Noite se suavizou. Olhou especulativamente para Palin e, de forma inesperada, seu olhar também foi para Aço.

— Talvez — ouviram-na murmurar para si mesma. — Talvez seja esse o motivo. Muito bem — ela disse alto. — Curvo-me perante a sua sabedoria, Subcomandante Trevalin. Existe uma coisa que iremos aceitar como resgate por Palin Majere. — Fez uma pausa dramática.

— E o que seria, madame? — Trevalin inquiriu, impaciente para continuar com seus deveres.

— Queremos que os magos abram o Portal até o Abismo — disse a Senhora da Noite.

— Mas... isso é impossível! — Palin gritou.

— A decisão não é sua, meu jovem — a Senhora da Noite respondeu com frieza. — Você está sob a jurisdição do Conclave dos Magos. Eles precisam decidir. Abrir o Portal não é a mesma coisa que entregar o Cajado de Magius. Uma decisão dessas é da alçada do Conclave.

Palin sacudiu a cabeça.

— O que você está pedindo não pode... não vai ser concedido. É impossível. Melhor tirar a minha vida agora. Eu não poderia — acrescentou com suavidade, a mão repousando no ombro do irmão morto — morrer em melhor companhia.

— O julgamento foi feito, Veste Branca. Você é nosso prisioneiro e deve se submeter à nossa vontade — Trevalin foi firme. — Você irá viajar na companhia do Cavaleiro Brightblade até a Torre de Wayreth, para ali fazer o Conclave saber do pedido pelo seu resgate. Se eles recusarem, sua vida está condenada. Você será trazido para nós para morrer.

Palin deu de ombros e não disse nada, sem se importar de qualquer jeito.

— Você, Aço Brightblade, aceita responsabilidade pelo prisioneiro. Se ele escapar, aceita essa sentença para você. Sua vida será pedida como pagamento. Você será sentenciado a morrer em seu lugar.

— Entendo, Subcomandante — disse Aço. — E eu aceito a penalidade.

— Você tem uma quinzena para completar a jornada. Na primeira noite em que as luas vermelha e prata estiverem juntas no céu, precisa se reportar a mim, seu comandante, não importando se conseguiu ou não. Se seu prisioneiro escapar, precisa se reportar para mim sem demora.

Aço o saudou e depois partiu para selar seu dragoa azul. Trevalin retornou — agradecido — aos seus deveres e ordenou que um escudeiro preparasse os dois corpos para serem transportados. Os corpos dos outros cavaleiros foram colocados em uma carroça para serem levados até uma tumba. Palin ficou perto dos irmãos, fazendo o possível para limpar os corpos, lavar o sangue e fechar os olhos parados.

Lillith permaneceu por perto de Palin, o observando com atenção. Ela não tinha medo de que ele fugisse. Ao contrário, procurava por uma pista. Por que aquele jovem mago — dentre todos os jovens magos no mundo — fora mandado ali, para lutar aquela batalha? Por que ele tinha sido a única pessoa a sobreviver? E, mais importante, por que Palin Majere tinha entrado em contato com seu primo, Aço Brightblade?

Ela invocou a imagem dos dois, caminhando juntos, falando juntos. Não via, de imediato, uma semelhança de família. Na verdade, ao primeiro olhar, os dois não poderiam ser mais diferentes. Aço Brightblade era alto, musculoso, bem formado. O cabelo escuro, longo e cacheado, emoldurava um rosto que era forte e bem proporcionado, os olhos grandes, escuros e intensos. Era inegável que era um homem bonito. Mas apesar de muitas mulheres olharem Aço Brightblade com admiração por uma vez, tendiam a não olhar de novo. Ele era atraente, certamente, mas qualquer atração terminava ali. Era óbvio para todos que ele pertencia, de corpo e alma, a uma senhora rígida, a Guerra.

Somente a Guerra podia satisfazer sua luxúria, seus desejos. Seu jeito frio, orgulhoso e distante só se tornava vivo apenas durante a investida, a luta. O choque das armas era a música que ele adorava, a canção do desafio a única canção de amor que ele jamais iria cantar.

Em contraste, seu primo, Palin Majere, era esguio, com cabelo castanho avermelhado e feições pálidas. De ossos delicados, com olhos inteligentes e penetrantes, fazia a Senhora da Noite se lembrar imediatamente do tio. Tinha visto Raistlin Majere uma vez e reconhecera seu sobrinho no momento em que entrara em contato com ele. *Foram as mãos*, ela pensou. *Ele tem o toque delicado e hábil do tio.*

Primos, o mesmo sangue correndo em suas veias. Sim, a semelhança estava ali, na alma, se não no corpo. Aço conhecia a sua força. Palin ainda precisava descobrir a sua. Mas estava nele como estivera em seu tio. Como fazer disso uma vantagem para Sua Majestade Sombria? Pois era certo que havia algum motivo para ter unido os dois!

Não era coincidência. Não, um grande Plano estava operando ali, mas por enquanto a Senhora da Noite não podia desvendá-lo. A resposta iria vir. Disso, não tinha dúvida. Só precisava ter paciência. E assim, ela observava e esperava.

Palin — pensando estar sozinho, ou não se importando com isso — começou a falar com seus irmãos.

— Foi minha culpa, Tanin — ele disse baixinho, a voz rouca com as lágrimas. — Minha culpa você ter morrido. Sei que você vai me perdoar. Você sempre me perdoou, não importa o que eu faça. Mas como eu posso perdoar a mim mesmo? Se eu tivesse sido mais forte na minha magia, estudado mais, aprendido mais feitiços... Se não tivesse congelado de medo e esquecido tudo o que eu sabia, não teria falhado com vocês no final. Se eu tivesse sido mais parecido com meu tio...

Mais parecido com meu tio!

Lillith ouviu aquelas palavras. Um tremor de espanto e empolgação percorreu seus braços. Ela viu o Plano. Os pensamentos de Sua Majestade Sombria se tornaram claros, ou pelo menos o mais que podiam ser para uma mente mortal. Tinha que ser! Essa tinha que ser a razão. Os dois homens — um em suas dúvidas e inseguranças, o outro em seu orgulho altivo — seriam a queda um do outro.

A Senhora da Noite não confiava em Aço Brightblade. Nunca tinha confiado nele, não desde que descobrira sobre a sua origem. Tinha discutido muito contra ele ser admitido nos níveis mais altos dos Cavaleiros de Takhisis. Os presságios eram ruins, as pedras profetizavam desgraças.

Uma pedra branca a esquerda — era o pai, Sturm Brightblade, um cavaleiro Solâmnico reconhecido e reverenciado, honrado até pelos seus inimigos por seu sacrifício corajoso. Uma pedra preta à direita — aquela era mãe, Kitiara Uth Matar, líder de um dos exércitos de dragão, famosa por sua habilidade e temeridade na batalha. Ambos estavam mortos, mas — a Senhora da Noite podia sentir — os dois buscavam o filho trazido ao mundo por acidente.

Apesar de aparentemente calmo e firme em sua lealdade e devoção para a Rainha da Escuridão, Aço Brightblade devia ser um oceano turbulento por dentro. Pelo menos, era o que a Senhora da Noite especulava. E ela tinha bons motivos. Aço Brightblade usava a espada de um Cavaleiro de Solamnia — a espada do seu pai. E ele também usava (embora isso fosse um segredo bem guardado) uma joia de confecção élfica. Conhecida como joia estelar, era apenas um agrado trocado entre amantes. Tinha sido dada a Sturm Brightblade durante a Guerra da Lança por Alhana Brisestelar, Rainha dos elfos Silvanesti. E Sturm Brightblade — ou melhor, o cadáver de Sturm Brightblade, se acreditar no relato de Aço — dera a joia ao seu filho.

Uma pedra branca à esquerda, uma pedra preta à direita, e no centro uma pedra marcada com uma fortaleza. Caindo no topo da fortaleza, uma pedra marcada com fogo. Assim Lillith lia os sinais: o jovem estava dividido em dois e esse conflito interno iria resultar em desastre. O que mais poderia ser uma fortaleza devorada por chamas?

A Senhora da Noite tinha discutido muito por muito tempo, mas ninguém escutara. Mesmo a Dama da Caveira, uma poderosa sacerdotisa

— uma mulher muito, muito velha que diziam ser uma favorita da Rainha Takhisis — recomendara que Aço fosse admitido na cavalaria.

— Sim, ele usa a joia estelar — a velha havia murmurado com a boca desdentada. — A joia é a única fenda em sua fachada de ferro. Iremos usá-la para ver o seu coração, e com essa vantagem veremos os corações de nossos inimigos!

Velha tola e gaguejante!

Mas agora a Senhora da Noite entendia. Jogou a ideia no tecido negro de sua mente, como ela fazia com suas pedras. Caiu na mesa direto, sem rolar, com a face para cima. Refletindo, escolhendo as palavras com cuidado, aproximou-se do jovem mago.

— Você falou do seu tio — ela disse, em pé sobre Palin, encarando-o, os braços cruzados no peito. — Você nunca o viu, certo? Claro que não. Você é jovem demais.

Palin não disse nada, agarrando o Cajado de Magius com mais força. O jovem fizera o possível por seus irmãos. Agora só restava a tarefa amarga de levá-los de volta para casa e contar as notícias para seu pai e sua mãe. Estava fraco e vulnerável. A tarefa da Senhora da Noite era quase fácil demais.

— Raistlin deixou este mundo antes de você nascer.

Palin ergueu os olhos e, naquele relance, revelou tudo, embora continuasse sem dizer nada.

— Deixou este mundo. Escolheu ficar no Abismo, onde é atormentado diariamente por nossa terrível rainha.

— Não — Palin ficou incomodado a ponto de falar. — Não, isso não é verdade. Por seu sacrifício, concederam um repouso pacífico ao meu tio. Meu pai recebeu esse conhecimento de Paladine.

Lillith ajoelhou, para ficar no mesmo nível do jovem. Aproximou-se. Ela era uma mulher atrativa e, quando queria, podia ser tão charmosa e fascinante quanto uma cobra.

— É o que seu pai diz? É o que ele *diria*, não é?

Ela sentiu o jovem se remexer ao lado dela, e se empolgou por dentro. Ele não a olhou, mas ela podia sentir a sua dúvida. Tinha pensado naquilo antes. Acreditava no seu pai — mas uma parte dele não. Aquela dúvida era a rachadura em sua armadura. Através daquela rachadura, ela enfiou a sua lâmina mental envenenada.

— E se seu pai estiver errado? E se Raistlin Majere estiver vivo? — Ela arrastou para ainda mais perto. — Ele chama você, não é?

Estava se arriscando, mas a Senhora da Noite soube imediatamente que ela estava certa. Palin se encolheu e abaixou os olhos.

— Se Raistlin estivesse de volta neste mundo, iria tomá-lo como aprendiz. Você iria estudar com o maior mago a caminhar por este plano de existência. Seu tio já lhe deu um presente precioso. O que mais ele não faria por um sobrinho amado?

Palin olhou para ela, só de relance, mas ela viu o fogo queimando fundo em seus olhos e soube que aquilo iria consumi-lo.

Satisfeita, a Senhora da Noite ergueu-se e se afastou. Podia deixar o prisioneiro. Estava seguro, preso em segurança nos laços da tentação. E ele iria, sem querer, arrastar seu primo com ele. Foi por aquele motivo que a Rainha da Escuridão unira os dois.

Lillith enfiou a mão em uma bolsa de veludo preto, agarrou um punhado aleatório de pedras. Murmurando o encantamento, ela jogou as pedras no chão. A Senhora da Noite estremeceu.

O que ela supusera estava correto. Takhisis deveria receber as duas almas — e rápido.

A desgraça estava muito próxima.

3

A cidade de Palanthas. Uma busca cansativa, mas não infrutífera.

O calor do sol do meio-dia se derramava como óleo em chamas nas águas da Baía de Branchala. A hora do almoço era a mais movimentada nas docas de Palanthas, quando o barco de Usha se juntou à multidão de outros amontoados no porto. Desacostumada a tanto calor, barulho e confusão, Usha sentou-se na sua embarcação balançante e olhou ao seu redor espantada.

Enormes galeras mercantes com tripulação de minotauros esfregavam-se nos navios pesqueiros gigantes pilotados pelos humanos de pele preta de Ergoth do Norte. Pequenas barcas de mercado batiam e se enfiavam entre a multidão, trazendo uma enxurrada de maldições e, vez ou outra, um balde de água salobra ou cabeças de peixe quando esbarravam em uma embarcação maior. Para aumentar a confusão, um navio gnomo tinha acabado de aportar. Os outros navios estavam subindo as âncoras, tentando colocar o máximo possível de mar entre eles e os gnomos. Ninguém sensato arriscaria vida ou membros ao ficar perto daquela monstruosidade vomitadora de vapor. O capitão do porto, no seu barco especialmente pintado, navegava dali para cá, enxugando a cabeça careca e suada, gritando para os capitães através de um trompete de falar.

Usha quase içou as velas, virou o navio e voltou para casa. Os xingamentos cruéis dos minotauros (de quem ela ouvira falar, mas nunca vira) a assustavam;

o navio gnomo — os blocos de fumaça flutuando perto demais — a chocavam. Ela não tinha ideia do que fazer ou para onde ir.

Um homem mais velho, balançando tranquilamente em um pequeno bote pesqueiro nos arredores da confusão, a viu, e percebendo sua dificuldade, puxou a linha e remou para perto.

— Estranho aqui, é? — o velho perguntou, e por fim Usha conseguiu entender que estava perguntando se *ela* era uma estranha.

Ela reconheceu que era e perguntou a ele onde poderia ancorar o barco.

— Aqui não — disse, chupando um cachimbo gasto. Tirando-o da boca, gesticulou para as barcas. — Fazendeiros demais.

Naquele momento, um veleiro de minotauros apareceu por trás do barco de Usha e quase a fez virar. O capitão, inclinando-se sobre a amurada, prometeu que iria partir em dois o barco — e ela — se não saísse do caminho.

Usha, em pânico, colocou as mãos nos remos, mas o velho a impediu. *Em pé no seu próprio barco — um feito considerável,* Usha pensou, pois o barco balançava muito — o velho respondeu ao capitão no que devia ser a língua do minotauro, porque soava como ossos se partindo. O que exatamente ele disse, Usha nunca soube, mas o capitão minotauro acabou por fim resmungando e ordenando ao seu navio que se afastasse.

— Valentões — resmungou o velho, voltando a sentar. — Mas os malditos são excelentes marinheiros. Eu sei. Naveguei com eles várias vezes. — Ele observou o barco dela, curioso. — Um bom barco esse aí. Feito por minotauros, acho. Onde você conseguiu isso?

Usha desviou da pergunta. Antes dela partir, o Protetor avisara para não revelar nada sobre ela para ninguém. Ela fingiu não ter ouvido o velho — fácil de fazer entre o bater dos remos, os xingamentos, e os berros do capitão do porto. Agradecendo a ajuda, ela perguntou de novo onde poderia encostar.

— Pra leste. — O velho apontou com o cabo do cachimbo. — Aquele é um píer público. Geralmente tem uma taxa, mas... — Passou a examiná-la, em vez do barco. — Com esse rosto e esses olhos, é bem provável que deixem você ficar sem pagar.

Usha corou de raiva e vergonha, e engoliu uma resposta mal-educada. O velho tinha sido gentil e prestativo. Se queria debochar da sua aparência desagradável, tinha conseguido esse direito. Quanto ao resto do que ele dissera — algo sobre uma "taxa" e a deixarem ficar sem "pagar" — não fazia ideia do que era. Espiando por entre o emaranhado de mastros, localizou o píer ao qual ele se referia, e pareceu um paraíso comparado ao resto do porto. Agradecendo de novo ao velho, com frieza, Usha navegou o barco naquela direção.

O porto público estava muito menos lotado, sendo restrito a pequenos barcos, principalmente para as embarcações de lazer dos ricos. Usha baixou as velas, remou até lá, encontrou um píer e jogou a âncora. Reunindo suas posses, jogou uma bolsa sobre os ombros, amarrou a outra ao redor da cintura e saiu do barco. Amarrou-o na doca e começou a se afastar, e depois parou para dar uma última olhada.

Aquele barco era o último elo com a sua terra, com o Protetor, com todos que amava. Quando se afastasse dele, iria estar se afastando da sua vida passada. Lembrou do estranho brilho avermelhado no céu na última noite e de repente não quis partir. Passou a mão na corda que a ligava ao barco, o barco que a ligava à sua terra. Seus olhos se encherem de lágrimas. Meio cega, virou e deu um esbarrão em algo escuro e sólido que a pegou pela sua manga.

Uma voz, vinda de algum lugar perto de sua cintura, inquiriu.

— Onde você acha que está indo, mocinha? Tem um probleminha com a taxa para ancorar.

Usha, envergonhada por ser pega chorando, limpando os olhos às pressas. Seu interrogador era um anão, com uma barba desgrenhada e grisalha, e com o rosto enrugado e os olhos apertados de quem passa o dia vendo o sol refletir na água.

— Taxa? Não sei do que está falando, senhor — Usha replicou, tentando não encarar. Também nunca tinha visto um anão, apesar de conhecê-los pelas histórias do Prote.

— Uma taxa para poder deixar o barco onde você o colocou! Ou você acha que o povo de Palanthas cuida desta operação pela bondade de seu coração, mocinha? Tem uma taxa! Por quanto tempo você está deixando o barco? Dia, semana, mês? A taxa varia.

— Eu… eu não sei — Usha disse, sem saber o que fazer.

Os Irda não tinham conceito de dinheiro. Suas necessidades eram simples, cada Irda fazendo o que precisasse, seja por manufatura ou mágica. Um Irda jamais pensaria em trocar alguma coisa com outro deles. Um ato assim seria equivalente a uma incursão na alma alheia.

Usha estava começando a lembrar das histórias que Prote lhe contara sobre anões.

— Quer dizer que se eu te der alguma coisa, em troca você deixa o barco ficar aqui?

O anão ergueu o olhar, apertando os olhos até quase fechá-los.

— Qual o problema, mocinha? Bateu a cabeça? — Ele mudou a voz, falando como se falasse como uma criança. — Sim, garotinha, você dá ao anão bonzinho alguma coisa, de preferência aço frio, e o anão bonzinho vai deixar o seu barco ficar onde está. Se você não der ao anão bonzinho alguma coisa, de preferência aço frio, o anão bonzinho vai afundar seu maldito barco. Entendeu?

O rosto de Usha queimava. Ela não tinha aço, não tinha nem certeza do que aquilo seria. Mas uma multidão de homens sorridentes, alguns de aparência rude, estavam começando a se reunir ao redor deles. Usha só queria sair dali. Remexendo em um dos seus bolsos, seus dedos encontraram um objeto. Ela o pegou e o enfiou na cara do anão.

— Não tenho aço. Isso aqui serve?

O anão pegou e o examinou com atenção. Os olhos apertados abriram-se mais do que tinham se aberto nos últimos cem anos. Depois, percebendo o interesse dos homens ao redor, olhou feio para todos eles, rapidamente fechando a mão ao redor do objeto.

— Platina, pela barba de Reorx. *Com* um rubi — ouviram-no murmurar. Sacudiu a mão para os homens. — Saiam daqui, xeretas! Vão cuidar da sua vida, ou chamarei os guardas para pegar vocês!

Os homens riram, fizeram algumas observações grosseiras e se afastaram. O anão pegou Usha pela manga e a fez se abaixar até o seu nível.

— Você sabe o que é isso, senhora? — Ele foi muito mais educado.

— É um anel — Usha disse, pensando que ele podia não saber o que era um anel.

— Isso. — O anão lambeu os lábios. Seu olhar faminto foi até a bolsa. — Um anel. Será... será que tem mais de onde veio esse?

Usha não gostou daquele olhar. Apertou a mão sobre a bolsa, apertando-a contra o bolso.

— Isso é o bastante para deixar o barco sob seus cuidados?

— Ah, sim, senhora! Por quanto tempo quiser. Vou tomar muito cuidado com ele. Esfregar os deques? Raspar os mariscos? Remendar a vela?

— Como você quiser, senhor — Usha começou a se afastar, indo na direção da costa e dos grandes edifícios que podia ver delineando-a.

— Quando você vai voltar? — o anão perguntou, as pernas curtas se esforçando para acompanhá-la.

— Não sei — Usha disse, esperando soar despreocupada, e não confusa. — Desde que o barco esteja aqui quando eu voltar.

— Vai estar, senhora. E eu vou estar bem ao lado — disse o anão. Os dedos de uma mão suja estavam se movendo ocupados, como se fizessem somas. — Talvez tenha algumas taxas extras.

Usha deu de ombros e continuou em frente.

— Platina! — Ouviu o anão dizer, com um suspiro ganancioso. — *Com um rubi!*

Usha evitou a autoridade portuária de Palanthas simplesmente por não ter ideia de quem era ou de que deveria explicar a eles quem ela era e porque estava em Palanthas. Passou direto pelos guardas e através do pedaço reconstruído da muralha da cidade com uma postura tão perfeita e expressão tão superior que nenhum dos guardas sobrecarregados desperdiçou seu tempo parando-a ou interrogando-a. Parecia que ela tinha todo o direito de estar onde estava.

Sua postura era, na verdade, inocência. Sua expressão superior era uma cobertura gelada sobre sua confusão e seu pavor.

Passou as próximas muitas horas percorrendo as ruas quentes, poeirentas e lotadas de Palanthas. A cada esquina, via algo que a espantava, aterrorizava, chocava ou repugnava. Ela não tinha ideia de para onde ia ou o que estava fazendo, só que precisava encontrar aquele Lorde Dalamar. Depois disso, supunha que deveria encontrar um lugar para dormir.

O Protetor tinha feito algumas vagas referências a "alojamento" e um "trabalho" para conseguir "dinheiro". O Protetor não podia ser mais específico. Em sua longa vida, o contato com os humanos tinha sido limitado, e apesar de ele ter ouvido falar de conceitos como "trabalhar para ganhar o pão", ele tinha apenas uma ideia muito vaga do que aquilo significava.

Usha também não tinha.

Encarava e ficava boquiaberta, sobrecarregada. Os edifícios ornamentados, tão diferentes das pequenas e simples residências Irda de um andar só, a suplantavam, mais altas que pinheiros. Estava perdida em uma floresta de mármore. E a quantidade de pessoas! Viu mais pessoas em um minuto em Palanthas do que tinha visto durante a vida inteira entre os Irda. E todas as pessoas pareciam estar em uma pressa angustiante, empurrando, puxando e caminhando muito rápido, de rostos vermelhos e sem conseguir respirar.

Primeiro, Usha, temerosa, imaginou que a cidade estava passando por algum tipo de emergência. Talvez a guerra. Mas, ao perguntar a uma garotinha que estava tirando água de um poço, Usha descobriu que era apenas o "dia do mercado" e que a cidade estava mais quieta do que o costume — provavelmente por causa do calor severo.

Estava quente perto da baía, o sol refletindo na água queimava a pele delicada de Usha mesmo na sombra. Mas nas docas, pelo menos ela tinha sentido o toque gelado da brisa do mar. Esse alívio nunca chegava na cidade mesmo. Palanthas derretia. O calor se irradiava das ruas de pedra, fritando aqueles que caminhavam nelas como se estivessem sido colocadas na grelha. Porém, as ruas estavam frescas em comparação com o interior das lojas e das casas. Os lojistas, que não podiam deixar seus negócios, se abanavam e tentavam se manter acordados. Os pobres deixaram suas casas abafadas para viver e dormir nos parques ou cima dos telhados, esperando conseguir pegar o mínimo que fosse de ar fresco. Os ricos ficavam dentro de suas residências de mármore, bebendo vinho quente (não havia gelo, pois a neve no topo das montanhas tinha derretido quase por completo) e reclamavam com languidez sobre o calor.

O fedor de muitos corpos suando, muito juntos, de lixo e detritos cozinhando no sol, tirou o fôlego de Usha, dando-lhe ânsias de vômito. Ela se perguntava como alguém conseguia viver com aquele cheiro horrível, mas a menina disse que não sentia cheiro nenhum além do de Palanthas no verão.

Usha passou por toda Palanthas, andando e caminhando. Passou por um prédio imenso, que alguém lhe disse que era a "Grande Biblioteca" e lembrou de ouvir o Protetor falando dela em um tom respeitoso como sendo a fonte de todo o conhecimento sobre tudo no mundo.

Pensando que podia ser um bom lugar para perguntar sobre a localização de Lorde Dalamar, Usha parou um jovem vestido de marrom que caminhava no terreno da Grande Biblioteca e fez a pergunta. O monge arregalou muito os olhos, afastou-se seis passos de Usha, e apontou para uma rua.

Seguindo sua indicação, Usha saiu de uma viela para a sombra de uma torre horrorosa cercada por um bosque de árvores escuras. Apesar de estar suando momentos antes, agora sacudia com arrepios. Escuridão fria e úmida parecia fluir das árvores. Tremendo, ela se virou e fugiu e ficou aliviada ao se encontrar novamente na luz do sol escaldante. Sobre Lorde Dalamar, só pode pensar que o monge se enganara. Ninguém podia viver em um lugar tão infeliz.

Passou por um lindo edifício que era, pela inscrição na frente, um templo para Paladine. Passou por parques e pelas magníficas, mas estéreis casas dos ricos (Usha achou que eram museus). Passou por lojas cheias de objetos absurdos, de tudo, desde joias cintilantes a espadas e armaduras parecidas com as que os jovens cavaleiros tinham usado.

E sempre hordas de pessoas.

Perdida e confusa, sem saber direito porque havia sido mandada para aquela cidade enlouquecedora, Usha continuou a vagar pelas ruas. Estava enfraquecida pelo calor e pelo cansaço, e só aos poucos percebeu, enquanto caminhava, que as pessoas estavam encarando-a. Alguns chegavam a parar e olhar para ela, boquiabertos e espantados. Outros, em geral homens muito bem-vestidos, tiravam seus chapéus emplumados e sorriam para ela.

Usha naturalmente presumiu que estavam debochando da sua aparência, e achou que era muito cruel. Desarrumada, triste, sentindo pena de si mesma, ela se perguntava por que o Protetor a teria mandado para um lugar tão odioso. Gradualmente, porém, ela passou a perceber que aqueles olhares e tiradas de chapéu e reverências eram de admiração.

Tendo a vaga noção de que talvez a viagem tivesse alterado a sua aparência, Usha parou para olhar seu reflexo na vitrine envidraçada de uma loja de vinho. O vidro era curvo e distorcia o seu rosto, mas também era assim na água do pequeno lago que ela costumava usar como espelho em casa. Não tinha mudado nada. Seu cabelo ainda era prateado, seus olhos ainda tinham aquela cor esquisita, suas feições eram regulares, sem a beleza exótica e modelada da dos Irda. Ela estava, como sempre estivera aos seus próprios olhos: sem graça.

— Que gente estranha! — Usha disse para si mesma, depois que um jovem, ocupado demais encarando-a, ter acidentalmente se chocado contra uma árvore.

Por fim, quando já tinha praticamente gasto a sola das suas botas de couro, Usha percebeu que o sol quente estava se pondo, com as sombras dos prédios se alongando e um pouco mais frias. A quantidade de pessoas na rua diminuiu. As mães apareceram nas portas, chamando os filhos de volta para casa aos gritos. Olhando através das janelas de várias casas bonitas, Usha viu as famílias se reunindo. Estava cansada, assustada, sozinha. Não tinha onde passar a noite e percebeu que estava com uma fome imensa.

O Protetor fornecera comida para a jornada, mas ela tinha comido antes de chegar a Palanthas. Porém, por sorte tinha achado o caminho para o setor mercantil da cidade.

Os vendedores estavam fechando suas bancas, prestes a encerrar o dia. Usha estava se perguntando o que as pessoas fariam para comer naquela cidade tumultuada. Agora, tinha a resposta. Aparentemente, as pessoas não serviam comida em mesas ali em Palanthas. Entregavam na rua. Usha considerou aquilo muito estranho, mas também tudo naquela cidade era estranho.

Ela chegou perto de uma banca que ainda tinha algumas poucas frutas. A fruta estava enrugada e ressecada, tendo cozinhado no sol o dia todo, mas para ela pareciam deliciosas. Pegando várias maçãs, Usha mordeu uma, devorando-a, e enfiou o resto em uma das suas bolsas.

Deixando o vendedor de frutas, foi até um padeiro e adicionou uma broa de pão ao seu jantar. Usha estava olhando ao redor, procurando uma banca oferecendo vinho, quando uma imensa confusão explodiu em volta dela.

— Pega ela! Segura! Ladra! Ladra!

4

Um assalto. Presa. Tasslehoff fica surpreso.

Usha encarou surpresa um homem alto e magro em um avental de couro, que dançava e pulava ao redor dela.

— Ladra! — ele gritou, apontando para ela. — Roubou minhas frutas!

— Ela saiu com meu pão — arquejou uma mulher suja de farinha que viera correndo atrás do homem. — É aquele, saindo da bolsa! Quero de volta, sua safada.

A padeira fez uma investida pelo pão. Usha deu um tapa na mão da mulher, que começou a uivar.

— Assassina! Ela tentou me matar!

Os vagabundos e os rufiões, que geralmente ficavam pelo mercado entornando vinho ruim e esperando problemas, rapidamente sentiram o cheiro da encrenca. Uma multidão zombeteira se reuniu ao redor de Usha. Um homem esfarrapado e de aparência grosseira a agarrou.

— Eu sou voluntário para revistá-la! — ele berrou. — Me parece que ela enfiou as maçãs na blusa!

A multidão riu e se aproximou.

Usha nunca passara por um tratamento tão ruim. Mimada, cuidada, criada em uma sociedade de pessoas que não erguiam a voz, muito menos os punhos, ficou chocada ao ponto de quase desmaiar. Ela não tinha armas e não lhe ocorreu, no espanto inicial, usar os itens mágicos que os Irda haviam lhe dado. Ela não saberia como usá-los de qualquer jeito, tendo prestado pouca atenção às instruções que lhe foram dadas.

As mãos sujas do homem rasgaram sua blusa, seus dedos se encaminharam para tocar sua carne. Seus companheiros o incentivaram.

O pânico deu lugar à fúria. A ferocidade de um animal acuado queimava em Usha. Ela investiu com selvageria, com a força vinda do terror. Golpeou, mordeu, chutou e socou, sem saber nem se importar com quem estava machucando, querendo ferir a todos, querendo ferir cada ser vivo daquela cidade odiosa.

Foi apenas quando mãos fortes agarraram o seu braço e o torceram com força, e uma voz clara e firme disse "Aqui, pare com isso, jovem!" que a névoa cor de sangue sumiu de seus olhos.

Usha piscou, arquejou, buscando recuperar o fôlego e, tonta, olhou ao seu redor.

Um homem alto e musculoso usando túnica e calças de um vermelho abafado, com um ar de autoridade, a segurava. Quando ele chegou, a multidão rapidamente se dispersou, com comentários vários e bem expressivos sobre guardas que acabavam com a diversão. O homem que a agarrara estava deitado no chão, grunhindo e apertando suas partes íntimas.

— Quem começou? — O guarda olhou feio ao seu redor.

— Ela roubou pão da minha barraca, senhor — gritou a padeira — E aí tentou matar a gente!

— De mim roubou maçãs — acusou o vendedor de frutas. — Saiu andando com elas, de boa na lagoa.

— Nunca quis roubar nada — Usha protestou, fungando um pouco. Lágrimas sempre funcionaram com Prote quando ela se encrencava e rapidamente ela retomou velhos hábitos. — Achei que a fruta e o pão estavam ali para qualquer um pegar. — Ela limpou os olhos. — Não quis machucar ninguém. Estou cansada e perdida e com fome e aquele homem... ele tocou...

As lágrimas vieram de verdade com aquela lembrança horrível. O guarda a olhou sem saber o que fazer e tentou confortá-la.

— Calma, calma. Não chore. O calor deve ter te afetado. Dê a esses dois o pagamento justo e vamos deixar tudo para trás. Não vamos? — o guarda acrescentou, com um olhar zangado para os dois vendedores, que olharam feio de volta, mas, relutantemente, assentiram.

— Não tenho dinheiro — Usha engoliu em seco.

— Vadia! — o homem exclamou.

— É bem isso — A mulher fungou. — Fica claro que coisa boa não é. Olha essas roupas estranhas! Quero ela presa e açoitada!

O guarda pareceu aborrecido, mas não tinha muita escolha. O pão disputado estava na rua, tendo caído da bolsa de Usha durante a confusão, e ela cheirava a maçãs passadas e amassadas.

— Vamos deixar o magistrado resolver isso. Venha, mocinha. E vocês dois vão ter que vir junto também se quiserem garantir um mandado.

O guarda levou Usha. Os dois vendedores foram atrás, a mulher cheia de indignação, o vendedor de maçãs se perguntando, preocupado, se aquilo iria lhe custar dinheiro.

Entorpecida e exausta, Usha não prestou atenção para onde estava sendo levada. Ia tropeçando ao lado do seu captor, a cabeça abaixada, sem querer ver mais nada daquele lugar horrível. Estava vagamente ciente de que deixaram as ruas e entraram em uma grande construção de pedra, com uma enorme porta de madeira pesada, guardada por mais homens usando túnicas da mesma cor que o guarda. Abriram a porta. O guarda a fez entrar.

A sala de pedra para a qual foi levada era fria e escura, refrescante após o brilho e o calor das ruas. Usha ergueu os olhos e olhou ao redor. O guarda estava discutindo com os dois vendedores. Usha os ignorou. Apesar de estar envolvida, nada daquilo parecia ter a ver com ela. Era parte daquela cidade horrível, que ela iria deixar no momento em que entregasse a carta.

Um homem grande, parecendo estar entediado com tudo aquilo, estava sentado em uma mesa, escrevendo algo em um livro de páginas engorduradas. Atrás dele, havia uma sala imensa, cheia de pessoas, sentadas ou dormindo no chão de pedra. Várias barras de ferro, presas no teto e no chão, separavam as pessoas daquela sala grande de quem estava fora.

— Aqui tem outra, carcereiro. Uma ladrazinha. Prenda-a junto com o resto até o magistrado ouvi-la de manhã — disse o guarda.

O homem grande ergueu os olhos e viu Usha. Arregalou os olhos.

— Se a Guilda dos Ladrões está aceitando recrutas assim, vou me juntar a eles também! — disse, em voz baixa para o guarda. — Mas então, senhora, você vai ter que deixar essas bolsas comigo.

— O quê? Por quê? Não toque nisso! — Usha apertou seus bens contra o corpo.

— Você provavelmente irá consegui-los de volta — o guarda garantiu, dando de ombro. — Vamos, jovenzinha, não crie mais problemas. Você está bem encrencada já.

Usha segurou as bolsas por mais um momento. O homem grande franziu a testa e disse algo sobre pegá-las à força.

— Não toque em mim! — Usha disse e relutantemente removeu as duas bolsas — a pequena com as suas roupas, a maior com seus presentes — e as colocou na mesa na frente do carcereiro.

— Porém, devo avisar — ela disse, a voz rouca de raiva. — Alguns dos objetos nessa bolsa são mágicos e é melhor tratá-los com respeito. Também trago comigo um pergaminho que devo entregar a alguém chamado de Lorde Dalamar. Não sei quem é esse Dalamar, mas tenho certeza de que ele não gostaria de saber que mexeram com as coisas dele.

Usha esperava impressionar seus captores, e assim o fez, apesar de não da forma que ela pretendia. O carcereiro, que estivera remexendo nas bolsas, de repente tirou a mão dali como se as bolsas fossem uma invenção gnômica capaz de explodir a qualquer momento.

O vendedor de maçãs gritou.

— Retiro todas as queixas! — E saiu rapidamente.

— Uma bruxa — declarou a padeira, mantendo-se firme. — Bem que desconfiei. Queimem-na na estaca.

— Não fazemos mais isso — grunhiu o carcereiro, mas estava pálido e trêmulo. — Você disse Dalamar?

— Sim, eu disse. — Usha ficou bem espantada com aquela confusão, mas, vendo que o nome significava alguma coisa para aquelas pessoas, tirou vantagem daquilo. — E é melhor me tratarem bem, ou tenho certeza de que *Lorde Dalamar* irá ficar chateado.

Os dois homens discutiram em voz baixa.

— O que devemos fazer? — o carcereiro sussurrou.

— Chame a Senhora Jenna. Ela vai saber — devolveu o guarda.

— Coloco ela nas celas?

— Você quer ela solta por aí?

A conversa terminou com Usha sendo respeitosamente acompanhada até a grande sala por trás das barras de ferro. Quase imediatamente foi cercada pelo que, à primeira vista, pensou serem crianças humanas. Estava se perguntando que crimes aquelas crianças tinham cometido, quando ouviu o carcereiro reclamar com elas.

— Para trás, kender safado! Então! Cadê as minhas chaves? Ah, seu safado! Me devolva! Pode sentar-se, moça — o carcereiro gritou para ela, agarrando e dando safanões nos kender enquanto isso. — Alguém vai estar aqui logo. E o que você quer com meu cachimbo? Você aí, devolva meu saquinho de erva-ferro ou, por Gilean, eu vou...

Resmungando e xingando, o carcereiro saiu da cela, agradecido por estar de volta à sua mesa.

Então aqueles eram kender! Usha estava muito interessada em conhecer o povo que Prote chamara de "os ladrões alegres de Krynn." Conhecê-los não foi um problema, pois os sempre curiosos kender estavam sempre interessados em conhecer qualquer estranho que caísse no que consideravam ser a cela "deles."

Falando todos ao mesmo tempo, perguntando trinta coisas em cinco segundos, os kender se aglomeraram ao redor dela, tagarelando, rindo, tocando e apalpando. O barulho, o tumulto, o calor, seu medo e sua forma — de repente, tudo foi demais para ela. A sala começou a balançar. O ar ficou cheio de fogos de artifício.

A próxima coisa que Usha soube foi que estava deitada no chão, olhando para o rosto ansioso de um dos kender. Este parecia ser mais velho que os outros, linhas marcavam ao redor de seus olhos, linhas de expressão rodeavam sua boca. Cabelo comprido entremeado de fios prateados estava reunido em um coque em sua cabeça e caía até seu ombro. Seu rosto era agradável, amigável e curioso como o de uma criança ou dos demais kender, mas ele parecia mais maduro que o resto.

Quando qualquer outro kender chegava muito perto, este mais velho o afastava. Mesmo os elementos mais rudes da população humana que também estavam presos na cela, pareciam respeitá-lo, pois também se mantinham à distância.

— O que aconteceu? — Usha perguntou, tentando se levantar.

— Você desmaiou — o kender explicou. — E eu acho que você devia ficar mais um tempo deitada. Eu mesmo nunca desmaiei, pelo menos não que eu me lembro. Fico pensando que deveria tentar um dia, mas nunca consigo. Como você está? O guarda disse que você provavelmente desmaiou porque não come faz um tempo e que ia acordar. E, olha isso, acordou! Está com fome? Daqui a uma hora, mais ou menos, vão trazer um pouco de pão e de sopa. A comida é boa aqui. Palanthas tem uma boa cadeia, uma das melhores em Ansalon. Que olhos impressionantes você tem! São de um tom dourado, né? Você parece familiar. Nós nos vimos antes? Você já esteve em Consolação?

— Acho que não — Usha respondeu, cansada. A conversa do kender era reconfortante, mas suas inúmeras perguntas a confundiam. — Nunca ouvi falar de Consolação.

Sentia-se acabada. Sua cabeça doía e seu estômago vazio a destruía. Prote avisou para ter cuidado com os kender, mas aquele era a primeira pessoa que ela encontrara que tinha falado com gentileza. Olhando ao redor, percebeu que sua cabeça estava apoiada no que provavelmente era — julgando pelo verde vivo, da mesma cor que as calças que ele usava — o manto do kender.

Usha sentiu-se grata e tentou sorrir.

— Quem é você?

O kender ficou chocado, depois mortificado.

— Eu não me apresentei? Acho que não. Ia fazer isso, mas você caiu. — Ele estendeu uma mão pequena e marrom. — Meu nome é Tasslehoff Burrfoot. Meus amigos me chamam de Tas. Qual o seu nome?

— Usha. — Ela aceitou a mão e a apertou, solene.

— Só Usha? A maioria dos humanos que eu conheço tem dois nomes.

— Só Usha.

— De qualquer forma, é um nome bonito. Bonito o bastante para valer por dois. — O kender a analisou, pensativo. — Sabe, Usha, você me lembra mesmo de alguém. Quem poderia ser?

Usha não sabia e não se importava. Fechando os olhos, sentindo-se protegida por seu novo amigo, ela se permitiu relaxar e adormeceu.

No limite difuso da consciência, ouviu o kender murmurou em tom surpreso.

— Já sei! Ela tem olhos dourados… como Raistlin!

5

A feiticeira. A Senhora Jenna é surpreendida.

O cheiro de sopa quente acordou Usha de seu cochilo. Sentiu-se melhor depois do descanso. Apoiada na parede de pedra, bebeu caldo de galinha em uma tigela desbeiçada e se perguntou o que iria acontecer com ela. Pelo menos, tinha resolvido o problema de onde dormir.

Já era de noite. A cela estava escura, iluminada apenas por algumas tochas fumegantes na parede da entrada da prisão.

O kender, Tas, bebeu a sopa e ofereceu a Usha seu pedaço de pão.

— Toma, você ainda parece estar com fome.

Usha tinha acabado com seu pão em três mordidas. Ela hesitou.

— Tem certeza de que não quer?

Tas sacudiu a cabeça.

— Não, tudo bem. Se eu ficar com fome, provavelmente tenho alguma coisa para comer nas bolsas. — Ele apontou para várias bolsas volumosas que estavam presas ao redor de sua forma esguia.

Usha franziu a testa.

— Por que você pode ficar com suas coisas? Tiraram as minhas.

— Ah, é assim sempre — Tas deu de ombros. — Não sei bem por que, mas nunca tiram nada de nós, kender. Talvez seja por não terem lugar para guardar. Temos a tendência de colecionar coisas nas nossas viagens. Talvez fosse difícil demais ter que separar o que é de quem de manhã. Não que isso importe para nós. Nós — ele gesticulou aos outros de sua raça, que estavam brincando com o pão. — compartilhamos tudo.

— Assim como meu povo.

— Seu povo. Quem são? De onde você veio? Você com certeza não é daqui, isso é certo — Tas assentiu de forma tão enfática que seu topete virou e o atingiu no nariz.

— Como você sabe? — Usha perguntou, ignorando a pergunta.

— Bem... — Tas a encarou, e parou para pensar. — Você se veste diferente, é uma coisa. Fala diferente. Usa as mesmas palavras, mas de um jeito peculiar. E é cem vezes mais bonita que qualquer mulher que eu já vi, exceto Laurana, que é a esposa de Tanis, mas você provavelmente não conhece ele, né? Acho que não. Ah, e Tika. Ela se casou com Caramon. Você conhece ele? Ele tinha um irmão gêmeo chamado Raistlin.

Tas olhou de uma forma estranha para Usha ao fazer essa pergunta. Ela lembrava de ter ouvido o nome Raistlin antes de adormecer, mas não lembrava do que o kender dissera sobre isso. Não que importasse. Nunca tinha ouvido falar de ambos, e foi o que disse.

— E sobre eu ser bonita, sei que você tem boas intenções, mas não precisa mentir para mim. Eu sei o que eu sou. — Usha suspirou.

— Não estou mentindo! — Tas protestou. — Kender nunca mentem. E se você não acredita em mim, pergunte aos sujeitos naquele canto ali. Aliás, talvez seja melhor não falar com eles. São um pessoal estranho. São *ladrões*! — acrescentou, em um sussurro chocado.

Usha ficou um pouco confusa.

— Você não é um ladrão?

— Pela barba do grande Paladine, não! — Os olhos de Tas estavam redondos e arregalados de indignação.

— Então, por que está na prisão?

— Um engano — Tas respondeu alegremente. — Sempre acontece conosco, os kender, diariamente, se é que dá pra acreditar! Claro, eles sabem que é um engano. — Assentiu para o guarda. — Nunca nos condenam e sempre nos deixam sair de manhã. Depois passam o dia nos recolhendo e nos trazendo para cá de noite. Assim, todo mundo tem o que fazer, sabe.

Usha não entendeu e pensou em como conseguir informações sem levantar suspeitas do kender.

— Talvez você possa me explicar uma coisa, Tas. De onde eu venho, meu povo vive de forma muita parecida com vocês. Compartilhamos tudo.

Mas aqui, todo mundo é tão... bem... ganancioso. Peguei algumas maçãs de um homem. Eu estava com fome. As maçãs estavam ruins, ele as teria jogado fora de qualquer jeito. Por que ficou tão zangado? E aquela mulher. O pão teria azedado até de manhã.

— Sei do que você está falando. Tem a ver com as *coisas* — Tas explicou. — Humanos dão muita importância a *coisas*. Gostam de ter as coisas, e quando ficam cansados de ter suas coisas, não as dão, exigem coisas em troca. Lembre-se disso e vai ficar bem. E de onde você vem mesmo, Usha?

Era uma questão casual. O kender provavelmente só estava curioso, mas Usha lembrou do aviso de Prote para não revelar que estava vivendo entre os Irda.

— Na verdade, sou de todo o lugar — respondeu, observando a reação do kender por trás de olhos semicerrados. — Ando daqui para ali, sem ficar muito tempo em um lugar só.

— Sabe, Usha — Tas disse com admiração. — Você daria um ótimo kender. Nunca esteve em Consolação, foi o que você disse?

— Ah, talvez. Um lugar se parece com os outros. Quem lembra de todos os nomes?

— Eu lembro! Faço mapas. Mas o motivo de eu ter perguntado sobre Consolação é porque você parece muito com...

Chaves tilintaram na porta. O carcereiro entrou. Dessa vez, ele trazia um cajado que usou para afastar os kender. Analisou a cela escura.

— Onde está a nova prisioneira? — Ele viu Usha. — Você aí. Tem alguém querendo falar com você.

— Comigo? — Usha achou que ele tinha se enganado.

— Você mesmo. Mexa-se. A Senhora Jenna não tem a noite toda.

Usha olhou para Tas pedindo informações.

— A Senhora Jenna é uma maga de Veste Vermelha — ele comentou. — Ela tem uma loja de coisas de mago na cidade. Um lugar maravilhoso!

— O que ela quer comigo?

— O carcereiro sempre a chama para inspecionar qualquer coisa confiscada que ele pense ser mágica. Você tinha algo que pudesse ser mágico?

— Talvez — Usha disse, mordendo o lábio.

— Você! Ladra de maçãs! — O carcereiro cutucava os kender sorridentes com o cajado. — Venha aqui *agora*!

— Vamos lá, Usha. — Tas se ergueu e estendeu a mão. — Não tenha medo. A Senhora Jenna é muito simpática. Ela e eu somos velhos conhecidos. Fui tirado da loja dela em várias ocasiões.

Usha se levantou. Não aceitou a mão do kender. Colocando o rosto em uma expressão de indiferença despreocupada, caminhou sozinha até a porta de barras de ferro.

O carcereiro a deixou passar, mas agarrou Tasslehoff quando o kender deslizava para fora, escondido na sombra de Usha.

— E então? Indo pra onde, mestre Burrfoot?

— Dizer olá para a Senhora Jenna, claro. Não quero ser mal-educado.

— Não quer, né? Bem, seja bom e educado e corra de volta para aquela cela!

O carcereiro empurrou Tas e bateu a porta na cara do kender. Tas agarrou as barras, tentando ver do lado de fora.

— Oie, Senhora Jenna! — ele gritou, balançando os bracinhos. — Sou eu! Tasslehoff Burrfoot, um dos Heróis da Lança!

Uma mulher usando um manto com capuz de veludo vermelho estava do lado da mesa do carcereiro. Virou a cabeça na direção da voz, deu um sorriso frio e um aceno breve. Depois, voltou ao que estava fazendo, remexendo nas posses de Usha, que agora estavam alinhadas na mesa.

— Aqui está, Senhora Jenna, aquela que estava perguntando sobre o Mestre da Torre.

A mulher abaixou o capuz de seu manto para observar melhor. Ela era humana, seu rosto era bonito, mas frio, como se fosse esculpido da mesma pedra que os prédios de mármore branco. Olhos escuros olhavam atentamente para e através de Usha.

O estômago de Usha se apertou. Suas pernas tremeram. A boca secou. Naquele momento, percebeu que aquela mulher sabia de tudo. O que iria acontecer com ela? Prote a avisara. Humanos consideravam os Irda iguais aos ogros, se não piores. E humanos matavam ogros sem piedade.

— Chegue mais perto, criança — a mulher disse, chamando com uma mão delicada. — Na luz.

A mulher provavelmente não era muito mais velha que a própria Usha, mas a aura de mistério, poder e magia que cercava a maga de Veste Vermelha lhe dava muitos anos.

Usha avançou com audácia, determinada a não permitir que a feiticeira a visse intimidada. Ficou na luz.

Os olhos de Jenna se arregalaram. Deu um passo à frente, e inspirou fundo.

— Que Lunitari nos abençoe! — sussurrou.

Com um gesto ágil, colocou o capuz de volta e virou-se para o carcereiro.

— Você irá libertar a prisioneira sob a minha custódia. Irei levá-la e os seus pertences.

A mulher recolheu os presentes dos Irda, pegando cada um com cuidado e respeito, e os colocou a salvo dentro da bolsa de Usha. O carcereiro os observava desconfiado.

— Estava certo, né, Senhora Jenna. São mágicos.

— Você fez muito bem em me chamar. E fico feliz em ver, Torg, que você aprendeu a lição sobre mexer com objetos estranhos. Aquele feitiço que você lançou sobre você mesmo sem querer não foi fácil de reverter.

— Não vou fazer aquilo de novo, prometo, Senhora Jenna! — O carcereiro tremeu. — Pode ficar com ela e tudo bem. Mas você precisa assinar. Ela é sua responsabilidade. Se roubar outra barraca de fruta...

— Ela não vai mais roubar nenhuma barraca de fruta — Jenna disse ríspida, pegando as bolsas de Usha. — Venha comigo, criança. Qual seu nome, a propósito?

— Usha. E quero as minhas coisas — ela disse alto, bem mais alto do que pretendia.

Jenna ergueu as sobrancelhas.

Usha corou e mordeu o lábio.

— *São* minhas — disse, triste. — Não roubei.

— Estou ciente disso — Jenna respondeu. — Objetos arcanos valiosos assim não se permitem serem roubados. Uma maldição em qualquer um tolo o bastante para tentar. — Olhou de relance para o carcereiro, que corou, abaixou a cabeça e escreveu furiosamente em seu livro. Jenna devolveu as bolsas.

Usha as pegou e seguiu Jenna até a entrada da prisão.

— Obrigada por me tirar dali, senhora. Se tiver qualquer coisa que eu possa fazer por você, é só dizer. Onde é sua loja? Talvez eu passe por lá um dia...

Jenna estava sorrindo de novo.

— Sim, você irá. Agora mesmo. Não se preocupe, Usha. Planejo levá-la exatamente onde você quer ir.

— Onde? — Usha perguntou, o coração apertado de espanto.

— Para ver Dalamar, claro. O Mestre da Torre vai ficar muito interessado em te conhecer, Usha.

— Pode apostar! — irrompeu uma voz aguda. — Diga a Dalamar que Tasslehoff Burrfoot disse "oi". E veja, Senhora Jenna, você não acha que a Usha parece um bocado com o Raistlin?

A feiticeira parou. Por um tempo que daria para alguém contar até dez, ficou perfeitamente imóvel e em silêncio. Depois, devagar, ela se virou e refez seus passos.

Usha ficou na entrada, pensando se deveria tentar fugir. Tinha a sensação de que não iria longe, suas pernas pareciam de gelatina. E para onde ela iria correr? Cansada, apoiou-se na porta.

Jenna aproximou-se do carcereiro.

— Liberte o kender sob minha custódia também.

Torg fechou a cara.

— Tem certeza, senhora? Ele é um aborrecimento...

— Tenho certeza — Jenna disse, uma pontada na voz afiada e fria como aço. — Solte-o agora.

Torg pegou as chaves, correu até a porta da cela e a destrancou.

Tasslehoff, topete balançando, bolsas tilintando, marchou para fora. Educado, estendeu a mão para Jenna.

— Como está? Acho que nunca fomos formalmente apresentados. Eu sou Tasslehoff...

— Eu sei quem você é — ela disse. — Acho que Dalamar gostaria de conversar com você também.

— Que maravilha! Não vejo Dalamar faz anos. É verdade que ele é seu amante? Ei, não precisa me olhar assim. Caramon me contou. Ele disse que vocês dois...

— Comece a andar — Jenna disse, um pouco aborrecida, puxando o kender para fora da cadeira, para a rua. — Cinco passos na minha frente e mantenha as mãos onde eu possa vê-las. Usha, fique comigo.

— Eu vou abrir caminho? — Tas estava empolgado.

— Se quer considerar assim — Jenna respondeu. — Não, não nessa direção. Vamos para fora das muralhas, para a minha residência.

— Mas pensei que íamos para a Torre da Alta Magia! — Tas resmungou. — Queria passar pelo Bosque Shoikan! Vi uma vez, de longe. Era muito maligno, horrível e mortal. Quase matou Caramon, sabe. Não podemos ir por ali, por favor?

— Não seja ridículo! — Jenna explodiu. — Qualquer pessoa com a cabeça no lugar, e eu percebo que talvez isso não inclua os kender, não iria querer andar pelo Bosque Shoikan, especialmente à noite. *Eu* não passo pelo Bosque Shoikan, e eu fui estudante na Torre. Irei nos transportar até lá por uma rota mais tranquila, se não se importa. É por isso que estamos voltando para minha loja.

Tas ficou desanimado por um momento, depois deu de ombros.

— Bem — ele disse, se animando. — Pelo menos, vamos ir até a Torre!

— Vai ser divertido! — ele acrescentou, virando para Usha enquanto saltitava à frente dela. Para um ancião, ele tinha mesmo um monte de energia. — A Torre da Alta Magia é um lugar fascinante! Faz anos que não vou lá, sabe. Está cheia de todo o tipo de magia, a maior parte maligna e todas muito, muito poderosas. Dalamar é um mago de vestes negras, mas acho que você sabe disso, se quer vê-lo. Ele é um elfo negro e agora é o mago mais poderoso de toda Ansalon...

Usha parou e encarou o kender.

— Um Veste Preta? Um elfo negro? Mas... isso não pode estar certo! O Protetor não teria me mandado encontrar um deles. Com certeza... talvez haja outro Dalamar?

Ouviu uma risada, um ressoar de sinos de prata, ressoando na escuridão.

— Continue andando — Jenna disse, disfarçando sua diversão. — E fique tranquila, criança, só existe um Dalamar.

6

A Torre da Alta Magia. Um encontro para jantar. Dalamar fica desagradavelmente surpreso.

À luz do dia, a Torre da Alta Magia em Palanthas era um lugar de terror, evitado por todos. De noite, era apavorante.

Antes, havia cinco Torres da Alta Magia, localizadas por todo o continente de Ansalon. Agora havia apenas duas. Uma delas estava na Floresta de Wayreth e era impossível de alcançar, a não ser que os magos de lá quisessem. Se assim fosse, a floresta mágica cercando a torre iria encontrar você e guiá-lo.

A Torre da Alta Magia em Palanthas também era quase impossível de alcançar. Era protegida pelo Bosque Shoikan, um aglomerado de árvores habitado por guardiões mortos-vivos. O medo que o bosque gerava era tão forte que a maior parte das pessoas não aguentava sequer olhá-lo. Apenas aqueles leais à Rainha Takhisis ou aqueles com um amuleto especial, providenciado pelo mestre da torre, podiam entrar no bosque amaldiçoado. E mesmo estes não o faziam impunemente. Aqueles que tinham que viajar até a torre para negócios — ou, como no caso de Jenna, prazer — geralmente usavam uma rota menos perigosa. Caminhavam por trilhas mágicas.

Jenna acompanhou seus tutelados através do velho muro, entrando no que era conhecido como Cidade Nova. Projetada e construída por anões em algum momento da Era do Poder, Palanthas estava dividida em suas seções: Cidade Velha e Cidade Nova. A Cidade Velha, cercada por um muro, fora cuidadosamente montada como uma roda, com oito ruas se irradiando de um eixo central onde ficava localizado o palácio do senhor da cidade. Como Palanthas há muito ultrapassara os confins lotados da Cidade Velha, seu povo construiu a Cidade Nova.

Espalhando-se fora do muro, a Cidade Nova era o centro do distrito comercial. Todos os salões das principais guildas eram ali, assim como as propriedades dos mercadores.

A loja de utensílios mágicos de Jenna ficava localizada na melhor parte da Cidade Nova, para o desconforto de outros lojistas próximos, que encaravam a sua clientela arcana com muita desconfiança. Era sabido que Jenna era a favorita de Dalamar, Mestre da Torre da Alta Magia. E apesar do Senhor de Palanthas ser a figura de autoridade oficial, nenhum cidadão ousaria fazer alguma coisa contra o Mestre da Torre.

Assim, os mercadores resmungavam sobre Jenna, mas o faziam de forma discreta.

Ao chegar na loja, marcada com uma placa que tinha a imagem das três luas — a prateada, a vermelha e a preta — Jenna primeiro tomou a precaução de amarrar as mãos do Kender com uma corda de seda. Só depois removeu o feitiço protegendo a porta. Ela fez seus convidados entrarem.

— Isso é mesmo necessário? — Usha perguntou, indignada, apontando para as amarras do kender. — Ele não é um ladrão, sabia?

Jenna encarou Usha, erguendo as sobrancelhas.

Usha, tentando entender o que tinha dito de tão estranho, corou e mordeu o lábio.

— Não ligo, de verdade — Tas disse alegremente, admirando as cordas de seda. — Estou acostumado.

— É mais para a proteção dele e a nossa do que por estar preocupada em perder dinheiro — Jenna retrucou. Ela falou uma palavra que para Usha soou como gelo se quebrando e uma lâmpada na sala se acendeu. Jenna lançou um olhar afiado para Usha. — Você não sabe muito sobre kender, não é?

Usha pensou freneticamente no que o Prote havia lhe dito, desejando ter prestado mais atenção. Decidiu blefar, apesar de ter uma sensação desesperadora de estar perdendo tempo.

— Que pergunta estranha. Claro que eu sei tudo que há para saber sobre kender. Todo mundo que mora em Ansalon não sabe?

— Infelizmente sim. E foi por isso que perguntei. Por aqui. Solte isso! — Jenna ordenou à Usha, ríspida. Ela tinha parado para pegar e examinar uma garrafa muito bonita. — Uma gota disso fará sua pele cair em flocos.

Por piedade, não toque em mais nada! Você é tão ruim quanto um kender. Vocês dois venham comigo.

Com cuidado, Usha recolocou a garrafa na prateleira. Apertou as mãos atrás de si com força e se apressou, tentando ver tudo ao mesmo tempo, com o resultado de ver muito pouco. Sua principal impressão da loja foi o cheiro que era tentador e, ao mesmo tempo, repulsivo. Jarras de especiarias e ervas fragrantes ficavam ao lado de jarras de coisas pútridas e mortas. Livros de feitiços, a maioria mofada, estavam bem arrumados em estantes que cobriam uma parede inteira. Joias brilhavam dentro de vitrines de vidro.

— No porão, fica meu laboratório — Jenna disse, abrindo uma porta. — Não toquem nada lá também!

A porta, marcada com símbolos estranhos e ilegíveis, levava a uma escadaria. Jenna acompanhou Tasslehoff pessoalmente, mantendo o topete preso com força e dando um puxão doloroso sempre que ele parecia disposto a mexer em algo. Fez um gesto para Usha descer as escadas depois deles.

O laboratório era debaixo da terra, embaixo da loja. A luz se acendeu ao entrarem, mas era de um azul fraco e estranho, e iluminava muito pouco. Usha precisava olhar onde pisava antes de descer.

— Agora, vocês dois fiquem bem aí e *não se mexam*! — Jenna ordenou quando chegaram no piso. Ela desapareceu nas sombras. Por fim, ouviram-na falar com alguém em um tom baixo, quase inaudível.

Usha agarrou Tasslehoff pelo colarinho bem quando ele começou a se afastar.

— Ela disse para não se mexer! — Usha ralhou.

— Desculpe — Tas sussurrou de volta. Parecia arrependido mesmo. — Não queria. São meus pés. Minha cabeça disse para eles não se moverem, mas às vezes o que minha cabeça pensa não chega até lá. Os pensamentos parecem parar em algum ponto perto dos meus joelhos. Mas você acha isso tudo muito empolgante? Olha ali! — Ele estava sem fôlego. — Aquilo é um crânio humano. Acho que ela não vai se importar se eu...

— Acho que ela vai se importar sim — Usha disse, séria. — Agora, fique quieto. — Ela continuou segurando Tas, não por ela estar preocupada dele desobedecer Jenna, mas por precisar desesperadamente de alguém em quem se segurar.

— Estou feliz por ela ter trazido você junto — Usha acrescentou em um impulso. — Apesar de eu não ter entendido bem o porquê. Ela não parece gostar de ter você por perto.

— Ah, ela não teve muita escolha — Tas disse, dando de ombros. — Não depois do que eu disse sobre Raistlin.

— O que isso quis dizer, de eu ser parecida com Raistlin? Não entendi. Quem é Raistlin?

— Quem é Raistlin? — Tasslehoff repetiu, surpreso, esquecendo de sussurrar. — Nunca ouviu falar de Raistlin Majere? Não achei que houvesse alguém em Ansalon que nunca tivesse ouvido falar sobre o Raistlin!

Usha, ao perceber que cometeu um deslize, deu uma risadinha.

— Ah, esse Raistlin! Bem, claro que eu ouvi falar dele. Só não sabia de qual Raistlin você estava falando. Raistlin é um nome bem comum de onde eu vim. Várias pessoas chamadas Raistlin vivem em nossa aldeia. Élfico, não é?

— Acho que não — Tas devolveu, pensativo. — Raistlin não era um elfo, e Caramon com certeza não é um! Caramon é grande como três elfos juntos, mesmo se tirar um pedaço. E eles eram gêmeos, e elfos não costumam ter gêmeos, se bem lembro. Faz um bom tempo que eu visitei Qualinesti. Não me deixam passar a fronteira, mesmo eu conhecendo o novo Orador dos Sóis. É o filho de Tanis, Gil. Você ouviu falar de Tanis Meio-Elfo, né?

— E quem não! — Usha exclamou, apesar dela poder ter se incluído nisso.

Pelo menos descobrira que Raistlin era "ele", algo que ela não tinha certeza. E que ele tinha algo a ver com alguém chamado Caramon. Parabenizando-se por ter coberto seus rastros, estava pensando em uma nova pergunta quando Jenna voltou.

— Ela sabe quem Raistlin é. Não a deixe enganá-lo, kender. Venham agora, vocês dois. Falei com Dalamar e ...

— Dalamar! Ele está aqui? Dalamar! — Tasslehoff acenou e chamou. — Iuhuuuu! Sou eu, Tas. Lembra de mim? Eu...

— Ele *não* está aqui — Jenna interrompeu em um tom frio e severo. — Está na torre. Temos formas de nos comunicar. Agora, está vendo o círculo de sal no chão?

Usha não viu, mal podia ver o chão naquela penumbra, mas naquele momento a luz da lâmpada de repente se identificou. O círculo ficou claramente visível.

— Entre com cuidado — Jenna instruiu. — Certifiquem-se de não mexer com o sal.

— Eu sei! — Tas gritou, muito empolgado. — Eu vi Par-Salian fazer isso com Caramon. Foi quando eu sem querer me transformei em um rato.

Então, Usha, eu estava na Torre de Wayreth e quando encontrei esse anel, branco com duas pedras vermelhas, e o coloquei e...

— Pelo amor de Gilean, pare de falar! — Jenna explodiu. — Ou eu vou transformar você em um rato. E vou me transformar em um gato.

— Você conseguiria? Que tipo de gato? — Tas continuou. — Talvez você pudesse me transformar num gato? Nunca fui um gato...

— Segurem nas minhas mãos, vocês dois — Jenna continuou, ignorando o kender. — Fechem os olhos e não vão ficar tontos. E não importa o que acontecer, não soltem a minha mão.

Ela falou palavras que se arrastavam e se retorciam na cabeça de Usha. O chão de repente pareceu sumir. O estômago de Usha sumiu com ele e ela teve uma impressão terrível do vento a golpeando. Ela não precisava de incentivo para segurar na mão de Jenna. Agarrou-se aterrorizada à feiticeira.

Então Usha estava em solo firme. O som e a sensação do vento pararam. A escuridão se fora. Apertou os olhos contra a luz brilhante.

— Já podem olhar — veio a voz de Jenna. — Chegamos. Estão a salvo na Torre da Alta Magia em Palanthas.

Usha não tinha certeza se queria abrir os olhos. Pela descrição do kender, essa torre deveria ser um lugar horrível e maligno. Tasslehoff já estava falando empolgado com alguém que respondia o kender no tom educado, mas distraído de alguém com os pensamentos distantes.

— Abra os olhos, Usha — Jenna repetiu com severidade.

Piscando, Usha obedeceu e se espantou ao se ver, não em um tipo de calabouço dos horrores, com corpos acorrentados e presos pendurados nas paredes, mas em uma sala belamente decorada. Tapeçarias coloridas, retratando animais fantásticos, cobriam as paredes de pedra. Tapetes em padrões agradáveis e complexos estavam espalhados pelo chão. Usha nunca tinha visto tanta mobília em um só lugar.

— Bem-vinda, Usha. Bem-vinda à minha torre — disse uma voz.

Usha virou-se para ver alguém que só poderia ser, pela descrição de Prote, um elfo. Alto e esguio, com feições quase competindo com as dos Irda em beleza, o homem estava usando vestes pretas, decoradas com símbolos cabalísticos.

— Eu sou Dalamar — disse o elfo.

Sua voz era doce, clara e sedutora como a música de uma flauta. Avançou até ela e seus movimentos eram graciosos, fluidos e sinuosos. Seu cabelo era escuro e macio, na altura dos ombros. Ficou encantada com ele, cativada, até olhar nos olhos dele. Eles a pegaram, a prenderam, começaram a absorvê-la. Assustada, tentou desviar o olhar. Os olhos se recusaram a libertá-la.

— Essas bolsas parecem pesadas. Irei pegá-las — Dalamar ofereceu.

Usha entregou as bolsas sem pensar.

— Você está tremendo, minha cara — Dalamar observou, acrescentando em tons reconfortantes. — Não tenha medo. Não lhe quero mal e posso lhe fazer um bem muito grande. Por favor, sente-se. Posso lhe oferecer vinho? Comida?

Ele apontou para uma mesa e, com esse gesto, libertou Usha do encanto de seu olhar. Ela olhou para a mesa. Cheiros tentadores se erguiam de panelas tampadas. Tigelas de frutas geladas brilhavam na luz forte de um candelabro. Tasslehoff já tinha se sentado, levando tampas e farejando apreciativamente.

— Isso parece muito bom. Estou faminto. Está com fome, Usha? Não consigo entender. Comi faz só uma hora. Mas também a sopa da cadeia não se sustenta por muito tempo. Não para falar mal da sopa da cadeia de Palanthas — Tas acrescentou, olhando ansioso para Dalamar. — Você não vai dizer a eles que não gostei, vai? Sabe, é mesmo muito saborosa. Não quero ferir os sentimentos do cozinheiro.

— Não direi uma palavra — Dalamar prometeu com um sorriso sério. — Só espero que meu pobre repasto seja tão bom quanto. Galinha assada, pão, fruta, doces, nozes caramelizadas... é tudo que posso oferecer a essa hora.

Usha de repente sentiu muita fome.

— Parece maravilhoso! — ela disse, e antes de perceber o que estava fazendo, afundou em uma das confortáveis cadeiras e começou a empilhar comida no prato.

— Nunca estive tão faminta na minha vida — ela confidenciou ao Tas.

— Nem eu — ele murmurou, incoerentemente, tendo enfiado uma maçã cozida inteira na boca. Com um tremendo esforço, mastigou, engoliu e voltou ao prato para mais. — Deve ter sido toda essa emoção.

— Deve ser — disse Jenna, mordendo a pele marrom e crocante de um peito assado de frango.

O gosto era tão delicioso que ela suspirou de prazer, devorou o peito de frango e começou a comer outro. Só então percebeu que ela e Tas estavam sozinhos na sala.

— Para onde você acha que Jenna e Dalamar foram? — Usha perguntou, sem se importar muito. Tomou um gole de cidra quente com especiarias, pensou que nunca tinha experimentado nada tão delicioso e bebeu mais dois copos.

— Num sei — Tas estava mastigando vigorosamente um pedaço de pão. — Não os vi partir. Mas isso não é estranho. As pessoas vão e vêm o tempo todo aqui. E veja, suas bolsas também se foram.

— Foram mesmo. — Usha, por algum motivo, achou aquilo engraçado.

Ela riu. Tasslehoff riu. A risada os deixou com sede e beberam mais cidra. A sede os deixou com fome e eles continuaram comendo... e comendo.

Parando, finalmente, Usha limpou as mãos em um pano. Então, recostando-se na cadeira, virou-se para Tas.

— Fale mais sobre essa pessoa chamada Raistlin.

Em outra sala, Jenna espalhou o conteúdo da bolsa de Usha em uma mesa. Dalamar se inclinou sobre aquilo, tomando cuidado para não tocar em nada, mas estudando cada peça com olhar crítico.

— Isso é tudo — disse Jenna.

— O que tem na outra bolsa?

— Roupas, todas de seda, como as que ela está usando. Nada mais.

— Você disse que ela falou alguma coisa sobre ter uma mensagem para mim?

— Foi o que ela disse ao carcereiro. Três possibilidades: é mentira, está na cabeça dela, ou está carregando consigo.

Dalamar refletiu.

— Duvido que esteja mentindo. Com que intenção? É óbvio que ela não faz ideia de quem eu seja.

Jenna fungou.

— Ela afirma não reconhecer o nome de Raistlin Majere também.

— É possível, levando tudo em consideração. — Dalamar continuou inspecionando o conteúdo da bolsa. Colocando a mão sobre as peças, recitou algumas palavras. Todos os objetos na mesa começaram a brilhar com uma luz suave, alguns brilhando mais que o resto. Ele baixou a mão, respirando satisfeito. — Você está certa. Tudo é mágico, e algumas peças extremamente poderosas. E nenhuma delas foi feita por um mago das ordens. Você concorda comigo, meu amor?

— Com certeza. — Jenna passou a mão sobre o ombro dele e o beijou de leve na bochecha.

Dalamar sorriu, mas não desviou a atenção da parafernália mágica.

— Fico imaginando: que feitiços estão presos ali dentro? — ele disse, melancólico.

Estendeu a mão de novo, dessa vez se encaminhando para um pequeno pedaço de âmbar, que tinha sido habilmente entalhado como um cervo. Hesitando, com uma careta, como se soubesse o que ia acontecer, tocou o âmbar com a ponta de um dedo.

Um lampejo azul, um som sibilante. Dalamar arquejou de dor e logo retirou a mão.

Jenna apertou os lábios e sacudiu a cabeça.

— Podia ter dito que isso ia acontecer. São para serem usados apenas por uma pessoa, e apenas por esta.

— Sim, foi o que eu achei também. Mesmo assim, valia a tentativa.

Os dois trocaram olhares, chegando à mesma conclusão.

— Feito pelos Irda? — Jenna perguntou.

— Sem dúvida — Dalamar respondeu. — Temos alguns artefatos assim guardados na Torre de Wayreth. Reconheci a feitura e... — sacudiu a dor na mão ferida. — os efeitos.

— Não podemos usá-los, mas é óbvio que, como os Irda lhe deram, ela pode. Porém, não senti nada da arte nela.

— Mesmo assim, ela deve ter algum talento. Se ela é quem achamos que ela é.

Jenna pareceu surpresa.

— Você tem dúvidas? Você não viu os olhos dela? Como ouro líquido! Apenas um homem em Krynn tinha olhos como aqueles. Mesmo o kender a reconheceu.

— Tasslehoff? — Dalamar ergueu os olhos do seu estudo dos artefatos. — Ele reconheceu? Estava me perguntando por que você arriscou a trazê-lo junto. O que ele falou?

— Falou demais. E alto demais — Jenna respondeu, séria. — As pessoas estavam começando a reparar.

— O kender também. — Dalamar caminhou até a janela, encarando a noite que parecia apenas um aprofundamento da escuridão perpétua envolvendo a torre. — Será que a lenda é verdade?

— O que mais seria? A garota obviamente foi criada em algum lugar longe de Ansalon. Ela tem objetos mágicos de grande valor criados pelos

Irda. O kender a reconheceu e, além disso, ela tem os olhos dourados. Ela teria a idade certa. E também tem o fato de que ela foi trazida até aqui.

Dalamar franziu a testa, não muito satisfeito com aquela ideia.

— Quero lembrá-la de novo que Raistlin Majere está morto. Ele está morto há bem mais de vinte anos.

— Sim, meu querido. Não fique chateado. — Jenna passou a mão pelo cabelo macio de Dalamar, e o beijou gentilmente na orelha. — Mas teve aquele assunto do Cajado de Magius. Trancado no laboratório da torre. Guardado pelos mortos-vivos com ordens para não deixar ninguém passar, nem mesmo você. Porém quem tem o cajado agora? Palin Majere, o sobrinho de Raistlin.

— O cajado pode ter sido um presente de Magius tanto quanto de Raistlin — Dalamar disse irritado, afastando-se dela. — Magius é o mais provável, já que era amigo do cavaleiro Huma, e todos sabemos que os irmãos de Palin estavam planejando entrar na cavalaria. Expliquei isso tudo para o Conclave...

— Sim, meu amor — Jenna disse, baixando os olhos. — Porém, é você que se recusa a acreditar em coincidências. Foi o acaso que trouxe aquela jovem aqui? Ou algo além?

— Talvez você esteja certa — Dalamar disse depois de pensar por um momento.

Andou até um espelho de parede grande, muito decorado. Jenna se juntou a ele. Por um momento, viram apenas seus reflexos. Dalamar estendeu a mão e a passou pelo vidro. Os reflexos sumiram, sendo substituídos por Usha e Tasslehoff comendo a comida encantada, bebendo a cidra encantada, rindo de tudo e de nada.

— Que estranho — Dalamar murmurou, observando-os. — Pensei que era apenas uma lenda. Porém, ali está ela.

— A filha de Raistlin — Jenna disse baixinho. — Encontramos a filha de Raistlin.

7

A Hospedaria do Lar Derradeiro. Uma discussão entre velhos amigos.

Estava de noite em Consolação. O calor do dia ainda permanecia, erguendo-se da poeira, das árvores, das paredes das casas. Mas pelo menos a noite bania o sol feroz e zangado, que olhava dos céus como o odioso olho de algum deus enfurecido. À noite, o olho se fechava e as pessoas davam suspiros de alívio e começavam a se aventurar fora.

Aquele verão era o mais seco e quente que qualquer um em Consolação podia se lembrar. As ruas de terra estavam duras, com rachaduras se formando. Uma poeira sufocante se erguia sempre que uma carroça passava, ficava suspensa no ar, lançando uma mortalha sobre o vale. As belas folhas das gigantescas árvores copadeiras secavam, caindo secas e sem vida de troncos secos e estaladiços.

A vida tinha virado de cabeça para baixo em Consolação. Geralmente os dias eram agitados, horas de movimento, com pessoas indo para o mercado, fazendeiros trabalhando nos campos, crianças brincando, mulheres lavando roupas nos rios. Agora, os dias eram vazios, sem vida, caindo como as folhas das árvores.

As colheitas nos campos tinham secado e morrido no calor escaldante, então os fazendeiros não iam mais ao mercado. Estava quente demais para brincar, então as crianças ficavam dentro de casa, inquietas, chorando entediadas. Os riachos fluidos tinham se encolhido até virarem poças enlameadas e espalhadas. Peixes mortos apareciam nas praias. Poucas pessoas deixavam o relativo frescor das suas casas durante o dia. Saiam à noite.

— Como morcegos — Caramon Majere disse, melancólico, ao seu amigo Tanis Meio-Elfo. — Viramos todos morcegos, dormindo de dia, voando por aí de noite…

— Por aí, mas não por aqui — Tika ressaltou. De pé atrás da cadeira de Caramon, ela se abanava com uma bandeja. — Nem durante a guerra os negócios estavam tão ruins.

A Hospedaria do Lar Derradeiro, aninhada no alto dos galhos de uma enorme copadeira, estava bem iluminada, o que em geral era um farol de boas-vindas para viajantes noturnos. Brilhando através do vidro pintado, a luz calorosa invocava imagens de cerveja fresca, vinho quente, hidromel, cidra picante e, claro, as famosas batatas de Otik. Mas a hospedaria estava vazia naquela noite, como tinha estado nas noites anteriores. Tika não se preocupava mais em acender o fogão. Tanto fazia, pois a cozinha estava quente demais para trabalhar confortavelmente.

Nenhum freguês ao redor do balcão para contar histórias da Guerra da Lança ou trocar fofocas mais recentes. Havia rumores de guerra civil entre os elfos. Rumores que os anões de Thorbardin tinham avisado a todo o seu povo que voltassem para casa ou se arriscassem a ficar de fora quando os anões, temendo ataques dos elfos, selassem suas montanhas-fortalezas. Nenhum vendedor passava por ali em sua rota habitual. Nenhum funileiro aparecia para consertar panelas. Nenhum menestrel aparecia para cantar. As únicas pessoas que viajavam naqueles dias eram kender, e eles geralmente passavam as noites nas celas de uma prisão, não em hospedarias.

— As pessoas estão nervosas e chateadas — Caramon disse, sentindo-se provocado a dar alguma desculpa por seus clientes desaparecidos. — Toda essa coisa de guerra. E se esse calor não melhorar logo, não vamos ter colheita. Vai ser difícil ter comida no inverno. É por isso que não estão vindo…

— Eu sei, querido. Eu sei. — Tika colocou a bandeja no balcão. Envolvendo seus braços ao redor dos ombros largos do marido, ela o abraçou com força. — Estava só falando. Não ligue para mim.

— Como se eu pudesse não ligar para você — Caramon disse, passando a mão no cabelo da esposa.

Os anos não foram fáceis para nenhum dos dois. Ambos, Tika e Caramon, trabalhavam duro para sustentar a hospedaria e, apesar de ser um trabalho que amavam, não era fácil. Enquanto a maioria dos hóspedes dormia, Tika estava acordada, supervisionando a feitura do desjejum. Durante todo o dia havia quartos para arrumar, comida para preparar, hóspedes a serem recebidos com um sorriso, roupas a serem lavadas. Quando a noite chegava e os hóspedes iam para cama, Tika varria o chão, esfregava as mesas e planejava o que faria no dia seguinte.

Caramon ainda tinha a força de três homens, ainda era grande como três homens, apesar de sua largura ter mudado de lugar, por causa do que ele chamava de seu dever de honra, de provar toda a comida. O cabelo tinha ficado cinza nas têmporas e ganhou o que ele chamava de "linhas de reflexão" na testa. Era caloroso, afável e aceitava o que a vida trazia. Tinha orgulho de seus filhos, adorava as filhinhas, amava profundamente a esposa. Seu único lamento, sua única tristeza, era a perda de seu irmão gêmeo para a maldade e a ambição. Mas ele nunca deixava essa pequena nuvem abafar sua vida.

Apesar de estar casada há mais de vinte e cinco anos, e tido cinco filhos, Tika ainda virava cabeças quando andava pelo bar. Sua forma tinha se arredondado com os anos, as mãos rachadas e avermelhadas por estarem constantemente em água e espuma. Mas seu sorriso ainda era contagiante, e ela podia se orgulhar de não haver um fio cinza misturado aos vistosos cachos ruivos.

Tanis não podia dizer o mesmo. Seu sangue humano estava esfriando — rapidamente na sua opinião. O sangue élfico pouco podia fazer para aquecê-lo. Ainda era forte e podia se defender em batalha — embora esperasse não passar por isso.

Talvez fosse a tristeza, as preocupações, o tumulto dos últimos meses que tinha manchado seu cabelo de prata, sua barba de cinza.

Tika e Caramon permaneceram naquele abraço afetuoso por um momento, encontrando repouso e conforto um no outro.

— Além do mais — Tika acrescentou, olhando para Tanis —, ainda bem para você não estarmos ocupados. Quando eles devem chegar?

Tanis olhou pela janela.

— Só bem depois de anoitecer. Pelo menos, era o plano de Porthos. Vai depender de como Alhana estiver se sentindo...

— Fazendo ela saltitar na floresta! Nesse calor e nas condições dela. Homens! — Tika fungou. Endireitando-se, ela deu um tapa brincalhão na cabeça do marido.

— Por que você *me* bate? — Caramon perguntou, esfregando seu escalpo e encarando sua esposa. — *Eu* não tive nada a ver com isso.

— Vocês são todos iguais, por isso — ela disse, um pouco vagamente. Ela olhou pela janela para escuridão que se aproximava, retorcendo seu avental em suas mãos.

Ela chegou na meia idade, Tanis percebeu de repente. *Estranho que eu não percebi antes. Talvez seja porque sempre que eu penso em Tika Waylan, veja aquela menina ruiva travessa que atingia draconianos na cabeça com uma frigideira. Eu conseguia ver essa menina nos olhos verdes de Tika, mas hoje não. Hoje vejo as linhas ao redor da sua boca e os ombros curvos. Nos seus olhos, medo.*

— Tem algo errado com os garotos — ela disse de repente. — Alguma coisa aconteceu. Eu sei.

— Nada aconteceu — disse Caramon, com exasperação carinhosa. — Você está cansada. É o calor...

— *Não* estou cansada. E *não* é o calor! — Tika exclamou, seu temperamento se inflamando. — Nunca senti nada assim antes. — Ela colocou a mão sobre o coração. — Como se eu tivesse me sufocando. Não consigo respirar, meu coração dói. Eu... acho que vou ver o quarto de Alhana.

— Ela tem ido naquele quarto de hora em hora desde que você chegou, Tanis. — Caramon suspirou. Viu sua esposa subir a escada com uma expressão preocupada. — Tem agido de forma estranha o dia todo. Começou na noite passada, com um sonho horrível que ela não consegue lembrar. Mas tem sido assim desde que os garotos entraram na cavalaria. Ela era a pessoa mais orgulhosa na cerimônia. Lembra, Tanis? Você estava lá.

Tanis sorriu. Sim, ele lembrava. Caramon sacudiu a cabeça.

— Mas naquela noite ela chorou até dormir quando ficamos sozinhos. Ela não via nada demais em lutar com draconianos quando *ela* era jovem. Eu a lembrei disso. Me chamou de "bobo". Disse que aquilo foi naquela época e que agora é diferente e eu não conseguiria entender o coração de uma mãe. Mulheres.

— Onde estão o jovem Sturm e o meu xará? — Tanis perguntou.

— A última notícia que tivemos foi de que estavam cavalgando para o norte, na direção de Kalaman. Parece que a liderança solâmnica finalmente está o levando a sério, Tanis. Sobre os Cavaleiros de Takhisis, sabe. — Caramon baixou a voz apesar da sala estar vazia exceto por eles dois. — Palin disse que estavam indo para o norte em uma patrulha da costa.

— Palin foi com eles? Um mago? — Tanis ficou espantado. Por um momento, esqueceu os seus problemas.

— Não oficialmente. Os cavaleiros jamais dariam autorização para ter um mago junto, mas como era apenas uma patrulha de rotina, permitiram que Palin acompanhasse seus irmãos. Pelo menos foi o que o Alto Comando disse. Palin achou que tinha algo mais nisso. Ou pelo menos foi o que ele insinuou.

— E por que ele acha isso?

— Bem, teve a morte de Justarius.

— O quê? — Tanis o encarou. — Justarius... morreu?

— Não sabia?

— E como poderia saber? — Tanis perguntou. — Tenho me enfiado em florestas por meses, tentando ao máximo manter os elfos fora de uma guerra civil. Essa deve ser a primeira noite em que vou dormir em uma cama de verdade desde que saí de Silvanesti. O que aconteceu com Justarius? E quem está na liderança do Conclave agora?

— Não consegue adivinhar? Nosso velho amigo. — Caramon ficou sério.

— Dalamar. Claro. Deveria ter adivinhado. Mas Justarius...

— Não sei dos detalhes. Palin não podia falar muito. Mas os magos das três luas levaram seus avisos sobre os cavaleiros sombrios muito a sério, mesmo se ninguém mais em Ansalon levou. Justarius ordenou um ataque mágico contra os Vestes Cinzentas do Forte da Tempestade. Ele e vários outros entraram na torre. Os outros mal escaparam com vida, e Justarius nem isso.

— Tolos — Tanis disse com amargura. — Os magos de Ariakan são muito poderosos. Podem tirar sua magia de todas as três luas, foi o que Dalamar me disse. Uma pequena força de usuários de magia de Wayreth entrando na Torre Cinzenta estariam condenados ao desastre. Não consigo imaginar Dalamar concordando com um plano medíocre assim.

— Ele saiu muito bem dessa situação — Caramon disse, seco. — Dá pra ficar pensando sobre qual o lado dele nisso tudo. Ele também serve à Rainha da Escuridão.

— A lealdade dele é primeiro à magia. Como o *shalafi* o ensinou.

Tanis sorriu com as lembranças e ficou feliz de ver que Caramon também sorria. Raistlin, o irmão gêmeo de Caramon, tinha sido o *shalafi* de Dalamar — o termo em élfico para professor. E apesar do relacionamento ter terminado em um desastre — e a quase destruição de Krynn — Dalamar tinha aprendido muito com seu *shalafi*. Uma dívida que ele não se recusava a reconhecer.

— Sim, você conhece o elfo negro melhor que eu — Caramon reconheceu. — De qualquer forma, ele tomou parte no ataque e foi um dos poucos a retornar ileso. Palin disse que Dalamar estava muito abalado e chateado, e se recusou a falar sobre o que tinha acontecido. Foi o elfo negro que levou o corpo de Justarius, embora eu ache que, como Dalamar tem ficado muito junto com a filha de Justarius, Jenna, ele não tenha tido escolha. De qualquer forma, os magos levaram uma surra. Justarius não foi o único a morrer, embora tenha sido o de posto mais elevado. E agora Dalamar lidera o Conclave.

— Você acha que foi ele que mandou Palin acompanhar os cavaleiros?

— Palin precisaria ter permissão para abandonar seus estudos — Caramon resmungou. — Os magos são muito mais rígidos hoje em dia. Antes, Raistlin ia e vinha por ele mesmo.

— Raistlin fazia a sua lei — Tanis disse, bocejando. Não devia ter falado em dormir em uma cama. De repente, pensar em lençóis limpos, colchão macio, travesseiros fofos quase o venceu. — Vou precisar falar com Dalamar. Obviamente ele sabe alguma coisa sobre esses cavaleiros.

— E ele vai te contar? — Caramon tinha suas dúvidas.

— Se achar que é bom para ele, sim — Tanis respondeu. — Porthios vai ficar aqui por pelo menos algumas semanas. Alhana vai precisar de um tempo para descansar e, embora não admita, o próprio Porthios está no limite da exaustão. Espero conseguir um tempo para me afastar e ir visitar Dalamar.

— E isso me lembra que não tenho nem como lhe agradecer, Caramon — Tanis pousou a mão sobre a mão maior do outro. — Por deixar Porthios e Alhana ficarem. A presença deles pode colocar vocês em perigo se alguém descobrir. Foram formalmente expulsos, exilados. São elfos negros, então são alvos...

— Bah! — Caramon fez um gesto, afastando a ideia e, sem querer, uma mosca chata ao mesmo tempo. — As pessoas em Consolação não sabem nada sobre as brigas élficas, e nem se importariam mesmo assim. Então Porthios e Alhana foram exilados, e marcados como elfos negros. A não ser que tenham ficado roxos de repente, ninguém aqui vai saber a diferença. Para nós, um elfo é um elfo.

— Mesmo assim, há rumores de que os Qualinesti e os Silvanesti têm assassinos atrás de Porthios e Alhana — Tanis suspirou. — Já foram governantes das nações élficas mais poderosas em Ansalon. Com o casamento deles, forjaram uma aliança entre os dois reinos que poderia ter transformado os elfos em um dos maiores poderes políticos do continente. Pela primeira vez em séculos, uma criança irá nascer sendo herdeira dos dois reinos. E existe quem tenha jurado essa criança de morte.

Tanis apertou os punhos.

— O mais frustrante é que a maioria dos elfos quer a paz, não apenas com seus primos, mas com seus vizinhos. São os extremistas dos dois lados que estão nos incentivando a voltar aos dias do isolacionismo, fechando as fronteiras, atingindo qualquer humano ou anão à vista. O resto dos elfos segue porque é mais fácil fazer do que falar contra, causando conflitos.

Tanis sacudiu a cabeça.

— Não *acho* que os assassinos ousariam atacar a hospedaria, mas em uma época assim, nunca se sabe...

— Sobrevivemos aos dragões — Caramon disse alegremente. — Iremos sobreviver aos elfos, secas e o que mais vier.

— Espero que sim — Tanis disse, agora em um animo mais sombrio. — Espero que sim, meu amigo.

— Falando em Qualinesti, como está o Gil?

Tanis ficou em silêncio por um longo momento. A dor da partida de Gil não tinha diminuído, apesar de terem passado meses desde que seu filho tinha fugido de casa, tendo sido enganado para se tornar líder — ou um líder fantoche — dos elfos de Qualinesti.

Gilthas — assim chamado por causa do malfadado irmão de Laurana, Gilthanas — era o filho que os dois queriam, mas acreditavam que nunca teriam. A gravidez de Laurana foi difícil; Gilthas foi um bebê frágil e quase morreu por várias vezes. Tanis sabia que ele e a esposa foram superprotetores com o filho, recusando-se a permitir que ele visitasse a terra onde os pais nasceram, tentando protegê-lo de um mundo racialmente dividido que achava difícil aceitar uma criança de sangue mestiço.

Quando Porthios, Orador dos Sóis dos Qualinesti, deixou sua terra para arriscar a vida lutando pelos Silvanesti, os extremistas aproveitaram a oportunidade em sua ausência para marcá-lo como traidor e escolher um novo Orador. Escolheram Gilthas cuja mãe, a irmã de Porthios, seria a próxima na sucessão, mas tinha abdicado do seu direito ao casar-se com Tanis Meio-Elfo.

Acreditando que Gil, por causa de seu sangue humano, era um tolo fraco que poderia ser manipulado para se tornar um rei de fachada, os extremistas convenceram o jovem a fugir de casa e viajar para Qualinesti. Ali, Gil se provou mais forte do que os senadores imaginaram. Tiveram que recorrer à ameaça de violência contra Alhana Brisestelar, governante dos Silvanesti e prisioneira deles, para convencer Gil a se tornar orador.

Tanis tentou — com ajuda de Dalamar — salvar seu filho, mas o meio-elfo falhou.

Na verdade, Tanis disse para si mesmo, *em um orgulho triste, eu consegui. Gil escolheu ficar para servir ao seu povo, fazendo o possível para atrapalhar os extremistas e trazer paz às nações élficas.*

Mas a dor de perder o filho não diminuiu com o tempo, e, para aumentá-la, um Porthios vingativo e enfurecido estava reunindo suas forças para declarar guerra contra Qualinesti, uma tragédia que Tanis estava procurando impedir. Quando achou que sua voz estava controlada, respondeu.

— Gil está bem, ou pelo menos é o que dizem. Não tenho permissão, sob pena de morte, para vê-lo.

Caramon assentiu, seu rosto suavizado pela empatia.

— Laurana ainda está tentando entrar em Qualinesti. Está negociando há meses já. Disse, na última carta, que acha que estão começando a amolecer. Gil tem alguma coisa a ver com isso. Ele é mais forte do que eles pensam. Mas — Tanis deu de ombros e sacudiu a cabeça. — Sinto falta dele, Caramon. Você não consegue imaginar…

Caramon, que sentia falta de seus próprios filhos, podia muito bem imaginar, mas sabia o que Tanis quis dizer. Havia uma diferença. O rapaz de Tanis era um prisioneiro do seu próprio povo. Um dia, os filhos de Caramon estariam em casa.

Os dois continuaram a conversar sobre o passado e o presente, até serem interrompidos por uma batida suave na porta. Caramon deu um pulo assustado.

— Quem, em nome do Abismo? A essa hora da noite! Não ouvi ninguém subir as escadas.

— Nem ouviria — Tanis disse, ficando em pé. — É a escolta de Porthios. Esses soldados elfos são silenciosos até mesmo para elfos. A luz da lua brilhando na grama faz mais barulho que eles.

Chegando na porta, Tanis colocou a mão na maçaneta. Lembrando do que ele mesmo dissera sobre assassinos, soltou um assobio baixo.

Seu assobio foi respondido por um em tom mais alto. O bater na porta se repetiu.

Tanis abriu a porta.

Um guerreiro élfico deslizou para dentro. Lançou um olhar rápido pela sala, antes de assentir para si mesmo, satisfeito. Com a inspeção concluída, ele olhou para Tanis.

— Tudo em segurança?

— Tudo. Apresento-lhe seu anfitrião, Caramon Majere. Caramon, apresento Samar, da Casa Protector.

Samar observou Caramon em uma avaliação fria. Considerando o tamanho em expansão e o rosto jovial do grandalhão, o elfo não parecia impressionado.

Quem conhecia Caramon muitas vezes confundia o sorriso amigável e a lentidão de pensamento com uma mente simplória. Isso não era verdade, algo que os amigos de Caramon logo descobriam. Caramon nunca chegava em uma resposta até ter mentalmente caminhado ao redor da pergunta, estudando-a por todos os lados, examinando-a por todos os ângulos. Quando terminava, muitas vezes conseguia algumas conclusões muito astutas.

Porém, Caramon não seria intimidado por um elfo. O grandalhão devolveu na mesma moeda, permanecendo firme e autoconfiante. Afinal, era a sua hospedaria.

O rosto frio de Samar relaxou em um meio sorriso.

— Caramon Majere, um Herói da Lança. "Um homem grande, com o coração ainda maior que seu corpo." É o que a minha Rainha diz. Eu lhe saúdo em nome de Sua Majestade.

Caramon piscou, um pouco confuso. Assentiu desajeitado para o elfo.

— Claro, Samar. Fico feliz em ajudar Alhana... quero dizer... Sua... Majestade. Pode ir e dizer que tudo está pronto, e ela não tem nada para se preocupar. Mas onde está Porthios? Pensei...

Tanis pisou no pé do grandalhão e sussurrou.

— Não mencione Porthios para Samar. Explico depois.

Alto, ele se apressou a mudar de assunto.

— Porthios também está vindo, Caramon. Com outra escolta. Você chegou cedo, Samar. Não esperava...

— Sua Majestade não está bem — Samar interrompeu. — Na verdade, preciso pedir desculpas, cavalheiros, e voltar para ela. O quarto está pronto?

Tika irrompeu do andar de cima, o rosto franzido de ansiedade.

— Caramon? O que houve? Ouvi vozes. Oh — Ela viu Samar. — Como vai?

— Minha esposa, Tika — Caramon disse com orgulho. Depois de mais de vinte anos de casamento, ainda via sua esposa como a mulher mais bonita do mundo e ele, o homem mais sortudo.

Samar fez uma cortesia graciosa, mesmo que apressada.

— Madame. E agora, se me dão licença, minha rainha não está bem...

Tika enxugou o rosto com o avental.

— As dores do parto começaram?

Samar corou. Entre os elfos, esses assuntos não são considerados apropriados para serem discutidos com estranhos.

— Não sei dizer, madame...

— A bolsa rompeu? — Tika continuou as perguntas.

— Madame! — O rosto de Samar queimava. Estava obviamente escandalizado e até Caramon ficara vermelho.

Tanis limpou a garganta.

— Tika, acho que não...

— Homens! — Tika fungou. Pegou seu manto de um cabide na porta. — E como você planeja que ela suba as escadas? Será que ela voa? Ou você está esperando que ela ande? Na condição dela? Com o bebê vindo?

O guerreiro olhou para os inúmeros degraus que levavam até a hospedaria. Era óbvio que ele não tinha pensado naquilo.

— Eu... não sei dizer...

Tika passou por ele, atravessando a porta e dando instruções ao sair.

— Tanis, acenda o fogo na cozinha e ponha a chaleira para ferver. Caramon, vá buscar Dezra. É a nossa parteira — Tika explicou ao Samar, pegando-o pela manga e o arrastando. — Eu falei para ela ficar à espera. Venha, Samovar ou sei lá seu nome. Me leve até Alhana.

Samar se afastou.

— Madame, você não pode! É impossível. Minhas ordens são...

Tika fixou os olhos verdes nele, o rosto firme. Caramon e Tanis trocaram olhares. Ambos conheciam aquela expressão.

— Bem, querida, se me dá licença. — Caramon se espremeu para passar, saiu pela porta e foi para a escada.

Tanis sorrindo por trás da barba, saiu rapidamente, retirando-se para a cozinha. Podia ouvir a voz de Tika.

— Se você não me levar, vou lá para fora e ficar no meio da praça do mercado, gritando a plenos pulmões...

Samar era um guerreiro valoroso. Tinha lutado contra tudo, de ogros a dragões. Tika Waylan Majere o desarmara, derrotando-o em uma simples disputa.

— Não, madame! — Samar implorou. — Por favor! Ninguém pode saber que estamos aqui. Irei levá-la até minha rainha.

— Obrigada, senhor. — Tika foi uma boa vencedora. — Agora, mexa-se!

8

Voo de dragão. Conselho de dragão. Captor e cativo.

Os dragões azuis e seus cavaleiros deixaram Valkinord depois que o sol se pôs. Voaram sobre Ansalon na escuridão, em silêncio.

O céu noturno não tinha nuvens e estava frio ali acima das nuvens rotas, mesmo que não estivessem em nenhum outro ponto de Ansalon. Aço tirou seu capacete, que tinha o formato de uma caveira e sacudiu seu longo cabelo negro, deixando o vento das asas do dragão secar o suor em sua cabeça e em seu pescoço. Tinha removido a maior parte da armadura pesada que usava em batalha, deixando apenas a placa peitoral embaixo do manto azul de viagem, colocando proteção de couro nos braços e sobre as botas em suas pernas. Estava com muitas armas, pois se aventurava por território inimigo. Um arco longo, um alfanje de flechas e uma lança de arremesso estavam presos à sela de seu dragão. Com ele, levava uma espada — a espada do seu pai, a antiga espada de um Cavaleiro de Solamnia, a espada que um dia pertencera ao Sturm Brightblade.

A mão de Aço repousava no punho de sua espada — um hábito que cultivou. Olhou para baixo na escuridão, tentando ver algo além disso. Talvez as luzes de uma aldeia ou o luar vermelho refletido em um lago. Não viu nada.

— Onde estamos, Queima? — perguntou, abruptamente. — Não vi sinal de vida desde que deixamos a costa.

— Não teria imaginado que você queria ver — a dragoa respondeu. — Qualquer vida que encontrássemos aqui seria hostil.

Aço deu de ombros ao ouvir isso, implicando que podiam tomar conta de si mesmos. Trevalin tinha falado de "imensos perigos", pois estariam viajando sobre território inimigo, mas a ameaça, na verdade, era pequena. O principal perigo viria de outros dragões, prateados e dourados. Os poucos que permaneceram em Ansalon quando seus irmãos voltaram para a Ilha dos Dragões estavam, de acordo com os relatórios, concentrados ao norte, ao redor de Solamnia.

Poucas pessoas naquela parte do mundo iriam arriscar a lutar contra um cavaleiro sombrio e um dragão azul. Queima, apesar de pequena para sua raça — tendo menos de 12m de comprimento — era jovem, feroz e insistente na batalha. A maioria dos dragões azuis eram excelentes usuários de magia; Queima era exceção. Era impetuosa demais, sem a paciência necessária para lançar feitiços. Preferia lutar com dentes, garras e seu devastador hálito de raio que podia estilhaçar castelos e colocar fogo em florestas. Queima tendia a uma péssima opinião sobre magos e não tinha ficado satisfeita com a ideia de transportar um. Aço precisara de muitos pedidos, elogios e um pernil de cervo para enfim convencer Queima a permitir que Palin fosse nas suas costas.

— Mas ele não vai, sabe. — Queima sorrira, devorando a guloseima. — Ele vai me dar uma olhada e ficar tão assustado que vai sujar aquelas suas belas vestes brancas.

Aço tivera medo que fosse assim. O mais bravo guerreiro do mundo podia ficar aterrorizado por dragões, o terror que eles inspiram em seus inimigos. Palin tinha mesmo ficado pálido como a morte ao ver a dragoa com suas escamas azuis e brilhantes, olhos acesos e fileiras de dentes aguçados, pingando sangue de seu petisco.

Aço chegou a pensar que tinha perdido o jovem, que teria que encontrar outro meio de transporte mais lento. Mas ver os corpos dos irmãos, amarrados a um lado da sela, deu coragem ao jovem mago. Palin apertou os lábios e, decidido, caminhou até a lateral do dragão, onde — com a ajuda de Aço — montou.

Aço sentiu o corpo do jovem mago estremecer, mas Palin se negou a gritar ou falar qualquer coisa. Manteve-se ereto, com dignidade — uma coragem pela qual Aço deu mérito ao jovem.

— Eu sei onde estou, caso esteja pensando que me perdi — Queima acrescentou, baixinho. — Sara e eu voamos por aqui… naquela noite. A noite em que ela veio para Caramon Majere. A noite em que ela veio trair você.

Aço sabia a que noite a dragoa se referia, e se manteve em um silêncio severo. No assento atrás dele — o cavaleiro tinha trocado sua sela de um assento só por uma que acomodava duas pessoas — Palin se remexeu e resmungou palavras incoerentes. Nem mesmo o medo de dragão podia ganhar da exaustão. O mago tinha caído em um sono que aparentemente pouco o confortava, pois ele se encolheu, gritou agudamente e começou a se remexer.

— Faça-o ficar em silêncio — avisou a dragoa. — Você pode não ver sinais de vida no chão abaixo de nós, mas está ali. Estamos voando sobre as Montanhas Khalkist. Os anões da colina vivem ali. Seus batedores são atentos e espertos. Ficamos marcados no céu estrelados. Eles iriam facilmente nos identificar e passar a notícia à frente.

— Ia adiantar muito pouco para eles ou para qualquer outro — Aço observou, mas sabia que não devia perturbar a dragoa, então se virou na sela e colocou uma mão firme no braço do mago.

Palin aquietou-se com o toque. Suspirando fundo, mudou para uma posição mais confortável. A sela de duas pessoas tinha sido projetada para carregar dois cavaleiros para a batalha, um usando aço, o outro com feitiços clericais ou mágicos, úteis para contra-atacar os ataques mágicos do inimigo. A cela era feita de madeira leve coberta de couro, e estava equipada com bolsos e ganchos não só para carregar armas, mas também componentes de feitiços e artefatos. Os cavaleiros ficavam separados por uma estante, coberta de couro estofado. Dentro, havia uma gaveta para guardar rolos, suprimentos e outras parafernálias. Palin descansava a cabeça contra essa estante, a bochecha manchada de sangue apoiada em um braço. Sua outra mão, mesmo no sono, mantinha-se apertada no Cajado de Magius, que — por instruções suas — tinha sido amarrada a sela ao lado dele.

— Está revivendo a batalha — Aço observou. Ao ver o mago acomodado, o cavaleiro tirou a mão e virou-se para encarar o vento sibilante.

A dragoa indicou sua opinião sobre essa declaração com um bufo e um balançar da cabeça coberta de escamas azuis.

— Foi uma briguinha. Não a valorize chamando de batalha.

— Os solâmnicos lutaram com valentia — Aço retrucou. — Mantiveram a sua posição. Não fugiram nem se desonraram se rendendo.

Queima sacudiu a juba, mas não comentou, e Aço era sabido o bastante para não insistir. A dragoa tinha lutado nas Guerras dos Dragões, vinte e seis anos antes. Naqueles dias, os soldados da Rainha da Escuridão não perdiam a oportunidade de ridicularizar ou de debochar de seus inimigos. Qualquer

Senhor dos Dragões que ousasse elogiar o inimigo como Aço acabara de fazer teria perdido seu título e provavelmente a vida também. Queima, assim como a maioria dos outros dragões leais à Takhisis, estava com dificuldades para se ajustar a essa nova forma de pensar. Um soldado devia respeitar seu inimigo — e nisso ela concordava com Lorde Ariakan. Mas elogiá-los era um pouco demais para ela.

Aço se inclinou para a frente e bateu de leve no pescoço da dragoa, indicando que respeitava a opinião dela e que não ia mais comentar.

Queima, que gostava bastante do seu mestre — na verdade, o adorava — mostrou sua satisfação mudando de assunto. Apesar de, como pode ser percebido pelo assunto escolhido, dragões azuis não serem famosos pelo seu tato.

— Não creio que você tenha tido notícias de Sara — Queima perguntou.

— Não — Aço respondeu, a voz dura e fria, mantendo as emoções sob controle. — E você sabe que não deve mencionar esse nome.

— Estamos a sós. Quem vai nos ouvir? Talvez possamos descobrir algo durante nossa visita à Consolação.

— Eu não *quero* saber dela — Aço respondeu, ainda no mesmo tom ríspido.

— Acho que você tem razão. Se por acaso descobrirmos onde ela está se escondendo, seremos forçados a capturá-la e devolvê-la. Lorde Ariakan pode ficar elogiando inimigos por aí, mas não tem o que fazer com traidores.

— Ela não é uma traidora! — Aço disse, sua frieza derretendo no lampejo de seu temperamento. — Ela podia ter nos traído várias vezes, mas permaneceu leal...

— À *você* — disse Queima.

— Ela me criou quando a minha própria mãe me abandonou. Claro que ela me amava. Não seria natural se não amasse.

— E você a amava. Não quis desrespeitar ninguém — Queima continuou, sentindo que Aço se remexia na sela. — Eu amava Sara também, se é que dragões podem amar um mortal. Ela nos tratava como seres inteligentes. Ela nos consultava, perguntava as nossas opiniões, ouvia os nossos conselhos. Na *maioria* das vezes. Na única vez em que eu poderia tê-la ajudado, ela não me procurou. — Queima suspirou. — Uma pena que jamais conseguiu entender a nossa causa. Ela teria recebido a Visão. Sugeri isso, mas, claro, Lorde Ariakan não me deu atenção.

— Não tenho nem certeza, pelo que ouvi, se minha própria mãe teria entendido a nossa causa — Aço disse, com amargura.

— A Senhora Suprema, Kitiara? — Queima deu uma risada, achando a ideia divertida. — Sim, ela era das que andavam pelo seu próprio caminho, e que Takhisis carregasse quem entrasse no seu caminho. Mas que guerreira! Destemida, ousada, habilidosa. Eu estava entre os que lutaram com ela na Torre do Alto Clerista.

— Não é uma batalha que a valorize muito — Aço comentou, seco.

— É verdade, ela foi derrotada, mas se ergueu das cinzas para atacar Lorde Ariakus e ganhar a Coroa do Poder.

— O que nos levou à nossa derrota final. "O mal se vira contra si mesmo." Uma crença de inveja e traição que significava destruição. Não é mais assim. Somos aliados, irmãos na Visão, e iremos sacrificar qualquer coisa para realizá-la.

— Você nunca revelou a sua parte da Visão, Aço Brightblade — Queima comentou.

— Não tenho permissão. Como eu não a entendi por completo, contei para Lorde Ariakan. Ele também não entendeu e disse que seria melhor guardar para mim, sem discutir com ninguém.

— Eu não sou "ninguém"! — Queima se irritou, com a juba azul se erguendo de indignação.

— Sei disso — Aço falou, suavizando o seu tom e batendo de leve no pescoço da dragoa. — Mas meu senhor proibiu de comentar sobre isso. Estou vendo luzes, devemos estar perto.

— As luzes que você está vendo pertencem à cidade de Sanção. Precisamos apenas atravessar o Novo Mar e estaremos em Abanassínia, bem perto de Consolação. — Queima observou os céus testando o vento, que parecia estar morrendo. — Está quase amanhecendo. Irei deixar você e o mago nos arredores da aldeia.

— Onde você irá se esconder durante o dia? Você não deve ser vista.

— Irei me refugiar em Xak Tsaroth. A cidade permanece abandonada, mesmo depois de todos esses anos. As pessoas acreditam que é assombrada. E é, mas apenas por goblins. Vou lanchar alguns antes de dormir. Devo voltar para você ao cair da noite ou esperar até que me convoque?

— Espere a minha convocação. Não tenho certeza de quais serão meus planos.

Os dois falavam de forma casual, sem mencionar o fato de estarem bem dentro das linhas inimigas, as vidas correndo perigo a cada segundo, e não podiam contar com nenhum apoio. Alguns cavaleiros da Ordem de Takhisis estavam vivendo no continente de Ansalon, espionando, infiltrando-se, recrutando outros para a causa. Mas mesmo se Aço conhecesse esses outros cavaleiros, não poderia usá-los, não podia fazer nada que perturbasse o véu que colocaram sobre si mesmos. Tinham suas tarefas de acordo com a Visão, e ele tinha a sua.

Exceto que ele não sabia que tarefa era essa.

Queima deixou a terra para trás, voando sobre o Novo Mar. A lua vermelha ainda não se escondera, mas a luz cinza da alvorada abafava o brilho de Lunitari. Esta afundava rapidamente no mar, quase como se estivesse grata por fechar seu olho vermelho para o mundo.

Palin gemeu no seu sono, e falou o nome do seu irmão morto.

— Sturm...

O nome soou de forma estranha depois das lembranças da Visão. Sturm fora o nome do irmão do mago, mas aquele irmão recebera o nome do pai de Aço.

— Sturm... — Palin repetiu.

Aço se virou na sela.

— Acorde! — ordenou, de forma abrupta e irritada. — Você está quase chegando em casa.

Nem Aço nem Palin sabiam, mas a dragoa os pousou quase no mesmo lugar em que fora o ponto de encontro de dois amigos, muitos anos antes.

O tempo então não estava muito diferente do tempo de agora. Era outono, não verão, mas essa era a única diferença. Tinha sido uma época de paz, como agora era uma época de paz. A maioria então dizia, como dizia agora, que a paz iria durar para sempre.

Palin Majere estava apoiado na mesma pedra em que Flint Forjardente descansara. Aço Brightblade caminhava pela mesma trilha por onde andara Tanis Meio-Elfo. Palin olhou para baixo, na direção do vale. As altas copadeiras normalmente escondiam quase todos os indícios da aldeia aninhada nos galhos das árvores. Mas a densa folhagem verde estava de um marrom sujo, muitas das folhas tinham morrido e despencado. As casas estavam visíveis, nuas, tristes e vulneráveis.

Apesar de ser cedo e do povo de Consolação estar acordando para começar o dia, não havia fumaça das lareiras e das forjas se erguendo do vale. Era perigoso acender fogo de qualquer tipo; na semana anterior, uma copadeiras seca como lenha tinha se acendido em uma língua de fogo, destruindo várias casas. Felizmente, nenhuma vida se perdeu, pois quem estava dentro conseguiu pular para a segurança. Mas, desde então, as pessoas estavam cautelosas demais para queimar qualquer coisa.

A Hospedaria do Lar Derradeiro era a maior construção em Consolação e a primeira que os dois viram. Palin olhou para sua casa, querendo correr para ela, querendo correr dela. Aço tinha tirado os corpos dos irmãos de Palin das costas da dragoa. Estavam deitados, enrolados em uma mortalha, em um trenó improvisado, feito por Aço com galhos de árvores. Ele estava unindo os últimos galhos. Quando terminasse ali, começariam a jornada colina abaixo.

— Pronto — disse Aço. Ele deu um puxão no trenó que passou sobre uma pedra e deslizou pela estrada, levantando uma nuvem de poeira.

Palin não olhou para o trenó. Ouviu-o arranhar na sujeira, pensou na sua carga e apertou as mãos em punhos por causa da dor.

— Você consegue andar? — Aço perguntou, e apesar da voz do cavaleiro ser séria e grave, era respeitosa, não debochando da dor de Palin.

Por isso, Palin ficou grato, porém achou humilhante ser perguntado sobre aquilo. Sturm e Tanin iriam querer que parecesse forte para o inimigo, não fraco.

— Estou bem — Palin mentiu. — Dormir ajudou, assim como o emplastro que você colocou na minha ferida. Podemos ir agora?

Ele se levantou e, apoiando-se no Cajado de Magius, começou a descer a colina. Aço o seguiu, arrastando o trenó atrás de si. Palin olhou para trás e viu os corpos balançando, ouviu o tilintar das armaduras enquanto o trenó se arrastava pela estrada de terra batida. Tropeçou e perdeu o equilíbrio.

Aço estendeu a mão e o segurou.

— É melhor olhar para frente, não para trás — o cavaleiro comentou. — O que aconteceu, aconteceu. Você não pode mudar.

— Você fala como se eu tivesse entornado um pires de leite! — Palin devolveu com raiva. — Esses são meus irmãos! Saber que nunca mais vou falar com eles, ou ouvir eles rindo, ou... ou... — Ele se forçou a parar, engolindo as lágrimas. — Acho que você nunca perdeu ninguém com quem se importasse. Vocês não se importam com nada, só com a morte!

Aço não fez comentários, mas seu rosto escureceu quando ele falou sobre perder alguém. Prosseguiu, puxando o trenó pesado com facilidade. Seus olhos, obscurecidos por sobrancelhas negras baixas, moviam-se constantemente, não sem propósito, mas tomando nota de seus arredores. Encarou fixamente arbustos e plantas rasteiras entrelaçadas.

— Qual o problema? — Palin olhou ao redor.

— Esse seria um ótimo lugar para uma emboscada — Aço comentou.

O rosto tomado pela dor de Palin suavizou-se.

— Na verdade, foi. Bem ali, o hobgoblin conhecido como Fewmaster Toede parou Tanis Meio-Elfo, Flint Forjardente e Tasslehoff Burrfoot, e perguntou sobre um cajado de cristal azul. Aquele momento mudou a vida deles.

Ficou em silêncio, pensando no momento terrível que mudara a sua vida e acabado com a vida de seus irmãos. A voz de Aço não interrompeu seus pensamentos, mas marchava ao lado deles.

— Você acredita no destino, senhor mago? — Aço perguntou de repente, encarando a estrada de terra. — Aquele momento, a emboscada, mudou a vida do Meio-Elfo, ou é o que você diz. Isso implica dizer que a vida dele teria sido diferente se aquele momento não tivesse ocorrido. Mas se aquele momento *devesse* acontecer, se não houvesse como impedi-lo? Talvez aquele momento o aguardasse em uma emboscada, esperando tão firmemente quanto os hobgoblins. E se… — O olhar escuro de Aço foi até Palin. — E se seus irmãos nasceram para morrer naquela praia?

A pergunta foi um soco no estômago. Por um momento, Palin ficou sem respirar. O próprio mundo pareceu se inclinar; tudo o que ele aprendera lhe fugiu. Haveria algum Destino inevitável agachado atrás de um arbusto, esperando por ele? Seria um inseto, preso na teia do tempo, contorcendo-se em esforços inúteis para escapar?

— Não acredito nisso! — Respirou fundo e sentiu-se melhor. Sua mente clareou. — Os deuses nos dão escolhas. Meus irmãos escolheram se tornar cavaleiros. Não precisavam. Na verdade, como não eram Solâmnicos e não tinham ancestrais cavaleiros, não foi um caminho fácil para eles…

— Escolheram morrer, então — Aço disse, o olhar indo até os corpos. — Poderiam ter fugido, mas não o fizeram.

— Não o fizeram — Palin repetiu baixinho.

Intrigado com a pergunta do cavaleiro sombrio, perguntando-se o que estaria por trás dela, Palin examinou Aço com atenção. E o jovem mago viu, por um instante, a expressão férrea de fria determinação sumir, viu o rosto humano por baixo. Esse rosto tinha dúvidas, buscava algo e sofria.

Está querendo alguma coisa, mas o quê? Conforto? Compreensão? Palin esqueceu dos seus próprios problemas, e estava prestes a procurá-lo e oferecer alguns parcos conselhos. Mas naquele momento, Aço se virou e viu Palin olhando para ele.

A expressão férrea voltou.

— Escolheram bem então. Morreram com honra.

A raiva e a amargura de Palin voltaram.

— Escolheram errado. *Eu* escolhi errado. O que tem de honrado nisso! — Ele gesticulou para os corpos no trenó. — Que honra existe em ter que contar a minha mãe… em contar para ela…

Girando nos calcanhares, Palin deixou o lugar onde Tanis ouvira falar pela primeira vez do cajado de cristal azul e continuou descendo a estrada.

Ele ouviu a voz de Aço ainda pensativa atrás de si.

— Mas continua sendo um ótimo lugar para uma emboscada.

E o som do trenó, batendo e deslizando através da poeira.

9

Um aviso. Os elfos pegam em armas. Tika pega a frigideira.

Um feixe de luz do sol do alvorecer passou por uma das janelas em forma de diamante da hospedaria, atingindo Tanis bem nos olhos. Ele acordou, piscou e percebeu que tinha adormecido, cochilado em um dos reservados de madeira da hospedaria. Ele se ergueu, esfregando o rosto e os olhos, bem zangado consigo mesmo. Tivera a intenção de ficar acordado a noite toda, mantendo-se de vigia. E ali estava, roncando como um anão bêbado.

Do outro lado da sala, o rei élfico no exílio, Porthios, estava sentado a uma mesa coberta de mapas, com um frasco de vinho élfico e uma taça perto do cotovelo. Estava escrevendo algo, Tanis não sabia o quê. Um relatório, uma carta para um aliado, anotando planos, atualizando seus diários. Tanis lembrava que Porthos estava quase na mesma posição quando o meio-elfo adormecera. O frasco de vinho estava um pouco menos cheio, era a única diferença.

Os dois eram irmãos, apesar de não serem de sangue. Tanis estava casado com a irmã de Porthios, Laurana. Todos tinham sido criados juntos, crescido juntos. Porthios era o mais velho, nascido para liderar seu povo, e levava seu papel a sério. Ele não aprovara o casamento de sua irmã com um meio-humano, como Porthios sempre vira Tanis.

Porthios não tinha o charme de seu pai, o falecido Orador dos Sóis. Porthios era por natureza severo, sério e de fala direta. Ele desprezava mentiras diplomáticas. Era um homem orgulhoso, mas sua reticência e desconfiança faziam com que seu orgulho fosse visto como arrogância por aqueles que não o conheciam. Em vez de tentar superar essa falha, Porthios a usava para se isolar daqueles ao seu redor, mesmo daqueles que o amavam e o admiravam. E havia muito para admirar. Ele era um general habilidoso e um guerreiro valente. Tinha partido em auxílio de Silvanesti, arriscado a vida para combater o sonho tenebroso de Lorac, que havia dizimado a terra deles. Foi sua traição que o amargura. E, por isso, Tanis achava que não podia culpar seu cunhado por querer vingança.

As dificuldades cobraram seu preço. Antes alto e bonito, com uma postura majestosa, Porthios tinha ficado um pouco encolhido como se o peso da sua raiva e da sua tristeza estivessem puxando-o para baixo. Seu cabelo estava comprido e maltratado, manchado de cinza — algo que pouco se via, mesmo entre os elfos mais velhos. Estava usando armadura de couro, rígida e desgastadas; suas roupas finas estavam começando a mostrar o desgaste, desmanchando na bainha, abrindo nas costuras. Seu rosto era uma máscara, fria e implacável, amarga. Apenas ocasionalmente essa máscara se erguia para mostrar o homem por baixo, o que chorava por seu povo mesmo enquanto planejava entrar em guerra contra ele.

Tanis ergueu os olhos quando Caramon, bocejando, arrastou-se e assentou sua figura imensa no banco oposto ao do amigo.

— Adormeci — Tanis disse, coçando a barba.

Caramon sorriu.

— Não me diga. Seu ronco poderia ter serrado uma copadeiras.

— Você deveria ter me acordado. Eu deveria estar de vigia!

— Para quê? — Caramon bocejou de novo e passou a mão pelo cabelo. — Não estamos em uma torre cercada por quarenta e sete legiões de hobgoblins. Você cavalgou o dia todo. Precisava descansar.

— Não é isso — Tanis respondeu. — É que pega mal.

Ele olhou de relance para o cunhado. E apesar do rei elfo não estar olhando para Tanis, ele sabia, pela posição da mandíbula de Porthios e pela rigidez de sua postura, que estava pensando: "Fraco! Meio-humano digno de pena!".

Caramon seguiu o olhar de Tanis e deu de ombros.

— Você e eu sabemos que ele acharia a mesma coisa se você ficar acordado pelo resto da sua vida. Vamos, vamos lavar a cara.

O grandalhão seguiu na frente, descendo as escadas até o térreo. A manhã já estava quente. Para Tanis, era como se o próprio ar pudesse pegar fogo. Debaixo da hospedaria, havia um barril de água, que deveria estar cheio. Caramon olhou para dentro e suspirou. O barril estava pela metade.

— O que aconteceu com o poço? — Tanis perguntou.

— Secou. Os poços de quase todo mundo secaram no final da primavera. As pessoas estão trazendo água do Lago Cristalmir. É uma longa jornada. Este barril estava cheio na noite passada. Algumas pessoas estão colocando guardas para a sua água.

Caramon ergueu uma concha, inclinou-se sobre o barril e a colocou lá. Ofereceu a água para Tanis.

Tanis espiou as pegadas lamacentas cercando o barril. A lama ainda estava úmida.

— Mas você não — Tanis disse. Sorrindo, bebeu a água xoxa. — Você faz essa viagem todos os dias, até o Lago Cristalmir e de volta, trazendo água para a hospedaria. E você nunca usa mais do que a metade porque seus vizinhos a roubam.

Caramon enrubesceu e jogou água no rosto.

— Roubando não. Disse a eles que podiam pegar o que precisassem. Mas alguns, alguns ficam envergonhados. É quase como mendigar e nunca ninguém precisou mendigar em Consolação, Tanis. Nem nos tempos difíceis depois da guerra. E ninguém teve que roubar.

Suprimindo um suspirou, Caramon fungou, assoprou e secou o rosto com a manga da camisa. Tanis lavou o rosto, tomando cuidado de usar a água preciosa com moderação. Algumas das pegadas ao redor do barril eram pequenas como de crianças.

Tanis colocou a concha de volta no seu gancho na árvore.

— Porthios ficou acordado a noite toda?

Ele e Caramon caminharam de volta para o começo das escadas, mas não subiram de imediato. Uma sala comum cheia de elfos de caras sérias e azedas — e metade deles não falava com a outra metade — não era o lugar mais agradável do mundo.

— Que eu tenha visto, nem piscou — Caramon comentou, olhando para a janela perto da qual o rei estava sentado. — Mas também a esposa dele está tendo um bebê. Lembro que não dormi quando Tika estava… na mesma condição.

— Isso eu entenderia — Tanis devolveu, sério. — Qualquer marido entenderia. Mas Porthios parece estar se preparando para a guerra, não para ser pai. Acho que ele sequer perguntou por Alhana.

— Não com muitas palavras — Caramon disse devagar. — Mas também Tika tem descido muitas vezes para dar notícias. Ele nem precisa perguntar. Tenho observado e acho que você está errado sobre Porthios. Acho que ele ama mesmo Alhana e que, agora, ela e o seu filho não nascido são as coisas mais importantes do mundo para ele.

— Queria acreditar nisso. *Eu* acho que ele trocaria os dois para ter seu reino de volta. É só que… em nome do Abismo, o quê…

A ponte de corda acima da cabeça deles — uma das pontes que serviam como ruas ligando as casas na árvore de Consolação — balançou e rangeu. Um soldado élfico veio deslizando, correndo rápido. Pela expressão séria em seu rosto, o elfo era o portador de más notícias. Tanis e Caramon se entreolharam e correram escada acima. Ao chegarem na hospedaria, o elfo já estava fazendo seu relatório para Porthios.

— O que foi? O que está acontecendo? — Caramon perguntou, chegando depois, cara vermelha por causa do exercício incomum. — O que estão dizendo?

A conversa urgente estava acontecendo na língua élfica de Qualinesti.

Tanis, ouvindo, silenciou o outro homem com um gesto. O que escutou claramente o perturbava. Virando para Caramon, Tanis puxou o grandalhão para trás do bar.

— Os batedores deles relataram ter visto um soldado humano com cabelo preto longo, usando as vestimentas das sombras, caminhando pela estrada principal na direção de Consolação. E Caramon — Tanis apertou o braço do homem. — ele está acompanhado por um mago de vestes brancas. Um mago jovem.

— Palin — Caramon disse no mesmo instante. — E o outro? Você está pensando o mesmo que eu?

— A descrição encaixa com Aço Brightblade.

— Mas por que Aço viria até aqui? Ele está sozinho?

— Aparentemente sim, exceto por Palin.

— Então, o que, em nome de todos os deuses, eles estão fazendo juntos? Aqui, juntos?

Tanis ficou em silêncio sobre o resto do relato, sobre o fato de que o paladino sombrio estava arrastando atrás de si um trenó carregando o que parecia ser os corpos de dois cavaleiros. Ele tinha um mau presságio, de que sabia a resposta a essas perguntas, mas podia muito bem estar errado. Tinha esperança e orava a Paladine que estivesse errado.

Porthios estava dando ordens. Todo o contingente de elfos estava de pé, procurando arcos e flechas, preparando as espadas.

Caramon olhou para a confusão preocupado.

— O que eles estão fazendo, Tanis? Pode ser Palin lá fora!

— Eu sei. Vou cuidar disso. — Tanis atravessou a sala até Porthios e o interrompeu. — Perdoe-me, Irmão, mas a descrição do jovem mago me dá a impressão que seja o filho de Caramon Majere, seu *anfitrião*. Você certamente não está pensando em atacá-lo.

— Não iremos atacá-los, Irmão — Porthios respondeu, impaciente por ter sido interrompido. — Vamos pedir que se rendam. Depois iremos interrogar os dois. — Ele fixou um olhar desconfiado sobre Caramon, falando em Comum. — O filho de seu amigo pode ser um mago de Vestes Brancas, mas está em companhia de um soldado do mal.

O rosto de Caramon ficou de um vermelho irritado.

— O que você está insinuando?

— Porthios — Tanis interveio. — Você sabe muito bem que o paladino não vai se entregar. Vai lutar, e seu pessoal vai lutar, e...

— Faça mal ao meu filho — Caramon disse com frieza, as mãos se fechando em punhos. — E irá se arrepender.

Deu um passo à frente.

Soldados élficos, os que eram Qualinesti, imediatamente saltaram na frente de Porthios. As espadas tilintaram, o aço brilhou.

— O que vocês, *homens*, acham que estão fazendo?

O rosto pálido de raiva, a voz cheia de desprezo, Tika abriu caminho, passou pelo seu marido, e encarou a ele e a todos na sala. Colocando a mão por trás do bar, Tika pegou a velha frigideira de ferro que já tinha atingido muitos draconianos na cabeça.

— Seus tolos, vocês enlouqueceram? — ela perguntou, em um sussurro sibilante. — Você, senhor. — A frigideira apontou na direção de Porthios. — Sua esposa está parindo o seu bebê! E não está sendo uma tarefa fácil, fique você sabendo! Elfos com seus quadris pequenos e coisas assim. E vocês, *homens* — ela fez um arco com a frigideira. — estão aqui medindo suas espadas e agindo ainda pior do que se fossem crianças. Não vou tolerar isso. Vocês me ouviram? Não vou.

Bang, fez a frigideira em uma das mesas.

Os elfos, parecendo ao mesmo tempo tolos e determinados, mantiveram-se em posição. Caramon também não recuou. Tika apertou mais o cabo da frigideira.

Tanis se esquivou até ficar do lado do Porthios. Falou em tons baixos, em élfico, para que nem Tika nem Caramon pudessem entender.

— Seu batedor mencionou que o paladino sombrio estava arrastando um trenó com dois corpos. É possível que esses corpos sejam dos filhos de Caramon e Tika. Você perturbaria o sono dos mortos?

Era o único argumento que poderia convencer Porthios a mudar de ideia. Por causa de suas vidas de duração incomumente longa, elfos reverenciam a morte e honram os mortos.

Porthios olhou para Caramon, parecendo decidido. Tanis continuou, aproveitando sua vantagem.

— Posso estar errado, mas acho que conheço esse paladino das sombras. Deixe-me falar com ele e com o jovem mago, sozinho. Se estiver acontecendo o que eu acho que está acontecendo, então paladino, mesmo sendo servidor da Rainha da Escuridão, está agindo de forma honrada e nobre, mesmo arriscando a vida. Deixe-me descobrir a verdade, antes que o sangue corra e os mortos sejam desonrados.

Porthios pensou no assunto.

— Meus guardas irão acompanhá-lo.

— Isso não é necessário, Irmão. Veja bem, o pior que pode acontecer é que eu acabe morto — Tanis acrescentou secamente.

Um lado do rosto severo do elfo se contorceu e Porthios chegou mesmo a sorrir.

— Acredite ou não, Meio-Elfo, isso iria me deixar de luto. Sempre gostei de você, mesmo que não acredite nisso. Teve tempos em que até mesmo o admirei. Eu só o considero um par inadequado para minha irmã.

O sorriso sumiu, substituído por linhas de tristeza, cansaço e uma fadiga avassaladora. Porthios olhou para cima na direção onde Alhana estava, talvez lutando pela vida dela, pela vida de seu filho.

— Vá então, Meio-Elfo — Porthios disse baixinho, cansado. — Vá conservar com essa honrada cria do inferno. Você vai fazer as coisas do seu jeito. Você sempre faz. — Voltou os olhos para ele, brilhantes. — Mas meus guardas irão acompanhá-lo.

Era uma certa vitória, e Tanis sabia que era melhor não insistir para conseguir mais. Ele tinha conseguido aquilo só porque Porthios estava cansado e preocupado demais para discutir.

Talvez, Tanis refletiu enquanto prendia a espada ao redor da cintura, *o elfo sério e inflexível ame mesmo sua esposa.* Tanis se perguntou o que Alhana, rainha élfica dos Silvanesti, pensava do homem com quem se casara por causa da política. Ela passara a amá-lo também?

— Está tudo bem — Tanis disse para ambos, Caramon e Tika, voltando a língua Comum. — Porthios concordou em me deixar lidar com a situação. Tika é melhor você voltar para Alhana.

Sem entender, mas aliviada pelo assunto estar resolvido, Tika fungou, resmungou, baixou a frigideira e correu escada acima.

Tanis estava indo na direção da porta, percebeu que Caramon cuidadosamente desamarrara o avental que usava ao redor da sua vasta cintura. Era óbvio que se preparava para acompanhar seu amigo. Tanis rapidamente foi até Caramon e pousou a mão no braço do grandalhão.

— Me deixa cuidar disso, Caramon. Talvez precisem de você aqui.

Caramon sacudiu a cabeça.

— Você está certo. Aquele rapaz lá pode ser Palin. Se for, alguma coisa aconteceu.

Tanis tentou de novo, por uma perspectiva diferente.

— Você precisa ficar. Ficar de olho nesses elfos. Porthios está desesperado, encurralado. Pode começar alguma coisa. Não queremos uma carnificina.

Caramon hesitou, e olhou de relance para o rei elfo exilado.

— Se for Palin, irei cuidar dela — Tanis continuou. — Como se fosse meu próprio filho. — Sua voz tremeu de leve, lembrando do filho amado que ele não via, de quem não tinha notícias há meses.

Caramon pousou o olhar em Tanis, observando-o com intensidade.

— Você sabe alguma coisa e não está me contando.

Tanis corou.

— Caramon, eu...

O outro homem suspirou, e deu de ombros.

— Vá em frente. Sei que você vai tomar conta do meu rapaz, e de Aço, se for ele mesmo. Quem sabe, talvez ele venha para o nosso lado, afinal. Vou ficar de olho aqui no Sério-e-Azedo. — Ele apontou para Porthios com o polegar.

— Obrigado, meu amigo — Tanis disse e saiu antes Caramon ou Porthios mudassem de ideia.

10

Um excelente lugar para uma emboscada.

Na floresta nos arredores de Consolação, Palin e Aço pararam para descansar. Ou melhor, Palin parou para descansar. Aço parou para ficar com Palin. O ferimento do jovem mago estava o incomodando; estava com dor, exausto. Era verdade que estava perto de casa, mas sua chegada não lhe traria conforto, apenas a tarefa terrível de contar aos pais que dois de seus filhos estavam mortos. Sentou no toco de uma árvore.

— Aqui, beba isso — Aço jogou um odre para o mago.

Ele aceitou e bebeu com parcimônia, como aprendera a fazer na estrada com os cavaleiros. Devolveu.

— Obrigado. Acho que perdi o meu durante… lá na praia.

Aço não o ouviu, não viu o odre estendido. Estavam em uma pequena clareira que — julgando pelos brinquedos abandonados e pela sujeira espalhados por aí — era usada pelas crianças do local para brincar. Aço ficou olhando para cima, para uma das copadeiras. Palin, seguindo seu olhar, viu um objeto grande e escuro nos galhos. Primeiro, assustou-se, mas as memórias voltaram.

— Não se preocupe. É apenas um forte na árvore — ele disse. — Meus irmãos costumavam brincar de guerra lá em cima quando éramos pequenos. Brincar de guerra. Era só um jogo naquela época. Eles eram os guerreiros e eu era o mago. Quando eles “morriam”, eu usava minha magia para trazê-los de volta…

— Crianças brincam aqui, pelo que você diz — Aço o interrompeu, falando alto.

Sua mão apertou o ombro de Palin com força. O cavaleiro não estava oferecendo sua simpatia, Palin percebeu espantado. Aquele aperto era um alerta.

— Continue falando — Aço disse baixinho. A sua mão direita estava no ombro de Palin, enquanto a esquerda segurava uma adaga. Palin podia ver o brilho da lâmina por baixo do manto azul escuro do cavaleiro.

Palin ficou tenso, a mão indo instintivamente para sua bolsa de componentes mágicos. Mas então se lembrou de onde estava. Ali era Consolação, misericórdia!

Ele se ergueu, um pouco instável.

— Provavelmente, são só as crianças...

Aço lançou-lhe um olhar de relance.

— Não são crianças. — Seu olhar foi de volta para as árvores. — Elfos. Faça o que eu mandar, e fique fora do meu caminho.

— Elfos! Você não pode...

O aperto de Aço no braço de Palin aumentou dolorosamente.

Palin baixou a voz até um sussurro.

— Não tem elfos em um raio de quilômetros...

— Cale-se — Aço disse friamente. — Que feitiços você tem prontos?

Palin ficou perplexo.

— Eu... eu... nenhum, na verdade. Nunca pensei... veja, este é o meu lar...

Um som de silvo, seguido de um impacto, o interrompeu. Uma haste emplumada balançava no toco de árvore onde Palin estivera sentado. A flecha era feita por elfos.

Cinco guerreiros élficos saltaram das árvores, pousando com leveza no chão. Mais rápido que os olhos conseguiam acompanhar, ergueram seus arcos, com as flechas prontas. Quatro flechas estavam apontadas para Aço. Uma mirava Palin.

Ele olhou boquiaberto para os elfos, espantado e confuso. O único pensamento a surgir entre a confusão era que, mais uma vez, falhara. Mesmo se tivesse memorizado seus feitiços mágicos, os poucos que possuía eram quase inúteis — ou era o que ele achava. E quando começasse a recitar as palavras, ele provavelmente estaria morto, uma flecha atravessando seu coração.

Aço liberou Palin. Enviando a adaga no cinto, o cavaleiro desembainhou sua espada e encarou seus inimigos.

— Você é uma criatura maligna, apesar de não podermos dizer de que tipo — disse um dos elfos para Aço. — Poderíamos tê-lo matado ali, na estrada. Mas sua conversa com o Veste Branca nos interessou. Isso e o fato de que está com os corpos de dois cavaleiros de Solamnia. Deve ser verdade, então, os rumores que ouvimos. Meu senhor irá querer falar com você.

Aço jogou o manto sobre um ombro, orgulhosamente revelando a insígnia que usava na sua placa peitoral: a caveira e o lírio da morte.

— Veja isso e veja a sua desgraça. Sou um Cavaleiro de Takhisis. Não me importo com os rumores que você ouviu e, quanto ao seu senhor, ele pode ir para o Abismo.

Os elfos puxaram as cordas dos arcos.

— Se você for fazer alguma coisa, senhor Mago, sugiro que faça agora — Aço falou baixo, mas sério.

Palin lambeu os lábios secos, e disse a primeira e única palavra-chave que lhe veio à mente.

— *Shirak*!

A bola de cristal no topo do Cajado de Magius explodiu em uma luz radiante, cegando momentaneamente os elfos. Piscaram e viraram o rosto.

— Muito bem! — Aço disse e pulou para a frente, erguendo sua espada em um arco letal.

— Não! Espere! — Palin segurou o braço de Aço, tentando fazê-lo recuar.

A luz do cajado diminuiu. Os elfos podiam enxergar de novo, se não perfeitamente, bem o bastante. Uma flecha rasgou a manga das vestes de Palin. Outra atingiu e ricocheteou na placa peitoral de Aço. As próximas encontrariam algo.— Ashanti! — veio uma ordem ríspida em uma língua que Palin reconheceu como Élfico Silvanesti.

Os elfos baixaram os arcos, procurando a origem da ordem.

— Abaixem as armas, todos vocês — a voz continuou, mudando para a língua Comum. — Você também, Aço Brightblade.

Espantado ao ouvir seu nome sendo dito por trás dele, Aço recuou apenas para ver qual o novo perigo que o ameaçava. Manteve a espada erguida.

Tanis Meio-Elfo, acompanhado por seis guerreiros elfos, entrou na clareira. Ele não estava armado, apesar da espada pendurada em seu cinto. Seu olhar foi até os dois corpos presos no trenó, passou brevemente por Palin e Aço, até finalmente focar nos guerreiros elfos que os mantinham reféns.

— Fui enviado pelo seu senhor, Porthos — Tanis disse aos elfos, continuando a falar em Comum, para que Palin e — especialmente — Aço pudessem entender o que estava dizendo. — Perguntem aos seus camaradas que me acompanham, se não acreditam em mim.

Um dos elfos, que chegou com Tanis, deu um breve aceno com a cabeça.

— Conheço esses dois homens — Tanis continuou, movendo-se até ficar em frente de Palin e Aço, protegendo-os com seu próprio corpo. — Acredito que vocês tenham interpretado mal as suas intenções...

— E que intenções você atribui a esse escravo da escuridão? — um dos elfos questionou. — Além de nossa destruição?

— É o que eu pretendo descobrir — Tanis devolveu. Ele colocou a mão no ombro de Aço, alertando o cavaleiro para se conter. — Confie em mim — disse, em voz baixa. — Confie em mim agora como confiou em mim na Torre do Alto Clerista. Não vou traí-lo. Acho que sei por que você veio.

Aço tentou se libertar. Seu sangue estava quente, ansiava pela luta.

— Você não pode vencer — Tanis repetiu, baixinho. — Irá morrer inutilmente. Sua rainha iria querer isso?

Aço hesitou, lutando contra a sede pela batalha. O fogo sumiu de seus olhos, deixando-os escuros e frio. Com uma elegância doentia, enfiou a espada de volta na bainha.

— Sua vez — Tanis olhou para os elfos.

Devagar, aborrecidos, abaixaram os arcos. Talvez não o fizessem a pedido de Tanis, mas o elfo enviado por Porthos colocou força ao comando com um gesto seu.

— Voltem aos seus postos — Tanis ordenou. — Deixe-nos a sós por um momento — acrescentou para os soldados de Porthios.

Os elfos recuaram, retirando-se até as sombras das copadeiras. Mas ficaram à vista e ao alcance das flechas.

Quando ficaram a sós, Tanis se virou para Palin.

— Me conte, filho. Diga o que aconteceu.

A voz gentil, o rosto familiar, a lembrança das notícias que trazia foram demais. As lágrimas borraram a visão de Palin e sufocaram a sua voz.

— Coragem — disse Tanis, acrescentando. — Lágrimas não são motivo de vergonha, Palin, mas tem hora para chorar, e não é agora, acredite! Preciso saber o que estão fazendo aqui. Vocês dois. E preciso saber *agora*, antes que fiquemos todos parecidos com algo saído do cesto de cultura de sua mãe.

Coragem, jovem, veio um sussurro. *Estou com você.*

Palin se espantou, tremendo. Tinha ouvido aquela voz antes, conhecia-a tão bem quanto a voz de seu pai. Talvez até melhor. Não falava com ele fazia muito, muito tempo.

Com certeza, pensou. *É um sinal!*

Suas lágrimas secaram. Relatou os eventos de ontem, eventos que pareciam tão distantes.

— Fomos enviados até Kalaman para verificar suas fortificações e reportar a melhor forma de defesa em caso de ataque do norte. Éramos um contingente pequeno, talvez umas cinquenta pessoas no total. Mas apenas uns vinte cavaleiros. O resto eram escudeiros, pajens, e pessoas para levar as carroças. Passamos vários meses em Kalaman, supervisionando o fortalecimento das fortificações ali. Depois fomos para o leste, com a intenção de ir até o Forte do Norte. Estávamos a caminho...

Ele fez uma pausa, inspirou fundo, e continuou.

— Cavalgavam seguindo a linha da costa. Acampamos naquela noite. O mar estava calmo, vazio. Ao amanhecer, vimos o primeiro navio.

— Mas com certeza vocês tinham dragões voando com as suas forças. Como eles não viram...

— Não tínhamos dragões, Tanis — Palin disse, as bochechas pálidas ficando de um vermelho vivo. — O Alto Comando não achou necessário, não quis incomodá-los.

— Tolos! — Tanis disse com amargura. — Deveria ter dragões. Deveria ter quinhentos cavaleiros, não vinte. Eu falei para eles. Eu avisei!

— Eles não acreditaram de verdade em nada do que você disse — Palin suspirou. — Só nos mandaram para "aplacar" você. Lamento, Tanis. Foi o que eu ouvi de nosso comandante. Nenhum dos cavaleiros levou o que estávamos fazendo muito a sério. Era mais como... férias.

Tanis sacudiu a cabeça e olhou de relance para os corpos amortalhados.

— Por que não voltaram para o Forte do Norte para avisar os outros?

— Havia apenas um navio no começo — Palin explicou, envergonhado. — Um dos Lordes Cavaleiros riu e disse algo como se os derrotamos vinte e seis anos atrás, iremos derrotá-los agora.

— Tolos — Tanis repetiu, mas resmungando na sua barba.

— Nos posicionamos na costa, esperando por eles. Todos estavam brincando, cantando. E então... — A voz de Palin tremeu. — Então, um segundo navio apareceu. Depois, um terceiro. E depois disso, perdemos a conta.

— E vocês ficaram para lutar. Em desvantagem, sem esperanças.

— O inimigo podia nos ver dos navios — Palin devolveu, na defensiva. — O que iríamos parecer se fugíssemos?

— Sensatos? — Tanis respondeu.

O rubor de Palin aumentou. Olhou para os corpos, piscando rapidamente.

Tanis suspirou, coçando sua barba.

— Todos morreram? — perguntou em voz baixa. Palin engoliu em seco e assentiu.

— Fui o único sobrevivente. — Falou tão baixo que Tanis teve que se inclinar para ouvir.

— Seus irmãos, Tanin... Sturm...

Palin apontou para o trenó.

— Paladine os guarde — Tanis disse. Colocou o braço ao redor de Palin. O jovem estava tremendo, mas aguentando firme. — Você foi tomado como prisioneiro, presumo. — Olhou para Aço.

Palin assentiu, incapaz de responder.

— Até aí eu entendi — Tanis continuou. — Mas estou um pouco confuso sobre o porquê você veio, Aço Brightblade. — A voz de Tanis endureceu. — Você foi o responsável pelas mortes?

Aço foi desdenhoso.

— Que diferença faria se eu tivesse os matado? Somos soldados. É uma guerra. Presumo que eles conheciam os riscos, ou não seriam cavaleiros.

— Faz diferença, acredite em mim — Tanis disse. — Vocês são primos. Do mesmo sangue. Pergunto de novo: você os matou?

Palin interveio.

— Não, Tanis. Nós fomos atacados por homens estranhos, bárbaros que pintam os corpos de azul. Mas os bárbaros eram liderados por cavaleiros.

— Eu sou um cavaleiro. Luto montado em um dragão — Aço disse com orgulho. — Os Solâmnicos caíram para forças terrestres.

— Entendo — Tanis disse, pensativamente, sem dúvida armazenando essa informação vital para ser dada ao comandante dos Cavaleiros Solâmnicos na Torre do Alto Clerista. Ele voltou seu olhar para Aço. — Ainda não entendi por que você veio. Se foi pelo dinheiro do resgate de Palin, isso poderia ter sido resolvido por um mensageiro.

— Vim pagar um débito. Os corpos dos mortos seriam colocados em um tumulo comum. Com honra, claro — Aço acrescentou, os olhos escuros brilhando. — Lutaram com bravura. Eles *não* fugiram, como alguns poderiam ter sugerido. Mas a notícia de suas mortes não iria chegar nas suas famílias. Talvez nunca. Quando descobri o nome do jovem mago aqui, e descobri que seus dois irmãos tinham morrido na batalha, aproveitei a oportunidade de retribuir o débito que tenho com seu pai, Caramon Majere. Trouxe os corpos de seus dois filhos para um funeral adequado.

— Você trouxe os mortos — Tanis disse, olhando incrédulo para o cavaleiro. — Arriscando a própria vida?

Aço deu de ombros.

— O que é a vida sem honra?

— *Est Sularus oth Mithas* — Tanis murmurou. — "Minha honra é minha vida." Você é igualzinho ao seu pai.

O rosto de Aço escureceu. Sua mão se apertou no punho de sua espada.

— Sou um cavaleiro de Takhisis — disse, friamente. — Honro a memória de meu pai, mas é isso. Uma memória. Vivo apenas para servir a minha rainha.

O olhar de Tanis foi diretamente para o pescoço do cavaleiro. A espada não era o único presente que o pai morto deixara para seu filho. Por algum meio mágico, além da compreensão de Tanis, a joia estelar que Sturm Brightblade usava em seu pescoço tinha sido transferida para seu filho. A joia era um objeto do bem, de manufatura élfica, um sinal de afeto. Nenhuma pessoa cujo coração tivesse sido sombreado pela maldade poderia sequer tocá-la, quanto mais usá-la. Porém, Tanis a vira brilhando no peito de Aço Brightblade.

Ele a usaria então, escondida por trás da armadura horrível, com seus símbolos de morte e destruição? Ou ele a renegara, arrancando-a, sacrificando-a no altar manchado de sangue da Rainha da Escuridão?

Tanis não conseguia ver a joia. Aço devolveu o olhar do meio-elfo com frieza, sem nenhuma vergonha. Se usava a joia, era disciplinado o bastante para esconder qualquer indício.

Um homem perigoso, pensou Tanis. *Se todos os paladinos de Takhisis forem assim, estamos mesmo com problemas.*

— Kalaman está sob ataque? — Tanis perguntou, olhando para Aço.

— Estará — o cavaleiro respondeu. — E o Forte do Norte também, por agora. Não estou traindo nenhum segredo. Lorde Ariakan *quer* que os solâmnicos saibam como foram arrasados.

Tanis observou Aço em um silêncio sério, depois virou-se para Palin, que parecia estar à beira de um colapso.

— Vamos discutir isso depois. Primeiro, precisamos levar você para casa. Vou ajudar você a dar a notícia da morte de seus irmãos aos seus pais. Lembre-se, Palin, os dois foram soldados. Isso irá entristecê-los, claro, mas...

— Tem mais, Tanis — Palin disse.

Tanis já tinha adivinhado isso.

— Você está sendo mantido refém por causa de um resgate.

— Sim. E se o resgate não for pago, minha vida está condenada.

— E quanto é esse resgate? Não importa — Tanis acrescentou às pressas. — O quanto for, iremos conseguir o dinheiro. Irei contribuir com prazer. Então...

— Não é dinheiro que eles querem, Tanis — Palin interrompeu, um pouco impaciente. — Sou um usuário de magia, afinal.

— Um aprendiz — Tanis disse, fingindo uma despreocupação que ele não sentia. Tinha uma sensação terrível de que sabia o que estava vindo e esperava impedi-lo. Bateu no ombro de Palin. — Não se dê tanta importância, jovem.

Tanis olhou para Aço.

— Como eu disse, esse jovem é um aprendiz. Passou apenas recentemente no Teste. Os magos podem trocar uns poucos itens arcanos por ele, mas nada de valor. Os cavaleiros fariam melhor se pedissem dinheiro...

— Palin Majere pode ser apenas um mago aprendiz. Mas o tio dele, Raistlin Majere, não era — Aço replicou, seco. — Ele deu ao seu sobrinho um presente de valor. — O cavaleiro apontou para o Cajado de Magius. — Não tenho dúvida que daria muito mais se soubesse que a vida do jovem estaria em perigo.

— O mundo todo enlouqueceu? — Tanis questionou. — Raistlin Majere está morto. Ele não deu o cajado para Palin. Dalamar, o Sombrio, deu o cajado para Palin...

Aço encarou com os olhos escuros, impassíveis.

— Estou desperdiçando palavras! Qual é o resgate? — Tanis perguntou.

— Querem o Portal aberto — Palin respondeu baixinho. — Os Cavaleiros Cinzas querem encontrar o caminho para o Abismo.

— Quando o Portal estiver aberto — Aço disse — nossa rainha irá entrar no mundo. E nós colocaremos este mundo aos seus pés!

11

O resgate. O quarto de Raistlin. O plano de Palin.

Aço ficou do lado de fora da porta da Hospedaria do Lar Derradeiro. Ficou parado distante, frio, orgulhoso, imóvel sem mostrar emoções enquanto Tanis, o mais gentilmente possível, contava para Tika e Caramon sobre seus dois filhos mais velhos.

— Eu sabia! — foi a primeira resposta de Tika. Ela apertou as mãos sobre o coração. — Abençoado Paladine, eu sabia. Senti isso aqui. Ah, meus deuses, por quê? Por quê? — Ela apertou as mãos, balançando para frente e para trás na sua cadeira.

Palin colocou os braços ao redor da sua mãe.

— Lamento — ele disse, quebrado. — Lamento tanto…

Caramon estava sentado, sem ação.

— Meus rapazes — ele sussurrou. — Meus rapazes. — E, então, com um grande soluço, ele estendeu os braços e puxou Palin para perto. — Pelo menos você está a salvo...

Tanis estava afastado, esperando que os primeiros espasmos do luto passassem, esperando para dar mais más notícias para os pais desolados. Palin não estava a salvo, estava em um perigo maior do que podiam imaginar.

Por fim, Palin secou as lágrimas e olhou para Tanis.

— Conte para eles — ele disse baixinho.

— Contar? Contar o quê? — Caramon pediu, a cabeça abaixada, tenso, trêmulo.

— Palin é prisioneiro dos cavaleiros sombrios — Tanis disse. — Estão pedindo um resgate.

— Bem, claro, iremos pagar, o que quer que seja — Caramon respondeu. — Vamos vender tudo o que temos se precisar...

— Não é dinheiro que eles querem, Caramon — Tanis disse, procurando algum jeito mais fácil para dizer aquilo, sem encontrar. — Querem que os magos abram o Portal para o Abismo. Eles querem usar Palin para libertar a Rainha da Escuridão.

Caramon ergueu o rosto devastado pela tristeza, olhou de Tanis para Palin e então para Aço.

— Mas... isso é um embuste! Um deboche! Os magos jamais irão abrir o Portal! É uma sentença de morte! Você não vai levá-lo! Não vai!

Antes que alguém na sala pudesse impedi-lo, Caramon pulou da cadeira e se lançou contra Aço. O peso do homem e seu impulso mandaram os dois contra a parede.

— Caramon, pare! — Tanis e Palin lutaram para arrastar Caramon para longe do cavaleiro. Ele estava tentando apertar as mãos ao redor da garganta de Aço. — Isso não vai ajudar em nada!

Aço não desembainhou a espada. Estendendo o braço, ele puxou os braços de Caramon, e conseguiu romper o aperto do outro homem. Empurrou Caramon de volta para os braços de seu filho e de seu amigo. Aço ficou de pé, respirando fundo, cauteloso e atento.

— Irei lhe desculpar agora por causa da sua tristeza — disse, friamente. — Não acontecerá de novo.

— Caramon! Querido esposo! — Tika agarrou-se a ele, acalmando-o. — Eles irão lidar com isso. Tanis está aqui. Vai nos ajudar. Não vai deixar que levem Palin de volta. Não vai, não é, Tanis?

Seus olhos estavam assustados, implorando. Tanis desejava, de todo coração, poder dizer o que ela queria ouvir tão desesperadamente. Mas só podia sacudir a cabeça.

Tika se afundou de volta na cadeira, com as mãos enroladas no avental, apertando o tecido com força. Nenhuma lágrima vinha. Não agora. Ainda não. A ferida era funda demais. Ainda não conseguia senti-la, apenas um entorpecimento frio. Assim, ela sentou e encarou o chão, esperando pela dor.

— Pai — Palin disse em voz baixa. — Se eu puder ter uma palavra...

— Leve a *mim*, maldito! — Caramon exigiu, libertando-se do aperto amoroso de Tika. — Minha vida em troca da do meu filho. Você pode ter a mim como prisioneiro até ter a resposta dos magos.

— Fala como um pai, senhor. — Aço respondeu. — Mas deve saber que um pedido desse é impossível. Nossos magos conhecem o valor do sobrinho de Raistlin Majere. Acreditam que é provável que o próprio arquimago tenha interesse no bem-estar do jovem.

— Meu irmão! — Caramon ficou atônito. — Meu irmão está morto! O que *ele* pode fazer?

— Pai! — Palin sussurrou com urgência, puxando a manga do pai. — Por favor! Precisamos conversar!

Caramon não prestou atenção.

Aço sorriu, irônico, e deu de ombros.

— Esperemos que ele possa fazer algo, senhor. — O sorriso de Aço endureceu. — Ou irá perder um terceiro filho.

Tika arquejou, gemeu e enfiou o punho fechado na boca. Tanis estava ao seu lado, mas Dezra, descendo as escadas, afastou-o com uma cotovelada. Colocou os braços ao redor de Tika, sussurrando palavras de conforto.

— Venha. Venha comigo, querida. Suba e descanse.

Tika olhou para a sua amiga como se não a conhecesse. Depois, fechou os olhos, apoiou a cabeça no peito de Dezra e começou a soluçar.

Com os próprios olhos brilhando com as lágrimas, Dezra olhou para Tanis.

— Pode ir falar para aquele senhor élfico que a hora da esposa está quase chegando. Está em boa condição e bom espírito. Acho que tudo irá ficar bem com ela e o bebê.

— Porthios está esperando do lado de fora — Tanis disse. Deuses misericordiosos, ele tinha esquecido tudo sobre aquela outra crise. — Irei avisar.

— Ele devia estar aqui por perto — Dezra disse, com raiva. — O que ele está fazendo correndo por aí?

— Foi melhor ele ter saído, Dezra. Foi bem difícil fazê-lo sair daqui do jeito que as coisas estão. Quase tivemos uma guerra acontecendo aqui.

Aço, ao ouvir o elfo ser mencionado, colocou a mão no punho da espada. Seu lábio se curvou.

— Guerra! — Dezra disse com amargura. — Uma vida nova chegando em um mundo de tristeza. Talvez fosse melhor que o bebê nascesse morto!

— Não diga isso, Dezra! — Tika gritou de repente. — Cada nova criança que nasce é uma esperança para um mundo melhor. Preciso acreditar nisso. A vida dos meus rapazes teve algum significado!

— Sim, querida. Teve. Desculpe, não estava pensando direito. Suba — Dezra disse, chorando. — Eu... eu gostaria de sua ajuda com a Dama Alhana. Se estiver em condições.

— Uma nova vida — Tika murmurou. — Uma parte. Outra chega. Sim, posso ajudar. Posso ajudar...

— Pai — disse Palin, quando sua mãe saiu da sala. — Precisamos conversar. Agora.

Assustado com a firmeza incomum no tom de seu filho, Caramon olhou ao redor.

O rosto de Palin estava abatido, mortalmente pálido. Manchas cinzas sombreavam seus olhos.

— Desculpe, filho — Caramon resmungou, amassando seu cabelo. — Eu... não sei bem o que está fazendo. Você devia deitar, sabe. Vá descansar...

— Irei, pai — Palin disse, pacientemente. Pegou o braço do pai. — Venha comigo. Venha para conversarmos. Tudo bem se conversarmos a sós?

Aço, a quem essa pergunta foi feita, permitiu com um breve aceno.

— Você me deu a sua palavra de honra que não irá tentar escapar, senhor mago.

— E irei mantê-la — Palin disse com dignidade. — Pai, por favor.

— Vá com ele, Caramon — Tanis insistiu. — Seus outros dois filhos estão com Paladine. É Palin que precisa de você agora.

— Não estou entendendo, Tanis. — O rosto de Caramon estava contorcido de dor e confusão. — Raistlin está morto! O que mais querem dele? Não entendo.

Tanis tinha suas dúvidas sobre isso. Raistlin estava mesmo morto? Ou os magos de vestes cinzentas de Takhisis descobriram algo diferente? Tanis supôs que Palin soubesse mais do que estava dizendo.

— Preciso falar com Dalamar — Tanis murmurou quando Palin e Caramon deixaram a sala. — Preciso falar com o Lorde Cavaleiro. Estamos em apuros. Grandes apuros.

Mas, naquele momento, a única pessoa com quem ele podia falar era Porthios.

E para dizer que seu filho logo iria nascer.

Um deixa o mundo. Outro entra.

Esperança?

Naquele momento, Tanis não tinha.

Anos antes, Caramon tinha construído para Tika a melhor casa de Consolação. Era grande o bastante para acomodar uma família em crescimento e por muitos anos ressoou com as risadas e as brutalidades dos três rapazes Majere. Depois, duas filhas vieram ao mundo, com o único objetivo de chatear seus irmãos mais velhos, pelo menos era o que Palin dizia.

Naquela época, Caramon e Tika eram os donos e proprietários da Hospedaria do Lar Derradeiro. Os garotos logo se tornaram homens e partiram em suas próprias aventuras. A casa ficava a certa distância da hospedaria. O caminho para lá e de volta, a qualquer hora do dia (Tika às vezes acordava com a convicção de que a hospedaria tinha pegado fogo e constantemente mandava Caramon checar) gastava tempo e era cansativa. Por fim, embora os dois amassem a casa — Tika e Caramon decidiram que seria mais fácil vender a residência e morar na própria hospedaria.

Um quarto na velha casa havia sido marcado como o quarto de Raistlin. Naqueles tempos, depois do seu irmão gêmeo ter se voltado para os Vestes Pretas e mudado para a Torre da Alta Magia em Palanthas, Caramon tinha mantido o quarto na esperança, bonita e ilusória, que um dia Raistlin veria o seu erro e voltaria.

Depois da morte de Raistlin, Caramon tinha planejado tornar o quarto "só outro quarto", mas suas esperanças e sonhos tinham se focado naquilo tão completamente que se tornaram fantasmas, recusando-se a sair. O Quarto de Raistlin continuou a ser chamado assim até o dia em que a casa foi vendida. Quando os Majeres se mudaram para a hospedaria, não se pensou em criar outro "Quarto de Raistlin", até um dia Caramon se espantar ao ouvir suas duas meninas referindo-se a um dos quartos — um quarto pequeno usado para armazenar coisas nos fundos — como Quarto de Raistlin.

Tika atribuiu isso ao fato das meninas estarem tentando tornar a casa nova e estranha em algo mais parecido com o lar que deixaram o mais rápido possível. Caramon concordou, mas os dois criaram o hábito de dizer que o quarto era de Raistlin. Um mago viajante, hospedado ali, acabou ouvindo-os e implorou que permitissem que visse o quarto em que o mago tinha, certamente, passado muito tempo.

Caramon fez o melhor para dissuadir o mago dessa ideia — aquela parte da hospedaria sequer existia quando Raistlin estava vivo. Mas o Veste Vermelha estava irredutível e, por ser um cliente costumeiro e querido (pagava em aço, não em dentes de lagarto), Caramon permitiu que o hóspede visitasse o aposento.

O mago achou o quarto charmoso, apesar de entulhado com vassouras e uma caixa de madeira. Perguntou se podia deixar um anel mágico — como "prova de sua admiração." Caramon não conseguiu recusar. O mago colocou o anel no topo de um barril de cerveja vazio e partiu.

Com medo de tocar no objeto arcano (Caramon vira magia o bastante para saber que ele mesmo podia virar um lagarto), deixou onde estava. Um mês depois, dois magos de vestes brancas chegaram, vindo especificamente para visitar o "altar." Aparentemente, o primeiro mago, depois de partir, tinha tido uma sorte fenomenal. Como isso era muito incomum para o Veste Vermelha, ele atribuiu de imediato à boa vontade de Raistlin. O mago tinha espalhado a história, e aqueles dois vieram adicionar seus pequenos "presentes."

O barril de cerveja ganhou um pergaminho e uma poção. Os magos ficaram duas noites, gastando dinheiro e falando sobre Raistlin com Caramon, que sempre gostava de ficar relembrando. Um mês depois, uma Veste Preta chegou. Ela chegou e partiu sem falar com ninguém, exceto para perguntar a localização do "quarto." Não passou a noite, mas pediu o melhor vinho da casa e pagou com aço.

Logo, magos de toda Ansalon estavam visitando a hospedaria. Alguns deixavam objetos arcanos de presentes, outros deixavam seus ingredientes de feitiços para serem "melhorados", voltando para pegá-los depois. Aqueles que assim faziam juravam que os objetos ficavam mais mágicos.

Tika bufou perante a ideia de que o quarto tinha "poderes" especiais. Atribuiu aquela ideia à esquisitice generalizada dos magos. Caramon concordou, até que um dia, remexendo em alguns dos velhos papéis de Otik, o grandalhão encontrou uma planta rudimentar da velha hospedaria, antes de ser destruída por dragões durante a Guerra da Lança. Olhando para isso, revivendo memórias confusas, Caramon ficou espantado (e consideravelmente assustado) ao descobrir que o "Quarto de Raistlin" ficava bem em cima do lugar perto da lareira onde seu irmão costumava sentar.

Depois dessa descoberta (que Tika dizia ter lhe dado "arrepios"), Caramon esvaziou o quarto, retirando as vassouras e a caixa de madeira (apesar de ter deixado o barril de cerveja, que agora tinha vários itens de aparência misteriosa em cima).

Começou a manter um registro cuidadoso de todos os objetos arcanos. Ele nunca vendeu nenhum daqueles deixados como "presentes", mas muitas vezes ele os dava para magos que tinham caído em dificuldades ou para jovens magos prestes a realizarem o terrível e muitas vezes letal Teste na Torre da Alta Magia em Wayreth. Ele tinha a sensação de que esses presentes deviam ser especialmente abençoados pois — apesar de seus muitos defeitos — Raistlin sempre sentira uma conexão especial pelos fracos e desassistidos, e se esforçava para ajudá-los.

Foi para esse quarto, o Quarto de Raistlin, que Palin levou seu pai.

O pequeno aposento tinha mudado consideravelmente com o passar do tempo. O barril de cerveja ainda estava ali, mas baús de madeira especialmente entalhados tinham sido acrescentados para guardar os muitos anéis, broches, armas, e bolsas de feitiços. Uma estante apoiada em uma parede continha todos os muitos pergaminhos, amarrados com laços brancos, vermelhos ou pretos. Livros de feitiços alinhavam-se em uma parede; os objetos arcanos mais assustadores estavam escondidos em um canto escuro. Uma pequena janela deixava entrar a luz do sol e — mais importante para os magos — a luz das luas, a vermelha e a prateada, e a luz invisível da lua preta. Um vaso com flores recentemente cortadas estava em uma mesa abaixo da janela. Uma cadeira confortável fora colocada na sala pela conveniência daqueles que iam meditar ou estudar. Nenhum kender era permitido a se aproximar.

Caramon entrou, sem saber nem se importar com onde ele estava, e sentou na única cadeira. Apesar do ferimento e do cansaço, Palin era mais forte que o pai naquele momento. Para Palin, o luto, debilitante e terrível, estava começando a ceder. Talvez fosse a influência calmante daquele quarto, que ele amava. Ou talvez fosse a voz na sua cabeça, a voz que ele conhecia tão bem, apesar de nunca tê-la ouvida na vida, a responsável. Em algum lugar, de algum modo, Raistlin vivia.

— É meu dever encontrá-lo, mesmo se precisar entrar no Abismo.

— O quê? — Caramon ergueu a cabeça, observando o filho com o rosto fechando-se. — O que você disse?

Palin não percebeu que estivera falando alto. Não queria chegar no assunto tão abruptamente, mas — já que falara alto e como obviamente seu pai sabia do que ele estava falando — Palin decidiu seguir em frente.

— Quero que você saiba disso, pai. Pensei em um plano e pretendo agir de acordo. Não... espero que você o aprove. — Palin fez uma pausa, engoliu em seco e prosseguiu. — Mas você deve estar ciente do que estou fazendo, no caso de algo dar errado. Eu *não* estou indo para a Torre de Wayreth...

— Bom rapaz! — Caramon exclamou, aliviado. — Vamos pensar em alguma coisa. Irei lutar pessoalmente com a própria Takhisis para manter você a salvo. Não vou deixar esses cavaleiros malignos pegarem você...

— Pai, por favor! — Palin disse, ríspido. — Não vou para a Torre de Wayreth porque irei para a Torre da Alta Magia em Palanthas. Vou tentar entrar no Abismo. Vou tentar encontrar meu tio.

A mandíbula de Caramon caiu; encarou seu filho perplexo.

— Mas Raistlin não está no Abismo, filho. Paladine aceitou o sacrifício dele. Seu tio está em paz no sono eterno.

— Você não tem certeza disso, pai. A última vez que você o viu, ele estava no Abismo.

— Mas eu o vi, Palin! Eu o vi adormecido como costumava fazer quando éramos crianças.

— Foi um sonho, pai, você mesmo disse. É como os bardos costumam dizer, Raistlin está sendo mantido como prisioneiro no Abismo, atormentado diariamente por Takhisis, seu corpo torcido e sangrando. Que a cada dia, morre agonizante, apenas para ser trazido de volta a vida e...

Caramon não estava mais perplexo. Geralmente levava um bom tempo para ele refletir sobre uma questão, mas ali só havia uma resposta a aquela pergunta. Ele se ergueu.

— Conheço as palavras dos bardos — disse, sério. — Sei que os bardos contam que Sturm Brightblade viajou até a lua vermelha! Só bobagens! Raistlin está morto! Está morto e em paz por todos esses longos anos! Proíbo que você vá. Você vai ficar aqui e vamos negociar com Lorde Ariakan. Tanis irá nos ajudar...

O Cajado de Magius estava quente na mão de Palin, quente ao toque. O calor corria por ele como vinho quente, dando-lhe coragem.

— Você *quer* acreditar que Raistlin está morto, pai. Pensar em outra coisa significa que você o abandonou.

O golpe foi dado, a flecha atirada, a lança arremessada.

A ferida causada foi impressionante.

Caramon ficou mortalmente pálido, poderia estar no túmulo com seus dois filhos. Sua respiração era rápida e rasa. Abriu e fechou a boca, sem dizer nada. O corpo grande tremia.

Palin mordeu o lábio, apertando o cajado com força. Estava espantado com o que fizera, com o que dissera. Não quisera. As palavras fluíram da sua boca antes que pudesse impedi-las. E depois de ditas, Palin não podia fazer seu efeito sumir, como não pudera impedir que a vida se escoasse dos corpos dos irmãos.

— Você não quis dizer isso — Caramon falou em uma voz trêmula e baixa.

— Não, pai, não quis. Desculpe. Sei que você teria arriscado tudo para ir atrás de Raistlin. Sei que o sonho o reconforta e que você acredita sinceramente nele. Mas, pai — Palin continuou. — Você pode estar errado.

Você pode estar errado...

As palavras ecoaram na sua cabeça, ganharam vida e forma até ele quase conseguir imaginá-las queimando na frente dele, na frente do pai.

Caramon soluçou, sacudiu a cabeça, parecia estar procurando argumentos.

Ele vai tentar me convencer a não ir. Não posso deixar, Palin percebeu. *Sou muito fácil de ser persuadido. Eu lembro como foi, naquela outra vez, na torre. E foi apenas ilusão, apenas o meu Teste. Mas o medo e o terror, eram reais.*

— Pensei nisso, pai. Aço Brightblade jurou me acompanhar. Vai me levar até a torre. Assim que eu estiver lá, irei falar com Dalamar, convencê-lo a me deixar passar pelo guardião. Se ele não deixar — A voz de Palin endureceu. — Irei tentar eu mesmo. O espectro me deixou passar antes...

— Aquilo foi uma ilusão! — Caramon agora estava zangado. — Os magos inventaram aquilo tudo! Você sabe disso! Eles te contaram!

— Eu inventei isso, pai? — Palin estendeu o Cajado de Magius. — Isso é uma ilusão? Ou é o cajado de meu tio?

Caramon olhou desconfortável para o cajado e não respondeu.

— O cajado estava trancado no laboratório do meu tio, junto do Portal para o Abismo. Nem mesmo o próprio Dalamar pode entrar naquela sala. Porém, de alguma forma, o Cajado de Magius saiu. E veio até mim. Vou entrar naquela sala, pai. Vou encontrar meu tio. Ele vai me ensinar tudo o que ele sabe. Nunca mais ninguém irá morrer por eu ser fraco demais para salvá-los.

— Você vai tentar abrir o Portal você mesmo? E onde está o clérigo verdadeiro que irá ajudar você? Esqueceu disso? O Portal só pode ser atravessado por um mago de grande poder na companhia de um clérigo verdadeiro. Foi por isso que seu tio precisou da dama Crysania...

— Não pretendo abrir o Portal, pai — Palin disse, voz baixa. — Não vai ser aberto deste lado.

— Raistlin! — Caramon gritou. — Você espera que Raistlin vai abri-lo para você! Loucura! — Sacudiu a cabeça. — Os cavaleiros das sombras colocaram um resgate impossível de ser pago. Você não deve nada a eles! Não se preocupe — acrescentou, sério. — Cá entre nós, Tanis e eu iremos lidar com o Sir Brightblade lá fora.

— Eu dei minha palavra de honra, pai, de que não iria fugir — Palin retrucou com aspereza. — Você faria com que eu a quebrasse, você que sempre me ensinou que a palavra dada é um juramento?

Caramon encarou o filho com firmeza, lágrimas brilhando nos cílios.

— Você se acha muito esperto, não é, Palin? Me colocou contra a parede, usando minhas palavras contra mim. Seu tio costumava fazer isso. Ele era bom. Era bom em conseguir o que queria, sem se importar com quem machucasse. Vá então. Faça o que ele faria. Não posso impedir você, mais do que poderia impedi-lo.

Com isso, Caramon se levantou e, com dignidade, passou pelo filho e saiu do quarto.

Frio, abalado, Palin permaneceu ali. Seu pai estava certo, claro. Palin muitas vezes usava seu raciocínio rápido e suas palavras espertas para correr em círculos ao redor de seu pai e seus irmãos, mais lentos no pensar, como um cachorro provocando um urso acorrentado. E eles sempre cederam. Foi depois de algo assim que seus irmãos permitiram — contra a opinião deles — ir para Kalaman. Implorara, argumentara, manipulara. Cederam. E agora, porque estavam mais preocupados em protegê-lo do que com a sua própria luta, estavam os dois mortos.

Sua ferida latejou. Palin encarou a cadeira onde seu pai se sentara e se lembrou.

Fugir. Era a coisa sensata a fazer.

Fugir do inimigo que se aproximava teria sido o sensato, e o pequeno grupo de cavaleiros e o jovem mago falaram sobre fugir, naqueles poucos momentos apressados em que tiveram tempo para falar.

Os navios de proa preta destacavam-se no mar. Navios cheios de homens chegaram na costa. As asas de incontáveis dragões azuis bloqueavam a luz do sol. Na praia, onde estiveram cavalgando para aproveitar o dia, admirar a beleza do mar, o pequeno bando de Cavaleiros Solâmnicos, pegos à vista, estava em menor número.

— Se fugirmos, vamos ser pegos separados e espalhados — o comandante disse a eles, gritando as palavras para ser ouvido por cima do bater das ondas.

— E onde poderíamos ir sem que os dragões nos seguissem? — Tanin disse — Irão nos caçar e pegar um por um, e sempre debocharam da covardia dos Cavaleiros Solâmnicos! Digo para ficarmos e lutarmos.

— Vamos ficar — Palin disse com firmeza.

— Não, Palin, não você — Tanin se virou para ele. — Você carrega pouca coisa. Seu cavalo é rápido. Aqui não é lugar para você. Cavalgue de volta à Kalaman. Avise-os sobre o que está vindo.

— O quê? Ir embora e deixar vocês dois, meus irmãos, para lutarem sozinhos? — Palin ficou ultrajado. — Acham mesmo que eu faria isso?

Tanin e Sturm trocaram olhares. Sturm sacudiu a cabeça, voltando seu olhar para o mar cheio de navios repletos de homens. Não tinham muito tempo. Tanin foi para perto de Palin e apertou seu braço.

— Sturm e eu sabíamos dos riscos ao tomar o voto de cavalaria. Mas você não, Palin...

— Não vou embora — Palin disse, determinado. — Vocês estão sempre me mandando para casa, Tanin, quando há problemas. Bem, não dessa vez.

Tanin, o rosto vermelho de raiva, inclinou-se sobre a sela.

— Maldição, Palin! Isso não é uma briga contra o valentão da vizinhança! Nós vamos morrer! E como você acha que o pai e a mãe vão se sentir se tiverem que enterrar os três filhos? Especialmente você, o mais jovem.

Por um momento, Palin não conseguiu dizer nada. Viu uma imagem mental de virar as costas, correndo e sendo forçado a contar aos seus pais, envergonhado: "Não sei o que aconteceu com meus irmãos."

Palin levantou a cabeça.

— Você me abandonaria, Tanin?

— Não, mas... — Tanin tentou argumentar.

Palin continuou.

— Tenho menos honra do que você por ser um mago? Também fazemos nossos votos. Pela magia e por Solinari, irei ficar e irei lutar contra esse mal com vocês, mesmo que custe a minha vida.

Sturm sorriu, sarcástico.

— Ele te pegou, Tanin. Não tem muito o que falar depois dessa.

Tanin hesitou. Palin era sua responsabilidade, ou era o que ele pensava. De repente, estendeu a mão.

— Muito bem, meus irmãos. — Seu olhar incluía Sturm e Palin. — Neste dia, lutaremos por Paladine e — sorriu — por Solinari.

Os três irmãos uniram as mãos e depois se separaram para se unir aos outros cavaleiros, que estavam dispostos na praia arenosa.

Era só o que Palin conseguia lembrar com clareza. A luta fora breve, dura, amarga. Os bárbaros pintados de azul, gritando selvagemente, pularam de seus navios e correram pela costa, as bocas arreganhadas como se fossem beber o sangue de seus inimigos, os olhos brilhando no delírio da batalha. Irromperam contra os cavaleiros como a maré explodindo, lutando com imensa ferocidade, deliciando-se com a carnificina.

Os cavaleiros, mais disciplinados e guerreiros melhores, cortavam a primeira fileira de atacantes; um dos feitiços de bola de fogo de Palin explodiram bem no meio dos bárbaros, estourando a carne, deixando cadáveres queimados e enfumaçados.

Mas houve uma segunda leva e depois uma terceira, os homens pisoteando os corpos dos seus camaradas para alcançar os cavaleiros que os mataram. Palin lembrou de seus irmãos cerrando fileiras na frente dele, tentando protegê-lo — ou pelo menos era do que ele se lembrava. Naquele momento, algo o atingiu na cabeça — uma lança arremessada talvez, parcialmente refletida por um de seus irmãos.

Foi a última vez que os viu vivos.

Quando Palin recuperou os sentidos, a batalha terminara. Dois cavaleiros das sombras estavam de guarda. Queria perguntar sobre os outros, mas adiou, temendo descobrir a verdade.

E então Aço veio e Palin soube…

Palin suspirou. Foi até a porta do Quarto de Raistlin, olhou pelo corredor e pelas escadas que levavam até a sala comum, que estava quase deserta. Aço estava ali sozinho, sentado rígido e ereto em uma cadeira, recusando-se a baixar a guarda e a dormir, apesar dos deuses saberem o quanto ele precisava.

Palin observou a sala e sentiu falta de ver seus irmãos, da risada deles, suas implicâncias, que antes quase o enlouqueciam. Teria dado todas as riquezas em Ansalon para ficar escutando mais um dos discursos de "irmão mais velho" de Tanin, a risada satisfeita de Sturm. Sentia falta das irmãzinhas, cujas implicâncias eram de enlouquecer. Com a chegada dos elfos e a possibilidade de surgirem problemas, Caramon e Tika haviam mandado as meninas para Lua Dourada e Vento Ligeiro, líderes tribais em Que-shu. Porém, ele estava agradecido pelas meninas, Laura e Dezra, não estarem ali para verem os irmãos serem enterrados. Já seria ruim o bastante quando voltassem e encontrassem os seus túmulos. Naquele momento, a sua infância despreocupada iria terminar.

Tanis Meio-Elfo subiu as escadas e parou no topo.

— Você está decidido a ir pelo que Caramon me disse.

Palin assentiu.

— Onde ele está?

— Com sua mãe. Deixe-o, Palin — Tanis avisou gentilmente. — Deixe-o processar isso do jeito dele, em seu tempo.

— Eu não… — Palin começou a falar, engoliu em seco e recomeçou. — Preciso fazer isso, Tanis. Meu pai não entende. Ninguém entende. Eu escuto a voz dele…

Tanis observou Palin, preocupado.

— Você irá ficar para os ritos funerários?

— Claro — Palin respondeu. — Mas depois disso, vamos partir.

— Antes que você vá a qualquer lugar, precisa descansar, comer e beber. Você e Aço Brightblade — Tanis disse. — Se você conseguir convencê-lo que não vai ser envenenado ou apunhalado pelas costas. Como parece com o pai! — Tanis acrescentou, acompanhando Palin até a sala. — Quantas vezes eu não vi Sturm Brightblade sentado bem daquele jeito, exausto, mas orgulhoso demais para admitir.

Aço se levantou quando os dois se aproximaram. Se levantou por respeito a Tanis ou por cautela, incerto. Seu rosto era severo e implacável, sem dar indícios de seus pensamentos nem sentimentos

— Está na hora de partirmos — ele disse, olhando para Palin.

— Sente-se — Palin disse. — Não vou partir até enterrar meus irmãos. Tem comida e bebida. A carne está fria, mas a cerveja também. Vou arrumar um quarto para você. Poderá dormir lá hoje.

O rosto de Aço ensombreceu.

— Não tenho necessidade de…

— Sim, tem — Palin retrucou. — Vai precisar estar descansado, aonde vamos. A viagem para Palanthas será mais fácil de noite mesmo.

— Palanthas! — Aço franziu a testa. — Por que iríamos para Palanthas, uma fortaleza dos Cavaleiros Solâmnicos? A não ser que seja alguma armadilha...

— Sem armadilhas — Palin disse, afundando cansado em uma cadeira. — Vamos para Palanthas porque o Portal está lá, na Torre da Alta Magia em Palanthas.

— Queremos que os magos abram o Portal. Isso contraria minhas ordens — Aço retrucou.

— Eu vou abrir o Portal — Palin disse. — Com a ajuda de meu tio — acrescentou, ao ver que Aço parecia duvidar.

Aço não comentou. Ele estudou Palin, como se considerasse a situação.

— A jornada será perigosa — Palin continuou. — Pretendo não só abrir o Portal, como tentar passar por ele, entrar no Abismo. Vou achar meu tio. Você pode vir junto ou não, como quiser. Eu acho — acrescentou, casualmente — que você gostaria da oportunidade de falar com sua rainha em pessoa.

Os olhos escuros de Aço de repente pegaram fogo, queimando. Palin dissera algo que passara pela armadura fria e tocara na carne. Sua resposta foi característica, tensa e lacônia.

— Muito bem. Iremos para Palanthas.

Palin suspirou. Tinha ganhado duas batalhas difíceis. Vitorioso, poderia agora se entregar ao sono. Estava cansado demais para sequer ir para o seu quarto. Baixou a cabeça na mesa. Quando deslizou para baixo das ondas calmantes do sono, ouviu uma voz sussurrando...

Muito bem, jovem. Muito bem!

Espero a sua chegada.

12

A alegação de Usha. Dalamar não está convencido. Uma descoberta impressionante.

— Aquela foi a refeição mais maravilhosa que eu comi na vida — disse Tasslehoff Burrfoot. — Estou completamente cheio.

Estava reclinado na cadeira, com seus pés na mesa, examinando as colheres de prata. Eram colheres de prata bem impressionantes, cada uma delas marcada com desenhos complexos que Tas achava serem élficos.

— Talvez sejam as iniciais de Dalamar — disse para si mesmo sonolento.

Ele realmente comera demais, mas também, tudo estava tão gostoso! Seus dedos acariciaram a colher carinhosamente. Ele pretendia mesmo devolvê-la à mesa, mas sem perceber seus dedos a levaram até o bolso em sua camisa e a depositaram ali. Tas bocejou. Realmente uma refeição deliciosa!

Usha sentia o mesmo. Estava esparramada na cadeira, as pernas esticadas, as mãos dobradas sobre o estômago, a cabeça caída para um lado, os olhos semicerrados.

Estava quente, segura e muito contente.

— Acho que nunca provei nada assim! — murmurou, bocejando.

— Nem eu — disse Tas, piscando os olhos, tentando com dificuldade se manter acordado. Com seu coque, parecia muito com uma coruja estufada.

Quando Dalamar e Jenna entraram na sala, Tas e Usha sorriam para eles em um torpor satisfeito e vago.

Os magos trocaram olhares conspiratórios. O elfo negro fez um breve exame da sala, catalogando rapidamente seus conteúdos.

— Apenas uma colher faltando — ele comentou. — E o kender ficou sozinho nesta sala por mais de uma hora. Acho que estabelecemos um recorde. — Abaixando-se, pegou a prataria do bolso de Tas.

— Encontrei isso no chão — Tas disse e, sem saber o que estava fazendo, percorreu, sonolento, uma litania completa de conselhos kender para se defender. — Caiu no meu bolso por acidente. Tem certeza de que é sua? Achei que não a quisesse mais. Você saiu e a deixou aí. Ia lavá-la e devolvê-la.

— Obrigado — disse Dalamar, e recolocou a colher na mesa.

— De nada — disse Tas, sorrindo, e fechou os olhos.

Dalamar se virou para Usha, que, sorrindo tolamente, acenou com a mão.

— Bela refeição.

— Obrigado. Pelo que entendi, você está trazendo uma carta para mim — Dalamar disse.

— Ah, sim. Aqui. Aqui, em algum lugar. — Usha deslizou a mão por um dos bolsos das calças de seda. Encontrando o pergaminho, sacudiu-o descuidadamente no ar.

— O que você colocou na cidra, meu amor? — Jenna sussurrou para Dalamar. Pegando o pergaminho, examinou-o com cuidado.

— É isso, minha criança? Tem certeza?

— Não sou sua criança — Usha respondeu, aborrecida. — Você não é a minha mãe e nem é tão mais velha que eu, então pode parar de se dar tanta importância, senhora.

— E de quem você é? — Dalamar perguntou de forma casual, aceitando a carta.

Não abriu-a de imediato, mas ficou observando Usha, pensativa, procurando por alguma semelhança entre ela e seu *shalafi*, um homem que o elfo tinha admirado e amado, temido e odiado.

Usha ergueu o olhar por baixo de pálpebras semicerradas.

— De quem você acha?

— Não sei — Dalamar retrucou, sentando-se em uma poltrona perto de Usha. — Fale sobre seus pais.

— Nós vivíamos nas Planícies da Poeira — Usha começou.

— Não viviam. — A voz de Dalamar era dura, lambendo Usha como um chicote. — Não minta, garota.

Ela se encolheu e sentou-se mais direita, olhando-o com desconfiança.

— Não estou mentindo...

— Está sim. Esses itens mágicos — Dalamar jogou a bolsa no colo de Usha. — foram feitos por Irda. Eu os reconheço. — Ergueu a carta. — Sem dúvida, isso diz a verdade...

— Não, não diz — Usha retrucou. Sua cabeça estava começando a pulsar, sua língua estava seca, inchada e embolada. Não gostava mais daquele lugar, não gostava do mago de vestes pretas. Ela tinha cumprido sua missão. Era hora de partir. — É só uma história sobre uma pedra. Não sei por que Prote achou que era importante. — Recolhendo suas bolsas, ela se levantou — um pouco instável. — Agora, como eu já entreguei a carta, vou embora. Obrigada pela refeição...

Parou. A mão de Jenna estava em seu ombro.

— Não tem saída — disse Dalamar, batendo nos lábios com o pergaminho fechado — a não ser que eu crie. Por favor, sente-se, Usha. Você será minha convidada por um tempo. Você e o kender. Assim, bem melhor. Agora — continuou, em um tom agradável e perigoso. — Fale sobre seus pais.

— Não sei de nada — Usha disse, alarmada e desconfiada. — Não mesmo. Eu era uma órfã. Os Irda me acolheram, me criaram desde que eu era um bebê.

Jenna sentou-se no braço da poltrona de Dalamar.

— Eles devem ter te contado alguma coisa.

— Não contaram — Usha se defendeu. — Mas eu consegui descobrir alguma coisa sozinha. Já ouviram falar do *Valum*?

— *Valin* — corrigiu Tasslehoff. Curiosidade e sono agora brigavam por ele. Bocejando, beliscou-se para ficar acordado. — A palavra é Valin...

— Eu sei disso — Usha exclamou, lançando um olhar irritado e rápido para o kender. Sorrindo limpidamente, virou-se para Dalamar. — Valin, claro. Deve ser a cidra me fazendo confundir tudo.

Dalamar não disse nada e apertou a mão de Jenna quando sentiu que ela iria falar.

— De qualquer forma — Usha prosseguiu. — Uma noite, quando eu deveria estar na cama, ouvi alguém entrando na nossa casa. Os Irda quase nunca têm companhia, então me arrastei para fora da cama para ver quem era. O visitante era um homem que os Irda chamam de Decisor. Ele e o Prote estavam falando, e falando sobre mim! Então, claro que ouvi.

— Falaram muitas coisas que eu não entendi, sobre o *Valin* e como minha mãe tinha sido uma Irda que deixara seu povo e fora para o mundo.

Como ela encontrara um jovem usuário de magia em uma taverna em uma floresta encantada. Ela foi encurralada por uns bandidos nessa taverna, e o mago e seu irmão mais velho...

— Irmão gêmeo — Tasslehoff disse, mas as palavras se perderam em um bocejo.

— ... e o mago viu o rosto da minha mãe e pensou que ela era a mulher mais bonita que jamais vira. E ela olhou para ele e o *Valin* aconteceu entre eles e...

— Explique o *Valin* — Dalamar disse, baixinho.

Usha franziu o rosto.

— Você disse que sabia o que era.

— Não — Dalamar protestou com calma. — Você disse que eu sabia o que era.

— Eu sei o que é! — gritou Tas, sentando-se reto e sacudindo a mão no ar. — Deixa eu falar!

— Obrigado, Burrfoot — disse Dalamar com frieza. — Mas eu prefiro escutar o lado Irda da história.

— Bem... o *Valin* é... algo que acontece... entre um homem e uma mulher. — Usha começou, as bochechas ficando vermelhas. — Ele... hã... faz com que fiquem juntos. Acho que é isso que ele faz. — Ela deu de ombros de novo. — O Prote nunca me falou muito sobre isso, exceto para dizer que não ia acontecer comigo.

— E por que não? — Dalamar perguntou baixinho.

— Porque eu tenho uma parte humana — Usha respondeu.

— Mesmo? E quem é seu pai?

— O jovem usuário de magia da história — Usha disse, de forma casual. — Seu nome é Raistlin. Raistlin Majere.

— Eu falei — disse Tasslehoff.

Dalamar apertou os lábios, batendo neles com a ponta do pergaminho. Encarou Usha por tanto tempo, em silêncio, que ela ficou nervosa, inquieta, tentando se desviar do olhar daqueles olhos insondáveis. Por fim, o elfo negro ergueu-se de repente, indo até a mesa. Usha deu um suspiro de alívio, como se tivesse acabado de ser libertada da cela da prisão de novo.

— Esse é um vinho muito bom — Dalamar disse, pegando a jarra. — Deveriam provar. Senhora Jenna, me ajude a servir nossos convidados?

— O que foi? — Jenna perguntou em voz baixa. — Qual o problema?

Dalamar serviu o vinho dourado em taças de cristal.

— Não acredito nela — disse em voz baixa. — Ela está mentindo.

— O que você disse? — Tasslehoff perguntou alto, metendo a cabeça entre os dois. — Não ouvi o que você disse.

Irritada, Jenna pegou uma bolsa em seu cinto, pegou um punhado de areia e o jogou no rosto do kender.

— *Drowshi* — ordenou.

— Atchim! — Tas espirrou e, quase antes do espirro terminar, suspirou satisfeito, ajeitou-se na mesa e adormeceu.

— Essa história dela. Não acredito — Dalamar repetiu. — Ela a pegou com o kender. Foi um erro deixar os dois sozinhos juntos.

— Mas os olhos dourados...

— Possivelmente todos os Irda nascem com olhos dourados — Dalamar replicou. — Como poderíamos saber? *Eu* nunca vi um. Você?

— Não fique irritado, querido — Jenna disse, alegre. — Claro que nunca vi um. Ninguém em Ansalon viu. O que a carta fala?

Dalamar, de mau humor, puxou o laço preto do pergaminho, abriu-o e olhou rapidamente o conteúdo. Bufou.

— Parece ser a história da criação do mundo. Não, minha cara, não parece que iremos encontrar nossa resposta aqui.

Ele jogou a carta na mesa onde Tasslehoff estava roncando suavemente. Grãos de areia estavam grudados no cabelo grisalho.

Dalamar limpou a areia da toalha de mesa rendada.

— Deve haver um meio de descobrirmos a verdade.

— Veja se ela tem o talento — Jenna sugeriu, adivinhando seus pensamentos. Ela pegou a carta, e começou a ler com mais cuidado. — Faça isso e eu vou cuidar disso aqui. Deve ter alguma coisa importante para os Irda terem a enviado para você.

Dalamar retornou a Usha, que estava curvada na poltrona, a cabeça descansando no braço, quase totalmente adormecida.

Dalamar a sacudiu pelo ombro.

— Hein? O que você quer? Me deixa. — Usha se contorceu, tentando esconder o rosto nas almofadas.

Dalamar apertou mais.

— Ai! — Usha sentou, olhando feio para ele. — Isso dói.

Lentamente, Dalamar a soltou.

— Se você é a filha de Raistlin Majere...

— Eu sou — Usha disse, com dignidade arrogante.

— ... então você deve ter herdado um pouco da sua habilidade na arte.

— Que arte? — Usha estava desconfiada.

— A arte arcana. Raistlin foi um dos mais poderosos magos a andar por Ansalon. Talento mágico geralmente é hereditário. O sobrinho de Raistlin, Palin Majere, herdou uma grande parte do talento do tio. A filha de Raistlin deve com certeza possuir grandes poderes...

— Ah, com certeza — Usha disse, recostando-se nas almofadas.

— Então, você não irá se importar de demonstrar seu talento para a Senhora Jenna e para mim.

— Eu o faria — Usha disse. — Mas não é permitido. Sabe, os Irda me avisaram. Sou poderosa demais. — Ela olhou ao redor. — Eu odiaria destruir essa sala tão bonita.

— Correrei o risco — Dalamar disse, seco.

— Ah, não. Eu não poderia... — Usha replicou, olhos arregalados, inocente. — Prote me avisou...

— Grande Lunitari! — Jenna respirou fundo. — Abençoada deusa da lua vermelha. Se isso for verdade...

Dalamar se virou.

— Se o que for verdade?

Jenna estendeu a carta.

— Você não leu o bastante, meu amor. Vá para o final.

Dalamar leu rapidamente e ergueu os olhos.

— Os Irda tem a Gemagriz — Jenna disse.

— É o que eles dizem... — Dalamar ponderou. — O que você sabe sobre isso, garota? — ele questionou, aproximando-se de Usha.

Completamente desperta, Usha o encarou, perplexa.

— O que eu sei sobre o quê?

Dalamar era como uma cobra descansando no sol quente e brilhante. Sua voz suave, com o sotaque assobiado dos elfos, era calmante e enganadora. Ele encantava sua presa com comportamento elegante e sua beleza delicada, e, quando estavam completamente sob seu poder, ele as devorava.

— Não se faça de estúpida! — Ele atacou, deslizando até ela. — O que você sabe sobre a Gemagriz? E dessa vez, senhora, me poupe de suas mentiras...

Usha engoliu em seco e lambeu seus lábios.

— Eu não estava mentindo — conseguiu falar em voz miúda. — E não sei de nada sobre a Gemagriz. Só a vi uma vez...

— Como ela é?

— Era... uma joia... cinzenta... — ela começou.

As sobrancelhas pretas de Dalamar se uniram em desagrado. Os olhos de amêndoa brilharam.

Usha engoliu e continuou, apressada.

— Tinha várias facetas, mais do que eu podia contar. E lançava um brilho cinza meio enjoativo. Não gostava de olhar. Fazia eu me sentir esquisita por dentro, como se eu quisesse fugir e fazer coisas estranhas e sem sentido. Prote disse que era o efeito da pedra em humanos...

— E os Irda pretendiam abrir a pedra? — A voz de Dalamar estava tensa.

— Sim — Usha disse, encolhendo-se para longe daquela terrível intensidade, acomodando-se de volta nas almofadas da poltrona. — Foi por isso que me mandaram embora. O Decisor disse que, por eu ser humana... parte humana — ela se corrigiu. — Iria interferir com a magia...

— E se eles tiverem quebrado a Gemagriz? — Jenna perguntou. — O que isso significa?

— Não sei. Duvido que alguém saiba, talvez nem os próprios deuses. — Dalamar fixou seu olhar devorador em Usha. — Você sabe o que aconteceu? Você viu alguma coisa antes de partir?

— Nada — Usha disse. — Exceto por... um brilho vermelho no céu. Como um fogo. Acho... acho que foi a magia.

Dalamar não disse mais nada, não deu mais atenção para Usha. Ela tomou o cuidado de manter a boca fechada, afundando-se nas almofadas, querendo desviar toda a atenção sobre ela. O elfo negro andou pela sala diversas vezes. Jenna o observou, preocupada e ansiosa. Tasslehoff dormia agitado, contorcendo-se e gemendo. Por fim, Dalamar se decidiu.

— Irei reunir o Conclave. Hoje. Precisamos partir para Wayreth imediatamente.

— No que você está pensando?

— Em como não gosto disso — Dalamar disse, sério. — Esse tempo estranho, o calor terrível, a seca incomum, outros acontecimentos fora do comum. Talvez essa seja a resposta.

— O que você fará com a garota e o kender? Vamos levá-los conosco?

— Não. Ela contou tudo o que sabe. Se a notícia de que a filha de Raistlin está à solta em Ansalon se espalhar pelo Conclave, irá causar um alvoroço. Não vamos conseguir fazer nada. Melhor mantê-la aqui, a salvo e quieta. O kender também. Ele é amigo de Caramon Majere, pode ir contar a história.

Ele e Jenna foram até a porta.

— Esperem! — Usha gritou, ficando de pé. — Vocês não podem me deixar! Não vou ficar! Vou gritar! Alguém vai me ouvir...

Jenna virou-se e jogou um punhado de areia sobre Usha. A jovem piscou, esfregou os olhos, sacudiu a cabeça, grogue.

— Não vou ficar, estou falando...

— Está resistindo a magia — Jenna observou. — Interessante. Imagino se é ela mesma fazendo isso, ou se lhe deram alguma...

— Qualquer que seja o caso, não temos tempo para isso agora.

Dalamar estalou os dedos. Usha balançou, e caiu de volta nas almofadas. Seus olhos fecharam.

Uma porta abriu-se para uma escadaria em espiral que circulava as paredes interiores da Torre da Alta Magia. Os degraus estreitos levavam para cima, para o laboratório, onde ninguém — nem mesmo o mestre da Torre — ia. A escada levava para baixo, para os quartos onde os aprendizes viviam e estudavam, mais fundo até a Câmara do Ver. Fechando a porta, Dalamar a trancou com uma chave de prata.

— Isso não irá impedir o kender — Jenna ressaltou. — E o feitiço de sono irá passar antes que retornemos.

— Verdade, a tranca poderá não impedi-lo, mas isso vai. — Dalamar falou palavras em uma língua fria e aracnídea.

Ao comando de Dalamar, dois olhos brancos e desencarnados materializaram-se na escuridão do interior da Torre, uma escuridão que nunca sequer conhecera sonhos de luz.

O espectro se moveu para perto de Dalamar.

— Você me invocou, Mestre. O que você ordena?

— Vigie esta sala. Não permita que ninguém saia ou entre. Se os dois que estão lá dentro tentarem, não os machuque. Só os impeça de escapar.

— Isso torna minha tarefa mais difícil — disse o espectro. — Mas eu obedeço às suas ordens, Mestre.

Dalamar começou a dizer as palavras do feitiço que iria levá-los para estradas de magia até a distante Torre da Alta Magia em Wayreth. Jenna não se juntou a ele de imediato. Ficou encarando a porta, o espectro em sua vigília incessante.

Dalamar interrompeu o feitiço.

— Vamos — disse, aborrecido. — Não temos tempo a perder.

— E se ela estiver contando a verdade? — Jenna perguntou baixinho. — Ela pode ser poderosa o bastante para escapar até mesmo do espectro.

— Ela não foi poderosa o bastante para evitar ser pega roubando — Dalamar retrucou, irritado. — Ou ela é excepcionalmente astuta, ou uma tola mentirosa.

— Por que ela mentiria? O que ela iria querer ganhar fingindo que é uma maga? Com certeza ela saberia que iríamos descobrir a verdade.

— Mas não descobrimos, não é? — Dalamar disse. — Os Irda são espertos, e sua magia, poderosa. Quem sabe no que estavam pensando? Talvez a tenham mandado como espiã, e sabiam que a única forma para ela entrar aqui seria fingindo ser o que não era. Irei descobrir quando tiver mais tempo para falar com ela. Na minha opinião, ela está mentindo, que ela não é mais poderosa com magia do que o kender. Porém, se você não confia no meu julgamento…

— Eu confio, meu amor, eu confio — Jenna disse, apressando-se para ficar ao lado dele. Inclinou a cabeça para trás, para ser beijada. — É em outras partes de você que não confio.

Dalamar a beijou da forma adequada, mas era claro que sua mente estava em outros assuntos mais urgentes.

— Sempre fui fiel a você, minha cara. Do meu jeito.

— Sim — disse Jenna, com um breve suspiro. — Do seu jeito. Eu sei.

Mãos entrelaçadas, falaram o feitiço juntos e entraram na escuridão.

Trancados na sala da Torre, Usha e Tasslehoff dormiam sob o encantamento. Usha sonhava com fogo, sonhos que a assustavam e dos quais não conseguia despertar.

Tasslehoff tinha sonhos de kender, o que significava que, apesar de adormecido, suas mãos estavam ocupadas. Seus dedos se fecharam no cabo da colher de prata e, ainda sonhando, colocou a colher no bolso.

— Acho que você deixou cair — murmurou.

13

O cerco de Kalaman.

Era de manhã cedo em Kalaman, uma agitada cidade portuária na costa norte, a leste de Palanthas. Kalaman não era tão grande quanto Palanthas, nem tão refinada, mas — como os kalamitas gostavam de dizer — a cidade tinha mais bom senso. Isso se devia, sem dúvidas, a uma florescente classe média, que havia crescido em poder e riqueza desde os dias sombrios da Guerra da Lança. Palanthas era uma cidade de lordes e damas, cavaleiros e magos. Kalaman era uma cidade de comerciantes e artesãos. A guilda governava Kalaman através de um governador eleito pelos próprios membros da guilda.

Qualquer homem ou mulher, elfo, humano, anão ou gnomo que tinha um negócio pertenciam a uma guilda. Havia a Guilda dos Forjadores de Prata, a Guilda dos Armeiros, a Guilda dos Estalajadeiros, a Guilda dos Cervejeiros, a Guilda dos Costureiros, a Guilda dos Alfaiates, a Guilda dos Sapateiros, a Guilda dos Joalheiros e mais uma centena de outras, incluindo a única guilda em todo Ansalon a ser liderada por kender, a Guilda dos Encontradores. Qualquer um que perdesse qualquer coisa em Kalaman ia imediatamente para a Guilda dos Encontradores.

A cidade tinha a sua própria milícia, composta por uma mistura de mercenários contratados e pessoas da cidade, sob a liderança de soldados veteranos. Os mercenários não eram aquele tipo comum de aventureiros belicosos dispostos a ajudar na luta contra os goblins pelo preço de um odre de vinho, mas dispostos a ajudar os goblins na luta pelo mesmo preço.

Todos os mercenários contratados para lutar por Kalaman ganhavam uma casa na própria cidade como parte de seu pagamento. Tinham sua própria Guilda e os privilégios de votação. Assim, os mercenários que aceitavam esse negócio logo se transformaram em cidadãos que tinham interesse na cidade e estariam mais do que dispostos a lutar por ela.

A milícia de Kalaman era leal, treinada de forma adequada e com a bravura que era de se esperar. Contra o que estava vindo, não tiveram a menor chance.

O sol matinal brilhava sobre a muralha oriental. Galos o cumprimentavam, a maioria dos cidadãos estavam na cama. Os vigias do porto, prontos para a troca de turno, bocejavam e pensavam carinhosamente nas suas camas.

— Navio no horizonte — disse um. — Algum sendo esperado a essa hora?

O outro consultou o registro.

— Pode ser a *Dama Jane*, vinda de Flotsam. Mandou avisar que estava vindo pegar aquela carga de grãos, mas, se for, está cedo. Não estávamos esperando antes do meio-dia.

— Teve ter conseguido um vento bom — disse o outro. Ele se virou para ver se seu substituto estava subindo. Quando se virou de novo, piscou e ficou olhando. Uma segunda vela apareceu de repente no horizonte.

— Estranho. Tem outro navio. E outro atrás.

A preocupação mudou seu tom.

— Por Hiddukel, é uma frota! Me passe a luneta!

O vigia passou a luneta e pegou uma para ele mesmo.

— Quatro, cinco, seis — disse o vigia espantado, contando. — Navios pretos com proas de cabeça de dragão. Nunca vi nada assim. Qual bandeira estão usando?

— Por enquanto, nenhuma. — O homem estava preocupado. — Não gosto disso. Acho que devemos soar o alarme.

— Espere até termos certeza. Sete, oito.

Os navios com suas velas altas deslizavam sobre o mar calmo, manchado de vermelho com o fogo do nascer do sol. O vento favoreceu os navios naquele dia, tinham todas as velas erguidas e faziam um bom tempo.

— Veja! O navio a frente estendeu a bandeira, uma caveira e um lírio da morte. Soe o alarme. Irei mandar Hayes avisar o governador.

O toque do sino do porto soou sobre a água, ecoou pelos prédios na muralha marinha, acordou as pessoas das casas perto do porto. O alarme foi seguido pelos outros sinos na cidade, sinos que estavam nos salões das guildas, sinos que estavam nos templos devotados aos vários deuses de Krynn. O governador, tirado de sua cama, veio correndo até o porto, enfiando a camisa na calça enquanto corria.

Quando chegou, pode ver os dragões.

Voavam acima dos navios — que agora eram dezesseis — em três longas linhas igualmente espaçadas, mantendo-se em formação, as asas movendo-se com ritmo. Ainda estavam longe o bastante para parecerem pretos contra o céu iluminado pelo sol, mas por vezes a luz refletia-se em escamas azuis. Os dragões voando acima, os navios navegando abaixo, possuíam uma certa beleza, uma beleza mortal. Algumas pequenas embarcações, vendo o que estava prestes a atingi-las já começavam a fugir do porto, tentando alcançar a segurança do mar aberto.

— Convoque a polícia — ordenou o governador. Ele era um meio-elfo, forjador de prata de ofício, e era governador há três anos.

— Talvez não estejam vindo para cá — aventurou o vigia, esperançoso. — Talvez estejam a caminho de Palanthas.

— Estão vindo para cá — disse o governador com seriedade, abaixando a luneta. Ele servira na Guerra da Lança e conhecia os sinais. Também sabia o que o povo de Kalaman estava prestes a enfrentar. Ele não era homem de rezas, em geral, mas naquele momento disse uma oração para cada deus que esperava que pudesse ouvir.

O governador agiu rapidamente. Tinha uma pequena esperança: as defesas do porto. Esses tinham sido aumentadas e reforçadas depois da Guerra da Lança. Talvez conseguissem segurar os navios e os homens a bordo deles. As duas grandes catapultas e quatro balistas eram operadas por tropas experientes, todas voltadas para a entrada do porto. Aquelas armas eram o orgulho da milícia e mantidas em boas condições.

Navios de fogo, com os mastros e os deques embebidos em óleo, estavam prontos para velejar até a entrada do porto. Tripulações audazes iriam colocar fogo nos navios, e depois ficar com os navios em chamas o máximo de tempo possível, guiando-os para criar destruição flamejante na frota inimiga.

Os sinos da cidade ressoavam selvagemente. Homens corriam para seus postos. Mulheres tiravam água dos poços, enchendo baldes, bebedouros de cavalos, qualquer coisa que pudesse conter o líquido para combater fogos. Crianças foram enviadas para os porões, avisadas para serem corajosas.

O governador viu os navios com proas de dragão diminuírem a velocidade, viu baixarem as velas e começarem a descer as âncoras. Seu espírito encheu-se de esperanças, que foram imediatamente esmagadas por um mensageiro que arrastava consigo uma menina do campo, apavorada.

— Um exército, senhor! — A jovem arquejava. — Um exército de gigantes azuis vindo para cá! Passaram pela nossa fazenda, colocaram fogo nas construções. Meu pai... morto... — Ela engasgou e quase colapsou, mas conseguiu lutar contra as lágrimas. — Cavalguei o mais rápido que pude. Estão logo atrás de mim, a pé.

— Homens azuis? Gigantes? — O governador suspeitou que a jovem pudesse estar enlouquecida pela dor. — Acalme-se, menina, e me conte essa história direito. Alguém traga para ela uma taça de vinho.

Ela sacudiu a cabeça.

— Estou dizendo, senhor, são homens tão altos quanto a nossa casa. Estão completamente pelados, os corpos pintados de azul. Eles...

Um soldado chegou a cavalo, pulou da sela e correu até o grupo.

— Senhor governador. O general pediu para avisar que um exército foi avistado vindo pela estrada principal. Eles têm máquinas de cerco, senhor. Máquinas puxadas por criaturas imensas que nunca vimos antes!

O governador parou de rezar.

A primeira onda da aura do medo atingiu os que ocupavam as muralhas. A sombra de asas de dragões azuis passou pela cidade.

Era meio-dia. Lorde Ariakan estava a bordo de sua nau capitânia, seus oficiais reunidos ao seu redor, observando o cerco a Kalaman por uma luneta. Bandeiras sinalizadores subiam e desciam, levando as ordens de Ariakan para o resto da frota e para seus oficiais na costa.

Ariakan estava suando em sua armadura pesada. O sol batia no navio e se refletia na água. Não se importava com o calor. Sabia que o povo de Kalaman suava mais que ele. Estavam suando de medo.

Suas tropas de dragões circundavam acima da cidade, sem atacar, deixando que o medo que criavam nos homens expulsassem todos das muralhas. Por vezes, um dragão azul lançava um raio, derrubando a torre de um salão de guilda, colocando fogo em um armazém. Mas os dragões tinham ordens para não atacar.

As legiões dos brutos erguiam-se abaixo das muralhas da cidade, cercando a cidade, os corpos se chocando como um oceano selvagem e vivo. Erguiam as máquinas de cerco impunemente; poucos tinham ficado nas muralhas para tentar derrubá-los. Os brutos batiam as espadas contra os escudos, gritavam ameaças em sua língua rude, e lançavam flechas contra qualquer um bravo ou tolo o bastante para se mostrar. Mas era tudo. Também tinham ordens para conter o ataque.

A frota permanecia no mar, exceto por duas fragatas, enviadas para lidar com as defesas do porto. Conforme se aproximavam da muralha do porto, a primeira bateria de balistas abriu fogo na fragata da frente, atingindo-a no meio, mas acima da linha d'água. Sua tripulação trabalhou para reparar o dano, e avançou em frente veloz. As catapultas atiraram e erraram os dois tiros. As fragatas correram até a boca do porto e agarram os navios de fogo, que tinham começado a queimar. Dois dragões azuis circulavam baixo acima da muralha do porto e explodiram as armas ali colocadas; as equipes se jogaram no mar revolto.

A solitária bateria de balistas do lado oposto abriu fogo nos dragões enquanto passavam. Nenhum foi atingido, mas um dos cavaleiros foi arremessado pelo lado de sua besta, caindo na água.

As fragatas prenderam os navios de fogo em longas linhas e os arrastaram para longe da boca do porto, para que queimassem no mar. As valentes tropas das balistas, temerosas da ira dos dragões, fugiram para a cidade.

No meio da tarde, Ariakan decidiu que a cidade tinha suado o bastante. Chamou o seu arauto, deu ordens aos homens e os enviou, portando uma bandeira de trégua, para Kalaman.

O enviado foi até os portões da cidade, uma bandeira branca esvoaçando acima de sua cabeça. Ele estava acompanhado por três dos cavaleiros de Ariakan, sem usar armadura nem portar armas, indicando que não pretendiam cometer nenhuma violência. A cidade se recusou a abrir os portões para receber o enviado, mas o governador concordou em uma conversa do topo da muralha. Ficou, bem visível ao alcance de uma flecha, um ato de coragem pelo qual os cavaleiros sombrios que acompanhavam o arauto saudaram o meio-elfo.

— O que vocês querem? — o governador exigiu. — Vocês, servidores do mal que vêm sem motivo atacar uma cidade pacífica.

— Viemos exigir que a cidade de Kalaman se renda ao poder de Ariakan, Lorde Cavaleiro de Takhisis, que em breve governará toda Ansalon.

— Outros serviçais de Takhisis se vangloriaram disso no passado e agora a servem no Abismo, que é para onde eu envio o seu mestre. — O governador falava audaciosamente para encorajar seus homens, aqueles que tiveram coragem o bastante para aguentar a aura do medo. Mas ele não se sentia tão corajoso assim. Estava despedaçado, desesperado. Kalaman não tinha esperanças contra aqueles números vindo contra ela por terra, ar e mar. — Vamos ouvir os seus termos — acrescentou, sério.

O arauto os recitou.

— O povo de Kalaman deve abaixar suas armas, abrir os portões da cidade e permitir a entrada de Lorde Ariakan e suas tropas. O povo de Kalaman irá jurar lealdade a Lorde Ariakan como seu senhor. Homens em idade de combater deverão ir até a praça da cidade onde lhes será oferecida a oportunidade de se juntarem às forças de Lorde Ariakan. Aqueles que não aceitarem serão feitos prisioneiros.

"Se aceitarem as condições, ele irá poupar a cidade. Deixará as mulheres e crianças em paz. Se não aceitarem, e insistirem em se recusar a permitir a entrada de Lorde Ariakan na cidade, ele promete que as pedras de suas construções serão arrasadas, suas casas queimadas por completo, seus homens levados como escravos, as mulheres dadas aos bárbaros para que estes se satisfaçam, suas crianças mortas na frente das mães.

Lorde Ariakan lhes concede até o pôr do sol para considerarem."

— Como podemos saber se Lorde Ariakan irá cumprir sua promessa? — o governador perguntou.

— Lorde Ariakan é um Cavaleiro de Takhisis — o arauto respondeu, com orgulho. — Sua palavra é sua honra. Ele os deixa com essa promessa. Rendam-se e terão paz. Lutem e terão destruição.

O arauto se afastou, a sua guarda de honra o seguindo. O governador desceu das muralhas e foi consultar os mestres das guildas. Os dragões azuis circulavam acima, reduzindo qualquer coragem que restasse em Kalaman a cinzas.

— Se houver a chance que esse Ariakan irá manter sua palavra — o governador disse aos homens das guildas. — devemos aceitar. De outra forma, estamos condenados à morte ou coisa pior.

Os mestres concordaram com relutância.

Lorde Ariakan teve sua resposta bem antes do pôr do sol.

Os portões da cidade se abriram e suas tropas marcharam para dentro. As pessoas esperaram temerosas para serem brutalizadas, maltratadas, assassinadas.

Os homens capazes foram reunidos, levados para a praça da cidade onde receberam um discurso de um dos oficiais de Ariakan sobre as glórias e honras que esperavam aqueles que se uniam às fileiras de Takhisis. Nenhum aceitou. Foram acorrentados e algemados e levados embora, alguns para servir nos navios pretos, outros para trabalhar cortando árvores para construir as barcaças que levariam as forças de Ariakan rapidamente rio abaixo.

O resto dos cidadãos de Kalaman foram avisados para voltar para suas casas.

A frota de Ariakan entrou no porto. Ele mesmo entrou na cidade com pouca pompa, tratando imediatamente de negócios. Seus cavaleiros patrulhavam as ruas.

No dia seguinte, os cidadãos de Kalaman acordaram com medo, apenas para descobrir que os dragões partiram, o exército de bárbaros pintados de azul tinha sumido, a cidade intacta. O mercado abriu por ordem de Lorde Ariakan. Aos comerciantes foi dito que abrissem as lojas e atendessem como o de costume.

Espantado, incrédulo, o povo devagar começou a cuidar de sua vida. A única diferença visível do dia anterior eram os cavaleiros de armadura negra patrulhando as muralhas e caminhando pelas ruas. Aqui e ali uma esposa chorava pelo marido aprisionado, uma criança chorava pelo pai desaparecido, um pai chorava pelo filho perdido, mas era tudo.

Kalaman tinha caído sem sequer um suspiro.

Ariakan, sentado em sua mesa na mansão do governador, desenrolou um mapa e olhou para Palanthas.

14

A roda gira. A roda para. A roda volta a girar.

Naquela noite, antes do pôr do sol, Caramon e Tika enterraram seus dois filhos.

Havia o costume, em Consolação, de plantar uma jovem copadeira em cada novo túmulo. Assim, acreditava-se, a alma dos mortos entraria na árvore e jamais morreria de verdade. Era a razão pela qual as copadeiras eram sagradas para o povo de Consolação, a razão por que nenhuma árvore viva era cortada.

Tanin e Sturm Majere seriam enterrados em um pequeno pedaço de terra da família, a vista da Hospedaria do Lar Derradeiro. Ali descansava Otik, o fundador da hospedaria, velho amigo de Tika e Caramon. Ali, marido e mulher descansariam um dia, quando deixassem o mundo e suas preocupações para trás. Porém, nunca imaginaram que dois de seus filhos os antecederiam.

Caramon começou a cavar a sepultura sozinho, mas a notícia logo se espalhou por Consolação e não demorou para que um vizinho viesse ajudar, depois outro, e outro até que todos os homens da cidade estivessem ali para ajudar. Trabalharam no calor, revezando-se, parando para descansar na sombra que — por causa do vento quente e incessante — aliviava pouco. Os homens cavaram o túmulo em silêncio na maior parte do tempo, tendo dito as poucas palavras de condolências quando chegavam. De forma geral, ignoraram Porthios e seus elfos, que estavam de guarda ao redor da hospedaria, onde a rainha deles descansava. Em geral, os elfos os ignoraram.

As mulheres de Consolação também vieram, trazendo ofertas de comida, flores e roupas de bebê — pois a notícia do nascimento também se espalhara. Tika separou as roupas, para serem dadas à Alhana em segredo, antes da realeza exilada élfica partisse para continuar as tentativas de retomar seus tronos, e conseguir paz e estabilidade para as nações élficas. Tika sabia que Porthios jamais aceitaria coisas de "segunda mão" de humanos, mas, como ela dissera a Dezra: "os pais só têm a roupa do corpo. O que o pobre bebê vai usar? Folhas?"

Tika trabalhou ferozmente o dia todo, recusando-se a parar para deitar ou descansar. Havia muito a ser feito, com o bebê chegando, convidados vindo e as pessoas da cidade para serem alimentadas.

— Vou guardar minhas lágrimas por hoje — ela disse para Dezra. — Os deuses sabem que elas ainda estarão aqui amanhã. E a dor no meu coração... vai estar sempre aqui.

Palin dormiu o dia inteiro. Seu sono era tão profundo que, quando seu pai ergueu sua forma adormecida da mesa e o levou para o quarto, o jovem mago sequer se mexeu. Aço também dormiu em um quarto nos fundos da hospedaria, o punho da espada em sua mão, a placa peitoral de guarda contra a porta. O cavaleiro resistira a todas as tentativas de convencê-lo a descansar até que Tanis Meio-Elfo tinha ressaltado que a recusa de Aço para confiar neles manchava a honra deles.

— Quando acompanhamos você até a Torre do Alto Clerista para prestar seus respeitos ao seu pai, nós dois juramos por nossas vidas protegê-lo, proteger o filho de Sturm Brightblade. É desonrado de sua parte se recusar a aceitar esse juramento.

Aço foi para cama e adormeceu quase instantaneamente.

Tanis passou o dia com Porthios, não por apreciar a companhia do cunhado, mas porque a proximidade de tantos humanos estava deixando o nobre elfo nervoso.

O dia foi tenso e triste. Um dos homens que cavava o túmulo sucumbiu ao calor, desmaiou e precisou ser carregado até a hospedaria, onde as mulheres estavam sentadas, suando e se abanando, falando das colheitas ruins e se perguntando como iriam passar pelo inverno. As crianças menores, sem entender muito bem o que estava acontecendo, mas percebendo que não era um dia de brincadeiras e barulhos, ficavam perto das mães.

Os elfos exilados ficavam nos galhos das copadeiras, de vigia, sonhando com a terra de onde vinham.

E ao pôr do sol, aconteceu o funeral.

Palin, Tika e Caramon ficaram, junto com um clériga de Mishakal, na cabeça do túmulo. Tanis estava perto deles, pensando com ternura em seu próprio filho, que, apesar de vivo, estava perdido para ele.

Os corpos dos dois irmãos, envoltos em suas mortalhas de linho, foram baixados reverentemente ao seu local de descanso eterno, pois seriam enterrados juntos. A clériga pediu uma benção. O povo da cidade passou em fila pela cova aberta, jogando pequenos objetos de lembranças no túmulo, ou contando uma história querida de alguma das travessuras dos irmãos, que tinham sido muito amados.

Quando essa pequena cerimônia terminou, os homens começaram a encher a sepultura quando, para surpresa de todos, Porthios chegou, acompanhado por um contingente de guerreiros élficos. Falou com Tika e Caramon com uma gentileza desajeitada e, de pé ao lado da sepultura, o senhor élfico cantou uma canção de lamento pelos mortos. Apesar de ninguém entender o que dizia, a melodia triste, porém esperançosa, trouxe lágrimas que acalmaram a dor amarga do luto, deixando apenas uma tristeza gentil. Então, Tika chorou, aninhada nos braços de seu esposo.

Porthios terminou sua canção e recuou. Os homens pegaram suas pás e começaram a encher a cova de terra. Naquele ponto, era costume jogar flores nos corpos, mas as flores tinham secado por causa do calor. O monte de terra cobrindo os dois jovens cavaleiros foi batido com cuidado amoroso. A clériga de Mishakal estava prestes a oferecer uma benção final quando a multidão ao redor do túmulo se partiu. As pessoas recuaram alarmadas.

Aço Brightblade passava entre elas.

Ultrajadas por essa intrusão no seu luto, as pessoas da cidade pediram que partisse. Porthios fechou a cara, os elfos — mãos nas armas — rodearam seu senhor mais de perto.

Aço os ignorou, caminhando para ficar de pé na cabeça do túmulo.

A clériga de Mishakal interpelou-o com severidade.

— Senhor, a sua presença aqui não é bem-vinda. É um insulto para os mortos.

Aço não fez nenhum comentário. Ficou em silêncio, severo e isolado, ignorando a clériga, ignorando os insultos e as ameaças. Ele carregava nas mãos um pacote que estivera preso na carroça que carregava os corpos.

Caramon, perplexo, olhou para o filho. Palin só pode sacudir a cabeça. Não fazia ideia do que estava acontecendo. Em silêncio angustiado, todos observavam e esperavam para ver o que o cavaleiro sombrio faria.

Aço ajoelhou em um joelho, desenrolou o pacote e o espalhou pela grama seca.

Os últimos raios do sol poente brilharam na espada quebrada de Tanin. O cabo da lança partida de seu irmão estava ao lado. Pegando as armas, Aço as colocou cuidadosamente sobre o túmulo. Depois, ajoelhando por completo, a cabeça abaixada, começou a cantar palavras em uma língua estranha.

A clériga de Mishakal correu até Tanis e puxou a manga dele.

— Impeça-o! — ela pediu, com urgência. — Ele está lançando algum feitiço maligno sobre os mortos.

— Não, não está — Tanis disse em voz baixa, os olhos cheios de lágrimas, o coração cheio de memórias. — A língua que está usando é o Solâmnico. Está recitando a "Oração para os mortos" dos cavaleiros.

Retorne este homem para o seio de Huma
Além dos céus selvagens e imparciais
Conceda-lhe o descanso de um guerreiro
E deixe o último brilho de seus olhos
Livres das nuvens sufocantes das guerras
Acima das tochas das estrelas.
Deixe seu último suspiro
Refugiar-se no ar acolhedor
Acima dos sonhos dos corvos, onde
Apenas o falcão lembra da morte.
Deixe então que sua sombra erga-se até o lado de Huma
Além dos céus selvagens e imparciais.

Todos ficaram quietos até ele terminar. De pé, Aço desembainhou sua espada, fazendo a saudação dos cavaleiros. Levou o punho da sua espada aos lábios, esticando a arma para frente em um amplo arco. Fazendo uma reverência formal para a família esplanada, o paladino sombrio virou em seus calcanhares e caminhou, devagar e orgulhoso, através da multidão que se abriu em espanto.

Ao sair, Aço parou na frente de Porthios. Um sorriso debochado surgiu nos lábios do cavaleiro sombrio.

— Não se preocupe com a guerra civil entre as nações élficas, senhor. Logo, os Qualinesti e os Silvanesti estarão unidos, debaixo do calcanhar da bota de Lorde Ariakan.

Porthios desembainhou a espada. Tanis, que previra problemas, moveu-se rapidamente para impedi-lo.

— Pense em onde você está, irmão. Pense em Alhana — ele pediu, falando em élfico. — São só bravatas vindas do sangue jovem. Você já ouviu isso antes. Ignore.

Porthios poderia muito bem ter ignorado Tanis, mas, naquele momento, um choro fraco, o choro de um recém-nascido, ressoou no ar. Com um último olhar virulento, Porthios deu uma ombrada em Aço enquanto passava por ele e se apressou na direção da hospedaria. Sua escolta élfica também partiu, não sem trocar olhares que valiam por socos com o cavaleiro sombrio.

Aço os encarou com aquele sorriso debochado e, sem se virar por completo, olhou por cima do ombro.

— Palin Majere. Você ainda é meu prisioneiro. Faça as suas despedidas. Está na hora de irmos.

— Palin! — Tika gritou e estendeu as mãos trêmulas para o filho.

— Vai ficar tudo bem, mãe — Palin disse, com um olhar para o pai. Os dois tinham concordado em não dizer nada sobre as intenções de Palin para a sua mãe. — Os magos irão pagar o resgate. Logo estarei em casa. — Ele se inclinou para a frente e a beijou na bochecha.

— Cuide-se — Tika disse com a voz baixa e insegura, mas depois espantou Palin com o que disse. — Raistlin não era completamente mau. Havia alguma bondade nele. Nunca gostei muito dele, mas também nunca o entendi. Talvez... — Ela fez uma pausa, respirou fundo e disse, seca. — Talvez o que você está fazendo seja o certo.

Palin a encarou, atônito. Olhou para o pai, que deu de ombros.

— Não disse uma palavra, filho.

Tika deu um sorriso triste e pousou a mão na de seu filho.

— Eu sempre sabia quando você ia aprontar. Lembra? Você e seus irmãos... — Ela engoliu em seco. As lágrimas encheram seus olhos. — Paladine o acompanhe, meu filho!

— Tome cuidado, filho — Caramon disse. — Se houver algo que eu possa fazer...

— Obrigado, pai. Obrigado por tudo. Adeus, mãe.

Palin virou e saiu rapidamente, suas próprias lágrimas quase o cegando. Mas já tinha se controlado quando encontrou Aço.

— Você tem tudo o que precisa? — o cavaleiro perguntou.

Palin corou. Carregava apenas uma única bolsa de componentes para feitiços; no seu nível baixo, não precisava de mais. As roupas que ele tinha eram as que usava — vestes brancas manchadas de viagens e sangue. Ele não tinha livros de feitiços, nem tubos com pergaminhos. Mas em sua mão estava o Cajado de Magius.

— Estou pronto — ele disse.

Aço assentiu e fez uma saudação, fria e graciosa, para Caramon e Tika. Palin não olhou para trás e começou a trotar pela estrada. Os dois desapareceram nas sombras que se alongavam.

Naquela noite, na Hospedaria do Lar Derradeiro, Caramon e Tika plantaram duas jovens copadeiras no túmulo de seus filhos.

Alhana Brisestelar, exausta pelo longo parto, dormia. Porthios estava ao seu lado. Quando ela estava dormindo e todos os outros já tinham saído do quarto, ele se inclinou para beijá-la com carinho.

Tranquilizado por sua mulher estar a salvo e seu filho ser saudável, Porthios voltou para a sala comunal e sentou com seus guerreiros. Planejava unir os reinos élficos mesmo se precisasse matar todos os elfos em Ansalon para isso.

Tanis partiu em uma rápida viagem para a Torre do Alto Clerista, para contar mais uma vez aos cavaleiros o que estivera contando nos últimos cinco anos: que as forças da Rainha da Escuridão estavam novamente se movimentando.

Deitado em seu berço, usando roupas de bebês humanos grandes demais para ele, o recém-nascido bebê elfo piscava e encarava, espantado, aquele estranho novo mundo em que se encontrava.

15

Aço jura vingança. Palin escuta uma voz familiar. A jornada até Palanthas.

Palin e Aço se reuniram com a dragoa azul a umas cinco léguas ao norte de Consolação. Queima tinha passado a noite na cidade em ruínas de Xak Tsaroth. Com fama de assombrada, a cidade permanecia abandonada, exceto por anões tolos e bandos nômades de goblins e draconianos. Queima ainda estava tirando pedaços de goblin de entre os dentes quando a encontraram. Ela jamais, como disse ao seu mestre com desdém, comeria um anão tolo.

Bem alimentada e reunida a Aço, Queima estava de bom humor. Enquanto o cavaleiro sombrio estudava a rota em um mapa, Queima se divertia tentando intimidar Palin, já afetado pela aura do medo. Ela desdobrou as imensas asas, esticando-as no sol, batendo-as gentilmente para refrescar a si e ao seu mestre. Quando Aço reclamou que a brisa fazia o mapa mexer, fazendo com que fosse difícil lê-lo, Queima aproveitou para demonstrar seu temperamento. Enfiou as garras no chão e puxou, criando grandes nuvens de sujeira e grama marrom. Agitou a cauda de um lado para o outro, sacudiu a juba, o tempo todo observando, por baixo de pálpebras semicerradas, com seus olhos vermelhos reptilianos para ver a reação de Palin.

Palin manteve-se isolado, mantendo-se próximo à dragoa de propósito, embora o esforço que isso lhe custava estar plenamente visível em sua mandíbula apertada, a mão branca segurando o Cajado de Magius com força.

— Se você terminou de se exibir — Aço disse à dragoa — eu gostaria de conversar sobre a nossa rota.

A dragoa azul rosnou, mostrou os dentes, fingindo estar ofendida. Aço acariciou-a no pescoço, estendeu o mapa em uma pedra e indicou o que ele considerava ser o melhor caminho. Palin limpou o suor da testa e, mantendo um firme aperto no cajado, foi ainda mais perto da dragoa para participar da conversa.

— Isso também me afeta — ele disse, respondendo ao olhar repelente de Aço. — Voar sobre Solamnia vai se mostrar ainda mais perigoso que viajar sobre a Abanassínia.

Desde a época da Guerra da Lança, os Cavaleiros de Solamnia tinham reconquistado o favor da população local. Agora, era considerado elegante para uma família de linhagem e importância — para não dizer riqueza — ter pelo menos um filho cavaleiro. Consequentemente, o número de cavaleiros havia inchado e seus cofres estavam lotados. Tinham reconstruído muitos dos fortes arruinados ao redor de Solamnia e enviado tropas para ocupá-los. Seus aliados, os dragões de prata, patrulhavam os céus.

Antes desprezados, os Cavaleiros de Solamnia agora eram vistos como protetores dos fracos, defensores dos inocentes. Lordes sábios tinham subido em seus postos; as leis compostas por Vinas Solamnus milhares de anos antes — leis que tinham sido seguidas de forma religiosa, estrita e, segundo alguns, obtusa na era moderna — estavam sendo revisadas e modificadas para se tornarem mais atuais.

Os Cavaleiros de Solamnia, em vez de serem apedrejados quando entravam em uma aldeia — como acontecia nos velhos tempos — agora eram tratados como hóspedes de honra, sua ajuda e seus conselhos sendo procurados com ansiedade e recompensados com generosidade.

Dragão e mestre estavam bem cientes da crescente influência dos cavaleiros. Lorde Ariakan tinha sido um prisioneiro dos cavaleiros por vários anos depois da guerra, e não tinha passado esse tempo à toa. Tinha aprendido não só as suas maneiras — que ele admirava e copiava, fazendo as mudanças necessárias —, mas também aprendera as táticas, estratégias, a localização de suas fortalezas. Tinha descoberto suas forças e — mais importante — suas fraquezas.

Quando Tanis descobrira a existência dos Cavaleiros de Takhisis, quase cinco anos antes, fora imediatamente até os Cavaleiros Solâmnicos e os avisou do perigo.

— Lorde Ariakan sabe tudo sobre vocês, desde a cor das suas cuecas até as suas costumeiras ordens de batalha — Tanis avisou. — Sabe quais fortalezas estão fortificadas e quais estão vazias. Seus cavaleiros são homens e mulheres hábeis e inteligentes, recrutados por ele, treinados por eles, e ganharam a Visão de Sua Majestade Sombria.

"Eles não irão trair seus mestres por ganhos pessoais, como vimos na última guerra. Essas pessoas são leais para a Rainha da Escuridão e um ao outro. Irão sacrificar qualquer coisa por sua causa. Vocês precisam fazer mudanças agora, meus senhores, ou eu acredito que Lorde Ariakan e seus cavaleiros sombrios irão fazer essas mudanças por vocês."

Os lordes cavaleiros escutaram Tanis por educação, concordaram com ele por educação enquanto estivera entre eles, e debocharam dele quando se ausentou.

Todos sabiam que aqueles que se aliavam com a Rainha da Escuridão eram egoístas, gananciosos, cruéis e completamente desprovidos de honra. A história provara isso, várias vezes. Os cavaleiros não podiam imaginar que mudanças tão drásticas nos meios sombrios pudessem ter ocorrido no curto período de vinte e seis anos.

E, assim, a luz fez poucas mudanças.

Aço estava apontando no mapa.

— Atravessamos os Estreitos de Schallmar, aqui, desviando de Caergoth, pois os cavaleiros estabeleceram uma fortaleza ali. Mantemo-nos a leste, viajando sobre a água, com Costaterra à direita. Assim, evitamos o Forte Thalgaard. Ao norte, continuamos acompanhando a linha da costa, colocando as Montanhas Vingaard entre nós e a Torre do Alto Clerista. Entramos em Palanthas pelo norte.

Ao ouvir isso, Palin aventurou-se a sugerir.

— Você não vai conseguir entrar na cidade se não estiver disfarçado. Pensei nisso — acrescentou, um pouco orgulhoso — e trouxe algumas das roupas do meu pai...

— *Não* vou andar pelas ruas de Palanthas vestido como um estalajadeiro — Aço disse com severidade. — Uso esta armadura pela glória da minha rainha. Não vou esconder quem eu sou.

— Então, podemos muito bem marchar até a Torre do Alto Clerista e nos trancarmos em uma cela — Palin retrucou. — Porque é onde vamos acabar indo.

— *Você* não, Veste Branca — Aço comentou, com um meio sorriso.

— Ah, vou sim. Vão me prender bem rápido quando me descobrirem com você. Os cavaleiros têm pouco amor pelos usuários de magia.

— Mesmo assim, você lutou com eles.

— Por causa de meus irmãos — Palin disse em voz baixa e não falou mais.

— Não se preocupe, Majere — Aço disse, o sorriso agora em seus olhos escuros. — Iremos entrar em Palanthas com bastante segurança.

— E suponho que cheguemos em Palanthas — Palin argumentou — Ainda vamos ter que atravessar o Bosque Shoikan.

— A floresta amaldiçoada? Eu já a vi, a distância. Seu pai não lhe contou? Cresci em Palanthas. Vivemos ali até meus doze anos, quando Lorde Ariakan veio me recrutar para os cavaleiros. Como você pode imaginar, o bosque é uma tentação para todos os garotos travessos na cidade. Nem sei quantas vezes nos desafiamos a chegar perto. Claro, no momento em que os galhos mais altos das árvores gigantes ficavam à vista, virávamos e fugíamos. Lembro até hoje da sensação, do medo...

Parou, franziu a testa, e sacudiu as memórias, como um cachorro sacudindo a água do pelo. Continuou, mais direto.

— O bosque tem fama de ser mortal para todo o mortal que tenta entrar, não importa as suas alianças. Mas com certeza *você* tem passagem segura, senhor Mago.

— Não me chame assim — Palin disse, irritado. — Não é certo. Estou em um nível baixo na minha arte. Em termos militares, sou equivalente a um reles soldado.

Ele não conseguiu impedir a amargura em sua voz.

— Todos começamos do chão, Majere — Aço disse, sério. — Não há vergonha nisso. Trabalhei por dez anos para conseguir minha posição e estou longe do topo.

— Você parece meu irmão Tanin falando. Todo esse metal que vocês, cavaleiros, usam deve ir direito para as suas cabeças. Era o que eu dizia para ele. E, não, eu não tenho passagem segura pelo bosque. Acho que poderia pedir. Dalamar tem boa opinião sobre mim...

Ao ouvir aquele nome, a expressão de Aço mudou. Sua cor se intensificou, o sorriso em seus olhos sumiu, consumido por um fogo repentino e intenso.

Palin não percebeu. Estava absorto, tentado contatar Dalamar e pedir por um caminho seguro através do bosque.

— Não — decidiu, por fim. — Não posso pedir a Dalamar. Se fizer isso, teria que dizer a ele porque quero entrar na torre. E se ele souber, vai impedir...

Palin viu o rosto de Aço de relance e olhou ao redor às pressas, achando que estavam sendo atacados. Sem ver nada, indagou:

— O que foi?

— Dalamar, o Sombrio, é desse homem que você está falando?

— Sim — disse Palin —, o mestre da torre. O... — De repente, Palin lembrou da história e grunhiu internamente.

— O homem que matou a minha mãe — Aço disse. A mão foi para o punho da sua espada. — Espero pelo meu encontro com esse Dalamar.

O elfo negro tinha matado sua antiga amante apenas em autodefesa. Kitiara o atacara primeiro. Mas aquele argumento provavelmente não afetaria o filho dela.

— Acho que não adianta lembrar você que Dalamar é o mago mais poderoso de Ansalon — Palin disse, irritado. — Que ele pode virar você do avesso só com um aceno da mão.

— E o que isso importa? — Aço respondeu, irritado. — Acha que eu só ataco aqueles mais fracos que eu? Sou obrigado, pela minha honra, a vingar a morte da minha mãe.

Abençoado Paladine, por que não pensei nisso antes? Palin se perguntava, desesperado. *Aço vai acabar sendo morto. Dalamar vai pensar que eu tentei matá-lo. Pode acabar me destruindo na confusão...*

Confie em mim, jovem, veio a voz. *Deixe Dalamar comigo.*

Palin tremeu, animado e exultante. Sabia agora que a voz era real, não imaginária. Estava falando com ele, guiando-o, direcionando-o, *querendo-o*!

Seus medos passaram. Ele relaxou.

— Nem chegamos na torre ainda. Precisamos primeiro chegar a salvo em Palanthas e atravessar o bosque. Vamos lidar com Dalamar e com o que encontrarmos lá dentro quando, e se, chegarmos tão longe.

— Vamos chegar — Aço predisse, soturno. — Você me deu mais incentivo.

Os dois montaram na dragoa e, banhados na luz vermelho-sangue de Lunitari, voaram para o norte, na direção de Palanthas.

Viajaram a noite toda, sem encontrar ninguém. Mas, com o nascer do sol, a dragoa ficou inquieta.

— Sinto o cheiro dos pratas — ela reportou.

Depois de uma breve consulta com Aço, a dragoa aterrissou no sopé das Montanhas Vingaard.

— Não queremos entrar em Palanthas à luz do dia mesmo — Aço disse ao Palin. — Melhor descansarmos hoje e viajar quando estiver escuro.

Palin se irritou com o atraso. Tinha certeza que seu tio estava vivo, só precisava ser libertado da terrível prisão do Abismo. O jovem mago sentia-se bem e descansado. Graças à compressa de Aço, a ferida de Palin mal o incomodava. Estava ansioso para prosseguir, mas não podia sair discutindo com um dragão azul ou com o mestre do dito dragão.

— Não era melhor um de nós ficar de vigia? — Palin perguntou, ao ver Aço desenrolar dois sacos de dormir.

— Nós dois precisamos descansar — Aço retrucou. — A dragoa vai guardar nosso sono.

Depois de uma breve procura, os dois encontraram uma reentrância rasa em um penhasco que iria oferecer abrigo, mesmo que não fosse um bom esconderijo se alguém passasse por ali. Palin estendeu seu cobertor e comeu um pouco da imensa quantidade de comida que Tika tinha conseguido encontrar tempo para preparar. Aço comeu, deitou-se e, com a disciplina de um soldado que sabe que o descanso deve ser aproveitado quando surge a oportunidade, logo adormeceu. Palin esticou-se no chão frio, preparado para passar o dia acordado esperando pela noite.

Acordou já perto do pôr do sol.

Aço estava acordado, selando a dragoa. Queima estava descansada e, pelo que parecia, bem alimentada. As carcaças de vários cervos estavam espalhadas por ali.

Palin se levantou, movendo-se devagar, duro e dolorido por deitar no chão. Geralmente seu sono era perturbado por sonhos estranhos dos quais mal conseguia se lembrar. Não daquela vez. Não lembrava de quando dormira tanto ou tão profundamente na vida.

— Você está se tornando um veterano — Aço grunhiu, enquanto erguia com facilidade a sela pesada para as costas da dragoa. — Está roncando como um.

Palin murmurou uma desculpa. Sabia porque dormira bem e estava meio envergonhado. Parecia uma traição a sua família, seu lar, sua criação. Pela primeira vez na vida, desde que sentira a ânsia, desde que era velho o bastante para jogar pó mágico de mentira nos rostos dos colegas de brincadeiras, estava em paz consigo mesmo.

— Não se desculpe, Majere. Você fez bem. Vamos precisar de nossas forças para o que iremos encarar esta noite.

O Bosque Shoikan. Um lugar terrível, mortal. Caramon tentara entrar uma vez e quase perdera a vida. E agora Palin mal podia conter a impaciência. O bosque não o aterrorizava. Nem o mestre do bosque. Raistlin tinha prometido lidar com Dalamar. Os pensamentos de Palin focaram no que viria depois do bosque.

O Portal. Seu tio.

A dragoa se ergueu no céu que escurecia, voando em círculos preguiçosos, usando os ventos quentes para ir para cima.

Em algumas poucas horas, as luzes da cidade de Palanthas surgiram. Voaram ao redor delas, desviando da Cidade Nova, à sua direita. A muralha da Cidade Velha circulava a cidade como a borda da roda de uma carroça, tochas brilhando forte em seus portões. A famosa biblioteca estava escura, exceto por uma luz em uma janela. Talvez Astinus, que alguns diziam ser o próprio deus Gilean em pessoa, estivesse acordado, registrando a história enquanto essa flui por ele.

Talvez estivesse naquele exato momento escrevendo sobre eles. Talvez em breve estivesse registrando as suas mortes. Aquele pensamento veio espontaneamente, enquanto Palin olhava para o frio ponto de escuridão que era o Bosque Shoikan. Rapidamente desviou o olhar, indo para a Torre da Alta Magia. As luzes queimaram dentro das suas janelas, principalmente no nível mais baixo, onde os magos aprendizes estariam acordados, memorizando seus feitiços. Palin sabia qual quarto era o de Dalamar e buscou ver se tinha luz.

Estava escuro.

Oposto à Torre, estava o Templo de Paladine, suas paredes brancas brilhando com uma radiância pálida, como se tivessem capturado o luar de Solinari e o usassem para iluminar a noite. Lembrando da sua missão e da natureza de seu companheiro, Palin também não conseguiu olhar por muito tempo.

A dragoa os levou sobre o palácio do Lorde de Palanthas. Estava aceso, cheio de luzes; Sua Senhoria devia estar dando uma festa.

Como as pessoas podem se divertir agora?, Palin se perguntou, irracionalmente zangado. Seus irmãos estavam mortos, outros homens bons haviam dado suas vidas. Para quê? Para aquilo — para o Lorde de Palanthas e seus amigos ricos poderem beber até perderem os sentidos com vinho élfico contrabandeado?

Palin imaginou o que aconteceria se pulasse da dragoa e corresse até os festeiros em suas vestes manchadas de sangue, gritando: "Abram os olhos! Olhem para mim! Vejam o que está vindo!"

Provavelmente nada. O mordomo o expulsaria.

A dragoa azul inclinou-se para a sua esquerda, desviou do palácio e deixou para trás as luzes brilhantes. Voou por cima da muralha da Cidade Velha, passou pela Cidade Nova e saiu sobre a baía. A água era surpreendentemente escura em contraste com a cidade. Apenas uns poucos e pequenos pontos de luz marcavam as casas da guarda dos vigias noturnos.

Os vigias devem ter cochilado, pois ninguém viu a dragoa mergulhar do céu e aterrissar na praia.

16

A Torre do Alto Clerista.
Um mensageiro mal-vindo.

Construída por Vinas Solamnus na Era do Poder, a Torre do Alto Clerista guardava o único passo através das Montanhas Vingaard — a principal rota terrestre do resto de Ansalon para a grande cidade de Palanthas. A torre era imensa, maciça, uma fortaleza impressionante. Porém, por causa da construção incomum da torre, o anão Flint Forjardente, um Herói da Lança, uma vez foi ouvido declarando que o construtor da torre ou estava bêbado ou era louco.

A torre tinha sido construída por humanos, então a crítica do bom anão deveria ser considerada com um grão de salitre, como dizem os gnomos. E é verdade que, quando Flint fez essa declaração, ele não sabia da verdadeira natureza do sistema de defesa incomum da torre, que o anão logo viu em ação.

Pouco depois de Flint ter feito essa afirmação, os dragões do exército da Senhor Supremo Kitiara atacaram a torre. O Cavaleiro Solâmnico Sturm Brightblade morreu naquele ataque, mas — por causa do sacrifício de Sturm — os outros cavaleiros se uniram e, com a ajuda de um kender, uma donzela elfa e um orbe de dragão, a torre foi salva.

A Torre do Alto Clerista era de aparência formidável. Erguendo-se a quase trinta metros, cercada por todos os lados, menos o mais ao sul, por montanhas cobertas de neve, a torre tinha a reputação de nunca ter caído perante um inimigo quando homens de fé a defendiam. Uma cortina externa de pedra formava um octógono como base da torre. Cada ponto da muralha octogonal era coberto por um torreão. Ameias corriam pelo topo da muralha entre os torreões. Uma muralha octogonal interna formava a base de oito torres menores, construídas ao redor da torre central, menor.

O que tinha perturbado tanto Flint Forjardente era o fato de que haviam seis portões de aço gigantes nas muralhas externas, três abrindo-se para a planície solâmnica, todos levando para o coração da torre. Qualquer anão que valesse seu peso em pedra diria que uma fortificação boa e sólida só tem uma entrada, que pode ser selada, prontamente guardada e defendida contra ataques inimigos.

Os cavaleiros poderiam ter respondido Flint dizendo que as táticas dos anões eram pouco imaginativas e nada sutis. A Torre do Alto Clerista era, na verdade, uma obra mestra de astúcia. Os seis portões abriam para pátios restritos, campos de matança onde os cavaleiros no alto das muralhas podiam despachar seus inimigos com fogo concentrado. Aqueles que conseguiam chegar às escadas que levavam a torre central se encontravam encurralados por armadilhas escondidas.

Aqueles familiares com a história da Guerra da Lança irão lembrar que as três portas abrindo para planície solâmnica eram, na verdade, armadilhas para dragões. Um orbe de dragão mágico colocado no centro dos corredores convergentes chamava dragões malignos, seduzindo-os para que voassem para dentro da torre, em vez de atacá-la por fora. Os dragões eram então mortos pelos cavaleiros Solâmnicos, atacando as criaturas presas com segurança por trás de defesas de pedra. Por isso o outro nome, esquecido, da torre, Morte dos Dragões. E, assim, muitos dragões malignos caíram durante a Guerra da Lança.

Muitos longos anos tinham passado desde que Sturm Brightblade estivera sozinho nas ameias, esperando a morte certa. Durante a Guerra da Lança, os orbes de dragão se perderam para o mundo, ou era o que a maioria das pessoas devotamente esperava. Os dragões malignos agora conheciam o segredo das defesas da torre, não eram mais atraídos por sua armadilha mortal e, como dragões têm vidas incrivelmente longas, era provável que as lembranças daqueles corredores úmidos com sangue de dragão iriam impedi-los de cometer o mesmo erro.

A torre foi reconstruída depois da guerra, reformada e modernizada. Com a perda dos orbes de dragão, a defesa central da torre contra dragões não era mais efetiva e os três portões-armadilha tornaram-se mais uma fraqueza do que uma força. Os Cavaleiros de Solamnia viram a verdade da declaração do anão sobre as três portas de aço. "Melhor já convidar o inimigo para tomar um chá," Flint resmungara. Tomaram a precaução de selar as três portas com grandes tampões de granitos, decorados com entalhes para imitar os portões originais.

Depois da guerra, a Torre do Alto Clerista tornou-se um ponto borbulhante de atividade. Comerciantes terrestres lotaram as estradas entrando e saindo. Cidadãos vinham buscar conselhos, avisos, justiça ou ajuda para defender suas cidades contra os malfeitores. Mensageiros em missões importantes passavam galopando pelos portões. Kender eram reunidos de dia, as bolsas revistadas, e soltos no dia seguinte com ordens estritas para "ir em frente", que os kender obedeciam alegremente apenas para serem substituídos por um outro grupo.

Durante o verão, os mercadores armavam tendas ao longo da estrada que levava da planície até o principal portão da torre. Ali vendiam de tudo, de laços e lenços de seda (para belas damas entregarem como mostra de afeto aos seus cavaleiros escolhidos) a comida, cerveja, vinho élfico e (por baixo do balcão) aguardente anão.

Torneios, com justas, concursos de arquearia, batalhas falsas, formações de combate e demonstrações de habilidade em montar cavalos e dragões eram organizados regularmente para treinar os jovens cavaleiros, manter os velhos lutando bem e deliciar o público.

Tinham sido bons tempos para os cavaleiros... até aquele verão.

Conforme o calor do sol cozinhava as estradas de terra, as viagens através de Krynn secavam e morriam como as colheitas nos campos. O homem cuja única colheita era pó e poeira não podia pagar o funileiro viajante para consertar seu arado. O funileiro não podia pagar suas contas na hospedaria. O estalajadeiro não tinha dinheiro para comprar comida para servir aos seus hóspedes.

Os mensageiros ainda chegavam, mais do que o comum, trazendo notícias agourentas de fome e fogo. Alguns poucos viajantes mais durões entravam, quase mortos por causa do sol forte. Os mercadores arrumaram suas tendas e se mudaram para Palanthas. Não se faziam mais torneios. Cavaleiros demais, usando armadura pesada, tinham desmaiado no calor. Apenas os kender, afligidos pela doença de seu povo conhecida como "compulsão de viagem", continuavam a frequentar a torre regularmente, chegando queimados de sol, empoeirados e comentando alegres sobre a mudança impressionante no tempo.

Um grupo de kender estava sendo expulso na noite em que Tanis Meio-Elfo chegou. O cavaleiro encarregado os soltou, ordenando que se afastassem do portão. Depois de fazer uma rápida contagem, o guarda sumiu de repente e voltou com mais dois kender, que tinham se separado do grupo e foram descobertos no salão de jantar. O cavaleiro os aliviou de várias peças de cutelaria, seis pratos de estanho decorados com o selo dos cavaleiros, dois guardanapos de linho e uma caixa de pimenta.

Normalmente, os kender teriam ficado do lado de fora da torre, esperando uma chance para voltar. Naquela manhã, porém, os kender se distraíram com a chegada de Tanis nas costas de um grifo.

Assim que o grifo pousou fora do portão frontal, na estrada principal que levava para a torre, os kender se amontoaram ao redor, olhando com interesse amigável para o animal. Aquela besta feroz, que não gostava de kender, olhou feio para eles com seus olhos pretos miúdos. Quando um se aventurava perto demais, o grifo estufava as penas irritado e batia o bico ameaçadoramente, o que deliciava o kender.

Prevendo que um ou mais dos kender poderia acabar sendo o desjejum do grifo, Tanis, com muitas expressões de gratidão, despachou a fera de volta para Porthios. O grifo partiu rápido e satisfeito. Os kender soltaram um uivo desapontado e imediatamente se reuniram ao redor dele.

Mantendo a espada segura em uma mão e a bolsa de dinheiro na outra, o meio-elfo atravessou o mar de kender, tentando alcançar a torre sem fazer muito alarde. Felizmente, o som de cascos galopando a distância fez com que os kender deixassem Tanis e voltassem sua atenção para essa nova chegada. Tanis apressou-se para a entrada.

O cavaleiro no posto saudou Tanis, que era um visitante frequente da torre.

— Bem-vindo, meu senhor. Farei com que seja escoltado até o salão dos hóspedes, para descansar depois da sua longa…

— Sem tempo pra isso — Tanis disse abruptamente. — Preciso ver Sir Thomas agora.

O seu velho amigo e antigo líder dos cavaleiros, Lorde Gunthar Uth Winston, tinha se aposentado no ano anterior. Thomas de Thalgaard, Lorde Cavaleiro da Rosa, comandava a Torre do Alto Clerista. Um homem no começo dos quarenta anos, Sir Thomas tinha a reputação de ser um comandante exigente e capaz. Sua linhagem na cavalaria era longa. O avô de Thomas tinha sido um Cavaleiro de Solamnia, mas perdeu suas propriedades para uma seita de falsos sacerdotes durante a era sombria que sucedeu o Cataclisma. O pai de Thomas tinha engolido seu orgulho e se vendido aos sacerdotes como escravo para trabalhar na terra que tinha sido de sua família. A primeira montaria do jovem Thomas tinha sido, portanto, um cavalo de arado e suas primeiras batalhas foram contra lagartas e carunchos. Ele viu seu pai trabalhar até a morte, viu-o morrer como um escravo e jurou que seria um cavaleiro.

Thomas tivera sua oportunidade durante a Guerra da Lança. Sua pequena aldeia estava no caminho dos exércitos dracônicos. Temendo um ataque iminente, os falsos sacerdotes fugiram, levando com eles tudo que tinha valor e deixando o povo à mercê dos draconianos. Um jovem de vinte anos, Thomas reuniu seus amigos e vizinhos, mandando que todos procurassem abrigo dentro do castelo. Defendeu sua propriedade com tanta habilidade e ousadia que o castelo resistiu às investidas dos exércitos dracônicos até o fim da guerra.

Tanis não conhecia Sir Thomas muito bem, mas, pelo que tinha visto, o meio-elfo julgava que o cavaleiro era um homem com inteligência e bom senso.

— Preciso ver Sir Thomas imediatamente — Tanis repetiu. — Tenho notícias urgentes.

— Com certeza, meu senhor — o cavaleiro respondeu e despachou um mensageiro para procurar o comandante.

Tanis não ficou esperando muito tempo. Nunca tendo sido homem de cerimônias, Sir Thomas apareceu em pessoa. Cumprimentou Tanis com cordialidade, e, notando a impaciência do meio-elfo, convidou para caminharem a sós pelas ameias.

— Você tem notícias — Thomas disse quando estavam a sós. — E, julgando por sua expressão, não são boas.

— Então você não recebeu meu relatório, meu senhor?

— Relatório sobre o quê? Não soube de nada nesta semana passada.

— Lorde Ariakan começou o ataque. Forte do Norte e Valkinord já caíram. Kalaman pode estar sendo sitiada neste momento. Até onde consigo perceber, os cavaleiros sombrios estão lançando um ataque em duas frentes, um exército avançando através das Montanhas Khalkist, o outro planejando descer o rio a partir de Kalaman.

O comandante encarou Tanis, atônito.

— Meu senhor, os cavaleiros enviados para defender Kalaman foram aniquilados, praticamente até o último homem — Tanis disse, em voz baixa. — Lutaram bravamente, mas estavam em desvantagem imensa. Tenho comigo a lista dos mortos. — Ele pegou um envelope dobrado e o entregou para Lorde Thomas. — Dando crédito ao Ariakan, meu senhor, os mortos estão recebendo todo o respeito.

— É o que ele faria — Thomas comentou, olhando pela lista, o rosto duro, a mandíbula travada. — Eu os conhecia a todos — ele disse por fim.

Dobrando a lista de novo, enfiou-a em seu cinto. — Farei com que as famílias sejam notificadas. Você conhecia dois deles, creio eu. Os rapazes Majere.

— Conhecia. Ajudei a enterrá-los — Tanis respondeu, sombriamente. — O irmão mais novo, Palin, foi feito prisioneiro e está sendo mantido como refém. Foi seu captor, um Cavaleiro de Takhisis, que nos trouxe essas notícias. Você conhece esse cavaleiro também, meu senhor. Seu nome é Brightblade. Aço Brightblade.

— O filho de Sturm Brightblade. Sim, eu lembro daquilo. Você tentou salvar o rapaz do mal. Ele acabou profanando a tumba do pai e roubando sua espada.

Não tinha sido bem assim que acontecera, mas Tanis — que fora preso e julgado por sua participação no "incidente" — sabia que não adiantava discutir. Apresentou os fatos perante o Conselho dos Cavaleiros e tinha, pelo menos, limpado o seu nome e o de seu amigo Caramon. Mas não tinha sido capaz de convencer os cavaleiros que foi o próprio Sturm que entregou a espada ao filho. Rememorando naquele momento, nem mesmo Tanis tinha certeza do que havia acontecido. Parecia-lhe que tanto ele quanto Sturm tinham falhado. Aço era, até onde Tanis podia julgar, completamente devotado ao lado das sombras.

— Kalaman sitiada... — Thomas sacudiu a cabeça, espantado. — Acho difícil de acreditar, Meio-Elfo. Sem ofensas, mas Ariakan só tem um punhado de cavaleiros.

— Meu senhor, de acordo com Palin, o exército de Lorde Ariakan é bem maior que um punhado. Seu exército é imenso. Recrutou bárbaros das terras do leste, humanos altos como minotauros que lutam tão ferozmente quanto. São liderados por cavaleiros em dragões e têm, entre eles, usuários de magia renegados. Dalamar, líder do Conclave dos Magos em Ansalon, pode testemunhar o poder desses feiticeiros.

— Sem dúvida, já que está do lado deles.

— Não, meu senhor. Está enganado. Isso não é de conhecimento geral, mas recentemente, os magos das três luas lideraram um ataque contra os Cavaleiros Cinzentos, como são chamados. Os magos das três luas foram totalmente derrotados. Um deles, Justarius, foi morto. Não tenho certeza de que lado Dalamar está, mas não acho que seja o de Ariakan. Dalamar não consegue perdoar sua rainha por ter lhe dado as costas para poder dar mais poder aos seus próprios magos.

Thomas franziu a testa. Como todos os cavaleiros, não confiava em usuários de magia de qualquer cor e queria o mínimo contato possível. Deixou a discussão sobre magia de lado como se não fosse importante ou relevante.

— Kalaman pode aguentar um sítio por algum tempo. Tempo o bastante para mandarmos reforços.

— Não tenho tanta... — Tanis começou a falar.

— Meu senhor! — Um jovem pajem surgiu correndo, arquejando, escada acima. — Meu senhor, um mensageiro chegou. Ele...

— Onde estão seus modos, garoto? — Thomas ralhou com o pajem. — Comigo está um lorde a quem você deve mostrar o devido respeito, assim como para mim mesmo. A disciplina deve ser mantida — o cavaleiro acrescentou em voz baixa para Tanis.

O pajem, vermelho até as orelhas, endireitou-se e rapidamente se curvou, primeiro para Tanis e depois para Sir Thomas. Mas antes de terminar de se endireitar, já estava falando.

— O mensageiro, senhor. Está lá embaixo. Tivemos que ajudá-lo a desmontar. Cavalgou esse tanto... — O pajem parou, sem fôlego.

— Más notícias também, temo eu — Sir Thomas observou, secamente. — Ninguém jamais corre assim para nos dar *boas notícias.*

Os dois homens desceram, voltaram para o portão da frente.

O mensageiro estava estendido no chão, um manto debaixo da sua cabeça. Ao vê-lo, Sir Thomas franziu a testa, pois estava usando o uniforme da guarda da cidade de Kalaman. Suas roupas estavam manchadas com sangue seco.

— Estava tão duro que tivemos que erguê-lo do cavalo, meu senhor — o cavaleiro do portão relatou. — Disse que não comeu nada, mas cavalgou dia e noite para chegar até nós.

— Meu senhor! — O homem, ao ver Sir Thomas, tentou se levantar.

— Não, meu rapaz. Descanse. O que veio nos contar? — Thomas ajoelhou-se ao lado dele.

— Kalaman, meu senhor! — O soldado arquejou. — Kalaman... caiu.

Thomas olhou para Tanis.

— Parece que você estava certo — disse, em voz baixa.

— Vieram do mar, meu senhor — o soldado explicava em voz baixa. — Do mar e do ar. Não... tivemos aviso. Atacaram... à noite. Dragões e... enormes criaturas que os cavaleiros chamaram de mamutes... A cidade... se rendeu...

O homem tentou continuar, mas caiu para trás. Um Cavaleiro da Espada — um seguidor do deus Kiri-Jolith, que recebera o poder de curar — começou a cuidar do mensageiro ferido. Depois de um breve exame, o cavaleiro olhou para Sir Thomas.

— Não está gravemente ferido, senhor, mas sofre pela perda de sangue e pela exaustão. Precisa descansar.

— Muito bem. Encontrem uma cama confortável para ele. Avisem-me quando ele puder falar de novo. Preciso de detalhes. O resto de vocês, mantenham isso em segredo. Ninguém diga uma palavra.

Levaram o mensageiro em uma maca, e o cavalo exaurido para os estábulos.

— Sei tudo que preciso saber mesmo — Sir Thomas comentou com Tanis. Os dois estavam sozinhos no salão; o cavaleiro na entrada retomara suas atividades. — Kalaman caiu. São notícias horríveis. Se alcançar Palanthas, teremos uma revolta.

Tanis estava fazendo alguns cálculos rápidos.

— Como eu disse, Ariakan tem um exército imenso, um que ele pode dividir sem sentir.

— Consigo ver o plano dele — Sir Thomas disse, pensativo. — Ele ataca a costa leste com metade da sua força, e a faz marchar para oeste através das montanhas. Com a outra metade, ele ataca pelo nordeste, trazendo essas tropas para o sul para encontrar com as forças avançando pelo outro lado das Montanhas Khalkist. Pelo caminho, vai recolhendo os ogros, goblins e draconianos que têm se escondido nas montanhas. Vai precisar deixar tropas para manter Kalaman e proteger suas linhas de suprimento, mas com essas forças adicionais, quando chegar aqui, vai estar de volta à força total.

Sir Thomas sorriu tristemente.

— Eu conheço ele, sabe. Costumávamos discutir um plano muito parecido com esse, Ariakan e eu, nos velhos tempos. Fomos amigos quando ele era prisioneiro aqui. Ariakan sempre foi um bom soldado — Thomas acrescentou, depois de refletir, sacudindo a cabeça. — Nós o tornamos um ainda melhor.

— Então qual será seu próximo passo? — Tanis perguntou.

Sir Thomas virou-se para o portão da frente, olhando para o leste.

— Ele está a caminho daqui. E não tem absolutamente nada que possamos fazer para impedi-lo.

17

Evitando as patrulhas. Um tipo estranho de peixaria. Caolha e Olho Amarelo.

— Não sei se isso existia no seu tempo, mas agora tem o que chamam de patrulhas de contrabandistas caminhando pelas docas à noite — Palin sussurrou para seu companheiro. — E tem a autoridade portuária. Construíram a muralha da Cidade Velha. Tem guardas patrulhando ali. Nunca esqueceram o ataque da Senhora Suprema Kitiara na cidade.

Palin mal podia ver Aço e a dragoa. O cavaleiro trabalhava na luz fraca da lua e das estrelas, refletida na água, para descarregar os suprimentos. Tinham aterrissado em uma península que formava a costa ocidental da baía de Branchala. Por vezes, Palin percebia o brilho da armadura iluminada pelo luar, ou podia ver a figura alta e musculosa em silhueta contra o céu noturno estrelado.

Aço retirou o pacote com as armas que nunca são usadas quando montado em um dragão a não ser que o cavaleiro estivesse voando para a batalha. Ele prendeu a espada longa, enfiou a espada curta no cinto, deslizou uma adaga dentro da bota. Deixou arco, flechas e lança com o dragão.

— Se minha mãe e seu tio tivessem trabalhado juntos, em vez de seguirem propósitos opostos — Aço comentou — poderia ser eu a dar uma festa na casa do Lorde de Palanthas.

Palin não ignorou o sutil lembrete de que Raistlin estivera junto com os poderes das sombras, como talvez estivesse naquele momento. A lembrança do Teste na Torre da Alta Magia, quando Palin encontrara seu tio — ou pelo menos ele pensou que tinha encontrado — o incomodava no limite de seus pensamentos. A imagem de Raistlin tinha sido mera ilusão, conjurada por Dalamar e os outros magos para testar Palin, ver se ele sucumbiria às mesmas tentações que antes tinham dominado seu tio.

Os magos achavam que Caramon jamais se arriscaria a perder seu filho amado, como antes perdera um irmão amado. Os magos temiam que o amor superprotetor de Caramon fizesse Palin se rebelar de imediato, e talvez se virar para o mal como o tio. Os magos tiraram o assunto das mãos de Caramon, enganando a ele e a Palin.

Em seu teste, Palin acreditou que tinha entrado no Abismo, tinha encontrado seu tio sendo torturado pela Rainha da Escuridão. Tinha libertado o tio, levado-o através do Portal apenas para descobrir que Raistlin planejava deixar o Portal aberto para permitir a passagem da Rainha. Em troca, ela lhe daria o governo do mundo.

Raistlin ofereceu tornar Palin seu herdeiro, se Palin se virasse para o mal e assumisse as vestes negras. Palin se recusara, pronto a se sacrificar para impedir o sucesso de seu tio. Foi quando descobriu que tudo — seu tio, o Portal, o Abismo — tinha sido parte do seu Teste. Nada fora real.

Ou fora?

Palin ainda podia ouvir as palavras de Raistlin.

Podei minhas ambições. Não irei mais tentar ser um deus. Irei me contentar com o mundo… Esse será meu presente para a Rainha da Escuridão para provar minha lealdade — passagem para o mundo. E o mundo será o presente dela para mim. Aqui ela irá governar e eu… servirei.

Assim seu tio dissera. Mas tinha sido mesmo seu tio? Dalamar dissera que a imagem de Raistlin tinha sido apenas uma ilusão. O Raistlin que Palin encontrou tinha sido um Raistlin criado por Palin.

Mas o Cajado de Magius, apertado na mão de Palin, certamente não era uma ilusão.

— Precisamos nos apressar — Palin disse, abruptamente. — É quase meia-noite.

Aço estava acariciando a dragoa no pescoço, trocando algumas palavras em voz baixa. Palin escutou "Forte Dargaard", presumiu que era onde Queima estaria se escondendo. Lorde Soth, o terrível cavaleiro da morte, ainda governava aquele lugar. Soth fora um Cavaleiro de Solamnia. O amor proibido por uma donzela élfica tinha o levado a quebrar seus votos e a cometer assassinato. A maldição dos deuses caíra sobre ele. Ele jamais morreria, e viveria para sempre em um tormento amargo, odiando os vivos, invejando-os. Era leal à Rainha da Escuridão e sua causa. Nenhum mortal ousava se aventurar a centenas de quilômetros do seu castelo amaldiçoado. E, de acordo com a lenda, a alma da falecida mãe de Aço era obrigada a permanecer em Forte Dargaard com o cavaleiro. A dragoa azul estaria a salvo ali, entre companhia tão sombria.

Inúmeras cabanas de pescador pontilhavam a praia. Ou estavam desabitadas ou seus ocupantes tinham ido dormir há tempos. Palin, inquieto, vigiava a todos, com medo que alguém acordasse.

— Depressa — repetiu, nervosamente. — Acho que ouvi alguma coisa.

— Não se preocupe, Majere — Aço mostrou a adaga com punho de caveira. — Se alguém nos ver, irei fechar seus olhos definitivamente.

— Sem matar, pelo amor dos deuses! — Palin protestou. — Memorizei o feitiço de sono. Irei usá-lo se formos descobertos.

— Feitiço de sono. — Aço bufou com escárnio. — Você acha que isso vai funcionar nos guardiões mortos-vivos do Bosque Shoikan?

— Vai funcionar tanto quanto a sua adaga — Palin respondeu seco, sem gostar da indireta. O vislumbre do bosque, visto de cima, tinha-o abalado.

Aço não disse mais nada. Os olhos do cavaleiro brilhavam com algo que podia ser diversão. Devolveu a adaga à bota.

Queima usou suas poderosas pernas traseiras para impeli-la para cima do solo arenoso. Pulou no ar, estendeu as asas, pegou a fraca brisa marítima soprando do oceano e se ergueu no céu.

Palin observou a dragoa partir com uma ponta de arrependimento. Ele e Aço estavam sozinhos agora, e os dois pareciam terrivelmente inadequados.

— Está vindo, Majere? — Aço perguntou. — Era você que estava morrendo de pressa.

Encontraram um pequeno barco de pesca que estava na areia. Aço colocou os suprimentos no barco e o empurrou para a água. Manteve-o perto da praia tempo o bastante para Palin, atrapalhado por suas vestes, subir; depois, empurrou-o para a água, vadeando entre as ondas até os joelhos antes de subir a bordo.

Pegou os remos, enfiou-os na água, e, silenciosa e furtivamente, remou na direção do porto.

— Tem uma lanterna no fundo. Acenda-a — ordenou a Palin. — Não queremos levantar suspeitas.

Os outros navios, maiores, no porto tinham lanterna pendurada, para impedir que outros barcos os abalroassem. Palin fez como foi dito, usando a pederneira que encontrou na proa. Ao usá-la, achou estranho que tivesse uma lanterna a bordo daquele barco de pesca e que, sendo assim, Aço soubesse que estaria ali. Na verdade, como Aço soubera que o barco estaria ali? Talvez os pescadores usassem a luz para pescas noturnas ou para contrabando — um negócio bem mais lucrativo que a pesca.

Palin mantinha a lanterna erguida enquanto Aço impulsionava o barco à frente. O mago tomava cuidado para que a luz não brilhasse na armadura do cavaleiro.

A noite estava silenciosa e quente. Perderam a brisa marítima quase no mesmo minuto em que entraram no abrigo do porto. Palin estava banhado de suor. Aço deveria estar em um desconforto ainda maior, pois mantinha a capa por cima da placa peitoral e outros acessórios. Palin, olhando para trás enquanto passava por um navio minotauro de três mastros, viu o rosto do cavaleiro brilhando com a transpiração. O cabelo preto estava úmido, enrolando nas têmporas.

Ele não reclamou, continuando a remar com uma força e habilidade que Palin invejou. Seus próprios braços doíam só de olhar.

Uma voz áspera do navio minotauro os saudou. Olhando para cima, Palin viu uma cabeça com chifres delineada contra as estrelas.

— Cuidado aí, seus inúteis! Fiquem longe! Se fizer buracos no meu navio, vou fechar com esses corpinhos miseráveis!

— Bêbado — Aço comentou. — Nem estamos perto.

Mas Palin percebeu que o cavaleiro se curvou nos remos, fazendo o barco deslizar rapidamente pela água escura. Palin acenou com a lanterna em uma desculpa, recebendo um xingamento de despedida em resposta.

— Apague a luz! — Aço ordenou quando se aproximaram das docas.

Palin assim o fez, apagando a lanterna com um sopro.

Aço parou de remar e deixou o barco ir para frente pela inércia, ajudando pela maré crescente. Por vezes, enfiava um remo na água para corrigir a direção. Ao alcançar as docas, ele segurou um dos postes de apoio, aguentando enquanto o barco se inclinava, quase entrando embaixo da doca.

— Saia! — ordenou.

Palin procurou a escada das docas e a encontrou. Ia precisar ficar de pé em um pequeno barco balançando, agarrar a escada e se puxar para cima. Olhou para a água preta como tinha que gorgolejar ao lamber os postes.

— E o meu cajado? — inquiriu, virando-se para encarar Aço. — Não posso levá-lo comigo.

— Eu o passo para você! — Aço disse, agarrando o poste com as duas mãos, lutando contra a maré que tentava levar o barco para a costa.

— Não... — Palin agarrou o cajado.

— Então peça a ele que siga você aqui para cima por ele mesmo! Rápido, Majere, não vou conseguir segurar muito mais.

Palin hesitou, não por medo, mas por preocupação em deixar seu precioso cajado para trás.

Aço fez um som como um assobio e lançou um olhar furioso ao mago.

— Agora, seu maldito!

Palin não teve escolha. Precisava confiar, como Aço intimara, que o cajado tomaria conta de si mesmo. Deixando gentilmente o cajado no assento, ficou de pé, lutando para manter o equilíbrio. Aço conseguiu, só com a sua força, jogar o barco mais para perto das docas. Palin se jogou na escada, pegou-a e se agarrou a ela, aterrorizado, enquanto o barco deslizava por baixo dele.

Seus pés buscavam apoio, e encontraram o último degrau. Com um suspiro de alívio, ele subiu, tropeçando nas vestes, mas chegando a salvo no topo. No mesmo instante, inclinou-se para recuperar o cajado.

Para seu horror, viu que não estava mais lá.

— O que você fez com meu cajado? — ele gritou, esquecendo, tomado pelo medo e pela indignação, que deveriam ficar em silêncio.

— Cala a boca! — Aço disse através dos dentes travados. — Não fiz nada com ele! Estava aqui e no instante seguinte sumiu!

Palin, em pânico, sentindo o coração se apertar de dor, estava a ponto de se jogar nas águas sujas e lamacentas quando, colocando a mão no chão da doca, sentiu seus dedos se fechando sobre a madeira quente e lisa.

O Cajado de Magius estava ao seu lado.

Palin arquejou, quase tonto de alívio.

— Deixe para lá — sussurrou envergonhado para Aço. — Eu o encontrei.

— Graças a Sua Majestade Sombria! — Aço murmurou.

De pé no barco, agarrou a escada e — apesar de sobrecarregado com a armadura e as armas — balançou-se para cima com graça e facilidade. O barco seguiu à deriva.

Aço ficou de pé na doca, mas quase imediatamente abaixou-se atrás de um grande barril, puxando Palin com ele.

— O quê? — Palin sussurrou.

— Patrulha passando — Aço sussurrou de volta. — Podem nos ver na luz dos barcos.

Palin não podia vê-los, mas — agora que o cavaleiro chamara a sua atenção — podia ouvir o bater dos pés em botas. Palin e Aço ficaram agachados na doca, escondidos atrás do barril, até o som sumir na distância.

Levantando, Aço avançou ligeiro, mas silenciosamente, pisando com leveza na doca. Palin ficou espantado com a capacidade do cavaleiro de se mover tão silenciosamente. Qualquer outro guerreiro conhecido de Palin teria tilintado e chacoalhado, a espada batendo no quadril, a armadura guinchando. Aço era silencioso como a escuridão.

Palin imaginou legiões de cavaleiros assim, marchando sem barulho por toda Ansalon, conquistando, escravizando, matando.

E aqui estou eu, ele percebeu, repentinamente chocado consigo mesmo, *aliado a um deles, meu inimigo jurado, um daqueles responsáveis por matar meus irmãos. E eu estou levando-o para o lugar onde os cavaleiros da Rainha da Escuridão irão conseguir, provavelmente, aumentar o seu poder! O que estou fazendo? Enlouqueci? Deveria gritar pelos guardas! Denunciá-lo! Entregá-lo a eles!*

Não!, veio a voz. *Precisamos dele, você e eu. Você precisará da espada dele para abrir caminho através do bosque. Precisará dele dentro da torre. Assim que ele o levar em segurança até lá, poderá se livrar dele.*

Isso não está certo, pensou Palin, mas os avisos de sua consciência não eram tão altos quanto a voz de seu tio, então conseguiu ignorá-los. *Além disso*, Palin refletiu, *dei minha palavra ao Aço. E, depois de ter feito tanta questão disso com meu pai, não posso voltar atrás.*

Tendo resolvido o assunto com a sua consciência — ou pelo menos racionalizou o bastante — apertou o cajado com força e apressou-se.

Aço ia na direção da muralha da Cidade Velha. Dava passos longos e rápidos, e Palin, atrapalhado pelas vestes úmidas batendo em suas canelas, tinha que caminhar rápido para acompanhar. Os postos de guarda mostravam-se claramente, bem iluminados. As vozes das patrulhas pairavam no ar noturno. Palin tinha uma dezena de mentiras espertas preparadas para fazê-los passar pela muralha e entrar na cidade. Infelizmente, nenhuma soava convincente o bastante. Estudou a muralha, ansioso, pensando se conseguiriam encontrar algum lugar escuro e sem guardas para escalar e passar por cima.

Espetos de ferro colocados a um palmo de distância um do outro no topo fez com que descartasse essa ideia.

Palin estava imaginando se havia semelhança de família o bastante entre ele e seu primo para convencer o guarda do portão que eram irmãos quando percebeu que não estavam mais andando na direção do portão principal. Aço tinha desviado para a direita, para um grupo de construções mal ajambradas amontoadas na sombra da muralha.

Estava muito escuro naquela parte, a sombra da muralha bloqueava a luz da lua e um navio grande, ancorado ali perto, cortava a luz dos navios vinda do porto. Um lugar ideal para contrabandistas se esconderem, foi o que pensou Palin, e deu um pulo, o coração acelerado, quando sentiu a mão de Aço tocar seu braço. O cavaleiro puxou Palin para os recessos mais escuros da viela.

Apesar do fato de estar tão escuro que Palin não conseguia ver seu nariz em seu rosto — uma velha expressão dos kender — seu nariz lhe disse exatamente onde estava.

— Peixeiros! — disse, baixinho. — Mas...

A mão de Aço em seu braço apertou mais, avisando-o para ficar em silêncio.

Uma patrulha passou por eles, marchando devagar por aquela parte, espiando pelas vielas. Aço apertou-se contra a parede de um prédio. Palin fez o mesmo. Os guardas faziam uma investigação minuciosa, evidentemente compartilhando a opinião de Palin sobre ali ser um excelente esconderijo. Um chegou mesmo a entrar na viela. Palin sentiu a mão de Aço se afastar e presumiu que a mão passou a apertar o punho da adaga.

Incerto sobre se devia impedir Aço ou ajudá-lo, Palin esperou, tenso, pela descoberta.

Um som de algo arrastado, um pouco distante, chamou a atenção dos guardas. O capitão chamou seu homem de volta e a patrulha correu até as docas.

— Pegamos um!

— Onde?

— Consegui ver! Aqui está ele! — gritou um dos guardas.

Botas bateram nas docas, porretes debatiam-se. Um berro fino ecoou sobre a água. Palin remexeu-se, inquieto; aquele grito não parecia ser de um perigoso contrabandista.

Aço grunhiu para Palin.

— Não se mexa. Não é problema nosso.

Um dos guardas gritou.

— Droga! Ele me mordeu!

Veio o som de mais pancadas. O berro se dissolveu em um choramingo.

— Não machuca! Não machuca! Fiz nada mal! Caço rato! Rato gordo! Rato gostoso!

— Anão tolo — enunciou um dos guardas em tom de profundo nojo.

— Ele me mordeu, senhor! — repetiu o guarda, agora soando realmente preocupado. — Estou me sentindo mal.

— Vamos levá-lo, senhor? — perguntou outro.

— Dê uma olhada no saco que ele está carregando — ordenou o capitão.

Pareceu haver certa relutância para obedecer àquela ordem, porque o capitão foi forçado a repeti-la várias vezes. Finalmente, um homem resolveu. Puderam ouvir o ataque de náusea.

— Ratos mesmo, senhor — disse outro. — Mortos ou morrendo.

— Dou todos ratos pra vocês! — disse a voz chorosa. — Leva tudo, General, Sua Majestadosa! Dá boa janta! Não machuca pobre Lesma. Não machuca!

— Deixem esse coitado em paz — disse o capitão. — Se o levarmos, vamos ter que desinfetar a cadeia de novo. Ele com certeza não é um contrabandista. Vamos, tenente. Você não vai morrer por causa de uma mordida de anão tolo.

— Você não tem como saber, senhor. — O homem choramingou. — Eu ouvi falar de um cara que morreu. Foi bem horrível, senhor. Ele espumou pela boca, e a mandíbula travou e...

— Vamos levar você até o Templo de Paladine — o capitão disse. — Dois de vocês vão acompanhá-lo. Sargento Grubb, venha comigo.

A patrulha marchou até o portão principal. Quando os guardas estavam a uma distância segura, fora do alcance, Aço saiu da viela, movendo-se tão rapidamente que Palin precisou pular para acompanhá-lo.

— Onde você está indo? — questionou.

Aço não deu resposta. Ele foi direto até o som de choramingo. Estendendo a mão na escuridão, o cavaleiro puxou uma figura grotesca que se contorcia e cheirava apenas um pouco pior que a viela em que se escondia.

— Ajuda! Ajuda! Assassinos! Ladrãos! Não bate! Não bate! — implorou o anão tolo. — Quer ratos? Eu dou...

— Cale a boca — disse Aço, sacudindo o anão tolo até ele parar de chorar por causa dos dentes chacoalhando. — Pare de gemer. Não vou machucar você. Preciso de informações. Qual é a loja de Kate Caolha?

O anão tolo ficou imóvel nas mãos do cavaleiro.

— Sei sim — disse, com astúcia. — Quanto vale?

— Que tal a sua vida miserável? — Aço disse, sacudindo a criatura de novo.

Palin interveio.

— Você não vai conseguir nada dele assim. — Procurou em um dos seus bolsos. — Por que estamos indo a uma peixaria? — perguntou em voz baixa. — A não ser que você esteja com desejo de salmão...

— Tenho meus motivos, Majere. E você está perdendo tempo — Aço disse, impaciente.

— Aqui — disse Palin, puxando uma moeda e a entregando para o anão tolo. — Pegue isso!

O anão tolo agarrou-a, inspecionando-a na escuridão.

— Cobre? — fungou. — Quer aço.

Palin passou outra moeda, correndo. Tinha ouvido o cavaleiro respirar fundo, exasperado.

— Agora onde está a... qual o nome da Caolha?

— Kate — Aço disse, mordendo a palavra.

— Duas lojas para lá — disse o anão tolo. — Não mais que duas.

Palin suspirou.

— Isso pode ser dois ou vinte. Como é a loja?

— Um peixão na placa. Só tem um olho.

O anão tolo quase estourou o próprio olho, tentando dar uma boa olhada no seu prêmio. Aparentemente ficou satisfeito, pois enfiou as moedas em um bolsa puída e saiu correndo de repente, com medo que Palin pensasse melhor e pegasse o dinheiro de volta.

Aço começou a andar pelas docas.

— Preciso de luz. Não consigo ver nada. Pena que não trouxemos aquela lanterna.

— E os guardas?

— Não vão conseguir nos ver. A vista deles está bloqueada pelo navio. Não que isso importe..

— *Shirak* — Palin disse.

O cristal, preso em uma garra de dragão no topo do Cajado de Magius, começou a brilhar com uma leve radiância. Aço lançou um olhar de aprovação para Palin.

— Muito bom, Majere.

— Obrigado, mas eu não tive nada a ver com isso — Palin disse, sua amargura voltando. — O cajado faz isso sozinho. Nem tenho certeza de como o feitiço funciona. — Ele ergueu o cajado e lançou a luz nas placas das lojas pelas quais passavam.

— Por que você faz pouco de você mesmo? — Aço perguntou. — Um homem deve saber seu próprio valor.

— Eu sei. Não valho nada mesmo. Mas logo isso irá mudar.

— Quando você encontrar seu tio. Mas ele usava as vestes pretas, não é? Você usa as brancas. Você irá mudar, Majere?

Uma boa pergunta. Palin também estivera pensando nisso.

— Não — disse, por fim. — Tomei minha decisão durante meu Teste. Estou satisfeito com *quem* eu sou, talvez não com *o que* eu sou. Se sou ambicioso, se quero melhorar, isso não é ruim. Meu tio vai entender.

— E ele vai ensinar sua arte sombria para um Veste Branca? — Aço bufou. — Vai ser o dia em que irei me tornar clérigo de Paladine! — Olhou de lado para Palin. — Você vai mudar, Majere. Guarde minhas palavras.

— Melhor você torcer para eu não mudar — Palin disse com frieza. — Se eu mudar, com certeza não me sentirei mais constrangido pela honra a manter minha palavra e permanecer como prisioneiro. E talvez você encontre minha adaga nas suas costas.

Aço, quase rindo alto.

— Uma boa resposta. Vou me lembrar disso.

— Eis sua placa. — Palin apontou, ignorando o sarcasmo. — Um peixe com um olho só.

— Ah! Excelente! — Aço foi até a porta. Olhando ao redor para ter certeza que não havia ninguém à vista, bateu na porta de uma forma diferente.

Palin, confuso, esperou em silêncio.

Aparentemente, quem quer que morasse ali tinha sono leve, se é que estava mesmo dormindo. Depois de uma demora muito breve, um painel na porta se abriu. Uma mulher, usando um tapa-olho preto, espiou.

— Estamos fechados, meus senhores.

— Porém, a maré está subindo — Aço replicou, conversando. — Todos que quiserem aproveitar devem colocar seus barcos na água.

O painel se fechou, mas quase imediatamente a porta se abriu.

— Entrem, senhores — disse a mulher. — Entrem.

Os dois entraram na peixaria. Era limpa, o chão esfregado. As mesas normalmente usadas para mostrar o peixe recém-pescado estavam vazias, e só seriam enchidas quando os barcos voltassem com a pesca da manhã. Garrafas marrons contendo óleo de peixe estavam dispostas em fileira em uma prateleira. O cheiro de peixe fresco era bem forte, mas não desagradável. A mulher bateu a porta atrás deles, observando com atenção o Cajado de Palin e sua luz suave.

— É mágico — Palin explicou. — Mas não vai machucar você.

A mulher riu.

— Ah, eu sei bem, Mestre Mago. Sei tudo sobre o Cajado de Magius.

Palin, sem saber se gostava daquela resposta, aumentou o aperto no cajado e observou a mulher com atenção. Era de meia idade, atrativa, apesar do tapa-olho. Estava completamente vestida, o que Palin achou estranho pela hora, mas também ele estar ali era tão estranho e irracional que uma peixeira usando tapa-olho, acordada e vestida no meio da noite, parecia apenas parte de um sonho acordado.

— Sou Aço Brightblade, minha senhora — disse o cavaleiro, curvando-se sobre a mão áspera e vermelha da mulher como se fosse a mão suave de uma nobre. — Cavaleiro do Lírio.

— Fui avisada de sua chegada, Senhor Cavaleiro — respondeu a mulher. — E este deve ser Palin Majere.

Ela se virou para Palin, o único olho visível brilhando na luz do cajado. Suas roupas eram simples como as de qualquer um, mas sua postura era majestosa; a voz culta e educada. E ali estava ela, em uma peixaria!

— Sim! Eu sou Palin... Majere, minha... minha senhora — ele disse, surpreso. — Como você sabe?

— O dragão, claro. Sou Katherine, Guerreira do Lírio, membro da cavalaria de Sua Majestade Sombria.

— Uma Cavaleira de... Takhisis? — Palin ficou boquiaberto.

— De alto nível — Aço acrescentou, enfático. — Dama Katherine lutou na Guerra da Lança.

— Sob o comando de Lorde Ariakus — Katherine explicou. — Foi assim que perdi meu olho, em uma luta com um elfo.

— Eu... lamento, senhora — Palin gaguejou.

— Não lamente. O elfo perdeu mais. Por falar nisso, conheci seu tio, Raistlin Majere. Tinha acabado de assumir as vestes negras quando o encontrei. Achei-o charmoso. Doente, mas charmoso. — Dama Katherine virou-se bruscamente para Aço.

— Querem entrar em Palanthas sem serem percebidos?

— Sim, minha senhora, se for possível.

— Nada mais fácil. Essa, claro, é um dos motivos para estar aqui. E para manter esse disfarce. — Olhou diretamente para Palin ao dizer isso, como se adivinhasse seus pensamentos.

Sentiu o rosto queimar, mas um arrepio o percorreu. *Através dessa loja, os servidores da Rainha da Escuridão se infiltram em Palanthas! Espiões, recrutadores para os cavaleiros, talvez matadores, assassinos passavam pela peixaria. Ela os ajuda a entrar na cidade sem serem notados. Por que estão me mostrando isso? A não ser que tenham certeza de que minha língua ficará em silêncio. Por que não? Sou um prisioneiro, no fim das contas.*

Quase pensando em fugir, Palin olhou para trás, para a porta. Ele provavelmente conseguiria pelo menos sair antes que Aço o pegasse. Seus gritos atrairiam os guardas.

Palin imaginou-se berrando pedindo ajuda — parecido com o anão tolo — e seu rosto queimou ainda mais.

Dama Katherine sorriu para ele e, novamente, Palin teve a impressão de que ela sabia tudo o que ele estava pensando.

— Por aqui, se estão decididos a entrar. Encontrou a loja sem dificuldade, Cavaleiro Brightblade? — Abriu caminho até uma mesa de madeira encostada na parede de trás.

— Um anão tolo nos contou onde você estava, minha senhora.

— Ah, deve ter sido o Alf. Sim, eu o coloquei ali para ficar de olho em vocês.

— Não muito bom — Palin disse. — Falou que nunca tinha ouvido falar daqui.

— E conseguiu arrancar um dinheiro de vocês, não foi, Veste Branca? Criaturinhas astutas, os anões tolos. As pessoas não lhes dão o crédito merecido. Aqui estamos. — Kate colocou as mãos na mesa. — Precisamos tirar isso daqui.

— Permita-me, minha senhora — Aço se ofereceu e moveu a mesa pesada com facilidade.

Katherine foi andando até o que parecia ser uma parede sólida de pedra. Colocando a mão em cima, empurrou. Uma parte da parede virou em uma dobradiça, revelando uma passagem secreta.

— Continue pelo túnel. Vão sair numa viela. Está na propriedade da Guilda dos Ladrões, mas pagamos bem pelo silêncio deles — e pela proteção. Olho Amarelo irá acompanhar vocês, para garantir que não haverá problemas.

Katherine assobiou de forma especial.

Palin presumiu que Olho Amarelo era um dos capangas da mulher e estava se perguntando onde estivera escondido. O mago ficou espantado e quase perdeu a compostura ao ouvir um grasnado estridente e o bater de asas negras. Palin instintivamente ergueu os braços para evitar o ataque, mas o pássaro pousou gentilmente em seu ombro. Palin pode ver por fim que era um corvo.

Inclinando a cabeça, Olho Amarelo espiou Palin. Os olhos do pássaro brilhavam como âmbar na luz da lanterna.

— Ele gosta de você — disse dama Katherine. — Um bom presságio.

— Para o meu lado ou para o seu? — Palin falou antes de pensar melhor.

— Não seja desrespeitoso, Majere — Aço falou, zangado.

— Não brigue com ele, Brightblade — dama Katherine interveio. — O jovem diz o que ele pensa, uma característica que deve ter herdado do tio. Se Paladine e Takhisis estiverem na sua frente, Palin Majere, a quem você rezaria pedindo ajuda? Qual deles você acha que seria mais provável lhe ajudar?

Palin percebeu, culpado, que *não* tinha pedido a ajuda divina de Paladine.

— Está ficando tarde. — Palin virou para Aço. — Precisamos ir.

O sorriso de dama Katherine alargou-se. O corvo lançou outro grasnado estrondoso, que pareceu muito uma risada. Caminhando pelo ombro de Palin, o pássaro mordiscou a orelha do mago de brincadeira.

O bico do corvo era afiado, a bicada dolorosa. Suas garras entravam no ombro de Palin.

Aço agradeceu e deu a dama uma despedida graciosa e cortês.

A dama Katherine respondeu o cumprimento e desejou sucesso em sua empreitada.

Acompanhados do corvo, montado triunfante no ombro de Palin, os dois entraram no túnel estreito. O cajado iluminava o caminho. Conforme o túnel ficava mais escuro, a luz do cajado ficava mais brilhante — um fenômeno que Palin percebera antes. Descobriu que o túnel os levava por baixo da muralha da Cidade Velha, perguntando-se como os cavaleiros tinham conseguido cavá-lo sem despertar suspeitas.

— Magia, suponho — disse para si mesmo, lembrando dos magos Cavaleiros Cinzentos. Havia provavelmente alguns desses magos em Palanthas, vivendo bem debaixo do nariz de Dalamar.

Espere até eu contar a ele sobre isso, Palin pensou, deliciando-se com a ideia. Só essa informação já valeria a ajuda do mago!

O túnel não era muito longo, só a largura da Cidade Velha. Outra porta os levou para a viela. Aço parou antes de abri-la.

— Melhor apagar essa luz — ele disse.

Palin concordou.

— *Dulak* — ele sussurrou, e o cristal ficou escuro.

Em completa escuridão, Palin não podia ver nada, nem mesmo o corvo ainda empoleirado em seu ombro. Ouviu o animal ajeitar as penas, ouviu Aço tateando à procura da maçaneta.

A porta abriu um pouco. A luz prateada entrou. Lunitari estava se pondo, mas Solinari se erguia, o que deixou Palin agradecido. Podia usar a lua para ajudá-lo em seus feitiços, aumentando seu poder. Precisaria de toda ajuda possível para viajar pelo Bosque Shoikan. Estava quase rezando para Paladine, mas lembrou da pergunta de dama Katherine.

Palin não fez a oração. Decidiu confiar em si mesmo.

— Fique perto de mim — Aço avisou, em voz baixa.

Palin lembrou que estavam perto da Guilda dos Ladrões. A mão do jovem mago foi para seu bolso, pegou algumas pétalas de rosa. As palavras do feitiço de sono estavam em seus lábios. Aço tinha a mão no punho da espada.

Saíram devagar para a viela.

Inesperadamente — não tinham ouvido nem visto nada — uma figura alta e sombria ergueu-se bem na frente deles, bloqueando o caminho.

Antes que Aço desembainhasse a espada ou Palin formasse as palavras do feitiço, Olho Amarelo soltou um grasnado alto e severo.

A figura desapareceu como se nunca tivesse estado ali.

— Impressionante — Palin disse, soltando a respiração em um suspiro de alívio.

— Furtivos, como ratos — Aço disse, depreciativo, mas manteve a mão na espada e vasculhou a viela.

— O que vamos fazer com Olho Amarelo? — Palin estava prestes a perguntar quando o corvo bateu as asas, grasnou alto de novo e bicou Palin — com força — no pescoço.

Ele gritou de dor, colocando a mão na ferida.

— O que… — Aço virou tão rápido que quase se desequilibrou.

— Esse pássaro maldito me bicou! — Palin disse, furioso e ferido.

— Só isso? — Aço perguntou, zangado. — Achei que uma legião de ladrões tinha pulado em você no mínimo.

— O desgraçado tirou sangue! — Palin removeu a mão e olhou para a mancha escura em seus dedos.

O corvo grasnou de novo — dessa vez parecendo uma risadinha — e voou de volta sobre a muralha.

— Não vai morrer com uma bicada de corvo — disse Aço. Ele foi até o fim da viela, olhando a rua.

Estava silenciosa e vazia. Algumas luzes brilhavam, desafiadoras, no prédio parecido com um armazém que abrigava a Guilda dos Ladrões, mas nenhum de seus membros caminhava pelas ruas. E se o faziam, nem Aço nem Palin os viram.

Aço olhou para os dois lados da rua com cuidado e depois ergueu o olhar para cima dos telhados.

— Ali está a torre.

Apontou para uma estrutura alta, a mais alta de Palanthas. A luz de Solinari não tocava a torre; esta ficava em uma sombra que ela própria criava. Porém, os dois podiam vê-la com clareza. Talvez a lua negra dividisse sua luz profana com os minaretes vermelho-sangue. Palin assentiu, incapaz de falar. A enormidade de sua missão de repente o amorteceu.

— Sou um tolo — disse para si mesmo. — Eu deveria virar e voltar para casa agora mesmo.

Não faria e sabia disso. Tinha ido longe demais, arriscado muito...

Longe demais...

Palin olhou ao seu redor, confuso.

— Onde estamos?

Aço abriu um sorriso de quem sabia o que estava acontecendo.

— Dentro das muralhas da cidade de Palanthas.

Palin piscou.

— Como... como chegamos aqui?

— Não lembra?

— Não... eu... não faço ideia... — Palin botou a mão na cabeça. Sentia-se tonto e desorientado.

— Aguardente anão faz isso — Aço comentou, casualmente. — Logo vai se sentir melhor.

— Aguardente? Eu... não bebo! E você jamais pararia em uma taverna! Não quando estamos em perigo — Palin de repente ficou bem zangado. — Conte o que está acontecendo aqui! Você tem que me contar.

— Não — disse Aço calmamente. — Não tenho.

Palin sentiu uma pontada aguda de dor e alguma coisa quente escorrendo pelo pescoço. Colocando a mão ali, descobriu que tinha se ferido e sangrava.

Também não conseguia lembrar do que tinha acontecido.

Aço começou a andar pela rua, indo na direção da torre.

Palin, atônito, o seguiu.

De algum lugar acima, veio o grasnado debochado de um corvo.

18

Templo da vida. Bosque da morte.

A noite de verão estava escura e quente. Os cidadãos de Palanthas dormiram inquietos, se dormiram. Luzes cintilavam em várias casas. Pessoas podiam ser vistas nas janelas, procurando nos céus na vã esperança da chuva, ou andando de lá pra cá nos quartos, tentando acalmar crianças irritadas e chorosas. Aço e Palin se mantiveram nas sombras, evitando serem percebidos e questionados, especialmente sobre porque um homem andaria naquele calor enrolado em um manto.

Os dois estavam perto do seu destino. Aço podia ver a torre acima dele, porém, frustrado, não conseguia achar a rua que levava até lá. Palin não podia ajudar. Estivera na torre antes, mas só viajara para lá através das estradas mágicas. Chegando em uma interseção, os dois passaram um momento debatendo qual caminho pegar. Palin deixou isso com Aço, mas este pegou uma rua errada, pois acabaram em uma vasta extensão gramada que se estendia, como um tapete de boas-vindas, desde a rua até um prédio feito de mármore branco. O cheiro de flores dava indícios de jardins que mal podiam ser vistos na luz prateada de Solinari e na luz branca fluindo do prédio.

Dor apertou o coração de Aço, uma dor há muito esquecida, sua sensação remexida no caldeirão do passado.

— Eu sei onde estamos — ele disse.

— O Templo de Paladine! O último lugar em que queremos estar! — Palin soou preocupado. — Pegamos uma rua a mais para esquerda. Devíamos ter virado à direita lá atrás, à esquerda. — Olhou de relance para Aço. — Estou surpreso que você conheça o templo.

— Quando eu era criança, Sara me trouxe aqui, depois do ataque a Palanthas. Perdemos nossa casa para o incêndio que arrasou a cidade. Sara veio aqui para agradecer por não termos perdido nossas vidas. Foi onde eu soube da morte da minha mãe e quem foi o responsável.

Palin não respondeu. Esfregou o ponto no pescoço onde o familiar de dama Katherine — o corvo — o mordera. A dor não iria durar muito, a magia naquela bicada duraria a vida toda, impedindo que Palin se lembrasse que tinha encontrado uma cavaleira transformada em peixeira. Palin se preparou para retraçar seus passos. Aço começou a segui-lo, mas não o fez. Parou para ficar um momento na frente do templo, dando um ou dois passos na grama bem cortada.

Montes escuros pontilhavam o gramado e, por um momento, Aço achou que deveria ter acontecido uma batalha e aqueles eram os corpos deixados para trás. Depois, percebeu que aqueles corpos estavam vivos; a única batalha que eles lutavam era contra o calor. As pessoas estavam dormindo pacificamente no gramado.

Aço conhecia bem aquele lugar, melhor do que insinuara. Talvez sua chegada não tenha sido acidental. Talvez tivesse sido atraído ali, como já acontecera várias vezes antes.

A juventude de Aço tinha sido complicada. Nunca vivera os dias felizes e despreocupados da infância cantada pelos poetas. A guerra entre a luz e a escuridão, entre emoções conflitantes e desejos não era nova. Lutava naquela guerra desde seus primeiros anos. A escuridão, representada pela imagem de sua mãe na sua armadura de dragão azul, impelira Aço, mesmo ainda criança, a mandar e controlar — sem se importar com o custo para si mesmo ou para os outros.

E quando ele não conseguia, quando as outras crianças se rebelavam contra a sua autoridade, se recusavam a obedecê-lo, a escuridão o incentivava a atacar, a machucá-los. A luz, representada em seus sonhos pela imagem de um cavaleiro desconhecido vestido de prata, fazia Aço sentir-se arrependido depois. Ele lutava com a turbulência na sua alma, sentia-se puxado em duas direções diferentes por forças poderosas que não podia entender. Por vezes, temia ser rachado em dois se não escolhesse um deles. Nessas horas, tinha fugido para aquele refúgio. Tinha ido para o templo de Paladine.

Aço não sabia por quê. Era jovem, tão imortal quanto os deuses, pelos menos era o que achava, e sendo assim não precisava dos deuses. Não tinha ido até o templo mesmo. Suas paredes de mármore eram sufocantes, confinadoras. Não muito longe de onde estava, havia um álamo. Embaixo da árvore havia um banco de mármore, antigo, uma relíquia de alguma família nobre de tempos idos. Frio e duro, o banco de pedra não era confortável para sentar e, em geral, era evitado pela maioria dos fiéis.

Aço o adorava. Um pequeno friso tinha sido entalhado nas costas do banco. De acabamento bruto, provavelmente feito por algum aprendiz aprendendo o ofício, o friso retratava o funeral de um Cavaleiro Solâmnico e fora feito como um memorial. O friso mostrava o cavaleiro, deitado em seu esquife de pedra, os braços dobrados no peito, o escudo apoiado (de forma imprópria, mas assim é a licença artística) ao lado de seu esquife. Dos dois lados do corpo de cavaleiro — todos idênticos e todos com rostos solenes e severos — estava uma escolta de doze cavaleiros.

Aço lembrava de sentar na grama, o queixo nos braços, os braços no banco. Ali, por um breve período, o tumulto em sua alma parava, a fúria quente em sua alma diminuía, seus punhos fechados relaxavam. Encarava o friso, enfeitando-o com uma vida imaginária infantil. Às vezes, o funeral era o seu, ele tinha morrido em um ato heroico, claro. Gostava de imaginar que tinha morrido salvando a vida de outras crianças — seus assim chamados amigos — e que só então, tarde demais, tinham passado a gostar dele. Outras vezes, ele se imaginava comparecendo ao funeral de outro cavaleiro. Aço se via não como um dos convidados, mas como o assassino do cavaleiro. O torneio tinha sido honrado. O cavaleiro morreu heroicamente e Aço fora prestar homenagem em seu funeral.

Quase exatamente o que aconteceu com os irmãos Majere.

O pensamento arrepiou sua pele e Aço não era pego por essas sensações com facilidade.

— Você está sendo um tolo, Brightblade — disse a si mesmo, com severidade, envergonhado por seu lapso momentâneo de superstição.

— Mesmo assim, é estranho — ele disse a si mesmo, observando a escuridão, tentando sem sucesso pegar um brilho de luar refletido no mármore frio do banco. — Eu tinha esquecido completamente daquele velho banco... — Sorriu para si mesmo na escuridão, um sorriso suave e triste.

Agora ele sabia sobre os deuses. Tinha dedicado sua vida a um deles, uma deusa sombria, a deusa que governava a escuridão da sua alma. Ela iria puni-lo se buscasse aquele banco reconfortante. Não só isso, mas sem dúvida Paladine lançaria sua fúria em qualquer serviçal de Sua Majestade Sombria que se aventurasse em seu recinto sagrado. Só de pisar na grama, como fizera, seria considerado sacrilégio.

Palin estava encarando-o, prestes a falar, quando um rosnado baixo e grave os silenciou.

O rosnado era selvagem, destemido e vinha de trás deles.

— Não se mova! — Palin avisou, voz baixa. Estava encarando Aço, podia ver atrás do cavaleiro. — É um tigre. Uns dez passos atrás de você. Vai...

— Não se preocupem, cavalheiros — disse uma voz calma e fria na escuridão. — Este é Tandar, meu guia. Ele não irá feri-los. Está tarde para andar pelas ruas. Estão perdidos? Com problemas? Tem alguma forma de ajudá-los?

Aço se moveu, virando lenta e cuidadosamente, a mão no punho da espada. Palin correu para o lado do cavaleiro.

O tigre pisou em um clarão de luar prateado. Era um tigre branco, muito raro em Ansalon. Suas listras eram pretas e cinzas, os olhos verdes com pontos dourados, perigosamente inteligentes. A besta era imensa, muito larga, as patas do tamanho da cabeça de um homem. Uma coleira dourada brilhava em seu pescoço. Pendurado na coleira havia um medalhão com um dragão dourado, o símbolo de Paladine.

Não fora o tigre que falara, apesar de que, pela sua aparência inteligente, pudesse ser. Quem falou foi uma mulher. Ela emergiu das sombras para ficar do lado do tigre, a mão apoiada gentilmente em sua cabeça. "Meu guia" foi como ela chamou o animal. Quando ela pisou na luz de Solinari, Aço viu porque ela andava de noite na companhia daquela grande fera.

Aquela mulher sempre andava de noite, pois jamais veria a luz do dia. Ela era cega.

Aço a reconheceu. Filha Reverenciada Crysania, Alta Sacerdotisa do Templo de Paladine, a líder dos oradores do deus em Ansalon.

Vinte anos tinham se passado desde que Crysania, guiada por uma ambição tão escura quanto a do mago, acompanhou Raistlin Majere até o Abismo. Ela quase morreu ali. Apenas quando estivera caída naquele lugar horrível, sozinha e cega, finalmente foi capaz de enxergar. Ela retornou para o mundo, cega para sua beleza, mas não estava mais cega para a sua dor. A igreja tinha se fortalecido sob sua liderança sábia e seus clérigos eram amados.

Sua pele era pálida como o brilho de Solinari, o cabelo negro entremeado de prata. As marcas de suas dificuldades e de suas lutas estavam marcadas no seu rosto, mas sua serenidade e graça a distinguiam. Era tão bonita quanto o tempo — fria, sólida, abençoada.

Aço esperava que Palin falasse, mas o mago aparentemente estava sem fala. O paladino das sombras poderia sugerir que escapassem, fugindo de vez, exceto pelo tigre que os observava com atenção.

— Um mago e um cavaleiro — dama Crysania disse, aproximando-se deles. — Presumo que não são viajantes perdidos, mas que estão em alguma missão. Vieram buscar as bênçãos de Paladine?

O tigre rosnou de novo, baixinho. Obviamente era hora de falar. Aço deu uma cotovelada em Palin, atingindo-o nas costelas.

— Não… não exatamente, Filha Reverenciada — Palin disse, em voz fraca. Seu rosto estava pálido e brilhava de suor, e não só pelo calor da noite.

Esperava-se que magos de vestes brancas reverenciavam Paladine e seguissem seus preceitos. Resgatar um famoso mago de vestes pretas do Abismo não deveria estar na lista das coisas que o deus desejava que seus fiéis realizassem.

— Palin Majere — disse dama Crysania. — Eu lhe dou as boas-vindas.

— Como… como você sabe? — Palin arquejou.

Crysania riu, uma risada que soava como a música de sinos de pratas.

— Como eu sei? Posso sentir o cheiro de rosas de seus componentes mágicos, e assim sei que você é um mago. Quando você falou, reconheci sua voz. Você tem o tom de seu pai, mas a forma como fala… lembra o seu tio — disse a última parte em voz baixa.

O rosto de Palin, antes pálido, agora estava vermelho como se Lunitari brilhasse nele. Não tinha resposta para isso, nem a Filha Reverenciada parecia esperar uma. Sorrindo agradavelmente, virou os olhos escuros e sem visão para Aço.

— Reconheci o cavaleiro pelo som da espada. Com certeza, Palin Majere anda acompanhado com um dos seus irmãos guerreiros. Tenho o prazer de falar com Tanin ou Sturm Majere?

Havia muitas maneiras para Aço responder. A mais fácil: fingir ser um dos irmãos Majere. Um tom áspero e rouco iria disfarçar a voz e poderia ser explicado por um resfriado. Uma breve troca de gentilezas e estariam a caminho. Porém, se Aço falasse a verdade... ele olhou para o tigre. A fera o encarou. Havia uma sabedoria naqueles olhos que não seria encontrada nos olhos de um animal estúpido, não importava o quão esperto fosse. Se o tigre atacasse, o peso dele derrubaria Aço no chão. Podia ser capaz de atacá-lo, mas não antes que seus dentes amarelos arrancassem sua garganta.

Certas palavras ousadas voltaram a sua mente.

Não vou entrar em Palanthas vestido como estalajadeiro... Nem escondido por trás do nome de outro homem.

— Você está enganada, Filha Reverenciada — Aço disse com frieza e educação. — Meu nome é Aço Brightblade, Cavaleiro do Lírio. Eu tenho a honra de servir a Sua Majestade Sombria, Takhisis.

Palin revirou os olhos, sacudiu a cabeça.

— Agora, você conseguiu! — sussurrou.

O tigre soltou um grunhido baixo. Dama Crysania acalmou seu guia com a mão. Sua testa franzida, a expressão preocupada.

— Você proclama isso abertamente na cidade de Palanthas? — ela perguntou, não como ameaça, mas por estar surpresa.

— Proclamo a você, Filha Reverenciada — Aço retrucou. — Uma pessoa que enxergasse veria quem eu sou. Não há honra, apenas vergonha, em aproveitar de uma vantagem injusta sobre quem os deuses escolheram para andar nas sombras. E uma vergonha ainda maior em enganar uma mulher tão nobre e corajosa quanto você, minha senhora.

Os olhos sem visão de Crysania se arregalaram.

— O que Tanis Meio-Elfo nos disse, anos atrás sobre vocês, cavaleiros, estava correto — ela murmurou. — Que Paladine nos ajude! — Seu olhar que não via virou-se para dentro, pensando, e seu rosto foi novamente para Palin. — O que você está fazendo aqui, jovem mago? Por que viaja na companhia desse cavaleiro, que, apesar de honrado, dedica-se ao mal?

— Sou prisioneiro desse cavaleiro, Filha Reverenciada — Palin respondeu. — Meus dois irmãos estão mortos. Os Cavaleiros de Takhisis ancoraram na costa norte, perto de Kalaman. Tanis Meio-Elfo está a caminho para dar essa notícia aos cavaleiros na Torre do Alto Clerista.

— Um prisioneiro. Então, exigiram resgate.

— Sim, Filha Reverenciada. É por isso que estamos aqui — Palin ficou em silêncio, obviamente esperando que a clériga não perguntasse mais nada.

— Vocês estão indo para a Torre da Alta Magia.

— Sim, Filha Reverenciada — Palin respondeu.

O tigre sacudiu-se de repente, como se tivesse saído do mar e estivesse sacudindo a água. A cabeçorra movia-se inquieta por baixo dos dedos de Crysania.

— Se estivesse buscando o resgate, jovem mago, você iria para a Torre da Alta Magia em Wayreth. O Conclave dos Magos é que resolve esses assuntos. — A voz de Crysania endureceu.

— Perdoe-me, Filha Reverenciada — Palin disse com firmeza. — Não tenho liberdade para discutir isso. Dei minha palavra de honra a esse cavaleiro.

— E nós seríamos menos honrados do que nossos inimigos? — Crysania perguntou com um meio sorriso. — É o que você está insinuando. — O senhor Dalamar não sabe que você está indo, sabe?

— Não, minha senhora — Palin respondeu baixinho.

— Vocês estão planejando entrar pelo Bosque Shoikan. Não vão sobreviver. Sua palavra de honra não servirá de muita coisa para vocês naquele lugar. Eu sei — acrescentou, com um tremor. — Andei por ali.

Ficou em silêncio. Novamente, o olhar que não via se virou para dentro.

Aço queria partir, mas estava inseguro em como se livrar da dama Crysania, que ergueu a cabeça encarando os dois, seus olhos em um ponto entre eles.

— Estão talvez se perguntando o motivo de eu não chamar os guardas da cidade para lidar com vocês. Este encontro não está acontecendo do nada. Não costumo andar pelo terreno do templo depois da meia-noite. Mas nesta noite, não consegui dormir. Achei que fosse pelo calor e saí para procurar um pouco de ar fresco. Mas agora eu sei que era a vontade de Paladine que eu os encontrasse, que nós nos encontrássemos. E o que quer que esteja fazendo, sinto que a vontade dele irá guiar vocês.

Palin remexeu-se, olhando de relance para Aço. O paladino sombrio sorriu e deu de ombros. A Rainha Takhisis era famosa por trabalhar de formas misteriosas.

— Vocês jamais irão conseguir passar pelo Bosque Shoikan vivos. Aqui. — dama Crysania colocou a mão no pescoço e tirou um medalhão. O ouro brilhou na luz prateada da lua. Abrindo o fecho, ela tirou o medalhão e o estendeu. — Pegue isto. Palin Majere. Não irá protegê-lo dos guardiões mortos-vivos daquele lugar terrível, mas irá erguer o medo em seu coração, dando-lhe coragem para caminhar pelas sombras.

Palin pareceu arrasado, culpado como um ladrão pego com a mão na caixa de esmolas.

— Não posso aceitar, Filha Reverenciada. Não… não está certo. Você não sabe… — Ficou em silêncio.

A dama Crysania procurou a mão do mago. Encontrou-a e apertou o medalhão contra a palma.

— Paladine esteja com você — ela disse.

— Obrigado, minha senhora — Palin apertou o medalhão, sem saber mais o que fazer ou dizer.

— Está na hora de irmos — Aço disse, decidido a ter o comando da situação. Fez uma reverência formal para dama Crysania. — Eu me ofereceria para acompanhá-la de volta aos seus aposentos, senhora, mas vejo que já está bem protegida.

A dama Crysania sorriu, apesar de imediatamente depois suspirou.

— Acredito que faria, senhor cavaleiro. Me entristece ver tanta nobreza de coração e de espírito dedicada às sombras. E como você irá entrar no Bosque Shoikan, senhor cavaleiro? Sua rainha não manda ali. Seu filho, Nuitari, é o temível monarca daquele lugar maligno.

— Eu tenho a minha espada, minha senhora — Aço respondeu diretamente.

Ela deu um passo para perto dele, os olhos sem visão encarando-o, e de repente lhe pareceu — espantosamente — que ela podia vê-lo. Ela estendeu a mão para ele, colocando-a no peito dele, na armadura com o lírio da morte e a caveira. O toque da clériga era como uma chama, queimando sua alma, e era como a água fria, trazendo-lhe calma. Pela primeira vez na vida, Aço estava indefeso, sem saber o que fazer.

— Você também tem um guardião, pelo que vejo — dama Crysania lhe disse. — Dois guias! Um de sombras, um de luz. A guia que está à sua esquerda, no lado do seu coração, é uma mulher. Usa armadura azul e carrega o elmo de um Senhor Supremo dos Dragões em uma mão e uma lança na outra. A ponta da lança está úmida com sangue. É a mais próxima do seu coração. O guia à sua direita é um homem, um Cavaleiro de Solamnia. Ele não tem uma arma. Sua bainha está vazia. Um buraco ensanguentado, feito por uma lança, atravessa seu corpo. Este homem é o mais próximo de sua alma. Os dois querem guiá-lo. Quem você decidirá seguir?

Ela parou de falar e tirou a mão. Aço desabou como se ela o estivesse segurando. Procurou por palavras de orgulho, mas não encontrou nada. Ele só conseguia encará-la, espantado. O que ela descreveu fora a Visão, dada a ele pela Rainha da Escuridão.

O tigre endireitou-se, pressionando o corpo listrado de branco e preta de forma protetora contra Crysania. Ela deu boa noite ao Palin e Aço.

— Minha benção irá acompanhá-los — disse para eles, baixinho.

A mão na cabeça do tigre, a clériga de Paladine refez seus passos, e logo sumiu nas sombras.

Palin estava encarando Aço boquiaberto. O cavaleiro sombrio não estava disposto a falar. Um pouco zangado e um pouco assustado, completamente envergonhado, Aço virou nos seus calcanhares e caminhou rapidamente pela rua, por onde tinham vindo. Ouviu os passos do mago, o bater de suas vestes, enquanto Palin corria para alcançá-lo.

Aço caminhava ainda mais rapidamente, como se pudesse superar os demônios estilhaçando sua alma.

— Não preciso de guia! — sussurrou, furioso. — Cresci sozinho. Não preciso de nenhum de vocês, pai *ou* mãe.

Não diminuiu o ritmo acelerado até sair de uma viela e ali, a sua frente, encontrar as árvores do Bosque Shoikan, antigo e temível.

Antes, havia cinco Torres da Alta Magia em Ansalon. Fortalezas dos magos, as torres eram vistas como ameaças por aqueles que temiam o poder dos magos. Para se protegerem de ataques, os magos deram uma floresta protetora para cada torre. A floresta da Torre de Daltigoth causava uma letargia debilitante em qualquer um que se aventurasse ali, que cairia em um sono profundo e sem sonhos. A Torre de Istar, estilhaçada durante o Cataclisma, fazia com que aqueles que entrassem na torre esquecessem completamente o motivo de terem ido. A Torre das Ruínas criava paixões tão intensas nos peitos daqueles que adentravam seus terrenos que estes perdiam todo o interesse em qualquer outra coisa. A floresta ao redor da Torre de Wayreth fugia de invasores. Não importa o quanto tentem, não conseguem encontrá-la. Mas de todas, o Bosque Shoikan era o mais terrível. Os outros eram abençoados pelos seguidores de Solinari e Lunitari. Os seguidores de Nuitari, os Vestes Pretas, abençoaram o Bosque Shoikan.

Seus carvalhos imensos não se mexiam. Nenhum vento, nem mesmo os ventos de ciclones e furacões, conseguiam fazer uma única folha se mexer. Os galhos imensos se entrelaçam, formando uma copa tão densa que a luz do sol não conseguia penetrar. O Bosque Shoikan está envolto em uma noite perpétua. Suas sombras nunca se aquecem, sempre frias como a morte.

O próprio Nuitari lançou o encantamento de medo no bosque. Todos os que se aproximam, mesmo aqueles convidados pelo mestre da torre, sentem um terror paralisante que atinge o coração de todas as pessoas. A maioria não consegue nem ver as árvores. Aqueles com coragem fora do comum que realmente conseguem chegar no bosque em si, em geral o fazem arrastando-se de joelhos. Poucos foram além disso. Um foi Caramon Majere. Outra foi a Filha Reverenciada Crysania. Outra foi Kitiara. As duas últimas receberam medalhões para conter o medo, para ajudá-las a passar. Quanto a Caramon, mal conseguiu manter sua sanidade.

Agora, Aço Brightblade estava na sombra do Bosque Shoikan. O encantamento o pegou, lançando nele o medo — terrível, debilitante e irracional. Era o medo da morte, uma certeza para aqueles que colocavam o pé ali, o medo do tormento e da tortura que precederia o fim, e o ainda maior medo do tormento e da tortura eternos prometidos para depois.

Ele não podia lutar contra esse medo, pois era inspirado pelo deus. O medo o torcia, o drenava, agarrava suas entranhas, apertava seu estômago. O medo secava sua boca, contraía seus músculos, umedecia suas palmas. O medo quase o deixava de joelhos.

Ouvia as vozes dos mortos-vivos, ásperas e secas como ossos.

Seu sangue, seu calor, sua vida. Nossos! Nossos! Venha. Traga seu sangue doce, sua carne quente. Estamos com frio, frio, frio intolerável. Chegue mais perto, mais perto.

A escuridão do bosque, uma escuridão eterna, nunca iluminada por luz nenhuma, talvez só pela luz invisível da lua negra, fluía sobre Aço. Orou para Takhisis, apesar de saber que não seria respondido. O mando de Sua Majestade Sombria acabava na borda daquela floresta. Ali, seu filho, Nuitari, senhor da magia sombria, reinava supremo. E todos sabiam que ele raramente escutava a mãe.

Morrer em batalha... Aço sempre presumiu que esse seria o seu destino. Estar deitado em um esquife de pedra, as armas do inimigo aos seus pés, lamentado e elogiado por seus camaradas — era esse o sonho de morte de Aço.

Não assim. Estilhaçado pelas unhas afiadas dos mortos-vivos, arrastado para baixo do chão, tentando se agarrar em algo, afundando, sufocando. E depois que a morte viesse como misericórdia, sua alma seria mantida presa ali, forçada a servir o deus dos mortos-vivos, Chemosh.

Uma voz, uma nova voz, interrompeu os silvos gelados dos escravos de Chemosh. Uma mulher, vestida com armadura azul, surgiu vinda das sombras das árvores altas. Era uma mulher adorável, o cabelo curto para ficar confortável debaixo do elmo. Cachos escuros emolduravam seu rosto. Os olhos escuros eram encantadores. Ela sorriu, um sorriso torto, e riu. Riu dele.

— Olhe só para você! Suando e tremendo como uma criança na Noite do Olho! Tive um filho covarde? Pela minha rainha, se for, eu mesma irei jogar você para Chemosh!

A Dama Azul aproximou-se dele, seu caminhar rebolante. Uma espada estava pendurada em seu quadril, o manto azul remexia-se incansável ao redor dela, mesmo com o ar noturno imóvel.

Aço a conhecia. Nunca a vira na vida, mas a conhecia. Ela veio até ele uma vez antes — na Visão.

— Mãe… — sussurrou.

— Não me chame de "mãe"! — Kitiara retrucou. — Você não é meu filho. Meu filho não é um covarde. Eu caminhei por aquele bosque maldito. E você está aqui, pensando em colocar o rabo entre as pernas e fugir!

— Não estou! — Aço respondeu, ainda mais zangado porque tinha pensado em fugir. — Eu…

Mas a visão sumiu, voltando para a escuridão.

Apertando os dentes, sua mão se fechando no punho da espada, Aço avançou, indo direto para o Bosque Shoikan. Tinha esquecido de Palin, esquecido que um ser como o mago existia. Era uma batalha, entre o bosque e ele. Não ouviu os passos se apressando atrás dele. Pulou, espantado, quando uma mão tocou no seu braço. Virando, desembainhou a espada.

Palin, respirando com dificuldade, recuou um passo perante a expressão feral do cavaleiro.

— Aço, sou eu…

A luz do Cajado de Magius brilhava intensamente no rosto do jovem mago. Aço deu um grande suspiro de alívio, do qual ficou envergonhado imediatamente.

— Onde você estava, Majere?

— Tentando alcançar você, Brightblade! — Palin respondeu. — Você saiu correndo tão rápido… Vamos precisar estar juntos para conseguir atravessar aquele bosque maldito… se conseguirmos.

Os dois podiam ouvir as vozes dos mortos-vivos agora.

Sangue quente, carne doce, venham para nós… venham…

Palin ficou pálido até os lábios. A mão apertando o cajado estava branca, escorregadia com o suor.

— Abençoado Paladine! — Palin agarrou o braço de Aço. — Olhe! Pelos deuses! Está vindo direto até nós!

Aço virou, espada erguida. E então, abaixou-a.

— O que você está fazendo? — Palin remexeu, procurando a bolsa. — Precisamos lutar...

— Meu pai não vai nos machucar — Aço disse, baixinho.

Dois guias, era o que dama Crysania dissera.

Um cavaleiro em armadura que brilhava como prata ao luar saía das sombras do bosque. A armadura estava decorada com a rosa, a coroa, o martim-pescador. Era uma armadura antiquada, da época do Cataclisma. O cavaleiro não usava espada, tinha dado a sua para seu filho.

O cavaleiro parou na frente de Aço.

— Você prometeu, pela sua honra, entrar nesse lugar maldito? — Sturm Brightblade perguntou.

— Assim prometi, pai — Aço respondeu, a voz firme. A mão na espada estava firme agora.

Os olhos de Sturm, carinhosos, tristes, amáveis, orgulhosos, pareciam medir o homem vivo. Sturm assentiu uma vez, solene, e disse.

— *Est Sularus oth Mithas.*

Aço respirou fundo e soltou devagar.

— Entendo, pai.

Sturm surrou. Erguendo a mão, apontou para o pescoço do filho. Depois, virando em seus calcanhares, afastou-se. Não desapareceu nas sombras, pois parecia que as sombras se abriam para ele. Sumiu numa clareira de luar prateado.

— Você sabe o que isso significa? — Palin perguntou em voz baixa.

Aço colocou a mão por baixo da armadura, pegando uma joia que usava no pescoço. Tirou. A joia era élfica, um amuleto trocado entre amantes élficos. Tinha sido presente de Alhana para Sturm, prova de amor eterno. Tinha sido presente de Sturm para seu filho. A luz da joia brilhava forte e fria — um frio limpo, perfurante, como um pedaço de gelo. Ou como a lâmina afiada de uma lança.

— "Minha honra é minha vida". Não vou envergonhar minha mãe. Não falharei com meu pai. Vamos entrar no bosque agora — Aço Brightblade disse.

19

Tas está entediado. Conversa com um espectro. A poderosa magia kender.

Tasslehoff Burrfoot suspirou. Jogando o corpinho em uma poltrona, olhou ao redor, suspirou de novo e fez um pronunciamento.

— Estou entediado.

Agora, ao ouvir essas terríveis palavras, qualquer um que tivesse vivido tempo o suficiente em Ansalon teria feito todo o possível para fugir e salvar sua vida. Vá até qualquer guerreiro experiente e pergunte a ele "Perdoe-me, senhor, mas você preferia estar trancado em uma sala com um exército de ogros, um regimento de trolls, uma brigada de draconianos, um dragão vermelho... ou um kender entediado?"

O guerreiro irá escolher os ogros, os trolls, os draconianos e o dragão vermelho com certeza, sempre. Ele irá dizer a você, assim como todos que você encontrar, que nada em Krynn é mais perigoso que um kender entediado.

Infelizmente, Usha, nunca tendo convivido com kender, não sabia disso.

Os dois passaram a primeira noite da sua chegada, o dia seguinte, e boa parte da noite seguinte adormecidos sob o encantamento lançado por Dalamar e Jenna sobre eles. Tas acordou primeiro, e sendo um kender cuidadoso com os outros, esforçou-se para não acordar Usha, tendo mesmo se controlado — em um esforço heroico — para não vasculhar as suas bolsas, uma das quais ela usava como travesseiros.

Explorou a sala, que estava cheia de objetos interessantes recolhidos de toda Krynn por Raistlin. Dalamar tinha aumentado a coleção, e Tas admirava as delicadas estátuas de madeira de animais esculpidas pelos elfos Wilder; conchas e esponjas trazidas do Mar de Sangue de Istar; caixas de porcelana decoradas com pinturas divertidas de pavões de Ergoth Norte, baús de cedro entalhados feitos pelos anões de Thorbardin e vários outros objetos interessantes.

Qualquer um (ou todos, exceto os baús de cedro) poderiam ter parado nos bolsos de Tas, e mais de um item realmente acabou caindo ali por acidente só para pular para fora no mesmo instante. Obviamente, a sala era a prova de kender.

— Minha nossa! — disse Tas, quando um esqueleto manchado de escarlate de um ouriço do mar pulou do bolso do kender de volta para a prateleira. — Mas veja só!

— Ver o quê? — Usha disse, sonolenta.

— Ora, toda vez que uma dessas coisas pula na minha bolsa, pula para fora. Não é maravilhoso? Venha ver!

Usha viu, mas não pareceu muito impressionada.

— Onde está Lorde Dalamar e aquela mulher… Jenna? Onde eles foram?

Tas deu de ombros.

— As pessoas sempre desaparecem por aqui. Eles vão voltar. — Sua atenção foi para as fechaduras nos baús.

— Não quero que voltem — Usha disse, irritada. — Odeio esse lugar. Não gostei daquele tal de Dalamar. Quero ir embora. E vou. Venha. Agora é nossa chance, enquanto não estão aqui.

Juntando suas bolsas, ela marchou até a porta, agarrou a maçaneta e puxou.

A porta não se moveu.

Usha sacudiu a maçaneta, apertou, até chutou a porta.

Não abriu.

Tas olhou para ela.

— Eu diria que está trancada — ofereceu, tentando ajudar.

— Mas por quê? — Usha ficou espantada. — Tem certeza?

Sendo uma situação nada nova ou incomum para o kender, Tas assentiu.

— As pessoas estão sempre me trancando dentro de algo, fora de algo, ou os dois. Você se acostuma.

Os fechos no baú de cedro também se mostraram imunes à inspeção do kender. O buraco onde a chave deveria entrar ficava indo de um lado para o outro, de uma maneira muito pouco esportiva. Embora isso tivesse se mostrado divertido nos primeiros dez minutos, Tas logo ficou entediado com a caça à fechadura e novamente fez a declaração que deixaria a maioria das pessoas desesperada para encontrar uma saída.

— Estou entediado.

Usha, andando de um lado para o outro como um gato inquieto, não respondeu. Passando pela janela, parou, olhando esperançosa para fora. Era uma longa, longa queda até as pontas afiadas da cerca de ferro abaixo. Recuou rapidamente.

— Bem — Tas acrescentou, batendo as mãos nos joelhos. — Acho que já fizemos tudo que há para se fazer aqui. Vamos embora.

Remexendo em um dos seus bolsos, ele pegou as gazuas que são direito de nascença de um kender.

— Com certeza Dalamar não quis nos trancar aqui. A tranca deve ter caído sozinha quando ele saiu. — Ele inspecionou a fechadura, e acrescentou com severidade. — Se ela ficar parada, vou deixar isso passar.

Retirando várias ferramentas de aparência interessante, Tas — não mais entediado — foi até a porta e se colocou a trabalhar.

Usha veio observar.

— Para onde vamos depois de deixar a sala? Você sabe o caminho para sair?

— Sim — Tas disse, ansioso. — Através do Bosque Shoikan, uma floresta horrivelmente assombrada cheia de mortos-vivos que querem devorar sua carne e manter sua alma em tormento por toda a eternidade. Eu sei. Eu o vi uma vez, mas nunca entrei. Apenas Caramon foi. Certas pessoas são muito sortudas.

Parou um momento, olhos cheios d'água, lembrando dos bons tempos. Então, assobiando uma canção anã, limpou o nariz na manga e retomou alegremente a tarefa.

A ferramenta chacoalhou na fechadura.

A fechadura continuou fechada.

Tas franziu a testa, colocou a ferramenta de volta no seu conjunto, selecionou outra e tentou de novo.

— Então não importa se vamos conseguir sair daqui ou não. Se não podemos passar por esse bosque, ainda estaremos presos aqui! — Usha soou desanimada.

Tas parou para pensar.

— Eu sei que o bosque mantém as pessoas fora, mas nunca ouvi nada sobre manter as pessoas *dentro*. Talvez nem tenhamos problema algum.

— Você acha? — Usha o encarou com ânimo renascido.

— Vale tentar. — Tas mexia na fechadura com força. — O pior que pode acontecer é mãos esqueléticas saírem do chão e tentar agarrar nossas canelas e nos puxar pra baixo da terra, onde morreremos em imensa agonia.

Usha engoliu em seco, parecendo não ver nada divertido naquilo.

— Talvez... talvez seja melhor ficarmos aqui mesmo, esperando que Dalamar volte. — Ela voltou para sua poltrona e se sentou.

— Consegui! — Tas gritou, triunfante.

A trava fez um som alto. Tas abriu a porta.

Dois olhos brancos, frios e desencarnados, encaravam na escuridão.

— Opa, olá — Tas disse ao ser morto-vivo, um pouco surpreso com sua aparição repentina.

— Feche a porta! — Usha gritou. — Feche rápido! Antes que... essa coisa entre!

— É apenas um espectro — Tas disse, estendendo educadamente a mão. — Como vai? Meu nome é Tasslehoff Burrfoot. Ah, acho que deve ser difícil apertar a mão de alguém se você não tem uma. Desculpe. Espero que isso não o faça se sentir mal. Sei que eu me sentiria mal se não tivesse mãos. Mas é muito bom conhecer você. Qual é o seu nome?

O espectro não respondeu. Os olhos flutuam mais perto. Um frio de enregelar os ossos fluiu pela sala.

Usha pulou da sua poltrona e correu para trás dela.

— Feche a porta, Tas! Por favor, por favor! Feche a porta!

— Está tudo bem, Usha — Tas falou, embora tenha recuado, sem querer, um ou dois passos. — Pode entrar — convidou o espectro para entrar, com educação. — Estávamos mesmo de saída.

Os olhos que nunca piscavam moveram-se de um lado para o outro.

— *Não* estamos de saída — Tas adivinhou e estava começando a ficar um pouco chateado. Tinha passado mais tempo do que gostaria naquela sala. Talvez o espectro estivesse solitário, querendo um pouco de conversa.

— Você é um morto-vivo, não? Conhece o Lorde Soth? É um cavaleiro da morte e um bom amigo meu.

Os olhos do espectro brilharam de maneira claramente hostil. Tas, de repente, lembrou que o Lorde Soth enganou Kitiara para que ela quase matasse Dalamar e provavelmente não seria muito admirado por aqueles que guardavam a torre.

— Bem, não é lá um amigo mesmo — o kender admitiu, recuando mais alguns passos. Conforme os olhos flutuavam mais perto, a temperatura na sala ia caindo para níveis desconfortáveis. — Mais um conhecido. Bem, tem sido um prazer conversar com você. Agora, se der licença, vamos sair e não vamos mais incomodá-lo.

— Tas! — Usha gritou.

O kender tropeçou na barra da toalha de mesa e caiu.

O espectro flutuou sobre ele por mais um momento e depois, de repente, sumiu. A porta bateu, o frio diminuiu.

Usha, tremendo toda, abaixou por trás da poltrona.

— O que *era* aquilo?

— Algo muito mal-educado — Tasslehoff comentou, levantando-se e sacudindo a poeira. — Confesso que a maioria dos mortos-vivos que eu encontrei não são muito bons de conversa, exceto aqueles servos espectrais que encontramos na Floresta Escura, que nos contaram, muito dispostos, a história de suas vidas, tudo sobre como eram amaldiçoados e coisas assim. Mas falavam através da boca de Raistlin. Eles tinham bocas, mas sem lábios, só bocas. Era realmente espetacular. Esse espectro não tem boca, então acho que é por isso que não fala nada. Quer ouvir a história sobre a Floresta Escura? Já que Raistlin é seu pai...

— Só quero sair desse lugar horrível! — Usha exclamou. Tremia de medo, mas estava ficando zangada. — Por que estão nos mantendo prisioneiro? Não entendo!

— Talvez por Raistlin ser seu pai — Tas sugeriu depois de pensar um pouco. — Dalamar foi aprendiz de Raistlin, mas o elfo negro também era espião do Conclave, porque Raistlin era um mago renegado e não confiavam nele. Raistlin sabia que Dalamar era um espião e puniu o elfo criando buracos na sua pele. Os buracos sangrentos ainda estão lá e ainda o machucam, mas não peça para Dalmar deixar você olhar, porque isso deixa ele de muito mau humor. Eu sei, fiz uma vez.

"Depois disso, Dalmar ia matar Raistlin quando ele tentou passar pelo Portal do Abismo após quase derrotar a Rainha da Escuridão, que foi quando Caramon tentou atravessar o bosque e Tanis quase lutou com Lorde Soth, só que não conseguiu porque eu roubei o bracelete mágico..."

Tas precisou fazer uma pausa para respirar. Usha encarou-o, de olhos arregalados.

— Esse Raistlin... quero dizer meu pai... Meu pai fez tudo isso! Você nunca me contou essa parte. — Ela se afundou, sem ação, na poltrona. — Não é de admirar que Dalamar não confie em mim! Nunca vai me deixar ir embora! Ele... ele pode até me matar!

— Não acho isso — Tas refletiu sobre o assunto. — Mas podem levar você até o Conclave dos Magos. Se levarem, me leva junto?

Usha grunhiu e colocou as mãos na cabeça.

— Eu não quero ir a Conclave nenhum. Só quero ir para casa!

Tas tinha dificuldade de entender esse conceito, tendo sido afetado pelo desejo de viajar desde muito novo. Por causa da longa convivência, sabia que essa saudade de casa era uma falha dos humanos.

— Consigo nos tirar daqui se eu realmente me concentrar nisso. Mas e todos esses itens mágicos que você tem aí? — Tas apontou para a bolsa de Usha. — Você disse para Dalamar que é uma maga muito poderosa. Claro, sendo filha de Raistlin e tudo isso, deve ser mesmo. Eu *amo* feitiços! Ia adorar ver um dos seus.

Usha olhou nervosa para as bolsas, em especial para a que continha os itens mágicos.

— Acho que não tem nada aqui para nos ajudar.

— Mas talvez você não tenha certeza. Vamos ver! Posso ajudar você a separar suas coisas — Tas ofereceu, magnânimo. — Sou muito bom em separar e encontrar. É impressionante o que as pessoas descobrem quando vasculham meus bolsos. Encontram coisas que nem sequer sabiam que tinham perdido!

— Tenho certeza de que nada aqui irá nos ajudar — Usha disse, apertando as bolsas contra si, o que provava que estavam começando a aprender alguma coisa sobre os kender. — Mas porque você não olha na sua. Talvez você encontre algo.

— É verdade. Nunca se sabe. — Tas se acomodou no chão e começou a pescar nas bolsas e bolsos. Tirou metade de um pedaço mofado de queijo, um rato morto e bem duro, um fuso, uma garrafa de tinta (seca), um livro com o nome "Haplo" escrito na folha de rosto ("Nunca ouvi falar"), um ovo cozido e uma colher de prata.

— A-há! — Tas soltou um grito.

Usha, olhando discretamente para a sua bolsa, deu um pulo.

— O quê? O que foi?

— Encontrei! — Tas disse, reverentemente. — Um artefato sagrado. — Ergueu o objeto na luz. — A Colher de Banimento dos Kender.

— Tem certeza? — Usha se inclinou para frente e a examinou com atenção. — Parece muito com as colheres que usamos no jantar da noite passada. Tem até um pouco de geleia de morango.

— Não se assuste, Usha, mas isso é sangue — disse Tas, solenemente. — É a Colher de Banimento dos Kender. Eu a reconheceria em qualquer lugar. Meu tio Trapspringer carregava uma o tempo todo. Costumava dizer: "A maioria dos mortos-vivos tem mais medo de você do que você deles. Só querem ficar em paz, para assombrar, uivar e sacudir umas correntes. Mas de vez em quando você vai encontrar um que quer devorar seu fígado. *É aí* que você vai precisar da Colher de Banimento dos Kender."

— Como isso funciona? — Usha parecia duvidar.

Tas ficou de pé.

— Você tem que apresentá-la com determinação. Segurar bem na frente do espectro, guerreiro esqueleto ou qualquer outro tipo de assombração que você encontrou. E depois dizer, em uma voz bem firme para não haver mal-entendido "Saia." Ou talvez "Suma." Não tenho certeza. De qualquer forma, quando o espectro estiver concentrado na colher...

— Vou passar por ele e sair pela porta — Usha acrescentou, ansiosa. — E quando o espectro for me procurar, você passa por ele e sai pela porta. Que tal isso?

Tas achou tudo meio confuso.

— Mas não vamos *precisar* passar por ele, Usha. Quando eu terminar, o espectro vai obedecer a todas as minhas ordens. Talvez — acrescentou inspirado — até nos acompanhe.

Usha estremeceu.

— Não, acho que não seria uma boa ideia.

— Mas nunca se sabe quando um espectro pode ser útil! — Tas disse, desejoso.

Usha ia começar a argumentar logicamente, apontando que o espectro seria uma companhia muito desagradável, além de perigosa. Engoliu a lógica bem a tempo. Estava aprendendo bastante sobre os kender.

— O que Dalamar pensaria de nós se roubássemos o seu espectro? — Usha disse, séria. Envolveu-se com suas bolsas. — Ele ficaria zangado e eu não o culparia.

— Eu não iria roubar! — Tas protestou, chocado com a acusação. — Só quero "emprestado" por um tempo, mostrar pra algumas pessoas... Ah, certo, você deve ter razão. Sempre posso voltar depois e pegar um.

Juntou todos os seus pertences em seus bolsos e bolsas. Algumas coisinhas que não eram suas também foram parar lá dentro, mas pularam para fora de novo.

Agarrando a colher com a mão esquerda, ele a ergueu na sua frente com determinação e foi até a porta.

— Você abre — disse para Usha.

— Eu? — Ela arquejou. — Por quê?

— Porque eu tenho que ficar aqui segurando a colher com determinação — Tas respondeu, um pouco irritado. — Não posso estar determinado e abrindo a porta ao mesmo tempo.

— Ah, tudo bem!

Usha arrastou-se até a porta e se achatou contra a parede. Estendendo uma mão, pegou a maçaneta com cuidado e, segurando a respiração, deu um puxão.

A porta abriu rangendo. Os dois olhos desencarnados, agora estreitados com raiva, começaram a flutuar para dentro.

Tas empurrou a colher na direção do que ele achava ser o rosto do espectro.

— Deixe este lugar imediatamente! Suma daqui! Retorne para... para de onde quer que você tenha saído. — Tas não tinha muita certeza disso. Presumia que era do Abismo, mas nunca se sabe e ele não queria ferir os sentimentos do espectro.

— Não assombre mais essa porta de trás — aquilo rimava. Tas ficou bem orgulhoso disso e repetiu. — Não assombre mais essa porta de trás.

O espectro não encarava a colher com o respeito que devia, considerando que era a sagrada Colher de Banimento dos Kender. Os olhos mortos-vivos estavam, na verdade, encarando Tas com uma expressão mortal. Um frio como o frio de um túmulo fez os dentes do kender baterem. Mas, pelo menos, o espectro encarava Tas, não Usha, que estava quase fora da porta e indo na direção do corredor.

Naquele momento, os olhos começaram a se mover.

— Espere! — Tas gritou com o máximo de determinação que ele conseguia. — Pare e se renda! — Ouvira um oficial usar a expressão uma vez e tinha gostado.

O olhar do espectro ainda estava se movendo.

— Corra, Usha! — Tas gritou.

Usha não conseguia. O frio entorpecia osso e músculo, congelava o sangue nas veias. Ela tremia e tinha calafrios, incapaz de se mover um milímetro. O espectro estava quase em cima dela.

Tas, realmente indignado — aquela *era* a Colher de Banimento dos Kender — pulou para frente, bem na direção do espectro.

— Vá embora! — o kender gritou.

Os olhos se moveram para Tas, para a colher. De repente, os olhos se arregalaram, piscaram, fecharam e sumiram.

O frio retrocedeu. A porta permaneceu aberta.

A distância, um sino de prata soou vagamente.

Usha estava encarando, mas não olhava para a colher e sim para um ponto no fundo da sala.

— Eu o bani! — Tas soava um pouco surpreso. — Eu o bani! Você viu isso, Usha?

— Eu vi alguma coisa — ela disse, um tremor na voz. — Atrás de você. Um homem. Usando vestes pretas. Um capuz cobria o seu rosto. Não pude ver...

— Provavelmente um outro espectro — Tas disse. Virando-se, novamente mostrou a colher com determinação. — Ele ainda está aqui? Vou bani-lo também.

— Não. Ele se foi. Sumiu junto com o espectro. Quando o sino soou.

— Ah, então. — Tas ficou desapontado. — Talvez uma outra hora. De qualquer forma, a porta está aberta. Podemos ir.

— Bem na hora por mim! — Usha foi na direção da porta, hesitou e espiou o lado de fora. — Você acha que o espectro sumiu mesmo?

— Com certeza. — Tas poliu a colher com a camisa. Depois, a enfiou no bolso mais a mão, para estar disponível se fosse preciso, e marchou pela porta.

Usha o seguiu de perto.

Saíram em uma grande plataforma. Escadas subiam e desciam em espiral. O interior da torre era escuro, mas, ao se aproximarem, chamas tremeluzentes apareceram queimando em alguma fonte invisível nas paredes. Na luz fraca emitida pelas estranhas chamas, Tas e Usha podiam ver que as escadas não tinham corrimão nem proteção. O centro da torre era oco. Um passo em falso nos degraus estreitos seria o último.

— Com certeza é um longo caminho para baixo — Tas comentou, inclinando-se de forma precária sobre a borda da escada para espiar as sombras.

— Não faça isso! — Usha agarrou o kender pela alça de uma bolsa e o arrastou até a parede. — Para onde vamos?

— Para baixo? — sugeriu Tas. — A saída é embaixo.

— Acho que sim — Usha resmungou. Nenhuma das direções, para cima ou para baixo, pareciam promissoras. Ela lançou um último olhar para trás, para a sala que estavam deixando, quase temendo, quase esperando ver aquela estranha figura de vestes negras de novo.

A sala estava vazia.

Abraçando a parede, um segurando a mão do outro — "Em caso de alguém escorregar," Tas disse para ajudar — lenta e cuidadosamente desceram as escadas. Nada nem ninguém os perturbou até chegaram aos andares mais baixos.

Ali, no térreo, ficavam os aposentos dos magos aprendizes, que estudavam sob a tutela de Dalamar. Tas estava soltando um suspiro de alívio por chegar ao fim da incrivelmente longa descida quando ouviu o farfalhar de vestes, o bater de pés escorregando, o som de vozes. A luz brilhou na escadaria escura.

— Oras, o que será que está acontecendo? — Tas disse. — Pode ser uma festa. — Ele começou a descer as escadas ansioso.

Usha o puxou.

— É Dalamar! Ele voltou! — ela sussurrou, cheia de medo.

— Não, não parece ser a voz dele. Provavelmente é um dos seus alunos. — Tas escutou as vozes por um momento. — Parecem bem agitados. Vou ver o que está acontecendo.

— Mas se os alunos dele nos encontrarem, vão nos colocar de volta naquela sala!

— E aí a gente vai se divertir saindo de novo — Tas disse, alegre. — Vamos, Usha. A gente pensa em alguma coisa. Não podemos ficar aqui nessa escada velha e chata a noite toda.

— Acho que você tem razão — Usha disse, acrescentando. — Eles parecem ser pessoas reais, vivas. Consigo lidar com pessoas de verdade e vivas! Além disso, se ficarmos aqui, alguém vai acabar nos encontrando e vai ser menos suspeito se simplesmente sairmos andando por aí!

Tas olhou-a com admiração.

— Sabe, se você não fosse parte Irda, eu diria que tem sangue kender. É um elogio! — ele acrescentou, apressado. Algumas vezes, quando ele dizia isso, as pessoas tentavam bater nele.

Mas Usha pareceu gostar. Ela sorriu, endireitou os ombros, ergueu a cabeça e desceu as escadas, saindo para a luz.

Tas precisou correr para alcançá-la. Os dois quase bateram em um mago de vestes vermelhas, que vinha correndo por uma esquina. Ele se endireitou assustado e os encarou sem saber o que estava acontecendo.

— Qual o problema? — Usha perguntou com calma. — Podemos ajudar?

— Pelo Abismo, quem são vocês e o que estão fazendo aqui? — o Veste Vermelha questionou.

— Meu nome é Usha... — Usha hesitou.

— Majere — Tas completou.

— Majere! — o jovem mago repetiu, chocado. Ele quase deixou cair o livro de feitiços que carregava.

Usha olhou feio para o kender.

— Está vendo só? Você não deve sair falando!

— Desculpa. — Tas tampou a boca com a mão.

— De qualquer jeito, agora você sabe. — Usha soltou um suspiro elaborado. — É tão difícil. A notoriedade. As pessoas não me deixam em paz. Você não vai contar, vai? Lorde Dalamar não iria gostar.

— Eu sou Tasslehoff Burrfoot, Herói da Lança — disse Tas, mas o Veste Vermelha não ficou impressionado, parecendo ter esquecido da existência do kender. Estava encarando Usha com expressão de adoração, seu coração e sua alma em seus olhos.

— Prometo, senhora Majere — disse, baixinho. — Não vou dizer a ninguém.

— Obrigada. — Usha sorriu, um sorriso que dizia "Somos só você e eu contra o mundo".

O Veste Vermelha derreteu. Tas ficou surpreso por não ver o coração do jovem escorrendo pelas sapatilhas.

— Talvez eu estude aqui com vocês — Usha continuou, olhando ao redor para ver se o lugar lhe agradava. — Ainda não me decidi. — Voltou o olhar para o mago. — Mas acho que eu gostaria.

— Espero que sim — ele disse. — É bem confortável.

— Escuro, úmido e cheira esquisito — Tas observou. — Estive em prisões melhores. Mas deve ter seu lado bom.

O Veste Vermelha piscou, percebendo de repente que havia um kender na Torre da Alta Magia. Olhou sério para Tas, franzindo a testa.

— E o que você está fazendo aqui? Meu senhor jamais permitiria...

Usha pegou o homem pelo braço e se inclinou para mais perto.

— Estávamos profundamente adormecidos... Lorde Dalamar nos forneceu os melhores quartos de hóspedes e ouvimos um sino tocando. Achamos que podia ser...

— Fogo! — Tas completou a lacuna. — Está pegando fogo? Vamos todos virar torresminho? É por isso que estão tocando o sino?

— Sinos tocando? — O Veste Vermelha parecia estar ouvindo sinos desde que colocara os olhos em Usha. Recobrou o bom senso. — Sinos! O sino de prata! Eu... eu preciso ir! — Ele se soltou.

— *Está* pegando fogo! — Tas o segurou.

— Não está não! — o jovem mago disse, irritado. — Me solte. E devolva isso! — Ele pegou um pergaminho das mãos do kender, um que estava a milímetros de desaparecer em uma das bolsas de Tas.

— Que bom que encontrei isso para você — Tas disse, sério. — Podia ter perdido. E aí está o sino de novo! O fogo deve estar se espalhando.

— Não é fogo. O sino de prata significa que alguém entrou no Bosque Shoikan. Preciso ir — o Veste Vermelha disse de novo, mas não conseguia tirar os olhos de Usha. — Fique bem aqui. Vai estar a salvo.

— O Bosque Shoikan! — Tas disse para si mesmo. — E vão ser arrastados para os seus túmulos por esqueletos! E não vou estar lá para ver. A não ser que... — Ele teve uma ideia. — A não ser que eu esteja lá para salvá-los!

Tirou a colher de prata do bolso e, antes que Usha ou o Veste Vermelha pudesse impedi-lo, correu para a entrada da torre.

20

Vestes brancas. Armadura negra.

As terríveis vozes do Bosque Shoikan estavam silenciosas. As mãos dos mortos-vivos, que tentavam arrastar suas vítimas para se juntarem a elas na escuridão faminta e sem fim, remexiam-se inquietas debaixo das folhas putrefatas, mas não atacaram. As árvores mantiveram uma vigília sombria, no entanto, estavam prestes a permitir que o mago e o cavaleiro passassem.

Lado a lado, entraram no bosque juntos. As vozes dos mortos os guiavam. As vozes dos mortos os atraiam.

O caminho não era fácil. Não existia uma trilha no Bosque Shoikan, pelo menos não para Aço e Palin. Tiveram que criar uma enquanto avançavam, lutando contra a vegetação rasteira espinhenta e entrelaçada; o cheiro horrível de morte e podridão quase os sufocava. No mundo fora do Bosque Shoikan, o solo estava seco e cozinhado pelo sol, coberto de poeira. No bosque, o chão estava molhado e grudento, a lama espalhava-se debaixo dos seus pés, e uma água suja preenchia as pegadas que deixavam para trás. O ar era úmido e frio, e a umidade, como o suor de um paciente febril tomado de calafrios, grudava em suas pelas, escorrendo pelo pescoço.

Cada passo era cheio de terror, os mortos do bosque não tinham nada em voz alta. Sussurrava palavras apenas entreouvidas, mas cheias de ódio e de um horrível desejo.

Aço ia a frente, a espada desembainhada e erguida com as duas mãos, pronta para atacar. Estava observando, cuidado, cada movimento feito em extrema cautela. Palin vinha depois, caminhando no brilho do Cajado de Magius, que usava para iluminar o caminho. Podia ser sua imaginação sobrecarregada, mas parecia que as mãos esqueléticas recuavam sempre onde os ossos eram iluminados pela luz do cajado.

A jornada parecia não ter fim. O medo fazia com que segundos virassem horas, horas virassem anos. A escuridão sussurrante, o fedor sufocante, o frio que doía nos ossos e congelava os dedos, começavam a afetar o guerreiro e o mago.

O solo ficou mais molhado, caminhar se tornou mais difícil, Aço, em suas botas pesadas, mais pesado por causa da armadura, afundou até a canela no muco grudento e fedido. Cada vez que se movia, precisava de um grande esforço para liberar os pés, um e depois o outro. Cada passo era uma batalha contra o chão nojento, e não demorou para estar respirando com dificuldade por causa do esforço. Sentia-se cada vez mais exausto. As pernas queimavam com o esforço. Tentou encontrar um chão mais firme, olhando antes de pisar, mas não fazia diferença. A cada passo, afundava mais um pouco, e a cada vez era mais difícil se libertar. Cansado, mais cansado do que jamais estivera, quase soluçando para tentar respirar, ele parou e olhou para trás, para suas pegadas.

Estavam se enchendo de sangue.

Palin não tinha problemas para caminhar; andava leve sobre o solo, não deixando marcas de sua passagem. Podia andar, mas não conseguia respirar.

O ar debaixo das árvores parecia líquido, fluindo para seu nariz e sua boca como uma água escura e oleosa. Engasgou, engoliu e engasgou de novo. Seus pulmões queimavam. Respirou fundo, apenas para se engasgar e ter náuseas como se tivesse bebido água de um pântano. Pequenos pontos luminosos acendiam nas bordas de sua visão. Estava sufocando lentamente, começando a perder a consciência.

Tentando respirar, viu-se forçado a parar do lado de Aço.

Os mortos estavam esperando por ele.

Mãos descarnadas, apenas ossos e tendões, estendiam-se da lama negra e tentavam agarrar Aço pelo calcanhar. Vozes ásperas como ossos tagarelavam e riam. As mãos puxavam, com força inumana, tentando arrastar o cavaleiro para se juntar a elas numa morte inquieta.

Desembainhando a espada com um grito, ele atacou as mãos com a lâmina brilhante.

Mais mãos agarraram o pé do cavaleiro, envolvendo suas canelas. A lâmina arrancou as mãos dos pulsos esqueléticos. Uma mão caia, imóvel, apenas para ser substituída por outra e mais outra. Estava perdendo a luta, sendo inexoravelmente arrastado para baixo. Já estava afundado na lama até os joelhos.

Palin avançou para ajudar. Com as palavras de sua magia nos lábios, lutou para conseguir o fôlego e dizê-las. Mas não conseguia falar, o pouco ar que tinha foi forçado a usar para não sufocar. Desesperado, ele bateu nas mãos com o fundo do cajado.

Ossos quebraram, tendões se partiram.

Empolgado, continuou a atacar, sentindo a respiração vir mais fácil. Aço também lutou com forças renovadas. Podia mexer as pernas.

— Segure! — Palin gritou e estendeu o cajado.

Aço estendeu as mãos.

Dedos de ossos frios cravaram atrás do pescoço de Palin. Uma dor quente e lancinante percorreu seu corpo. Espasmo torceram seus membros. O Cajado de Magius caiu no chão. A luz brilhante de seu cristal apagou-se.

A escuridão, densa e palpável, correu até eles como se estivesse esperando em uma emboscada, aguardando a oportunidade. Palin bateu, frenético, nas mãos, o pânico surgindo quando subitamente soube o que fazer. A lembrança de seus irmãos treinando combate sem armas veio com uma clareza desesperada. Viu Tanin agarrar Sturm pela garganta por trás, viu Sturm firmar os pés e empurrar para trás. Jogou Tanin de costas no chão, soltando-se.

Palin firmou os pés o melhor que pode na lama e, com toda a sua força, se jogou para trás. Caiu através da escuridão, sem um corpo sólido que impedisse a sua queda. Aterrissou pesadamente, ficando completamente sem fôlego. Mas as mãos soltaram o seu pescoço.

Ficou deitado, recuperando o fôlego, sabendo que precisava se mexer, mas muito abalado para tentar. Olhando para cima, viu uma estrela brilhando na escuridão, e ficou surpreso como isso seria possível, até perceber que o que via era a luz da joia estelar pendurada no pescoço de Aço.

— Vamos, Majere! — Aço ordenou, oferecendo-se para ajudar Palin a levantar. — Eles se foram… por enquanto.

Palin ignorou a mão estendida. Ficou de joelhos e começou a vasculhar as folhas podres. A escuridão sussurrava ao seu redor.

— O que foi? Está ferido? — Aço perguntou.

— Meu cajado! Onde ele está? Não consigo encontrá-lo! Não consigo enxergar! — Palin passou a mão pelas folhas úmidas.

— Rápido, mago! — Aço pediu.

O cavaleiro ficou perto de Palin, protegendo-o com seu corpo e com a espada desembainhada.

— Peguei! — Palin suspirou de alívio. A mão se fechou ao redor da madeira macia e imediatamente o cajado acendeu. Apoiando-se no cajado, agradecido, ele se levantou.

E ali, na frente deles, estava a Torre da Alta Magia.

Um prédio alto, construído com magia e mármore preto, erguia-se até o céu, que estava escuro ao seu redor. Nem mesmo as estrelas conseguiam se aproximar da Torre de Palanthas. Três luas brilhavam ali. As paredes de mármore cintilavam na luz de Solinari, pois apesar de ser uma divindade adorada pelos Vestes Brancas, ele — como seus irmãos — reverenciava toda magia. Os raios vermelhos de Lunitari brilhavam nas espiras escarlates no topo da torre. E mais acima, acima do balcão conhecido como "Caminho da Morte", flutuava Nuitari, a lua negra, a guardiã especial daquela torre, visível apenas para os Vestes Pretas.

— Conseguimos — Palin disse, um nó na garganta.

O momento tão aguardado chegara. Ele quase saiu correndo, mas os eventos tinham lhe ensinado a ter cuidado. Esperou que o cavaleiro fosse à frente.

Apesar da sua fadiga, Aço avançou rapidamente. Ele também estava aliviado por ver o fim da jornada a sua frente. Juntos, caminhando à luz das duas luas, aproximaram-se dos portões de ferro.

Não havia fechadura à vista. Parecia que os portões se abririam com um empurrão. Porém, nenhum deles estendeu a mão, nenhum deles queria tocar naquele ferro, que estava escorrendo a estranha umidade do Bosque Shoikan.

Ninguém estava por ali. Ninguém à vista, nenhuma luz brilhava nas janelas, mas isso podia ser só uma ilusão. Talvez houvesse — provavelmente haveria — vários olhos sobre eles.

— Bem, Majere, o que você está esperando? — Aço gesticulou para o portão com a sua espada. Essa é a sua parte. Vá em frente.

Palin não tinha como argumentar com aquilo. Avançou e estendeu a mão, colocando-a no portão.

O portão se abriu.

O ânimo de Palin voltou. Olhou para Aço com um pouco de triunfo cansado. Agora, era sua vez de liderar.

— Vamos em frente — ele disse. — Fomos convidados a entrar.

— Sortudos que somos — Aço resmungou, e não abaixou sua espada. Ele passou pelo portão e entrou em um pátio com jardim. Era um jardim estranho.

Ali cresciam muitas ervas e flores usadas como componentes para feitiços. Cultivadas e cuidadas pelos magos aprendizes, a maioria dessas plantas cresciam de noite, floresciam à luz invisível de Nuitari. A beladona, o lírio da morte, orquídeas e rosas negras, arruda, meimendro, papoula, mandrágora, absinto, azevinho — o perfume pairava, doce, sufocante e denso no ar imóvel.

— Não corte nem toque nenhuma das plantas — Palin avisou conforme caminhavam pelas pedras cinzas e úmidas do pátio.

— Não é um buquê que eu gostaria de ter — Aço disse, apesar de ter feito uma breve pausa para uma ligeira reverência para o lírio que era o símbolo da sua ordem.

Palin estava mesmo pensando em como iriam passar pela porta — lembrava vagamente que tinha um sino por ali — quando os viu. Por toda a parte. Cercando-o.

Olhos. Olhos que não piscavam. Apenas olhos.

Sem crânios. Sem pescoços. Sem braços, torsos nem pernas.

Olhos e mãos.

Mãos horríveis. Mãos de uma morte fria.

Aço estava atrás de Palin.

— O que são essas coisas? — o cavaleiro sibilou na orelha de Palin.

— Os guardiões da Torre — Palin avisou. — Não... não deixe que se aproximem de você.

Os olhos deslizaram para perto. Devia ter uma centena, brilhando pálidos e frios à luz de Nuitari.

— Em nome do Abismo, como irei pará-los? — Aço aproximou-se de Palin, protegendo a retaguarda do mago, enquanto Palin fazia o mesmo com o cavaleiro. — Faça algo! Diga alguma coisa!

— Eu sou Palin Majere — Palin disse alto. — Abram caminho!

Majere... Majere... Majere...

O nome ecoou pelos muros de pedra da torre, reverberando pelo pátio como o soar de sinos discordantes, terminando em uma risada debochada.

Palin estremeceu. O queixo de Aço se firmou. O rosto do cavaleiro brilhava de suor.

Os olhos se aproximaram, cercando-os. Mãos brancas e descarnadas apareciam na escuridão. Dedos esqueléticos apontavam para os corações acelerados dos dois seres vivos. Um toque e seu sangue congelaria, a pulsação iria parar.

— Em nome de Chemosh, ordeno que saiam do caminho! — Aço berrou de repente.

Os olhos brilharam...mas cheios de raiva.

— Eu não mencionaria esse nome de novo — Palin advertiu, em voz baixa. — Só um deus é respeitado aqui.

— Então faça alguma coisa você, senhor mago — Aço disse, rispidamente.

— Eu vim ver Dalamar — Palin explicou, desesperado. — Vim visitar o mestre de vocês.

Mentira... mentira... mentira...

As palavras eram como o farfalhar de vestes esfarrapadas e invisíveis, o estalar de dedos ossudos, o brilho de olhos brancos e frios.

Os guardiões espectrais moveram-se, mais próximos, formando um círculo ao redor do mago e do cavaleiro. Os dois estavam grudados pelas costas. Palin com o cajado erguido, Aço segurando a espada. Mas o cristal do cajado estava se apagando rapidamente. Aço deu um golpe em um dos espectros com a lâmina. A espada assobiou, cortando nada além da noite. Os espectros chegaram mais perto.

— Tio! — Palin gritou. — Foi por você que vim! Tio, preciso de ajuda!

A porta da torre se abriu. A escuridão fluiu dela. Os espectros pararam de avançar; os olhos frios e pálidos viraram naquela direção.

Palin tremeu com o frio, a empolgação e o espanto que passaram por ele. Inclinou-se para frente, na direção da escuridão.

— Tio? — ele gritou.

— Não venha! — uma voz respondeu. — Fique onde você está! Estou indo! Estou indo! Vou salvar você!

E da escuridão surgiu Tasslehoff Burrfoot.

21

O portão se abre. O jardim de Nuitari. O caminho é preparado.

— Tio Tas! — Palin ficou boquiaberto de espanto.

— Presumo então que esse *não* seja o tio que você esperava — Aço disse sério.

— Não — Palin estava atônito. — Eu nunca...

— Eu... estou com ela bem aqui! — O ancião kender estava bufando com o esforço da corrida. Parou nas escadas que levavam para a porta da torre, sacudindo algo brilhante no ar. — Não se preocupe...

— Não se aproxime mais, Tas! — Palin gritou, temeroso. — Volte! Volte para dentro!

— Não! — Tas gritou de volta. — Você não entendeu! Eu estou com ela! Você vai ficar a salvo!

E antes que Palin pudesse dizer mais uma palavra, o kender desceu correndo pelas escadas e foi direto até os espectros.

A luz fraca do cajado brilhou no objeto que o kender tinha nas mãos: uma colher de prata.

— Sumam, espectros sujos! — Tas ordenou, usando um tom de voz grave e autoritário, como ele imaginava que um clérigo usaria. A gravidade da voz, porém, provou ser demais para ele manter e acabou quase se sufocando. Entre engasgos e cuspidas, conseguiu repetir. — Sumam, eu disse! Sumam! Vão embora!

Sacudiu a colher na direção dos espectros.

— Nós vamos morrer — Aço disse.

— Não — disse Palin, depois de um momento de observação aturdida. — Não vamos não.

Dois a dois, os olhos se fecharam. As mortais mãos pálidas se recolheram em mangas invisíveis. O pátio ficou vazio. A entrada para a torre permanecia aberta.

A luz do cajado de Palin brilhou nos olhos de Tas quando ele veio pulando para cumprimentá-los.

— A Colher de Banimento dos Kender — Tas disse, orgulhoso, erguendo-a para Palin examinar.

Palin estava prestes a inspecionar a colher para ver se era mesmo mágica, mas antes que o fizesse, Tas guardou-a em um bolso conveniente e seguiu por outros assuntos

Estendeu a mãozinha para Aço.

— Como vai? — o kender disse, educadamente. — Sou Tasslehoff Burrfoot. Meus amigos me chamam de Tas. Exceto Palin — acrescentou. — Ele me chama de "Tio Tas." Mas não sou tio dele de verdade. Caramon e eu *não* somos parentes. Eles costumavam me chamar de "Vovô" quando eram menores que eu, mas isso ficou meio esquisito quando cresceram, então, depois de um certo debate, mudamos para "Tio." Eu tive um tio chamado Trapspringer. Ele era o que tinha a colher. Nossa, é uma armadura muito impressionante! Com uma aparência maravilhosamente maligna, com essas caveiras e os lírios da morte. Já sei! Você deve ser um Cavaleiro de Takhisis! Já ouvi falar de vocês, mas nunca encontrei um. É um verdadeiro privilégio. Já disse que meu nome é Tasslehoff Burrfoot?

— Não converso com kender — Aço disse.

— Nem com aqueles que salvam a sua vida? — Palin perguntou baixinho.

Aço encarou Tas, sério, e por fim fez uma reverência rígida.

— Aço Brightblade.

— Eu conheço você! Tanis me contou sobre você! É o filho de Sturm! Sturm e eu éramos grandes amigos! — Tas se jogou para a frente, em um abraço.

Foi impedido pela mão de Aço em sua cabeça, mantendo o kender a distância.

— É provável, embora incrível, que eu deva a minha vida a você, kender — Aço disse, friamente. — Tenho uma dívida de honra com você, mas isso não significa que vou deixar você chegar perto da minha pessoa. Portanto, aviso para manter distância. — Com isso, empurrou Tas para trás.

Palin o pegou, mantendo-o em pé.

— Esqueci — Tas disse em um sussurro alto, encolhendo-se e esfregando a testa. — Ele é filho de Kitiara também!

Palin estava prestes a avisar que seria benéfico para a saúde de Tas manter-se longe do cavaleiro quando uma voz feminina veio de dentro da torre.

— Tasslehoff! Onde você está? Tas? Para onde você foi?

Uma mulher, diferente de todas que ele já vira na vida, estava na porta. Massas de cabelo prateado emolduravam um rosto que era encantador e cheio de mistérios, porém — pelos grandes olhos dourados — parecia exigir que os outros lhe entregassem todos os seus segredos. Suas roupas, feitas de seda colorida e fluida, eram estranhas, diferentes do que uma mulher de boa posição daquela região teria usado. Porém combinavam com ela. Era exótica e encantadora como se tivesse caído de uma estrela.

— Tas! — ela chamou, com alívio na voz. Correu para descer as escadas. — Graças aos deuses encontrei você! Agora podemos sair daqui...

Ela parou, olhando para Aço e Palin.

— Oh! — Ela olhou de lado para Tas, indo para mais perto do kender. — Quem são os dois cavalheiros?

— Amigos meus! — disse Tas, com entusiasmo. — Este é Aço Brightblade. Ele é filho de Sturm. Sturm era um Cavaleiro de Solamnia e um dos meus melhores amigos. É filho de Kitiara também, mas ela não era um cavaleiro. Era uma Senhora Suprema dos Dragões e não era bem uma amiga, mais uma conhecida. Essa é Usha.

— Minha senhora — Palin disse, encarando a mulher, encantado. Mas ficou desapontado ao ver o olhar dela ir para o cavaleiro. Ela tentou dar um sorriso.

Aço sequer olhou para ela, os olhos buscando sinais de perigo nas janelas da torre.

Usha o encarou por mais tempo, estudando a armadura, que agora podia ver ao luar. O sorriso desapareceu, os olhos escureceram. A sua voz tremia de raiva.

— Eram iguais a você, aqueles que vieram, nos tratando como se fosse poeira debaixo do pé. Por que vieram arruinar nossas vidas? — gritou de repente. — O que fizemos para vocês? Não éramos uma ameaça!

Aço virou seu olhar para ela, observando-a com interesse.

— De que cidade você é, senhora? Kalaman? Ela realmente caiu perante nosso poder?

Usha abriu a boca, começou a responder, mas sentiu dificuldade na resposta.

— Não, não de Kalaman — disse, por fim. — Perto dali… — A sua voz sumiu por um momento, e depois voltou, forte. — Vocês não tinham o direito de invadir nossa terra natal!

— Quaisquer erros que considere que tenha sido cometido contra vocês foram feitos em nome do progresso, minha senhora — Aço retrucou. — Não espero que entenda isso, então não vou tentar explicar. — O olhar dele voltou imediatamente para a torre. Ainda estava com a espada na mão. — Temos assuntos aqui, Majere, caso não lembre.

— Eu lembro — Palin disse, quase sem voz.

Usha virou aqueles olhos maravilhosos para ele.

— Qual é o seu nome, senhor? — ela perguntou, corando com o olhar abertamente admirador dele.

— Palin Majere — ele disse, suavemente. — E o seu? Eu… eu não consegui ouvir.

— Usha — ela respondeu, seca.

— Usha *Majere*! — gritou Tas, pulando de empolgação. — Isso não é ótimo? Usha é filha do Raistlin! Descobri a filha de Raistlin.

— Não! — Palin gritou, abalado.

— O quê? — Usha, assustada pela intensidade dele, afastou-se um passo. — O que foi?

— Eu… eu sou sobrinho de Raistlin! Meu pai é Caramon Majere, seu tio. Somos primos — Palin disse, triste. — Primos *de primeiro grau.*

— Ah, é só isso? — Usha voltou a respirar. — Somos primos. Não ligo — ela disse e sorriu para ele.

O sorriso brilhava ao redor de Palin como uma cascata de poeira estelar. Estava tão ofuscado que mal podia ver.

— Os pais deles eram gêmeos — Tas disse, como uma explicação.

— Agora que a genealogia foi esclarecida — Aço disse, ácido. — Posso voltar a lembrá-lo, Majere, que o tempo é curto e temos um trabalho importante para fazer na torre?

— Lá dentro? — Usha voltou a olhar, temerosa, para a torre e virou os olhos ensombrecidos para Palin. — Vocês vão entrar?

— Acabamos de sair — Tas informou, acrescentando, orgulhoso. — Dalamar estava nos mantendo prisioneiros.

Palin ficou desconfiado.

— E por que Dalamar manteria vocês como prisioneiros?

— E isso importa? Vocês vieram pelo bosque — Usha disse, falando rapidamente para não dar oportunidade a Tas. Ela pegou a mão de Palin e o olhou nos olhos. — O Veste Vermelha lá dentro disse que você deve ser um mago muito poderoso para fazer algo assim. — Ela se aproximou e sussurrou no seu ouvido. — Você e o cavaleiro poderiam nos levar de volta pelo bosque, e aí poderíamos sair desse lugar horrível.

A mão dela era macia, suave. Seu toque fazia a poeira de estrelas brilhar no sangue dele.

— Não posso partir, senhora — Palin disse, ainda segurando a mão dela. — Tem algo que preciso fazer aqui. E você não deveria tentar escapar, não pelo bosque. É muito perigoso. — Virou-se para Tas. — Não entendi, por que Dalamar os manteve aprisionados?

— Porque ela é filha de Raistlin, claro — Tas respondeu, em tom casual.

Claro. Palin tinha adivinhado a resposta antes de fazer a pergunta. Dalamar teria ficado muito satisfeito em se apoderar da filha de Raistlin Majere. E, então, ocorreu a Palin, como um golpe, que talvez ela fosse o motivo pelo qual a voz o levara ali. Talvez seu tio só precisasse de um guia para a pessoa que realmente o interessava — sua filha.

Palin retirou a mão do aperto dela. A inveja o mordia, seus dentes envenenados entrando fundo. Estava atraído por aquela mulher, com inveja dela ao mesmo tempo, e finalmente entendeu a relação agridoce que existia entre o pai e o gêmeo dele.

Usha sentiu a frieza repentina dele, mais gelada que os espectros. Encarou-o com um desagrado confuso, afastando-se dele sem perceber.

— Não vão nos ajudar a escapar? Tudo bem. Eu irei atravessar o bosque eu mesma — ela disse, orgulhosa.

— Não, Usha, acho que não — disse Palin, a voz áspera. — Tem um motivo para você estar aqui...

— Qual? Raistlin precisa dela? — Tas perguntou, alegre. — Achei que Raistlin estava morto. Você acha que ele está morto, Palin? Não acha! É por isso que está aqui! — O kender ficou empolgado.

— Majere... — Aço começou a falar, impaciente.

— Eu sei, eu sei! Vamos. — Palin pegou Usha pelo braço e começou a levá-la na direção da torre. — Vamos ter uma conversa com Dalamar...

— Ele não está aqui! — Usha disse, se libertando do aperto de Palin. — Ele foi para alguma coisa de magos em algum lugar...

— A Torre da Alta Magia em Wayreth — Tas completou. — Um conclave. Já fui em um. Já contei da vez em que Par-Salina me transformou em um rato? Bem, acho que fui eu que me transformei em um rato, mas...

— Dalamar se foi — Palin murmurou.

Eu cuido de Dalamar...

Seu tio tinha prometido. Podia ser coincidência, mas Palin duvidava. Raistlin estava trabalhando ativamente para ajudá-lo. Mas com qual propósito? Para que fim?

— Melhor nos apressarmos antes que Dalamar volte. — Palin foi na direção da porta da torre.

Um mago de vestes vermelhas estava lá dentro, bloqueando a passagem.

— O que vocês dois estão fazendo aqui? Como passaram pelo Bosque Shoikan e pelos guardiões? Onde *estão* os guardiões?

Palin abriu a boca. Não era muito bom em mentir, mas naquelas circunstâncias, a verdade não ia ajudar. Estava prestes a falar quando Tasslehoff interrompeu.

— Foram convocados por Dalamar — Tas anunciou. — Sobre os guardiões, eu os mandei embora com a Colher de Banimento dos Kender. — Exibiu a colher para ser examinada.

O mago a encarou, encarou Palin e Aço, encarou o pátio vazio. Parecia confuso e desconfiado.

— Lorde Dalamar convocou vocês — repetiu. — Um Veste Branca e um cavaleiro das sombras?

— Equilibra bem, não acha? — Tas disse, acrescentando, — E como eles poderiam passar pelo bosque se Dalamar não tivesse dado amuletos para ajudar. Agora, se nos dá licença, precisamos subir aos aposentos de Dalamar. — Tas virou-se para olhar para Palin. — É para onde você queria ir, não é? — perguntou em um sussurro alto.

O Veste Vermelha franziu a testa. Aço fechou a cara. Tinha embainhado a espada, mas sua mão continuava no punho.

— Sou Aço Brightblade, Cavaleiro de Takhisis. Vim em missão. Lorde Dalamar não...

— Nos esperava tão cedo — Tas acrescentou em voz alta e estridente.

— Diga ao primo para ficar quieto e me deixar lidar com isso — sussurrou de novo para Palin, que sinceramente esperava que Aço não tivesse ouvido o novo apelido.

Tas começou a ir na direção da porta. Sacudindo a mão por trás das costas, sinalizou para que os outros o seguissem.

— Vamos só esperar Dalamar nos seus aposentos. Vamos querer um pouco de chá de tarba, se não der muito trabalho. Vamos, Usha.

Aço seguiu o kender. Palin estava prestes a segui-los, mas percebeu que Usha ficou para trás. Ela torcia as mãos, nervosa, olhando para a torre aterrorizada.

— Acabei de sair dali — protestou. — Não quero voltar.

O Veste Vermelha agora estava profundamente desconfiado.

— Você disse que ia estudar magia conosco, senhora, aprendiz do próprio Lorde Dalamar. O que está acontecendo aqui?

— Eu… eu ainda não decidi — Usha respondeu. — Preciso ir a um lugar para pensar. Um *outro* lugar! Sobre estudar magia, talvez não precise, não mais. Sou bem poderosa já.

— Usha — Palin começou.

Aço o agarrou.

— Deixe-a ir — o cavaleiro disse. — Estamos perdendo tempo.

Palin se sacudiu para se libertar, zangado.

— Não importa o quão poderosa na magia ela for, irá morrer se entrar naquele bosque. Além disso — acrescentou, em voz baixa. — É possível que estejamos aqui por causa dela.

— O quê? Por quê? — Aço olhou para a mulher sem interesse.

— Porque se ela for a filha de Raistlin, ele pode estar tentando alcançá-la.

Aço encarou Palin com atenção.

— Ele pode estar procurando a filha, *não* o sobrinho. — Aço deu de ombros. — Ele talvez abra o Portal para ela? Talvez você esteja certo. Não me importa, desde que o Portal se abra. Traga-a conosco.

Palin andou lentamente até Usha.

— Você não pode ir, senhora — ele disse. — Peço que fique comigo. Confie em mim. Vamos dar um jeito.

Ela o olhou com seus olhos dourados. Era um olhar frio, mas agora, mais de perto, ele viu que o frio era um disfarce para o medo. Estava aterrorizada como uma criança perdida.

— Eu vou com *você* — disse, baixinho. — Mas você precisa ficar comigo.

Ela era quente, a pele macia. O cabelo prateado, roçando seu rosto, mandava ondas de desejo pelo corpo dele. Nunca se sentira tão maravilhado — ou tão tumultuado — em sua vida. Ficar com ela! Precisava entrar no Abismo.

O Veste Vermelha, tendo refletido sobre o assunto, aparentemente decidira que o kender estava certo; o melhor lugar para aquele grupo estranho era trancado em segurança nos aposentos do senhor.

— Vou acompanhá-los até lá em cima, para os aposentos de Lorde Dalamar — o Veste Vermelha anunciou. — Iremos esperar a volta do meu senhor juntos.

Isso não podia ser, como Aço lembrou a Palin com um olhar severo. Precisavam encontrar o Portal para o Abismo e era melhor encontrá-lo enquanto Dalamar não estava ali.

— Obrigado, mas não será necessário — Tas disse, educadamente. — Conhecemos o caminho. E Palin já esteve aqui antes. Ele é um amigo próximo de Dalamar.

O Veste Vermelha ergueu as sobrancelhas, sem acreditar.

— Não o reconhece? — Tasslehoff exclamou. — Ele é Palin Majere! Sobrinho de Raistlin Majere! Usha é a filha de Raistlin. E este — o kender acenou para Aço Brightblade — é o meio-sobrinho de Raistlin Majere. Acho que é isso. — A testa do kender franziu, enquanto ele pensava. — Vejamos. Kitiara era meia-irmã de Raistlin. Talvez isso torne Aço um quarto de sobrinho…

— É uma reunião de família — Aço disse, e empurrando o Veste Vermelha contra a parede, o cavaleiro passou por ele e entrou na torre.

O Veste Vermelha *não* os seguiu até os aposentos de Dalamar. Porém, certificou-se que vários dos guardiões espectrais os acompanhassem. Os olhos pálidos, sem piscar, vigiaram até eles estarem a salvo nos aposentos de Dalamar e terem fechado a porta.

— Mas vão estar esperando por nós — Palin predisse. — Sem mencionar o que vigia o laboratório. Aquele espectro tem ordens do próprio Dalamar para não deixar ninguém entrar — nem mesmo o próprio Dalamar. O laboratório nunca foi aberto, não desde que…

Palin fez uma pausa e não terminou a frase. O que ele declarara não era bem verdade. A porta do laboratório se abrira uma vez. O Cajado de Magius estava lá dentro e agora estava na sua mão.

— Ah, não precisa se preocupar com o espectro — Tas disse, confiante. — Temos a...

— Colher de Banimento dos Kender. Eu sei. — Palin suspirou. Não estava com cabeça para baboseiras kender. — Olha, tio Tas, eu vi o selo na colher. É só uma colher comum...

Um movimento lhe chamou a atenção. Olhou para cima. Um mago de vestes negras estava na sala. Nada incomum para a Torre da Alta Magia, exceto por aquele mago ter cabelo branco, pele dourada e olhos de ampulhetas. A língua de Palin grudou no céu da sua boca. Começou a falar.

— Tio...

Raistlin fez um gesto rápido, negativo, com a mão. Seus olhos dourados descansaram rapidamente no kender. E a aparição sumiu.

— Sim? — Tas levantou os olhos da sua contemplação da colher. — Você estava falando que a colher era comum?

Palin olhou rapidamente ao redor. Ninguém mais vira aquilo?

Aparentemente não.

Aço estava vasculhando o aposento, testando as paredes, olhando debaixo de tapetes, tentando descobrir outra saída. Usha, meio adormecida, estava enrolada em uma poltrona, desconsolada. Tasslehoff acariciava a colher com carinho.

— Essa colher *não* é comum! — o kender continuou. — É uma relíquia sagrada dada ao meu Tio Trapspringer pela própria Mishakal. Ou foi Reorx? Sempre esqueço. Mas de qualquer maneira funciona. Você viu.

Ninguém mais vira Raistlin. Ele viera para Palin e para mais ninguém. Cansaço, dor, desapontamento despencaram de seu corpo como um manto descartado. Ele iria entrar no laboratório. O caminho estava pronto. Como fora dito sobre Raistlin Majere:

Para ele a porta irá se abrir...

— Vamos, me deixe vê-la de novo. — Palin pegou a colher de Tas e a examinou. A colher era exatamente igual as outras colheres na mesa.

— Você tem razão, Tas — Palin disse baixinho. — *É* um artefato sagrado. Muito sagrado mesmo.

22

Suspeitas. Introspecção. O laboratório de Raistlin.

Deixaram os aposentos de Dalamar; Tas liderava o caminho até o laboratório, a colher de prata mantida a sua frente com determinação.

Aço não estava contente por ter o kender como companheiro, mas Palin — para espanto e ira de Aço — não tentou convencê-lo.

— Apenas um kender pode usar a Colher de Banimento dos Kender — Palin disse com um meio sorriso.

— Você e eu sabemos que a colher não é mágica — Aço retrucou.

— Você a viu banir o espectro — Palin respondeu.

— Vi? — Aço perguntou. — Ou você quer que eu pense ter visto?

Palin desviou da pergunta.

— Vamos levar o kender, ficar de olho nele. Ou você prefere ele vagando atrás de nós sozinho? "Nunca dê as costas a um kender", é o que os anões dizem.

— Dizem mesmo? — Aço disse com frieza. — Pelo que sei é "Nunca dê as costas para um mago!"

Os olhos descarnados piscaram, brilharam e desapareceram.

Uma colher de mesa na mão de um kender não baniria essas aparições. Aço sabia disso, e sabia que Palin sabia disso. Palin de repente parecia ansioso para alcançar o destino deles. Suas dúvidas, seus medos tinham sumido. Estava relaxado, confiante. Algo tinha acontecido, ele tinha visto algo, recebido algum sinal. Mas Aço não fazia ideia do que tinha sido. O jovem mago seria muito mais poderoso do que levara Aço a crer? Aquela estranha mulher de olhos dourados seria parte de uma conspiração? Estariam levando o cavaleiro para uma armadilha? Nunca disposto a confiar em usuários de magia, Aço estava determinado a observar Palin e a mulher de perto.

Subiram as escadas sombrias, subindo e subindo em uma espiral dolorida para as pernas, apertando-se contra a parede para não cair pela beirada para a escuridão abaixo. Ninguém se aproximou deles. Ninguém interferiu. Ninguém os impediu. A torre poderia estar deserta se não fosse por eles.

O infame laboratório da Torre da Alta Magia ficava perto do topo da torre. O único portal restante para o Abismo estava dentro daquele laboratório.

Talvez.

— Fale sobre esse Portal, Majere — Aço disse enquanto abriam caminho escada acima.

Palin pareceu muito relutante.

— Sei muito pouco — começou.

— Eu sei muito! — O kender se manifestou, ansioso.

Aço o ignorou.

— Você é um mago, não é, Majere? Suponho que devem ensinar essas coisas na escola de magia ou onde quer que vocês estudem.

— Eu conheço a história — respondeu, evasivo.

— Eu também! — Tasslehoff se intrometeu. — Eu estive lá boa parte do tempo. Estava com Caramon e Raistlin quando Raistlin não era Raistlin, era Fistandantilus e entrou no Portal e tentou lutar contra a Rainha da Escuridão, mas falhou. Quer ouvir essa história?

— Não — disse Aço. — Quero ouvir sobre o Portal, já que nós *dois* vamos entrar lá — acrescentou, observando Palin com atenção.

O Cajado de Magius lançava a luz brilhante no jovem mago. O rosto de Palin estava corado, os olhos brilhantes, exultante.

Ao ver o olhar de Aço sobre ele, Palin tomou o cuidado de mover o cajado para longe, recolhendo-se nas sombras.

Ele está *tramando alguma coisa*, Aço disse para si mesmo e redobrou a atenção.

— Vocês vão entrar no Abismo? — Tas perguntou, e o kender não soou tão empolgado quanto a maioria dos kender teria soado com essa possibilidade. — Espero que saibam que o Abismo não é um lugar muito legal. É horrível, na verdade. Não tenho certeza se quero ir com vocês.

— Ótimo — Aço disse. — Porque não vai. Continue a história, Majere.

— Só continue falando — Usha disse. — Não é tão assustador quando alguém está falando.

Porém, Palin não disse nada. Continuaram a subir até chegar a uma plataforma ampla. Sem fôlego, os músculos doendo, pararam como se tivessem combinado. A porta para o laboratório ainda estava muito acima deles, delineada na luz das tochas. Sentaram no chão e esticaram as pernas, gratos pelo descanso.

— O Portal? — Aço instigou o mago.

— Não tem muito o que contar — Palin disse, com um dar de ombros. — Muito tempo atrás, existiam cinco Portais, localizados nas cinco Torres de Alta Magia. Criados por magia, os Portais foram projetados para dar aos magos a habilidade de viajar entre as torres sem a necessidade de gastar energia com feitiços de teletransporte.

"Pensando em abrir portas apenas para si mesmos, os magos não perceberam que tinham acidentalmente criado uma rota deste mundo para outro plano de existência. Mas a Rainha Takhisis sabia. Aprisionada no Abismo, ela e seus dragões malignos tentavam entrar em Krynn a muito tempo, mas eram bloqueados por Paladine e seus dragões bondosos. Porém, Paladine tinha pouco controle sobre os usuários de magia, conhecidos por fazerem as coisas do seu jeito.

"Takhisis encontrou um mago de vestes negras que estaria aberto a tentações. Assumindo a forma de uma bela mulher, Takhisis aparecia para o mago todas as noites em seus sonhos, sussurrando promessas sedutoras. Ele se tornou obcecado com a bela mulher, prometendo encontrá-la e torná-la sua.

"'Eu sou prisioneira em outro plano, em outro tempo,' Takhisis disse ao mago. 'Apenas você, com seu poder, pode me libertar. Para fazer isso, precisa entrar no Portal. Mantenha minha imagem em sua mente e irei guiá-lo.'"

Palin parou abruptamente nesse ponto. Seu rosto, iluminado pela luz do cajado, tinha ficado extremamente pálido.

Irei guiá-lo. As palavras ficaram suspensas no ar.

— O que aconteceu com o mago? — Usha perguntou.

— Eu sei! Eu sei! — Tas levantou a mão.

Palin, depois de limpar a rouquidão da garganta, continuou.

— O mago, cheio de desejo, entrou no Portal, a imagem de Takhisis queimando em seu sangue. O que aconteceu com ele lá, ninguém sabe, pois jamais retornou. Assim que o Portal se abriu, a Rainha Takhisis e suas legiões de dragões invadiram Krynn e essa, segundo a lenda, foi a causa da Primeira Guerra dos Dragões.

"O corajoso Cavaleiro de Solamnia, Huma, fez a Rainha da Escuridão entrar de volta no Abismo. Os magos, profundamente envergonhados, tentaram selar os Portais. Infelizmente, os magos que os criaram tinham sido perdidos na Guerra, junto com seu conhecimento e seu poder. Os magos sobreviventes não conseguiam fechar os Portais. Mas poderiam torná-los impossíveis de entrar, ou pelo menos eles assim pensavam. E assim criaram a condição de que as duas únicas pessoas que poderiam entrar em um Portal seriam um mago de vestes negras na companhia de um clérigo de vestes brancas. Uma aliança tão profana seria, acreditavam, impossível de conseguir, e assim os Portais estariam a salvo.

Depois, com a ascensão de Istar, quando os usuários de magia foram perseguidos pela igreja, três das Torres de Alta Magia se perderam ou foram destruídas. Seus Portais foram destruídos com elas. Os magos que viviam na Torre de Palanthas concordaram em abandoná-la em troca da promessa do Rei-Sacerdote que poderiam continuar a praticar sua magia em Wayreth. Antes de deixarem a Torre, porém, os magos moveram o Portal para a fortaleza em Topo da Caveira para o proteger, imaginando que ninguém iria encontrá-lo ali."

— *Eu* encontrei! — Tas gritou. — Bem, mais ou menos. Eu estava com Caramon e Raistlin, de volta no tempo, mas eu não deveria estar. E Crysania, que era uma clériga de vestes brancas, e Raistlin entraram no Portal, e foi assim que Raistlin entrou no Abismo. E Crysania foi com ele, e a Rainha da Escuridão quase matou Crysania, só que ela ficou viva, mas cega, e Caramon foi e buscou ela, e Raistlin percebeu que cometeu um erro terrível e que a Rainha da Escuridão ia entrar no mundo, então ele, digo Raistlin, sacrificou sua vida ficando no Abismo e mantendo o Portal selado. Caramon acredita que seu irmão recebeu a paz em seu sono eterno por seu sacrifício, o que significaria que Raistlin nem está no Abismo…

— Ah! — Tas pulou de empolgação. — É por isso que você está entrando no Portal, Palin? Para procurar o Raistlin? Nesse caso, eu vou com você — o kender ofereceu, magnânimo. — Raistlin e eu éramos grandes amigos. Até ele matar Gnimsh, o gnomo. — Tas ficou solene. — Na verdade, nunca o perdoei por isso.

— Vocês vão procurar por Raistlin Majere? — Usha perguntou. Ela não olhou para Palin enquanto falava, mas brincava nervosa com a barra da túnica.

— Ainda precisamos entrar no laboratório — Palin apontou. — Estamos bem longe de entrar no Abismo para procurar alguém!

— E nenhum de nós é um mago de vestes negras ou um clérigo de branco — Aço disse. — Isso significa que, de acordo com a sua história, Majere, não temos chance de entrar, que *nunca tivemos* chance de entrar. — Ele ficou de pé em um salto, a mão no punho da espada. — Você sabia disso o tempo todo. Que truque tem na manga? Ou tem alguma coisa que você não está nos contando?

— Nenhum truque — Palin disse baixinho. — Contei a verdade, até onde a conheço. — Ergueu os olhos para Aço. — Não faço ideia de como vou entrar…

— Sim, você faz. Ou não teria vindo tão longe. O que é? O que você sabe, Majere?

Palin agarrou o Cajado de Magius e ficou de pé.

— Sei que dei minha palavra de honra e não irei quebrá-la.

— A honra de um mago é escorregadia como uma enguia — Aço disse, rosnando.

— A de um Majere não é — Palin respondeu com dignidade. — Vamos em frente?

Continuaram a subir e a subir pelas escadas em espiral. Sabiam que estavam sendo observados, mas não viam por quem.

Cada degrau trazia lembranças para Palin, lembranças do seu Teste, que tinha acontecido naquela torre. Pura ilusão, de acordo com Dalamar. Teria sido? Parecera tão real. Mas o Teste sempre parecia real para os magos que o faziam, arriscando suas vidas para ter a magia.

Talvez o Teste tivesse sido real e o resto da vida de Palin uma ilusão.

Fechando os olhos, Palin recostou-se na parede fria da torre e, pela primeira vez na vida, se entregou à magia. Sentiu-a queimando em seu sangue e acariciando sua pele. As palavras que sussurrava não traziam mais desgraças, mas boas-vindas e convites. Seu corpo tremeu com o êxtase da magia…

Palin recordou aquele momento do seu Teste com dor. Ele não sentia aquele êxtase há muito, muito tempo. Nunca admitira para ninguém, nem mesmo para ele até aquele momento. A magia tinha se tornado uma obrigação. Feitiços estudados sozinho nas profundezas da noite, palavras recitadas várias e várias vezes, tomando cuidado para atingir a inflexão correta, a pronúncia correta. Palavras mágicas desfilavam em sua mente quando tentava dormir; os componentes de feitiços manchavam seus sonhos. O tilintar em seu sangue quando o feitiço era lançado, a sensação de satisfação de quando a magia fazia o que devia fazer — experimentava aquilo. Mas nunca ultrapassava a sensação de ser inadequado, o vazio indefeso e o terror que sentia quando o feitiço *não* funcionava.

E mais e mais vezes a magia não funcionava. As palavras se misturavam todas em sua cabeça, embaralhavam-se. Não podia lembrar se pronunciava a primeira palavra com o acento na última sílaba, ou a última palavra com acento na primeira sílaba. Não conseguia encontrar o componente adequado, que estava no seu bolso segundos antes...

Quando o medo começou a crescer dentro dele? Não na sua primeira aventura, viajando com os irmãos, encontrando o anão Dougan Martelorrubro e partindo em busca da Gemagriz de Gargath. Ali, a mágica foi intoxicante, o perigo, empolgante.

Ele voltou para os seus estudos ansioso, apesar de não ter um mestre para ensiná-lo. Nenhum mago em Krynn queria o sobrinho de Raistlin Majere como pupilo. Palin entendia. Não sentia necessidade de um mestre naquele ponto da vida. Iria trabalhar sozinho, como seu tio trabalhara sozinho.

No começo, Palin se saíra bem, apenas para não ter nada para mostrar. Meses se passaram. Fazia pouco ou nenhum progresso. Parecia, às vezes, que regredia. Viajou para a Torre de Wayreth, para o Conclave, buscando conselhos.

— Paciência — Dalamar declamara. — Paciência e disciplina. Aqueles que usam as vestes brancas conseguem um poder maior, no fim, do que os que usam o vermelho ou o negro, mas há um preço. Você precisa andar antes de conseguir correr.

Meu tio não caminhou!, Palin sentia a frustração queimar dentro dele. Irritava-se com o aprendizado por repetição, com a interminável confecção de pergaminhos, com as horas gastas remexendo a terra em seu jardim de ervas. E correndo por baixo disso, como água suja, contaminando sua vida e seu trabalho, estava o medo crescente de que não era bom o bastante, que nunca seria mais do que um mago de nível baixo, feito para praticar magia no dia do nome das crianças.

Provar seu valor para si mesmo tinha sido um dos motivos pelos quais abandonou os estudos e cavalgou com os cavaleiros. Tinha falhado tristemente... e seus irmãos pagaram o preço.

Palin subiu a escada, um degrau depois do outro, forçando as pernas cheias de dor a darem mais um passo e depois outro; a mente tão embaralhada no passado que ignorava o presente. Ele não reconhecia mais os seus arredores, não percebeu que tinham chegado ao seu destino até o kender puxar suas vestes brancas.

Confuso, Palin encarou Tas, sem reconhecê-lo. Depois, piscando, voltou a si de repente.

— Sim? O que foi?

— Acho que estamos aqui — Tas disse em um sussurro alto, apontando. — É isso?

Palin ergueu o cajado. A luz do cristal baniu a escuridão.

Estavam em uma plataforma ampla, diretamente abaixo de uma porta de madeira com dobradiças de ferro. Um curto lance de degraus levava até a porta.

— Conheço este lugar — Palin respondeu o melhor que pode. A garganta e a boca estavam tão secas que falar era difícil. — Fiz meu Teste aqui. Sim — ele parou, lambendo lábios secos com a língua seca. — Este é o laboratório.

Ninguém falou, nem mesmo Tas. Aproximaram-se, dentro do círculo de luz do cajado. Fora do círculo, a escuridão tagarelava e sussurrava. Sombras entrevistas passavam, tentando agarrá-las com mãos finas. Se a luz do cajado falhasse, seriam lançados em uma escuridão cegante.

— Vamos, Majere! — A voz de Aço Brightblade estava áspera, dura. — Avance. Abra a porta.

Uma visão do passado veio até Palin.

Dois olhos brancos e frios o encaravam na escuridão — olhos sem corpo, a não ser que a própria escuridão fosse sua carne, seu sangue, seus ossos...

— Saia da frente — disse Dalamar. — E nos deixe passar.

— Isso não acontecerá, Mestre da Torre. Sua ordem foi "Pegue esta chave e a guarde por toda a eternidade. Não a dê a ninguém, nem mesmo para mim. E desse momento em diante, seu lugar é o de guarda desta porta. Ninguém deve entrar. Que a morte chegue rápido para quem tentar"...

— Precisamos passar pelo guardião — Palin disse.

— Que guardião? — Aço perguntou, impaciente. — Não tem guardião nenhum!

Palin observou. A escuridão reinava. A única luz que brilhava era a do Cajado de Magius. Perante aquela luz, a escuridão cedia.

O espectro não era visto em lugar nenhum. Palin percebeu de repente que os sussurros na escuridão não eram ameaçadores. Estavam exultantes. Poderiam estar antecipando o retorno do verdadeiro Mestre da Torre?

— Está tudo errado! — Palin sussurrou.

Não, sobrinho. Está tudo muito certo!

Lágrimas queimaram os olhos de Palin. Ele tremia, a luz do cajado tremeluzia nas mãos trêmulas. *O que estou fazendo aqui? Ele está me usando...*

— Ora, claro que o guardião sumiu! — disse Tasslehoff Burrfoot, satisfeito. — Ouviu falar da minha colher. Vamos, Palin! Eu vou na frente!

Enfiando a colher no bolso, o kender subiu correndo as escadas.

— Tas! Pare! Não entre aí!

Infelizmente, essas palavras não existem no vocabulário dos kender.

Palin observou, temeroso, quase esperando ver o guardião aparecer e o kender caindo morto na escada.

Nada aconteceu.

Tasslehoff alcançou a porta do laboratório em segurança. Sacudiu a maçaneta, espiou a tranca, empurrou a porta.

A porta se abriu em silêncio.

Um ar gelado fluiu para fora, pesado com o odor de mofo, umidade e outros odores mais desagradáveis. Usha teve ânsia de vômito e cobriu a boca e o nariz com um lenço. Aço fez uma careta e desembainhou a espada.

— Cheira a morte — ele disse.

Tasslehoff ficou na entrada, olhando para dentro.

— Uau! — Ouviram-no falar. E então o kender, com um salto, pulou o limiar e sumiu na escuridão.

Palin conseguiu ver os potes de componentes de feitiços, os artefatos mágicos, os livros de feitiços, os pergaminhos — todos ao alcance fácil dos dedos ágeis de um kender. Ali havia um perigo muito maior do que qualquer guardião espectral que jamais ganhara vida profana.

— Tas! — Palin empurrou Aço para passar na frente. Enrolando as vestes, correu escada acima. — Tas! Saia daí! Não toque em nada!

Ele ficou na porta, de repente temeroso, relutante em entrar. Aquilo estava errado, muito errado. Palin direcionou a luz do cajado para dentro.

Tasslehoff avançou até o meio da sala, de pé na frente de uma mesa enorme, encarando os objetos sobre ela com olhos arregalados de espanto.

— Tas! — Palin brigou, cheio de alívio. — Saia daí!

Podia ouvir, por trás dele, Aço subindo a escada.

A luz do cajado apagou. A escuridão os envolveu, rolando ao redor deles, batendo sobre eles, afogando-os.

Aço xingou. Usha deu um grito assustado.

— Ninguém se mexa! — Palin avisou, tendo visões terríveis dos outros caindo das escadas espirais, despencando até o chão de pedra, muito, mas muito lá embaixo. — *Shirak*!

O comando falhou. Ou isso ou o cajado se recusava a obedecer. A escuridão ficava mais profunda, mais forte.

— O que está acontecendo, Majere? — Aço questionou. — Acenda o maldito cajado!

— Estou tentando! — Palin disse, frustrado e zangado consigo mesmo. Novamente, a magia lhe faltava.

Armadura arrastou-se na pedra. Pés calçados em botas batiam pesados nos degraus. Aço estava tentando encontrá-lo.

— Palin! — Usha chamou, com medo. — Estou indo até você! Não se mexa.

— Usha, tenha cuidado! — Palin virou-se um pouco, tentando voltar, tentando alcançá-la.

— Palin! — a voz de Tas ecoou aguda. — Consegui pegar alguma coisa. Talvez nos ajude!

— Tas! Não! — Palin gritou, virando.

Um estrondo veio, o som agourento de vidro quebrando.

Tateando, batendo com o cajado no chão como um mendigo cego no mercado, Palin abriu caminho até o laboratório escuro. Aço estava bem atrás dele. O cavaleiro ficou parado no limiar, então parou. Não entrou.

A porta bateu.

23

Dalamar retorna. Uma mensagem. A magia de Usha.

— Majere! — Aço Brightblade se jogou contra a porta fechada, tentando quebrá-la. — Maldito seja, Palin! Abra a porta!

— Palin! — Usha estava do lado dele, batendo na porta com os punhos.

O cavaleiro ouviu gritos leves e batidas do outro lado da porta. Podia ser Palin tentando abri-la... ou podia ser o mago fechando-a de vez.

Aço presumiu que fosse o último caso.

— Volte para a plataforma — ordenou à mulher.

— O que você vai fazer?

— Tentar quebrar a porta. Acho que a senti ceder um pouco. Vamos. Você está no meu caminho.

— Mas... está tão escuro! — Usha protestou, a voz tremendo. — Não consigo ver. E se... e se eu cair?

Aço não dava a mínima se ela ia cair ou não, mas controlou sua impaciência.

— Tateie pelo caminho. Fique próximo da parede. Vai saber quando chegar lá. E quando chegar, não se mova.

Ele ouviu os passos cautelosos, descendo devagar pelas escadas e depois esqueceu dela, focado na porta. Ele teria que correr escada acima para alcançá-la, o que não lhe daria a posição correta...

A mulher gritou.

— Cavaleiro! Atrás de você!

Aço virou, espada erguida.

Dois olhos pálidos brilhavam na escuridão.

— Saia, senhor cavaleiro. O caminho é proibido.

— Você deixou o mago entrar. E o kender — Aço retrucou.

— *Eu* não deixei.

— Então quem foi?

— O Mestre da Torre.

— Lorde Dalamar retornou? Então diga a *ele* que me deixe entrar! — Aço exigiu.

Os olhos deslizaram mais para perto. O frio mortal do além atingiu os ossos do cavaleiro até o tutano. Apertando os dentes para evitar que batessem, agarrou a espada com mais força.

— Não me refiro ao Dalamar — disse o espectro. — Deixe este lugar, senhor cavaleiro, agora, ou jamais o deixará.

— Socorro! — Usha gritou. — Alguém nos ajude!

A voz dela ecoou estranhamente na escuridão, circulando pelas paredes internas da torre, caindo como uma pedra em um poço. O som foi tão estranho e aterrorizante que ela não repetiu o chamado.

A ajuda viria ou não, como quisesse. O prisioneiro de Aço estava do outro lado da porta. O dever de Aço estava do outro lado daquela porta. Tinha falhado uma vez. Hesitara no limiar em vez de entrar. Aquele reino dos magos era inquietante, irritante. O ar era denso e contaminado com a feitiçaria, a escuridão estava viva com espíritos perturbados. Ele ansiava por um inimigo que pudesse ver, sentir. Ansiava respirar o ar fresco, ouvir o bater de espada contra espada. Ansiava deixar a fortaleza do mago, mas não podia abandonar seu dever, nem mesmo na morte.

Golpeou o espectro. A espada assobiou no ar, batendo na parede da pedra soltando uma chuva de faíscas.

Os olhos pálidos e brilhantes ficaram enormes, inchados. As mãos estenderam seu toque cruel e letal.

Aço golpeou de novo.

— Takhisis — gritou. — Esteja comigo!

— Suas preces são em vão, senhor cavaleiro — disse uma voz. — Nossa rainha não tem jurisdição aqui.

Um globo de luz amarela e quente, preso nas mãos de uma maga de vestes vermelhas, empurrou a escuridão. Ao lado dela, de pé na plataforma, estava um feiticeiro, um elfo usando vestes pretas. Depois do espanto, Aço percebeu que o homem era um elfo negro, um dos que se virara contra a luz e ido contra os preceitos do seu povo. Devia ser Dalamar, o Sombrio, Mestre da Torre da Alta Magia.

Ou talvez só a esteja usando emprestada.

Dalamar olhou para cima, para o cavaleiro parado na escada.

— Ouvi que invasores entraram, que um cavaleiro e um mago de vestes brancas passaram a salvo pelo Bosque Shoikan. Não pude acreditar. Mas agora entendi. Um Cavaleiro de Takhisis. Mas onde está o Veste Branca que o acompanhava? Cadê Palin Majere?

— Ali! — Usha respondeu, apontando para o laboratório. — Ele foi para aquela... aquela sala. O kender foi com ele. E então a porta bateu e não conseguimos...

A voz dela sumiu. O rosto de Dalamar ficou lívido. O feiticeiro enfurecido virou-se para o guardião, que ainda flutuava por ali.

— Você falhou no seu dever! Dei ordens para não permitir a entrada de ninguém!

— Suas ordens foram revogadas, meu senhor Dalamar — a voz vazia retrucou —, pelo verdadeiro Mestre da Torre.

Dalamar não respondeu. Seu rosto estava fixo e frio, mais frio do que se as mãos geladas do morto-vivo o tivessem tocado.

Aço sentiu o poder do elfo negro, sentiu o calor da sua ira. O cavaleiro não ficaria surpreso se as paredes da torre começassem a derreter. Usha se encolheu, abraçando a parede. Mesmo a companheira do elfo, a maga, deu um passo para trás sem perceber. Aço manteve-se firme só por não ter forma honrada de fazer outra coisa.

E então, Dalamar relaxou. A chama nos olhos ardentes morreu, seu olhar abstraiu-se. Tinha virado para si mesmo, comunicando-se internamente.

— Talvez isso seja o melhor. *Ele* pode saber alguma coisa...

A boca de Dalamar se retorceu em um sorriso irônico.

— Isso está fora do nosso alcance, Jenna. Pelo menos por enquanto.

— É o que parece — a maga concordou, seu olhar indo até a porta fechada, para o cavaleiro a frente dela, e a mulher agachada contra a parede. — O que você irá fazer com esses dois?

O olhar de Dalamar voltou para o cavaleiro e o elfo negro pareceu estar o vendo pela primeira vez.

— Você seria, por acaso, Aço Brightblade?

Aço escondeu a sua surpresa, lembrando-se de que estava na presença de um poderoso feiticeiro.

— Eu sou — ele disse, orgulhoso.

— O filho de Kitiara! — Dalamar exclamou. — Eu deveria ter visto a semelhança. Eu conheci a sua mãe — acrescentou, ironicamente.

— Você *assassinou* minha mãe — Aço retrucou, em tom grave.

— O que você, claro, considera uma dívida de honra, uma que deve ser paga com meu sangue — Dalamar deu de ombros. — Muito bem. Você me desafia. Eu aceito. Você me ataca. Eu mato você. Desperdício de um bom soldado. Takhisis não ficaria satisfeito com nenhum de nós dois. Matei sua mãe em batalha, Aço Brightblade. Foi autodefesa. Ela me atacou primeiro. Posso mostrar *essa* cicatriz. Infelizmente, não posso mostrar a você as outras cicatrizes que ela me deixou.

As últimas palavras foram ditas em voz baixa. Aço não tinha certeza se as ouvira, e escolheu ignorá-las. Estava consultando a Visão, como faziam todos os Cavaleiros de Takhisis quando encaravam um dilema. Seria a vontade Dela que lutasse contra aquele elfo negro e muito provavelmente perdesse a vida nessa tentativa? Seria a vontade Dela que ele ficasse em uma vigília inútil na porta daquele laboratório? Ou Ela teria outros planos?

Olhou para a Visão. Uma imagem de sua mãe entrou na sua mente. Portava sua espada, que carregava desembainhada, em sua mão, como se fosse usá-la. Mas atrás de sua mãe, viu outra figura, um dragão de cinco cabeças. Sua mãe estava na sombra do dragão. Ainda era confuso…

— Senhor Cavaleiro! — Dalamar estava o chamando, e já estava o chamando por algum tempo, tentando conseguir a atenção de Aço.

— O que você disse, meu senhor? — Aço perguntou, franzindo a testa, ainda tentando descobrir a vontade de sua Rainha da Escuridão.

— Eu disse que alguém está tentando contatar você — Dalamar repetiu, paciente. — Seu comandante, creio eu.

— Como isso é possível, meu senhor? — Aço estava desconfiado. — Ninguém sabe que eu estou aqui. O que ele disse?

— Não faço ideia — Dalamar disse, com um quê de irritação. — Não sou um mensageiro. Sobre como ele sabe que você estaria aqui, presumo que alguém contou para ele. Possivelmente o mesmo alguém que o guiou em segurança pelo Bosque Shoikan. Se você abandonar seu posto, Brightblade, irei levá-lo até onde poderá se comunicar com seu oficial. Garanto a você — Dalamar acrescentou. — Sua missão aqui é em vão. Nem mesmo eu posso entrar nesse laboratório. O tio quer o sobrinho. Devemos deixar os dois resolverem.

— Palin Majere era meu prisioneiro — Aço disse, ainda hesitando. — Eu assumi a responsabilidade por sua pena.

— Ah — disse Dalamar, entendendo no mesmo instante. — Então você tem mesmo uma decisão difícil para tomar.

Aço precisou apenas de um momento. Seu comandante sabia que ele estava ali. Devia ser a vontade de Takhisis que seu cavaleiro virasse seus passos em outra direção. Devia ser a vontade dela que ele permanecesse vivo. Aço embainhou a espada, desceu as escadas.

Imediatamente, os dois olhos pálidos voltaram ao seu lugar, guardando a porta.

— Irei levar você até o Poço do Ver — Dalamar disse quando o cavaleiro se juntou a ele. — Ali você conseguirá se comunicar com seu comandante. Vamos viajar pelos corredores mágicos. Muito mais rápido e bem menos cansativo que essas escadas. — O elfo negro colocou a mão no braço de Aço. — Você pode sentir uma sensação de tontura...

— E eu? — Usha, que estava como uma estátua de pedra, voltou à vida de repente. — O que vocês farão comigo? E o que aconteceu com Palin? Quero ir com ele!

— Jenna, cuide dela — Dalamar ordenou.

A maga assentiu, sorrindo.

Dalamar disse palavras mágicas.

A escuridão se abriu na frente de Aço. Ele lembrou que queria fugir, mas o feiticeiro a empurrou para frente. Seus pés tocaram o chão firme. Estava na beira de um poço, vendo a si mesmo refletido na água escura e parada.

Usha fora com outros basicamente por não querer ficar sozinha na sala. E também, admitiu a si mesma, por achar o jovem mago muito atraente. Era o primeiro macho que encontrava que não tinha sido estúpido e grosseiro, como os vagabundos que a atacaram, ou astutos e assustadores como o mago, ou frio e cruel, como o cavaleiro das sombras.

Palin era diferente. Ele a lembrava, de muitas maneiras, do seu Protetor. Era gentil, vulnerável; podia sentir o medo dele, parecido com o seu. A sombra de algum grande luto, de uma tristeza secreta pairava sobre ele. E mesmo assim, era forte de vontade e de coragem. Trouxe seu rosto à mente e experimentou uma sensação torturante em seu coração, que era desconfortável, dolorosa e deliciosa.

— Quero ir com Palin — Usha disse.

— Vá em frente — Jenna gesticulou para a porta do laboratório, para os olhos sem corpo dos guardiões.

Usha pensou melhor.

— Quero ir embora — ela declarou. — Todo mundo foi. Você não pode me mandar aqui contra a minha vontade.

— Não, não posso — Jenna respondeu, friamente. — Uma feiticeira tão poderosa como você pode ir aonde quiser.

Usha queria, mais do que jamais quisera qualquer coisa na vida, estar longe daquela torre maligna. Não queria ter mais nada a ver com aquele lugar e as pessoas ali... exceto, talvez, por Palin Majere.

Ela olhou para cima, para a porta por onde ele sumira. Os olhos do espectro a encararam.

— Então, vou embora — Usha disse e abriu a bolsa.

Encarou, perplexa, os vários objetos lá dentro. Sabia que eram mágicos, mas era tudo o que sabia. Lamentou amargamente não ter prestado mais atenção às instruções. Havia vários anéis, um amuleto de quartzo, um de granada e outro de obsidiana; dois pergaminhos amarrados com laços roxos; uma bolsinha contendo um tipo de ervas de cheiro adocicado; um pedaço pequeno de corda, inútil até onde ela podia ver; várias pequenas figuras esculpidas de animais, e um pequeno frasco de vidro.

Fechando os olhos, concentrou-se, tentando trazer de volta as imagens e as palavras do seu povo.

As imagens vieram, reconfortantes, calorosas e perdidas para sempre.

Lágrimas queimaram em seus olhos. Tinha sido tão fria, tão egoísta. Ansiava por apagar aquele momento, substituí-lo por outro em que ela dizia o quão grata ela era, o quanto os amava, e o quanto, ah, o quanto iria sentir falta deles.

— Se você estiver em perigo e precisar escapar, use isso...

Ela podia ver o Protetor claramente, ouvir o seu conselho, senti-lo pressionando um objeto na sua mão.

Que objeto? Qual?

— Se não quer ficar presa sozinha nas escadas no escuro, sugiro que venha comigo — Jenna avisou, acrescentando secamente. — A não ser que esteja de saída.

— Eu estou — Usha respondeu.

Era o amuleto de obsidiana ou o frasco de vidro, um ou outro. Um tinha a ver com as sombras, o que provavelmente não ajudaria muito. Aquele lugar ruim já tinha mais sombras do que precisava. O outro a tiraria do perigo. Como? Usha não lembrava, mas qualquer coisa seria melhor que aquilo.

Obsidiana era preta, assim como as sombras. A lógica fez com que rejeitasse o amuleto e tentasse o frasco.

Usha tinha vivido rodeada de magia por toda sua vida, mas apenas por magia usada para propósitos bons e práticos. Nunca vira magia maligna ou destrutiva — até chegar naquela torre horrível. Por isso não estava tão preocupada em tentar uma magia desconhecida. Seu Protetor a dera, e ela confiava nele.

Usha pegou o frasco da bolsa e abriu o selo de cera que o tampava.

Jenna pulou na sua direção, mas era tarde demais.

Um fio fino de fumaça amarelo esbranquiçada subiu do frasco. Tinha um cheiro adocicado, como grama recém-cortada, e bania o fedor de morte e podridão que parecia suspenso no ar.

Usha levou o frasco ao nariz. Aspirou a fumaça…

Tornou-se a fumaça.

24

Câmara do Ver.

— Onde estamos? — Aço perguntou.

— Estamos na Câmara do Ver — disse Dalamar. — Foi criada pelo meu *shalafi*, Raistlin Majere.

Estava em uma sala circular no centro da qual, ocupando quase toda a área exceto por uma pequena calçada, havia um poço de água escura. Uma chama azul subia no centro do poço. A chama não soltava fumaça, e o que usava como combustível não podia ser visto, a não ser que queimasse pela água. E apesar de ser uma chama brilhante, emitia pouca luz. A câmara ficava no escuro.

— E o que essa Câmara do Ver faz? — Aço perguntou, olhando ao redor com nojo. — Além de cheirar mal?

Seu olhar captou um movimento na beira do poço, a mão foi para o punho da espada.

— Relaxe, senhor cavaleiro — Dalamar disse, em voz baixa. — Eles não podem ferir você.

Aço, sem confiar muito no Veste Negra, não soltou a espada. Olhou fixamente para onde vira o movimento, inspirando em um assobio.

— Pelo nome da Rainha, o que é isso?

— Em um dado momento de sua notória carreira, meu *shalafi* tentou criar vida. Esses são o resultado. São conhecidos como os Viventes.

Massas larvais e sangrentas, os Viventes rastejavam, torciam-se ou se puxavam na beirada do poço. Faziam barulho, mas se estavam falando ou meramente mugindo em seu desespero doloroso, Aço não conseguia saber. O cavaleiro tinha visto muitas coisas horríveis, visto seus companheiros estraçalhados até a morte em batalha, visto dragões moribundos caírem dos céus. Pela primeira vez na sua vida, viu-se forçado a desviar o olhar, forçado a acalmar o tremor em seu estômago.

— Sacrilégio — disse, querendo que as criaturas parassem o seu incessante gemer.

— Verdade — Dalamar concordou. — Meu *shalafi* não tinha muito respeito pelos deuses, qualquer um deles. Mas não gaste sua empatia com eles. Poderiam estar piores e sabem disso.

— Piores como? — Aço indagou.

— Como os conhecidos como Morrentes. Mas vamos, senhor cavaleiro. Seu comandante deseja falar com você e estamos desperdiçando o precioso tempo dele. Parecia muito impaciente.

— Como eu falo com ele? Onde ele está? — Aço olhou para as sombras como se esperasse que o Subcomandante Trevalin saísse das paredes de pedra.

— Não faço ideia de onde ele está. Não me disse. Olhe para o poço.

Os Viventes gorgolejaram de empolgação. Vários arrastaram seus corpos até a borda, apontando para a água com seus apêndices distorcidos. Aço observou tudo, eles, o elfo negro e o poço, com desconfiança.

— Vá até a borda — Dalamar instruiu, impaciente — e olhe para a água. Nada terrível irá acontecer. Vamos com isso, senhor cavaleiro. O tempo de seu comandante não é o único sendo desperdiçado. Eventos críticos estão acontecendo no mundo, como creio que você esteja prestes a descobrir.

Aço, ainda desconfiado, mas acostumado a obedecer, caminhou até a borda do poço, com cuidado para não pisar em nenhum dos Vivos no processo. Olhou para baixo, para a água escura e, no começo, não viu nada além do reflexo da chama azul. Depois, a água e a chama se fundiram, tremendo. Foi tomado pela horrível sensação de estar caindo no poço, estendeu as mãos para impedir e quase tocou o Subcomandante Trevalin.

O subcomandante estava em uma casca queimada de um castelo. Marcas de fogo mancharam as paredes, as vigas do teto tinham caído, o teto agora era o céu.

O subcomandante estava aparentemente em uma reunião de equipe, pois muitos cavaleiros sob seu comando estavam reunidos na sala ampla.

No lado oposto da sala, estava outro cavaleiro, mas usando a armadura dos Cavaleiros de Solamnia. Aço poderia tê-lo confundido com um prisioneiro, porém a armadura estava queimada e escurecida como as paredes incendiadas do castelo. Olhos vermelhos como chamas queimavam nas fendas do capacete de metal. Aço soube o nome daquele cavaleiro temível, soube onde seu comandante estava.

Forte Dargaard, lar do cavaleiro da morte Lorde Soth.

— Subcomandante Trevalin — Aço saudou.

O subcomandante se virou.

— Ah, Brightblade. Você ainda é hóspede de Lorde Dalamar, pelo que vejo. — O cavaleiro fez uma saudação. — Agradeço, meu senhor, por entregar minha mensagem.

Dalamar se curvou, a boca retorcida em um meio sorriso que era quase um esgar. Estava em uma posição constrangedora. Não tinha nenhum apreço pelos magos de vestes cinzentas de Takhisis, porém, tinha a obrigação — pelo menos por fora — de fazer o possível para avançar a causa da Rainha da Escuridão.

— Como vai a sua missão, Brightblade? — Trevalin continuou. — Os Cavaleiros Cinzentos estão muito ansiosos para escutar. — Um movimento da sua sobrancelha expressou exatamente o que ele pensava dos Cavaleiros Cinzentos e sua ansiedade.

Aço encarou seu superior com determinação, sem piscar.

— Minha missão falhou, Subcomandante. O Veste Branca, Palin Majere, escapou.

Trevalin ficou sério.

— Isso é lamentável, Brightblade. Existe alguma possibilidade de você recapturar o prisioneiro?

Aço olhou de lado para Dalamar.

O elfo negro sacudiu a cabeça.

— Não para onde ele foi — disse, baixinho.

— Não, Subcomandante — Aço respondeu.

— Uma pena — Trevalin ficou frio de repente. — Majere foi sentenciado à morte. Você deu a garantia que ele retornaria. Como permitiu que ele escapasse, é você que irá tomar o lugar do seu prisioneiro.

— Estou ciente disso, Subcomandante.

— Você terá, claro, o direito de defender seu caso perante o julgador. Neste caso, seria o próprio Lorde Ariakan, que é o seu padrinho. — Trevalin pareceu aliviado. — Para sua sorte, Brightblade, e para a minha, Lorde Ariakan está muito ocupado no momento. Seu julgamento precisará ser adiado. Você é um soldado valente e capaz. Iria lamentar perdê-lo na véspera da batalha. O que me traz ao que precisava dizer. Suas ordens são de retornar ao seu pelotão.

— Sim, Subcomandante. Quando?

— Agora. Imediatamente. Não há tempo a perder. Já mandei Queima ir buscá-lo.

— Obrigado, Subcomandante. Irei me unir ao pelotão no Forte Dargaard?

— Não, Brightblade. Já teremos saído. Você irá nos encontrar nas Montanhas Vingaard. Amanhã, ao amanhecer, iremos atacar a Torre do Alto Clerista. Você não terá dificuldades para nos encontrar — Trevalin acrescentou, sua ironia tirando risadas dos cavaleiros reunidos. — Os próprios deuses irão olhar para nosso imenso exército e ficarão impressionados. Mas vou lhe dar a direção.

Dalamar observava e ouvia essa conversa em silêncio. No começo, Jenna tinha entrado na câmara e sinalizado que precisava falar com ele. Fez um sinal para que esperasse. Ouvindo o que precisava ouvir, Dalamar foi até a frente da câmera, para ficar ao lado de Jenna.

— O que foi? Mantenha a voz baixa.

Jenna inclinou-se para ele.

— A garota se foi!

Dalamar ergueu uma sobrancelha.

— Se foi? Como?

Jenna deu de ombros.

— Por magia, de que outro jeito? Ela pegou um frasco, quebrou o selo de cera. Fumaça saiu do frasco. Antes que eu pudesse impedi-la, ela inalou-a e se transformou em fumaça. Não tinha como reverter a magia, sem saber que feitiço os Irda usaram.

— Você provavelmente não teria conseguido mesmo assim — Dalamar comentou. — E então ela se foi?

— A nuvem de fumaça sumiu. Ela sumiu junto.

— Interessante. Fico me perguntando, se ela tinha essa habilidade, por que não se foi antes?

— Talvez, como você disse, os Irda a tenham enviado para nos espionar. Isso convence você de que ela é, pelo menos, parte Irda?

— Não, não convence. Um anão tolo poderia ter usado aqueles objetos encantados se alguém lhe mostrasse como. Isso não responde a nenhuma de nossas perguntas sobre a garota. Bem, ela se foi e é isso. Temos preocupações mais imediatas. Os Cavaleiros de Takhisis planejam atacar a Torre do Alto Clerista ao amanhecer.

Os olhos de Jenna se arregalaram de espanto.

— Abençoado Gilean!

— Irão vencer — Dalamar disse, franzindo a testa e olhando para Aço.

Jenna encarou Dalamar fixamente.

— E essas notícias te desagradam? Você não está do lado de sua rainha?

— Se Takhisis estivesse do *meu* lado, eu estaria do dela — Dalamar respondeu com amargura. — Mas ela não está. Minha rainha achou adequado usar seus próprios magos para fazer o seu trabalho. Se a Torre do Alto Clerista cair perante seus cavaleiros, a cidade de Palanthas irá com certeza se render. Estaremos à mercê dos Vestes Cinzentas.

Jenna ficou chocada.

— Você não acha que ousariam tentar tirar a Torre da Alta Magia de você, acha?

— Em um instante, minha cara! O Conclave irá lutar contra eles, claro, mas vimos como isso funcionou quando atacamos a Forte da Tempestade.

Jenna assentiu, pálida e silenciosa. Seu pai, Justarius, tinha morrido naquele desastre.

— Nuitari deve estar com dificuldades para enfrentar sua mãe — Dalamar continuou, secamente, referindo-se ao deus da magia sombria, o filho de Takhisis. — Percebi que seu poder tem diminuído ultimamente.

— Não só ele — Jenna disse. — Lunitari tem estado estranhamente fraco e, de acordo com um Veste Branca com quem falei em Wayreth ontem, Solinari também está distante dos seus.

Dalamar assentiu.

— Creio que eu vá fazer uma breve viagem, minha cara.

— Até a Torre do Alto Clerista — Jenna entendeu. — O que eu faço com o cavaleiro?

— A dragoa azul dele está vindo buscá-lo. Leve-o até o Caminho da Morte. Irei abrir o escudo mágico que protege a própria torre por tempo o bastante para a dragão descer e pegar seu mestre.

— Devemos deixá-lo partir? Poderíamos aprisioná-lo.

Dalamar pensou no assunto.

— Não. Vamos devolvê-lo ao seu exército. Um cavaleiro a mais ou a menos não fará diferença no resultado da batalha.

— Podemos usá-lo como refém...

— Os Cavaleiros de Takhisis não farão nada para salvá-lo. Na verdade, ele está marcado para morrer se retornar. Ele perdeu o prisioneiro, sabe.

— Então, não vai voltar. Por que voltaria?

— *Est Sularus oth Mithas.* Minha honra é minha vida. Os Cavaleiros de Solamnia falaram primeiro, mas os Cavaleiros de Takhisis assinam o mesmo código tolo. Tente fazer com que ele o quebre. Tenho certeza de que vai achar a resposta dele divertida.

— Além disso — Dalamar acrescentou, pensativo. — Não tenho certeza, mas talvez estejamos prestando um desserviço à Sua Majestade Sombria devolvendo esse cavaleiro específico. Ele não está totalmente sob o comando dela.

Jenna sacudiu a cabeça.

— Você fala por enigmas, meu amor. Ele parece muito ligado à Takhisis para mim. O que devo fazer depois de me livrar dele?

Dalamar encarou o poço escuro. A luz da chama azul brilhou em seus olhos.

— Se eu fosse você, Jenna, minha querida, começaria a fazer as malas.

Aço terminou a conversa com seu oficial comandante. O feitiço terminou e o encantamento sumiu. Novamente o cavaleiro estava na frente do poço de água escura. Vários dos Viventes estavam ao seu redor, cutucando e examinando sua armadura com interesse. Suprimindo um calafrio, recuou ligeiro, quase esbarrando com Jenna.

— Ouvi dizer que irá nos deixar, senhor cavaleiro.

— Sim, senhora — Aço respondeu. — Minha dragoa está vindo. — Olhou ao redor. — Onde está Lorde Dalamar?

— Meu senhor foi abrir o escudo mágico que cerca este lugar. Eu irei levá-lo até o Caminho da Morte. Você pode encontrar sua dragoa ali. A não ser que prefira caminhar pelo Bosque Shoikan de novo? — acrescentou, irônica.

Aço, percebendo que estava rindo dele, manteve um silêncio frio.

— Por favor, siga-me, senhor cavaleiro. — Jenna apontou para a porta. — Vamos passar para o corredor. Não quero subir essas milhares de escadas, e prefiro não lançar um feitiço nessa sala. Os encantamentos não se misturam bem.

Aço acompanhou Jenna para fora, sem lamentar. Assim que chegou no corredor, respirou fundo. O ar da torre era úmido e cheirava a ervas e temperos, umidade e podridão, mas pelo menos limpou suas narinas do fedor da câmara.

Jenna o observava, curiosa.

— Primeiro, preciso perguntar, senhor cavaleiro, se tem mesmo certeza que quer nos deixar.

— E por que não teria? — Aço perguntou, olhando-a com cautela. — Tenho chance de encontrar o Majere?

— Não *nesta* vida — Jenna respondeu, sorrindo. — Não foi isso que quis dizer. Dalamar me contou que, se você retornar ao exército, será executado.

Aço estava calmo.

— Falhei no meu dever. O castigo é a morte.

Jenna o encarou, admirada.

— Então, por que voltar? Fuja enquanto pode! — Ela se aproximou dele, falando baixinho. — Posso mandar você para onde quiser ir. Enterre a armadura e será um novo homem. Ninguém jamais saberá.

— Eu saberia, senhora — Aço respondeu.

Jenna deu de ombros.

— Muito bem. O funeral é seu. Feche os olhos. Vai ajudar a combater a tontura.

Aço fechou os olhos e ouviu a maga começar a rir.

— Dalamar estava certo. *Muito* divertido!

25

O anão bem-vestido. O dobro ou nada.

Usha estava perto de uma carroça cheia de frutas sem saber muito bem como chegara ali ou onde estava. Seu corpo todo formigava, da cabeça aos pés, a cabeça parecia cheia de névoa fumacenta e seu nariz coçava.

Lembrava vagamente de ter pegado o frasco, cheirado, inalando uma fragrância muito agradável, e era tudo que recordava até aquele momento, quando se encontrou no que parecia ser um mercado ao ar livre cheio de pessoas. Usha esperava que todos ficassem olhando para ela, que tinha aparecido do nada, mas ninguém prestava a mínima atenção.

As pessoas tinham seus próprios e muitos problemas. Ninguém estava vendendo nada no mercado, além dos rumores. As pessoas se agrupavam, falando em voz baixa e urgente. Às vezes, alguém saia de um grupo, ia até outro, perguntando sobre novidades. Usha ouviu várias vezes as palavras: "Kalaman caiu!" ditas em tom de medo e alerta. Usha não conseguiu tirar nada disso. Mas escutou o bastante para perceber que estava novamente em Palanthas.

Usha suspirou. Não estava muito satisfeita por se encontrar ainda em Palanthas, ainda próxima daquela torre. Porém, teria ficado triste por sair de Palanthas e deixar para trás toda a esperança de ver Palin de novo. Mesmo se dizendo que era uma esperança remota, ela a alimentava. Não se sentia mais sem amigos e sozinha. Alguém se importava com ela. E ela tinha encontrado alguém com quem se importar.

Ela não podia ver a torre de onde estava, mas não podia ver os telhados dos prédios altos ao seu redor. Esperava escapulir quando ninguém estivesse olhando, para se perder na multidão. Precisava fazer alguma coisa para ganhar aqueles pedaços de aço que os palantinos consideravam tão valiosos. Estava pensando nisso, imaginando o que podia fazer, quando a fumaça, ainda em seu nariz, causou uma coceira irritante. Ela lutou contra isso, mas não aguentava mais. Usha espirrou alto.

Um anão vestido de forma extravagante perto dela pulou de susto, as botas batendo no calçamento.

— Pela barba de Reorx, moça, você me deu um susto! — O anão arquejou, tentando respirar, a mão pressionando o coração.

— Desculpe, senhor — Usha começou a falar, mas foi interrompida por outro espirro.

— Resfriada, moça? Sou fraco para resfriados. — O anão, observando-a nervoso, recuou um passo.

Usha sacudiu a cabeça, incapaz de se explicar pelo surgimento de um terceiro espirro. O anão recuou ainda mais, segurando o chapéu contra o rosto.

— Saúde — o anão disse, um pouco atrasado.

Usha assentiu em agradecimento, fungou e começou a procurar na bolsa por um lenço.

O anão ofereceu o seu. Era branco, rendado e marcado com as iniciais DR em um bordado elegante no canto. Usha, envergonhada, limpou o nariz com uma ponta e, corando, devolveu.

O anão enfiou o lenço em um bolso e observou Usha com olhos brilhantes e astutos.

— Qual seu nome, moça?

— Usha, meu senhor — Usha respondeu com uma reverência, julgando — pelas roupas — que o anão era alguém importante, se não o próprio lorde de Palanthas.

— Nada de "meu senhor", moça — o anão disse, apesar de acariciar a sua barba cheia e brilhante com orgulho. — Dougan Martelorrubro, ao seu dispor.

Usha sabia que os anões eram artesãos habilidosos, bons com metal e com pedra, mas nunca ouvira falar que eram bons de moda. A beleza lendária dos salões da grande cidade subterrânea de Thorbardin não era nada comparada ao colete em veludo vermelho com botões dourados do anão; a magnificência dos imensos portões de Pax Tharkas ficava insignificante comparada à camisa de seda bordada com mangas de renda de Dougan.

Calças de veludo vermelho, meias pretas, sapatos pretos de salto vermelho e um chapéu de aba larga com uma imensa pluma vermelha completava o visual do anão. Sua barba era longa e sedosa, preta, e passava da cintura larga, o cabelo longo e encaracolado caía sobre seus ombros.

Os cheiros deliciosos de frutas frescas, descansando ao sol forte do meio-dia, tirou a atenção de Usha do anão. Ela não esperava estar com fome de novo, depois do banquete na torre, mas aquilo tinha sido há um bom tempo, segundo informava seu estômago. Usha lançou um olhar rápido e discreto para o vendedor, aliviada ao ver que não era o que a tinha feito ser presa.

Porém, tinha aprendido a sua lição. Desviou o olhar com um suspiro, ordenando suas entranhas para pensar em alguma outra coisa. Recusaram-se com um ronco.

O anão tinha visto o seu olhar, ouvido o suspiro e o ronco.

— Pode pegar, moça — ele disse, sacudindo a mão. — As ameixas não estão tão frescas quanto estavam de manhã, mas as uvas estão boas se você não ligar de estarem um pouco enrugadas pelo calor.

— Obrigada — Usha disse, recusando a olhar na direção das frutas. — Mas não estou com fome.

— Então você engoliu um cachorrinho — Dougan disse, abruptamente. — Posso ouvir o bichinho latindo daqui. Coma. Eu já almocei, então não vou me incomodar.

— Não é isso. — As bochechas de Usha ficaram rosadas. — Eu... não tenho essas coisas chamadas "moedas"...

— Ah, esse é o problema — Dougan acariciou a barba, observando Usha pensativo. — Nova na cidade?

Usha assentiu.

— Onde você está morando?

— Nenhum lugar fixo — Usha disse, evasiva. O anão estranho estava se metendo muito nos seus assuntos pessoais. — Se me dá licença...

— E o que você faz da vida?

— Ah, uma coisa ou outra. Veja, senhor, está sendo muito bom conversar com você, mas...

— Eu entendo. Acabou de chegar na cidade e está procurando trabalho. Achando tudo um pouco demais, não é?

— Bem, é, senhor, é só...

— Acho que posso te ajudar. — Dougan a olhou de forma crítica, a cabeça inclinada. — Você me surpreendeu, e muito. Nem ouvi você chegando, de verdade. — Estendeu a mão, pegou a de Usha e a estudou. — Dedos esguios. Ágil, pelo que vejo. Rápida? Habilidosa?

— Acho... que sim. — Usha olhou para o anão confusa.

Dougan largou a mão dela como se fosse uma fruta passada, encarando os pés dela por um bom tempo, depois ergueu o olhar para o rosto dele, resmungando para si mesmo.

— Olhos que poderiam fazer Hiddukel perder a conta. Feições que fariam Chemosh sair do túmulo. Vai servir. Sim, é isso, mocinha — ele disse, erguendo a voz. — Conheço pessoas que estão procurando por talentos como os seus.

— Que talentos? — Usha perguntou. — Eu não...

Mas Dougan não estava escutando. Pegando um punhado de uvas, ele as jogou nas mãos de Usha. Acrescentou várias ameixas, uma abobrinha grande, e teria adicionado nabos, mas Usha não conseguia segurar mais nada. Isso feito, o anão começou a ir embora.

— Ei! Você! Não esqueceu de nada? — O vendedor, um humano grande, estivera conversando sobre os rumores da queda com vários amigos. A visão de alguém tentando fugir com seus produtos tirou todos os pensamentos sobre a guerra iminente da sua cabeça. Ele assomou sobre o anão. — Você não esqueceu algo?

Dougan fez uma pausa, retorcendo o bigode.

— Acredito que sim. Dos nabos. — Pegando vários, novamente começou a se afastar.

— Tem o probleminha do meu dinheiro — o vendedor disse, bloqueando o caminho.

Usha enfiou um punhado de uvas na boca e as engoliu rápido, determinada a comer o máximo que pudesse no caso de ter que devolver as frutas.

— Ponha na minha conta — Dougan disse, casualmente.

— Isso não é uma taverna, baixinho — rosnou o homem, cruzando os braços no peito. — Pague.

— Vamos combinar uma coisa, meu bom homem — Dougan disse, afável, apesar de não parecer ter gostado do termo "baixinho". — Vou apostar por elas. — Tirou uma moeda de ouro. Os olhos do vendedor se iluminaram. — Cara do lorde para cima por duas vezes de três, e as frutas são minhas. De acordo? De acordo.

Dougan jogou a moeda. O vendedor, de cara fechada, observou-a virar no ar. A moeda pousou na borda da carroça, a cara do lorde para cima.

O homem a analisou com atenção.

— Ei, isso não é uma moeda de Palanthas. E essa não é a cara do lorde. Parece mais a sua...

Dougan recuperou rapidamente a moeda.

— Devo ter pego a moeda errada. — Jogou a moeda de novo antes que o vendedor pudesse protestar. A cara — do lorde ou do anão — caiu para cima de novo.

— Ah, que pena — Dougan disse, complacente, estendendo a mão para pegar a moeda.

Porém, o vendedor foi mais rápido.

— Obrigado — ele disse, arrebatando-a. — Isso deve cobrir as suas compras.

O rosto de Dougan ficou vermelho.

— Você perdeu! — rugiu.

O vendedor, examinando a moeda de perto, começou a virá-la.

— Bem, não importa — Dougan acrescentou. Afastando-se às pressas, puxou Usha para que o acompanhasse. — Não importa ganhar ou perder, mas como se joga, é o que sempre digo.

— Ei, anão! — o vendedor gritou. — Você tentou me enganar! Essa moeda tem duas caras! E as duas parecem com...

— Venha, moça — Dougan insistiu, apressando o passo. — Não temos o dia todo.

— Ei! — o vendedor estava gritando a plenos pulmões. — O dourado está saindo! Parem esse anão...

Dougan estava correndo, as botas grossas batendo nas ruas de pedra.

Usha, agarrando a comida, se apressou para acompanhar.

— Estão atrás de nós!

— Vire à direita. Nesta viela aqui! — Dougan bufava.

Os dois correram para uma viela escura. Usha, olhando para trás, viu que os seus perseguidores pararam de repente na entrada da viela.

O vendedor apontou, pediu, implorou.

Sacudindo as cabeças, os outros se afastaram.

O vendedor — depois de berrar ameaças para Dougan — foi embora enfurecido.

— Não estão vindo atrás de nós — Usha disse, espantada.

— Pensaram melhor — Dougan disse. Diminuindo a velocidade, começou a se abanar com seu chapéu. — Provavelmente perceberam que eu estava usando uma espada.

— Você não estava — Usha comentou.

— Dia de sorte para eles — o anão disse com uma piscadela marota.

Usha olhou ao seu redor, nervosa. A viela era mais limpa do que qualquer outra que vira em Palanthas. Também era mais escura e mais vazia, mais quieta. Um corvo surgiu, calmo e confiante, bicando uma ameixa que ela deixara cair.

Usha tremeu. Não gostava daquele lugar.

— Você sabe onde estamos?

O corvo parou de bicar e inclinou a cabeça, encarando-a com olhos amarelos e miúdos.

— Sim, moça, eu sei — Dougan Martelorrubro disse, sorrindo. — Tem um pessoal que mora por aqui que quero lhe apresentar. Estão precisando de alguém como você para fazer uns servicinhos. Acho que você vai se dar bem com eles, moça. Muito bem.

O corvo abriu o bico e soltou um grasnado gargalhante.

26

O laboratório. Tasslehoff toma iniciativas (entre outras coisas).

— Nossa! — Tasslehoff sussurrou, empolgado e impressionado demais para falar alto.

— Não toque em nada! — foram as primeiras palavras de Palin, ditas em um tom sério e urgente.

Mas como essas geralmente eram as primeiras palavras ditas por alguém na presença de um kender, o aviso entrou por uma orelha de Tas e saiu pela outra, sendo racionalizado no caminho.

Não toque em nada!

— É um bom aviso, acho — Tas disse para si mesmo. — Ainda mais sendo dito no laboratório de um dos maiores e mais poderosos Vestes Pretas que já existiu. Se tocar alguma coisa aqui, posso acabar vivendo dentro de um desses potes como aquela pobre coisa morta dentro daquele pote, que não vai fazer mal nenhum se eu só tirar a tampa para olhar mais de perto...

— Tas! — Palin removeu a jarra da mão do kender.

— Estava colocando-a para trás para não cair — Tas explicou.

Palin olhou feio para ele.

— Não toque! — reforçou.

— Nossa, está mesmo de mal humor — Tas continuou falando para si mesmo, vagando para outra parte (mais escura) do laboratório. — Vou deixá-lo sozinho por um momento. Ele não quis dizer literalmente "não toque em nada", porque eu já estou tocando em algo. Meus pés estão tocando no chão, e isso é bom ou eu estaria flutuando como pó no ar. Seria bem divertido. Fico imaginando se eu conseguiria. Talvez aquela garrafa com a gosma verdeazulada dentro seja um poção de levitação. Vou...

Palin — o rosto sério — arrancou a garrafa da mão de Tas e o impediu de tirar a tampa. Depois de tirar vários objetos (o cotoco de uma vela coberto de pó, uma pedrinha entalhada como um besouro, e um novelo de fio preto) dos bolsos do kender, Palin marchou com Tas até um canto vazio e mal iluminado, e disse a ele, no tom mais zangado que Tas já ouvira alguém falar, para "FICAR ALI E NÃO SE MEXER!"

— Ou vou mandar você para fora — Palin finalizou.

Tas bem sabia que era uma ameaça vazia, porque, enquanto estava bisbilhotando no laboratório, estava vagamente ciente do fato que Palin batia na porta com o punho, tentando abri-la, e a golpeou com o cajado uma vez, sem resultado. A porta não se mexia.

O cavaleiro também batera na porta por um tempo, mas pelo outro lado. As reclamações indignadas e trovejantes de Aço Brightblade não podiam mais serem ouvidas.

— Deve ter ido embora — Tas disse. — Ou então o espectro o pegou.

Isso teria sido uma cena interessante e uma que Tas ficou desapontado por ter perdido. Porém, um kender não pode estar em todos os lugares ao mesmo tempo, e Tasslehoff não teria perdido aquela oportunidade nem por todos os espectros no mundo, com talvez uma ou duas banshees juntas.

— Palin não quer ser um estraga-prazeres. Só está assustado — Tas comentou, com simpatia na voz. O kender não estava pessoalmente familiarizado com aquela emoção desconfortável, mas sabia que afligia muitos dos seus amigos e por isso decidiu — por compaixão ao seu jovem companheiro — fazer o que Palin pedia.

Tas ficou ali no canto, sentindo-se muito virtuoso e se perguntando quanto tempo duraria aquela sensação. Provavelmente não muito, a virtuosidade era muito próxima do tédio. Mesmo assim, aguentaria por um tempo. Tas não podia tocar em nada, mas podia olhar, e assim olhou com toda sua força e vontade.

Palin andava devagar ao redor do laboratório. O Cajado de Magius espalhava uma luz brilhante sobre tudo na sala, como se estivesse feliz por voltar para casa.

A sala era enorme, com certeza bem maior do que qualquer um podia esperar que fosse, considerando a sua localização e o tamanho das outras salas na torre. Tas tinha a estranha e excitante impressão que a sala tinha crescido quando ele entrou, e ainda mais impressionante, que a sala *ainda estava crescendo*! Era uma impressão vinda do fato que não importava para onde na sala ele olhasse, sempre que desviava os olhos e depois voltava, viu algo que com certeza não estava lá antes.

O maior objeto no laboratório era uma mesa gigante. Feita de pedra, tomava quase todo o centro da sala. Tasslehoff podia deitar três vezes e ainda sobraria espaço para seu topete. Não que ele quisesse deitar em cima daquela poeira, densa e que estava por cima de tudo. Os únicos rastros que Tas podia ver no chão empoeirado eram os seus e os de Palin, nem mesmo via as pequenas pegadas de ratos. Também não via teias.

— Somos os primeiros seres vivos a colocar os pés dentro dessa câmara em anos — Palin disse baixinho, ecoando o pensamento do kender.

O jovem mago passou por uma mesa de trabalho e jogou a luz do cajado em incontáveis prateleiras cheias de livros e pergaminhos. Alguns dos livros, encadernados em azul-noite, Tasslehoff reconheceu como sendo os livros de feitiços que pertenceram ao infame mago Fistandantilus. Outros livros, em encadernação preta gravado em prata, ou em encadernação vermelha com letras douradas, podiam ter sido os do próprio Raistlin, ou talvez tivessem sido deixados pelos habitantes anteriores da torre.

Palin parou na frente desses livros, lançando olhares famintos e ansiosos. Estendeu a mão para pegar um, mas recuou de repente.

— Quem quero enganar? — disse, amargo. — Se eu olhasse para a folha de rosto, provavelmente enlouqueceria.

Tendo sido companheiro de viagem de Raistlin, Tas sabia o bastante sobre usuários de magia para saber que um mago de nível baixo tentando ler um feitiço que não era para ele iria enlouquecer instantaneamente.

— É uma medida de segurança — Tasslehoff ressaltou, caso Palin não soubesse. — Raistlin me explicou uma vez, quando tirou o livro de feitiços de perto de mim. Foi bem gentil, inclusive, dizendo que não queria um kender insano no seu pé. Eu disse que era muito gentil da parte dele ser tão cuidadoso, mas eu não me importava de ficar louco, e ele disse que sim, mas ele se importaria, e acho que disse mais alguma coisa sobre como preferia ter vinte ogros com vinte bastões batendo nele, na cabeça e nos ombros, mas posso estar enganado.

— Tio Tas — disse Palin, em uma voz nervosa, quase abafada. — Não quero ser rude, especialmente com alguém da sua idade, mas por favor, cale a boca!

Continuou a andar pela sala, jogando a luz do cajado mais de perto em alguns itens, sem mexer e sem tocar em nada. Cobriu o laboratório todo por duas vezes, exceto um pequeno pedaço.

Ele não foi até o fundo da câmara, localizado quase do lado oposto de onde Tas estava. Aquele pedaço estava muito escuro e Tas começou a suspeitar que Palin estava mantendo a luz longe dali de propósito.

Tas sabia o que ficava naquele pedaço do laboratório. Caramon e Tanis lhe contaram aquela história.

Palin ficava olhando de relance para lá, e voltava o olhar para Tas, como se estivesse confuso sobre o que fazer.

Bem, Tas sabia exatamente o que deviam fazer.

— Mas ele ainda está assustado — Tas comentou, sacudindo o topete. — Só pode ser. Não tenho outra explicação para ele ficar vagando por aí, quando deveria estar resolvendo as coisas. Eu podia dizer a ele o que fazer.

— Não, isso não seria uma boa ideia. Pelo que me lembro de quando eu era um jovem kenderzinho, um conselho de uma pessoa mais velha, como eu, para uma pessoa mais nova, como Palin, geralmente *não* é bem recebida. Talvez se eu lhe der uma dica, colocá-lo na direção certa. Afinal, não temos o dia todo. Está chegando a hora da ceia, e, se bem me lembro, as refeições no Abismo, embora possivelmente nutritivas, são bastante insossas. Então. Agora... é esperar até ele não estar olhando.

Palin estava inspecionando os pergaminhos de maneira inconstante, interessada, mas claramente preocupado com coisas mais importantes. Olhou para eles, suspirou e os colocou de volta com clara relutância.

— Vamos lá, encontre um que você possa usar! — Tasslehoff murmurou.

E de repente, pareceu ser o caso. Palin examinou o selo de cera estampado no laço que prendia um pergaminho, animou-se bastante e, quebrando o selo, começou a examinar o conteúdo.

Tasslehoff Burrfoot, movendo-se silenciosamente como só os kender conseguem, o que significava que a poeira flutuando para o chão fazia tanto barulho quanto ele, atravessou a sala, e corajosamente subiu no patamar de pedra onde ficava o Portal para o Abismo.

— Isso é interessante, Tas — Palin disse, virando-se para onde o kender estivera. Um tom de preocupação surgiu em sua voz quando percebeu que o kender não estava mais lá. — Tas!

— Veja o que eu encontrei, Palin — Tas disse, orgulhoso.

Segurando uma corda de seda dourada pendurada ao lado de cortinas de veludo roxo, ele deu um puxão.

— Não, Tas! — Palin gritou, deixando o pergaminho cair e pulando para a frente. — Não! Você pode nos...

Tarde demais.

A cortina subiu, a poeira sendo sacudida de suas dobras em uma nuvem que quase sufocou o kender.

E então Palin ouviu aquela palavra agourenta — geralmente a última palavra que os que tinham a pouca sorte de viajar com um kender ouviam.

— Opa!

27

A Guilda dos Ladrões. A nova aprendiz.

A Guilda dos Ladrões de Palanthas podia se gabar — e geralmente o fazia, com algum orgulho — de ser a mais antiga guilda da cidade. Apesar de não ter uma data oficial marcando a sua fundação, seus membros provavelmente não estavam muito errados em seus cálculos. Com certeza, havia ladrões em Palanthas muito antes de haver forjadores ou alfaiates ou perfumistas ou qualquer uma das várias outras guildas que agora floresciam.

A Guilda dos Ladrões traçava suas raízes até tempos antigos, até um cavaleiro chamado Gato Pete, que liderava um bando de bandidos nas planícies de Solamnia. Seu bando caçava os viajantes da estrada. O Gato Pete (recebeu esse nome não por ser silencioso e felino, mas por ter sido chicoteado uma vez com o gato-de-nove-caudas) era muito seletivo com suas vítimas. Evitava nobres que viajavam com escoltas armadas, todos os magos, mercenários e qualquer um que portasse uma espada. Gato Pete argumentava que detestava derramar sangue. Era verdade — especialmente o dele.

Escolhia então atacar o viajante solitário e desarmado: o funileiro itinerante, o menestrel, o vendedor esforçado, o estudante empobrecido, o clérigo sem recursos. Não é preciso dizer que o Gato Pete e seu bando tinham muitas dificuldades em sobreviver. Pete tinha esperança de que um dia encontraria um funileiro que estaria escondendo um saco de joias consigo, mas isso nunca aconteceu.

Durante um inverno especialmente rigoroso, quando o bando se viu reduzido a tais extremos que seus membros estavam comendo os próprios sapatos e começando a olhar esfomeados uns para os outros, Pete decidiu melhorar de vida. Escapuliu do acampamento, determinado a procurar fortuna — ou pelo menos um pedaço de pão — na recém-fundada cidade de Palanthas. Estava rastejando sobre o muro da cidade no meio da noite quando esbarrou com um guarda. Aqueles que vejam o Gato Pete com uma visão mais romântica dizem que ele e o guarda se engalfinharam em uma dura batalha, e Pete jogou o guarda do topo da muralha para o chão, e que o bandido entrou na cidade triunfante.

Aqueles que se dão ao trabalho de ler a verdadeira história do Gato Pete encontram a verdadeira versão da história. Ao ser encontrado pelo guarda na muralha e ameaçado com uma morte iminente, o bravo Pete caiu de joelhos, agarrou o guarda pelos joelhos e implorou por misericórdia. Naquele momento, o guarda deslizou no gelo. Como os braços de Pete estavam firmemente agarrados ao redor dos seus joelhos, o guarda não conseguiu se equilibrar. Batendo os braços, caiu da muralha.

Gato Pete, que teve o bom senso de soltar no último momento, manteve a presença de espírito. Desceu até o chão por meios mais convencionais, roubou o corpo do homem morto e entrou sorrateiro na cidade, onde estabeleceu residência em um estábulo.

Pode-se dizer que a guilda nasceu do esterco de vaca.

Pete sempre reivindicou ter fundado a guilda, mas na verdade sua amante — uma anã que atendia pelo nome de Bete Mão-Ligeira — que foi reconhecida como a fundadora. "Ladrões caem" é um velho ditado, e conforme a cidade crescia e ficava mais rica, os ladrões de Palanthas caíam regularmente. Com frequência, se viam saqueando uma casa que fora saqueada na noite anterior, ou, como aconteceu em uma ocasião memorável, três grupos independentes de arrombadores apareceram para arrombar a mesma mansão na mesma hora. Isso resultou em uma luta entre os ladrões que acordou todos na casa. O lorde e seus serviçais capturaram todos, prendendo-os na adega, e os enforcaram na manhã seguinte. Gato Pete estava, infelizmente, entre eles e dizem que lutou como um demônio antes do fim, embora os registros mostrem que virou um monte balbuciante ao ver a forca e precisou ser levado pelo colarinho.

Depois desse desastre, Bete Mão-Ligeira reuniu o maior número de ladrões, mãos-leves e assassinos que conseguiu persuadir a sair dos esconderijos e deu um discurso emocionante sobre como seria muito melhor se todos juntassem seus talentos, marcassem territórios, dividissem os espólios e não incomodasse os outros. Todos tinham visto os corpos dos seus camaradas balançando nas forcas. Os ladrões concordaram e nunca se arrependeram.

A Guilda dos Ladrões provou ser um sucesso tão grande que mais e melhores talentos foram para Palanthas. Com uma liderança inteligente, a guilda prosperou. Seus membros estabeleceram regras e códigos de conduta, aos quais todos que se juntavam a guilda obedeciam. A guilda recebia uma parte dos espólios de cada ladrão e, em troca, oferecia treino, álibis que, por vezes, se mantinham no julgamento, e esconderijos quando os homens do lorde estavam à espreita.

O atual quartel-general da guilda era em um armazém abandonado dentro das muralhas perto das docas. Ali, os ladrões prosperaram por anos com impunidade. O Lorde Palanthas fazia, de tempos em tempos, uma promessa aos cidadãos que acabaria com a Guilda dos Ladrões. Periodicamente, a guarda da cidade invadia o armazém. Os espiões da Guilda sempre sabiam quando a guarda viria. Os guardas sempre encontravam um armazém vazio ao chegar. O lorde dizia aos cidadãos que a Guilda dos Ladrões estava encerrada. Os cidadãos, acostumados com isso, continuavam a travar e trancar suas portas à noite e estoicamente contavam suas perdas na manhã seguinte.

Verdade seja dita, os cidadãos de Palanthas — apesar de detestarem os ladrões — tinham orgulho da sua Guilda de Ladrões. O ladrãozinho pé de chinelo, que roubava pessoas em menor escala, reclamava dela em alto e bom som. Jovenzinhas sonhavam com o bandoleiro bonito e audaz que resgatariam, com seu amor, de uma vida de crime. Os cidadãos de Palanthas desprezavam cidades menores que não tinham Guilda de Ladrões. Falavam com desdém de cidades como Flotsam, cujos ladrões eram desorganizados e — sentiam — de uma classe muito menor no geral do que os de Palanthas. Os palantinos gostavam de contar histórias sobre o nobre arrombador que, ao entrar na casa de uma viúva pobre para roubá-lo, ficou tão movido por sua triste situação que na verdade deixou dinheiro para ela. As viúvas pobres de Palanthas teriam motivos para debater essa história, mas ninguém perguntou a elas.

Era para esse armazém — ou para o salão da guilda como era pomposamente chamado — que Usha e Dougan dirigiam seus passos. A viela estava escura e deserta. Usha entrou sem hesitar. A memória da torre a assombrava. Enquanto estivesse em qualquer lugar longe daquele lugar terrível, estava feliz. Gostava do jeito seco e brusco do anão, admirava seu estilo elegante e, em resumo, confiava nele.

Não sabia nada sobre os olhos que os observavam enquanto atravessavam a viela. Ignorava feliz o fato de que, se passasse sozinha naquele lugar, teria a garganta cortada.

Os olhos conheciam e aprovavam Dougan. Os assobios dos pássaros e miados de gatos que Usha pensava, em sua inocência, pertencerem a pássaros e gatos, guiavam o anão e sua companheira em segurança pela barreira de espiões e guardas.

O armazém era um prédio gigante que encostava na muralha da cidade. Feito da mesma pedra que a muralha, parecia que um tumor tinha surgido na superfície da muralha e se espalhado nas ruas. Era cinza, manchado, afundado, arruinado. As janelas estavam imundas ou quebradas; cobertores foram enfiados nos buracos (para serem tirados caso o prédio fosse atacado. Eram ideais para arqueiros.) A porta era grossa, imensa, feita de madeira presa com ferro, e tinha uma marca bem peculiar.

Dougan bateu na porta de um jeito estranho e complicado.

Um painel se abriu perto do fundo. Um olho espiou. O olho estudou Dougan, foi para Usha, voltou para Dougan, estreitou-se e sumiu enquanto o painel se fechava.

— Você quer dizer que tem pessoas morando aqui? — Usha disse, olhando ao redor com nojo e espanto.

— Xiu! Silêncio! Fale baixo, mocinha — Dougan avisou. — Eles têm muito orgulho disso, sabe. Muito orgulho.

Usha não via motivo, mas se manteve em silêncio, considerando que era mais educado. Olhou por cima do ombro. A Torre da Alta Magia, apesar de distante, era visível. Podia ver — ou pelo menos imaginava que podia — a janela do estúdio de Dalamar. Visualizou o mago na janela, encarando as ruas abaixo, procurando por ela. Tremendo, aproximou-se de Dougan, desejando que, quem quer que fosse que morasse ali, abrisse logo a porta.

Olhou para trás e viu a porta já aberta. Usha encarou, espantada. Não ouvira nada. No começo, não viu ninguém ali. Tudo estava escuro e um cheiro horrível — de lixo e coisa pior — a fez franzir o nariz. Pensou que estava vindo de dentro do prédio, quando uma voz veio das sombras fedorentas.

— O que vocês querem?

— Ora, é um anão — disse Usha, aliviada.

— Morda a língua! — Dougan grunhiu. — É um anão tolo. Nada a ver.

— Mas isso... ele... — Achou que era um, mas era difícil ter certeza com os farrapos. — parece muito com...

Estava prestes a dizer "você", mas o brilho feroz no olhar de Dougan avisou para que se corrigisse.

— Um... um anão — completou, sem graça.

Dougan, claramente indignado, não respondeu. Falou com o anão tolo.

— Quero ver Lincho. Diga a ele que Dougan Martelorrubro está aqui e que não vou ficar esperando. Diga a Lincho que tenho algo para ele que vai ser muito útil.

O anão tolo, por três vezes — cada vez que Dougan terminava uma frase — começou a ir embora, apenas para se virar quando Dougan falava.

— Pare! — o anão tolo gritou de repente. — Tonto. — Parecia mesmo enjoado.

Usha estava começando a se sentir enjoada também, mas por causa do cheiro.

— Num me sinto bom — o anão tolo disse. — Acho que vomito.

— Não, não! — Dougan exclamou, saindo do alcance. — Só respire. Bom garoto.

— Vômito não ruim — o anão tolo argumentou, animando-se. — Se comida é boa descendo, é boa voltando também.

— Chame Lincho, seu vermezinho — Dougan mandou, limpando o rosto com um lenço. O calor, na viela sem ar, era insuportável.

— Quem é Lincho? — Usha perguntou quando o anão tolo obedientemente se afastou.

— O nome completo é Linchado Geoffrey — disse Dougan, em voz baixa. — É o mestre da guilda.

— Que nome estranho — Usha sussurrou. — Por que o chamam assim?

— Porque ele foi.

— Foi o que?

— Linchado. Não fale sobre a queimadura de corda no pescoço. É muito sensível sobre isso.

Usha estava curiosa para saber como um homem que foi linchado ainda estava andando por aí. Estava prestes a perguntar quando Linchado Geoffrey apareceu na porta. Era alto, magro e esguio, com mãos grandes e finas, dedos longos que estavam sempre se movendo — estalando, contorcendo-se ou acenando. Um excelente batedor de carteira, que uma vez roubara uma camisa de seda das costas de um nobre sem tocar na sua jaqueta, Lincho dizia que esses exercícios mantinham seus dedos ágeis. Uma cicatriz grossa de um vermelho vivo circulava sua garganta. Seu rosto era comum. A cicatriz era a coisa mais interessante ali.

— O que você está olhando, garota? — Lincho perguntou, zangado.

— N-nada, senhor — Usha gaguejou, forçando-se a parar de olhar para a cicatriz para encarar os olhos pequenos de fuinha do homem.

Lincho rosnou, sem estar convencido, e se virou para Dougan.

— Onde você se escondeu, velho amigo? Estava falando sobre você dia desses. Poderia ter te usado em um trabalhinho com um túnel. Vocês, anões, são bons nisso.

— Bem, sim, estive envolvido com outras coisas — Dougan murmurou, parecendo não ter gostado da forma desdenhosa que o homem dissera 'vocês anões', mas engolindo a ira. — Agora, aos negócios. Minha jovem amiga aqui — indicou Usha — é nova na cidade. Precisa de um lugar para dormir.

— Aqui não é albergue — Lincho disse, colocando a mão na porta que começou a fechar.

Dougan enfiou o pé grande na bota pesada e fez a porta abrir.

— Se me deixar terminar, Lincho, velho amigo, estava prestes a dizer que a moça aqui precisa de um jeito para ganhar a vida. Precisa de um pouco de treino na arte. Estou disposto a pagar o custo do aprendizado — o anão acrescentou, azedo.

Lincho abriu a porta de novo. Olhou com atenção para Usha, que não gostou nem um pouco do jeito como ele a encarava, como se estivesse arrancando não só as camadas de roupas, mas de pele também. Corou com força. Não gostava daquele lugar, nem daquele homem odioso com mãos de inseto. Não tinha certeza se queria aprender o que ele tinha a ensinar. Estava prestes a se despedir dos dois quando, ao olhar para o começo da viela, viu um mago de vestes negras parado ali.

Havia muitos magos de vestes negras em Palanthas, e um bom número deles tinha assuntos com o povo do armazém. Mas no mesmo instante Usha achou que o mago era Dalamar.

O mago estava na abertura da viela. A cabeça, coberta com o capuz, virava de um lado para o outro, como se procurasse alguém. A viela, no fim da qual ela e o anão estavam, era longa. As sombras eram profundas. Provavelmente ainda não a vira.

Usha avançou, apertou Linchado Geoffrey pela mão de dedos espalhados e a sacudiu até quase arrancá-la.

— Um prazer imenso conhecê-lo — disse, sem fôlego. — Vou trabalhar duro. Sempre trabalho duro. — Passando por ele, enfiou-se na escuridão do armazém, engolindo o ar fedido com alívio.

Anão e ladrão ficaram um pouco espantados com seu entusiasmo.

— Ela se move bem rápido, isso posso dizer — Lincho comentou. Sacudiu a mão. — E tem um bom aperto, forte.

Dougan pegou uma bolsa de dinheiro no cinto largo, pesando-a na mão.

— Feito — disse Lincho e educadamente convidou Dougan para entrar. — E qual seu nome, garota?

— Meu nome é Usha — ela disse, olhando ao seu redor com curiosidade.

O interior do armazém era cavernoso. Parte do chão estava cheio de mesas e cadeiras, parecendo o salão comum de uma hospedaria. Tochas queimaram nas paredes. Velas grossas queimaram nas mesas. Pessoas sentavam ao redor das mesas, bebendo, comendo, jogando, conversando ou dormindo. Todas as idades, todas as raças de Ansalon estavam representadas. A Guilda dos Ladrões tinha seus defeitos, mas o preconceito não era um. Dois humanos sentavam amigavelmente bebendo com três elfos. Um anão jogava dados com um ogro. Um hobgoblin e um kender estavam envolvidos em uma disputa de bebida. Uma maga de vestes vermelhas discutia calorosamente sobre Sargonnas com um minotauro. Crianças corriam entre as mesas, brincando de pique. O resto do armazém se perdia nas sombras, então Usha não podia ver como era.

Ninguém olhou para ela. Ninguém lhe deu a menor atenção. Achando que não faria mal impressionar seu futuro empregador, ela acrescentou.

— Meu nome completo é Usha Majere. Sou filha de Raistlin.

— Ah, sim — disse Linchado Geoffrey. — E eu sou a mãe dele. — Ele cuspiu no chão.

Usha ficou espantada.

— Perdão?

— Filha de Raistlin! — Lincho riu, de forma desagradável. — É o que vocês todas dizem. Vieram três aqui, ano passado, dizendo a mesma coisa. — Endureceu a voz. Os olhos de fuinha estavam frios e duros. — Quem você é? Uma espiã? — Com uma rapidez que o olho não podia acompanhar, uma faca brilhou na mão de Lincho. — Lidamos rápido com espiões, não é, irmãos?

Os outros membros da guilda ficaram de pé. Facas saíram de botas e espadas sacudiram nas bainhas. Palavras de feitiços e cantos de oração estalavam no ar, acompanhados pelo estranho som de um hoopak.

Usha tropeçou para trás até atingir a porta trancada. Dougan pôs o corpo redondo entre ela e o mestre da guilda. O anão ergueu a bolsa.

— Você me conhece, Linchado Geoffrey! Por que eu traria uma espiã aqui? Então, a moça diz ser filha de Raistlin Majere. — Dougan parecia um pouco envergonhado ao dizer isso, olhando para Usha de canto de olho, mas continuou. — E quem pode dizer que não é? Quantos de vocês — lançou um olhar pesado debaixo das sobrancelhas de besouro pelo grupo reunido — pode jurar sobre quem são os seus pais?

Pelos resmungos e acenos que se seguiram, a maioria parecia achar que a declaração do anão fazia sentido. A bolsa cheia, tilintando confortavelmente com o som do aço, dava peso ao seu argumento.

— Desculpe se me precipitei, garota — Lincho disse, enquanto a faca em sua mão sumiu tão rápida e misteriosamente quanto surgira. — Sou de natureza muito sensível e suscetível a ter ataques de nervos. — Ele virou para Dougan. — Vamos tomá-la como aprendiz, nos termos comuns. Para que você quer que a treinemos?

— Um trabalho especial — Dougan disse, evasivo.

Lincho franziu a testa.

— Que tipo de trabalho, anão?

— Isso é para meu conhecimento, não seu — Dougan respondeu. — Estou pagando vocês para treiná-la. É isso.

Lincho talvez não estivesse tão disposto a ceder se o tamanho da bolsa fosse menor. Como era, só disse, a cara fechada:

— A guilda tem uma parte. Não esqueça disso.

Dougan olhou ao seu redor para as pessoas em pé, observando. Olhou em particular para as crianças. A expressão severa se suavizou. Tirou o chapéu com a pluma elegante, e o colocou na frente do peito como se fizesse um juramento.

— Se conseguirmos, todos irão compartilhar. Prometo. Se falharmos, nenhuma culpa será de vocês.

Suspirou, parecendo desanimado por um momento.

Lincho agilmente pegou a bolsa.

— De acordo. O que precisamos ensinar a ela? Atrair? Fisgar? Cortar? Bater?

Ele e Dougan se afastaram até um canto e logo estavam envolvidos em sua conversa.

Usha encontrou uma cadeira em uma mesa vazia e sentou. Uma criança esfarrapada trouxe um prato de guisado e uma caneca de cerveja. Comeu, faminta. Pensar sobre Palin e se preocupar com seu destino era a única sombra sobre seu contentamento. O coração do jovem é sempre otimista, especialmente quando esse coração sente as primeiras contrações dolorosas do amor.

— Os deuses não teriam nos unido se quisessem nos separar tão cruelmente. — Essa era a convicção de Usha, o que dizia muito sobre a sua fé, se não sobre seu conhecimento da dura realidade.

Terminando a refeição, Usha estava relaxada e feliz com sua nova situação. Apesar da rudeza na fala daquelas pessoas, do quão sinistras e estranhas pareciam, Usha não tinha mais medo.

Atrair. Fisgar.

Aquelas pessoas eram pescadores, claro.

Livro três

1

O aviso. Três se unem. Tanis precisa escolher.

Tanis estava nas ameias mais altas da Torre do Alto Clerista, olhando sobre elas para a estrada vazia que levava até a cidade de Palanthas. Caminhou por aquela estrada mentalmente, chegando na cidade, imaginando a inquietação.

Rumores do inimigo que se aproximava alcançaram a cidade ao nascer do dia. Era meio-dia. As pessoas já teriam fechado lojas e tendas, ido para as ruas, ouvindo avidamente a todos os rumores, quanto mais improváveis, mais acreditados.

Claro que, de noite, o Lorde de Palanthas iria estar com o discurso pronto. Ficaria no seu balcão, ler suas notas, assegurar a população que a Torre do Alto Clerista estava entre eles e o inimigo. Depois dessa nota de conforto, iria entrar para jantar.

Tanis bufou.

— Queria que alguém viesse me confortar!

E alguém veio, mas não trazia conforto nem segurança. Também não viajou pela estrada, mas chegou de forma bem menos convencional.

Tanis seguia as ameias para o leste, virou e estava prestes a refazer seus passos quando quase bateu em um mago de vestes negras que bloqueava seu caminho.

— Mas… — Tanis segurou o topo da muralha para se equilibrar. — Dalamar! De onde…

— Palanthas. Viajei pelas estradas da magia e não tenho tempo para ouvir você gaguejando. Está no comando?

— Eu? Pelos céus, não! Só...

— Então me leve a quem está — Dalamar disse, impaciente. — E diga a esses tolos para embainhar as espadas antes que eu as transforme em poças de metal derretido.

Vários cavaleiros, de vigia nas ameias, tinham desembainhado as espadas e agora cercavam o elfo negro.

— Guardem as armas — Tanis disse. — Este é Lorde Dalamar, da Torre da Alta Magia. Ele é bem capaz de cumprir a ameaça e vamos precisar de todas as espadas que conseguirmos. Um de vocês, vá chamar Sir Thomas e diga que solicitamos uma reunião de imediato.

— Você falou a verdade sobre precisar de espadas, Meio-Elfo — Dalamar comentou enquanto prosseguiam pelas ameias, indo na direção do interior da fortaleza. — Apensar de eu achar que vocês realmente precisam é de um milagre.

— Paladine nos providenciou alguns no passado — Tanis disse.

Dalamar olhou ao redor para a torre.

— Sim, mas não vejo nenhum mago velhote confuso resmungando sobre bolas de fogo e onde deixou seu chapéu.

O elfo negro parou e se virou para Tanis.

— Tempos sombrios estão vindo. Você não deveria estar aqui, meu amigo. Deve partir, retornar para o seu lar, para a sua esposa. Posso ajudá-lo se quiser. Diga e eu o mandarei para lá imediatamente.

Tanis olhou para o elfo negro.

— As notícias são ruins assim?

— Ruins assim, Meio-Elfo — Dalamar respondeu, em voz baixa.

Tanis coçou a sua barba.

— Vou esperar para ouvi-las e então decido.

— Como quiser. — Dalamar deu de ombros e voltou a andar, movendo-se com pressa. Suas vestes farfalhavam ao redor de suas canelas. Os poucos cavaleiros pelos quais passavam lançavam olhares funestos para o mago e recuavam apressados.

Tanis entrou na câmara do conselho. Uma escolta armada de cavaleiros aproximou-se.

— Estou procurando Sir Thomas — Tanis falou.

— E ele está procurando por você, meu senhor — respondeu o comandante da escola. — Fui enviado para dizer-lhe que foi convocado um Conselho de Cavaleiros para lidar com essa crise. Sir Thomas soube que Lorde Dalamar chegou com notícias.

— De natureza muito urgente — Dalamar disse.

O cavaleiro fez uma reverência dura, fria.

— Meu senhor Dalamar, Sir Thomas o agradece por ter vindo. Se você puder compartilhar as notícias comigo, ou com o senhor Tanis Meio-Elfo se preferir, não iremos detê-lo.

— Vocês não me detém — Dalamar retrucou. — Não existem formas com as quais vocês possam me deter. Vim por minha livre vontade e irei partir da mesma forma, depois que eu tiver falado com Thomas de Thalgaard.

— Meu senhor — o cavaleiro hesitava, lutando entre a cortesia e a política. — Nos coloca em uma posição difícil. Posso ser direto?

— Se assim isso se resolver logo — Dalamar respondeu com impaciência crescente.

— Meu senhor, deve saber que você é o inimigo, e assim...

Dalamar sacudiu a cabeça.

— Você não precisa procurar longe para encontrar seus inimigos, senhor cavaleiro, mas não estou entre eles.

— Talvez. — O cavaleiro não ficou convencido. — Mas tenho minhas ordens. Pode ser uma armadilha feita por sua rainha soberana para capturar nossos comandantes.

O rosto de Dalamar empalideceu de raiva.

— Se eu quisesse capturar os seus comandantes, senhor cavaleiro, eu poderia fazê-lo do conforto e da segurança do meu lar. Neste exato instante, eu poderia...

— Mas não vai — Tanis interveio, apressadamente. — Lorde Dalamar vem de boa fé. Juro. Responderei por ele com a minha vida se for preciso.

— E eu também — veio uma voz calma e clara de outro corredor.

A dama Crysania, guiada pelo tigre branco e escoltada por um grupo de cavaleiros, entrou na câmara. O tigre encarou fixamente cada homem presente, não com o olhar rápido e desconfiado de um animal, mas com o olhar atento, pensativo e inteligente de um homem. E podia ser a imaginação de Tanis, mas jurava ter visto Dalamar e o tigre trocar um sinal de reconhecimento.

O comandante e seus homens caíram de joelhos e inclinaram as cabeças.

A Filha Reverenciada de Paladine pediu que se erguessem e virou os olhos que não viam para Dalamar. O elfo negro tinha inclinado a cabeça em um gesto de respeito, mas não se curvou. Ao comando de voz suave dela, o tigre a levou até Dalamar, apesar da fera colocar seu imenso corpo entre os dois. Crysania estendeu a mão.

Dalamar tocou de leve a mão dela com as pontas dos dedos.

— Agradeço por seu apoio, Filha Reverenciada — ele disse, embora com um toque de sarcasmo.

Crysania se virou para os cavaleiros.

— Vocês poderiam por favor nos escoltar, os três, até a presença de Sir Thomas de Thalgaard?

Apesar de obviamente relutantes em escoltar Dalamar a qualquer lugar exceto o calabouço, não tiveram escolha além de aceitar. Os Cavaleiros de Solamnia serviam ao deus Paladine. A Filha Reverenciada Crysania era a mais alta autoridade da igreja dedicada à adoração de seu deus.

— Por aqui, meus senhores, Filha Reverenciada — o comandante disse, e ordenou que seus homens assumissem posição atrás deles.

— Como você soube que eu estava aqui, Filha Reverenciada? — Dalamar perguntou em voz baixa, parecendo não estar muito satisfeito. — Meus movimentos estão sendo vigiados pela igreja?

— Paladine vigia por todos os seus filhos, meu senhor, como um pastor vigia suas ovelhas, sem excluir as negras — ela acrescentou com um sorriso. — Mas não, senhor mago, eu não sabia que você estava aqui. Rumores estranhos estão circulando por Palanthas. Ninguém conseguiu me dar informações, então vim descobrir por mim mesma.

Uma leve ênfase na palavra "ninguém" e o leve suspirou que a acompanhou fez Dalamar a olhar com mais atenção. Deu um passo para perto. O tigre os acompanhava com imensa dignidade, guiando os passos da sua senhora e mantendo sua vigia atenta.

— Pelo que entendi, Filha Reverenciada, seu deus não lhe falou nada sobre o que está acontecendo no mundo?

Crysania não respondeu com palavras, mas seu rosto pálido e conturbado demonstrou seus pensamentos.

— Não pergunto para me vingar sentindo-me triunfante, Filha Reverenciada — Dalamar insistiu. — Meu próprio deus, Nuitari, tem estado estranhamente silencioso, assim como todos os deuses da magia. Assim como a minha rainha. — Dalamar deu de ombros e sacudiu a cabeça. — O poder de Nuitari diminui e, em consequência, o meu é afetado. O mesmo com Lunitari e Solinari. Todos os magos relatam isso. É como se os deuses estivessem ocupados...

Crysania virou-se na direção dele.

— Você tem razão, meu senhor. Quando ouvi esses rumores, eu os levei em oração ao deus. Vê esse amuleto que uso ao redor do pescoço? — Ela indicou um medalhão feito de prata, decorado com uma imagem de dragão feita em ouro. — Sempre que orei para Paladine no passado, senti seu amor me cercar. Este medalhão — ela o tocou, com reverência. — Começa a brilhar com uma luz suave. Minha alma se acalma, meus medos e problemas ficam mais leves.

Ficou em silêncio por um momento e acrescentou baixinho.

— Nos últimos tempos, o medalhão tem ficado apagado. Sei que Paladine escuta minhas preces, sinto que quer me reconfortar. Mas temo que ele não tenha conforto para oferecer. Pensei que talvez essa ameaça de Lorde Ariakan fosse a responsável.

— Talvez — Dalamar disse, mas era óbvio que não estava convencido. — Podemos descobrir em breve. Palin Majere entrou no Portal.

— Isso é verdade? — Crysania ficou consternada.

— Temo que sim.

— Como ele entrou? Você trancou o laboratório! Você colocou guardas...

— Ele foi convidado, minha senhora — Dalamar disse, seco — Acho que você pode adivinhar por quem.

Crysania ficou branca, a cor deixando seu rosto. Seus passos falharam. O tigre pressionou o corpo contra ela, oferecendo apoio e conforto.

Tanis veio rápido em seu auxílio, segurando-a pelo braço. Sentindo-a tremer, lançou um olhar zangado para Dalamar.

— Você deixou Palin ir? Deveria tê-lo impedido.

— Não tive muita escolha, Meio-Elfo — Dalamar retrucou, olhos escuros brilhando. — Todos aqui sabem, de primeira mão, sobre o poder de Raistlin.

— Raistlin Majere está morto — Crysania disse com firmeza, a sua fraqueza momentânea passando. Ficando ereta, puxou o braço do de Tanis. — Recebeu a paz pelo seu sacrifício. Se Palin Majere foi atraído até o Abismo — sua voz se suavizou, triste — então foi por outra força.

Dalamar abriu a boca, mas viu o olhar de aviso de Tanis. Permaneceu em silêncio, apesar do lábio se curvar em deboche.

Os três não falaram mais nada durante o resto da caminhada, cada um ocupado com seus pensamentos, nenhum deles muito agradável a julgar pelas expressões sombrias. O comandante os levou até um longo corredor, decorado com bandeiras. Cada bandeira tinha o brasão da família daqueles correntemente listados no rol da cavalaria.

As bandeiras pendiam imóveis no ar quente. Tanis, olhando para a longa fileira, achou o brasão da família Majere, recentemente feito por causa da admissão dos dois irmãos.

A bandeira mostrava um botão de rosa — símbolo de Majere, o deus de quem a família recebera o nome — submersa em uma caneca grande de cerveja espumante. Tanis sempre achara que o brasão parecia mais a placa de uma hospedaria que algo cavaleiresco, mas Caramon o projetara e tinha muito orgulho disso. Tanis amava o amigo demais para dizer uma palavra sobre isso. Enquanto observava, dois jovens pajens em escadas cobriam a bandeira com um tecido negro.

— Meus senhores, Filha Reverenciada, por favor, entrem.

O comandante abriu as portas para uma sala ampla, convidando os três a falar perante o Conselho dos Cavaleiros.

O Conselho dos Cavaleiros só é convocado em certas ocasiões, determinadas pela Providência. Essas incluem a determinação de estratégias de guerra, a distribuição de ordens, a seleção de um lorde guerreiro antes da batalha, para ouvir acusações de conduta anticavaleiresca, para honrar aqueles que serviram com valentia e para resolver questões sobre a Providência.

O conselho é composto por três cavaleiros, um de cada ordem: Rosa, Espada e Coroa. Esses três se sentam em uma grande mesa com os símbolos das ordens entalhados, colocada de frente para a entrada da câmara do conselho. Os cavaleiros cujos deveres permitam podem estar presentes durante uma reunião do conselho. Aqueles que desejam falar perante o conselho ficam em uma área aberta diretamente na frente da mesa.

Depois que o Código dos Cavaleiros, "*Est Sularus oth Mithas*", é recitado por todos os cavaleiros presentes, o Hino dos Cavaleiros às vezes é cantado, se a razão para a convocação do conselho for alegre.

Naquela reunião, os três cavaleiros presentes recitaram o código e tomaram seus lugares. O hino não foi cantado.

— Preciso dizer que é uma ocasião histórica — Sir Thomas comentou, depois das introduções feitas e cadeiras trazidas para os visitantes. — Se me permite dizer, não é uma do meu agrado pessoal. Falando diretamente, esse encontro de vocês três aqui, neste momento... — Sacudiu a cabeça. — Cheira a desgraça.

— Ao invés disso, digamos que fomos trazidos aqui para impedir a desgraça, meu senhor — dama Crysania falou com gentileza.

— Rezo a Paladine que esteja certa, Filha Reverenciada — Sir Thomas respondeu. — Vejo que está inquieto de tanta impaciência, senhor mago. Que notícias traz tão urgentes que precisam da presença de um Veste Negra perante o Conselho dos Cavaleiros, algo que jamais aconteceu em toda a história da cavalaria.

— Meu senhor — Dalamar falou bruscamente, determinado a não desperdiçar mais tempo. — Sei por fonte segura que os Cavaleiros de Takhisis irão atacar esta fortificação ao amanhecer de amanhã.

A dama Crysania respirou fundo.

— Amanhã? — O tigre ao seu lado rosnou baixinho. Ela o acalmou com um sussurro, uma carícia na cabeça. — Tão cedo? Como pode ser?

Tanis suspirou por dentro. *Era isso que Dalamar quis dizer quando me avisou para não ficar. Se eu ficar, serei envolvido na batalha. Ele está certo. Devo partir e voltar para casa.*

Sir Thomas de Thalgaard mudou seu olhar preocupado, indo de Dalamar para Tanis, para dama Crysania e de volta para Dalamar. Os outros dois membros do Conselho, um Cavaleiro da Espada e um Cavaleiro da Coroa, permaneciam sentados rígidos, suas expressões severas não traindo nenhum de seus pensamentos. Era o cavaleiro de maior nível que deveria falar primeiro.

Sir Thomas puxou os longos bigodes que eram uma marca da cavalaria.

— Acredito que não vá me entender mal, Lorde Dalamar, se eu questionar seus motivos para trazer essas notícias até nós?

— Não vejo necessidade de explicar meus motivos para fazer qualquer coisa, meu senhor — Dalamar respondeu com frieza. — Basta dizer que eu vim avisá-lo para fazer quaisquer preparativos que possam para enfrentar esse ataque. Tanis Meio-Elfo pode não se responsabilizar por meus motivos, mas pode garantir minha veracidade.

— Creio que eu posso me responsabilizar pelos motivos dele — dama Crysania respondeu em voz baixa.

— Se quer saber *como* eu sei, posso satisfazer sua curiosidade nesse ponto com facilidade — Dalamar continuou, sem se perturbar com a interrupção. — Recentemente estive em companhia de um Cavaleiro de Takhisis, um homem chamado Aço Brightblade.

— Filho de Sturm Brightblade — Tanis lembrou-os.

Os rostos dos três cavaleiros ficaram sombrio, suas expressões mais fechadas.

— O profanador da tumba do pai — disse um.

— Melhor dizer que foi o recebedor da benção de seu pai — Tanis corrigiu, acrescentando irritado — Maldição, já expliquei as circunstâncias perante esse mesmo conselho.

Os três cavaleiros trocaram olhares de relance, mas não disseram nada. Tanis Meio-Elfo era uma figura lendária em Solamnia. Um herói renomado, tinha grande força naquela parte do mundo. Depois do mencionado incidente com Aço Brightblade na tumba sagrada dos cavaleiros, Tanis tinha sido chamado para aparecer perante o Conselho dos Cavaleiros e explicar por que escoltara pessoalmente um jovem conhecido como leal a Rainha da Escuridão até a Torre do Alto Clerista e depois o levou até a tumba, onde o jovem cometeu o terrível sacrilégio de perturbar o descanso do pai. Aço Brightblade tinha destruído o corpo, roubado a espada mágica do pai e ferido vários cavaleiros enquanto lutava para escapar. Não só isso, mas Tanis Meio-Elfo e seu amigo Caramon Majere tinham ajudado e acobertado o cavaleiro do mal em sua escapada.

Tanis tinha dado a sua visão do incidente. De acordo com ele, Aço viera prestar seus respeitos ao pai. Tinha recebido a espada como um presente do pai, talvez como um esforço para tirar o jovem do caminho sombrio em que estava determinado a andar. E sobre Tanis e Caramon tê-lo ajudado, ambos prometeram ao jovem protegê-lo com suas vidas.

O Conselho dos Cavaleiros ouvira outros testemunhos, notavelmente o da Filha Reverenciada Crysania, que tinha falado pelos dois homens, acrescentando a sua crença que o próprio Paladine tinha guiado o caminho deles na torre, pois, apesar de usar sua própria armadura, adornada com o lírio da morte, as evidências indicavam que Aço Brightblade tinha sido confundido como um deles por todos os Cavaleiros Solâmnicos que encontrara — até o fim.

Os cavaleiros não podiam simplesmente ir contra um testemunho tão eloquente e emocionado. Julgaram que Tanis Meio-Elfo agira com honra mesmo que talvez equivocada. O incidente tinha sido encerrado, mas, como Tanis podia ver — não esquecido.

E aparentemente nem perdoado.

Sir Thomas suspirou, puxando os bigodes de novo. Olhou para os outros dois, que assentiram em silêncio, concordando com sua pergunta silenciosa.

— Agradeço o seu aviso, Lorde Dalamar — Thomas disse. — Posso lhe dizer que sua informação corresponde a que conseguimos obter por outras fontes. Não sabíamos que o ataque viria tão cedo, mas já o esperávamos. Estamos preparados.

— Não vi muita coisa de preparação — Dalamar disse, irônico. Sentou-se para frente na cadeira, apontando para um mapa aberto na mesa. — Meu senhor, não é uma pequena força de cavaleiros que irá encarar. É um exército, um grande exército, chegando a milhares de membros. Recrutaram bárbaros de uma terra distante para lutar por eles. Tem seus próprios feiticeiros, magos poderosos, que eu posso confirmar, que não obedecem a nenhuma lei da magia além das deles.

— Estamos cientes disso... — Sir Thomas começou.

— O que vocês talvez não estejam cientes ainda, meu senhor, é que passaram por Neraka. Clérigos sombrios entraram nas ruínas assombradas e invocaram as sombras dos mortos para se juntarem à luta. Pararam no Forte Dargaard, e não duvido que irão encontrar Lorde Soth e seus guerreiros no meio das forças invasoras. Lorde Ariakan os lidera. Vocês próprios o treinaram. Conhecem melhor do que eu o seu valor.

Isso era aparente pelas expressões sérias nos rostos dos cavaleiros.

Sir Thomas se remexeu inquieto na cadeira.

— Tudo o que diz é uma verdade, Lorde Dalamar. Nossos próprios batedores confirmaram. Porém, eu digo isso a você, a Torre do Alto Clerista jamais caiu enquanto homens de fé a defenderam.

— Talvez porque homens de fé jamais a atacaram — dama Crysania disse, de repente.

— Os Cavaleiros de Takhisis foram criados juntos, desde a infância — disse Dalamar. — São inabalavelmente leais a sua rainha, seus comandantes, uns aos outros. Sacrificariam qualquer coisa, inclusive suas vidas, para a causa. Vivem por um código de honra tão restrito quanto o seu. Na verdade, Lorde Ariakan o criou tendo o seu como modelo. Na minha opinião, senhores, nunca enfrentaram um perigo maior.

Dalamar acenou para a janela.

— Você disse que estão preparados, mas o que fizeram? Olho para fora e vejo a estrada principal, que deveria estar repleta de cavaleiros a cavalo e seus assistentes, fileiras de infantaria, carroças trazendo armas e suprimentos. Porém, a estrada está vazia.

— Sim, está vazia — respondeu Sir Thomas. — Quer saber por quê? — Ele cruzou as mãos, descansando-as no mapa. Seu olhar cobriu os três. — Porque o inimigo a tem.

Tanis suspirou, esfregando o queixo barbado.

— Mandamos mensageiros, Dalamar. Viajaram em dragões para convocar os cavaleiros às armas. Eles se foram há três dias. Você vê a resposta.

— Aqueles com terras e castelos nas bordas orientais mandaram mensagem que já estão sendo sitiados. E alguns não responderam nada — Sir Thomas disse, calmo. — Em muitos casos, os mensageiros enviados para buscar os cavaleiros não retornaram.

— Entendo — Dalamar murmurou, a testa franzida em reflexão. — Perdoem-me. Eu não sabia.

— As tropas de Ariakan estão se movendo com a rapidez de um fogo no mato seco. Está embarcando tropas, bagagem e máquinas de cerco no rio Vingaard em uma imensa frota de barcaças. O rio geralmente está agitado nessa época do ano, mas agora, por causa da seca, está plácido e liso como um vidro de cerveja quente. As barcaças viajam rápido, tripuladas pelos bárbaros do leste.

"Nenhum obstáculo pode impedir o seu exército. Tem em sua força imensas criaturas, conhecidas como mamutes, que dizem poder derrubar árvores vivas com as cabeças, erguer os troncos com os narizes longos e jogá-los longe como se fossem gravetos. Dragões malignos voam guardando o território, envenenando com a aura de medo os corações e as mentes de quem ousar encará-los. Não sabia sobre os mortos-vivos de Neraka nem sobre Lorde Soth, mas não posso dizer que estou surpreso."

Sir Thomas se endireitou, a expressão séria, mas severa e digna. Sua voz era firme, o olhar seguro e sem hesitação.

— Estamos preparados, meus senhores, minha senhora. Quanto menor nosso número, maior será nossa glória, como dizem. — O cavaleiro sorriu de leve. — E Paladine e Kiri-Jolith estão conosco.

— Que eles os abençoem — A Filha Reverenciada Crysania disse, tão baixo que quase foi inaudível. Pensativa, refletindo, acariciou a cabeça do tigre.

Sir Thomas a observou com preocupação.

— Filha Reverenciada, o dia está terminando. Deve retornar a Palanthas antes que a escuridão caia. Irei ordenar que a escoltem…

A dama Crysania ergueu a cabeça.

— Mas você não fará algo tão tolo, Sir Thomas. Você precisará de cada homem disponível. Um dragão dourado, que me serve em nome de Paladine, trouxe-nos aqui. Fogo Dourado irá nos levar de volta em segurança. — Ela acariciou o tigre, que se levantara. — Meu guia, Tandar, não deixará nenhum mal me acontecer.

O tigre Tandar olhou para todos eles, e Tanis não teve dúvidas que Crysania estava tão segura com aquele companheiro feroz, selvagem e leal quando estaria com um regimento de cavaleiros.

Ela se levantou para partir. Os cavaleiros, Tanis e Dalamar se levantaram em respeito.

— Vários clérigos estão a caminho para ajudá-los. Estão trazendo uma carroça cheia de suprimentos e irão chegar aqui em algum momento desta noite. São voluntários, meu senhor — ela disse, prevendo a objeção de Sir Thomas. — Acho que irá precisar deles.

— Serão muito bem-vindos — o cavaleiro respondeu. — Obrigado, Filha Reverenciada.

— É o mínimo que posso fazer — ela disse, suspirando. — Adeus. Que os deuses estejam com vocês. Irei lembrar de vocês em minhas orações.

Ela se virou. Com o tigre guiando seus passos, deixou a câmara. Ao sair, passou por Tanis. Ele a ouviu acrescentar.

— Se alguém estiver escutando...

— Eu também irei partir — Dalamar disse. — Eu ofereceria a ajuda da magia, mas sei que não seria aceita. Apesar de querer lembrá-los que Lorde Ariakan tornou os magos uma parte de seu exército, iguais em tudo aos guerreiros.

Sir Thomas deu as desculpas apropriadas.

— Eu sei disso, senhor mago, e lhe agradeço pela oferta. Nossos cavaleiros jamais praticaram a arte de combinar aço com a feitiçaria. Temo que faria mais mal do que bem nas atuais circunstâncias.

— Provavelmente tem razão, meu senhor — Dalamar respondeu com um sorriso irônico. — Bem, eu lhes desejo boa sorte. Não irão se chatear se eu disse que irão precisar. Adeus.

— Obrigado, Lorde Dalamar — Sir Thomas disse. — Seu aviso pode ter nos salvado.

Dalamar deu de ombros, como se o assunto não o interessasse mais. Olhou para Tanis.

— Você vem comigo?

Sir Thomas olhou para Tanis. Todos na sala estavam olhando para Tanis. Ele iria partir ou ficar?

Tanis coçou a barba, consciente de que precisava decidir. A única forma de sair dali em segurança era o caminho de Dalamar, viajando pelas estradas da magia.

Sir Thomas, aproximando-se de Tanis, pediu para conversarem a sós.

— Irei esperar por você, Meio-Elfo — Dalamar disse, acrescentando com firmeza. — Mas não muito.

Tanis e Sir Thomas foram para um pequeno balcão fora da sala do conselho. Ainda não era o pôr do sol, mas as sombras das montanhas traziam uma noite prematura para a torre. No pátio abaixo, havia um imenso e magnífico dragão dourado, Fogo Dourado, que servia a Filha Reverenciada Crysania. Outros dragões, na maioria de prata, circulavam a torre, em vigia.

Sir Thomas inclinou-se na balaustrada, olhando para a escuridão que crescia.

— Serei direto com você, Tanis — o cavaleiro disse, em voz baixa e calma. — Você me seria útil. Não apenas com a sua espada. Preciso de você no comando. Os cavaleiros que ficaram para defender a torre são, na maioria, jovens, novos na cavalaria. Seus pais e irmãos mais velhos, aqueles que eu normalmente poria no comando, estão em casa defendendo suas propriedades e vilas.

— Que é onde eu deveria estar — Tanis disse.

— Sim, concordo — Sir Thomas respondeu logo. — E se você partir, serei o primeiro a desejar que os deuses o acompanhem. — O cavaleiro se virou para olhar diretamente para Tanis. — Você conhece a situação tão bem quanto eu. Estamos encarando chances muito desiguais. A Torre do Alto Clerista precisa resistir, ou toda Solamnia irá cair. Ariakan irá controlar o norte de Ansalon. Ele irá se estabelecer aqui, como sua base de operações. Daqui, poderá atacar o sul como quiser. Precisamos de longos meses para nos reagruparmos e tomar a torre de volta, se conseguirmos.

Tanis sabia disso, sabia disso muito bem. Sabia também que se o povo de Ansalon tivesse ouvido a ele e a Laurana, e a dama Crysania, e mesmo a Dalamar, cinco anos antes, aquilo jamais aconteceria. Se os elfos, os anões, os humanos tivessem colocado de lado suas brigas mesquinhas e se unissem para formar a aliança que sugeriram, a torre teria os seus defensores, mais do que o necessário.

Tanis podia ver na sua mente: arqueiros élficos alinhados nas ameias, soturnos guerreiros anões operando os portões, todos lutando ombro a ombro com seus companheiros humanos.

Era uma bela imagem que jamais seria registrada.

Se eu voltar para casa, pensou, *será para uma casa vazia.*

Laurana não estaria lá. Ela e Tanis tinham se despedido. Os dois sabiam naquele momento que a despedida seria a última. Ele lembrava.

Parando em sua casa no caminho de Consolação para a Torre do Alto Clerista, Tanis esperava receber as boas-vindas calorosas e costumeiras.

Não as recebeu.

Ninguém veio correndo dos estábulos para atender o grifo no qual voara. Nenhum serviçal o saudara na porta; aqueles correndo para suas tarefas fizeram reverências apressadas e desapareceram em outras partes da grande mansão. Sua esposa, Laurana, não estava em lugar nenhum. Um imenso baú de viagem estava bem no meio da entrada; precisou se espremer para passar. Podia ouvir vozes e passos nos andares superiores. Subiu as escadas em busca de uma resposta para toda aquela confusão.

Encontrou Laurana no quarto deles. Roupas estavam espalhadas pela cama e por todas as superfícies disponíveis, dobradas sobre cadeiras, jogadas sobre os biombos pintados à mão. Outro baú de viagem, menor que o outro, estava no meio da sala. Laurana e três serviçais estavam escolhendo, dobrando, guardando. Nem perceberam Tanis parado na porta.

Tanis ficou em silêncio, aproveitando aquele breve momento para observar sua esposa despercebido, ver a luz do sol brilhar em seu cabelo dourado, admirar a graça em seus movimentos, ouvir a música de sua voz. Capturou uma imagem dela para manter em sua mente como mantinha seu retrato pintado em uma miniatura pendurada perto de seu coração.

Ela era elfa, e elfos não envelhecem tão rápido quanto os humanos. Laurana, ao primeiro olhar, parecia estar nos primeiros anos da maturidade para um observador humano. Se tivesse permanecido em seu lar élfico, talvez tivesse mantido essa aparência de juventude eterna. Mas não tinha ficado. Escolhera casar-se com um mestiço; tinha cortado laços com família e amigos, fixado residência em terras humanas. E passara aqueles anos trabalhando sem parar e sem descansar para terminar com o conflito que separava as duas raças.

O trabalho, o fardo, os lampejos de esperança seguidos pela destruição de seus sonhos, tinha diminuído a serenidade e a pureza luminosa dos elfos. Nenhuma linha ou ruga marcava sua pele, mas a tristeza lançava sombras em seus olhos. Nenhum fio cinza se misturava ao dourado de seu cabelo, mas o brilho diminuía. Qualquer elfo, olhando para Laurana, diria que ela envelheceu prematuramente.

Tanis, olhando-a, amou-a mais do que jamais amara em toda sua vida. E soube, naquele momento, que podia ser a última vez que se encontravam naquela vida.

— Aham — limpou a garganta, alto.

As serviçais pararam, arquejando. Uma deixou cair o vestido que estava dobrando.

Laurana, erguendo os olhos do baú, endireitou-se e sorriu ao vê-lo.

— O que é tudo isso? — Tanis questionou.

— Terminem de fazer as malas — Laurana instruiu as serviçais. — E guardem o resto das coisas. — Abriu caminho entre mantos e chapéus até chegar ao marido.

Beijou-o com carinho. Ele a segurou em seus braços. Permitiram que seus corações conversassem por um momento em silêncio amigável. Depois, Laurana levou Tanis ao escritório e fechou a porta. Virou-se para ele, os olhos iluminados.

— Adivinha? — ela disse e respondeu antes que ele pudesse sequer tentar. — Recebi uma mensagem de Gilthas! Ele me convidou para ir a Qualinesti!

— O quê? — Tanis ficou atônito.

Laurana trabalhara incessantemente para forçar os elfos de Qualinesti a aceitá-la em suas terras para ficar perto do filho deles. Várias vezes, seu pedido fora recusado. Disseram-lhe que se ela ou o seu marido se aventurasse perto das fronteiras da terra élfica estariam correndo perigo de vida.

— Por que a mudança repentina? — Tanis estava sério.

Laurana não respondeu. Desenrolou a mensagem, que estava selada com a marca do sol, a marca do Orador dos Sóis, o título de Gil.

Tanis estudou o selo aberto, desenrolou um rolo, e o leu.

— A letra de Gil — ele disse —, mas não são as palavras de nosso filho. Alguém ditou e ele escreveu o que lhe disseram para escrever.

— Verdade — Laurana disse, imperturbável. — Mesmo assim é um convite.

— Um convite para o desastre — Tanis disse, seco. — Mantiveram Alhana Brisestelar prisioneira. Ameaçaram a vida dela, e acredito que a teriam matado se Gil tivesse se recusado a concordar com os esquemas dos senadores. Isso é uma armadilha.

— Claro que é, tolinho — ela disse para ele, a diversão brilhando em seus olhos. Deu-lhe um beijo rápido na bochecha, passou a mão na barba, a barba em que ele não conseguia mais contar os fios brancos. — Mas como o querido Flint costumava dizer "uma armadilha só é uma armadilha se você pisa antes de vê-la." Posso ver essa a quilômetros de distância. Oras — ela riu, implicando. — Até você conseguiu ver sem seus óculos.

— Só uso aquilo para ler — Tanis disse, fingindo estar irritado. Seu envelhecimento era material para piadas recorrentes entre eles. Estendeu os braços e ela se acomodou entre eles. — Suponho que não recebi um convite parecido.

— Não, meu querido — ela disse, gentilmente. — Lamento. — Ela se afastou e o olhou nos olhos. — Irei tentar quando estiver lá...

Sacudiu a cabeça.

— Não vai conseguir. Fico feliz que pelo menos você estará lá. Porthios e Alhana...

— Alhana! O bebê! Nem perguntei! Como...

— Bem. Bem. Mãe e filho. E preciso dizer que se você tivesse visto Porthios segurando aquele bebê, não o teria reconhecido.

— Eu teria — Laurana disse. — É meu irmão mais velho no fim das contas. Sempre foi amável e gentil comigo. Sim, ele foi — ela acrescentou ao ver a expressão de dúvida do marido.

— Mesmo quando estava sendo teimoso e preconceituoso ao extremo, eu sabia que estava tentando me poupar de dor e tristeza.

— Não conseguiu — Tanis disse, com remorso. — Você casou comigo mesmo assim e veja onde isso a levou.

— Me levou para casa, meu caro marido — Laurana disse baixinho. — Você me levou para casa.

Sentaram-se e conversaram por um longo, longo tempo, falaram do passado, de amigos distantes, de amigos que se foram daquele mundo. Falaram de Gil, compartilharam suas memórias, seu amor, suas esperanças, seus medos. Falaram do mundo, de seus problemas novos e antigos. Sentaram, conversaram e seguraram um na mão do outro, sabendo, sem dizer, que aquele momento era precioso e logo terminaria.

Disseram seus adeuses. Ele iria voar para o norte naquela noite, para alcançar a Torre do Alto Clerista no dia seguinte. Ela iria começar a jornada para Qualinesti de manhã.

Ela o acompanhou até a porta à meia-noite. Os serviçais tinham ido dormir. A casa estava silenciosa, e logo estaria vazia. Laurana e Tanis concordaram em dispensar os criados. Os dois sabiam que ficariam longe por muito, muito tempo. A casa já tinha uma sensação de vazio. Seus passos ecoavam na quietude.

Talvez sempre ecoassem assim quando tivessem os dois partido. Talvez seus espíritos fossem andar por aquela casa, espíritos de amor e risos.

Abraçaram-se com força, sussurrando palavras partidas de amor e despedida, e se separaram.

Tanis, olhando para trás, viu Laurana na porta aberta ao luar. Sem lágrimas. Ela sorriu para ele e acenou.

Ele sorriu e acenou de volta.

Você me levou para casa, as palavras ecoavam. *Você me levou para casa.*

A memória passou. Tanis considerou a decisão à sua frente. Podia retornar à residência deles, mas estaria sozinho na casa vazia — tão vazia — e cheia de ecos. Podia ver a si mesmo andando de um lado para o outro, pensando no que estaria acontecendo na torre, se Laurana estaria a salvo, se Gil estaria bem, se Palanthas estava sendo atacada, fritando de impaciência por não saber de nada, correndo para a porta toda vez que ouvisse cascos, se culpando...

Peça que os deuses o guiem.

No pátio abaixo, a Filha Reverenciada Crysania estava sentada nas costas de Fogo Dourado. O tigre com olhos humanos estava agachado de forma protetora ao seu lado. Tanis, olhando para ela, ouviu suas palavras.

Se alguém estiver escutando...

O tigre ergueu a cabeça e olhou para cima, direto para Tanis. E, como se seu guia tivesse compartilhado alguma informação com ela, Crysania virou os olhos cegos, que pareciam ver tanto, para o meio-elfo. Ela ergueu a mão em uma bênção... ou seria um adeus?

A dor da escolha diminuiu. Tanis sabia que já tinha decidido. Tinha decidido muito tempo antes, no exato momento, na Hospedaria do Lar Derradeiro, em que o cajado de cristal azul, Lua Dourada e Vento Ligeiro, entraram em sua vida. Tanis lembrava daquele momento e de suas palavras memoráveis naquela ocasião, palavras que tinham mudado sua vida para sempre.

— Perdões! Você disse alguma coisa? — Sir Thomas encarou o meio-elfo, perplexo e um pouco preocupado.

Provavelmente está pensando que o esforço está sendo demais para o velho, Tanis sorriu e sacudiu a cabeça.

— Nada, meu senhor. Só revivendo velhas lembranças.

Seu olhar foi da dama Crysania para um ponto nas ameias, um lugar marcado por uma mancha escarlate, um lugar visto com reverência pelos cavaleiros, que nunca andavam por cima dela, mas evitavam pisar nas pedras manchadas de sangue, circulando-as em silêncio respeitoso. Tanis quase podia ver Sturm de pé ali, e o meio-elfo sabia que fez a escolha certa.

Tanis repetiu as palavras como as dissera então. Não era de se admirar que Sir Thomas parecia perplexo. Não eram palavras inspiradoras ou que ecoariam nos tesouros da história. Porém, diziam muito sobre aquele grupo estranho e improvável de amigos que tinha ido mudar o mundo.

— Vamos pela cozinha.

Virando, rindo, Tanis voltou para a torre.

2

O retorno. O julgamento. A sentença é dada.

Era noite nas planícies de Solamnia, apesar de poucos dentro do acampamento dos Cavaleiros de Takhisis poderem perceber isso. Os exércitos das sombras tinham banido a escuridão. Fogueiras foram proibidas; Lorde Ariakan não queria começar um incêndio na grama das planícies seca como lenha por causa da seca. Mas os Cavaleiros do Espinho, os magos de vestes cinzas, tinham providenciado enormes globos de cristal que brilhavam com uma luz cinza incandescente. Suspensos nos galhos das árvores, os globos transformaram noite em dia.

Aço viu a luz ainda à distância. Lorde Ariakan não desejava esconder seus números nas sombras. Que o inimigo visse todo o poder de seu exército e perdesse a coragem. Circulando o acampamento, Queima pousou em um campo arado, a plantação seca pelo calor. Cuidadores de dragão correram para ajudar o cavaleiro a descer de sua sela, indicando a ele a direção do acampamento, e tomando conta das necessidades do dragão.

O único desejo de Queima era se juntar a seus camaradas. Tinha os ouvido chamando antes de conseguir vê-los, e, certificando-se de que Aço não precisaria dela até o amanhecer, voou para onde os azuis estavam reunidos.

Os dragões azuis eram as montarias favoritas dos Cavaleiros de Takhisis. Dragões são extremamente independentes e, no geral, pensam bem mal da humanidade. A maioria dos dragões considera difícil obedecer a ordens de quem acha inferior, e para certas espécies de dragão isso é impossível.

Dragões negros são cruéis, egoístas e não são de confiança, nem mesmo para quem supostamente servem. Dragões negros não veem necessidade de se "sacrificarem" por uma causa que não seja a sua e, apesar de poderem ser levados a lutar, podem muito bem deixar a batalha no meio para ir atrás de seus próprios objetivos.

Durante a Guerra da Lança, dragões vermelhos foram a montaria favorita de muitos cavaleiros, incluindo o infame Senhor dos Dragões, Verminaard. Enormes, cuspidores de fogo e cruéis, os dragões vermelhos não tinham paciência para as sutilezas do guerrear de Ariakan. Para os vermelhos, atacar uma cidade era queimá-la, saqueá-la, destruí-la, matando tudo dentro. A noção de que a cidade intacta, seus habitantes vivos e bem, é mais útil para a Rainha da Escuridão do que uma pilha de escombros e corpos apodrecidos era um anátema para os vermelhos. Que a fumaça dos incêndios e o fedor da morte proclamassem glória de Sua Majestade, sem esquecer o brilho do ouro guardado nos covis dos dragões.

Dragões verdes mostraram-se inúteis na batalha durante a última guerra. Os verdes irão lutar quando encurralados, mas só então. Preferem usar seus poderosos feitiços para capturar o oponente. Assim, verdes têm pouco respeito por comandantes militares, embora obedecessem aos Cavaleiros do Espinho — os magos de vestes cinzentas — se os verdes achassem que podiam ganhar algo com isso.

Dragões brancos, acostumados a climas frios, tinham desaparecido no calor incomum e devastador do verão, que transformaram geleiras em rios, derretendo suas cavernas de gelo.

Lorde Ariakan escolhera os dragões azuis para montar seus cavaleiros e tinha sido bem recompensado. Os dragões azuis gostavam dos mortais e eram incrivelmente leais aos seus cavaleiros e uns aos outros. Obedeciam a ordens, lutavam bem em uma unidade coesa e, mais importante, entendiam claramente a Visão e sua parte nela.

Aço deixou Queima na companhia dos seus, que a cumprimentaram com gritos felizes na linguagem deles. Alguns dragões azuis circulavam no ar, em vigia, mas a maioria estava no chão, descansando para a grande batalha. Ariakan não tinha medo de um ataque. Sua retaguarda estava a salvo. Seu exército imenso tinha varrido o norte de Ansalon como um incêndio feroz, consumindo tudo em seu caminho.

Aço entrou a pé no acampamento, procurando o estandarte que marcaria a localização de seu pelotão. Isso logo se mostrou quase impossível, dado o tamanho da força reunida na planície. Vendo que podia ficar procurando a sua unidade a noite toda sem a encontrar, ele parou para perguntar a um oficial, que lhe mostrou a localização.

Trevalin estava em reunião com seus oficiais. Com a chegada de Aço, Trevalin se interrompeu e gesticulou para que ele se juntasse a eles.

— Cavaleiro Guerreiro Brightblade se apresentando ao dever, senhor — disse Aço, fazendo uma saudação.

— Brightblade — Trevalin sorriu. — Estou feliz em ver você. Feliz mesmo. Alguns acharam que você não voltaria.

Aço franziu o rosto. Aquilo era uma afronta à sua honra. Tinha o direito de confrontar o difamador.

— E quem seria, Subcomandante?

— A Senhora da Noite que foi responsável por mandar você naquela missão besta para começar. — Trevalin fez uma careta como se sentisse um gosto ruim na boa. — Ela não disse nada diretamente, claro. Sabe não deve insultar publicamente a honra de um dos meus cavaleiros. Mas tem resmungado o dia todo, fazendo insinuações. Relaxe, homem. Esqueça isso. Você tem preocupações mais urgentes.

O sorriso de Trevalin mudou para uma linha severa. Aço adivinhou o que estava para vir.

— Lorde Ariakan esteve aqui, procurando por você, Deixou ordens. Você deve se reportar a ele imediatamente. — A expressão de Trevalin se suavizou ao colocar a mão, em apoio, no braço de Aço. — Acho que ele quer levar você a julgamento hoje, Brightblade. Fez isso com outros. "A disciplina precisa ser rápida para se manter," ele diz. Trevalin gesticulou. — Aquela é a tenda dele, logo ali, no centro. Vou levar você até lá eu mesmo. Melhor irmos agora. Lorde Ariakan disse para se reportar imediatamente.

Aço firmou o queixo. Seria julgado naquela noite, e com quase certeza condenado. Sua execução seria a seguir. Lágrimas queimaram por trás de suas pálpebras, não de medo, mas de decepção. Na manhã seguinte, os cavaleiros atacariam a Torre do Alto Clerista, no que seria a batalha decisiva daquela campanha e ele iria perdê-la.

Lentamente, quase cego, tudo se borrando na sua visão, ele tirou a espada do pai da bainha e a estendeu para Trevalin.

— Rendo-me a você, Subcomandante.

A espada dos Brightblade tinha a reputação de ter pertencido a um dos primeiros heróis da cavalaria, Bertel Brightblade. Teria sido passada pelos séculos de pai para filho e só iria, de acordo com a lenda, quebrar se quem a usasse quebrasse primeiro. A espada tinha sido colocada com os mortos para descansar, apenas para passar mais uma vez às mãos de outro Brightblade quando chegasse a idade. Sua antiga lâmina de aço, que Aço mantinha carinhosamente polida, brilhava, mas não com a luz cinza e fria dos magos de Takhisis. A espada brilhava em sua própria luz prateada.

Trevalin olhou para o punho, decorado com o martim-pescador e a rosa, símbolos dos Cavaleiros de Solamnia, e sacudiu a cabeça.

— Não vou tocar nisso. Preciso das minhas mãos para amanhã. Não quero queimá-las com a ira de Paladine. Sempre me espanto por você conseguir pegar um artefato desse impunemente. Espanta a Senhora da Noite também. Foi um dos comentários que fez contra você.

— A espada era do meu pai — Aço disse, enrolando o cinto ao redor da bainha com cuidado orgulhoso. — Lorde Ariakan me deu a permissão de usá-la.

— Eu sei, assim como a Senhora da Noite. Eu me pergunto o que você fez, Brightblade, para ela te odiar tanto. Ah, bem. Quem sabe desses magos? Espere aqui enquanto informo aos outros aonde estamos indo.

A caminhada não foi longa. Nem o julgamento.

Ariakan tinha ordenado que ficassem de olho nele, aparentemente, pois quando chegaram, um cavaleiro da equipe do senhor os reconheceu, e os tirou da imensa, mas ordeira, multidão de oficiais, mensageiros e ajudantes que esperavam pela atenção de Lorde Ariakan.

O cavaleiro os levou pela grande tenda, sobre a qual flutuava a bandeira de Ariakan: preta, adornada com um lírio da morte entrelaçado em uma espada. O lorde estava sentado em uma pequena mesa de madeira negra, que tinha sido um presente de seus homens no seu aniversário da fundação da cavalaria. A mesa viajava com Ariakan, sempre carregada entre a bagagem. Naquela noite, a maior parte da madeira brilhante estava coberta com rolos de mapas, que tinham sido amarrados com cuidado e colocados de lado. No meio da tenda, na frente de Ariakan, havia uma caixa enorme, cheia de areia e pedras arrumadas para representar o campo de batalha.

A Caixa de Batalha tinha sido ideia de Ariakan, uma da qual ele se orgulhava muito. A areia e as pedras podiam ser limpas, arrumadas para formar qualquer tipo de terreno. Pedras grandes representavam as montanhas Vingaard. Palanthas, seus prédios feitos de ouro, cercada por uma muralha de pedrinhas, estava localizada no canto mais ocidental da caixa, perto de um caminho de lápis estilhaçados que representava a baía de Branchala. No passo entre as montanhas havia uma miniatura da Torre do Alto Clerista, feita em jade branco. Pequenos cavaleiros feitos de prata estavam perto da torre, junto com dragões de prata, além de alguns poucos dourados.

Os Cavaleiros de Takhisis, feitos de obsidiana brilhante, cercavam a torre. Dragões de safira azul empoleiravam-se nas pedras, as cabeças viradas todas na mesma direção: a torre. A disposição da batalha estava assim determinada. Cada esquadrão tinha suas ordens. Aço viu a bandeira do seu próprio esquadrão, carregada por um minúsculo cavaleiro em cima de um minúsculo dragão azul.

— Cavaleiro Guerreiro Brightblade — veio uma voz severa e grave. — À frente.

A voz era de Ariakan. O Subcomandante Trevalin e Aço avançaram, os dois conscientes dos olhares dos que cercavam o lado de fora da tenda.

Ariakan estava sentado sozinho a sua mesa, escrevendo em um grande livro encadernado em couro, uma história de suas batalhas que ele atualizava sempre que tinha o tempo. Aço estava perto o bastante para ver marcas na página, marcas que representavam a disposição das tropas na Caixa de Batalha.

— Subcomandante Trevalin apresentando-se com o prisioneiro conforme ordenado, meu senhor.

Ariakan adicionou um último floreio, parou por um momento para revisar seu trabalho e — chamando um ajudante — deixou o livro aberto de lado. O ajudante espalhou areia na página para secar a tinta e levou o volume.

O Lorde da Noite, comandante e fundador dos Cavaleiros de Takhisis, deu atenção ao Aço.

Ariakan mal tinha cinquenta, ainda em seu auge. Um homem forte, alto, bem proporcionado, ainda era um guerreiro capaz, garantindo-se nas justas e torneios. Tinha sido um jovem bonito. Agora, na meia-idade, lembrava um falcão do mar. Era uma imagem apropriada, pois diziam que sua mãe era Zeboim, deusa do mar e filha de Takhisis.

Seu cabelo, apesar de grisalho nas têmporas, era denso e preto. Usava-o comprido, amarrado, preso na base do pescoço em uma fita de couro trançada em prata e preto. Ele estava barbeado, a pele bronzeada e curtida. Era inteligente, charmoso quando queria, e era muito respeitado por quem o servia. Tinha a reputação de ser justo, além de escuro e frio como as águas das profundezas do oceano. Era devotado, corpo, mente e alma, à Rainha Takhisis, e esperava a mesma devoção daqueles que lhe eram leais.

Olhava para Aço, a quem levara para a cavalaria quando era um menino de doze anos e — apesar da tristeza no olhar — não havia pena nem compaixão. Aço teria ficado surpreso, e provavelmente desapontado com seu comandante, se fosse de outra forma.

— O acusado, Aço Brightblade, está perante nós. Onde está o acusador?

A feiticeira de vestes cinzas, que agira para enviar Aço na missão malsucedida, saiu da multidão.

— Eu sou a acusadora, meu senhor — a Senhora da Noite disse. Não olhou para Aço.

Ele, por sua vez, manteve o olhar em Ariakan.

— Subcomandante Trevalin — o senhor continuou. — Agradeço por seus serviços. Entregou o prisioneiro como ordenado. Pode retornar ao seu esquadrão. Aço Brightblade é um dos melhores soldados que tive o privilégio de comandar. Sua bravura e sua habilidade são acima de qualquer medida. Sua lealdade com a Visão é inabalável. Esses atributos foram comprovados várias vezes em batalha e não devem ser questionados agora. — Ao dizer isso, Trevalin lançou um olhar funesto para a Senhora da Noite. — A perda do Cavaleiro Guerreiro Brightblade seria dolorosa para nós todos, meu senhor. Seria uma perda para a Visão.

— Obrigado, Subcomandante Trevalin — Ariakan disse, a voz fria e sem emoção. — Vamos levar o que disse em conta. Está dispensado.

Trevalin fez uma saudação, curvou-se e, antes de partir, sussurrou algumas palavras de incentivo para Aço.

O cavaleiro, segurando firmemente a espada do pai com ambas as mãos, acenou em agradecimento, mas não disse nada. Trevalin saiu da tenda balançando a cabeça.

Ariakan fez um sinal.

— Traga sua espada, Cavaleiro Guerreiro.

Aço o fez, avançando até a mesa.

— Tire a lâmina da bainha — continuou Ariakan — e coloque-a diante de mim.

Aço obedeceu. Removendo a espada de sua bainha maltratada e gasta, pôs a lâmina virada longitudinalmente à frente de seu senhor. A espada não brilhava mais, estava cinza e sem brilho, como se ofuscada pela presença sombria de Ariakan.

Aço deu cinco passos para trás e permaneceu ereto, imóvel, as mãos ao lado do corpo, os olhos voltados para a frente.

Ariakan virou-se para a Veste Cinzenta.

— Declare suas acusações contra este cavaleiro, Senhora da Noite.

Em tons estridentes, Lillith relatou como Aço se ofereceu para levar os corpos dos dois Cavaleiros de Solamnia mortos de volta ao pai — uma dívida de honra, ela admitiu. Ariakan, olhando para Aço, indicou sua aprovação com uma ligeira inclinação de cabeça. O lorde estava familiarizado com a história de Aço, sabia que o cavaleiro devia sua liberdade e, muito possivelmente, a vida ao Caramon Majere. A dívida fora expurgada.

A Senhora da Noite continuou dizendo como Aço assumiu responsabilidade pelo jovem mago, Palin Majere, como aceitou vigiar o mago, como Aço ofereceu-se para assumir a sentença de morte do prisioneiro caso este escapasse.

— O Cavaleiro Guerreiro está entre nós, meu senhor — a Senhora da Noite concluiu seu resumo. — E seu prisioneiro não. A missão de Brightblade falhou. Permitiu que seu prisioneiro escapasse. Na verdade, meu senhor — acrescentou ela, deslizando até a mesa dele, curvando-se e aproximando-se como se estivesse prestes a esclarecer alguma terrível conspiração. Ela abaixou a voz, que saiu gutural, sibilante. — Considerando a linhagem de Brightblade, acredito que ajudou seu prisioneiro a escapar.

— Seja clara, Senhora da Noite — Ariakan disse, com uma pitada de impaciência. Embora ele reconhecesse e apreciasse o valor dos usuários de magia, como a maioria dos homens de armas, tendia a se cansar de sua propensão à ofuscação. — Não gosto de insinuações vagas. Se tem algo contra este cavaleiro, diga em palavras que nós, simples soldados, possamos entender.

— Achei que tivesse feito, meu senhor — disse a Senhora da Noite. Recuando, endireitando-se, olhou para Aço com rancor. — Este cavaleiro usa uma bijuteria élfica no pescoço. Carrega a espada do nosso inimigo. Digo a você, meu senhor, que esse cavaleiro não é completamente leal a nossa gloriosa rainha ou a Visão. Ele é um traidor de nossa causa, como testemunhado pelo fato de o prisioneiro ter escapado. Proponho, meu senhor, que Brightblade pague a pena que ele mesmo aceitou. Aço Brightblade deve ser executado.

Ariakan voltou seu olhar para Aço.

— Conheço este homem desde menino. Nunca me deu motivos para questionar sua lealdade. Quanto à espada e a joia, foram dadas a ele por seu pai, um homem que, embora nosso inimigo, consideramos honrado por sua coragem e bravura. Eu sabia desses presentes na época — Ariakan continuou, franzindo ligeiramente a testa — e os aprovei, assim como a Alta Sacerdotisa de Takhisis. Você questiona nossa lealdade, Senhora da Noite?

Lillith ficou chocada por Ariakan imaginar tal coisa, devastada por ter sido tão incompreendida.

— Certamente não, meu senhor. Sua decisão foi sem dúvida sábia... quando foi feita. — Ela se deteve na frase, dando-lhe ênfase. — Mas lembro ao meu senhor que os tempos mudam, assim como os corações dos homens. Resta a questão do prisioneiro. Onde — ela abriu as mãos — está Palin Majere? Se ele puder ser trazido aqui, vivo ou morto, retirarei as acusações e implorarei o perdão deste cavaleiro.

Ela sorriu, cruzou os braços sobre o peito e olhou para Aço com um triunfo venenoso.

— Qual é a sua resposta, Cavaleiro Guerreiro? — Ariakan perguntou a Aço. — O que você tem a dizer em sua própria defesa?

— Nada, meu senhor — Aço respondeu.

Um murmúrio baixo ergueu-se dos cavaleiros reunidos para testemunhar o julgamento — e havia muito mais do que quando começou, pois a notícia se espalhou rapidamente pelo acampamento.

— Nada, Cavaleiro Guerreiro? — Ariakan parecia surpreso e perturbado. Lançou um olhar de soslaio para a Senhora da Noite e balançou a cabeça muito de leve. O gesto disse a Aço, mais claramente do que palavras, que Ariakan estava do lado de Aço. — Deixe-nos ouvir sua história.

Aço poderia ter contado sua história, poderia ter ganho admiração ao relatar como percorreu com segurança o infame Bosque Shoikan — uma façanha heroica que poucas pessoas em Krynn ousariam tentar, muito menos sobreviver para contar. Poderia ter se justificado dizendo que Palin Majere tinha, sem dúvida, recebido ajuda para escapar de seu tio Raistlin Majere, de infame memória. Quando os fatos fossem conhecidos, Aço não tinha dúvidas que Ariakan julgaria em seu favor.

Mas Aço disse simplesmente.

— Não ofereço desculpas, meu senhor. Aceitei a missão, e falhei. Dei minha palavra de honra. Eu perdi o prisioneiro que deveria manter seguro. Aceito seu julgamento, meu senhor.

— A minha decisão será a morte — disse Ariakan, com o cenho ainda mais franzido.

— Estou consciente disso, meu senhor — Aço respondeu, calmamente.

— Muito bem. Você não me deixa escolha, Cavaleiro Guerreiro.

Ariakan apoiou a mão no punho da espada. Uma expressão de dor contorceu seu rosto — a espada era um artefato dedicado a Paladine, e assim Paladine punia aqueles que seguiam os caminhos da escuridão. Ariakan não soltou a espada. Lentamente, cerrando os dentes, virou a ponta da lâmina em direção a Aço. Só então a soltou.

— Aço Brightblade, você está sentenciado a morrer por esta mesma espada que tem desgraçado e desonrado. A sentença de morte será executada...

Será agora, pensou Aço, que já tinha visto experiências semelhantes. A disciplina deve ser rápida para ser mantida. Tentou se preparar para conhecer sua rainha. O que diria a ela, que via dentro de seu coração? Que sabia a verdade?

Seu corpo permaneceu firme, sua alma tremeu e a princípio não ouviu as palavras de Ariakan. O baixo murmúrio de aprovação dos cavaleiros reunidos, misturados com alguns aplausos dispersos, trouxeram Aço de volta ao mundo dos vivos.

Ele gaguejou, não acreditando.

— O que... o que disse, meu senhor?

— A sentença será executada dentro de um mês — repetiu Lorde Ariakan.

— Meu senhor! — a Senhora da Noite foi rápida em protestar. — É uma boa ideia? Este homem admitiu sua traição! Quanto mal poderia causar entre nós?

— Este cavaleiro admitiu ter perdido o seu prisioneiro — respondeu Ariakan. — Ele se submeteu voluntariamente a uma punição justa. Lembro-lhe, Senhora da Noite, que seu comandante, invocando a Visão, pediu que esse cavaleiro seja poupado para lutar na próxima batalha. Eu também consultei a Visão e assim meu julgamento permanece.

A voz de Ariakan era fria e suave, mas todos os presentes puderam sentir sua raiva. A Senhora da Noite inclinou a cabeça e recuou, mas não antes de lançar a Aço Brightblade um olhar que, se olhares pudessem matar, teria realizado sua execução ali mesmo.

Atordoado, ainda sem acreditar que sobreviveria, Aço permaneceu imóvel. Ariakan foi forçado a mover-se duas vezes antes do cavaleiro avançar para recuperar sua arma.

Lorde Ariakan apontou para a espada, tomando cuidado para não a tocar. A palma da mão direita estava cheia de bolhas e inflamada, como se tivesse segurado um metal em brasa.

— Pegue sua arma, Cavaleiro Guerreiro. Você terá a chance de restaurar sua honra nessa batalha, para que sua alma possa enfrentar nossa rainha com orgulho, sem rastejar diante dela.

— Obrigado, senhor — disse Aço, com a voz carregada de emoção. Ergueu a espada com reverência e a colocou de volta na bainha.

— Contudo, devo ordenar-lhe que retire as esporas — disse Ariakan. — Está despojado de sua posição e seu título. Estou o colocando no comando de uma companhia de infantaria. Vai ter a honra de liderar o ataque ao portão da frente.

Aço ergueu a cabeça e sorriu. Liderando o ataque, lutando a pé, o primeiro a entrar na torre, o primeiro a enfrentar o peso da defesa do inimigo, estaria entre os primeiros a morrer. Ariakan estava lhe fazendo um grande favor.

— Entendido, meu senhor. Obrigado. Não vou decepcioná-lo.

— Volte para seu esquadrão por enquanto, Brightblade. Será transferido pela manhã. Está dispensado, a menos que tenha mais alguma coisa para me dizer.

Ariakan estava dando mais uma chance a ele.

Naquele momento, Aço desejou desabafar. Mas sabia que, se o fizesse, o orgulho e a afeição de seu senhor iriam congelar, mudando para raiva e decepção.

— Não, meu senhor. Não tenho mais nada para dizer, exceto lhe agradecer mais uma vez.

Ariakan deu de ombros. Levantando-se, caminhou até a Caixa de Batalha. Seus oficiais surgiram ao seu redor, curvando-se sobre ele, movendo unidades aqui e ali, mais uma vez discutindo estratégia e tática. Um clérigo sombrio veio correndo lançar um feitiço de cura na mão ferida do senhor.

Aço foi esquecido. Saiu pela parte de trás da tenda para evitar a multidão. Deixando a luz e o barulho para trás, foi além do perímetro externo do acampamento para um lugar onde ele pudesse ficar sozinho.

Morreria no dia seguinte, morreria com honra, pouparia seu senhor e seus camaradas de conhecer o tumulto em sua alma, de saber a verdade — que ele hesitou na soleira do laboratório, hesitou porque estava com medo.

3

O plano de batalha de Ariakan. A própria batalha de Aço.

Ainda faltavam horas para o amanhecer, mas o exército de Ariakan já estava em movimento, serpenteando das planícies até as Colinas Virkhus, em direção ao Passo do Portão Oeste e do seu alvo, a Torre do Alto Clerista.

A estrada estava limpa; os Cavaleiros de Solamnia não poderiam dar-se ao luxo de desperdiçar forças na sua defesa. Os exércitos de Ariakan moviam-se rapidamente, seu caminho iluminado pelo fogo de tochas e de magia. Aço, andando na vanguarda, virou-se para olhar e se maravilhar. A fila de homens, equipamentos e máquinas estendia-se desde as colinas até as planícies. Concentrados na estrada, movendo-se com precisão treinada, o exército parecia uma cobra flamejante na escuridão — uma cobra gigantesca que logo se enrolaria e esmagaria a vítima. Os números eram incalculáveis. Na história, não houve força mais poderosa reunida em Ansalon.

Os defensores da Torre do Alto Clerista já seriam capazes de ver o exército claramente. Estariam observando aquela terrível serpente aproximar-se, implacável. Aço podia imaginar a admiração, a consternação deles. Qualquer esperança que os Cavaleiros de Solamnia tivessem tido de manter a torre já teria desaparecido.

Enquanto afivelava a espada, Aço relembrou histórias que ouvira sobre a postura corajosa de seu pai, sozinho nas ameias da mesma torre que seu filho estava prestes a atacar. Sturm Brightblade também previra sua morte. Também tinha visto além, visto a brilhante vitória que o esperava.

Aço se sentia mais próximo de seu pai do que de sua mãe guerreira. Sturm entendeu a decisão que o filho tinha tomado, escolher a morte em vez da desonra. Sua mãe, Kitiara, não.

Durante a noite, Aço sentiu o calor da batalha entre eles, uma guerra que conhecera a vida toda. Podia ouvir a voz de seu pai falando de honra, auto sacrifício, a voz de sua mãe instigando-o a mentir, enganar ou usar seu charme para se livrar dos problemas. A luta foi longa e exaustiva; e aparentemente continuou mesmo durante o sono, pois sonhou com armadura prateada e azul, armas se chocando.

Os sonhos terminaram com o chamado às armas do trompete. Aço acordou sentindo-se descansado, alegre, sem medo. Ele e seus homens — uma força de espadachins e arqueiros bárbaros, todos tão entusiasmados quanto seu comandante, marchavam rapidamente, tão rápido que às vezes tinham que diminuir o passo para não tropeçar nos calcanhares do esquadrão à sua frente.

Aço morreria naquele dia, tinha certeza disso. Mas morreria com glória, e nesta noite sua alma estaria diante de sua rainha, sua lealdade provada além de qualquer dúvida, o tumulto dentro dele terminado para sempre.

Lorde Ariakan reuniu seu exército nas Asas de Habacuque, um trecho de planície em forma de avental localizado logo abaixo da Torre do Alto Clerista. O bastião de defesa mais forte de Ansalon, a fortaleza não tinha mistérios para Ariakan. Conhecia cada corredor, cada entrada secreta, cada porão, conhecia seus pontos fracos e seus pontos fortes. Esperava aquele momento desde o dia em que partira, há muitos anos.

Ariakan lembrava-se de estar sentado em seu cavalo naquela mesma colina, olhando para a torre e planejando como a tomaria. A lembrança lhe deu a estranha sensação de ter feito tudo aquilo antes, embora daquela vez os homens ao seu redor fossem Cavaleiros de Solamnia, alguns dos quais poderiam estar esperando para encontrar seu antigo companheiro de batalha neste dia.

Seus servos montaram sua tenda de comando no escuro. Os oficiais se reuniram quando as primeiras faixas de rosa alaranjado mancharam os céus. Cinco oficiais estavam presentes, os três principais comandantes do exército de ataque, o comandante da força draconiana e o comandante de uma força que era conhecida entre as tropas como Servos das Sombras — um exército composto de goblins, hobgoblins, ogros e mercenários humanos, muitos dos quais estavam escondidos nas Montanhas Khalkist desde o fim da Guerra da Lança, aguardando uma oportunidade de vingança. Entre estes estava também uma grande força de minotauros, sob a liderança de sua própria espécie, já que estes desdenham ordens de meros humanos.

Ariakan repassou seu plano de batalha novamente. As três primeiras forças de ataque deveriam atacar, romper e penetrar a muralha da torre através das entradas principais. Cada um deles receberia máquinas de cerco para a tarefa. O primeiro exército a romper as defesas iria limpar a muralha para permitir a entrada das outras forças.

Os Servos das Sombras deveriam atacar a entrada principal da Espora dos Cavaleiros. Se tivessem sucesso, iriam abrir caminho até a torre principal e ajudar as forças de ataque na destruição do inimigo.

A quinta força, a draconiana, estava se juntando aos Cavaleiros de Takhisis, que atacariam do ar. Os draconianos, montados em dragões azuis, cairiam dos céus sobre as ameias e abririam caminho para as forças de ataque. Os cavaleiros permaneceriam montados em dragões, lutando contra os dragões de prata que correriam para ajudar os Cavaleiros Solâmnicos.

Depois da reunião, Ariakan dispensou seus oficiais e ordenou aos seus servos que lhe trouxessem o desjejum.

Esperar era difícil. Aço andava inquieto, incapaz de ficar imóvel. A excitação que corria em suas veias precisava de uma válvula de escape. Ele foi observar os engenheiros montando a máquina de cerco que atacaria o portão principal. Aço teria se juntado ao trabalho, só para fazer algo, mas considerou que seria um obstáculo, mais do que uma ajuda.

O enorme aríete era feito com o tronco de um outrora poderoso carvalho. Sua cabeça, fortificada com ferro, tinha o formato de uma tartaruga agarradora (para homenagear a deusa-mãe de Ariakan), montada sobre uma plataforma com rodas que seria levada pela estrada, até o portão principal. O aríete ficou pendurado na parte principal de uma máquina de cerco em um berço de couro, conectado a um complexo sistema de polias. Homens com cordas fortes puxá-lo-iam para trás. Quando as cordas fossem soltas, o aríete voaria para frente, atingindo os portões com um enorme impacto. Um telhado de ferro oferecia proteção contra flechas flamejantes, pedras e outras armas que os defensores pudessem usar para destruí-lo antes que pudesse causar algum dano significativo na muralha.

Os Cavaleiros do Espinho incrementaram a máquina infernal com vários tipos de magia. Os Cavaleiros da Caveira, liderados pela Alta Sacerdotisa de Takhisis, deram sua bênção sombria ao aparelho, pedindo a deusa ajuda para sua causa. Os enormes portões de pau-ferro da torre, revestidos de aço, eram ainda mais fortalecidos pela magia e temiam que não caíssem sem a intervenção pessoal da Rainha da Escuridão.

Mas Takhisis estaria ali? Teria vindo testemunhar o maior triunfo do seu exército? Aço percebeu que a alta sacerdotisa vacilou em sua oração, como se não tivesse certeza se alguém estava ouvindo. Os Cavaleiros da Caveira, flanqueando a sacerdotisa à direita e à esquerda, pareceram inquietos e trocaram olhares de soslaio. O engenheiro, que foi obrigado a parar de trabalhar durante as orações, estava impaciente com todo o assunto.

— Monte de besteira, se quer saber — ele resmungou para Aço quando as orações terminaram. — Sou um homem de fé — acrescentou apressadamente, olhando ao redor para ter certeza de que os clérigos não o ouviram. — Mas passei seis meses da minha vida, dia e noite, no projeto dessa máquina e mais seis meses construindo-a. Um pouco de pó fedido de mago e umas orações murmuradas não vão vencer esta batalha. Nossa Senhora das Sombras terá um trabalho muito mais importante a fazer hoje do que ficar por aí, batendo na porta da frente dos solâmnicos. — Olhou para a máquina com os olhos úmidos de orgulho. — Minha máquina fará esse trabalhinho para ela.

Aço concordou educadamente, e os dois passaram a discutir a coordenação de suas duas forças. Com isso feito, Aço saiu para retornar às suas tropas bárbaras.

Ele encontrou os brutos jogando um jogo popular entre a sua espécie. Um deles, um dos poucos que falava a língua comum, tentou explicar o jogo para Aço. Ouviu pacientemente, tentando parecer interessado. Logo se perdeu na complexidade de regras do jogo, que era jogado com paus, pedras, pinhas e envolvia o lançamento aparentemente descuidado de grandes facas de cabo de osso de aparência mortal.

O bruto explicou que os eventuais ferimentos animavam os homens, preparando-os para a batalha. Aço, que estava se perguntando como os bárbaros haviam adquirido aquelas cicatrizes de aparência estranha nas pernas e nos braços, logo os deixou com seus prazeres perigosos e voltou a andar.

Seu olhar dirigiu-se para as ameias da Torre do Alto Clerista, onde pôde ver pequenas figuras circulando, espiando por cima da ameia. Já passava do amanhecer, já passava muito da hora em que os exércitos geralmente atacavam. Se a espera era difícil para Aço, podia imaginar que era muito mais difícil para aqueles dentro da torre. Estariam se perguntando por que a demora, perguntando-se o que Ariakan tramava, questionando suas próprias estratégias. Enquanto isso, o medo corroeria seus corações e sua coragem diminuiria a cada hora.

O sol subiu mais alto no céu; a sombra lançada pela torre ficou mais curta. Aço suava embaixo da pesada armadura e olhou com inveja para os brutos, que batalhavam completamente nus, seus corpos cobertos com algum tipo de tinta azul malcheirosa, que, segundo eles, tinha propriedades mágicas e era tudo de que precisavam para protegê-los contra qualquer arma.

Aço enfrentou o calor para ir onde os cavaleiros, seu esquadrão, estavam preparando seus dragões para a batalha. O subcomandante Trevalin o avistou, acenou, mas estava muito ocupado ajustando sua lança — cópia das famosas lanças de dragão — para falar. Aço viu que Queima tinha um novo cavaleiro. Aço não invejava o cavaleiro. Queima ficou furiosa quando descobriu o rebaixamento de Aço, até falou em se recusar a voar para a batalha. Aço a convenceu a não desertar, mas era óbvio que ela estava ainda de mau humor. Ela era leal à Visão e lutaria com valentia, mas ela também faria o possível para tornar a vida de seu novo cavaleiro o mais difícil possível.

Sufocando os sentimentos de arrependimento e inveja, Aço voltou ao seu comando, lamentando ter se afastado. Ele estava sentindo o calor, seu entusiasmo estava começando a diminuir, quando um redemoinho de movimento no centro do exército chamou sua atenção. Lorde Ariakan havia saído de sua tenda. O silêncio caiu sobre aqueles ao seu redor.

Acompanhado por seus guarda-costas, porta-estandarte, magos e clérigos das sombras, Ariakan montou em seu cavalo — um cavalo negro como carvão, conhecido como Voo Noturno, e avançou, assumindo uma posição atrás do esquadrão de retaguarda da segunda força de ataque. Ordenou que erguessem o estandarte de batalha.

Os estandartes de todas as forças foram içados; as bandeiras pendiam flácidas no ar parado. Ariakan ergueu um bastão feito de obsidiana negra, decorado com lírios prateados da morte, encimados por uma caveira sorridente. Dando uma última olhada ao redor, notando que tudo estava pronto, Ariakan baixou o bastão.

Uma única nota clara de uma trombeta soou no ar quente e cintilante. Aço reconheceu o chamado de "Avançar para Embate", e o sangue pulsou em suas veias até achar que seu coração iria explodir de emoção.

As trombetas de todas as forças de Takhisis soaram a resposta, acompanhadas pelas trompas mais agudas dos vários esquadrões, misturando-se numa cacofonia de guerra estridente e ensurdecedora. Com um rugido de vozes que deve ter abalado as pedras fundamentais da torre, o exército de Takhisis lançou o ataque.

4

Uma discussão entre velhos amigos. Sturm Brightblade pede um favor.

No início da madrugada, Tanis Meio-Elfo subiu as escadas que levavam às ameias perto da torre central, não muito longe de onde o sangue de Sturm Brightblade manchava as paredes. Logo assumiria sua posição ali, mas não convocou suas tropas para segui-lo. Ainda não. Tanis escolheu deliberadamente aquele lugar específico. Sentiu a presença de seu amigo. E ele precisava do amigo naquele momento.

Tanis estava cansado; estivera acordado a noite toda, em reunião com Sir Thomas e os outros comandantes, tentando encontrar um jeito de fazer o impossível, e ganhar contra as chances avassaladoras. Tinham feito seus planos, bons planos. Então, tinham ido para as ameias, observado o exército da escuridão, brilhando com luz, fluindo colina acima— uma maré crescente de morte.

Acabavam-se ali os bons planos.

Tanis deixou-se cair no chão de pedra da muralha, inclinou a cabeça para trás e fechou os olhos. Sturm Brightblade estava diante dele.

Tanis podia ver Sturm claramente, o cavaleiro em sua armadura antiquada, a espada do pai nas mãos, parado nas mesmas ameias em que Tanis agora descansava. Estranhamente, Tanis não ficou surpreso ao ver seu velho amigo. Parecia certo, apropriado, que Sturm estivesse ali, caminhando pelas ameias da torre pela qual ele deu a vida.

— Preciso de um pouco de sua coragem agora, velho amigo — disse Tanis, calmo. — Não podemos vencer. É impossível. Eu sei disso. Sir Thomas sabe disso. Os soldados sabem disso. E como podemos continuar sem esperança?

— Às vezes, vencer acaba sendo perder — disse Sturm Brightblade. — E a vitória é melhor alcançada na derrota.

— Você fala em enigmas, meu amigo. Fale claramente. — Tanis se acomodou melhor. — Estou cansado demais para tentar resolver enigmas.

Sturm não respondeu de imediato. O cavaleiro caminhou pelas ameias, espiou por cima do muro, olhando para o vasto exército reunido abaixo.

— Aço está lá embaixo, Tanis. Meu filho.

— Ele está? Não fico surpreso. Parece que falhamos. Ele entregou sua alma à Rainha da Escuridão.

Sturm virou-se para encarar o amigo.

— Cuide dele, Tanis.

Tanis bufou.

— Acho que seu filho é bem capaz de cuidar de si mesmo, meu amigo.

Sturm balançou a cabeça.

— Ele luta contra um inimigo além de suas forças. Sua alma não está completamente perdida para nós, mas, se ele perder a luta dentro de si, vai estar. Cuide dele, meu amigo. Prometa-me.

Tanis ficou perplexo e perturbado. Sturm Brightblade raramente pedia favores.

— Farei o meu melhor, Sturm, mas não estou entendendo. Aço é um servo da Rainha da Escuridão. Ele se afastou de tudo o que você tentou por ele.

— Meu senhor...

— Se você puder apenas me explicar…

— Meu Senhor! — A voz veio acompanhada por uma mão, balançando o seu ombro.

Tanis abriu os olhos, sentando-se ereto.

— O quê? O que está acontecendo? — Pegou sua espada. — Chegou a hora?

— Não, meu senhor. Desculpe acordá-lo, meu senhor, mas preciso saber suas ordens.

— Sim, claro. — Tanis ergueu-se com dificuldade. Olhou rapidamente em volta pelas ameias. Não havia mais ninguém lá, apenas ele e o jovem cavaleiro. — Desculpe, devo ter cochilado.

— Sim, meu senhor — o cavaleiro concordou educadamente. — Você estava conversando com alguém, meu senhor.

— Estava? — Tanis balançou a cabeça, tentando se livrar da névoa que nublava seu cérebro. — Tive um sonho estranho.

— Sim, meu senhor. — O jovem cavaleiro esperou paciente. Tanis esfregou os olhos ardidos. — E o que você queria?

Ouviu e respondeu e cumpriu seus deveres, mas sempre que o silêncio caía, ele podia ouvir suavemente as palavras.

Prometa-me...

O alvorecer veio, mas a luz do sol trouxe apenas um maior desespero. Os defensores da torre olharam para o mar de escuridão que surgira na noite, prestes a arrebentar sobre eles em uma onda de sangue. Espalhou a notícia sobre a enorme força mobilizada contra os cavaleiros. Comandantes eram ouvidos ordenando aos seus homens que permanecessem em silêncio e mantivessem suas posições. Logo os únicos sons ouvidos eram os chamados dos dragões prateados, circulando no ar, gritando desafios aos seus primos azuis.

Os cavaleiros estavam preparados para o ataque, mas ele não veio.

Uma hora passou e então outra. Tomaram o desjejum nos seus postos, pão numa mão, espada na outra. O exército reunido abaixo deles não fez nenhum movimento, exceto para aumentar de tamanho.

O sol subia cada vez mais alto; o calor ficou insuportável. A água foi racionada. O riacho da montanha que antes corria pelo aqueduto da torre havia secado e quase não gotejava. Os homens sobre a muralha de pedra, armaduras aquecidas pelo sol escaldante, tombavam, desmaiados.

— Acho que podemos ferver o óleo sem precisar do fogo — Sir Thomas observou Tanis em uma das muitas viagens de inspeção do Lorde Cavaleiro.

Ele apontou para um caldeirão enorme, cheio de óleo borbulhante, pronto para ser derramado sobre o inimigo. O calor do fogo forçava todos a manter distância, exceto aqueles que receberam a onerosa tarefa de atiçar as chamas. Tinham tirado as armaduras, roupas, estavam nus até a cintura e suavam profusamente.

Tanis enxugou o rosto.

— O que Ariakan está fazendo? O que ele está esperando?

— Que percamos a coragem — Sir Thomas respondeu.

— Está funcionando — disse Tanis, amargo. — Que Paladine tenha piedade, nunca vi um exército tão grande! Nem mesmo durante a guerra, nos últimos dias antes da queda de Neraka. Quantas tropas você acha que ele tem?

— Só Gilean sabe — Sir Thomas disse. Não tem como tentar contar. "Cada homem contado pelo medo é um homem contado em dobro", como diz o velho ditado. Não que isso importe muito.

— Você está certo, milorde — concordou Tanis. — Não importa nada.

Pensou em perguntar quanto tempo o cavaleiro achava que a torre resistiria, mas percebeu que isso também não importava muito.

O toque da trombeta cindiu o ar.

— Aí vêm eles — disse Sir Thomas, saindo apressadamente para assumir sua posição de comando em um dos balcões dos jardins no nível seis.

Tanis suspirou de alívio, viu o mesmo alívio refletido nos rostos dos homens sob seu comando. A ação era muito melhor do que o desgaste da terrível espera. Homens esqueceram o calor horrível, esqueceram o medo, esqueceram a sede e saltaram para ocupar seus postos. Podiam relaxar e deixar acontecer; seu destino estava nas mãos de Paladine.

O toque de trombetas e um rugido de desafio partiram o ar. O exército das sombras avançou. O sol brilhou nas escamas de dragões azuis; as sombras de suas asas deslizaram sobre as paredes da torre, a sombra de sua vinda deslizou sobre os corações dos defensores da torre. A aura de medo reivindicou suas primeiras vítimas.

Os dragões de prata e seus cavaleiros, armados com as famosas lanças de dragão, voaram para batalhar. A falange de azuis confrontou os prateados. Raios brilharam; os dragões azuis atacaram com suas armas de sopro. Os de prata retaliaram vomitando nuvens de geada, que revestia as asas dos inimigos, fazendo-os cair do céu.

Tanis ficou surpreso com o pequeno número de dragões azuis, e já suspeitava que esse ataque inicial fosse uma distração, quando um grito soou. Os homens apontaram para o oeste.

O que parecia um enxame de dragões azuis voava vindo daquela direção, superando em muito o número dos dragões de prata. Cada um desses azuis carregavam não apenas um único montador, mas vários. Os jovens cavaleiros olharam perplexos, mas os veteranos, aqueles que estiveram na Guerra da Lança, sabiam o que estava chegando. Quando os primeiros dragões azuis apareceram sobre a torre, sombras aladas e escuras começaram a descer pelos céus.

— Draconianos! — Tanis gritou, desembainhando a espada e se preparando para o ataque. — Lembrem-se: no instante em que matarem um, joguem o corpo por cima do muro.

Draconianos mortos eram tão perigosos quanto os vivos. Dependendo da espécie, os corpos ou se transformavam em pedra, prendendo quaisquer armas deixadas dentro; ou explodiam, destruindo seus destruidores; ou dissolvem-se em poças de ácido mortal ao toque.

Um draconiano bozak, com as asas grossas abertas para amortecer a queda, bateu no topo da muralha, bem na frente de Tanis. Não sendo feito para voar, o bozak pousou com força, ficando momentaneamente atordoado com o impacto. Ele se recuperaria rápido, no entanto, e bozaks eram usuários de magia além de bons lutadores. Tanis saltou para atacar a criatura atordoada antes que ela pudesse recuperar os sentidos. Brandiu sua espada; a cabeça do draconiano separou-se de seu pescoço e sangue jorrou. Embainhando a espada, Tanis agarrou o corpo antes que pudesse cair, arrastou-o por cima da muralha e o empurrou pela borda.

O bozak morto caiu no meio de um grupo de bárbaros tentando escalar o muro. O corpo explodiu quase imediatamente, causando danos consideráveis. Os bárbaros recuaram confusos.

Tanis teve pouco tempo para euforia. Os mamutes puxavam uma enorme máquina de cerco na direção do portão da frente. Escadas estavam sendo jogadas contra a muralha. Tanis ordenou que os arqueiros avançassem, instruiu os cavaleiros com o caldeirão de óleo que estivessem prontos para virá-lo sobre as cabeças abaixo. Com sorte, conseguiriam até colocar fogo na máquina. Os homens sob seu comando foram rápidos em obedecer às ordens. Ele era muito respeitado, conhecido por ser um cavaleiro de espírito, senão de fato.

Um mensageiro veio correndo, escorregou no sangue do draconiano, e quase caiu. Recuperando-se sozinho, relatou para Tanis.

— Mensagem de Sir Thomas, meu senhor. Se o portão da frente cair, você deve pegar seus homens e reforçar as tropas guardando a entrada.

Se o portão da frente cair, não sobrará muito o que proteger, Tanis pensou sombriamente, mas absteve-se de dizer o óbvio, só assentiu e mudou de assunto.

— O que foi aquele grito que ouvi?

O mensageiro esboçou um sorriso cansado.

— Uma força de minotauros tentou entrar furtivamente pelo aqueduto. Sir Thomas imaginou que o inimigo poderia pensar nisso, por causa da seca e tudo mais. Nossos cavaleiros estavam esperando por eles. Não vão tentar isso de novo tão cedo.

— Boas notícias — Tanis grunhiu, empurrou o mensageiro para o lado, e atacou um draconiano que quase caiu em cima do jovem.

Aquele pequeno respiro de esperança logo cedeu. A maré de sombras derramava-se e continuava a encher durante a tarde. Os cavaleiros iam de uma posição para outra. Recuando, reagruparam-se, tentando manter a posição, apenas para serem empurrados para trás novamente. Tanis lutou até ficar sem fôlego. Seus músculos queimavam, a mão que segurava a espada estava com dores e cãibras.

E o inimigo continuava vindo.

Tanis estava consciente apenas do bater do aço, os gritos dos moribundos, e o respingo do que ele pensara, no começo, ser chuva.

Mas era sangue, sangue de dragão caindo dos céus.

Sobre aquela confusão veio o bater subjacente, de quebrar os nervos, do grande aríete, batendo como um coração sombrio, pulsando com uma vida forte e terrível.

Houve uma calmaria momentânea na luta. O inimigo estava esperando por algo. Tanis aproveitou o descanso, encostou-se na parede e tentou recuperar o fôlego.

De baixo veio um estrondo e um grito triunfante. Os enormes portões da Torre do Alto Clerista cederam.

Uma força de tropas inimigas, mantida em espera atrás da máquina de cerco, correu para a entrada. Eram liderados por um cavaleiro de armadura lutando a pé, e entre eles havia magos vestidos de cinza.

Reunindo seus homens — aqueles que ainda conseguiam ficar de pé — Tanis correu para defender o portão da frente.

5

Promessa feita. Promessa cumprida.

Aço posicionou suas tropas atrás e de cada lado do enorme motor de cerco. Os brutos eram arqueiros habilidosos; seus arcos eram mais altos que a maioria dos humanos, e disparavam flechas estranhas que soltavam um assobio esquisito durante o voo. Aço usou seus arqueiros para manter as ameias sem defensores, permitindo que a máquina de cerco fizesse seu trabalho ininterruptamente.

Essa estratégia funcionou em grande parte, exceto por um pequeno grupo de Cavaleiros Solâmnicos que se manteve em seu posto com determinação, repelindo ataques draconianos vindos de cima e rechaçando as flechas dos brutos vindas de baixo. Eles provaram ser um incômodo para a máquina de cerco, despejando óleo fervente nela, quase a colocando em chamas; arremessando grande pedras, um dos quais esmagou a cabeça de um mamute transformando-a em uma polpa sangrenta; e usando seus arqueiros com efeito mortal.

Muito depois de outros defensores terem cedido ou sido mortos, esses cavaleiros permaneceram. Mesmo irritado pelo atraso, Aço saudou a eles e ao seu invisível comandante por sua coragem e sua bravura. Se não fosse por eles, o aríete teria derrubado os portões no meio da tarde.

Mas inevitavelmente o aríete fez o seu trabalho, quebrando os pesados portões de madeira. Aço fez suas tropas avançarem, preparando-se para entrar, quando o engenheiro-chefe, depois de dar uma rápida olhada no interior, correu de volta para relatar.

— Tem um maldito portão elevadiço bloqueando o caminho. — O engenheiro parecia estar pessoalmente ofendido por esse obstáculo inesperado. — Não estava no mapa de Lorde Ariakan.

— Um portão elevadiço? — Aço franziu a testa e procurou nas lembranças. Ele mesmo entrou na torre por aquele caminho cinco anos antes e não conseguia lembrar de ter visto um portão. Mas lembrava que havia algumas obras em andamento na época. — Aparentemente, adicionaram. Você pode derrubá-lo?

— Não, senhor. A máquina não cabe debaixo da parede. É melhor deixar o trabalho pros magos, senhor.

Aço concordou e despachou um mensageiro para levar a notícia a Lorde Ariakan. Nada a fazer a não ser esperar.

Lembrou de quando entrou naquele portão, quando desceu até a Câmara de Paladine para prestar homenagem à memória de seu pai. O corpo estava deitado em seu esquife, preservado, diziam alguns, pela magia da joia élfica que Sturm usava no pescoço. A espada dos Brightblades estava segurada com firmeza pelas mãos imóveis e frias. Admiração pela coragem e bravura do morto, lamentação por não o ter conhecido, esperança de ser como ele — todas essas emoções moveram a alma de Aço para a reverência e o amor. Seu pai havia retornado esse amor, dando ao filho os únicos presentes que Sturm Brightblade tinha para dar — a joia e a espada, presentes feéricos, abençoados e amaldiçoados. Embora o sol do meio-dia fosse cruel e cansativo, Aço estremeceu debaixo de sua armadura.

Cuidado, jovem. Uma maldição irá cair sobre você se você descobrir a verdadeira identidade de seu pai. Deixe como está!

Foi o aviso de Lorde Ariakan, dado a Aço quando era ainda muito jovem. O aviso mostrou-se verdadeiro. A maldição caiu como um machado, partindo a alma de Aço em duas. No entanto, também foi uma bênção. Ele tinha a espada de seu pai e um legado de honra e coragem.

Lá em cima, naquelas ameias defendidas com tanta bravura e tenacidade, o sangue do pai manchava a pedra. O sangue do filho mancharia as rochas ali embaixo. Um defensor, outro conquistador. No entanto, é eminentemente adequado.

O mensageiro voltou, trazendo com ele três Cavaleiros do Espinho. Nenhum deles, Aço notou com alívio sombrio, era a Veste Cinzenta que o acusara.

Aço reconheceu seu comandante, um Lorde do Espinho. Um homem de meia idade que havia lutado na Guerra da Lança e era o mago pessoal de Ariakan. Estava acostumado a trabalhar com soldados, acostumado para misturar a lâmina com magia.

Ele gesticulou casualmente para a entrada da torre e gritou para ser ouvido acima do barulho da batalha.

— Meu senhor ordenou que derrubássemos as defesas internas. Preciso que suas tropas nos protejam enquanto trabalhamos.

Aço colocou suas forças em posição. O mestre mago e seus assistentes ocuparam seus lugares na retaguarda. Uma nuvem, vinda de trás, indicava que a segunda força de ataque estava se formando, pronta para entrar quando o caminho estivesse livre.

O Lorde do Espinho acenou com a mão.

Aço ergueu a espada e saudou sua rainha. Com um grito de guerra retumbante, liderou sua tropa, seguido pelos magos de túnica cinza, para dentro dos portões destruídos da Torre do Alto Clerista.

O portão de ferro estava entre os cavaleiros e o pátio central. Os defensores do outro lado dispararam uma saraivada mortal de flechas através das barras do portão.

Experientes em lidar com essas defesas, o Lorde do Espinho e os dois outros Cavaleiros Cinzentos fizeram seus trabalhos rapidamente e de forma limpa. Aço, sempre um pouco desconfiado com magia, observou-os com admiração perplexa, enquanto seus arqueiros despejavam flechas através das barras de ferro, forçando os defensores a manterem distância.

Algumas flechas, disparadas por arqueiros Solâmnicos, caíram entre os usuários de magia. Os dois Cavaleiros Cinzentos cuidaram disso. Usando vários feitiços de escudo e desintegração, fizeram as flechas ricochetearem ou virar poeira antes de atingi-los.

O Lorde do Espinho, trabalhando com frieza e calma como se estivesse a salvo em seu laboratório, pegou um grande frasco contendo o que parecia ser água na bolsa. Segurando o frasco na mão, jogou uma pitada de sujeira, recolocou a rolha e começou a entoar palavras na linguagem mágica. Abriu o frasco novamente e, ainda cantando, jogou seu conteúdo na parede de pedra onde o portão estava montado.

A água desceu pela pedra em riachos. O mago guardou cuidadosamente o frasco vazio de volta na bolsa, bateu palmas e, instantaneamente, a parede começou a se dissolver, a pedra se transformou em lama.

Seu trabalho concluído, o Lorde do Espinho cruzou as mãos nas mangas das vestes e recuou.

— Pode empurrar — disse para Aço.

O cavaleiro ordenou que os três maiores brutos avançassem. Colocaram seus ombros contra o ferro e, com dois ou três empurrões, arrancaram o portão de suas dobradiças e o jogaram no chão.

O Lorde do Espinho, parecendo entediado, reuniu seus assistentes.

— A menos que precise de mim para algo importante, iremos voltar para o meu senhor.

Aço assentiu. Estava grato pela ajuda dos magos, mas não lamentava vê-los partir.

— Avise-me quando a torre cair — acrescentou o mago. — Serei eu a arrombar o tesouro.

Ele partiu, os assistentes correndo atrás dele. Aço ordenou que seus homens deixassem os arcos e flechas e desembainhassem suas espadas e facas. A partir dali, o combate seria corpo a corpo.

Atrás dele, ouviu ordens sendo gritadas. A segunda força de ataque estava se preparando para avançar.

Aço conduziu seus homens sobre o portão quebrado, sob a lama gotejante, e pelo corredor que levava ao pátio central da Torre do Alto Clerista. Parou suas forças no fim do corredor.

O pátio estava vazio.

Aço estava desconfortável. Esperava resistência.

Tudo estava quieto dentro da densa muralha da torre, quieto demais.

Era uma armadilha.

Desacostumados a atacar fortificações, os brutos teriam corrido descuidados para o espaço aberto. Aço soltou uma ordem e foi forçado a repeti-la duas vezes antes dos brutos entenderem que precisavam aguardar seu sinal para avançar.

Aço analisou a situação com cuidado.

O pátio era em forma de cruz. À direita de Aço havia duas portas de ferro, marcadas com o símbolo de Paladine, que levavam mais fundo dentro da torre. No extremo oposto da cruz havia outro portão elevadiço, mas

Aço não pretendia mexer com aquele. O corredor levava às armadilhas de dragão — uma história antiga para os Cavaleiros de Takhisis.

De cada lado do portão havia duas escadas que desciam das ameias. Aço olhou fixo para aquelas escadas. Ordenando aos brutos que ficassem em silêncio, ouviu com atenção, e achou ter ouvido o som de algo raspando, como o de uma armadura na pedra. Era lá que eles estavam se escondendo. Faria com que saíssem e sabia exatamente como.

Apontando para as portas de ferro à sua direita, marcadas com o martim-pescador e a rosa, Aço deu ordens em voz alta.

— Derrubem essas portas. Lá embaixo há uma tumba contendo os corpos dos malditos Cavaleiros Solâmnicos. Nossas ordens são para saqueá-la.

Vários dos brutos começaram a trabalhar na porta, arremessando seus corpos enormes contra ela, golpeando a fechadura com suas espadas. Aço entrou no pátio arrogantemente, como o mestre indiscutível da torre. Removendo seu elmo, pediu um odre, e bebeu longamente. Os brutos amontoavam-se atrás dele, rindo e tagarelando. Agarrando tochas nas paredes, zombaram, impacientes, do trabalho lento de seus camaradas, que não estavam tendo muita sorte em arrombar a porta.

Aço não esperava que isso acontecesse. Não recebeu ordens para saquear a tumba e não tinha a intenção de permitir que os bárbaros tivessem acesso ao salão sagrado. Mas seu ardil tinha funcionado.

Passando perto da escada, ouviu claramente o tilintar de metal contra metal e até mesmo um murmúrio baixo de raiva, logo abafado.

Continuando a fingir, como se não tivesse ouvido nada, ele se aproximou para repreender os brutos.

— Seus fracotes! — Aço fumegou. — Preciso chamar os magos sempre que encontrarmos uma porta? Seria melhor ter um exército de anão tolos! Usem as costas...

Um barulho, o choque de espadas e um clamor repentino à sua esquerda informaram Aço que os defensores haviam deixado seu esconderijo e estavam atacando.

Um contingente de Cavaleiros Solâmnicos irrompeu no meio da força de Aço. A rapidez e agilidade do ataque pegou até Aço desprevenido. Vários brutos caíram antes que tivessem a chance de erguer suas espadas.

Os cavaleiros tinham, aparentemente, um comandante inteligente. Eles não atacaram de qualquer jeito, mas com precisão, abrindo uma divisão no corpo principal da força de Aço, dividindo suas tropas enquanto mantinham a unidade entre as suas. Com a segunda força de ataque entrando pela frente, a força de Aço não tinha para onde ir, ficando presa no pátio.

Ele havia previsto isso, claro. Não esperava ganhar a batalha, mas pelo menos a segunda força de ataque encontraria o caminho livre.

Aço deixou o grosso do ataque para seus homens. Sua responsabilidade era encontrar o comandante inteligente, talvez o mesmo homem que lutou com tanta determinação nas ameias, e eliminá-lo.

"Corte a cabeça e o corpo cairá" era um dos ditados de Ariakan.

Recolocando o elmo e fechando a viseira, Aço abriu caminho entre seus próprios homens. Derrubou espadas e parou para lutar quando era forçado. Mas sua atenção ficou em localizar o oficial responsável. Foi difícil. Todos os cavaleiros usavam armaduras — algumas amassadas e sangrentas. Não conseguia distinguir um do outro.

Lutando para chegar ao centro da batalha, Aço ouviu, acima do tumulto, uma voz de comando se erguendo, emitindo novas ordens. Desta vez, Aço viu o comandante.

Ele não usava elmo, talvez para que suas ordens fossem ouvidas claramente. Não estava com armadura completa, usando apenas uma couraça sobre couro trabalhado. Aço não conseguia ver o rosto do comandante — estava de costas para o cavaleiro das sombras. Cabelos castanhos longos e grisalhos indicavam que era mais velho, sem dúvida um veterano de muitas batalhas.

Parte da placa peitoral dele balançava solto; uma das tiras de couro foi cortada, deixando suas costas parcialmente expostas. Mas Aço morreria antes de atacar um homem por trás.

Abrindo caminho entre um de seus homens e um Cavaleiro Solâmnico, Aço alcançou o comandante e colocou a mão no ombro do homem para chamar sua atenção.

O comandante virou-se e enfrentou seu oponente. O rosto barbudo do homem estava coberto de sangue. Seu cabelo emaranhado, molhado de suor, caía sobre os olhos. Um choque formigante percorreu Aço. Algo dentro dele disse "você conhece esse homem".

Aço se engasgou.

— Meio-Elfo!

O homem interrompeu o ataque, recuou e olhou para Aço com desconfiança.

O cavaleiro ficou furioso com a peça que o destino lhe pregou, mas não podia mais lutar, de forma honrada, contra esse homem que uma vez salvara sua vida.

Com um gesto zangado, Aço levantou a viseira.

— Você me conhece, Tanis Meio-Elfo. Não vou lutar com você, mas posso e irei exigir sua rendição.

— Aço? — Tanis baixou a espada. Estava surpreso com este encontro, mas, de alguma forma, não se surpreendeu de jeito algum. — Aço Brightblade...

Um jovem Cavaleiro Solâmnico, parado perto de Tanis, passou pelo meio-elfo, a lança apontada para o rosto desprotegido de Aço.

Aço ergueu o braço para conter o golpe, escorregou em uma poça de sangue e caiu no chão. Sua espada — a espada de seu pai — voou de suas mãos. O jovem Cavaleiro Solâmnico avançou.

Aço tentou desesperadamente ficar em pé, mas a armadura pesada impediu que se movesse rápido. O Cavaleiro Solâmnico ergueu a lança, prestes a enfiar a ponta na garganta de Aço. De repente, a lança e o cavaleiro desapareceram da visão dele.

Tanis estava sobre ele, oferecendo a mão para ajudá-lo a se erguer.

O orgulho instou Aço a recusar a ajuda do inimigo, mas o bom senso e a Visão o levaram a aceitar, a contragosto, a ajuda de Tanis.

— Mais uma vez, devo a você minha vida, Meio-Elfo — Aço disse amargamente quando ficou de pé.

— Não me agradeça — Tanis retrucou, sério. — Fiz uma promessa ao...

Os olhos do meio-elfo se arregalaram, sua face contorceu-se de dor.

Ele cambaleou para frente com um grito cheio de dor.

Um dos brutos, parado atrás do meio-elfo, arrancou dele uma espada coberta de sangue.

Tanis balançou, seus joelhos cederam.

Aço pegou o meio-elfo e o deitou suavemente no chão. Embalando Tanis nos braços, Aço sentiu o sangue quente escorrendo por suas mãos.

— Meio-Elfo — disse Aço com urgência. — Não fui eu que golpeei você! Eu juro!

Tanis olhou para cima, fez uma careta.

— Eu... sei — ele sussurrou, com um sorriso irônico. — Você é um... Brightblade.

Ele enrijeceu, engasgou-se, respirou fundo. Sangue escorria de sua boca. Seu olhar passou por Aço, tentando focar em algo atrás do cavaleiro das sombras.

Tanis sorriu.

— Sturm, mantive a promessa.

Suspirando suavemente, como se estivesse grato pela chance de descansar, Tanis fechou os olhos e morreu.

— Meio-Elfo! — Aço gritou, embora soubesse que não ouviria resposta. — Tanis...

Aço percebeu, de repente, um Cavaleiro Solâmnico parado perto dele. O cavaleiro olhou para o corpo aos seus pés com uma expressão de intensa dor, angústia e tristeza.

O Cavaleiro Solâmnico não usava elmo, não carregava arma. Sua armadura tinha um desenho antigo. Não disse nada, não fez nenhum movimento ameaçador. Ele desviou o olhar e encarou Aço com uma expressão intensa que era ao mesmo tempo triste e cheia de orgulho.

Aço soube então quem estava ali com ele. Não era sonho. Não era visão. Ou, se fosse assim, sua imaginação deu forma e corpo a um sonho.

— Pai! — Aço sussurrou.

Sturm Brightblade não disse uma palavra. Curvando-se, ele pegou o corpo de Tanis Meio-Elfo e o ergueu em seus braços, e virando-se, caminhou lentamente, com passos medidos, pelo pátio.

O som de gritos desafiadores e armas se chocando despertou Aço. As portas de ferro, marcadas pelo símbolo de Paladine, abriram-se. Uma nova leva de Cavaleiros Solâmnicos invadiu o pátio, vindo socorrer seus camaradas. Um cavaleiro gritou que Tanis Meio-Elfo estava morto; outro cavaleiro jurou a Paladine vingar sua morte. Eles apontaram para Aço.

Aço, recuperando sua espada, avançou contra eles.

6

O dragão silencioso. A porta aberta. Alguém esperando do outro lado.

— Opa — disse Tasslehoff Burrfoot, atordoado e impressionado. Depois acrescentou, com um gemido — Eu o quebrei! Eu não queria, Palin! Estou sempre quebrando coisas. Isso é uma maldição. Primeiro um orbe de dragão, então o dispositivo de viagem no tempo! Agora eu consegui mesmo! Quebrei o Portal para o Abismo!

— Que bobagem — exclamou Palin, mas faltava convicção em sua voz.

Ocorreu-lhe o pensamento — alarmante — de que se alguém em Krynn pudesse "quebrar" o Portal para o Abismo, esse alguém seria Tasslehoff.

O pensamento mais lógico prevaleceu. O Portal foi construído por magos poderosos usando magia tão poderosa que nem um kender poderia atrapalhar. Mas, se isso era verdade, o que estava errado? Palin, com cautela, aproximou-se do Portal para olhar mais de perto, observou-o com perplexidade.

— Eu já o vi antes, sabe, Palin. — Tas olhou para o Portal e balançou a cabeça, triste. — Foi realmente maravilhoso de um jeito horrível. As cinco cabeças de dragão eram todas de cores diferentes e todas gritavam e Raistlin cantava e lá dentro tinha luzes rodopiantes que deixavam você tonto só de olhar e ouvi risadas terríveis lá dentro e... e ... — Tas suspirou e se deixou cair desanimado no chão. — Olhe para ele agora.

Palin estava olhando. Ele nunca tinha visto o Portal na verdade, apenas na ilusão que Dalamar havia criado. Mas Palin estudara o Portal — assim como todos os magos. Uma enorme porta oval montada sobre um estrado elevado, o Portal era ornamentado e guardado pelas cabeças de cinco dragões, seus pescoços sinuosos serpenteando desde o chão. As cinco cabeças olhavam para dentro: duas de um lado, três no outro. As cinco bocas estavam abertas, cantando para sempre hinos silenciosos à Rainha da Escuridão.

Dentro do portal havia uma escuridão que apenas os olhos da magia poderiam penetrar.

A qualquer momento que a cortina escondendo o Portal fosse erguida, as cinco cabeças ganhavam vida, brilhando com luzes: azuis, verdes, vermelhas, brancas e pretas. Matariam e devorariam qualquer mago tolo o suficiente para tentar entrar por si próprio, como aconteceu durante seu teste...

A luz cegou Palin. Ele piscou dolorosamente e esfregou os olhos ardentes. As cabeças dos dragões brilhavam ainda mais e, agora, ele podia ouvi-las começar a cantar.

A primeira, de escuridão em escuridão, minha voz ecoa no vazio.

A segunda, deste mundo para o outro, minha voz clama com vida.

A terceira, de escuridão em escuridão, eu grito. Sob meus pés, tudo está firme.

A quarta, tempo que flui, mantenha-se em seu curso.

E finalmente, a última cabeça, porque pelo destino até os deuses são derrubados, chorem todos comigo.

...Sua visão ficou turva e as lágrimas escorriam por suas bochechas enquanto ele tentava ver através da luz ofuscante do portal. As luzes multicoloridas começaram a espiralar loucamente, girando ao redor do vazio grande, escancarado e tortuoso dentro do centro do portal...

— Ora, veja só! — Tas disse de repente. Levantando-se de um salto, correu para puxar a manga de Palin. — Posso ver lá dentro! Palin, posso ver lá dentro! E você?

Palin se engasgou. Ele podia ver dentro do Portal. Uma paisagem plana, vazia, espalhava-se sob um céu cinzento plano e vazio.

As cinco cabeças de dragão estavam silenciosas, cinzentas. Os olhos dos dragões, que deviam estar brilhando em alarme com essa tentativa de passar por sua vigilância, estavam sem brilho e vazios.

— É o Abismo — disse Tas solenemente. — Eu o reconheço. Melhor, acho que reconheço. Mas está da cor errada. Não sei se te contei ou não...

— Contou — murmurou Palin, sabendo que não faria diferença.

Tas continuou.

— Mas estive no Abismo uma vez, e fiquei bem decepcionado. Ouvi tanta coisa sobre o lugar, demônios, diabretes, espíritos, fantasmas e almas atormentadas, e estava realmente ansioso para visitar. Mas o Abismo não é assim. É vazio, horrível e chato. Fiquei entediado quase até a morte.

O paraíso de um homem é o inferno de outro, como dizia o ditado, e isso certamente se aplicava ao kender.

— Quase tão chato quanto é isso aqui — Tas acrescentou — uma declaração agourenta para um kender, como Palin deveria ter notado.

Estava perdido em pensamentos, porém, tentando explicar o inexplicável. Qual era o problema com o Portal?

Tas continuou divagando.

— Mas lembro claramente que o Abismo não era dessa cor cinza. Era de um tipo de rosa, como um fogo queimando ao longe. Foi como Caramon descreveu. Talvez a Rainha da Escuridão tenha decidido redecorar. — O kender animou-se com essa ideia. — Ela podia ter escolhido um esquema de cores melhor... todo aquele cinza simplesmente não funciona para mim. Ainda assim, qualquer mudança seria uma melhoria.

Tas deu um puxão na túnica, verificou se estava com todas as suas bolsas e começou a avançar.

— Vamos dar uma olhada.

Palin estava prestando atenção pela metade; sua mente estava ocupada em relembrar tudo que tinha ouvido ou lido sobre o Portal e o Abismo. A parte dele que estava sempre alerta quando perto de kender — uma característica de sobrevivência que muitos humanos desenvolveram — tocou um aviso, interrompeu seus pensamentos.

Saltando para a frente e tropeçando no estrado na sua pressa, Palin conseguiu agarrar Tas segundos antes do kender entrar diretamente no Portal.

— O quê? — Tas perguntou, de olhos arregalados. — O que foi?

Palin estava com dificuldade para respirar.

— O feitiço... pode ter sido ativado... Não é permitido dentro... Poderia ter... morrido...

— Suponho que sim — Tas disse, reflexivo. — Mas, por outro lado, suponho que não. É assim que a bola de fogo quica, como Fizban costumava dizer. Além do mais, Raistlin parece estar ficando impaciente. Acho que não seria educado mantê-lo esperando por mais tempo.

Palin parou completamente de respirar. Sua carne ficou fria; seu coração murchou.

— Meu... tio...

— Ele está parado bem ali. — Tas apontou para o Portal, para a paisagem cinzenta vazia. — Você não consegue ver?

Palin agarrou o Cajado de Magius e apoiou-se nele. Olhou para dentro do Portal novamente, temendo o que veria...

O corpo de Raistlin pendia frouxamente da parede pelos pulsos, os mantos negros em farrapos, o cabelo longo e branco caindo em seu rosto enquanto sua cabeça pendia para a frente. Do peito à virilha, a carne de Raistlin foi dilacerada, arrancada por garras afiadas, expondo órgãos vitais. O gotejamento que Palin ouviu foi o som do sangue do homem, caindo gota a gota em uma grande poça de pedra a seus pés.

Raistlin estava de pé, usando as vestes negras, os braços cruzados no peito. Sua cabeça estava baixa, pensativa, mas ocasionalmente olhava na direção do Portal, como se esperasse por alguém. Então, retornava seus pensamentos; desagradáveis, a julgar pela expressão sombria no rosto magro e pálido.

— Tio!

Foi apenas um sussurro; Palin mal se ouviu falando a palavra.

Mas Raistlin ouviu. O arquimago levantou a cabeça, desviou seus olhos dourados de ampulheta para Palin.

— Por que hesita, sobrinho? — uma voz seca e rouca questionou, irritada. — Depressa! Você já perdeu tempo demais! O kender já esteve aqui antes. Ele irá guiá-lo.

— Sou eu — gritou Tas entusiasmado. — Está falando de mim! Vou ser um guia! Eu nunca fui um guia antes. Exceto para Tarsis, que não estava à beira-mar quando deveria estar, mas isso não foi culpa minha. — Agarrou a mão de Palin. — Vamos, me siga. Eu sei exatamente o que fazer.

— Mas eu não posso! — Palin arrancou a mão do aperto de Tas. — Tio! — chamou. — E o Portal? De acordo com as leis da magia, não podemos...

— Leis — Raistlin disse baixinho, pensativo. Ele desviou o olhar, olhou para o horizonte distante, o pálido cinza do céu sem fim. — Todas as leis estão suspensas, sobrinho, todas as regras quebradas. Você pode entrar no Portal com segurança. Ninguém irá impedi-lo. Ninguém.

Leis suspensas. Regras quebradas. Que coisa estranha para dizer. No entanto, Palin tinha provas disso — ou de algo parecido — bem diante dos seus olhos. Podia entrar no Portal sem impedimento. A Rainha da Escuridão não tentaria impedi-lo. Não estava em perigo.

— Errado, sobrinho — disse Raistlin, respondendo aos pensamentos de Patin. — Você está em grande perigo, você e todos os outros mortais de Krynn. Venha até mim e tudo será explicado. — Os olhos de ampulheta se estreitaram. — A menos que esteja com medo.

Palin estava com medo. Tinha bons motivos para estar com medo, mas disse calmamente:

— Cheguei até aqui, tio. Não vou voltar.

— Muito bem, sobrinho. É um prazer ver que não desperdicei meu tempo com você. Quando estiver aqui, venha me encontrar.

Palin respirou fundo, agarrando-se firmemente ao cajado em uma mão e segurando Tasslehoff com a outra.

Juntos, os dois caminharam até ficar na frente das cinco cabeças de dragões.

— Nós *vamos* entrar — Palin disse a ela e deu um passo à frente.

Os dragões não se moveram, não falaram, não viram, não ouviram.

— O Portal não está quebrado — Palin disse para si mesmo, baixinho. — Está... morto!

Tas e Palin entraram no Portal para o Abismo com a mesma facilidade que teriam tido para passar pela porta da cozinha de Tika.

7

O Abismo. A busca. Um conselho imortal.

Estavam no meio do cinza: chão cinza, céu cinza. Não havia sinal de vida, nem mesmo vida amaldiçoada.

Raistlin não podia ser visto em lugar nenhum.

— Tio! — Palin começou a chamar.

— Xiu! Silêncio! Não faça isso! — gritou Tas, agarrando-se a Palin e quase o derrubando. — Não diga uma palavra. Nem pense nisso!

— O quê? Por que não? — Palin perguntou.

— As coisas acontecem de um jeito muito estranho neste lugar — Tas sussurrou, olhando furtivamente ao seu redor. — Quando estive aqui, achei que seria legal ver uma árvore. E uma apareceu, do nada. Mas não foi uma árvore verde e frondosa. Era uma árvore morta. E então pensei sobre Flint, porque, de acordo com Fizban, devo encontrar Flint sob uma árvore no Além. E um anão apareceu, só não era Flint. Era um anão malvado chamado Arack e ele veio para mim com uma faca e...

— Entendi — Palin disse, suavemente. — O que desejarmos, receberemos, mas não do jeito que queríamos. Você acha, então, que Raistlin... era apenas uma ilusão? Porque eu desejava vê-lo?

— Ele parecia terrivelmente real, não? — Tas disse depois de um momento de reflexão. — Aquela coisa misteriosa sobre leis suspensas e regras quebradas… bem Raistlin. E a maneira como ele nos disse para encontrá-lo aqui e depois se foi antes de virmos. Também é típico dele.

— Mas ele nos disse para nos apressarmos… — Palin pensou no assunto. — "Leis suspensas… regras quebradas… Quando estiver aqui, venha me encontrar…". Tas — disse, com uma ideia repentina —, como se viaja por este lugar? Você não anda, não é?

— Bem, você pode, mas a paisagem não tem nada de especial, sem mencionar que não sabemos para onde estamos indo… Nós sabemos para onde estamos indo?

Palin sacudiu a cabeça.

— Então não aconselho — Tas disse. — Da última vez que estive aqui, lembro de um sujeito realmente horrível com uma barba que brotava do crânio e um cheiro que lembrava um piquenique de anão tolo, só que pior. Foi ele quem me encontrou e me levou para a Rainha da Escuridão. Ela não foi legal — Tas acrescentou severamente. — Ela me disse…

— Como você fez para ver a rainha? — Palin interrompeu, mantendo com esforço as rédeas da conversação, sabendo que, se deixasse correr solto, o kender desviaria por meia dúzia de estradas secundárias de conversação.

As sobrancelhas de Tas se enrugaram.

— Bem, não foi numa carruagem. Teria me lembrado disso. Acho… Sim. O sujeito horrível colocou a mão… mais uma garra do que uma mão, pelo que me lembro… colocou ao redor de um medalhão que usava no pescoço e em um minuto estávamos em um lugar e no próximo, em outro.

— Tem certeza de que ele usava um medalhão? — perguntou Palin, desapontado.

— Sim, certeza. Lembro porque era um medalhão de aparência bem interessante, com cinco cabeças de dragão, e eu teria gostado de pegar emprestado, apenas para olhar mais perto…

— O cajado — disse Palin.

— Não. Medalhão. Tenho certeza. Eu…

— Quero dizer, talvez possamos usar o cajado para encontrar meu tio. Aqui, pegue na minha mão. — Palin agarrou o cajado com mais força.

— Magia? — Tas perguntou, ansioso. — Amo magia. Lembro de uma vez quando Raistlin me magicou para um lago com patos. Foi…

Palin não prestou atenção. Fechando os olhos, agarrou o cajado, sentiu a madeira lisa e quente sob seu toque. Pensou no tio, lembrou-se dele como o vira, ouvindo sua voz, ouvindo-a claramente.

Rápido! Venha para mim...

— Oh! — Tas se engasgou. — Palin! Olha! Funcionou! Estamos nos mexendo.

Palin abriu os olhos.

A paisagem cinzenta e imutável deslizava por baixo de seus pés; o céu cinza girou ao redor dele, rodou em volta deles, mais e mais rápido, até Palin ficar enjoado e tonto com a visão.

O redemoinho cinza o cercou, girando ao seu redor. O chão sumiu, mas o cinza o prendia, não o libertava.

Rodando... e rodando... e rodando...

Rodando... e rodando... e rodando...

Drenando seus sentidos, extraindo dele a consciência como um fio puxado de um fuso, girando e girando em uma grande roda, rodando... e rodando... e rodando... e girando cada vez mais fino e...

Estalo.

Palin não conseguia respirar. Uma mão pressionava sua boca. Ele lutou, tentando levantar as mãos para romper o aperto sufocante...

— Silêncio! — disse a voz sussurrante. — Não diga uma palavra! Não faça nenhum som. Não deveríamos estar aqui.

Palin abriu os olhos, olhou para dentro de olhos dourados de ampulheta. A mão cobrindo a sua boca era magra e ossuda, os dedos longos e delicados. A pele estava tingida de ouro. Era a mão de seu tio, seu tio quem o segurava.

Palin acenou com a cabeça para indicar que entendera. Raistlin liberou seu aperto e Palin respirou fundo.

Algo se contorceu ao seu lado. Tasslehoff.

O kender estava dizendo alguma coisa, mas Palin não conseguia ouvi-lo. Sabia que Tas estava falando porque a boca do kender se mexia, mas não saíam palavras.

Tasslehoff, parecendo extremamente confuso, apalpou a garganta e falou novamente. Nada.

Colocando a mão sobre a orelha, Tas tentou novamente. Nenhum som.

Em desespero, o kender colocou a língua para fora, quase ficando vesgo tentando ver o que havia de errado com ela.

Raistlin, aproximando-se de Palin, falou suavemente.

— O feitiço não é permanente. Não o solte.

De novo, Palin acenou com a cabeça. No entanto, não podia deixar de se perguntar por que Raistlin trouxera o kender consigo. Estava prestes a perguntar, mas Raistlin, olhando para ele, ordenou silêncio.

Palin, Raistlin e Tas estavam escondidos em sombras profundas atrás de uma enorme coluna de mármore branco, com estrias pretas e vermelhas. Ao lado de Palin havia outra coluna — de mármore preto, com estrias vermelhas e brancas. E além, uma terceira coluna de mármore vermelho, com marcas brancas e pretas serpenteando por ela. Não havia chão ou piso sob seus pés; apenas escuridão.

Palin ofegou ligeiramente. Uma mão forte fechou-se sobre a sua; dedos finos apertaram dolorosamente o seu braço.

Raistlin não disse nem uma palavra. Nenhuma era necessária. Palin fechou a boca, decidido a não emitir mais nenhum som. Ele agarrou Tas, que estava começando a se afastar. Juntos, olharam para baixo.

Havia um grupo de pessoas em círculo. Abaixo de seus pés tinha um piso de mármore. No centro, havia um círculo preto de nada. Irradiando desse círculo havia faixas de cores alternadas: branco, preto, vermelho. As pessoas — homens e mulheres — permaneciam na borda do círculo, cada um sobre a sua cor. Estavam conversando, discutindo.

Palin olhou para Raistlin, perplexo.

O arquimago inclinou a cabeça encapuzada na direção das pessoas, tocando a sua orelha.

Palin ouviu atentamente e, quando percebeu a importância da conversa, a enormidade do que diziam fez sua voz sumir. Ele não conseguia emitir um som se quisesse. Ouviu e assistiu com atenção extasiada atenção enquanto sua alma tremia. Até mesmo Tas ficou, finalmente, quieto de verdade, intimidado.

As pessoas que estavam espionando eram os deuses de Krynn.

— É tudo culpa de Hiddukel! — Chislev, uma deusa, vestida com um tecido verde, o cabelo castanho enfeitado com folhas e flores, apontava um dedo acusador para um deus robusto de pé em uma faixa preta. — Ele enganou a mim e ao anão. Não é verdade, Reorx?

O anão, cujas roupas finas estavam em péssimo estado, segurou seu chapéu emplumado nas mãos. Estava subjugado, mas a raiva ardia em seus olhos.

— Chislev fala a verdade. Eu forjei a pedra maldita... por insistência dela, devo acrescentar. Mesmo assim, foi Hiddukel que idealizou todo esse esquema.

O deus — um deus grande, largo, com um jeito escorregadio — sorriu indiferentemente, fingindo não se importar. Seu olhar, por baixo dos olhos semicerrados, deslizava nervosamente para uma bela mulher, de rosto e olhos frios, vestindo uma armadura preta brilhante, que estava na ponta do círculo.

— Bem, Hiddukel? — A voz de Takhisis parecia conter a escuridão. — O que você tem a dizer?

— O que eu fiz foi legítimo, minha rainha — respondeu Hiddukel, oleoso e escorregadio. — Todos conhecemos a história da Gemagriz. Não há necessidade de repeti-la. Uma pequena conspiração inofensiva, destinada apenas a expandir ainda mais a glória de Vossa Majestade.

— E trazer um pouco de lucro para você?

— Só estou cuidando de mim — Hiddukel choramingou, encolhendo-se por causa da raiva de Takhisis. — Qual é o mal nisso? Se algumas pessoas — seu rosto oleoso virou-se para Chislev — são ingênuas a ponto de cair nessa, é problema delas, não é? E se alguns — Hiddukel olhou depreciativamente para o anão — são estúpidos a ponto de tentar capturar o Caos...

— Foi um acidente! — Reorx rugiu. — Pretendia pegar apenas uma parte do Caos, um pedacinho. Você tem que acreditar em mim, senhor. — O anão virou-se humildemente para um deus alto, de rosto sério que usava uma armadura de prata, ocupando a faixa branca próxima a Takhisis.

— Não tive a intenção de capturar Ele — acrescentou Reorx em tom submisso.

— Estou bem ciente disso — disse Paladine. — Todos temos culpa aqui.

— Alguns mais que outros. Era preciso uma magia poderosa para segurar o Caos — rosnou Sargonnas, um deus alto e com chifres perto de Takhisis. — Parece que a culpa é dos nossos filhos rebeldes.

Os três deuses da magia se uniram.

— Não foi nossa culpa — disse Lunitari.

— Não sabíamos nada sobre isso — respondeu Nuitari.

— Ninguém nos consultou — protestou Solinari.

Reorx resmungou.

— Foi Lunitari que perdeu a Gemagriz!

— Aquele seu pequeno gnomo sujo a roubou! — Lunitari retrucou.

— Se alguém tivesse me perguntado — Zivilyn reclamou — Eu teria olhado para o futuro e avisado...

— Quando? — Morgion perguntou, sarcástico. — Em uns seis ou sete milênios? Você levaria esse tempo só para decidir qual futuro seria.

Os deuses menores começaram a discutir ruidosamente, um culpando o outro. Em cada voz, em cada rosto, a tensão e o medo eram evidentes. A briga e as acusações se arrastaram interminavelmente. Gilean leu longas passagens de seu livro, tentando colocar a culpa ou transferi-la, conforme solicitado pelos vários deuses. Reorx fez um discurso apaixonado em sua própria defesa. Hiddukel estendeu-se, falando muito e dizendo muito pouco. Sargonnas atribuiu tudo às raças fracas, insignificantes e choronas de humanos, elfos e ogros, alegando que, se tivessem tido bom senso suficiente para se tornarem servos dos minotauros, esta calamidade nunca teria acontecido. Zivilyn respondeu mostrando inúmeras versões do futuro e do passado, o que confundiu tudo e não resolveu nada.

A discussão durou tanto e foi tão cansativa e improdutiva que Palin adormeceu diversas vezes. Ele acordava de novo assustado quando alguma voz mais alta erguia-se, apenas para cochilar de novo. Teve a sensação distinta e um tanto desconfortável do tempo passando, mas esse tempo estava em outro lugar, não ali.

Teria questionado Raistlin, mas quando tentou falar, Raistlin balançou a cabeça e os olhos dourados estreitaram-se. Parecia muito descontente. Tasslehoff estava dormindo profundamente, roncando baixinho.

Por fim, quando Hiddukel afirmou que estava preparado para citar vários precedentes legais importantes, todos relacionados diretamente com o caso, Paladine e Takhisis, que permaneceram em silêncio durante a discussão e continuavam em silêncio, trocaram olhares.

Houve um lampejo repentino de luz brilhante, e apenas os três deuses mais velhos permaneceram no círculo. Os deuses menores foram banidos.

— Foi inútil trazê-los aqui — disse Takhisis, amarga.

— Tínhamos que tentar. — Foi o até então silencioso Gilean que falou. Ele segurava um grande livro, no qual escrevia constantemente. — Poderíamos ter aprendido algo que nos ajudasse.

— É óbvio para mim que nenhum deles sabe como isso aconteceu — Paladine retrucou. — De alguma forma, o Caos ficou preso na Gemagriz, e, com razão ou não, ele nos culpa.

— Se é que ele está contando a verdade — Takhisis disse. — Pode ser um ardil.

— Acredito que ele *estava* preso lá dentro — Gilean disse, pensativo. — Estudei cuidadosamente o assunto e isso explicaria muita coisa: a destruição que a Gemagriz tem causado sobre Krynn, o fato de que nenhum de nós conseguia controlá-la...

— Seus Irda conseguiram controlá-la, irmão — interrompeu Takhisis, com um olhar acusatório para Paladine.

— Ela os controlava, você quer dizer — o deus respondeu severamente. — O Caos finalmente descobriu pessoas que podiam manipular, pessoas fortes o suficiente na magia para libertá-lo, mas não o bastante para detê-lo. Eles pagaram por sua loucura.

— E está determinado a receber uma retribuição. A questão é: ele pode fazer isso, meus irmãos? Ele é forte o suficiente? Nós crescemos em força ao longo dos séculos.

— Não tanto quanto precisávamos — disse Gilean com um suspiro. — Como você mesmo relatou, irmã, o Caos causou a formação de uma grande fenda no Abismo. Seu poder cresceu, muito além do que poderíamos sonhar. Ele está convocando seus exércitos: demônios e terríveis guerreiros de sombras, dragões de fogo. Quando estiver pronto, atacará Krynn. Seu objetivo: destruir tudo que criamos. Quando conseguir, a fenda vai ser vasta e profunda, tão vasta e profunda que engolirá o mundo. Tudo o que existe não será mais.

— E o que será de nós? — Takhisis questionou. — O que vai fazer conosco?

— Ele nos deu a vida — Paladine disse, pesadamente. — Ele poderia pegá-la de volta.

— A questão é o que fazemos agora? — Gilean perguntou, olhando de um irmão para outro.

— Ele está brincando com a gente — disse Paladine. — Poderia nos destruir com um piscar de olhos. Ele quer nos ver sofrer, ver nossa criação sofrer.

— Digo para irmos embora, irmãos, fugir antes que ele perceba — Takhisis encolheu os ombros. — Sempre podemos criar outro mundo.

— Não abandonarei aqueles que confiam em mim — Paladine foi severo. — Eu me sacrificarei por eles se for necessário.

— Podemos estar lhes fazendo um favor indo embora — Gilean apontou. — Se partirmos, o Caos pode nos seguir.

— Depois de destruir o mundo — Paladine insistiu, carrancudo — O nosso “brinquedo”, como ele o chama. Não mostrará piedade. Ficarei e lutarei com ele, sozinho, se necessário.

Os outros dois deuses ficaram silenciosos, pensativos.

— Talvez você esteja certo, irmão — disse Takhisis, com uma doçura repentina e charmosa. — Devíamos ficar e lutar. Mas precisaremos da ajuda dos mortais, não concorda?

— Eles precisarão se ajudar, isso é verdade — disse Paladine, olhando para a irmã com desconfiança.

— Não podemos destruir o Caos — disse Gilean —, mas pode haver maneiras de forçá-lo a partir. Nisso, os mortais podem nos ajudar.

— Se estiverem unidos — Takhisis disse. — Não ajudaria em nada se os exércitos de humanos e elfos ficassem lutando uns com os outros enquanto deveriam estar unidos contra as legiões do Caos.

— Eles se uniriam — Paladine disse severamente. — Não teriam escolha.

— Talvez. Talvez não. Ousamos arriscar, meus irmãos? Pelo bem deles, tanto quanto pelo nosso?

— Diga claramente o que quer dizer, irmã — exigiu Paladine. — Você tem um plano, pelo que vejo.

— Um que sem dúvida será vantajoso para ela — Gilean acrescentou num sussurro ao irmão.

Takhisis ouviu e pareceu magoada por eles a entenderem tão mal.

— O que for vantajoso para mim será para todos se conseguimos livrar o mundo do Caos. Não é verdade, queridos irmãos?

— Qual é o seu plano? — Paladine repetiu.

— Simples. Deem o controle de Ansalon aos meus cavaleiros. Permita que governem. Sob o seu governo, a lei e a ordem prevalecerão. Estas brigas e lutas intermináveis entre os mortais cessarão. A paz chegará a Ansalon. Os mortais estarão unidos e, portanto, preparados para o ataque do Caos.

— Unidos? A união dos escravos! A paz da prisão! Não posso acreditar nisso, nem mesmo vindo de você, irmã — Paladine devolveu com raiva. — Nunca enfrentamos um perigo assim, e mesmo agora, com sua própria existência por um fio, você planeja e conspira para seguir seu próprio caminho. Não vou concordar.

— Espere um momento, irmão — disse Gilean em tom apaziguador. — Certamente nossa amada irmã está apostando em dobro, tentando jogar as duas pontas contra o meio. O que mais você esperava? Mas o plano proposto tem seus méritos. A Ansalon unificada e pacífica, mesmo que seja sob as trevas, estaria mais bem preparada para enfrentar os exércitos do Caos do que uma Ansalon fragmentada, dividida, em tumulto.

Paladine estava pensativo, perturbado. Seu olhar foi para Takhisis, e voltou para Gilean.

— Você está com ela nisso?

— Sim, irmão, temo que sim — Gilean disse suavemente. — Caso contrário, não vejo esperança.

— Ora, irmão, não seja egoísta — aconselhou Takhisis, em tom zombeteiro. — Você fala muito bem sobre se sacrificar por seus preciosos mortais. Mas quando chega ao ponto em que deve fazê-lo, hesita. Era só conversa? Ou realmente quis dizer isso?

Paladine ficou em silêncio por muito, muito tempo. Com a testa franzida em pensamento, voltou seu olhar triste para o mundo. Por fim, balançou a cabeça.

— Não consigo ver o futuro. Chamas e fumaça bloqueiam minha visão. Não sei se vocês estão certos, mas, se vocês dois estão contra mim, não tenho escolha além de aquiescer. De acordo, irmã — disse ele, com um suspiro amargo. — Ansalon será seu.

— Você escolheu sabiamente, irmão — disse Takhisis, fria e sombria, magnânima em seu triunfo.

— Mas governará apenas até que as forças do Caos sejam destruídas — insistiu Paladine.

— Ou nós seremos — Gilean acrescentou sombriamente. Exibiu o livro, no qual continuava a escrever. — Pode ser, querido irmão, querida irmã, que eu esteja escrevendo o último capítulo.

— Então — disse Takhisis —, vamos fazer com que seja um bom final. Adeus, meus irmãos. Tenho uma batalha a vencer.

Ela desapareceu. Paladine saiu imediatamente depois. Gilean ficou sozinho. Ele sentou-se e continuou escrevendo no grande livro.

8

Decepção. A vitória é nossa. Rendição.

Aço Brightblade estava vivo.

Não queria estar. Não deveria estar. Deveria ter morrido no ataque à Torre do Alto Clerista, morrido com nobreza e coragem em batalha, uma vida sacrificada para sua rainha, a honra restaurada.

E teria morrido, a armadura perfurada por uma lança empunhada por um nobre inimigo. Tanis Meio-Elfo frustrou o destino salvando Aço daquela lança. Tanis Meio-Elfo morreu a sua morte.

Aço estava no pátio central da Torre do Alto Clerista, sua espada ensanguentada em uma mão pegajosa e gosmenta com sangue — um pouco seu, a maior parte dos outros. Ele não conseguia compreender o que estava acontecendo; o desejo de batalha ainda ardia nele. Sua lembrança mais vívida era a do pai carregando o corpo de Tanis. Ele se perguntaria se não teria imaginado aquilo, não fosse o fato do sangue de Tanis manchar as pedras a seus pés.

Depois disso, só houvera o estranho silêncio da batalha — o silêncio que envolve o choque de armas, os grunhidos dos moribundos, os gritos de ordens, o pisoteio dos pés. No entanto, todos estes sons são abafados pelo silêncio interior, o silêncio do guerreiro, que concentra o seu ser no seu objetivo, que não permite que nada o distraia, que nada interfira.

Para Aço, o silêncio foi quebrado quando olhou ao redor buscando outro oponente para lutar — e percebeu que não havia nenhum.

— Vitória! A vitória é nossa! — Subcomandante Trevalin, com a armadura manchada de sangue e amassada, o rosto dele coberto com suor e sujeira, foi até o pátio central, gritando as notícias.

— Diga a Lorde Ariakan! — Trevalin comandou, segurando o escudeiro e o empurrando na direção da Entrada. — Diga a ele, se ele ainda não souber, que os Solâmnicos querem discutir termos de rendição.

Trevalin olhou ao redor e viu Aço parado, atordoado e confuso, no centro do pátio. Trevalin se aproximou e abraçou o amigo.

— Brightblade! Embainhe a espada! Nós ganhamos!

— Ganhamos... — Aço repetiu. A batalha havia terminado e ele estava vivo.

Trevalin, entusiasmado, continuou.

— Uma campanha gloriosa! Ficará para sempre na história! A Torre do Alto Clerista caiu pela primeira vez! Uma vitória impressionante! Palanthas é o nosso próximo alvo. Assim que souberem que seus protetores foram derrotados, que os dragões bondosos fugiram, os cidadãos vão cair como fruta podre em nossas mãos. E você, meu amigo! Já ouvi histórias sobre seu valor! Dizem que você matou Tanis Meio-Elfo.

— Não — Aço murmurou. O fogo da batalha que correra em suas veias ia sumindo devagar, deixando apenas cinzas e fumaça. Ele estava vivo. — Não, eu não matei o meio elfo. Ele salvou...

Mas Trevalin não estava ouvindo. Um mensageiro de Lorde Ariakan entrou no pátio. Seu cavalo, treinado para ser rápido, não se esquivou da batalha ao ver os corpos, o fedor de sangue. O mensageiro lutou para conter o animal e procurou por alguém com autoridade.

— Sua Senhoria viu uma bandeira branca no topo da torre. Mensageiros relatam que os defensores da torre desejam discutir os termos de rendição. Meu senhor também ouviu dizer que os dragões de prata e os dragões de ouro abandonaram o campo, deixando a batalha. Isso é verdade, subcomandante?

— É verdade, tudo isso. Eu mesmo vi os chamados dragões “bondosos” fugirem — Trevalin riu. — Talvez Paladine lhes tenha enviado uma mensagem, ordenando que recuassem.

O mensageiro não parecia achar graça. Seu cavalo bateu os cascos e bufou, rodando nervoso, seus cascos escorregando no chão coberto de sangue.

O mensageiro aguentou corajosamente, guiando o inquieto animal de um lado para outro, enquanto conversava com Trevalin.

— Sua senhoria suspeita de um truque.

Trevalin assentiu, mais sobriamente.

— Eu não ficaria surpreso se os dragões tiverem fugido apenas para se reagrupar em algum lugar, aumentar seus números. Mais uma razão para aceitar a rendição dos cavaleiros e assumir rapidamente o comando desta fortaleza.

— Estes são os oficiais deles? — perguntou o mensageiro em voz baixa, inclinando-se sobre o pescoço do cavalo. — Os homens vindo em nossa direção?

Três Cavaleiros de Solamnia avançaram para o pátio. Um, o comandante, um Lorde Cavaleiro da Rosa, caminhava na frente; os outros dois caminhavam solenemente cada um de um lado. Haviam removido seus elmos — isso, ou os tivesse perdido em batalha. Os três cavaleiros traziam marcas da luta; suas armaduras estavam desgastadas, cobertas de poeira e sangue. O comandante mancava muito e fazia uma careta de dor a cada passo lento e hesitante. O rosto de outro estava coberto de sangue de um corte na cabeça; carregava um braço. O terceiro tinha um curativo grosseiro sobre um olho; sangue vazava dali, gotejando por sua bochecha.

Eles carregavam um pedaço de pano branco.

— Esses são os oficiais — confirmou Trevalin.

O mensageiro foi encontrá-los. Parando seu cavalo, ele os saudou. O comandante derrotado levantou um olhar abatido.

Era de meia-idade, mas parecia muito, muito mais velho.

— Você vem da parte de Lorde Ariakan? Pode levar uma mensagem para ele?

— Posso, senhor cavaleiro — respondeu o mensageiro com educação. — Que mensagem devo levar à Sua Senhoria?

O cavaleiro de Solamnia passou a mão pelo rosto, talvez enxugando sangue, talvez lágrimas. Ele suspirou.

— Diga a Sua Senhoria que pedimos permissão para recolher nossos mortos.

— Isso significa, meu senhor, que a torre se rende?

O cavaleiro acenou com a cabeça lentamente.

— Com a condição de que não haja mais derramamento de sangue. Muitos já morreram neste dia.

— Pode ser que Sua Senhora exija rendição incondicional — respondeu o mensageiro.

A expressão do cavaleiro endureceu.

— Se for o caso, continuaremos lutando até que nenhum de nós esteja vivo. Um desperdício terrível.

Neste momento, um dos cavaleiros que acompanhava o comandante falou algo em tom urgente, parecendo reviver uma discussão.

O comandante silenciou-o com um movimento da mão.

— Já discutimos isso. Não enviarei mais jovens para a morte no que seria um esforço inútil. Conheço Ariakan. Ele vai agir honrosamente. Se não… — Sacudiu a cabeça e voltou a olhar para o mensageiro. — Estes são nossos termos. Diga ao seu senhor que pode pegá-los ou largá-los.

— Irei, senhor cavaleiro.

O mensageiro se afastou, galopando. Os três cavaleiros derrotados ficaram isolados, mantendo-se distantes. Eles não disseram nada um para o outro, mantendo os olhos fixos na frente, recusando-se a reconhecer a presença do inimigo.

— Ele os aceitará — previu Trevalin. — A batalha acabou. O contrário seria um massacre inútil. Como eu disse, meu palpite é que ele vai querer garantir o controle da torre logo, antes que os dragões de ouro retornem. E agora, devo voltar ao meu comando. Você ficará satisfeito em saber, Brightblade, que Queima sobreviveu à batalha sem ferimentos. Ela lutou bem, embora parecesse, para mim, que lhe faltava espírito. Sentiu falta de seu verdadeiro mestre, acho. Eu… Brightblade, o que é isso?

— Minha espada — disse Aço em voz sombria e amarga. — Eu me rendo a você, Subcomandante. Sou seu prisioneiro.

Trevalin ficou confuso, mas se lembrou.

— Droga! Tinha esquecido disso. — Ele empurrou a espada estendida de lado, aproximou-se, falou baixinho. — Escute, Aço. Não diga uma palavra a ninguém. Sua Senhoria também terá esquecido disso. Quanto à Senhora da Noite... bem, Ariakan ouvirá falar sobre o seu valor neste dia. O que é perda de um mísero mago comparado ao duelo entre você e Tanis Meio-Elfo? Duelo que você venceu!

Aço estava frio, calmo.

— Sou seu prisioneiro, Subcomandante.

— Brightblade, droga — começou Trevalin, exasperado.

Aço desafivelou o cinto de espada e segurou a espada em suas mãos.

— Muito bem, Brightblade — Trevalin disse em voz baixa. — Estou prendendo você. Mas na primeira oportunidade que tiver, irei pessoalmente falar com Lorde Ariakan em seu nome, pedir que leve em consideração sua bravura...

— Por favor, não, Subcomandante — Aço disse no mesmo tom frio. — Agradeço, mas peço que não diga nada. Meu senhor pensará que estou implorando por minha vida. Leve-me para onde estão mantendo os prisioneiros.

— Muito bem — Trevalin disse, depois de uma pausa momentânea, esperando — querendo — que Aço mudasse de ideia — Se é o que você quer.

Trevalin gesticulou para Aço ir à sua frente, indicando uma porta no fim do pátio.

De fora das paredes da torre, vinha o estrondo de trombetas e os gritos de homens comemorando a vitória. Aço ouviu o barulho de cascos. Lorde Ariakan aproximava-se, cavalgando em triunfo, cavalgando como conquistador para a fortaleza em que antes entrara como o conquistado.

Aço não esperou para assistir. Não queria estragar o momento, não queria que seu senhor — em sua glória — visse Aço em sua vergonha. Levantando a cabeça, o queixo erguido, Aço caminhou entre as pedras manchadas de vermelho na direção das celas da Torre do Alto Clerista.

9

O Portal. Velhos amigos retornam. A confissão de Tasslehoff.

— Bem — murmurou Tasslehoff Burrfoot — como Bupu teria dito, que bela chaleira de ensopado de rato! — Ele piscou e se engasgou. — Eu me ouvi! Minha voz voltou! Você ouviu isso, Raistlin? Eu…

— Tio — disse Palin, perturbado — o que…

— Agora não, kender — interrompeu Raistlin. — Nem você, sobrinho. Perguntas, depois. Devemos partir logo, antes que sejamos descobertos.

Aliviado por poder falar de novo, entusiasmado por perceber que seria enfeitiçado de novo (duas vezes no mesmo dia), Tas esperava que estivessem indo para algum lugar tão interessante quanto. Talvez um outro lago com patos.

Raistlin não disse nada, Não fez nada. Mas, de repente, a coluna atrás da qual se escondiam começou a dissolver, decair e desaparecer.

A magia girou em torno de Tas, ou talvez ele tenha girado em torno da magia. Não sabia dizer, devido à sensação extremamente gratificante de ter a barriga encostada na coluna e o topete enrolado nos olhos.

Quando o giro parou, seu estômago voltou ao devido lugar. Tirou o cabelo dos olhos, olhou em volta e suspirou.

Nenhum lago com patos, nada além de céu cinzento acima, chão cinzento abaixo. Estavam de volta ao ponto de partida.

Ali estava o Portal. Além do Portal ficava o laboratório, exatamente como o haviam deixado — cheio de potes e garrafas contendo coisas muito interessantes, embora nojentas; livros e pergaminhos; talvez um ou dois anéis mágicos. Tas sempre teve muita sorte com anéis mágicos.

O laboratório pareceu muito chato para o kender antes de terem entrado no Abismo. Agora, parecia tão bom quanto um dia de mercado em Flotsam.

Tas estava pronto para voltar pelo Portal quando se lembrou de suas maneiras. Ele se virou, estendendo a mão pequena para Raistlin.

— Bem, adeus, Raistlin. Foi legal ver você de novo, mesmo você tendo matado o pobre Gnimsh. Eu perdoei você por isso, porque Caramon disse que tentou compensar se sacrificando e fechando o Portal, sabendo que a Rainha da Escuridão estava esperando para rasgar você e arrancar suas entranhas.

Neste ponto, um pensamento ocorreu ao kender.

— Então, Raistlin. A Rainha está voltando para acorrentá-lo à parede e rasgar você e colocar suas entranhas para fora? Não que eu queira que ela faça isso, claro. Você deve achar muito desagradável. Mas se insistir nisso, eu meio que gostaria de assistir.

Os olhos de Raistlin estreitaram-se.

— Se você acha que iria gostar, Mestre Burrfoot, talvez eu peça a ela para arrancar suas entranhas.

Tas considerou a oferta muito generosa, mas balançou a cabeça.

— Muito legal você pensar em mim, Raistlin. Eu nunca tive minhas entranhas arrancadas antes e, embora certamente seja divertido, não suponho que seria propício para uma vida longa. Tanis está sempre me dizendo para pensar antes de fazer qualquer coisa, se seria ou não propício para uma vida longa, e não fazer se não for. Eu diria que isso se enquadra na última categoria.

Palin ficou alarmado.

— A Rainha da Escuridão não está chegando, está, tio? Para... para torturar você…

— Ela gostaria. Takhisis tem boa memória. Não esquece nem perdoa. Ela se vingaria de mim se pudesse, mas estou protegido de sua fúria. — Raistlin disse secamente. — Como o kender disse, uma recompensa pelo meu sacrifício.

— Então você não vai ser torturado? — Tas perguntou.

— Não, não vou — disse Raistlin. — Desculpe desapontá-lo.

— Está tudo bem — Tas o tranquilizou. — Essa viagem está sendo ótima, mesmo assim. Como ver todos os deuses de perto assim. Claro, senti falta de Fizban, mas posso ver que ele não teria sido de muita ajuda em uma situação desesperadora como esse. E agora eu vi como Paladine é quando não está colocando a barba em chamas ou perdendo o chapéu. E Gilean parecia muito familiar, mas não lembro onde o vi antes. Chemosh era assustadoramente feio, não? Aquele crânio é mesmo o rosto? E Morgion, com toda a sua carne caindo daquele jeito. Eu deveria ter dito "olá" para Paladine. Teria sido educado, já que ele e eu somos amigos próximos, mas eu estava com problemas na voz. Talvez o gato tenha comido minha língua. Mas se fosse isso, o que aconteceu para o gato? E por que um gato iria querer uma língua extra?

— Vocês devem ir — Raistlin disse com firmeza. — Estão perdendo tempo.

— Estou pronto — Tas anunciou e começou a andar de volta para o Portal. — Adeus, Raistlin! — falou por cima do ombro. — Vou dizer a Caramon que você disse "oi", mesmo que não tenha.

O kender percebeu de repente que estava sozinho.

— Palin, você não vem?

Palin ficou parado, a mão correndo nervosamente para cima e para baixo no cajado. Ele olhou para Raistlin.

— Você não vem conosco?

— Não, sobrinho. Não vou.

— Mas poderia, se quisesse. Você não está morto. Você deu o cajado para mim. Foi você quem nos trouxe aqui.

— Sim, eu poderia retornar — Raistlin disse em voz baixa. — Tem razão. Não estou morto. Mas nem estou verdadeiramente vivo. Por que voltaria? O mundo me deu pouco prazer quando estive nele. Cumpri minha parte trazendo você aqui e mostrando o perigo. Você fez o que nenhum outro ser mortal já fez. Testemunhou um encontro dos deuses. Agora, você deve retornar, avisar as pessoas, avisar os cavaleiros tanto de Takhisis quanto de Paladine, avisar os magos das três luas e os Vestes Cinzentos. Avise seu pai e diga a ele para espalhar o aviso. Conte a todos o que você viu e ouviu.

— Eu direi a eles — disse Palin. — Mas não sei se entendi bem o que vi e ouvi. Posso avisar que o Caos tem a intenção de destruir o mundo. Posso dizer-lhes que Paladine nos entregou nas mãos das sombras. Eu me pergunto se alguém vai acreditar em mim. Mas você, tio... Eles acreditariam em você. Venha comigo!

Raistlin olhou com atenção para Palin.

— Este não é o único motivo para querer que eu volte, não é, sobrinho?

Palin enrubesceu e respondeu.

— Não, tio. Não é. Vim aqui encontrar você... porque eu queria que me ensinasse.

— Existem inúmeros professores de magia no mundo. Você é talentoso na arte, sobrinho. Certamente, muitos gostariam de ter um aluno tão brilhante.

— Talvez, mas eles não me querem — disse Palin, seu rubor se aprofundando.

— E por que não? — Raistlin perguntou.

— Porque... por... — Palin hesitou.

— Por minha causa? — Raistlin disse com um sorriso desagradável. — Ainda me temem tanto assim?

— Não pretendo ferir seus sentimentos, Raistlin — Tas declarou, prestativo — Mas houve momentos em que você não foi uma pessoa muito legal.

Raistlin fixou os olhos dourados de ampulheta no kender.

— Acho que ouvi alguém chamar você.

— Ouviu? — Tas parou, mas não ouviu nada. — Onde?

— Por ali! — Raistlin apontou.

Então Tas ouviu algo — uma voz rouca e resmungona.

— E o que você acha que está fazendo aqui, Tasslehoff Burrfoot? Nada de bom, suponho. Provavelmente, colocando você mesmo e os pobres tolos sem sorte o bastante para estarem com você em muitas encrencas...

Tasslehoff girou tão rápido que as abas de suas bolsas se abriram, espalhando seus preciosos bens por todo o Abismo. Mas pela primeira vez na vida, Tas não se importou.

— Flint!

Barba comprida e cinza, carranca de desaprovação, voz rude; tudo. Tas estava se preparando para abraçar Flint, quer o anão gostasse de ser abraçado ou não (o que ele geralmente não gostava, mas era uma ocasião especial), quando Tas percebeu duas pessoas paradas atrás de Flint.

— Sturm! — Tas engasgou de alegria. — E Tanis! O que você está fazendo aqui? Espere! Eu sei! Estamos indo em mais uma aventura! Onde vamos? Onde quer que seja, tenho certeza de que tenho um mapa. Meus mapas estão atualizados agora. Tarsis à beira-mar não está mais, à beira-mar, digo. Tarsis está onde sempre esteve. Oras, Flint. Fique quieto para que eu possa abraçar você.

Flint bufou.

— Como se eu fosse deixar um kender chegar a um metro de mim, muito menos me abraçar! Mantenha distância e eu ficarei com minha bolsa de dinheiro.

Tas sabia que Flint não estava falando sério e tentou novamente abraçar o amigo. Mas os braços do kender fecharam-se ao redor do ar cinzento e nada mais.

Tas recuou.

— Flint, pare de brincar. Como posso me aventurar com você se não fica parado?

— Temo que você não vá conosco, Tas — Tanis disse suavemente. — Não é que não queremos você conosco…

— Também não quer dizer que queremos — Flint resmungou.

Tanis sorriu, apoiando a mão no ombro do anão.

— Viemos porque o seu velho amigo queria ter uma palavrinha com você.

O anão se remexeu, ajeitando os pés, e ficou com o rosto muito vermelho.

— Sim, Flint, o que é? — perguntou Tas, consideravelmente contido e até sentindo o início de uma fungada se aproximando. Tinha uma dor estranha no coração, como se seu lado interno soubesse que não estava certo, mas não tinha conseguido contar a seu lado externo sobre isso. Não parecia certo Tanis estar ali.

— O que você quer dizer, Flint?

— Bem, rapaz — Flint disse depois de alguns chiado e pigarros — Eu estava dizendo a Tanis, quando o vi pela primeira vez...

A dor no coração de Tas cresceu até ser quase insuportável. Pôs sua mão sobre ele, esperando fazer a dor passar, pelo menos até Flint terminar.

— Eu disse a Tanis, quando o vi pela primeira vez, que estou... bem... um pouco solitário, pode-se dizer.

— Sob a sua árvore, é isso? — Tas perguntou.

— Não me entenda errado — Flint rosnou. — Estou muito bem situado. Aquela minha árvore… é de um tipo maravilhoso de árvore. Tão bonita como as copadeiras lá em casa. Tanis mesmo disse quando a viu. E é quente lá, perto da forja de Reorx, e interessante também. A criação nunca para, sabe, ou então tem sempre uma parte precisando de um conserto. Reorx trabalha lá, martelando. E conta histórias, contos maravilhosos sobre outros mundos que ele viu...

— Histórias! — Tas se animou. — Adoro ouvir histórias! E aposto que ele gostaria de ouvir algumas das minhas, como sobre a vez em que eu encontrei o mamute peludo…

— Não terminei! — Flint rugiu.

— Desculpe, Flint — disse Tas, humildemente. — Continue.

— Agora eu esqueci onde estava — Flint disse irritado.

— Sobre estar solitário... — Tas insinuou.

— Eu lembro! — Flint cruzou os braços sobre o peito, respirou fundo, soltou o ar e as palavras saíram rápidas. — Queria dizer, rapaz, que se você um dia quiser ir me ver, vai ser bem-vindo. Não sei por que isso. — O anão parecia muito confuso. — E eu sei que vou me arrepender de dizer isso, mas eu... sinto sua falta, rapaz.

— Bem, claro que sente — Tas disse, espantado que o anão não tivesse descoberto isso antes. — Não pude deixar de pensar… e espero que sua árvore não se ofenda, mas se sentar em um lugar todos os dias assistindo um deus martelar o mundo não me soa muito emocionante para mim. E isso me lembra que, falando dos deuses, nós acabamos de ver Reorx. E todos os outros deuses também! E as coisas mais maravilhosas, quero dizer, terríveis, estão acontecendo no mundo. Aqui, vou pedir para Palin contar sobre isso. Palin! — O kender se virou, gritou e acenou. — E tem Raistlin. Um reencontro e tanto, não? Você não conheceu Palin. Estranho, por que ele não vem para dar um alô?

Palin olhou, acenou a mão, o tipo de aceno que diz "Você está se divertindo, ótimo. Continue assim. Agora, me deixe em paz."

Flint, que estava tentando dizer algo a vários minutos, sem conseguir porque Tas estava interrompendo, finalmente declarou:

— Ele não pode nos ver, seu idiota!

— Claro que pode — Tas disse, um pouco irritado. — Só Tanis que precisa de óculos...

— Não mais, Tas — Tanis disse. — Palin não pode nos ver porque ele está vivo. Existimos em um reino diferente agora.

— Você também, Tanis? — Tas disse em uma voz miúda.

— Temo que…

— Deve ter feito algo que não foi propício para uma vida longa — Tas continuou apressado, piscando e limpando os olhos com a mão. Ele ficou sério. — Devo dizer que não foi muito inteligente de sua parte, Tanis. Quero dizer, você está sempre dizendo para eu não fazer coisas que não conduzam a uma longa... longa... — Sua voz começou a tremer.

— Acho que não estava pensando direito — disse Tanis, sorrindo. — Eu vivi bem, Tas. Tive muitas bênçãos em minha vida. Foi difícil deixar aqueles que amava — acrescentou —, mas tenho amigos aqui.

— Assim como inimigos — Flint disse, sombrio.

O rosto de Tanis ficou sério.

— Sim, iremos travar nossas próprias batalhas neste reino.

Tas pegou um lenço (de Palin), enxugou os olhos e assoou o nariz. Ele se aproximou de Flint.

— Vou lhe contar um segredo, Flint — disse Tas em um sussurro tão alto, que provavelmente seria ouvido em quase todo o Abismo — Não sou mais o aventureiro que costumava ser. Não. — O kender deu um grande suspiro. — Às vezes penso, e eu sei que você não vai acreditar nisso, mas às vezes penso em me aposentar, me estabelecer em algum lugar. Não consigo entender o que está acontecendo comigo. Simplesmente não é mais divertido, se é que você me entende.

— Ah, sua maçaneta — Flint disse, ríspido. — Não consegue ver? Você está ficando velho.

— Velho? Eu! — Tas estava perplexo. — Não me sinto velho por dentro, quero dizer. Se não fosse a dor irritante ocasional nas costas e nas mãos e a forte vontade de tirar uma soneca perto do fogo em vez de gritar provocações para minotauros… eles ficam com muita raiva, sabia? Especialmente quando você faz "muuu" para eles. É incrível como um minotauro nervoso pode correr rápido quando está perseguindo você. De qualquer forma, onde eu estava?

— Onde deveria estar — Tanis disse. — Adeus, Tas. Que o minotauro nunca te pegue.

— "Muu" para um minotauro! — Flint bufou. — Por todas as maçanetas! Cuide-se, rapaz. — Ele virou-se rapidamente, caminhando para longe rápido. A última coisa que Tas ouviu foi o anão ainda murmurando: "Muu!" para si mesmo.

— Que Paladine o acompanhe, Tas — Sturm disse e se virou para seguir Flint.

— Se ele só me *acompanhar* e não tentar fazer feitiços de bola de fogo — disse Tas, um tanto duvidoso.

Olhou até não poder mais vê-los, o que foi quase instantâneo, porque num momento eles estavam lá e no seguinte, não.

— Tanis? Flint? — Tas chamou seus nomes algumas vezes. — Sturm? Me desculpe por ter pegado suas braçadeiras uma vez por acidente.

Mas não houve resposta.

Depois de mais alguns soluços dolorosos que tomaram conta do kender inesperadamente, Tas respirou fundo, soluçando, e limpou o nariz na manga — o lenço estava molhado demais — e suspirou, um tanto irritado.

— As pessoas precisam de mim, Tanis disse. Bem, estão sempre precisando de mim, isto parece. Banir um carniçal aqui, lutar com um goblin lá. Nunca tenho um momento de paz. Bem, é o que dá ser um herói. Acho que só me resta fazer o meu melhor.

Recolhendo as bolsas, Tas, arrastando os pés pela areia, caminhou lentamente de volta para o portal. Palin ainda conversava com Raistlin.

— Gostaria que você reconsiderasse. Venha, tio. Papai ficaria muito satisfeito em lhe ver.

— Ficaria? — Raistlin perguntou suavemente.

— Mas claro... — Palin parou, incerto.

Raistlin sorriu e deu de ombros.

— Viu? As coisas são melhores como estão. Olhe! — Uma luz fraca estava começando a sair do Portal. — A rainha está mais uma vez lançando seus pensamentos nesta direção. Ela agora sabe que o Portal está aberto. Você deve atravessá-lo e fechá-lo novamente. Use o cajado. Rápido.

O céu escureceu, o cinza virando preto. Palin olhou para lá com inquietação, mas mesmo assim hesitou.

— Tio...

— Volte, Palin — disse Raistlin, com a voz fria. — Você não sabe o que está me pedindo.

Palin suspirou, olhou para o cajado na sua mão e depois para Raistlin.

— Obrigado, tio. Obrigado por ter fé em mim. Não vou falhar com você. Vamos, Tas. Depressa! Os guardiões estão retornando.

— Estou indo.

Mas Tas arrastava-se. A ideia de cinco cabeças de dragão multicoloridas e gritantes, todas talvez tentando devorá-lo, não o empolgava nada. Bem, não muito.

— Adeus, Raistlin. Irei dizer a Caramon que você... Ora, olá, Kitiara! Poxa! As pessoas certamente surgem do nada por aqui, não é? Lembra de mim, Kitiara? Meu nome é Tasslehoff Burrfoot.

A mulher de cabelos escuros, vestindo armadura de dragão azul, com uma espada ao lado, empurrou o kender brutalmente. Ela ficou em pé na frente de Palin, bloqueando o caminho de volta para o portal.

— Estou muito feliz em finalmente conhecê-lo, sobrinho — disse Kitiara, sorrindo aquele sorriso torto. Ela estendeu a mão e deu um passo na direção dele. — Por que você não fica mais um pouco? Há alguém vindo que gostaria muito de conhecer você.

Tas gritou.

— Palin, cuidado!

Kitiara desembainhou a espada; a lâmina brilhava com uma luz cinzenta, opaca e sombria. Ela avançou em direção a Palin.

— Você ouviu o que não deveria ouvir. Minha rainha não trata espiões com gentileza!

Kitiara balançou sua lâmina. Palin ergueu o bastão, rebateu o golpe, tentou empurrar Kit para trás. Os dois ficaram presos na luta. Kit caiu para trás de repente. Palin, desequilibrado, tropeçou para a frente. Kit saltou para o ataque.

Tasslehoff procurou freneticamente algo para arremessar em Kitiara. Ele não tinha nada além dos objetos em suas bolsas e de si mesmo. Imaginando que seus bens mais preciosos, embora inegavelmente valiosos, não ajudariam muito para parar uma Kitiara enfurecida, Tas lançou o seu pequeno corpo na direção dela, na esperança de derrubá-la e não se empalar na espada dela ao mesmo tempo.

Ele esqueceu que estava no Abismo. O kender voou para Kitiara, voou através de Kitiara, e voou para o outro lado de Kitiara sem nunca a tocar. Mas conseguiu algo; conseguiu bater na espada, que — estranhamente — tinha substância. A investida de Kit, visando o coração de Palin, deu errado.

Tas pousou de quatro, abalado e confuso.

Palin cambaleou para trás. Uma mancha vermelha floresceu em suas vestes brancas. Ele agarrou seu ombro, balançou e caiu sobre um joelho. Kitiara, xingando, ergueu a espada e avançou novamente.

Lutando para ficar de pé, Tas estava prestes a investir de novo contra a espada, quando ouviu Raistlin entoar palavras estranhas. Vestes negras giravam na frente de Tas. Os dragões do Portal começaram a gritar, e quando tudo estava mais interessante, algo atingiu Tasslehoff bem entre os olhos.

Ele viu a mais fascinante coleção de estrelas na parte de trás de suas pálpebras, sentiu-se tombando e foi surpreendido por um cochilo inconveniente.

10

Um prisioneiro. O castigo.

A chave chacoalhou na fechadura. A porta da cela se abriu.

— Visitante, Brightblade — disse o carcereiro.

Aço sentou-se em seu palete de palha e esfregou o sono de seus olhos. Perguntou-se se era dia ou noite; não tinha como saber. As masmorras, localizadas no primeiro nível da torre, não tinham janelas. Aço piscou à luz da tocha, tentando ver quem estava entrando.

Ele ouviu o sussurrar de vestes, viu o brilho do cinza.

Aço levantou-se lentamente, com as correntes tilintando, até ficar de pé. Devia mostrar respeito por essa mulher, pois era sua superior, mas ele não iria se apressar.

— Senhora da Noite — ele disse, observando-a com cautela.

Ela se aproximou, seus olhos o examinando por completo, verificando cada aspecto de sua degradação, das roupas sujas aos cabelos emaranhados e os pulsos algemados.

— Deixe-nos — A Senhora da Noite, Lillith, virou-se para o carcereiro. — Feche a porta.

— Não o detenha por muito tempo, Senhora da Noite — rosnou o carcereiro, colocando a tocha acesa em um candelabro de ferro na parede. — Ele tem trabalho a fazer.

— Levarei apenas alguns minutos. — Lillith esperou até o carcereiro sair, depois voltou-se para Aço. Os olhos dela brilhavam assustadoramente. Encarava-o com uma intensidade que pareceu dar-lhes uma odiosa luz interior.

— Por que veio, Senhora da Noite? — Aço perguntou finalmente, cansado desse escrutínio silencioso. — Para deleitar-se com minha queda?

— Não tenho nenhum prazer nisso, Brightblade — Lillith respondeu abruptamente. — O que eu faço, faço para a glória da nossa rainha. Vim lhe dizer por que é necessário que você morra.

Aço deu de ombros.

— Então desperdiçou seu tempo, Senhora da Noite. Eu sei por que devo morrer. Você mesmo disse. Eu perdi o prisioneiro confiado aos meus cuidados.

— Era para você perdê-lo — a Senhora da Noite disse calmamente. — Mandei-o em uma missão tola, sabendo muito bem que você o perderia. No entanto, não esperava que você retornasse. Esperava — ela continuou, falando de forma distante — que ambos morressem no Bosque Shoikan. Se não, acreditava que a Rainha das Trevas mataria você e o mago no Abismo. Esse plano também fracassou. Mas tenho esperanças de que, por agora, o mago esteja morto. E em breve você também estará. — Ela assentiu várias vezes e repetiu — você também estará.

Aço ficou confuso, sem conseguir encontrar nada para dizer. Que esta mulher o odiasse tão completamente, tão maldosamente, sem motivo estava além de seu entendimento. Por fim, vendo que ela esperava que falasse, ele disse.

— Não consigo entender por que você veio, Senhora da Noite. Se for para me provocar…

— Não, isso não. Não tenho nenhuma satisfação nisso. Vim porque queria que você entendesse. Não quero que você compareça diante de nossa rainha e me acuse de tê-lo executado de forma falsa ou injusta. Sua Majestade pode ser... vingativa.

A Senhora da Noite ficou em silêncio, refletindo.

Aço não estava inclinado a ser simpático.

— O que você fez é equivalente a assassinato, Senhora da Noite, foi traiçoeiro e enganoso, indigno de um dos cavaleiros de Ariakan.

Lillith não deu importância.

— Eu olhei para o futuro, Aço Brightblade. Eu vi você e o mago, o Veste Branca, juntos em um campo de batalha. Eu vi um raio atingir a torre. Eu vi a morte, a destruição, a queda da cavalaria. — Os olhos estranhamente luminosos se voltaram para ele. — Você e o Veste Branca devem morrer. Apenas assim a desgraça será evitada. Entende? Você vê que isso é necessário!

— Aceito o julgamento do meu senhor — disse Aço, escolhendo suas palavras com cuidado. — Se minha morte beneficiar a cavalaria, que assim seja.

A Senhora da Noite parecia pouco satisfeita com esta resposta. Ela mordeu o lábio inferior e sacudiu as pedras da visão na bolsa.

O carcereiro abriu a porta da cela.

— Você tem outra visita, Brightblade.

O Subcomandante Trevalin entrou. Ficou descontente ao ver a Senhora da Noite. Ela não ficou muito feliz ao vê-lo. Não disse mais uma palavra para Aço. Girando sobre os calcanhares, saiu da cela, suas vestes cinzentas girando ao seu redor. Trevalin recuou, tomando cuidado para ficar longe delas.

— O que ela estava fazendo aqui? — ele perguntou.

— Conversa de mago — Aço disse, profundamente perturbado. — Presságios, esse tipo de coisa. Ela disse... — ele fez uma pausa, hesitou — disse que minha morte é necessária ou então a cavalaria irá cair. Ela disse que previu isso.

— Podridão! — Trevalin bufou. Ele baixou a voz. — Eu sei que nosso senhor vê grande valor nesses usuários de magia, mas você e eu somos soldados. Sabemos que o futuro será o que fizermos com isso. — Ele apoiou a mão no punho da espada. — Você é um guerreiro valente, Brightblade. Você serviu bem a nossa rainha. Você deveria ser recompensado... Não consigo persuadi-lo, uma última vez, a falar com Lorde Ariakan?

Aço hesitou. A ideia de deixar a cela suja, de voltar para seu comando, de novamente entrar na batalha, era quase demais para ele, quase superando sua determinação. Era um momento glorioso para Lorde Ariakan, para a rainha deles. Os exércitos dos Cavaleiros de Takhisis trovejavam por Ansalon. Ninguém foi capaz de pará-los. Palanthas já havia caído. Os cavaleiros estavam se preparando para guerrear contra os elfos. E Aço perderia isso. Algemado, com mãos e pés acorrentados, trabalhava como escravo. Dentro de duas semanas, sairia pela porta da cela pela última vez para a sua própria execução.

Ele tinha apenas que falar com Lorde Ariakan, mas para dizer o quê? A verdade?

— Sinto muito, Subcomandante — Aço disse com um sorriso fraco diante da óbvia decepção de Trevalin. — Não tenho nada a dizer.

Trevalin olhou para ele em silêncio, esperando que mudasse de ideia.

Aço permaneceu silencioso, inflexível.

Trevalin sacudiu a cabeça.

— Também sinto muito, Brightblade. Bem, fiz tudo que podia. — Apoiou a mão brevemente no braço de Aço. — Nosso esquadrão parte hoje. Estamos sendo enviados para ajudar nos combates em Ergoth do Norte. Eu poderia usar você. Acho que não voltarei a vê-lo. Que Sua Majestade das Sombras esteja com você.

— E com você, Subcomandante. Obrigado.

Trevalin girou nos seus calcanhares e saiu bem quando o carcereiro entrou.

— Hora de ir para o trabalho, Brightblade.

Aço trocou-se devagar, esticando o tempo. Não queria Trevalin vendo-o ser conduzido para fora da cela em correntes, ser alinhado com os outros prisioneiros, marchar para as pedreiras. Quando teve certeza de que não conseguia mais ouvir os passos de Trevalin, Aço saiu da cela.

Ele se juntou a um grupo de outros prisioneiros, Cavaleiros de Solamnia, que foram capturados durante a batalha ou se renderam. A maioria era mais jovem do que Aço.

Os Cavaleiros Solâmnicos sabiam que ele era o inimigo. Acreditavam que era o responsável pela morte de Tanis Meio-Elfo. Primeiro pensaram que era um espião entre eles, mas souberam a verdade através dos guardas, como Aço havia perdido um prisioneiro e tinha voltado voluntariamente para encarar sua punição, que era a morte. Um ato de tanta coragem e honra rendeu-lhe o respeito relutante dos jovens cavaleiros. Falavam pouco com ele, mas já não o evitavam, falavam livremente entre si quando estava entre eles. Ocasionalmente — durante os breves períodos de descanso — até tentavam conversar, sem resultado. Suas tentativas eram rejeitadas com frieza.

Aço caminhava em um desespero sombrio que não admitia conforto. Lorde Ariakan não era cruel com seus prisioneiros, mas também não era gentil. Cuidava para que estivesse adequadamente alimentados e hidratados — um homem fraco e doente não está apto para o trabalho duro — mas fazia com que trabalhasse sem piedade e não poupava o chicote quando precisava que trabalhassem mais. Ariakan tivera uma grande vitória, mas não tinha ainda ganho a guerra.

Conhecia os dragões e sabia que não eram confiáveis. Achava que os monstros prateados e dourados tinham voado para se reagrupar, convocar outros de sua espécie, e estavam se preparando para retornar ao ataque com força. Manteve suas tropas em alerta, fazia seus prisioneiros trabalharem dia e noite, reconstruindo, reparando, fortalecendo a Torre do Alto Clerista.

Os cavaleiros prisioneiros esperavam que Aço usasse sua posição e sua lealdade para conseguir favores dos guardas. Aço poderia ter feito isso. Seus inimigos não eram os únicos a admirá-lo. Seu retorno voluntário para enfrentar seu castigo, sua bravura na batalha, sua subsequente aceitação estoica de sua própria prisão e execução eram elogiadas todas as noites em torno das fogueiras.

Mas Aço não aceitava quaisquer favores. Ele não os merecia.

Portanto, jogava de volta a comida extra que os guardas lhe davam, jogava fora a concha extra de água. Trabalhou lado a lado com o Cavaleiros Solâmnicos capturados: cortando pedras nas pedreiras nas montanhas, transportando os enormes blocos de volta para a torre, lutando para encaixá-los no lugar. Todo o trabalho era feito sob a luz ofuscante do impiedoso sol. Mas nunca apanhou, nunca foi chicoteado como os outros prisioneiros. Tão absorto ele estava em sua miséria que nunca havia notado essa diferença.

Os prisioneiros foram levados para a pedreira como de costume. A tarefa deles era carregar blocos gigantes de granito para grandes trenos de madeira, que eram então arrastados pelos enormes mamutes até a torre. Os blocos eram puxados por cordas por uma rampa até o trenó. Os prisioneiros, posicionados atrás dos blocos, empurravam-nos ao longo da encosta.

Os pensamentos de Aço estavam focados em Trevalin, em seu esquadrão. Ele imaginou seus camaradas voando para o que prometia ser uma batalha desafiadora com os ergothianos, humanos de enorme coragem e destreza, que mantiveram suas terras durante a Guerra da Lança e que estavam determinados a mantê-las agora.

Aço imaginou o confronto, travou a batalha em sua imaginação. A corda-guia que ele deveria estar segurando ficou frouxa. Gritos de alerta e gritos o sacudiram de seu devaneio. O enorme bloco de granito, metade no trenó e metade fora, havia caído, tombado e virado o trenó.

— Bastardo desajeitado! Preste atenção no que está fazendo! — O feitor rosnou e atacou com o chicote. Ele não atingiu Aço. Atingiu o jovem cavaleiro ao lado de Aço.

O chicote abriu a carne nua das costas do jovem cavaleiro; o golpe o derrubou no chão. O feitor estava de pé sobre ele, com o chicote erguido, pronto para atacar novamente.

Aço pegou no braço do feitor.

— A culpa foi minha — Aço disse. — Ele não fez nada. Eu soltei a corda.

O feitor olhou Aço em espanto. Os outros prisioneiros, que tinham parado de trabalhar, estavam assistindo, incrédulos. O feito se recuperou.

— Eu vi tudo. O Solâmnico...

— Não fez nada para merecer esta punição. — Aço empurrou o feitor. — E não me chame de cavaleiro. Não sou mais um cavaleiro. E não faça favores, nunca mais.

Ele se aproximou, ajudou o jovem Solâmnico a se levantar.

— Sinto muito que isso tenha acontecido, senhor. Não acontecerá novamente. Você aceita minhas desculpas?

— Sim — murmurou o cavaleiro. — Sim, claro.

Satisfeito, Aço voltou para o feitor.

— Me golpeie.

O supervisor grunhiu.

— Você está perdendo tempo. Volte ao trabalho.

Aço repetiu:

— Me golpeie. Como você o golpeou. Ou então irei denunciá-lo ao meu senhor por abandono do dever.

O feitor já estava com raiva o suficiente de Aço por ter-lhe feito de tolo para gostar de infligir o golpe. Ele passou o chicote pelos ombros nus de Aço, esfolando a pele quase até os ossos.

Aço suportou a dor sem vacilar. Nem uma careta cruzou seu rosto. Nenhum grito escapou de seus lábios. O feitor atacou mais uma vez e depois, com um grunhido, virou-se.

Vendo que sua punição foi finalizada, Aço voltou a trabalhar. Suas costas estavam abertas, sangrando. Moscas começaram a zumbir ao redor das feridas abertas.

O feitor começou a arengar os outros prisioneiros, incitando-os a colocar o bloco no trenó. O jovem cavaleiro aproveitou a oportunidade para se aproximar de Aço, agradecendo desajeitadamente.

Aço se virou. Ele não queria agradecimentos; não tinha feito aquilo por um sentimento equivocado de compaixão. O cortar do chicote o trouxe de volta à realidade. Ele não tinha o direito sequer de se imaginar como um dos escolhidos de Takhisis. A Rainha da Escuridão conhecia sua culpa.

Ele poderia ter entrado no laboratório do mago — esse era o conhecimento que o atormentava. A porta ficou aberta por um momento para ele. Poderia ter entrado atrás de Palin, mas hesitou apenas por um momento, não querendo entrar naquela escuridão inarticulada, sussurrante e mortífera. E a porta se fechou.

Takhisis viu dentro de seu coração. Ela o conhecia como um covarde. Ela se recusou a conceder-lhe uma morte honrosa e agora, aparentemente, queria que fosse punido ainda mais. Não iria ficar parado e ver outro punido em seu lugar.

Aço ergueu a corda-guia e retornou ao seu trabalho. O suor salgado escorrendo por sua ferida ardia como fogo. Ele era, agora, como todos os outros prisioneiros.

Exceto que dali a duas semanas, na madrugada do dia que é comemorado a véspera de solstício de verão, se Palin Majere não retornasse ou fosse capturado, Aço Brightblade morreria. E se, como dissera a Senhora da Noite, a sua morte salvasse a cavalaria, tal como a morte do seu pai salvou a de Solamnia, talvez ele pudesse se sentir mais em paz.

Mas serviria ao Chemosh por toda a eternidade antes de pedir a Takhisis que perdoasse a Senhora da Noite.

11

A vingança da Rainha. Escolha de Raistlin.

Tas acordou com dor de cabeça e a sensação de que havia sido pisoteado por um mamute lanoso, como o que ele uma vez ajudou a resgatar de um mago maligno. Sentado, esfregando sua cabeça, Tas exigiu:

— Quem me bateu?

— Você estava no caminho — Raistlin retrucou, seco.

Tas esfregou e piscou e viu mais estrelas e se perguntou em voz alta.

— Onde estou?

Então ele se lembrou de onde estava. Estavam no Abismo. As cabeças de dragão estavam brilhando muito forte e tinham que voltar pelo Portal.

— Venha aqui, kender — ordenou Raistlin. — Eu preciso de sua ajuda.

— Eles sempre precisam da minha ajuda — Tasslehoff murmurou. — Depois que me derrubam por estar no caminho. E meu nome é Tasslehoff — acrescentou ele — caso você tenha esquecido.

Piscou um pouco mais, e finalmente as estrelas pararam de explodir por tempo suficiente para ele ver.

Raistlin estava agachado sobre Palin, que jazia inconsciente no chão cinzento. Tas se recompôs e correu para lá.

— Qual o problema com ele, Raistlin? Ele vai ficar bem? Ele não parece bem. Onde Kitiara foi?

O arquimago olhou feio para ele.

— Cale a boca.

— Claro, Raistlin — Tas disse humildemente. E realmente pretendia obedecer. As próximas palavras meio que saíram por engano. — Mas eu gostaria mesmo de saber o que aconteceu.

— Minha querida irmã o atingiu, isso que aconteceu. Ela teria terminado o trabalho, mas eu a impedi. Ela não é páreo para mim e sabe disso. Foi em busca de reforços.

Tas agachou-se ao lado de Palin e inspecionou o ferimento.

— Não parece tão ruim — ele disse, aliviado. — Foi no ombro direito, e não tem muitas partes importantes no ombro direito. Ele desmaiou. Por que…

— Não disse para fechar a boca? — Raistlin disse.

— Provável — Tas suspirou. Estava se sentindo triste e desanimado. — Você normalmente diz. — Ele teria acrescentado algo, mas Palin gemeu e começou a se contorcer.

— O que há de errado com ele, Raistlin? — Tas perguntou, com medo por seu jovem amigo. — Ele parece… que está morrendo.

Raistlin sacudiu a cabeça.

— Ele está morrendo. Palin tem que voltar rapidamente ao seu plano de existência.

— Mas o ferimento não é sério…

— A lâmina que o esfaqueou era deste reino, kender, não do seu. Você conseguiu bloquear o golpe mortal dela, mas a lâmina atingiu a carne. A maldição já está agindo sobre ele. Se morrer aqui, sua alma permanecerá aqui… cativa de Chemosh. — Raistlin levantou-se e olhou para o Portal. Os olhos dos dragões o encaravam de volta. O céu era cinza, listrado com fios pretos, como tentáculos, serpenteando na direção deles.

Tas olhou de Palin para o Portal, para o céu e de volta para Palin.

— Acho que consigo arrastá-lo tão longe, mas o que eu faria por ele quando estivermos dentro do laboratório? — Ele pensou um momento, depois animou-se. — Eu sei! Talvez haja uma magia que você possa me ensinar e que eu poderia usar nele. Vai, Raistlin? Você vai me ensinar um pouco de magia?

— Já pequei o suficiente contra o mundo — disse Raistlin secamente. — Ensinar magia para um kender seria garantir a minha condenação. — Ele franziu a testa, ponderando.

— Então você tem que voltar com ele, Raistlin — disse Tas. — Você pode voltar?

— Eu posso voltar — disse Raistlin. — Meu corpo físico não morreu no mundo. Posso voltar a ele. A questão é: por que eu voltaria? O único prazer que encontrei naquele mundo estava na minha magia. Se eu voltasse, você acha que os deuses me deixariam manter meus poderes?

— Mas e Palin? — Tas argumentou. — Se ele ficar aqui, vai morrer!

— Sim. — Raistlin suspirou. — E Palin? — O arquimago sorriu amargamente, olhou com inimizade para o céu escuro. — Então devo voltar. É que o que você quer? Fraco e indefeso como estou! Assim você, minha rainha, terá sua vingança!

Tudo isso não fazia muito sentido para Tasslehoff. Ele estendeu a mão para dar um tapinha reconfortante em Palin. Mas quando tocou a pele de Palin, sentiu-a gelada. Os lábios do jovem estavam azuis; a carne começava a ficar de um branco doentio.

— Raistlin! — Tas gritou, engolindo em seco. — É melhor você fazer algo rápido!

Raistlin ajoelhou-se rapidamente ao lado de Palin e pousou a mão no pescoço do jovem.

— Sim, ele está muito fraco.

Com determinação repentina, abaixou-se e pegou Palin pelos ombros.

— Kender, você e eu vamos carregá-lo.

— Meu nome é Tasslehoff. Você sempre esquece. — Tas pulou para ajudar e notou algo caído no chão. Ele apontou. — O que fazemos com o cajado?

Raistlin olhou para o Cajado de Magius. Os dedos finos e nervosos do arquimago se contraíram. Estendeu a mão para o cajado, ansioso.

— Pensando bem, poderia haver uma forma...

Sua mão parou, retirou-se.

— Você traz o cajado, Kender — Raistlin disse em voz baixa. — Eu cuido de Palin. Depressa!

— Eu? — Tas mal conseguia falar de emoção. — Eu? Eu vou carregar... o cajado?

— Para de procrastinar e faça o que mandei — Raistlin ordenou.

Tas pôs a mão ao redor do famoso Cajado de Magius, levantou-o. Ele ansiava por tocar o cajado desde o primeiro momento em que viu Raistlin segurando-o, na Hospedaria do Lar Derradeiro.

— Estou pronto! — Tas disse, olhando para o cajado com orgulho.

Raistlin não era forte o suficiente para levantar Palin. O arquimago colocou as mãos sob os ombros do jovem pelo chão cinzento e conseguiu, com grande esforço, levar Palin até o Portal.

As cabeças de dragão brilhavam com uma estranha e terrível beleza.

Raistlin parou, respirando pesadamente, e, pela primeira vez desde que o encontraram, Tas ouviu Raistlin começar a tossir.

— Kender — ele mandou com a voz embargada — Erga o cajado! Levante-o bem alto, para que a rainha possa ver.

Tas, emocionado até as solas dos sapatos verdes, fez como lhe foi dito. Ele levantou o cajado no ar tão alto quanto podia.

As cabeças de dragão gritaram em desafio, mas o portal permaneceu aberto.

Tas entrou no Portal, segurando o cajado. Foi o momento de maior orgulho do kender.

Raistlin, arrastando Palin, seguiu-o. Os dragões gritaram em tons ensurdecedores, mas não tentaram detê-los.

A escuridão fria e empoeirada do laboratório envolveu-os. Raistlin deitou Palin suavemente no chão. O arquimago endireitou-se e deu um passo em direção ao portal.

— Estou voltando para o Abismo — ele gritou. — Deixe-me voltar! Faça o que quiser comigo, Takhisis. Não me deixe aqui, isolado do meu poder!

A luz brilhou, uma luz ofuscante, dolorosa de testemunhar. Os olhos de Tas queimaram e ficaram cheios de água; as pálpebras queriam se fechar, mas Tas sabia que se fizessem isso, poderia perder alguma coisa, então os manteve abertos com os dedos.

Raistlin, tossindo, deu mais um passo em direção ao Portal. A luz ficou ainda mais brilhante. As pálpebras de Tas venceram-no na votação, dois a um, e fecharam-se. A última coisa que viu, foi Raistlin levantando os braços como se quisesse se defender de um golpe...

Raistlin amaldiçoou. Tas ouviu um som sibilante e a luz apagou-se.

Tas arriscou abrir os olhos.

A cortina de veludo estava pendurada, uma vez de novo, sobre o Portal. Uma luz fraca, zombeteira brilhava por baixo. O resto do laboratório estava envolto em trevas.

Raistlin ficou na frente da cortina, olhando para ela. Então, abruptamente, ele se virou e desapareceu na escuridão. Tas ouviu-o afastar-se.

A escuridão não era uma escuridão comum, o tipo de escuridão que alguém gostaria de ter no quarto, o tipo de escuridão macio e lanoso, que embalava você no sono e em sonhos agradáveis. Era um tipo totalmente diferente de escuridão, uma escuridão fria, decadente e sussurrante, uma escuridão que fazia você querer ficar muito acordado.

— Raistlin? Onde está você? — Tas perguntou.

Ele não estava com medo, não exatamente, mas estava começando a pensar que um pouco de luz seria algo agradável para ter. Estava prestes a tentar fazer o cajado acender. Ele sabia a palavra mágica — tinha certeza de que sabia a palavra mágica — e estava prestes a falar quando a voz de Raistlin veio da escuridão. Sua voz era como a escuridão, fria, sussurrante.

— Estou na parte frontal do laboratório. Fique perto de Palin — disse Raistlin. — Avise-me se ele se mover ou falar. E largue esse cajado!

Tas aproximou-se e sentou-se ao lado de Palin. O kender ouviu Raistlin farfalhando pelo aposento, então uma luz acendeu — uma luz suave, reconfortante. Raistlin apareceu, carregando uma vela em um castiçal de ferro forjado no formato de um pássaro. Ele colocou a vela ao lado de Palin.

— Acho que ele está um pouco melhor — Tas disse, estendendo a mão para tocar na testa de Palin. — Está mais quente, ao menos. Mas ele ainda não acordou.

— A maldição ainda gela seu sangue, mas pode ser curado. — Raistlin olhou para o kender. — Eu não disse para você largar esse cajado!

— Eu larguei! — Tas protestou. Uma breve investigação provou — para seu imenso espanto — que o cajado ainda estava em sua mão. — Ora! Que impressionante. Acho que gosta de mim. Talvez eu pudesse acendê-lo só uma vez. Qual palavra você diz para fazer a luz surgir? *Shelac? Shirley? Shirleylac?*

Com uma expressão sombria, Raistlin agarrou o bastão e, com alguma dificuldade, soltou os dedos do kender.

— Só me deixa acender uma vez, Raistlin! Por favor! Desculpe ter pegado seus óculos mágicos daquela vez. Se algum dia eu os encontrar, eu os devolverei. É estranho, não é, meus dedos terem ficado duros assim...

Raistlin libertou o cajado. Colocando-o em uma parte distante do laboratório, ele o apoiou contra a parede. O arquimago parecia tão relutante em separar-se dele quanto o kender. A mão de Raistlin acariciou a madeira. Seus lábios se moveram no que poderia ter sido a linguagem da magia.

Mas nada ocorreu.

Raistlin tirou a mão dele e virou-se. Indo até a gigantesca mesa de pedra, acendeu outra vela, segurou-a bem alto, olhou para Palin.

— Tas? — Palin murmurou em voz fraca.

— Estou aqui, Palin! — Tas esqueceu-se do cajado e voltou-se para o seu paciente. — Como se sente?

— Meu braço arde... mas todo resto está tão frio — Palin respondeu com os dentes batendo. — O que... o que aconteceu?

— Não tenho certeza — Tas respondeu. — Eu disse "olá" e estava indo apertar a mão dela e a próxima coisa que vi Kitiara estava com a espada na mão e ia atacar você, e Raistlin bateu em mim e eu cochilei.

— O quê? — Palin ficou momentaneamente confuso, depois a memória voltou. Ele lutou sem forças para sentar-se. — O Portal! A Rainha das Trevas! Devemos... voltar...

— Estamos de volta — disse Tas, empurrando Palin suavemente para baixo. — Estamos no laboratório. Raistlin também está aqui.

— Tio? — Palin olhou para a luz que refletia na pele dourada do rosto emoldurado pelo longo branco cabelo. — Você veio!

— Ele veio através do Portal para salvar você, Palin — explicou Tas.

O rosto pálido de Palin ficou vermelho de prazer.

— Obrigado, tio. Sou muito grato. — Ele se recostou e fechou os olhos. — O que aconteceu comigo? Sinto tanto frio...

— Você foi atingido por uma arma amaldiçoada do Abismo — explicou Raistlin. — Felizmente, a espada apenas machucou sua carne. Se o tivesse esfaqueado através do coração, estaria servindo Chemosh agora. Do jeito que está, acredito que tenho algo aqui que lhe ajudará.

Raistlin voltou até a parte interna do laboratório para examinar uma fileira de potes alinhados em uma prateleira coberta de poeira.

— Quem era aquela mulher? — Palin perguntou, com um tremor. — Algum lacaio da Rainha das Trevas?

— De certa maneira, sim, no entanto não tenho dúvida de que ela não recebeu ordens e estava agindo por sua própria vontade. Era minha irmã — Raistlin respondeu — a sua falecida tia Kitiara.

— Certamente temos encontrado muitos velhos amigos ultimamente — disse Tas. — Bem, acho que não chamaria Kitiara de amiga agora, mas foi muito tempo atrás. Ora, lembro de quando ela me salvou de um bugbear em uma caverna. Como eu saberia que os bugbears dormem todo o inverno e acordam com fome? Mas ela se foi. — Tas deu um suspiro. — E agora Tanis também. Muitos... se foram. Pelo menos — ele acrescentou, animando-se um pouco — temos você de volta, Raistlin.

— É o que parece — respondeu Raistlin, e quase imediatamente teve um ataque de tosse. O ataque o fez se dobrar. Apertou o peito, engasgando para respirar. Por fim, o espasmo diminuiu. Limpando os lábios com a manga do manto, ele respirou fundo. — Meu retorno não foi intencional, Eu te asseguro.

— Ele tentou voltar — acrescentou Tas — e quando tentou, as cabeças gritaram conosco. Foi realmente muito emocionante. Mas então Raistlin fechou a cortina. Será que não poderia apenas dar uma olhada? Ver se as cabeças estão...

— Não chegue perto disso! — Raistlin retrucou. — Ou então você irá tirar outra soneca. E esta não será breve!

Encontrando o pote que procurava, o arquimago tirou-o da prateleira e removeu a tampa. Ele cheirou, assentiu e caminhou até Palin.

Raistlin espalhou o unguento azulado sobre o ferimento.

— Isso pode doer.

Palin cerrou os dentes e respirou fundo.

— Acho que não devemos ficar espiando os deuses. — Ele se ergueu um pouco, espiou o ombro, tentando ver o ferimento. As linhas de dor suavizaram-se em seu rosto. Ele respirou mais fácil e parou de tremer. — Isso é bom. É magia?

— É — respondeu Raistlin —, mas não foi obra minha. Foi um presente de um clérigo de Paladine.

— Dama Crysania, creio — disse Tasslehoff, balançando a cabeça sabiamente. — Ela o considerava muito, Raistlin.

O rosto de Raistlin estava sério, impassível. Girando, ele levantou e retomou o seu exame do conteúdo das prateleiras.

— Tas! — Palin sussurrou, chocado. — Silêncio!

— Por quê? — Tas sussurrou de volta, irritado. Estava se sentindo mal. — É a verdade.

Palin lançou um olhar inquieto ao tio, mas se Raistlin ouviu estava ignorando os dois.

A cabeça de Tas doía. Ele ficou terrivelmente infeliz ao pensar que Tanis se fora e ele nunca mais ouviria a risada dele, nem o veria sorrindo, ou pegaria emprestados os seus lenços. E agora, para aumentar sua tristeza, estava entediado.

Tas sabia muito bem que, se olhasse para um morcego morto naquele laboratório, Raistlin e Palin gritariam com ele. E se gritassem com ele, a dor em seu peito faria com que gritasse de volta com eles, provavelmente dizendo algumas coisas que feririam seus sentimentos. O que significaria que um ou outro poderia acabar transformando ele, Tasslehoff Burrfoot, em um morcego, e embora isso parecesse divertido...

Tasslehoff vagou até a porta do laboratório. Tentou abrir, mas ela não se moveu.

— Droga! Estamos presos aqui!

— Não estamos não — Raistlin disse friamente. — Nós partiremos quando eu estiver pronto, não antes.

Tas olhou para a porta pensativo.

— Está bem quieto. Aço estava batendo nesta porta como um trovão quando saímos. Suponho que ele e Usha e Dalamar cansaram e foram jantar.

— Usha! — Palin ergueu-se e quase imediatamente caiu para trás sem forças em uma cadeira. — Espero que esteja bem. Você precisa conhecê-la, tio.

— Ele já a conhece — Tas apontou fora. — Bem, de certa forma. Já que ela é filha dele...

— Filha! — Raistlin bufou. Estava passando folhas perfumadas de uma bolsa grande para uma bolsa pequena. — Se ela reivindica isso, é uma mentirosa. Eu não tenho filha.

— Ela não é mentirosa. As circunstâncias foram... hum... singulares, tio — disse Palin, defensivamente. Ele caminhou da cadeira para o canto onde estava o cajado e o pegou. Quase imediatamente, sentiu-se mais forte. — Você poderia ter tido uma filha e não saber disso. Por causa da magia Irda.

Raistlin tossiu, começou a balançar a cabeça e depois ergueu os olhos.

— Irda? O que os Irda têm a ver com isso?

— É... bem, é uma história que as pessoas contam sobre você, tio. Papai nunca deu muita atenção nisso. Sempre que alguém falava nisso, dizia que era um absurdo.

— Estou interessado em ouvir esta história — disse Raistlin com um sorriso vago nos lábios finos.

— Tem diversas versões, mas, de acordo com a maioria, você e meu pai estavam retornando do seu Teste na Torre de Wayreth. Você estava doente. O tempo estava ruim. Vocês dois pararam em uma pousada para descansar. Uma mulher entrou, pediu para passar a noite. Ela estava coberta com um manto. Alguns rufiões a atacaram. Você e o pai a salvaram. Ela tentou manter o rosto escondido, mas o lenço caiu. Ela era linda — disse Palin, baixinho. — Sei como você deve ter se sentido, tio, quando olhou para ela! Senti o mesmo. — Ele ficou em silêncio, sorrindo, entrando em sua própria história.

— E depois o que aconteceu? — perguntou Raistlin, tirando o jovem de seu devaneio.

— Bem, hum — Palin gaguejou. — Encurtando a história, você e ela... bem, vocês, hã...

— Fizeram amor — Tas disse, vendo Palin se confundindo naquele ponto. — Vocês dois fizeram amor, você apenas não lembra por causa da magia dos Irda, e ela teve uma bebê com olhos dourados, e os Irda vieram e levaram o bebê embora.

— Fiz amor com uma linda mulher e eu não sabia disso. É bem típico da minha sorte — disse Raistlin.

— Não foi bem assim que aconteceu. Ela irá lhe contar. Vai gostar dela, tio — continuou Palin com entusiasmo. — Ela é encantadora. E gentil e muito, muito bonita.

— Tudo isso prova que ela não é minha filha — Raistlin respondeu, cáustico. Fechou a tira da bolsa de couro e pendurou-a cuidadosamente no cinto. — É melhor irmos embora agora. Temos muito para fazer e pouco tempo para isso. Dias demais se passaram.

— Dias? Não, tio. Nós partimos no meio da manhã quando saímos. Deve estar na hora do crepúsculo agora. — Palin parou, olhando para o laboratório. — Não quer pegar um livro de feitiços? Estou me sentindo melhor. Eu poderia ajudá-lo a carregá-los…

— Não, não quero — Raistlin respondeu, calmo e frio, sem olhar na direção deles.

Palin hesitou e depois disse:

— Você se importaria se eu os pegasse? Esperava que você pudesse me ensinar alguns dos feitiços.

— Feitiços do grande Fistandantilus? — Raistlin perguntou, e ele parecia muito divertido. — Suas vestes teriam que ficar muito mais sombrias do que são agora para você poder ler esses feitiços, sobrinho.

Palin estava calma.

— Talvez não, tio. Eu sei que nunca, na história das Três Luas um Veste Negra tomou um Veste Branca como aprendiz. Mas isso não significa que não é possível. O pai me contou como você uma vez transformou um feitiço de drenagem de vida em um feitiço de vida, quando o tio Tas foi envenenado no Templo de Neraka. Sei que o trabalho será árduo e difícil, mas eu faria qualquer coisa... sacrificaria qualquer coisa — ele adicionou enfaticamente — para ganhar mais poder.

— Faria? — Raistlin olhou atentamente para Palin. — Realmente faria isso? — Ergueu uma sobrancelha. — Vamos ver, meu sobrinho. Vamos ver. Agora — ele caminhou na direção da porta — Devemos partir. Como eu disse, o tempo fica cada vez mais curto. Estamos no crepúsculo, mas não do dia em que você foi embora. Um mês se passou em Ansalon.

Palin se espantou.

— Isso não é possível! É... só se passaram horas...

— Para você, talvez, mas o tempo como nós o conhecemos neste plano de existência não significa nada no reino dos deuses. Há um mês, neste dia, Lorde Ariakan cavalgou em triunfo pelos portões da Torre do Alto Clerista. Uma vez que ela caísse, nada poderia detê-lo. A cidade de Palanthas é agora governada pelos Cavaleiros de Takhisis.

Tas estava na porta, de olho no buraco da fechadura, tentando ver.

— E se o espectro ainda estiver lá?

— O guardião se foi. Dalamar está aqui, mas não vai ficar muito tempo. Em breve, como nos dias depois do Cataclismo, a torre ficará deserta.

— Dalamar indo embora! Eu... não posso acreditar. — Palin parecia atordoado. — Tio, se os cavaleiros das trevas estão no controle, para onde iremos? Nenhum lugar será seguro.

Raistlin não respondeu.

Havia algo estranho em seu silêncio.

— Eu sonhei tanto com isso... por tanto tempo — Raistlin disse suavemente. — Iremos para casa, sobrinho. Eu quero ir para casa.